Unterwegs in die Welt von morgen

Unterwegs in die Welt von morgen

Utopische Geschichten
und Science-fiction-Romane

Verlag Das Beste
Stuttgart · Zürich · Wien

Die Texte in diesem Buch
erscheinen mit Genehmigung der Verleger

108

PRINTED IN GERMANY
ISBN 3 87070 316 4

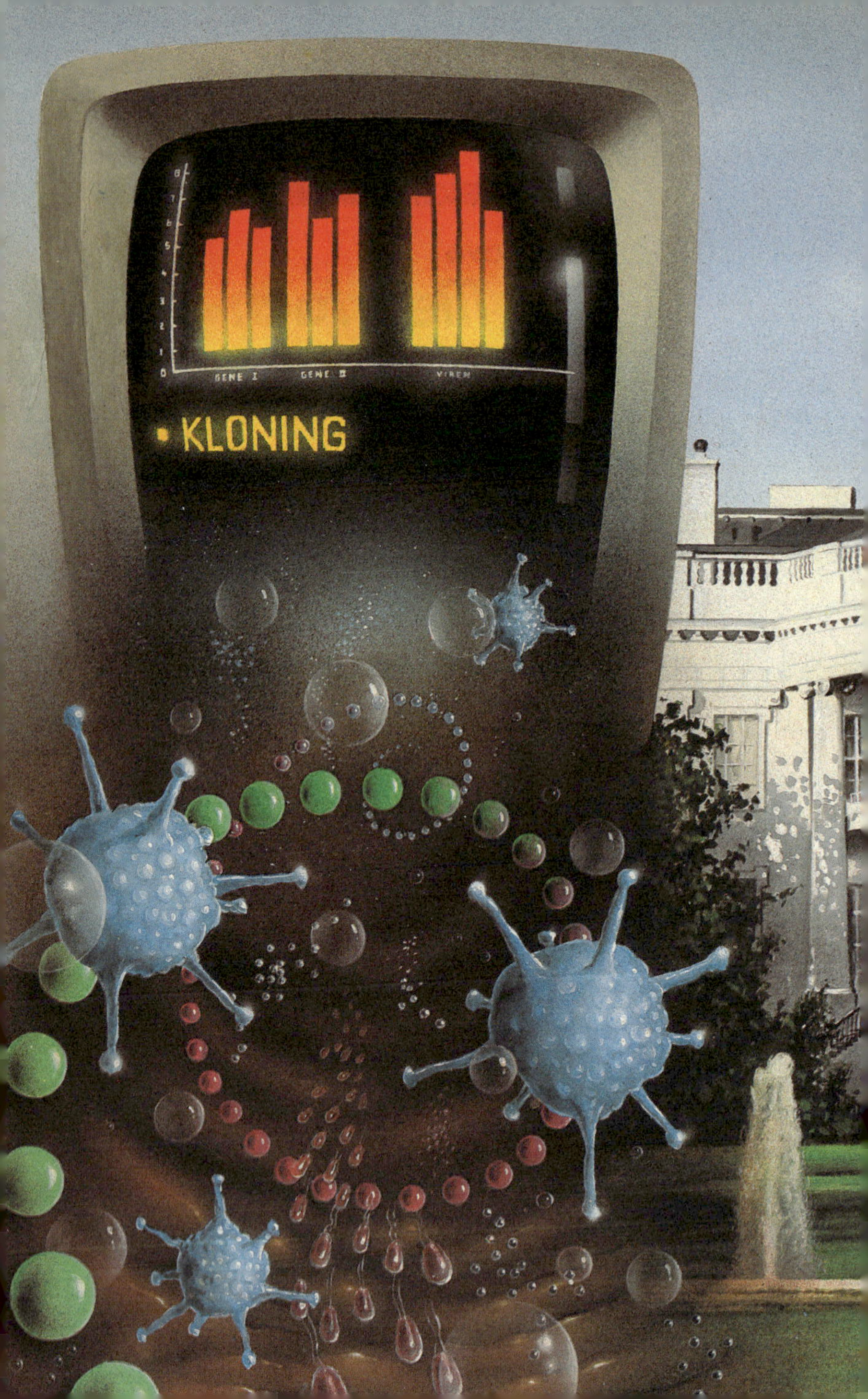
GENE I
GENE II
VIREN
• KLONING

DER MEHRFACH-MENSCH

von BEN BOVA

Ins Deutsche übertragen von Tony Westermayr
Illustrationen: Swen Papenbrock

1

APRIL ist der grausamste Monat.

In Boston ist noch Winter. Ich hatte versucht, das den Leuten vom Stab klarzumachen, bevor wir Washington verließen. Sie hatten natürlich zugehört, aber klargeworden war es ihnen nicht. Zu aufgeregt wegen der Reise. Der Präsident erschien nicht so oft in der Öffentlichkeit, und sie hatten mit den Details bei dieser Gelegenheit so viel zu tun, daß sie für Mäntel keinen Gedanken übrig hatten. Als wir in Logan landeten und aus der Begleitmaschine stiegen, fegte der altbekannte Wind vom Hafen glatt durch die doppelt gewirkten Anzüge der Männer und die modischen kleinen Jacken der Frauen. Ich war der einzige mit einem richtigen Mantel. Sah nicht fotogen aus, aber mich fror auch nicht.

Der Präsident schien die Kälte nicht wahrzunehmen. Während wir uns auf der windigen Betonrampe drängten, mit den Füßen stampften und unsere Hände anhauchten, stand er eingerahmt in der Lukentür von Air Force One, für die Fotografen beiläufig lächelnd und winkend, und das Sicherheitsteam vom Secret Service stellte die Laserschilde und seine anderen Schutzvorrichtungen auf. „The Man" trug zu Rollpulli und Hose nur ein Sportsakko. Als McMurtrie ihm das Klarsignal zunickte, lief er mit seinen jugendlichen, langbeinigen Schritten die Rampe hinunter. Die Politiker und die Medienflak strömten ihm entgegen. Die Menschenmengen hinter der Polizeiabsperrung brüllten. Eine der Kapellen begann „Hail to the Chief" zu spielen. Er lächelte und griff nach Händen. Alle lächelten zurück, warm und freundlich. Vor allem die Frauen.

„Verdammt!" überschrie Vickie Clark das Getöse. „Warum haben Sie mir nicht gesagt, daß es so kalt sein wird?"

„Habe ich." Aber Vickie stammt aus Kalifornien. Sie keuchte kleine, eisige Atemwölkchen und wirkte elend. Etwas, das ihr schwerfiel. Sie ist eigentlich eine Elfe, sieht gut aus, auf eine zierliche, fast zerbrechliche Weise, und hat das Gesicht eines unschuldigen kleinen

Kindes, ist aber mit einem scharfen Verstand begabt. Vickie war typisch für den Stab im Weißen Haus: jung, intelligent, leistungsbetont.

Boston ist eine kleine Stadt, und der Teil, der nicht mit Universitäten, Kirchen oder historischen Denkmälern bedeckt ist, wird von Politikern eingenommen. Zum Empfang des Präsidenten waren natürlich alle erschienen.

Es war das erstemal, daß James J. Halliday Boston als Präsident der Vereinigten Staaten besuchte. Wir waren während des Wahlfeldzuges im vergangenen Jahr alle zweimal hiergewesen, und obwohl die Menschen hinausgeströmt waren, um Halliday zu sehen – in solcher Zahl, daß in der Stadt alles zum Erliegen kam –, hatten die Politiker argwöhnisch Distanz gehalten. Er war ein glänzender junger Gouverneur von der Westküste, aber ein Außenseiter im Rennen um das Weiße Haus. Sie trauten der Sache nicht. Sie erinnerten sich an McGovern, damals, vor langer Zeit, und an das Nachspiel. Aber jetzt wollten sie dem Präsidenten zeigen, daß sie ihn und die Bundesgelder, für die er stand, liebten.

Halliday war in seiner Bezauberungslaune. Er lächelte alle an, nannte jeden dieser Berufs-Amtsträger mit ihren roten Gesichtern beim Vornamen und brachte den ganzen Empfang am Flughafen wie eine Mischung aus Kaiser und Filmstar hinter sich. Man konnte spüren, wie Wellen der Anbetung aus den Reihen der Presse aufbrandeten, wahrhaftig. Und die Menschen hinter den Polizeiabsperrungen jubelten lauter, als sie es für Pat O'Briens Reinkarnation getan hätten. Die Politiker starrten den Präsidenten mit ihren kleinen Glitzeraugen an und versuchten herauszufinden, worin sein Zauber lag.

Dann kamen die Fahrt mit der Autokolonne und die nachmittägliche Rede im alten Park – eine halbe Million Menschen strömte zur Innenstadt und brachte den Verkehr für zwei Stunden zum Erliegen.

„Sie hätten mich auffordern sollen, meinen Skianorak mitzubringen“, beklagte sich Vickie, als wir neben dem Rednerpult standen.

Ich grinste und borgte ihr meinen Mantel. Die Sonne schien durch die noch kahlen Bäume. Wenn The Man es im Sportsakko aushalten konnte, dann ich auch. Mein Mantel ging Vickie bis an die Knöchel.

Wir fuhren in der Limousine des Präsidenten zum Boston Sheraton zu seiner Pressekonferenz. Ich hatte den Notsitz neben Robert Wyatt, dem Terminsekretär, und ging mit dem Präsidenten die Namen der lokalen Journalisten durch, wozu ich ihm auf dem TV-Monitor im Rücksitz der Limousine Aufnahmen ihrer Gesichter zeigte. Halliday hatte sein eidetisches Gedächtnis eingeschaltet; er brauchte jedes Bild nur einmal kurz zu sehen und konnte sich den Namen des Betreffenden merken.

„Ich kann ihre Namen ans Pult werfen lassen", sagte ich.

Er lehnte sich völlig entspannt zurück.

„Ist mir lieber! Ich habe sie zwar alle hier oben" – er tippte mit dem Zeigefinger an die Schläfe –, „aber es ist immer besser, zu gut ausgerüstet zu sein, als in Verlegenheit zu geraten."

Robert S. H. Wyatt nickte mit zusammengepreßten Lippen. Alle vom Stab glaubten, das „S. H." stehe für „Seine Heiligkeit". Jedenfalls nannten wir ihn hinter seinem Rücken so. Er war ein bärbeißiger alter Knabe, kahlköpfig, mager, mit Raubvogelblick und schon Gefolgsmann des älteren Halliday – des Vaters des Präsidenten –, bevor James J. geboren wurde. Wir hatten alle das Gefühl, daß eine der Hauptpflichten Seiner Heiligkeit darin bestand, dem Alten zu melden, was sein Sohn machte und wie.

Wyatt sagte: „Mrs. Hallidays Landung ist für vier Uhr fünfzig angesetzt. Sie werden noch bei der Pressekonferenz sein."

The Man ließ eine Andeutung von Gereiztheit erkennen. Die First Lady hatte ursprünglich früher fliegen sollen, aber aus irgendeinem Grund abgesagt.

„Sie müssen sie abholen, Robert, und sie zum Bankett bringen."

Halliday hatte das Pressekorps von Washington stets manipulieren können wie ein Großmeister im Schach einen ganzen Saal voller Amateure. Ich erwartete also keine Schwierigkeiten von den Nachrichtenschnüfflern im Boston Sheraton. Ich setzte mich im Ballsaal ganz hinten auf einen Stuhl, hinter den Presse- und Medienleuten und all ihren Kameras und Scheinwerfern, und versuchte, mich zu entspannen. The Man fühlte sich wohl da oben und machte mir meine Aufgabe leicht.

Das einzige mürrische Gesicht in dem großen Saal gehörte McMurtrie, der die Sicherheitsgruppe des Präsidenten leitete.

„Nur die Ruhe, Mac", flüsterte ich ihm zu, während Halliday seine Haltung zum Einmarsch des Irans in Kuwait erläuterte. „Die einzige Gefahr, die er läuft, ist die, vor lauter Zuneigung erdrückt zu werden. Die Leute da lieben ihn. Er ist ein zweiter Kennedy."

McMurtrie rutschte unruhig hin und her; sein Klappstuhl knarrte. „Hübscher Vergleich."

Es war wirklich eine dumme Bemerkung. Ich versuchte, sie gutzumachen mit: „Na, hören Sie ..., ihr habt Laserablenkschirme, Abwehrgas, Elektrostäbe, Schallsprüher ..., es brauchte eine Atombombe, um ihm etwas anzutun."

McMurtries Gesicht sah aus wie ein sorgenzerfurchtes Gibraltar. „Die Saudis haben Nuklearwaffen."

Ich gab es auf und lehnte mich zurück. Mein Stuhl knarrte nicht. Ich bin schlank, aber knochig.

Oben auf dem Podium, unter den Fernsehscheinwerfern, sagte der Präsident: „Wenn Saudi-Arabien eingreift, werden wir natürlich sowohl dem König als auch dem Schah versichern müssen, daß die Vereinigten Staaten sich neutral verhalten werden. Wir haben beide Seiten in großem Umfang mit Waffen beliefert. Solange sie unsere Ölversorgung nicht bedrohen, können wir damit fortfahren, ihnen Munition zu liefern. Abgesehen von Nuklearwaffen, versteht sich."

Eine der Frauen, Betty Turner von SGR, sprang auf, und der Präsident nickte ihr zu.

„Ist das moralisch, Waffen an beide Seiten zu verkaufen?"

Halliday zeigte ihr sein schönstes Grinsen. „Nein, das ist es nicht. Es ist überhaupt nicht moralisch, Waffen oder Munition zu verkaufen. Aber in der internationalen Politik gibt es keine Moral. Das weiß ich seit langem. Überhaupt keine Moral. *Außer* ..." Er hielt sie alle einen Augenblick damit hin. „Außer sicherzustellen, daß die Interessen der Vereinigten Staaten in jeder Hinsicht gewahrt werden. Wir hängen teilweise noch immer vom arabischen und iranischen Erdöl ab, vor allem seitdem die Ölfelder in Kuwait vorübergehend ausgefallen sind. In einigen Jahren, sobald wir auf dem Energiesektor Selbstversorger sind, können wir unsere Nahostpolitik überdenken. Aber derzeit werden sie, wenn sie einen Krieg führen wollen, ihn auch führen, ob mit oder ohne unsere Hilfe. Wenn wir uns weigern, ihnen zu helfen, werden sie sich weigern, uns Erdöl zu verkaufen. So einfach ist das."

Turner öffnete den Mund, um noch eine Frage zu stellen, aber Halliday sprach weiter.

„Und wenn wir es ablehnen, auf ihre Wünsche einzugehen, werden sie anderswo Hilfe suchen, und ich glaube nicht, daß wir das wünschen können. Und wenn man es genau betrachtet, werden wir, falls wir uns weigern würden, eine der beiden Seiten zu unterstützen, uns de facto in ihre inneren Angelegenheiten einmischen. Wie ich schon sagte, unsere Außenpolitik ist im Grunde sehr simpel ... Wir sind nicht der Weltpolizist oder der Weltprediger. Wir werden tun, was für die Vereinigten Staaten am besten ist."

Verdammt! Damit kam er nicht so gut an. Es war zu unverhohlen ausgedrückt. Ich hatte diese außenpolitische Stellungnahme erst im vorigen Monat eine ganze Woche mit ihm durchgearbeitet, als die Perser Kuwait angegriffen hatten. Er hatte die Presse in Washington mit, wie sie es beschrieb, „klugem politischem Weitblick und ungewöhnlicher Offenheit" überwältigt. Man hätte meinen mögen, er könne sich den verdammten Wortlaut merken. Bei diesem Spiel ist das von entscheidender Wichtigkeit; es geht nicht nur darum, was man sagt, sondern, wie man es sagt. Man kann die Offenheit zu weit treiben.

McMurtrie stieß mich mit dem Ellenbogen sanft an. Bei einem Kerl von seiner Größe kann einem das eine Rippenprellung eintragen.

„Jetzt wirken *Sie* sorgenvoll." Er brachte beinahe ein Lächeln zustande. „Willkommen im Verein."

Ich hatte mich schon vor dem Abflug in Washington wegen der Nichtteilnahme am Bankett entschuldigt. Die First Lady landete am späten Nachmittag in Logan und traf sich mit Halliday im Hotel. Dann fuhren sie zu ihrem stillen kleinen Dinner im Harvard Club, das Gedeck zu tausend Dollar. Ich fragte mich immer wieder, was der alte Harry Truman wohl dazu gesagt hätte.

Vickie nahm für mich teil und ließ sich vom alten Wyatt begleiten. Es war ungewöhnlich, sie so aufgeputzt zu sehen, mit langem Kleid und allem. Mit ihrer schlanken Figur sah sie aus wie eine Oberschülerin bei ihrem ersten Ball. Aber sie hatte einen guten Farbensinn; ihr Abendkleid war meergrün und glich der Farbe ihrer Augen, während ihre blonden Haare durch die Sonnenstreifen wunderbar hervorgehoben wurden.

Seine Heiligkeit wirkte in einem altmodischen Smoking hinreißend. Sein pergamentenes Gesicht glänzte; er hatte das Alter erreicht, in dem seine Haut jene Durchsichtigkeit angenommen hatte, die nur Säuglinge und Achtzigjährige haben. Er bot eine würdevolle Altherren-Erscheinung. Vickie hätte seine Enkelin sein können, vor ihrem Debüt in der großen Gesellschaft.

Ich versicherte beiden, daß ich zur Rede des Präsidenten in der Faneuil Hall um neun Uhr zur Stelle sein würde, und sie machten sich auf den Weg zum Harvard Club. Ich diskutierte einen Augenblick mit mir selbst, als ich die Hotelhalle erreichte, dann beschloß ich, zu meiner eigenen Verabredung zum Abendessen zu Fuß zu gehen.

Es war nur wenig mehr als zwei Jahre her, seitdem ich Boston verlassen hatte, um mich Hallidays Wahlkampagne anzuschließen und schließlich Angehöriger seines Stabes im Weißen Haus zu werden. Die Stadt hatte sich kaum verändert. Ein paar neue Wolkenkratzer entstanden in Back Bay; ihre schmalen Silhouetten zeichneten sich vom dunklen Himmel ab. Noch immer waren die Studenten mit ihren abgetragenen Gucci-Hosen und sorgfältig zerschrammten Leinenschuhen unterwegs, um sich zu amüsieren. Es wehte derselbe kalte Wind, der einen schlottern ließ, egal, was für einen dicken Mantel man trug.

Ich ging mit schnellen Schritten durch die zunehmende Dunkelheit, sah den Abendstern hinter den Gebäuden verschwinden und wieder auftauchen und unterließ es, mir etwas zu wünschen. Ich fühlte mich durchfroren, einsam und plötzlich verdammt verbittert. Ich war unterwegs zum North End, um mit einem alten Zeitungskollegen zu Abend zu essen. Dabei spulten sich die letzten zwei Jahre vor meinem geistigen Auge ab wie die Wiederholung einer Fernsehdokumentation. Ich hätte auf jede einzelne Minute stolz sein sollen. Es hätte eine großartige Zeit meines Lebens sein sollen. Niemand außer mir wußte, daß das nicht stimmte. Jedenfalls dachte und hoffte ich das.

Jede Großstadt hat einen eigenen Rhythmus. Nach so vielen Monaten in Washington, das in Wirklichkeit eine Südstaaten-Stadt mit Magengeschwüren ist, konnte ich sogar mit geschlossenen Augen erkennen, daß ich in Boston war. Ich erkannte es an dem chaotischen Verkehrsgewühl, an dem gequälten nasalen Blöken des falschen Bostoners, der zu seinem Nachbarn sagt: „Haben Sie doch ein Hö-örz, ja-a-a?" oder „Machen Sie die Tü-ah auf, Mö-önsch!"

Bis ich das North End erreichte, war es ganz dunkel geworden. Der Straßenmarkt rund um Faneuil Hall machte zu, wie die Ladenbesitzer in Little Italy, die ihre Waren vom Gehsteig räumten. Aber noch roch es nach Gewürzen und Oliven, und man hörte die Laute alter Männer, die im Schatten von Paul Reveres Old-North-Kirche *Morre* spielten. Mich machte das unglaublich heimwehkrank.

Johnny Harrison hatte ein halbes Glas Rotwein getrunken, als ich das „Rita" betrat. Das Lokal hatte sich überhaupt nicht verändert. Es war winzig, eigentlich nur der Salon einer Privatvilla. Es gab nur sechs kleine Nischen. Der Boden war mit Linoleum bedeckt. Zischende Dampfradiatoren erwärmten den Raum übermäßig. Gemälde von Neapel und Venedig, von einem der jungen Leute aus der Nachbarschaft gezeichnet, verblaßten an den Wänden. Conchetta, die Kellnerin, blondierte sich immer noch ihre Haare, in der Hoffnung, bezaubernd auszusehen. Die Küche war nebenan. Man mußte wissen, daß es das „Rita" gab, um es zu finden. Der Eingang befand sich in einer Gasse, die ständig vom Cadillac eines Mafioso blockiert war. Jetzt war es ein Elektro-Mercedes. Mundpropaganda war die einzige Werbung, und davon das meiste in italienisch.

John Harrison hat etwas von Groucho Marx an sich. Vielleicht liegt es daran, daß er ein alter Filmnarr ist. Er sieht immer so aus, als wüßte er mehr als man selbst, und hat stets eine schlagfertige Antwort parat. In dem einen Jahr, seit ich ihn nicht gesehen hatte, war er etwas dicker geworden, aber ich wußte, wenn ich ihn darauf ansprach, würde er eine Serie von Magerkeitswitzen über mich loslassen. Außerdem saß neben ihm ein Unbekannter, ein stämmiger junger Fußballspielertyp, der den eifrigen Hündchenblick eines frischgebakkenen Reporters hatte.

Ich schob mich in die Nische. „Hallo, Johnny."

Er grinste. „Hab mich schon gefragt, ob du überhaupt kommst."

Drei Minuten Verspätung. Ich ging gar nicht darauf ein.

„Das ist Len Ryan", sagte Johnny. „Er wird über die Rede des Präsidenten heute abend aus der Sicht eines Lokalredakteurs berichten. Du weißt schon – die historische Faneuil Hall, wo Sam Adams' Patrioten ihre Indianerverkleidung für den Teesturm von Boston anlegten, war heute Schauplatz für einen weiteren großen Augenblick der amerikanischen Demokratie ..."

Ryan schlug sich an die Stirn. „Meine Schreibmaschine soll in die Luft fliegen, wenn ich je solchen Quatsch schreibe!"

Wir lachten. Dann wurde Johnny ein wenig förmlich. „Leonard, mein Junge, das ist Meric Albano, Pressesprecher des Präsidenten der Vereinigten Staaten. Einer meiner Schützlinge. Wir haben gemeinsam bei der alten *Globe* angefangen und manch einsame Abendstunde eben hier in dieser Nische verbracht."

Ryan streckte mir die Hand hin. „Eine Ehre, Mr. Albano." Er hatte einen sehr kräftigen Händedruck.

„Meric", sagte ich.

„Americo", sagte Johnny. „Der Sohn eines allzu patriotischen Möchtegernpoeten."

„Mein Vater war Bauingenieur", sagte ich. „Ich bin an dem Tag geboren, als er und meine Mutter hier landeten."

„In Boston?" fragte Ryan.

„Nein, in Cleveland. Die Maschine sollte in Boston landen, aber Logan war wegen eines Schneesturms geschlossen. Wir sind schließlich mit dem Bus nach Boston gekommen."

„Drei Wochen später", sagte Johnny. „Ein faszinierender Beginn für ein faszinierendes Leben."

„Ich habe sehr viel Glück gehabt", witzelte ich.

„Und wir fühlen uns geehrt", meinte Johnny, „daß du dich von deinen Pflichten hast losreißen können, um mit uns das Brot zu brechen."

„Und zu schnacken", sagte ich.

„Richtig!" Er griff nach dem Glas, betrachtete mit zusammengekniffenen Augen die Spiegelung der Deckenlampen im Wein und bemerkte plötzlich, daß ich nichts zu trinken hatte. Er winkte Conchetta. Sie nickte und lächelte mich zur Begrüßung an.

Das Essen verlief sehr harmonisch, wenn Johnny nicht über Laura scherzte.

„Sie ist doch gut angekommen, nicht?" fragte er.

„Ja. Sie dinieren im Harvard Club."

„Laura?" fragte Ryan. „Sie meinen die First Lady?"

„Gewiß", sagte Johnny und drehte eine Gabel voll Linguini fachmännisch auf dem Teller. „Laura Benson und Meric sind als Kinder ein Pärchen gewesen ..."

„Als Kinder wohl kaum", sagte ich, bemüht, den Zorn aus meiner Stimme fernzuhalten. „Sie war in Radcliffe, und ich ging hier auf die Uni."

Johnny zuckte gutmütig die Achseln, ohne eine einzige Nudel zu verlieren. „Jedenfalls haben sie alle Qualen der wahren Liebe durchgemacht. Nur heiratete sie am Ende den Gouverneur von Colorado."

„Der jetzt Präsident ist", ergänzte Ryan.

„Genau. Und unser lieber Freund Meric hier, der unerschütterliche, solide, pflichtbewußte Meric, wird schließlich Pressesprecher des Präsidenten. Und ich bin nichts als ein kleiner Lokalredakteur. Seltsame Welt. Und sich vorzustellen, daß ich ihm alles beigebracht habe, was er weiß. Siehst du sie oft, Meric?“

Mein Mund umging das Thema, bevor mein Gehirn es sich überlegen konnte. „Warum, glaubt ihr, esse ich heute abend mit euch beiden?“

RYAN begleitete mich, als ich durch die Unterführungen unter der Hochbahn zur Faneuil Hall ging. Die Nacht wurde kälter. Es bewölkte sich. Der junge Mann an meiner Seite schien sich bei dem Gedanken aufzuhalten, unter den Großen der Welt zu weilen. Ich ließ ihm seine Illusionen.

Das Auditorium in der Faneuil Hall war vom Boden bis zur Decke gerade erst renoviert worden. Wie immer in Boston hatte es einen Riesenstreit darüber gegeben, ob der Stil original puritanisch, patriotisch-kolonial oder föderalistisch sein sollte. Die Patrioten siegten, und der Saal wirkte in dieser kolonialen Mischung aus Strenge und Wärme elegant und würdevoll. Blau und Gold herrschten vor, mit Naturholztönen hier und dort.

Die Halle war vollgestopft mit der Intelligenzija aus Forschung und Entwicklung in Massachusetts. Da waren Wissenschaftler von MIT und Harvard, Ingenieure der einst magischen „Elektronikstraße“, Route 128, Überlebende aus den Glanzzeiten und Pleiten, die die F-&-E-Industrie und Gesamtwirtschaft des Landes in regelmäßigen Abständen heimgesucht hatten.

Ich hatte mit dieser Rede nichts zu tun. Robinson und die anderen hatten sie erarbeitet, wenngleich The Man in seine Worte stets eine Menge Halliday pur hineingoß. Und er verknüpfte die Rede mit den Fragen bei der nachmittäglichen Pressekonferenz über den iranischen Krieg auf eine improvisierte Weise, die kein Schreiber vor der Zeit zu präparieren vermag: „... die Grundfrage ist völlig klar. Die Grundfrage ist das Überleben, das Weiterbestehen des Lebensstils, den zu erreichen wir so angestrengt gearbeitet haben. Das Weiterbestehen der demokratischen Institutionen, die uns zu einem großen und wohlhabenden Volk gemacht haben. Überleben für unsere Kinder und Kindeskinder.

Wir können es uns nicht mehr erlauben, für die Grundbedürfnisse unserer Menschen auf schrumpfende Naturressourcen angewiesen zu sein. Wir brauchen auch gar nicht so abhängig zu sein, wenn wir – dank der Hingabe und Beharrlichkeit der Wissenschaftler und Techniker unserer Nation – neue Energiequellen in Reichweite haben, die für immer die Zwillingsgefahren beseitigen werden, die uns drohen: Erschöpfung der Ressourcen und Verschmutzung der Umwelt.

Es ist meine Absicht, und ich bin überzeugt davon, daß der Kongreß mir zustimmen wird, die Entwicklung neuer Energiesysteme zu beschleunigen, etwa das Solar-Satellitennetz und die Laser-Fusionsgeneratoren, und zwar mit aller Kraft, über die wir verfügen."

Sie waren begeistert. Zum erstenmal in ihrer Erinnerung behandelte ein Präsident sie als wichtige nationale Hilfsquelle. Das bedeutete gewiß große Summen Bundesgelder für die Eierköpfe. Aber an diesem Abend war für das Publikum noch wichtiger die Tatsache, daß der Präsident, The Man höchstpersönlich, ihnen sagte: „Wir brauchen euch, wir wollen euch, wir bewundern euch." Sie wären ihm überallhin gefolgt, so, wie ihre Väter Kennedy auf den Mond gefolgt waren.

Aber mir erschien er steif. Unbehaglich. Er las die Rede ab, etwas, das er fast nie machte. Nur einem Eingeweihten konnte das auffallen, dachte ich, aber mir machte er den Eindruck, als sei er mit der Rede gar nicht so sehr vertraut.

Laura saß auf der Bühne, rechts neben dem Pult, schöner denn je. Das Rampenlicht der Beachtung und öffentlichen Huldigung schien sie noch selbstsicherer zu machen, zufriedener mit sich selbst und der Welt ringsum. Sie war eine Göttin, die von einer ganzen Nation angebetet wurde. Man wußte es, und sie wußte es. Und so saß sie da, lächelnd, wunderschön, bewundert und fern. Von mir.

Ich riß meine Aufmerksamkeit von ihr los und ließ meinen Blick über das hingerissene Publikum gleiten. Ich fragte mich, was Sam Adams und seine Rauhbeine zu dieser Versammlung gesagt hätten. Wie viele von diesen gutgekleideten, hochgebildeten Leuten würden sich roten Lehm ins Gesicht schmieren und indianischen Federschmuck anlegen, um hinzugehen und den Gesetzen des Staates Widerstand zu leisten? Ein paar, schätzte ich. Verdammt wenige. Und ich war nicht sicher, ob ich mich zu ihnen zählen konnte.

Die ganze Bühne, auf der sich der Präsident und seine Begleitung befanden, wurde von einem unsichtbaren Laserschild geschützt. Und es gab noch zusätzliche Abschirmungen rund um das Pult und den

Körper des Präsidenten. Wenn jemand versucht hätte, aus dem Publikum einen Schuß abzufeuern, hätten die Suchlaser das Geschoß im Flug erfaßt und mit einem Energieblitz von Mikrosekundendauer zu Dampf zerblasen. Schallsprüher hätten alle Anwesenden gelähmt, und McMurtries Leute hätten den Möchtegern-Attentäter in aller Ruhe herauspicken können. Narrensicherer, quantenelektronischer Schutz. Alles mit Lichtgeschwindigkeit. Der Präsident mochte den Eindruck erwecken, allein und frei dazustehen, bloß vor seinen Feinden, während er in Wirklichkeit so gut geschützt war, daß seit Jahren keine größeren Attentatsversuche Erfolg gehabt hatten.

Das war der Grund, weshalb ich eher verblüfft als verärgert war, als McMurtrie meine Schulter packte und, feinfühlig wie ein Elefant, flüsterte: „Mitkommen."

Es blieb mir kaum etwas anderes übrig. Er hatte mich schon halb von meinem Platz im Pressebereich gehoben. Len Ryan sah mich fragend an. Es muß so ausgesehen haben, als nehme man mich wegen Drogenmißbrauchs fest.

„Bin gleich wieder da", sagte ich mit lautlosen Lippenbewegungen, als McMurtrie mich praktisch zum nächsten Ausgang schleppte.

Er wartete, bis die schwere Metalltür sich ganz geschlossen hatte, bevor er sagte: „Wir haben Probleme, und Sie müssen die Schreiberlinge fernhalten."

Im Ausgangstunnel, der zur Durchfahrt führte und von oben durch eine einzelne nackte Glühbirne beleuchtet wurde, sah McMurtrie wahrlich sorgenvoll aus. Sein breites, fleischiges Gesicht war eine Landkarte aus Besorgnis und Angriffslust.

„Was ist passiert?" fragte ich. „Was ist los?"

Er schüttelte den Kopf und packte mich am Arm. Er führte mich durch den Tunnel zur Außentür, die auf die Zufahrt hinter der Halle hinausging, und sagte nur: „Keine Fragen stellen! Halten Sie uns nur die Journalisten vom Leib! Es darf kein Wort über die Sache verlauten. Verstanden? Nicht ein einziges."

Und er umklammerte meinen Arm so fest, daß meine Hand gefühllos wurde.

„Es wäre nützlich, wenn –"

Er stürmte durch die äußere Brandschutztür, und wir standen im Freien. Es war kalt. Der Wind war schneidend, und im Licht der Birne über der Tür tanzten sogar ein paar Schneeflocken. Ich wünschte mir insgeheim meinen Mantel, weil McMurtrie mich durch eine Gasse zog, fort von der Straße, ins schwärzeste Dunkel, und er mir nicht einmal die Gelegenheit geben würde, den verdammten Mantel auch nur zu verlangen.

Die Gasse bog im rechten Winkel ab, und als wir um die Ecke kamen, sah ich eine Gruppe von Leuten, die sich über etwas beugten. Zwei Personen trugen Bostoner Polizeiuniformen, das andere halbe Dutzend Zivil. Sie hatten alle den strengen Ausdruck von Sicherheitsbeamten.

McMurtrie brauchte sich nicht hindurchzuzwängen. Sie traten auseinander, als er herankam. Es war eine Wolldecke, über die sie sich gebeugt hatten. Sie lag auf dem Pflaster der schmutzigen Gasse. Eine Wolldecke mit einer Gestalt darunter. Ich konnte unter dem Saum der Decke ein Schuhpaar hervorragen sehen.

„Der Arzt schon da?" fragte McMurtrie barsch.

Einer der Secret-Service-Agenten antwortete: „Ist unterwegs, Sir."

„Beide Zugänge abgeriegelt?"

„Ja, Sir. Vier Mann an jedem Zugang. Krankenwagen –"

„Keinen Krankenwagen. Keinen Lärm. Nehmt einen von unseren Wagen! Verständigt Dr. Klienerman. Er soll sich mit uns im Massachusetts General Hospital treffen."

„Er ist noch in Washington, nicht ...?"

„Holt ihn mit einer Air-Force-Maschine." McMurtrie wandte sich einem anderen Sicherheitsbeamten zu. „Sie fahren zur Klinik und sorgen dafür, daß die Kryonik-Anlage bereitgehalten wird. Überprüfen Sie alles selbst! Nehmen Sie vom hiesigen FBI-Büro so viele Leute, wie Sie brauchen! Los!"

Der Agent hetzte davon wie ein erschreckter Neuling.

Ich starrte immer noch die Schuhe an. *Wer, zum Teufel, lief hier hinten herum?* Die Schuhe sahen nagelneu aus, es waren nicht die eines Stadtstreichers.

McMurtrie befaßte sich mit den beiden Polizisten. „Würden Sie die Brandschutztür hinten übernehmen? Niemand hinein oder heraus, bis wir das weggeräumt haben." Er wies mit einer kurzen Handbewegung auf die Gestalt.

Die Beamten nickten. Sie waren beide jung und wirkten verschreckt.

Dann sah mich McMurtrie scharf an. „Sie gehen am besten da

hinein, wo Sie herausgekommen sind. Sorgen Sie dafür, daß die Presseleute bis zum Ende der Rede des Präsidenten bleiben. Lassen Sie keinen hier heraus!"

„Wie soll ich ..."

Er legte einen seiner dicken Finger auf meine Brust, der sich anfühlte, als wöge er eine halbe Tonne. „Ist mir egal, wie Sie das machen. Tun Sie es! Nach der Rede kommen Sie zur Kryonik-Anlage im Massachusetts General. Allein. Keine Reporter."

Er meinte es todernst. Und der Mann unter der Wolldecke war tot. In meinem Gehirn begann es zu kreisen. Es konnte kein Attentatsversuch gewesen sein. Ein gutbeschuhter Mann stolpert in eine Gasse, wo er einen Herzinfarkt erleidet, und McMurtrie führt sich auf, als hätten uns die Marsmenschen überfallen.

Aber ich widersprach nicht. Ich ging zurück zur Brandschutztür, ein paar Schritte hinter den beiden Polizisten. Vielleicht reagierte McMurtrie nur zu heftig. Oder vielleicht gebrauchte er, raffinierter Halunke, der er war, diesen Zwischenfall nur dazu, um die Fähigkeiten seiner Truppe zu prüfen.

Klar, das ist es. Eine Übung, ausgelöst durch einen Säufer, dessen Zeit abgelaufen war. Ich wollte schon lächeln, als eine andere Stimme in meinem Gehirn fragte: *Warum holt er dann Dr. Klienerman aus Washington? Und wozu braucht er die Kryonik-Anlage vom Massachusetts General Hospital? Will er den toten Säufer in flüssigen Stickstoff stecken und ein Lutscheis aus ihm machen?*

Ein Blick auf die Gesichter der beiden Polizeibeamten trieb mir meine Leichtfertigkeit aus. Sie hatten Angst. Nicht, weil sie einen Säufer in einer Gasse gefunden hatten. Nicht, weil sie an die Schutztruppe des Präsidenten geraten waren. In ihren Augen war etwas, das ich seit dem Erdbeben von San Fernando nicht mehr gesehen hatte – die beiden fürchteten sich vor etwas, das über menschliche Kontrolle hinausging.

Sie hatten die Brandschutztür einige Schritte vor mir erreicht und drehten sich, um Posten zu beziehen.

Ich blieb stehen, als sie mich ansahen. Einer hatte seinen Elektro-Stachelstab in der Hand. Der andere legte den Daumen auf seinen Revolver.

„Äh ... McMurtrie sagte, ich soll wieder hineingehen", murmelte ich. Auf irgendeine Weise kam ich mir schuldbewußt vor.

„Ja, haben wir gehört." Das war alles, was einer von ihnen sagte. Der andere öffnete die Tür, und ich trat wieder in den Saal.

Ich zitterte. Und das nicht nur von der Kälte.

Die Rede des Präsidenten war fast beendet, als ich meinen Platz wieder einnahm.

„Was ist passiert?" flüsterte Ryan. „Sie sehen schrecklich aus."

Ich versuchte, ihn bohrend anzusehen.

„Mir ist nur kalt. Alles okay."

„Was ist los?"

„Nichts", sagte ich. „McMurtrie wollte den Ablauf für die Rückfahrt des Präsidenten nach Logan noch einmal überprüfen. Wollte wissen, ob ich nach der Rede Fragen zugelassen hätte."

Ryan wirkte ein wenig betroffen, aber das akzeptierte er offenbar. Ich gratulierte mir dazu, daß er Lokalreporter war und niemand vom Pressekorps in Washington, denn dort weiß man, daß wir nach einer Rede nie Fragen zulassen. Vor allem dann nicht, wenn der Präsident am gleichen Tag schon eine Pressekonferenz abgehalten hat.

Halliday beschloß seine Rede, die Zuhörer jubelten heftig, und auf der Bühne begann das gewohnte Händeschütteln. Der Saal leerte sich langsam, auch wenn die meisten Reporter zum nächsten Ausgang hetzten, um zu ihren Redaktionen zurückzufahren und ihre Berichte zu schreiben. Die wenigen, die einen Nebenausgang benützen wollten, wurden abgewiesen und murrten ein wenig.

Ryan ging aber nicht.

„Haben Sie keinen Redaktionsschluß zu beachten?" fragte ich ihn, als wir langsam nach hinten gingen, der Menge nach.

Er ging mit störrischer Miene neben mir her. „Ich mache das Feature für die Nachmittagsausgabe. Zeit habe ich genug. Ich habe mir nur überlegt ... Johnny meinte, es könne Spaß machen, mit Ihnen ein Interview abzuhalten."

„Mit mir?"

„Sicher." Er wedelte mit dem Arm. „Einheimischer erreicht Großes. Wie es ist, im Weißen Haus zu arbeiten. Der populärste Präsident seit Roosevelt, aus nächster Nähe gesehen ..., so ungefähr."

„Jetzt nicht", sagte ich. „Ich muß zum Stab zurück und wieder nach Washington. Keine Zeit für ein Interview."

„Sehr schade."

Mir gefiel sein Gesichtsausdruck nicht: eher neugierig als enttäuscht. Oder bildete ich mir das nur ein?

„Hören Sie", sagte ich. „Warum machen wir das Interview nicht telefonisch? Rufen Sie mich Anfang nächster Woche an, und wir vereinbaren einen Zeitpunkt. Okay?"

Er nickte, ohne zu lächeln. „Klar."

Ryan bot mir an, mich zum Flughafen mitzunehmen, als wir auf der kalten, windigen Straße standen. Ich sagte, ich würde in einer der Stabslimousinen mitfahren, das sei alles vereinbart. Er nahm es mit zweifelhafter Freundlichkeit auf, gab mir die Hand und trabte durch die Dunkelheit zum Parkplatz. Ich sah zu, wie der Wind an seiner Jacke zerrte.

Vor der Faneuil Hall stand nur noch ein Taxi, und ich konnte von Glück sagen, es erwischt zu haben. Ich bückte mich und stieg ein, froh, vor dem Wind geschützt zu sein.

„Massachusetts General", sagte ich zum Fahrer.

„Wissense, wie man hinkommt?" fragte er hinter seiner schußsicheren Trennscheibe.

„Und ob ich das weiß!" fauchte ich. Die Taxifahrer in Boston schikken ihre Kinder nach den Taxameterangaben ihrer Ausflüge auf die Universität nach Harvard. Die Stadt ist klein, aber keine zwei Straßen sind auf logische Weise miteinander verbunden. Man kann zwei Stunden damit verbringen, sein Ziel zu umkreisen, wenn man nicht genau weiß, wo es liegt.

Ich gab dem Fahrer genaue Fahrtanweisungen. Seine einzige Antwort war ein gemurrtes „Is ja gut, is ja gut", als er die Uhr einschaltete und losfuhr.

Jedes große Krankenhaus ist ein Labyrinth von Korridoren, Gebäuden, die in ungeplanter Weitläufigkeit miteinander verbunden sind, von nachhaltigen Arzneigerüchen, Angst und Schmerz.

Es macht mich schon nervös, wenn ich nur einen kranken Freund besuche.

Ich fand endlich die Kryonik-Anlage, wo klinisch tote Personen eingefroren werden, die hoch genug versichert sind und die richtigen Papiere haben, um im Kühlhaus aufbewahrt zu werden, bis irgendein großes medizinisches Genie eine Methode findet zu heilen, woran sie „gestorben" sind.

Es sah mehr nach NASA aus als nach einer Krankenhauseinrichtung. Viel rostfreier Stahl, metallene Schreibtische und Computerschränke an den Wänden. Alles weiß gestrichen wie in einem Operationssaal. Leuchttafeln an der Decke warfen ein blendfreies, schattenloses Licht, das mich nervös machte. Eine ganze Wand des Hauptsaales bestand aus einem langen Fenster. Auf den ersten Blick dachte ich, auf der anderen Seite befinde sich ein Operationssaal mit Auditorium.

McMurtrie saß an einem der Schreibtische, massiger noch als das Möbelstück, mit grimmig-drohender Miene. Eine Schar von Krankenhausangestellten in grünen Kitteln arbeitete an den anderen Schreibtischen. Der Computer summte vor sich hin, und auf der Konsole flackerten Lichter, als erzähle er sich einen guten Witz. McMurtries Beamte standen unsicher und argwöhnisch herum.

Als ich eintrat, bemerkte ich, daß McMurtrie am Bildsprecher mit jemandem telefonierte. Der winzige Bildschirm auf dem Schreibtisch zeigte einen älteren Mann, der ziemlich zerzaust und unglücklich wirkte.

„Es tut mir sehr leid, daß ich Sie um diese Zeit stören muß, Doktor Klienerman", brummte McMurtrie in einem Ton, so nah der Höflichkeit, wie ich das bei ihm noch nie gehört hatte. „Wenn Sie zustimmen, daß wir den Körper einfrieren, können wir ihn ins Walter Reed Hospital zurückbringen und für Ihre Untersuchung morgen bereithalten."

Klienerman sagte etwas, aber ich hörte es nicht. Mein Auge hatte die Szene im Kryonik-Saal erfaßt. Ein langer Edelstahlzylinder lag am Boden, wie der Teil eines glänzenden Abwasserrohrs, umgeben von blaugestrichenen Tanks mit flüssigem Stickstoff, von denen Schläuche in den Zylinder führten. Die Schläuche waren mit Reif bedeckt, und dampfend weißer Rauch strömte aus dem offenen Ende des Zylinders. Es sah kalt aus dort; kälter als in Dantes gefrorener Hölle.

Am offenen Ende des Zylinders stand ein Operationstisch mit der weißlich-leblosen Gestalt eines Mannes. Der Mann, der in der Gasse hinter der Faneuil Hall unter der Decke gelegen hatte. Er war jetzt nicht mehr zugedeckt. Völlig nackt. Ganz offensichtlich tot.

Meine Knie knickten unter mir ein.

Der Tote war James J. Halliday, der Präsident der Vereinigten Staaten von Amerika.

2

McMurtrie stützte mich. Er schlang seine gorillaähnlichen Arme um meine Schultern, sonst wäre ich zu Boden gegangen.

„Das ist nicht *er*", flüsterte er scharf. „Es ist eine Kopie, ein Duplikat ..."

Ich hatte Mühe mit dem Atmen. Alles schien verschwommen und undeutlich. Ich konnte keine Luft in die Lunge bekommen.

Bis ich mich umsah, saß ich auf einem Stuhl und trank gierig Wasser aus einem Plastikbecher. McMurtrie ragte vor mir auf. Aber ich blickte immer noch an ihm vorbei auf die Gestalt in der Kältekammer. Kalt. Tot.

„Es ist nicht der Präsident", sagte McMurtrie zu mir. „Er ist im Flugzeug, auf dem Rückflug nach Washington. Ich habe vor zehn Minuten mit ihm gesprochen." Er zeigte mit dem Daumen auf den Bildsprecher.

„Wer ist dann ..." Meine Stimme klang schwach und brüchig, so als käme sie von jemand anderem, von einem Menschen, der alt und voller Angst war.

McMurtrie schüttelte den Kopf wie ein Büffel, der die Schnaken loswerden will. „Keine Ahnung. Aber wir bekommen es heraus, glauben Sie mir."

Ich kehrte langsam zur normalen Wahrnehmung zurück. Ich atmete tief ein, richtete mich auf dem Stuhl auf und schaute mich in dem blendfreien weißen Raum um. Vier von McMurtries Leuten standen herum. Sie hatten nichts zu tun, wirkten aber wachsam und einsatzbereit. Einer von ihnen, der Tür am nächsten, hatte die Pistole herausgeholt und überprüfte sorgsam ihr Funktionieren. Das Magazin steckte in seiner Brusttasche.

„Jemand hat ein Double für den Präsidenten gemacht", sagte ich zu McMurtrie mit etwas mehr Kraft in der Stimme, „und Ihre Leute haben es umgebracht."

Er funkelte mich böse an. „Keine Rede. Wir haben diesen Mann in der Gasse gefunden. Genau dort, wo Sie ihn gesehen haben. Er war tot, als die beiden Polizisten über ihn stolperten. Keine Identifikation. Keine Spuren von Gewaltanwendung."

Ich überlegte kurz. „Lag einfach da, ausgestreckt in der Gasse."

„Die Polizisten hielten ihn für betrunken, nur war er zu gut gekleidet. Als sie dann sein Gesicht sahen ..."

„Keine Schußwunden oder Einstichspuren oder sonst etwas?"

McMurtrie sagte: „Gehen Sie hinein, und untersuchen Sie ihn selbst, wenn Sie wollen."

„Nein, danke." Aber ich ertappte mich dabei, daß ich die Leiche in der nebligen, kalten Kammer anstarrte. Sie sah genau wie Halliday aus.

„Sind Sie wieder in der Verfassung, daß Sie gehen können?" fragte McMurtrie.

„Denke schon."

„Und reden?"

Nun funkelte ich ihn an. „Was mache ich jetzt wohl?"

Er grunzte. Das galt bei ihm als Lachen. „Unten bei der Anmeldung sind ein paar Reporter. Die Polizei und zwei von meinen Männern halten sich dort auf. Jemand muß mit ihnen reden."

Ich wußte, wer der Jemand war. „Und was sage ich ihnen? Daß Disneyland eine Kopie vom Präsidenten hergestellt hat?"

„Sie sagen ihnen gar nichts", erwiderte McMurtrie. „Aber Sie schikken sie heim mit der Überzeugung, daß sie wissen, weshalb wir hier sind. Kapiert?"

Ich nickte. „Die alte Ziegler-Masche. Klar. Ich wandle auch auf dem Wasser. Nur, um sie zu beeindrucken."

Er beugte sich so nahe heran, daß ich sein Mundwasser riechen konnte.

„Hören Sie zu. Das ist *wichtig*. Wir dürfen die Medien nicht in Erfahrung bringen lassen, daß es heute nacht eine genaue Kopie des Präsidenten gegeben hat, die in Boston frei herumgelaufen ist."

„Frei herumgelaufen ist der Kerl gerade nicht."

„Nicht ein Wort darüber."

„Woran ist er gestorben?"

Er hob die massigen Schultern. „Weiß ich nicht. Unsere eigenen Mediziner haben ihn sich kurz vorgenommen, aber es läßt sich noch gar nichts sagen. Wir frieren ihn ein und schicken ihn Klienerman ins Walter Reed."

„Bevor ich mit den Reportern spreche, will ich mich mit dem Chef abstimmen", sagte ich.

McMurtrie murrte gerade so viel, um sich treu zu bleiben, dann durfte ich den Bildsprecher benützen. Es dauerte nur ein paar Augenblicke, den Präsidenten an Bord von Air Force One mit dem Spezialkode zu erreichen. Sie kreisten über dem Militärflughafen Andrews, im Begriff zu landen. Aber der Präsident besteht auf Sofortkommunikation, gleichgültig, wo er sein mag. Er ist von allen Angehörigen seines Stabes nie weiter entfernt, als es die Lichtgeschwindigkeit zuläßt. Auf dem winzigen Schirm des Schreibtisch-Bildsprechers wirkte er ein wenig angespannt. Nicht so sehr müde oder besorgt als gereizt, beinahe zornig.

Ich besprach die Lage ganz kurz mit ihm. „Und McMurtrie meint, daß ich bei den Reportern mauern soll“, sagte ich abschließend.

Sein für die Öffentlichkeit bestimmtes Lächeln war verschwunden. Er preßte die Lippen zusammen. „Was meinen Sie?“ fragte er.

Einer von Hallidays Glaubenssätzen war totale Ehrlichkeit der Presse gegenüber gewesen. Er war verdammt fair zu den Journalisten, einer der Gründe, weshalb ich mich überhaupt zu ihm hingezogen fühlte. Von Laura einmal ganz abgesehen.

„Ich fürchte, er hat recht, Mr. President“, antwortete ich. „Wir können das nicht verlauten lassen, jedenfalls nicht gleich.“

„Weshalb nicht?“

Eine Frage, die er immer stellte. Für ihn zu arbeiten war ständige Übung in klarem Denken.

„Weil“ – ich dachte so klar und schnell, wie ich konnte – „eine Verlautbarung im Augenblick mehr Fragen als Antworten aufwerfen würde. Wer ist dieses Double? Wie kommt es, daß er aussah wie Sie? Und warum? Wie ist er umgekommen? Und ...“ Ich zögerte.

Er begriff.

„Und ist es wirklich James J. Halliday, der dort eingefroren wird, während ich ein Schwindler bin, der ihn ersetzt hat? Richtig?“

Ich mußte es zugeben. „Das ist das große Problem. Und wenn Sie ein Betrüger sind, für wen arbeiten Sie?“

Er grinste. „Für die Republikaner.“ Dann wurde er ernst. „Meric, halten Sie mich für ein Double?“

„Keine Mikrosekunde.“

„Warum nicht?“

„Sie würden mich nicht so herausfordern, wenn Sie eines wären. Außerdem verhalten Sie sich genauso, wie Sie es immer tun.“

Er legte den Kopf ein wenig auf die Seite, auch eine Eigenheit von ihm. Ich hatte bis zu diesem Augenblick nie besonders darauf geachtet.

„Nun gut", sagte er schließlich. „Ich verberge ungern etwas vor der Presse, wenn es nicht einen verdammt wichtigen Grund dafür gibt."

„Das ist ein verdammt wichtiger Grund", sagte ich.

Er stimmte zu und verlangte, McMurtrie zu sprechen. Ich stand vom Schreibtisch auf und starrte wieder in die Kältekammer. Die Gruppe von Meditechnikern in ihren grünen Kitteln begann die Leiche in den Edelstahlzylinder zu schieben, der ihr Eissarkophag sein sollte. Flüssiger Stickstoff trat aus und erfüllte den Raum mit weißem Nebel. Alle Techniker trugen Gesichtsmasken; ich würde keinen einzigen erkennen können.

Dann kam mir dieses eine Wort: *Genau*. Der Mann, mit dem ich eben über den Bildsprecher telefoniert hatte, verhielt sich genau wie der James J. Halliday, den ich seit dem Beginn seines Wahlfeldzugs gekannt und für den ich gearbeitet hatte. Die Leiche, die man in den kalten Metallzylinder schob, sah genau wie James J. Halliday aus. Meine Knie wurden wieder zittrig.

McMurtrie kam zu mir heran. Ich konnte unsere beiden Spiegelbilder in der Glasscheibe sehen, die uns von der Kältekammer trennte. Er sah so grimmig aus wie die Rache selbst. Ich sah angstzerfressen aus.

„Okay, Kleiner", sagte er. „Jetzt spielen Sie in der Oberliga. Setzen Sie ein gerades Gesicht auf, und schaffen Sie die Journalisten hinaus, während wir den Sarg durch den Hinterausgang transportieren."

Einer seiner Leute ging mit mir bis zum Warteraum in der Nähe des Haupteingangs.

Es war ein typischer McMurtrie-Mann: ordentlich angezogen, ruhig und farblos bis zur Unsichtbarkeit. Und absolut fähig, einen Menschen ruhig, farblos und vielleicht sogar blutlos zu töten. Stoff zum Nachdenken.

Len Ryan war unter den Journalisten im Warteraum. Sie waren zu elft, ein modernes Schrumpfdutzend, saßen auf den abgewetzten und verbraucht aussehenden Plastikstühlen, unterhielten sich und rissen Witze, als ich hereinkam. Ryan saß abseits in einer Ecke und schrieb in ein dickes Notizbuch. Er warf mir einen Blick zu, halb Argwohn, halb Verachtung.

„Hat keine von den lieben Kolleginnen mehr Nachtdienst in dieser Stadt hier?" witzelte ich und setzte mein Berufslächeln auf.

„Die waren alle am Flughafen, um die First Lady zu interviewen", sagte der Mann direkt vor mir. Er war enorm übergewichtig, kein Typ, der losspurtet, wenn er irgendwo etwas läuten hört. Ich hatte ihn nicht gekannt, als ich bei der *Globe* gewesen war, aber er sah älter aus als ich. Neu in der Stadt vermutlich.

Es war ein kleiner Raum. Ich ging ein paar Schritte hinein, und sie standen alle erwartungsvoll auf. Die Bodenfliesen hatten früher ein Muster, aber die Farben waren durch das angstvolle, erschöpfte Hinundherschlurfen der Menschen im Laufe der Jahre praktisch abgewetzt worden. Die Beleuchtung war zu grell. Die Heizung war zu stark aufgedreht. Durch die beiden Abdichtfenster konnte ich auf dem Storrow Drive Autos vorbeibrausen sehen, dahinter den Fluß, dahinter das MIT. Ich wünschte mir, irgendwo dort draußen sein zu können, irgendwo, nur nicht hier.

„Was ist los, Meric?" fragte Max Freid von der UPI. Wir nannten ihn „Hot Dog Max", weil er es stets auf spektakuläre Coups abgesehen hatte. „Warum das ganze Gedränge mit dem Secret Service? Wer ist der Tote?"

„Immer langsam", sagte ich und bewegte die Hände auf und ab. „Regt euch nicht auf. Offenbar ist irgendein Trunkenbold in die Gasse hinter der Faneuil Hall gestolpert und mit einem Herzinfarkt umgekippt." *McMurtrie kann das hiesige FBI-Büro veranlassen, einen echten Alkoholiker vorzuschieben, der heute nacht wirklich gestorben ist.* „Die Polizei, die in der Umgebung Streifendienst machte, fand ihn und unterrichtete die Sicherungsgruppe des Präsidenten. Das sind, wie Sie bemerkt haben dürften, Leute mit starkem Beschützerinstinkt, und sie haben die Leiche sofort hierherbringen lassen. Eine schlichte Vorsichtsmaßnahme, das ist alles." *Die beiden Polizisten aus Boston lieber nach Washington versetzen oder anderweitig auf Eis legen. Wenn diese Schlaumeier hier sie zu fassen bekommen, ist die Meldung in einer Viertelstunde da. Die Medientechniker waren nach McMurtries Worten vom Militär. Nachprüfen.*

„Scheint mir eine gewaltige Überreaktion zu sein bei einem toten Säufer."

Ich nickte. „Ja, mag sein. Aber so reagieren die Sicherheitsbeamten nun einmal. Seit vielen Jahren hat niemand mehr versucht, einen

Präsidenten – oder auch nur einen Kandidaten – umzubringen. Richtig?" *Und heute nacht? War das ein Versuch? Ist er gelungen?*

Sie murmelten widerstrebend Zustimmung.

„Hört zu, Leute." Jetzt mußte ich den Volltreffer landen. „Ich habe, bevor ich hergekommen bin, gerade mit dem Präsidenten telefoniert. Ich habe vorgeschlagen, und er war damit einverstanden, daß ich euch bitte, über den kleinen Zwischenfall nichts zu bringen ..."

„Wußte ich's doch!"

„Na hören Sie, Meric. Um Him–"

„Laßt mich ausreden!" Ich erhob die Stimme. Als das Gemurre aufhörte, fuhr ich fort. „Ich bitte euch nicht gerne darum, und der Präsident hat noch länger gezögert ..."

„Warum es dann verlangen?" Die Frage kam von Len Ryan.

„Weil es ein harmloser Zwischenfall gewesen ist, der nicht aufgebauscht werden sollte. Und weil jeder Verrückte im Land gewalttätig wird, sobald eine Meldung erscheint, die einen Attentatsversuch auch nur andeutet. Das wissen Sie. Ich brauche Ihnen das nicht zu erläutern."

„Und die großartige Sicherungstruppe des Präsidenten? Hat die Angst davor, sich ein bißchen anzustrengen?"

„Denkt doch mal nach!" knurrte ich. „Der Präsident genießt den besten Schutz der Welt. Aber warum sich Schwierigkeiten auf den Hals laden? Warum irgendeinen Irren auf dumme Gedanken bringen, weil ein Betrunkener in einer Gasse umgekippt ist? Hört doch auf!"

„Wie ist er da hineingekommen? War die Umgebung des Saales nicht von der Polizei abgeriegelt?"

Das stimmt, fiel mir ein. *Wie, zum Teufel, ist er da hineingekommen?* Aber mein Mund wußte sich zu helfen. „Genau das meine ich. Kein Sicherheitssystem ist vollkommen. Zum Glück war es nur ein harmloser Betrunkener."

„Ich muß da erst meinen Redakteur fragen", sagte einer der Männer im hinteren Teil des Raumes. „Wir können nicht garantieren, daß wir nichts bringen."

„Paßt auf! Erinnern Sie sich an das Attentat auf Jackson, damals in den achtziger Jahren?"

„Der arme Hund ist auf keine hundert Meter an Jackson herangekommen ..."

„Sicher", sagte ich. „Aber in der darauffolgenden Woche brachte dieser Geisteskranke in Sacramento elf Leute um, nicht? Und der Heckenschütze in Dayton kurz danach?"

„Sie können nicht beweisen, daß eine Zeitungsmeldung sie hat überschnappen lassen."

„Ich brauche es nicht zu beweisen", erklärte ich. „Ich möchte nur, daß ihr hier und eure Redakteure begreifen, worum es geht. Wenn ihr aus diesem Zwischenfall einen Knüller macht, erzeugt ihr vielleicht einen neuen Würger von Boston."

„Menschenskind!" murmelte jemand. „Jetzt geben Sie uns bald noch die Schuld an Jack the Ripper."

Es bedurfte noch vieler Worte und Anrufe bei einem halben Dutzend verschlafener, unwirscher Redakteure. Ich rief direkt von der Telefonvermittlung des Krankenhauses aus an, während sie um mich herumstanden. Es war zwei Uhr früh vorbei, als sich der letzte von ihnen damit einverstanden erklärte, nichts zu veröffentlichen.

Ich war hundemüde. Die Reporter verließen das Krankenhaus, zu enttäuscht, um sich darüber zu beklagen, daß sie sich die Nacht vergeblich um die Ohren geschlagen hatten.

„Immer noch mit einem Dienstwagen zum Flughafen?"

Es war Ryan. Niemand war mehr da außer ihm und mir und dem nahezu unsichtbaren Sicherheitsbeamten, der an der Wand lehnte.

„Ich habe Sie hingehalten", räumte ich ein. „Tut mir leid. Man fand eine Leiche, und es gab ein bißchen Aufregung."

Er nickte mit einer knappen, ruckhaften Kopfbewegung. Er hatte einen Stiernacken und erweckte den Eindruck, als könne er notfalls sehr störrisch sein. Und idealistisch. Er erinnerte mich an mich selbst in diesem Alter. Vielleicht lag es daran, daß ich ihn nicht mochte.

„Ich kann Sie immer noch zum Flughafen fahren", sagte er.

„Nein. Trotzdem vielen Dank! Ich möchte nicht, daß Sie einen Umweg machen müssen. Ich habe für einen Abend genug von Ihnen verlangt."

Das entlockte ihm ein Lächeln. „Er liegt auf meinem Weg. Ich wohne in Winthrop. Kommen Sie ... Sie sehen erledigt aus."

Widerwillig ließ ich mich zum Parkplatz führen und stieg in seinen Wagen. Ryan sagte auf der Fahrt zum Flughafen kein Wort. Ich mußte ein paar Minuten eingedöst sein. Als ich wieder bei Bewußtsein war, hielten wir vor dem Flughafengebäude, wo immer noch die Begleitmaschine stand.

„Danke fürs Mitnehmen“, sagte ich, als ich aus dem Toyota Electric stieg.

„Gern geschehen.“

Ich achtete darauf, mir den Kopf nicht anzuschlagen, und zwängte mich endlich auf den Gehweg hinaus, wie das letzte Klümpchen Zahnpasta aus einer aufgerollten Tube. Ich bückte mich wieder und schüttelte, halb im Fahrzeug, Ryans ausgestreckte Hand.

„Ich rufe Sie in ein paar Tagen an“, sagte er. „Ich glaube, ich möchte lieber nach Washington kommen, um das Interview mit Ihnen zu machen. Jetzt.“

Ich schlug mir den Kopf oben am Türrahmen an, als ich mich aufrichtete.

Mehrere fremde Männer, die sich bemühten, nicht aufzufallen, bewachten die Eingänge, den Korridor und den Flugsteig in der Nähe der Maschine. FBI, vermutete ich. Sie sahen nicht nach McMurtries Leuten aus.

Das Flugzeug war warm und behaglich und voll schlafender Menschen. Der Großteil war die ganze Nacht hier, seitdem die Rede des Präsidenten beendet war. Die Beleuchtung war so trüb, daß ich die schlafenden Gestalten, die sich zusammengerollt oder in den dick gepolsterten Sesseln ausgestreckt hatten, kaum erkennen konnte.

McMurtrie schlief allerdings nicht. Er saß vorne, und eine kleine Arbeitslampe machte seinen Sitz und den Klapptisch zu einer Insel der Wachheit in der dunklen Maschine. Ich ging zu ihm und sah, daß er nichts tat, sondern einfach dasaß und ins Leere starrte.

Die Motoren heulten auf. Die Leuchtanzeige für die Gurte flammte auf. Ich ließ mich neben McMurtrie nieder, beugte mich hinüber und fragte: „Irgend etwas Neues?“

Er schüttelte stumm den Kopf.

„Wissen sie Bescheid?“ Ich deutete mit dem Daumen nach hinten.

Es war offensichtlich, daß ich ihn bei seinen privaten Gedankengängen störte. Er drehte sich mir langsam zu und brummte: „Bis jetzt haben wir es ihnen verschweigen können. Es hat keinen Sinn, das weiter zu verbreiten, als es sein muß.“

Ich gab ihm recht. „Wo ist die, äh, Kapsel? Der Gefrierbehälter?“

„In einer anderen Maschine, unterwegs nach Minnesota.“

Ich blinzelte. „Wohin?“

„Zu einem Speziallabor in Minnesota. Anweisung des Präsidenten.

Wir fliegen Doktor Klienerman morgen hin. Einfacher für die Sicherheit."

Mit Sicherheit meinte er Geheimhaltung.

„Der Präsident hat das angeordnet?"

McMurtrie nickte.

„Persönlich?"

Er nickte wieder, aber mit wachsender Ungeduld.

„Es war nicht Wyatt oder sonst jemand? Es war der Präsident höchstpersönlich?"

McMurtrie verliert die Beherrschung nie. Er denkt nach. Aber er ist es nicht gewöhnt, verhört zu werden.

„Ja, es war der Präsident selbst", sagte er so leise, daß ich die Worte bei dem zunehmenden Heulen der Motoren kaum hören konnte. „Genau dieselbe Prozedur wie vorher."

Selbst mein schläfriges, benebeltes Gehirn registrierte das letzte Wort. „Vorher? Wann vorher?"

Im Bruchteil einer Sekunde begriff er, daß er etwas gesagt hatte, das er nicht hätte von sich geben sollen. Er packte meinen rechten Arm mit seiner kräftigen Hand.

„Sie sollen leise sein, verdammt noch mal!"

„Das ist schon früher vorgekommen?" drängte ich. „Es ist nicht das erstemal?"

Sein Gesicht verzerrte sich vor kaum verhüllter Wut, und McMurtrie sagte: „Fragen Sie den Präsidenten danach. Nicht mich."

„Das werde ich", fauchte ich ihn an. „Verlassen Sie sich drauf!"

3

Am nächsten Morgen hätte mir das Ganze wie ein schlechter Traum vorkommen müssen. Ich wurde wach, und die Sonne schien in mein Schlafzimmerfenster. Der Rock Creek Park draußen war grün und dichtlaubig. In Washington ist im April schon beinahe Sommer. Die Kirschbäume am Tidal Basin und in der Vierzehnten Straße blühten. Der Himmel war klar und von grellem Blau.

Aber ich fühlte mich noch immer miserabel. Nicht nur deshalb, weil ich bloß ein paar Stunden Schlaf gehabt hatte. Ich hatte Angst.

Vom Stab hatte keiner mehr ein Büro im Weißen Haus. Obwohl

Halliday nur einen kleinen Stab besaß, verglichen mit allen Präsidenten seit Truman, bestand er darauf, das Weiße Haus ausschließlich für sich selbst zu reservieren. Weshalb er und Laura das ganze Gebäude für sich allein brauchten, war Thema von allerhand hämischem Gerede in Washington. Während der ersten Monate von Hallidays Amtszeit hatte es zahllose schmutzige Witze darüber gegeben. Aber dann begann er, sich in sein Amt einzuleben, und bot den Leuten die beste Regierung, die sie seit einer Generation gehabt hatten. Die Witze hörten auf. Als die Aktienkurse kletterten, die Inflation zurückging und man sogar bei den störrischen Arbeitslosenziffern Fortschritte zu machen begann, wurden aus den üblen Witzen über Halliday gutmütige. Er war bei jedermann beliebt.

Aber trotzdem ließ er nicht zu, daß einer von uns seiner Arbeit im Weißen Haus nachging. Sicherheit war die unausgesprochene Erklärung. Wenn man an alle die Präsidenten und Kandidaten dachte, die im Laufe der Jahre niedergeschossen wurden, wer konnte es ihm verdenken? Es schien seine einzige Schrulle zu sein; er war verdammt stur, wenn es um seine persönliche Sicherheit ging. Und um seine Privatsphäre.

Jeden Morgen ging ich zum Beispiel mit ihm unsere tägliche Pressebesprechung durch. Ich saß in meinem Büro, und wir besprachen die Nachrichten des Tages über den Bildsprecher. Dann ging ich hinunter und erledigte die Morgenbesprechung mit dem Pressekorps von Washington. Ins Weiße Haus kam ich fast nie, wie wir alle. Wir sprachen mit dem Präsidenten über das TV-Telefon. An manchen Tagen war er heiter und jovial, an anderen angespannt und kritisch. Ein- oder zweimal ging er ausgesprochen unwirsch mit uns um, vor allem, wenn es um schlechte Nachrichten in der Wirtschaft ging. Aber es kam sehr selten vor, daß er einen von uns zu einer Besprechung von Angesicht zu Angesicht ins Weiße Haus bat. „Wir arbeiten alle für die Telefongesellschaft“ war in unseren Büros ein Schlagwort.

Der Stab war in den Gebäuden rings um das Weiße Haus untergebracht. Ich im Aztekentempel. Wir nannten ihn so, weil er allein durch Sonnenenergie beheizt und klimatisiert wurde, ein Vorführungsprojekt des Amtes für Energieforschung und -entwicklung. Er hatte die Form einer Stufenpyramide, um möglichst viele Auffangflächen für die Sonnenbestrahlung zu schaffen. Und er funktionierte auch sehr gut, abgesehen davon, daß er im tiefsten Winter irrsinnig kalt wurde. Und die dünnste Schneedecke machte die Solarplatten völlig wirkungslos. Wir bekamen öfter Kälteferien als die Schulkinder.

Mein Büro war kühl und trocken, als ich hinkam; die Klimaanlage arbeitete gut. Aber ich bemerkte es kaum. Während Greta mir den Morgenkaffee und Lageberichte brachte und ihre üblichen mütterlichen Laute über die Ringe unter meinen Augen und mein Schlafdefizit von sich gab, tippte ich auf der Telefontastatur.

Es dauert einige Minuten, die Leiter im Weißen Haus hinaufzugelangen, selbst für den Pressesprecher des Präsidenten. Ich lehnte mich im Sessel zurück, schaltete die Fernsehkanäle auf fünf der Bildschirme ein, die der Rückwand meines Büros das Aussehen eines Insektenauges verliehen, und trank vorsichtig einen Schluck von dem glühendheißen schwarzen Kaffee.

Natürlich verbrannte ich mir die Zunge. Alle fünf Nachrichtensendungen sprachen von anderen Dingen als der Aufregung der vergangenen Nacht in Boston. Den Ton hatte ich natürlich abgeschaltet. Ein paar von den Elektroniker-Schlauköpfen hatten die Bildschirme mit Textwandlern ausgestattet, so daß ich ablesen konnte, was die Leute auf den Schirmen sagten. Ich dachte mir im stillen oft, daß wir alle geistig viel gesunder sein könnten, wenn alle Fernsehapparate so funktioniert hätten, ohne den Lärm.

Die Nachrichtensprecher führten die neuesten Kämpfe in Kuwait vor, mit himmelhohen Säulen aus ölig-schwarzem Rauch, die einen verdammt kostspieligen Hintergrund für die gepanzerten Luftkissen-Mannschaftsfahrzeuge des Schahs bildeten. Dann schalteten sie alle auf die Rede des Präsidenten in Boston. Aber kein Wort fiel über die Leiche.

Auf meinem Bildfernsprecher tauchte Robert S. H. Wyatt auf.

„Guten Morgen, Meric. Wie geht es Ihnen heute?"

„Miserabel", sagte ich. „Ich muß zum Chef. Sofort. Wenn nicht früher."

Der alte Robert war durch nichts zu überraschen oder aus der Ruhe zu bringen. Er saß einen Augenblick da, und das einzige, was einen davon überzeugte, daß er keine Wachsfigur sein konnte, war das kaum bemerkbare Pulsieren einer bläulichen Ader an seinem glänzenden kahlen Schädel. „Sie haben Ihre regelmäßige Nachrichtenbesprechung um ..."

„Robert", fauchte ich, „schalten Sie den Zerhacker ein, bitte."

Er bewegte einmal die Augenlider, und ich sah, wie sich seine Schultern bewegten. Seine Hände waren außerhalb des Kamerabereichs. Ich schaltete meinen Zerhacker ein, und der kleine Bildschirm flackerte kurz. Dann wurde das Bild wieder scharf.

Bevor Seine Heiligkeit etwas sagen konnte, platzte ich heraus. „Robert, Sie wissen, was gestern nacht geschehen ist."

„Gestern nacht?"

Zum Teufel damit. Ich wußte, daß er Bescheid wußte. Ich war mir völlig sicher. Er steht dem Präsidenten näher als McMurtrie oder ich oder sonst irgendein Mitarbeiter. Er ist der Ersatzvater des Präsidenten, Himmel noch mal.

„In der Gasse hinter der Faneuil Hall ist eine Leiche gefunden worden. Sie sah genauso aus wie James J. Halliday. *Ganz genauso*. Und es ist auch nicht das erstemal, daß das geschehen ist."

Sein Gesicht wurde leichenblaß. Wyatt hatte nie einen sehr kräftigen Eindruck gemacht; er war gebrechlich, bewegte sich langsam und sah immer blaß und wächsern aus. Aber die letzte Spur von Farbe wich aus seinem Gesicht. Sein linkes Auge zuckte mehrmals unkontrollierbar. „Gestern nacht, sagen Sie?" Seine Stimme war kaum zu hören.

„Sie wußten nichts davon?"

„Nein, davon nichts."

„Ich muß den Präsidenten sprechen", sagte ich noch einmal. „Das ist zu wichtig, als daß man es auf Dauer aus den Nachrichten heraushalten könnte. Wenn es eine Verschwörung gibt, ihn durch ein Double zu ersetzen ... oder wenn sie schon ..."

„Sie?" Die Kraft floß in ihn zurück. Er runzelte die Stirn. „Wen meinen Sie mit *sie?*"

„Was weiß ich? Die Russen. Die Chinesen. Die Saudis. Irgend jemand versucht, einen Mann, der genauso aussieht wie der Präsident, an Orten einzuschleusen, wo der Präsident ist. Wer und warum?"

Er sagte entschieden: „Das ist eine Sache der Leute, die für die innere Sicherheit verantwortlich sind, nicht für den Pressesprecher."

Ich erwiderte mit der gleichen Halsstarrigkeit wie er: „Robert, früher oder später muß ich der Presse entweder mitteilen, was ich weiß, oder versuchen, das vor ihr zu verbergen. Ich will nicht im dunkeln tappen; ich werde kein dressierter Papagei sein. Ich will heute den

Chef sprechen. Ich möchte mich vergewissern, daß er derselbe Mann ist, für den zu arbeiten ich mich verpflichtet habe."

Er öffnete den Mund, aber kein Wort kam heraus. Einige Sekunden lang. Schließlich blickte er kurz nach unten, dann sah er mich wieder an und sagte: „Elf Uhr fünfundvierzig. Der Vizepräsident wird auch bei ihm sein, aber das ist wohl ein Thema, das Sie mit beiden besprechen sollten. Wenn der Vizepräsident geht, können Sie noch einige Minuten bleiben."

Ich nickte. „Im Ovalen Zimmer?"

„Ja."

Besucher des Weißen Hauses gelangen durch den Ostflügel hinein und werden an den für die Besichtigung bestimmten Räumen im Erdgeschoß und ersten Stock vorbeigeführt: Bibliothek, Empfangsraum für die Diplomaten, Ostzimmer, Grünes Zimmer und dergleichen. Das Ovale Zimmer des Präsidenten befindet sich auf der anderen Seite des Gebäudes, im Westflügel, mit Blick auf den Rosengarten. Keine Touristen.

Die Schlange von Touristen wand sich den ganzen Weg um den Block herum und verschwand hinter der baumbeschatteten Kurve der South Executive Avenue. Ich konnte sie von meinem Bürofenster aus sehen. Aus irgendeinem Grund wirkten diese Menschen, selbst so früh am Tag schon, zerknittert und erschöpft, die Kinder nörgelten, die Hitze erzeugte Gereiztheit. Das Ganze wirkte wie eine endlose Reihe von Flüchtlingen, deren einziger geheiligter Besitz Kameras und Souvenirluftballons waren.

Ich fuhr mit dem unterirdischen Gleitweg zum Weißen Haus. Das ersparte mir Zeit und Ärger. Am Kellereingang zum Gleitweg in meinem Gebäude stand ein uniformierter Wachtposten der Marineinfanterie, ein halbes Dutzend oder mehr befanden sich in Unterständen entlang des gefliesten Korridortunnels, mit Schnellfeuergewehren und anderen Waffen.

Am anderen Ende unter dem Weißen Haus war noch eine Abteilung. Wo der Lift im Flur des Westflügels aufging, führte mich ein Trio von Secret-Service-Agenten, alle in Zivil und sehr höflich, unter den Identifizierungsbogen.

Der Bogen gleicht den altmodischen Kontrollmaschinen in den Flughäfen, wo man die Leute und alles, was sie bei sich tragen, nach

Waffen untersucht. Aber im Weißen Haus prüft man mit der fortgeschrittenen Technologie des Identifizierungsbogens Fingerabdrücke, Netzhautmuster, Stimmdiagramm, Physiognomie und Gewicht, alles in den drei Sekunden, die man benötigt, um das Portal zu durchschreiten. Man braucht nur laut seinen Namen zu sagen und die Hände mit den Handflächen nach außen hochzuhalten, während man hindurchgeht. Die Maschinerie im Portal vergleicht jeden Ankömmling mit einer vorprogrammierten Liste des zugelassenen Personals. Wenn er nicht auf ihr steht, bitten ihn die höflichen und leisen Secret-Service-Leute zu warten, während sie ihn genauer überprüfen. Sollte man versuchen, trotzdem an ihnen vorbeizugelangen, wäre man nach weniger als einer Minute tot.

Niemand wird Präsident, ohne in den Menschen um sich eine persönliche Loyalität zu erzeugen. Wie sonst erklärt man ein so unwahrscheinliches Paar wie den erfahrenen, weltgewandten Dean Acheson und Harry Truman? Oder die Leute um Nixon, die sich lieber die Fingernägel hätten ausreißen lassen, als irgend etwas zuzugeben, das ihrem Chef schaden könnte? Oder Morton Rochester, den Redenschreiber, der sich auf eine Handgranate warf, um das Leben *seines* Präsidenten zu schützen?

James J. Halliday war mein Präsident. Ich hatte weiß Gott ein wirres Netz von Motivationen im Hirn, als ich für ihn zu arbeiten anfing. Ich habe sie noch immer nicht alle geordnet; jetzt scheint alles eher noch komplizierter und verwickelter zu sein. Aber von dem ersten Augenblick an, als ich ihm begegnete, fühlte – nein, *wußte* ich, daß das ein Mann war, für den tätig zu sein ich stolz sein würde. Er vermittelte einem immer den Eindruck, daß man mit ihm arbeitete, nicht für ihn. Harrison und die anderen in Boston hielten mich für völlig verrückt, als ich meine Stellung dort aufgab, um für Halliday zu arbeiten. Er war nur ein „doofer blonder" Gouverneur aus einem dünn bevölkerten Staat im Westen, der mit dem Geld seines Vaters und seinem gutaussehenden Gesicht und sonst nicht viel mehr als Außenseiter die Nomination als Präsidentschaftskandidat suchte. So glaubten sie.

Ich hatte keinen Augenblick der Wahlkampagne je bedauert, sowenig wie die ersten Monate seiner Amtszeit. Halliday zeigte mir mehr Verstand, mehr Mut, mehr Ehrlichkeit, als ich von einem Politiker je erwartet hätte. Er war kein Dummkopf. Er konnte, wenn es sein mußte, rücksichtslos und eiskalt sein. Er wich Fallen aus, die Leute in den höchsten Rängen seiner eigenen Partei für ihn aufbauten. Er vernichtete ein paar selbsternannte Feinde und gestattete dann dem Rest, sich ihm als Verbündete anzuschließen. Er schüchterte sie alle so ein, daß sie hart arbeiteten und auf Hinterhältigkeiten verzichteten.

Und vor allem flößte er ihnen mit seiner Intelligenz Respekt ein. Es gab während der Wahlkampagne keinen Aspekt, den er nicht bis ins mikroskopisch kleinste Detail beherrscht hätte. Von der Finanzierung des Feldzugs bis zu den Problemen der internationalen Wirtschaftspolitik, vom Feilschen mit den großen Gewerkschaften bis zum Abschluß von Erdöllieferverträgen mit den Saudis, von einer glaubwürdigen Beweisführung für die internationalen Multis, daß ein Demokrat im Weißen Haus gut für das Geschäft sein würde, bis zum Ausbalancieren des russischen Ministerpräsidenten und des chinesischen Vorsitzenden: Halliday zeigte das Wissen, die Energie und die Fähigkeiten der vorherigen sieben Präsidenten zusammen in einer einzigen Person.

Es konnte auf der ganzen Welt nur einen Mann wie ihn geben, und wenn jemand ein Double hinter seinen Schreibtisch im Ovalen Zimmer gesetzt hatte, würde ich das sofort erkennen. Ich hatte Halliday in allen seinen Stimmungen, allen seinen privaten Qualen, allen seinen öffentlichen Triumphen über zwei Jahre lang erlebt. Wenn der Mann am Schreibtisch nicht Halliday war, würde ich das wissen.

Aber, so fragte ich mich, als der letzte Sicherheitsbeamte mir die Tür öffnete, was wirst du dagegen unternehmen?

Wyatt war im Zimmer und saß, wie gewohnt, im Schaukelstuhl am Kamin, unter dem Gemälde Remingtons. Lester Lazar, der Vizepräsident, saß im Rohrsessel vor dem Schreibtisch. Er sah aus wie ein gütiger alter Landarzt, grauhaarig und ein wenig beleibt. In Wirklichkeit war er ein Rechtsanwalt aus New York, der sich am eigenen Schopf vom Steuerberater der einfachen Leute in Queens zu einem großen Gewerkschaftssyndikus in der Wall Street hochgezogen hatte.

„Ah, Meric, da sind Sie ja", sagte der Vizepräsident. „Sagen Sie es ihm, vielleicht hört er auf Sie."

Ich ging zu dem skandinavischen Leinensessel, in dem ich bei meinen unregelmäßigen Besuchen immer saß. Als ich danach griff, sah ich, daß The Man mich anlächelte.

„Ist Ihnen klar, daß Sie um das Präsidentensiegel immer herumgehen?" sagte er zu mir. „Sie treten nie darauf."

Ich ließ mich im Sessel nieder und warf einen Blick auf den goldenen Adler mit den Pfeilen und dem Olivenzweig in einem Kreis von fünfzig Sternen; der Teppich selbst war blau.

Bevor mir etwas einfiel, das mich aus der Klemme befreien konnte, sagte Lazar: „War das Auftreten des Präsidenten in Boston nun ein Erfolg oder nicht, vom Standpunkt der Öffentlichkeitsarbeit aus?"

Der Präsident lächelte mich gelassen an, aber Wyatt, hinter Lazars Rücken versteckt, bewegte ruckartig den Kopf hin und her. Der Vizepräsident wußte von dem toten Duplikat nichts. Das war nichts Ungewöhnliches. Vizepräsidenten sind selten in die wahren Vorgänge im Weißen Haus eingeweiht.

„Es war ein Knüller", sagte ich. „Ich würde mir wünschen, den Präsidenten zu mehr öffentlichen Auftritten überreden zu können. Sie waren vernarrt in ihn."

Lazar fuchtelte mit der Hand herum. „Sehen Sie? *Sie* sollten nach Detroit gehen, nicht ich. Kein Mensch will den Vizepräsidenten sehen ..."

Der Präsident schüttelte, immer noch lächelnd, den Kopf. „Lester, ich gehe nicht nach Detroit. Ich spreche nicht vor den Leuten ..."

„Vor welchen Leuten?" platzte ich heraus.

„Vor den Neo-Ludditen", sagte der Vizepräsident. „Sie veranstalten ein nationales Treffen in Detroit, um einen Marsch auf Washington vorzubereiten."

„Um gegen Arbeitsplatzverluste durch Automatisierung zu protestieren", sagte der Präsident. Er sah Lazar an. „Lester, man kennt meine Haltung. Ich habe sie deutlich genug gemacht. Wir können die Wirtschaft nicht dadurch bremsen, daß wir die Automatisierung unterbinden. Es ist die gesteigerte Produktivität durch die Automatisierung, die die Inflation zum Stillstand gebracht hat."

„Soweit man das sagen kann."

„Soweit man das sagen kann", gab der Präsident zu. „Aber ich gehe nicht nach Detroit oder anderswohin und verspreche unbeschäftigten Arbeitern, daß ich bei der Automatisierung die Bremsen anziehen werde. Und das wollen sie hören."

Lazar richtete den Blick an die Decke.

„Auf lange Sicht wird die Automatisierung den Lebensstandard aller heben", fuhr der Präsident fort.

„Und auf kurze Sicht verlieren die Menschen Arbeitsplätze an

Maschinen und hassen das", konterte Lazar. „Sie hassen es wie die Pest."

„Wir haben Hilfsprogramme ..."

„Sie wollen Arbeitsplätze! Und sie wollen Sie sehen, Mr. President. Sie sind der Mann, den sie voriges Jahr gewählt haben; ich bin nur ein nachträglicher Einfall."

Der Präsident schüttelte den Kopf.

Ich hatte den Präsidenten gedrängt, hinauszugehen und öfter mit den Menschen zusammenzukommen. Er hatte die Wahl durch eine mit enormer Lebendigkeit geführte Kampagne gewonnen und seine Gegner buchstäblich hinter sich gelassen. Einmal im Weißen Haus, hatte er sich jedoch vergraben wie ein Eremit in seiner Höhle. Es war in erster Linie meinem Drängen zu verdanken gewesen, daß er sich für den Abstecher nach Boston losgerissen hatte. Ursprünglich hatte er sich über eine Fernsehleitung an die Zuhörer in der Faneuil Hall wenden wollen.

Aber das Nachspiel der Rede von Boston wirkte immer noch in mir nach. Ich dachte nicht daran, Lazar beizuspringen.

„Die Leute wollen Sie sehen", wiederholte Lazar, schon schwächer.

„Nicht eben jetzt", sage der Präsident. „Detroit ist nicht der richtige Ort, und die Neo-Ludditen sind die falsche Gruppe."

„Sie sind völlig sicher ..."

„Ich denke nicht an die Sicherheit." Halliday sah zu Wyatt hinüber, dann wandte er seine Aufmerksamkeit wieder dem Vizepräsidenten zu. „Lester, ich kann Sie nicht zwingen, nach Detroit zu gehen. Aber ich bitte Sie darum."

Lazar reagierte mit einem Achselzucken. „Ich werde natürlich tun, was Sie verlangen, aber ich glaube, Sie verpassen eine Gelegenheit, den Menschen zu zeigen ..."

„Ein andermal. Nicht jetzt."

„Nun gut", sagte Lazar. „Und was soll ich diesen arbeitslosen Menschen sagen?"

Der Präsident zögerte keinen Augenblick. Er zählte an seinen Fingern ab: „Erstens, Automatisierung ist eine Tatsache. Wenn wir versuchen würden, die jetzt in Betrieb befindlichen automatisierten Fabriken stillzulegen, würde unser Bruttosozialprodukt um mindestens zehn Prozent sinken.

Zweitens, das bedeutet einen entsprechenden Verlust an Arbeitsplätzen. Die Arbeitslosigkeit würde sogar noch mehr steigen wegen der Auswirkungen bei den Zulieferfirmen. Es gäbe noch *mehr* Arbeitslose, nicht weniger.

Drittens, Automatisierung bedeutet höhere Produktion, was wiederum niedrigere Inflationsraten bedeutet. Die Preise für Verbrauchsgüter und Nahrungsmittel sind in den letzten Monaten stabil geblieben. Macht der Automatisierung ein Ende, und ..."

Lazar hob ergeben die Arme.

„Ich weiß, ich weiß. Das ist unsere gewohnte Argumentation." Er ließ die Hände sinken und sah den Präsidenten wehmütig an. „Aber wissen Sie, manchmal denken die Leute eben nicht mit ihren Hirnen. Die Opposition emotionalisiert das Ganze stark."

„Soll sie", sagte der Präsident. „Bis zum Jahresende werden die Preise sich stabilisiert haben, und das Beschäftigungsniveau müßte wieder steigen. Sollen sie dann die Maschinen verdammen."

Der Vizepräsident blieb noch einige Minuten länger und unterhielt sich, in erster Linie über lokale Politiker in Detroit, die er hofieren sollte. Und die Gewerkschaften, wie sich von selbst verstand. Er lächelte, als er das Zimmer verließ. Er lächelte, aber seine Augen blickten noch immer traurig.

Als die Tür sich hinter ihm schloß, sagte Halliday zu mir: „Ich kann Ihnen nur ein paar Minuten geben, Meric. Diskussionen mit dem Vizepräsidenten scheinen stets mehr Zeit zu erfordern, als sich lohnt." Er grinste dabei. Am frühen Morgen, während unserer telefonischen Besprechung der Tagesnachrichten, hatte er angespannt gewirkt, ungeduldig, beinahe zornig. Jetzt war er entspannt und liebenswürdig.

Vielleicht belasteten ihn die Gespräche mit Lazar wirklich.

„Und in fünfzehn Minuten kommt der Außenminister", sagte Wyatt.

Das Grinsen verminderte sich nur wenig.

„Ah ja, Reynolds' Plan für die Umgestaltung des Ministeriums."

„Das hieße soviel, als wolle man Schlamm umgestalten", nörgelte Seine Heiligkeit.

Der Präsident zuckte wegwerfend die Achseln und wandte sich mir zu. „McMurtrie sagt mir, daß Sie gestern nacht erstklassige Arbeit geleistet haben. Ich weiß das zu schätzen."

Schlagartig sammelte sich alles wieder wie in einem Brennpunkt. Ich hatte tatsächlich versucht, das Ganze zu vergessen.

„Glauben Sie, wir können die Presse wirklich daran hindern, hinter die Wahrheit zu kommen?“ fragte er.

„Eine Weile“, erwiderte ich. „Niemand kann sie auf Dauer in Schach halten.“

Sein Gesicht war vollkommen ernst geworden. „Ich schleiche nicht gerne mit einer Tarnkappe herum. Es hat noch keinen Präsidenten gegeben, der dabei nicht gestolpert wäre.“

„Die Sache ist zu groß und zu schreckenerregend, um auf die Öffentlichkeit losgelassen zu werden“, sagte Seine Heiligkeit.

„Wahrscheinlich haben Sie recht, Robert“, erwiderte der Präsident. „Trotzdem ...“ Er verstummte, lehnte sich zurück und starrte an die Decke, wie er es immer tut, wenn er über ein Problem nachdenkt. Verdammt! Er sah aus wie Halliday. Er hörte sich an wie Halliday. Er benahm sich wie Halliday. Und doch ...

„Mr. President“, sagte ich, und er zog eine Braue hoch, weil ich so förmlich war, „was wird in der Sache unternommen? Ich meine, welche Maßnahmen haben Sie ergriffen?“

Halliday warf Wyatt einen Blick zu, dann richtete er sich auf und schaute mich an. „McMurtrie wählt eine Handvoll extrem zuverlässiger Leute aus, die den Vorfall untersuchen sollen. Er berichtet direkt an Robert.“

„Und?“

„Und wir werden feststellen, was da vorgeht.“

Ich hatte das Gefühl, etwas verpaßt zu haben.

„Augenblick. Wie paßt das FBI da hinein? Und die National Intelligence Commission? Was ist mit ...“

„Wir führen die Untersuchung still und im kleinen Kreis durch“, sagte der Präsident.

Wyatt fügte hinzu: „Beschränkt auf Personen, die dem Präsidenten persönlich verbunden sind.“

„Aber –“

„Das FBI ist einfach zu unabhängig“, fuhr Wyatt fort. „Immer schon gewesen. Läßt Informationen an die Presse durchsickern. Ist zu sehr damit beschäftigt, sein Ansehen in der Öffentlichkeit auf Hochglanz zu polieren, statt die Geheimhaltung zu wahren, die hier erforderlich ist.“

„Es ist Ihnen doch klar", sagte Halliday zu mir, „daß wir dran sind, wenn ein Wort darüber an die Öffentlichkeit gelangt."

Ich nickte. „Es käme zu einer Panik, das ist klar."

„Schlimmer noch. Wenn der leiseste Zweifel daran besteht, daß ich der ordnungsgemäß gewählte Präsident bin, was glauben Sie, wie der Kongreß reagieren wird? Was, glauben Sie, wird mit sämtlichen Gesetzesvorhaben geschehen, die wir zum Kapitol geschickt haben?"

„Über Nacht werden hundertfünfzig Untersuchungsausschüsse eingesetzt werden", knurrte Wyatt.

„Das ist vielleicht gar keine schlechte Idee", hörte ich mich sagen. Ich konnte sehen, wie Wyatt mich düster anfunkelte. Aber der Präsident grinste.

„Warum sagen Sie das, Meric?" fragte er.

Ich saß fest. „Tja ... wenn es eine Menge Lärm und Aufsehen um den Vorfall gibt, könnte derjenige, der ein Double einzuschleusen versucht, vielleicht abgeschreckt werden."

Der Präsident sah zu Wyatt hinüber. „Von der Warte hatte ich mir das noch nicht überlegt. Sie?"

„Lohnt sich nicht", erwiderte er gereizt. „Die ganze Regierung käme zum Stillstand, während sämtliche Leute auf der Welt sich auszurechnen versuchen würden, ob Sie der sind, für den Sie sich ausgeben."

„Mag sein", sagte Halliday.

„Das ist nicht das erstemal?" fragte ich. „Es ist vorher schon vorgekommen?"

Er nickte.

„In Denver, kurz vor der Amtseinführung. Im selben Hotel, wo Laura und ich wohnten, wurde in der Nacht, bevor wir nach Washington flogen, ein Toter gefunden."

„Er sah genauso aus wie Sie?"

„Hat man mir gesagt. Ich habe ihn nicht gesehen. McMurtrie war mir während der ganzen Wahlkampagne zugeteilt. Er kümmerte sich darum. Eine Putzfrau entdeckte die Leiche, soviel ich weiß, und prallte mit einem von McMurtries Leuten zusammen, ohne auch nur einen Blick auf das Gesicht des Toten geworfen zu haben."

„Glück", sagte ich.

„Mit ein wenig Glück von der Sorte kann es uns alle erwischen", murrte Wyatt.

Ich mußte den Präsidenten angestarrt haben, weil er mich vertraut anlächelte und sagte: „Alles okay, Meric. Ich bin es wirklich."

Ich schüttelte den Kopf. „Tut mir leid. Es ist nur ... Ich, verdammt noch mal, mir macht das angst."

„Das ist eine gesunde Reaktion."

„Aber meinen Sie nicht, daß Sie härter eingreifen sollten? Tiefer schürfen? Ich meine, McMurtrie ist ein Leibwächter, kein Detektiv. Sie haben den ganzen Staatsapparat zur Verfügung ... "

Er brachte mich mit erhobener Hand zum Schweigen. „Meric ... Meric. Überlegen Sie. Ich bin nicht Ministerpräsident Blagdanoff und noch viel weniger der Vorsitzende Tschao. Das ist nicht mein Privatstaat, und ich kann ihn nicht nach meinen Launen einsetzen."

„Aber die Geheimdienste ... das Justizministerium ..."

„Könnten beteiligt sein", knurrte Wyatt.

„*Was?*"

„Woher wissen wir, wem wir trauen können? Irgend jemand steckt dahinter ... jemand, der dem Weißen Haus verdammt nahesteht. Vielleicht jemand *im* Weißen Haus." Die blaue Ader an der Stirn des alten Mannes pochte zornig.

Halliday sah ihn scharf an.

„Robert, das ist nicht die Zeit für Verfolgungswahn."

„Ich weiß, ich weiß ..."

„Das ist ein weiterer Grund, weshalb diese Untersuchung so unauffällig und eng begrenzt wie möglich durchgeführt werden muß. Wir könnten eine Hexenjagd auslösen, wogegen der McCarthy-Wahn in den fünfziger und Alonzos Säuberungen in den achtziger Jahren wie Kindergartenspiele aussehen würden. Wir müssen die Kontrolle über die Lage behalten." Und seine Hände preßten sich flach auf die Schreibtischplatte, eine Geste, die ich in Augenblicken der Belastung hundertmal bei ihm gesehen hatte.

„Aber McMurtrie wird nicht fertig damit", wandte ich ein. „Er ist nicht der richtige Mann für die Aufgabe."

Nun war ich an der Reihe, angestarrt zu werden.

„Er ist der Mann, dem ich sie übertragen habe", sagte der Präsident. Seine Stimme klang ruhig, leise und eisenhart.

Ich mußte wohl noch immer keinen überzeugten Eindruck gemacht haben, denn er fuhr fort: „Er wird Zugang zu jedermann in der Regierung haben. Er kann sich das beste Ermittlungsteam aussuchen, das die Nation anzubieten vermag. Aber es wird eine kleine Gruppe sein, McMurtrie unmittelbar unterstellt, freigestellt von den regulären Dienststellen."

„Und berichtet wird an mich", sagte Wyatt, „statt an irgendeinen Dienststellenleiter, der sich mehr Gedanken um seine Bürokratie als um das Leben des Präsidenten macht."

Ich sagte nichts. Sie hatten sich entschieden.

„Es gibt drei Möglichkeiten", sagte der Präsident, beugte sich vor und zählte die Punkte an den Fingern ab. „Erstens, es könnte ein Plan aus dem Ausland sein, mich zu verdrängen und an meine Stelle einen Agenten zu setzen. Das erscheint mir sehr unwahrscheinlich. Regierungen denken oder handeln einfach nicht so."

„Das heißt nicht, daß es nicht doch so sein könnte", meinte Wyatt.

Halliday zuckte kurz die Achseln und sprach weiter. „Zweitens, es könnte eine Gruppe in unserem Staat sein, etwa das Militär, das mich beseitigen und einen eigenen Mann einsetzen will."

„Die Vereinigten Stabschefs halten nicht viel von der Art, wie Sie die Kuwait-Krise behandeln", sagte ich.

„Das ist mir klar. Aber es fällt schwer, sich vorzustellen, daß fast zweieinviertel Jahrhunderte der zivilen Kontrolle über das Militär durch die Stabschefs bedroht werden."

„Sie glauben wirklich, daß sie so loyal zu Ihnen stehen?"

„Zur Nation, ja. Uneingeschränkt. Und ich habe sie wirklich noch nicht so erschreckt, daß sie zu der Meinung gekommen sein könnten, sie müßten die Präsidentschaft übernehmen, um die Nation zu retten."

Wyatt schüttelte den Kopf. „Es braucht nur zwei, drei Paranoiker."

„Nein", sagte der Präsident beharrlich. „Es braucht weit mehr, um genaue Kopien herzustellen und sie so nah an mich heranzubringen, wie diese beiden Leichen gelangt sind."

„Woran sind sie gestorben?" fragte ich mich laut.

Der Präsident ging nicht darauf ein und kam zu seinem dritten Punkt. „Schließlich besteht die Möglichkeit, daß eine Interessengruppe innerhalb der Vereinigten Staaten, aber nicht im Rahmen der staatlichen Einrichtungen, dahintersteht. Derselbe Grund: Sie wollen ihren eigenen Mann ins Weiße Haus bringen."

„Wer könnte das sein?" fragte ich.

Wyatt rief: „Einfach jeder! Diese Administration hat eine Vielzahl überfälliger Probleme bereinigt. Und jedesmal, wenn wir versuchen, einer Gruppe zu helfen, wird mindestens eine andere Gruppe wütend, weil sie glaubt, daß wir ihr weh tun. Ich könnte Ihnen eine Liste geben, so lang wie dieses Zimmer: alle gottverdammten Interessenverbände von der Nationalen Vereinigung der Viehzüchter bis zu den Pfadfindern."

„So schlimm ist es nicht", murmelte der Präsident.

„Nein? Die Autohersteller sind erbost, weil wir sie dazu veranlaßt haben, die Ruhegelder für frühzeitig durch Automatisierung pensionierte Arbeiter zu erhöhen. Die Gewerkschaften sind erbost, weil wir die Automatisierung unterstützen und Roboter mehr neue Arbeitsplätze bekommen als Menschen. Die Landwirte. Die Transportfirmen. Die Geldkönige in der Wall Street. Die Farbigen in den Großstädten, die außer sich vor Wut darüber sind, daß sie gezwungen werden, für ihre Unterstützungsschecks zu arbeiten ..." Er bekam keine Luft mehr.

„Man kann die Gesellschaft nicht verändern, ohne die Menschen zu erschrecken", sagte der Präsident. „Sogar jene, die am lautesten nach Veränderungen rufen, erschrecken, wenn sie kommen."

„Und wovor sie Angst haben, das hassen sie."

„Und was sie hassen", schloß ich, „darauf schlagen sie ein."

„Genau", sagte der Präsident.

„Sie glauben also an die dritte Alternative? Eine Machtgruppe außerhalb des Staatsapparats?"

„Ja. Das ist meine Vermutung."

„Irgendein verdammter, finanzstarker Interessenverband", sagte Wyatt. „Das ist keine Bande von Getto-Jugendlichen, die auf dem Speicher Bomben fabriziert. Das ist die oberste Spielklasse."

„Aber ..." Etwas an dieser Schlußfolgerung behagte mir nicht. „Aber sie haben so viele andere Wege, Sie zu bekämpfen. Sie haben Kongreßabgeordnete und Senatoren in der Tasche. Geld, Einfluß. Die Medien. Warum *so etwas?*"

Halliday lehnte sich wieder zurück. „Ich habe mir diese Frage auch gestellt, Meric. Und es gibt nur eine mögliche Antwort. Irgendeine Gruppe in den Vereinigten Staaten hat entschieden, daß die demokratischen Prozesse nicht so funktionieren, wie sie es möchte. Man begnügt sich nicht damit, das Volk entscheiden zu lassen. Sie möchten den Staat übernehmen. Von ihnen. Durch sie. Für sie."

Einige lange Augenblicke saß ich da und sagte nichts. Im Zimmer war es totenstill.

Durch die deckenhohen Fenster strahlte die Sonne herein. Draußen war der Rosengarten ein Bild der Friedlichkeit. Ich bildete mir ein, Bienen von Blüte zu Blüte summen zu hören.

Dann sah ich Halliday an. Der Präsident beobachtete mich und bewertete meine Reaktionen.

„Mir jagt das eine Heidenangst ein“, sagte ich.

„Ich weiß. Mir auch.“

„Sie sollten wirklich mehr tun, als McMurtrie hinauszuschicken, damit er eine Ermittlungsgruppe zusammenstellt. Viel mehr.“

„Nämlich?“ fauchte Seine Heiligkeit. „Soll er die Marineinfanterie einsetzen? Den nationalen Notstand ausrufen?“

Es war grenzenlos frustrierend. „Wenn ich es wüßte, würde ich es sagen.“

„Ich glaube nicht, daß wir im Augenblick sehr viel mehr tun können“, sagte der Präsident leise.

„Sie können in diesen verfluchten Interessenverbänden herumstochern“, sagte Wyatt scharf. „Setzen Sie das FBI ein. Und die Steuerfahndung. Scheuchen Sie sie auf! Zwingen Sie sie zu einem falschen Schritt. Übernehmen Sie die Initiative.“

Er legte den Kopf ein wenig auf die Seite, wie er das immer tut, wenn er den Eindruck erwecken möchte, er denke ernsthaft über etwas nach. Aber er erwiderte beinahe augenblicklich: „Und wir machen einen weiteren Schritt auf einen Polizeistaat zu. Diese Interessengruppen sind Menschen, Robert. Die meisten davon haben überhaupt nichts getan, was auch nur andeutungsweise illegal wäre. Wir können sie nicht einfach überfallen wie ein SA-Trupp. Das würde mehr Schaden als Nutzen bringen.“

Wyatt murrte und schaukelte ungeduldig mit seinem Stuhl. „Nun gut. Die meisten von diesen Leuten sind gute Bürger, obwohl ich wette, daß man unter ihren Fingernägeln eine Menge Schmutz finden kann. Aber *einige* davon versuchen, Sie umzubringen.“

Da war es. Offen ausgesprochen.

Halliday sagte schlicht: „Dann sollten wir lieber herausfinden, was das für Leute sind, bevor sie Erfolg haben, nicht wahr?“

4

ICH saß mit Wyatt in dem winzigen Eßzimmer für Stabsangehörige im Westflügel. Wir besprachen die möglichen Probleme beim Umgang mit Presse und Medien, sollte von der Sache etwas verlauten.

Den Raum ein Eßzimmer zu nennen war übertrieben. Es war eine bessere Cafeteria im Keller unter dem Westflügel, kaum groß genug für zwölf Personen auf einmal. Völlig automatischer Service wie bei Münzautomaten, nur daß diese hier nichts kosteten. Der Steuerdollar war am Werk. Stumpf-weiße Wände ohne Schmuck, mit Ausnahme eines Fernsehschirms, der als Schwarzes Brett diente und ständig Nachrichten, Presseverlautbarungen, Stellenausschreibungen und andere Informationen lieferte, auf die niemand achtete. Das Mobiliar war für eine Cafeteria eher nobel: Teakholztische mit schlanken Beinen und Reepgeflechtstühle. Sehr bequem. Die einzigen anderen Personen im Raum waren zwei Sicherheitsbeamte, beide weiblich, die sich über den kommenden Abend unterhielten. Wyatt und ich saßen von ihnen so weit entfernt wie möglich.

Zwischen Sandwichbissen, die wie Plastik auf Pappe schmeckten, sagte ich: „Robert, es gibt einen ganz entscheidenden Punkt. Ich kann Sie nicht decken, wenn ich nicht weiß, was vorgeht."

Er warf mir von der anderen Seite des schmalen Teakholztisches einen scharfen Blick zu. „Haben Sie Angst, daß Sie vor der Öffentlichkeit mit heruntergelassener Hose dastehen?"

„Die Peinlichkeit überlebe ich", gab ich gleichmütig zurück, „aber Sie nicht. Und auch der Präsident nicht. Sobald die Journalisten den Eindruck gewinnen, daß ich ihnen nicht die Wahrheit sage, stürzen sie sich auf uns wie die Geier, und das können wir uns nicht leisten." Und in irgendeinem Winkel meines Gehirns sagte eine Stimme: *Wie leicht du umschaltest vom offenen, ehrlichen und verantwortlichen Beamten zu einer Person, die heimlichtuerisch ist, irreführt und Pläne schmiedet, um den Leuten die Wahrheit vorzuenthalten.*

Wyatt kaute einige Augenblicke nachdenklich an seinem Salat, dann sagte er: „Okay, wir informieren Sie vollständig."

„Wie?"

Er lächelte beinahe. „Sie lernen, Meric. Vor einigen Tagen hätten Sie mir noch aufs Wort geglaubt und sich keine Gedanken darüber gemacht, wie die Abmachung eingehalten wird."

„Vor einigen Tagen war ich auch noch jung und unschuldig."

„Und jetzt?"

„Jetzt habe ich Angst. Jemand versucht, uns das ganze verdammte Land wegzunehmen, Robert!"

Diesmal lächelte er wirklich. „Nur keine Panik. Das nützt auch nichts."

„Aber wie können Sie so ruhig bleiben?"

Sein Lächeln verschwand, und sein Mund wurde schmal und hart. Seine Augen, kaltes Blau wie Polareis, durchbohrten mich.

„Weil wir die finden werden, die versuchen, den Präsidenten zu ermorden", flüsterte er rauh. „Sie werden keinen Erfolg haben. Wir werden sie finden und vernichten." Und seine gebrechlichen Hände mit den vielen Leberflecken zerbrachen die Plastikgabel. Die Bruchstücke fielen lautlos in seinen Salat. Er wirkte verlegen. „Entschuldigen Sie." Er stand auf und wischte sich die Hose ab. „Es wird Zeit, daß ich mich an meinen Schreibtisch setze."

Ich stand auf und griff über den Tisch nach seinem Arm. „Robert. Sie haben meine Frage nicht beantwortet."

„Wie? Ach ... Sie haben einen direkten Draht zu mir. Benützen Sie ihn! Ich halte Sie auf dem laufenden."

„Das genügt nicht", sagte ich.

Er riß sich los und funkelte mich an, als ich um den Tisch herumging und vor ihm stehenblieb. Ich bin nicht sehr groß, kam mir aber vor, als überragte ich ihn weit. Er war so alt und sah so zerbrechlich aus. Aber er war aus Stahl. „Was wollen Sie eigentlich, Meric? Muß ich mich loskaufen?"

„Richtig. Ich möchte unbehinderten Zugang zu McMurtrie. Wenn er die Ermittlungen leitet, möchte ich in der Lage sein, direkt mit ihm zu reden, hinzugehen, wo er hingeht, wissen, was er weiß."

„Das ist lächerlich!"

„Das ist mein Preis", sagte ich, weil ich wußte, daß McMurtrie nicht nur verbissen loyal, sondern auch so grundehrlich war wie nur irgendein Mensch, den ich kannte. Wenn Wyatt ihn anwies, alle Fragen zu beantworten, die ich stellen mochte, würde ich voll informiert werden, und das wußten wir beide.

Wyatts Augen verengten sich. „Sie kommen doch nicht auf die Idee, selbst den Detektiv zu spielen, wie? Ihr Zeitungsleute ..."

„Robert, alles, was ich möchte, ist, informiert zu werden. Ehrlich und vollständig."

Er zögerte noch einen Augenblick, dann sagte er: „Ich spreche mit McMurtrie darüber."

„Gut."

„Es wird ihm nicht gefallen, wissen Sie."

„Das ist auch nicht nötig."

Wyatt nickte einmal kurz, nur eine ruckartige Kopfbewegung, dann drehte er sich um und verließ das Eßzimmer. Ich stand da und sah ihm nach. Er sollte einen Degen tragen, dachte ich, er hat die Haltung dafür.

Gerade als ich selbst durch die Tür wollte, sagte der Lautsprecher in der gefliesten Decke mit leiser Frauenstimme: „Mr. Albano, bitte wählen Sie vier-sechs-sechs. Mr. Albano ..."

Der Wandapparat hing neben der Tür, ein altes Ding noch ohne Bild. Ich griff nach dem Hörer und drückte die Tasten. „Hier Meric Albano."

„Augenblick, Sir." Dieselbe Frauenstimme. Eine Pause, gerade lange genug, um mein Stimmdiagramm zu vergleichen. Dann: „Meric? Bist du das?"

Der Boden kippte mir unter den Füßen weg. „Ja, ich bin es, Laura."

„Wie geht es dir?" Ihre Stimme verriet, daß ihr das im Grunde gleichgültig war.

„Was willst du?" Ich bemerkte, daß ich in die Muschel flüsterte. *Wie ein verdammter Halbwüchsiger, der hinter dem Rücken seines besten Freundes ein Stelldichein verabredet.*

„Ich muß mit dir reden."

„Gerne."

„Heute. Am Nachmittag."

„Du weißt, wo mein Büro ..." Das war lächerlich. Die First Lady schaut nicht beim bezahlten Personal vorbei. Vor allem nicht bei solchen Gehilfen, mit denen sie früher zusammengelebt hat. „Ich bin im Westflügel. Ich kann heraufkommen und ..."

„Nein, nicht hier", sagte sie. „Ich gehe heute nachmittag einkaufen. An der neuen Beltway Plaza."

„Warum nicht am Lincoln-Denkmal? Da ist es nicht so voll."

Sie ignorierte meinen beißenden Sarkasmus. „Kannst du mich dort bei ‚Woodies' treffen? Um halb fünf?"

„Das ist ein großer Laden."

„Am Haupteingang. Ich *muß* mit dir reden."

Wie ein Patient, der sich eben zu seiner zweiten Herzverpflanzung entschlossen hat, sagte ich: „Ich werde dasein."

„Danke, Meric."

Bevor ich noch etwas sagen konnte, legte sie auf.

Es war ein großartiger Nachmittag. Ich fauchte Greta an, als ich ins Büro zurückkam, warf meine Tür zu, setzte mich an den Schreibtisch und starrte zum Fenster hinaus, bemüht, durch bloße Willensanstrengung den Ablauf der Zeit zu beschleunigen. Es ging nicht. Nachdem ich eine Stunde durchgestanden hatte, schaute ich auf meine Schreibtischuhr; kaum fünf Minuten waren vergangen.

Ich versuchte also zu arbeiten. Ich schob Unterlagen herum und nahm ein paar Anrufe entgegen. Ich brachte nichts Gescheites zustande, nicht einmal für meine Ohren. Ich wies Greta an, die restlichen Termine des Tages zu streichen. Sie warf mir ihren „Sie-brauchen-Hühnerbrühe"-Blick zu, ging aber hin und brach für mich ein paar Herzen.

Gegen drei Uhr klopfte jemand an die Tür und trat sofort ein. Ich starrte wieder zum Fenster hinaus, fuhr mit meinem Drehstuhl herum und knurrte: „Ich habe doch ausdrück–"

Es war Vickie, mit sorgenvoller Miene. Ich kam mir auf der Stelle gemein vor. Sie hatte normalerweise ein so fröhliches Gesicht. Haare von der Farbe kalifornischen Goldes, dicht und kurz.

„Was gibt es?" fragte ich halbwegs höflich.

Sie blieb mitten im Zimmer stehen, auf halbem Weg zwischen den Sesseln vor dem Schreibtisch und dem Sofa an der Seitenwand. „Die Planungssitzung für das Treffen der Nationalen Vereinigung der Nachrichtenmedien-Führungskräfte", sagte Vickie ein wenig zögernd. „Greta sagte, Sie könnten heute nachmittag nicht kommen. Sollen wir die Sitzung absagen oder . . ."

„Ach, Mist. Ich muß nächste Woche in St. Louis diese Rede halten, nicht?"

Sie trat vor bis zum Stuhl und sah ein wenig aus wie ein argwöhnischer Faun. „Sie sollten nicht mehr viel Zeit vergehen lassen, ohne an

Ihrer Rede zu arbeiten. Ich habe das ganze Hintergrundmaterial dafür, aber ..."

„Ja, ich weiß. Sie haben recht." Ich spürte die nahenden Kopfschmerzen und rieb mir die Stirn.

„Alles in Ordnung mit Ihnen?" fragte Vickie.

„Ja, es geht mir gut ... prima."

„Was ist gestern nacht passiert?"

Ich sah sie genau an. Sie machte sich Sorgen, das war an ihrem Gesicht abzulesen. Aber sie war nicht so verschreckt oder angstvoll wie ich. Sie wußte nicht mehr, als was ich ihr zeigte. Oder doch? „Was meinen Sie?"

Vickie lehnte sich ein wenig an den Stuhl. „Wir saßen über zwei Stunden im Flugzeug und warteten auf Sie und McMurtrie. Sie sind als letzter an Bord gekommen, und dann habt ihr beiden euch zusammengesetzt wie zwei Schüler, die von ihren Eroberungen reden."

Den Vergleich gebrauchte sie wohl, um mich zum Lächeln zu bringen. Ich zog die Brauen zusammen. „Hören Sie", sagte ich. „Es gibt Zeiten, wo es unsere Aufgabe ist zu verhindern, daß bestimmte Artikel geschrieben werden. Vor allem dann, wenn nicht mehr dahintersteckt als aufgebauschte Gerüchte. Das habe ich gestern nacht gemacht."

„Oh? Was ist pas–"

„Nichts ist passiert", fauchte ich. „Nichts, worüber ich reden möchte. Und ich möchte auch nicht, daß *Sie* darüber reden. Mit keinem Menschen. Verstanden?"

Ihre kecke kleine Nase rümpfte sich.

„Ist das ein Befehl, Boß?"

„Und ob. Ich weiß, daß er gegen den ersten Verfassungszusatz verstößt, also kommen Sie mir nicht juristisch. Vergessen Sie einfach, daß gestern nacht etwas Außergewöhnliches geschehen ist."

Es gefiel ihr gar nicht, aber sie sagte: „Wenn Sie meinen."

Als Vickie das Büro verließ, fragte ich mich, wie lange sie stillhalten würde.

Sie war ein kluges und aggressives Kind. Keine Reporterin, sie recherchierte. Es machte ihr Freude, irgendwo zu bohren und verborgene Tatsachen ans Tageslicht zu zerren. Und wie viele Leute in der Begleitmaschine machten sich ebenfalls Gedanken?

Beltway Plaza ist eine Stadt in der Stadt. Früher war der Beltway eine Ringstraße draußen im Wald, gebaut in der Absicht, den Durchgangsverkehr, vor allem die Lastwagen, um Washington herumzuführen, ohne daß sie im Stadtverkehr steckenblieben.

Daraus wurde sofort ein ringförmiger Brennpunkt für neue Siedlungen, Bürokomplexe, Leichtindustrie, Kaufmärkte, Hubschrauberlandeplätze, Fernfahrerlokale, Bordelle, Banken – alle die Annehmlichkeiten und Nachteile des Stadtlebens. Den Beltway selbst gab es noch; er war inzwischen sogar zu einer doppelstöckigen Autostraße geworden. Aber er ist fast immer verstopft, von schweren Lastzügen mit dem täglichen Brot angefangen bis zu kleinen elektrischen Minis, mit denen junge Mütter zum Einkaufen, zum Friseur oder weiß Gott wohin fahren.

Um 4.15 Uhr ging ich vor dem Haupteingang zum Kaufhaus Woodward & Lothrop an der Beltway Plaza auf und ab. Der Kaufmarkt war auf dem höchsten Punkt des Komplexes errichtet worden, einem kleinen Hügel, aber hoch genug, so daß Aluminium und Glas des Marktes die Appartementgebäude, Schwimmbäder, die Schule und das Hotel der Plaza-Gemeinde überragten. Es war wie ein Palast in der Mitte einer ummauerten Stadt. Der Ortsteil war umschlossen von Elektrozäunen und Laser-Alarmanlagen, um die Bewohner vor den Barbaren der alten, verfallenden Gebiete Groß-Washingtons zu schützen. Nicht nur vor einem Angriff, sondern auch vor dem Anblick magerer, abgerissener Gettobewohner. Aus den Augen, aus dem Sinn. Bis auf die Wohlfahrtssteuerrechnungen, die mit jedem Jahr höher wurden. Und die gelegentliche Gewalttätigkeit, die meist, aber nicht immer, auf die Gettos beschränkt blieb.

Das war eines der großen Probleme, die die Halliday-Administration in Angriff genommen hatte. Und einer der Gründe, warum der Präsident darauf bestand, die Produktion als Mittel zur Stabilisierung der Inflation anzukurbeln. Mit einer für Halliday typischen Kombination von Mitgefühl und Rücksichtslosigkeit wußte er, daß die Wirtschaft wachsen mußte, um den Armen Wohlhabenheit zu bringen. „Verwandelt die Unterstützungsempfänger in Steuerzahler", hatte er zu uns gesagt. Es war nicht einfach.

Der Präsident kämpfte gegen die Einwände der Gewerkschaften und begann städtische Aufbauprojekte innerhalb der Großstadtgettos ausschließlich mit örtlichen Arbeitskräften. Die Projekte waren in

Wirklichkeit Verbindung von Ausbildungsprogrammen und Stolz-Anregern. Sie minderten auch die Macht der Gewerkschaften, etwas, das Halliday öffentlich bedauerte, weil die Gewerkschaften fälschlicherweise die Bedürfnisse der ethnischen Minderheiten ignorierten, nicht, weil sie dadurch politisch weniger einflußreich wurden.

Jeder, der ertappt wurde bei Einbrüchen, Raubüberfällen oder anderen Versuchen, den Unterschied zwischen reich und arm durch Gewalt auszugleichen, wurde – ob Mann, Frau oder Kind – in Baulager an der Westküste verfrachtet. Die Gegner des Präsidenten heulten auf, das sei verfassungswidrig und bei den Lagern handle es sich nur um verkappte KZ-Lager. Halliday präsentierte eine lange Reihe von Ökologen und Psychiatern, um zu beweisen, daß a) die Lagerinsassen wesentliche Fortschritte darin erzielten, die Umweltschädigungen zu korrigieren, die durch Übertagebergbau, Gewässerverseuchung und andere Verwüstungen der Landschaft hervorgerufen worden waren, und b) die Insassen sich an dieses nützliche Leben in der freien Natur rasch gewöhnten, Sinn für Verantwortlichkeit und Selbstgefühl entwickelten und von dem Geld, das sie für ihre Arbeit ausbezahlt bekamen, eine Menge sparten.

Hallidays Langzeitplan sah vor, neue Orte auf dem Land zu errichten, das die Insassen wiedergewonnen hatten, und dafür zu sorgen, daß sie sich dort auf Dauer niederließen.

Die Psychologen standen in dieser Frage hinter ihm, aber eine seltsame Koalition von Stadtpolitikern, Grundstücksspekulanten und Bürgerrechtlern hatte sich in der Gegnerschaft zu dem Programm zusammengefunden.

Sie zogen es vor, in ihren gepanzerten, ummauerten Enklaven zu sitzen und die Großstädte zugrunde gehen zu lassen.

Ich marschierte am Haupteingang des Kaufhauses hin und her, sah die Kauflustigen hinaus- und hineineilen, die Gesichter konzentriert auf Käufe und Preise und den Speisezettel für diesen Abend. Sie dachten nicht weiter, wie fast immer.

Meine Gedanken waren so weit abgeirrt, daß ich beinahe aus den Stiefeln fuhr, als mir jemand auf die Schulter tippte.

Ich drehte mich um und sah einen Mann vom Typ Sicherheitsbeamter, ordentlich gekleidet in einen konservativen Anzug, der sich vermutlich wegen der Waffen ausbeulte.

„Die First Lady erwartet Sie auf dem Dach des Gebäudes, Sir", sagte er leise, automatisch die Vorbeigehenden im Auge behaltend, „neben dem Hubschrauberlandeplatz."

Er führte mich unauffällig durch das Kaufhaus. Es war nicht überfüllt. Die meisten Hausfrauen der Umgebung waren auf dem Heimweg, um das Abendessen für Ehemänner und Kinder zu kochen. Ich fragte mich, warum die Geschäftsführung ein so großes, teures Kaufhaus unterhielt, wenn jedermann mit einem modernen Bildsprecher und Heimcomputer alle Einkäufe vom Bett aus erledigen konnte. Aber dann sagte ich mir, daß das Warenhaus wohl eher eine Sehenswürdigkeit war, ein zentraler Treffpunkt, ein Unterhaltungszentrum, eine Ausrede, das Haus zu verlassen.

Dieses ganze Philosophieren war natürlich nur ein Versuch, mich selbst daran zu hindern, daß mich das Treffen mit Laura zu sehr erregte. Denk an etwas anderes – ein altes katholisches Heilmittel. Aber während ich hinter dem Sicherheitsbeamten drei Rolltreppen hinauffuhr, spürte ich, wie meine Temperatur stieg. Wir gingen durch eine Büroetage und stiegen eine Metalltreppe hinauf, und mit jedem Schritt dröhnte der Pulsschlag in meinen Ohren lauter.

Der Mann öffnete eine Metalltür, und wir traten auf das Betondach hinaus. Ein blau-weiß gestrichener Hubschrauber stand mitten auf der Betonfläche, leer und stumm. Kleine Maschine; vermutlich nicht mehr als sechs Insassen. Der Rest des Dachs war völlig leer.

„Mrs. Halliday kommt in einigen Minuten", sagte der Sicherheitsbeamte. Er schloß die Eisentür und ließ mich mutterseelenallein auf dem Dach stehen.

Ein anständiger Wind wehte, und von hier oben konnte ich über die Dächer von Groß-Washington bis hin zum Turm des Monuments sehen, der in den hellblauen Frühlingshimmel hinaufragte. Hoher, dünner Zirrus war das einzige Gewölk, abgesehen von dem Flugzeug-Kondensstreifen.

Ich trat an den Dachrand und kam mir vor wie ein Fürst, der auf dem Königspalast steht und das Reich seines Lehnsherrn betrachtet, im Begriff, sich privat mit seiner Königin zu treffen. Gefährliche Sache, dachte ich, vor allem, wenn der König nichts davon weiß.

Plötzlich kam mir der Gedanke, daß ich verwundbar war. Physisch. Allein auf dem Dach. Ich bot einem Heckenschützen, der auf einem der anderen Dächer rund um dieses Gebäude kauern mochte, ein leichtes Ziel. Ich wich vom Rand zurück. Das *Whut-whut-whut*

VENDOME
88

eines nahen Hubschraubers erschreckte mich. Man konnte mich von der Luft aus erledigen.

Ich konnte spüren, wie ich von wahnhaften Ängsten übermannt wurde, als die Eisentür wieder aufging und drei Sicherheitsbeamte herauskamen. Ich stand da wie erstarrt, so als seien meine Schuhe auf dem Beton des Gebäudedachs festgeschweißt. Aber die Männer beachteten mich nicht im geringsten und schwärmten auf dem Dach aus, um sich genau jeweils hundertzwanzig Grad voneinander entfernt aufzustellen. Man brauchte keine Meßinstrumente, um zu wissen, wie präzise diese Männer waren. Eine halbe Minute verging, dann öffnete sich die Tür wieder, und Laura kam heraus, unmittelbar hinter ihr noch zwei Sicherheitsbeamte. Einer blieb an der Tür stehen, der andere ging an mir vorbei zum Hubschrauber.

Laura kam auf die Stelle zu, wo ich stand, noch immer angewurzelt – aber nun aus einem anderen Grund. Sie lächelte und streckte die Hand aus. „Hallo, Meric. Lieb von dir, daß du gekommen bist."

Es war das erstemal seit der Amtseinführung, daß ich sie so nahe sah, um mit ihr zu sprechen, sie zu berühren. Und das erstemal seit fast drei Jahren, daß ich sie ohne Halliday sah. Sie war umwerfend. Man hat ihr Gesicht auf allen Magazintiteln und im Fernsehen gesehen. Man hat Schönheitsexperten über sie lästern hören, mit der Behauptung, ihre Augen seien für die Form ihres Gesichts ein wenig zu groß, ihre Backenknochen ein bißchen zu auffällig, ihre Lippen schmaler, als sie es sein dürften. Zum Teufel mit allen. Sie war schön.

Sie erweckte den Eindruck, hochgewachsen zu sein, obwohl sie in Wirklichkeit einen Kopf kleiner war als ich. (Aus irgendeinem Grund sah sie neben Halliday größer aus.) Schwarze, ganz schwarze Haare, glatt nach hinten gebunden. Und eine leicht olivfarbene Tönung ihres Teints, die auf mediterrane Abstammung deutete. Sie besaß den schlanken, fast knabenhaften Körper einer Ballettänzerin. Als wir uns das erstemal geliebt hatten, war der Anblick ihres nackten Körpers für mich beinahe bedrückend gewesen, so knochig und mager hatte sie ausgesehen. Aber ich hatte schnell erfahren, wie weich sie war. Und wunderbar biegsam.

Es war furchtbar. Ich kam mir vor wie ein Jüngling, den man im Badezimmer beim Masturbieren erwischt. Meine Kehle war trocken, meine Handflächen fühlten sich feucht an. „Hallo, Laura", stieß ich hervor. Meine Stimme klang brüchig und heiser.

„Du bist ein bißchen dicker geworden", neckte sie mich. „Das Leben in Washington tut dir gut."

„Gummi-Brathuhn ... die Bankett-Runde."

Sie nickte und spielte mit dem Schulterriemen ihrer Handtasche. Sie trug ein ärmelloses weißes Kleid, sehr sommerlich. Keine Sonnenbrille. Ihre Augen waren so graugrün wie eh und je.

„Du wolltest mich sprechen", sagte ich.

Laura atmete bewußt langsam ein, wie eine Sportlerin, die sich auf eine Höchstleistung vorbereitet. „Ja", sagte sie. „Ich weiß, was gestern nacht geschehen ist. Und damals in Denver."

„Und?"

„Und ich weiß, daß Jim dich gebeten hat, die ganze Sache zu vertuschen."

„Wir haben heute vormittag darüber gesprochen, er, Wyatt und ich."

„Ja." Sie sah zu mir auf und erforschte mein Gesicht. Ich hatte gerade zu tun, die Hände unten zu behalten. „Meric, ich muß wissen, wo du stehst. Du könntest ... nun, mir ist der Gedanke gekommen, du könntest die Geschichte vielleicht *nicht* geheimhalten wollen."

Ich glaube, ich habe sie angeblinzelt. „Warum?"

Sie wirkte plötzlich verärgert. „Das ist eine Sache, die Jim ruinieren könnte. Und du, wir beide, bevor ich ihn kennengelernt habe ..."

„Augenblick", sagte ich. „Du hast Angst, ich bringe das Ganze ans Licht, um ihm zu schaden? Oder dir?"

„Ich weiß, es ist unrecht von mir, das auch nur anzudeuten ..."

„Verdammt richtig!" fauchte ich. „Okay, ich bin also immer noch nicht zurechnungsfähig, was dich betrifft. Aber für was für einen Schweinehund hältst du mich? Ich arbeite für ihn. Ich arbeite *für* ihn."

„Ich weiß, ich weiß, dumm von mir, das zu äußern. Aber ich konnte nicht anders, ich mußte mir Gedanken machen ... ich mußte es von dir hören ..."

„Du hast mich nie verstanden", murrte ich. „Willst du, daß ich einen Treueid schwöre? Willst du in eine Buchhandlung gehen und einen Stapel Bibeln suchen?"

„Nicht, Meric. Das ist nicht fair!"

„Daß ich nicht lache! Du mußtest es von mir persönlich hören. Quatsch! Hört sich an wie Seine Heiligkeit – er und sein gottverdammter Argwohn."

Ihr Ausdruck veränderte sich. „Ich habe tatsächlich mit Robert über dich gesprochen ..." Sie ließ die Worte verklingen.

„Er hat dich dazu angestiftet?"

Sie sah an mir vorbei. „So würde ich es nicht ausdrücken. Aber, nun ja, ich habe mir Gedanken gemacht, über dich, über deine Reaktion, nachdem er mit mir gesprochen hatte."

„Der hinterlistige alte Halunke", sagte ich gepreßt.

Sie legte die Hand auf meinen Arm, gab beschwichtigende Laute von sich und bot mir an, mich mit dem Hubschrauber in die Stadt mitzunehmen. Ich flog mit; wahrscheinlich wedelte ich mit dem Schwanz wie ein junger Hund, den seine Herrin eben getätschelt hat.

Erst als ich wieder in meinem Apartment saß und es draußen über der Stadt dunkel geworden war, wurde mir klar, daß sie auf keinen Fall mit Wyatt gesprochen haben konnte, bevor sie mich angerufen hatte. Er und ich waren miteinander im Eßzimmer des Westflügels gewesen, als ihr Anruf gekommen war.

5

St. Louis ist eine langweilige Stadt. Die Menschen sind langweilig. Das Klima ist feucht und drückend. Der Mississippi ist breit und träge und wird an beiden Ufern von Fabriken umschlossen, die das Wasser zu einer braunen, stinkenden Brühe machen, obwohl eine ganze Generation sich unablässig bemüht hat, die Verseuchung zu beseitigen. Die Fabrikbesitzer bestechen die Stadtväter, die nicht nur das Geld einstecken, sondern für die Entseuchung zusätzliche Gelder von Washington erhalten, da sie beweisen können, daß ihre Verschmutzungsprobleme noch immer ernster Natur sind. Halliday hatte seine privaten Spürhunde darauf angesetzt; der Gestank war leicht zu erschnuppern, aber ihn zu seinem Ursprung zurückzuverfolgen – und das mit vor Gericht bestehenden Beweisen – war eine andere Sache.

Das Hotel, in dem ich wohnte, war ebenso leblos. Das Personal war ausgesprochen mürrisch, so, als grolle es bar zahlenden Gästen, die unverschämt genug waren, ein wenig Arbeit zu verlangen. Ich gewann den Eindruck, daß die Zimmermädchen völlig damit einverstanden gewesen wären, wenn ich mir mein Bett selbst gemacht hätte. Der Barmixer in der Halle war um kein Haar besser. Selbst der

Rettungsschwimmer am Schwimmbecken tat so, als sei es seine Pflicht, keinen ins Wasser zu lassen. Das Becken war fast leer.

Die Nationale Vereinigung der Nachrichtenmedien-Führungskräfte hielt ihre Tagung im Ballsaal des Hotels ab, der wunderschön geschmückt war, alles vergoldet im Stil der fröhlichen neunziger Jahre, mit Rokokoeffekten: Cherubine an der Decke, vergoldete Weintrauben an den Fenstern, schwere Samtvorhänge. Ich rechnete halb damit, als Hauptredner des Abends Mark Twain zu sehen an meiner Statt. Er hätte es viel besser gemacht.

Sie spendeten mir Beifall, alle fünfzehnhundert Delegierten der NVNMF, vor allem bei den Schlüsselwörtern, die Vickie und mein Stab eingefügt hatten: *Informationsfreiheit; freier Zugang zu den Leuten, die Schlagzeilen machen; das Funktionieren der Verfassung durchsetzen; die gesunde Gegnerschaft zwischen Staat und Nachrichtenmedien*. Vor allem das letzte; da waren sie begeistert.

Diese übergewichtigen Schreibtischtäter, diese Eigentümer von Zeitungen und Fernsehstationen, diese weißhaarigen, knausrigen Manager, die nie an der Front waren und nie versucht hatten, aus einem widerstrebenden Politiker die Wahrheit herauszuquetschen, die mehr Meldungen über ihre Freunde unterdrückt als Berichte über ihre Freunde veröffentlicht hatten – diese Geldspekulanten hielten sich Mann für Mann für einen Hildy Johnson, einen Ed Murrow, einen Walter Lippman und Horace Greely, am liebsten für ein Konglomerat von allen zusammen. Sie bildeten sich ein, Citizen Kane zu sein, und vielleicht darin kamen sie der Wahrheit nahe.

Ich gab ihnen also, was sie hören wollten, und sie klatschten begeistert Beifall. Bis zur zurückliegenden Woche hätte ich noch geglaubt, was ich ihnen erzählte. Die Halliday-Administration war wirklich offen, ehrlich und bemüht, zur Presse fair zu sein – nicht diesen ausgestopften Pinguinen und ihren juwelenbehängten Damen gegenüber, sondern gegenüber der wahren, arbeitenden Presse. Aber während ich ihnen diese leuchtenden Gemeinplätze vortrug, wußte ich, daß ich über die größte Sensation keinem Menschen ein Sterbenswörtchen verraten würde.

Beim Empfang nach meiner Rede machte ich höfliche Konversation und kehrte in meine Suite zurück, so schnell ich konnte. Ich fühlte mich erschöpft und ausgelaugt. Und wie schon die ganze vergangene Woche nagte irgendwo tief in mir eine Angst wie jener letzte

Augenblick eines Alptraums kurz vor dem Erwachen, plötzlich hinabzustürzen in etwas Dunkles, Entsetzliches.

Mitternacht war vorbei. Meine Hotelsuite war vornehm genug: ein Riesenbett, das für ein halbes Dutzend Schläfer ausgereicht hätte, automatische Bar, behaglicher Salon für die Bewirtung von Geschäftsfreunden. Ich ließ mich auf das Bett fallen und wählte Vickies Privatnummer. Das Freizeichen ertönte viermal. Ich wollte eben auflegen, als sich ihre Stimme meldete, kehlig und verschlafen. Der Bildschirm zeigte nur ein waberndes Grau. Dann wurde mir klar, daß es in Washington nach ein Uhr nachts war.

„Ich habe Sie aufgeweckt", sagte ich. „Entschuldigen Sie."

„Meric?" Ihre Stimme wurde lebhafter. „Hallo. Muß eingenickt sein. Ich habe eigentlich mit Ihrem Anruf gerechnet. Warten Sie einen Augenblick ..." Der Bildschirm wurde hell und zeigte ihr Bild, die blonden Haare zerzaust, die Augen ein wenig umschattet. Sie hielt einen grünen Morgenmantel an der Kehle zu.

„Wie ging es mit der Rede?" fragte sie.

„Ganz gut."

„Haben Sie den Beifall gezählt?"

„Nein. Den soll der Computer auswerten, sobald die Tonbänder morgen im Büro sind."

„Sie wirken bedrückt."

„Die Stadt bedrückt einen", sagte ich.

Aber sie sah mich vom Bildschirm her ganz kritisch an.

„Nein, Sie sind schon die ganze Woche down, oder noch länger. Was es auch ist, es nimmt Sie enorm mit."

„Macht nichts. Ich werde es überleben."

„Es hat angefangen, als sie Sie angerufen hat, nicht wahr?"

„Sie?"

„Die First Lady." Vickie belegte das Wort „Lady" mit einer Betonung, die nicht ganz geheuer war.

„Laura hat nichts damit zu tun", sagte ich.

Vickie schüttelte nur den Kopf. Sie nahm mir kein Wort davon ab.

Wir saßen ein paar Augenblicke einfach stumm da; keiner wollte etwas sagen, keiner das Gespräch abbrechen. Ich war völlig allein, bis auf dieses flackernde elektronische Abbild von ihr.

„Macht die Tagung nicht viel Spaß?" fragte Vickie schließlich.

„Ein Verein von Blutsaugern", knurrte ich. „Ich bin umgeben von ebenden Leuten, die ich bekämpfen mußte, als ich Reporter war. Kämpfen um Gehaltserhöhung. Kämpfen, um die *echten* Nachrichten drucken zu lassen, das, was sie unterdrücken wollten, um ihre Freunde zu decken. Jetzt bin ich politisch eine wichtige Figur. Ich soll sie anstrahlen und ihnen sagen, daß wir alle in einem Boot sitzen."

Sie lachte, und das brachte mich auch zum Lächeln.

„Nur gut, daß Sie nicht ins Außenministerium gekommen sind."

„Ja, mag sein", gab ich zu.

„Können Sie es noch einen Tag aushalten? Für morgen sind drei Interviews mit den großen Sendegesellschaften vorgesehen."

„Das geht in Ordnung. Da bin ich bei den Leuten, die wirklich arbeiten. Mit denen komme ich gut aus."

Sie versuchte, ein Gähnen zu unterdrücken.

„Hat Hunter die Tagesbesprechung heute morgen geschafft?"

„O ja", sagte Vickie. „Er war sehr gut. Keine Probleme." Sie gähnte wieder.

„Ach, Mensch, ich sollte Sie nicht die halbe Nacht wach halten –"

„Mir macht das nichts aus", sagte sie.

„Aber mir. Gehen Sie ins Bett. Wir brauchen beide Schlaf."

„Meric?"

„Ja?"

„Ich möchte gern bei Ihnen sein." Sie lächelte nicht, als sie das sagte. Sie sprach es offen aus, ohne Vorbehalte, ohne Tricks.

Ohne auch nur nachzudenken, beschloß ich, sie mißzuverstehen. „Sie wären genauso gelangweilt und sauer auf diesen Haufen heuchlerischer Pharisäer wie ich."

Ihr Gesicht veränderte den Ausdruck nicht, aber ihre Stimme wurde leiser. „Ja, vielleicht."

„Gute Nacht, Vickie."

„Gute Nacht."

Ich berührte die Taste am Gerät, und der Schirm erlosch.

Mist! Zu allem anderen war ich jetzt auch noch wütend auf mich.

Das Telefon klingelte leise. Ich drückte auf den Antwortknopf. Das Gesicht einer Frau füllte den Bildschirm aus: mittleres Alter, aber gepflegt; teures Make-up, teure Frisur. „Mr. Albano, ziehen Sie sich für heute endgültig zurück?"

Ich hatte sie schon gesehen. Wo? Am Empfang unten in der Halle, als ich angekommen war. „Ja", sagte ich.

„Können wir Ihnen irgend etwas anbieten?"

Ich hörte mich leise lachen. „Sicher. Eine Flasche Scotch, einen Kübel mit Eis und eine langbeinige Rothaarige."

Sie blinzelte nicht einmal. „Irgendein bestimmtes Alter?"

„Beim Scotch?"

„Auch das."

„Der beste Scotch, den Sie haben. Und die Dame sollte Mitte Zwanzig sein. Das genügt mir."

„Gewiß, Sir."

Wie die anderen Serviceleistungen des Hotels ließ auch mein Schlummertrunk zu wünschen übrig. Die Rothaarige war bereitwillig, sogar enthusiastisch. Sie war jung und gut gebaut, von der Sorte, die fünf Jahre später dick wird. Große, wippende Brüste mit Silikon. Und ein Gehirn von Walnußgröße. Das intellektuellste Gesprächsthema: die hiesige Eishockeymannschaft. Anscheinend beschäftigten sie und eine Kollegin die Gastmannschaften so, daß sie unausweichlich verloren, wenn sie in St. Louis spielten. Behauptete sie jedenfalls. Zeigte mir eine Handtasche voll Standaufnahmen mit sich, ihrer Freundin und den Starspielern der Eishockeyliga. Und sie bot mir an, im Fernsehgerät eine Bildkassette abzuspielen, wenn ich ihr Honorar um zwanzig Dollar erhöhen würde.

DIE Interviews am nächsten Tag stand ich mit brummendem Kopf und schlechtem Gewissen durch. Während ich dasaß und Weisheiten über die Pressefreiheit von mir gab, während meine Gesprächspartner mir zu meiner Offenheit gratulierten (Warum sind sie einander alle so ähnlich? Filmidolgesichter, Lederjacken und geblümte Hemden, die vor Jahren modisch waren, nachgemachter englischer Akzent), schrie mir eine innere Stimme zu, ich sei ein ebenso großer Heuchler wie alle anderen im Geschäft. Der Präsident war in Gefahr, und ich zog die leise Masche ab.

Das letzte Interview an diesem Nachmittag wurde mit einem gemischten Paar geführt. Es war ein typisches Fernsehstudio: eine Ecke, vollgestopft mit den Bänken und nachgemachten Schiffsdecks einer Kindersendung; auf der anderen Seite befanden sich das Podium, Uhren und Landkarten für die abendliche Nachrichtensendung. Wir saßen unter den Scheinwerfern auf einem behaglichen Polsterstapel, der den Eindruck erwecken sollte, man befinde sich in der Gesprächskuhle eines persischen Palastes. Wie zu erwarten gewesen war, trug der „Junge“ des Teams eine rostfarbene Wildlederjacke und ein goldenes Seidenhemd. Wenigstens das „Mädchen“ – eine Frau Ende Dreißig mit scharfem Blick – besaß soviel Verstand, lange Hose und Weste zu tragen, wie es viele Frauen an der Ostküste tun.

Mitten im Gespräch unterbrach sie ihren Partner ungeduldig und fragte mich: „Aber wie ist der Präsident wirklich? Persönlich, meine ich? Wenn die Türen geschlossen und die Kameras abgeschaltet sind?“

Ich trat innerlich auf die Kupplung und begann mit meiner gewohnten Lobpreisung von *James J. Halliday, dem Menschen*. Gewiß, wir hatten diese Masche im Büro ausgearbeitet, aber das meiste kam von Herzen.

Wir brauchten uns nicht lange oder übermäßig anzustrengen, um eine gute, drei Minuten lang leuchtende Beschreibung des Präsidenten zu liefern. Wir hatten ihn alle gern.

Aber während mein Mund das Gewohnte ableierte, erklärte mein Gehirn, wenn ich den Präsidenten so verehrte, sollte ich eigentlich nicht auf diesen allergiefreien Polstern herumhocken und über ihn reden. Ich sollte ihm helfen herauszufinden, wer oder was ihn umzubringen versuchte.

Sofort als das Interview vorbei war, rief ich vom Studio aus McMurtrie an. Es war später Nachmittag, fast 16.00 Uhr. Die Vermittlung im Weißen Haus teilte mir mit, Mr. McMurtrie sei im Sonderauftrag verreist.

„Wohin?“ fragte ich.

Sie sah aus wie ein Huhn. Knopfaugen, krumme, kleine Nase, spitzes, fahles Gesicht. Sie schnalzte einmal ungeduldig und erwiderte: „Wir sind nicht ermächtigt, das mitzuteilen.“

Ich erinnerte sie daran, wer ich war, und zeigte ihr noch einmal meinen Ausweis. Nichts zu machen. Ich überging sie und wandte mich an den Sicherheitsbeamten, der in McMurtries Abwesenheit den Secret Service leitete. Er war noch sturer. Schließlich mußte ich Wyatt verlangen, und bis ich ihn am Apparat hatte, verging fast eine halbe Stunde.

Seine Heiligkeit wollte nicht mit der Sprache heraus und murrte herum, sagte mir dann aber, McMurtrie sei zu irgendeinem Labor nach Minnesota geflogen. Es hänge mit Dr. Klienerman und der Untersuchung zusammen.

„Wie heißt das Labor?“ fragte ich. „Wo in Minnesota?“

Es war, als wolle man Fort Knox mit einem Käsemesser knacken, aber schließlich verriet mir der Alte widerstrebend, was ich wissen wollte. Ich mußte praktisch mit meinem Rücktritt drohen, damit er aus sich herausging.

Ich rief Vickie an und teilte ihr mit, sie brauche mich am nächsten Tag nicht im Büro zu erwarten; Hunter würde erneut für mich einspringen müssen. Sie wirkte erstaunt, sogar verblüfft. Bevor sie fragen konnte, warum und wo ich sein würde, schaltete ich ab und tastete die Nummer der Flughafeninformation ein. Zum Glück war sie computerisiert. Kein Widerspruch, keine Erklärungen, kein Herumreden. Man sagt dem Computer einfach, wo man ist und wo man hinmöchte, und die wunderbare elektronische Maschine nennt einem eine Auswahl von Zeiten und Routen. Ich wählte eine Maschine, die in einer Stunde nach Minneapolis startete. Der Computer versicherte mir, mein Ticket erwarte mich am Flugsteig. Ich hetzte los, um meine schmutzige Wäsche in meine Flugtasche zu werfen und zum Flughafen zu fahren.

Es regnete, als ich die Maschine bestieg. Wir saßen zwanzig Minuten am Ende der Rollbahn fest, mitten auf dem flachen, ungeschützten Flugfeld, die Motoren kreischten, der Wind heulte und schüttelte das Flugzeug, und der Pilot erklärte uns fröhlich, daß eine Reihe von Sturmböen und Tornados über das Gebiet hinwegzögen. Ich konnte vor meinem kleinen ovalen Fenster nichts sehen als eine undurchdringliche Regenwand und ein fast unaufhörliches Wetterleuchten. Der Regen trommelte auf den Flugzeugrumpf, und der Donner grollte lauter als die Motoren.

Nach einem wahrhaft nervenzermürbenden Donnerschlag forderte der Pilot die Stewardessen auf, kostenlos Getränke zu verteilen. Sie waren gerade an der Sitzreihe vor mir, als er sich wieder meldete: „Okay, Leute, wir haben eben die Startfreigabe bekommen. Alles zuknöpfen, meine Damen.“

Und wir starteten durch den Regen und den nachlassenden Wind. Die Maschine wurde erbärmlich durchgeschüttelt, als wir die Wolkendecke durchstießen, dann verwandelte die rotgoldene Spätnachmittagssonne die Wolkenoberseite in einen purpurroten Samtteppich, der von Horizont zu Horizont reichte. Bis wieder Getränke serviert wurden, war ich eingeschlafen.

In Minneapolis war es merklich kühler, als wir landeten, und ich sah, daß die Rollbahnen und Rampen des Twin Cities Airports naß und voller Pfützen waren. Im verlöschenden Licht der untergehenden Sonne konnte ich jedoch sehen, daß die Wolken in Richtung Osten davonzogen und der Himmel aufklarte. Morgen in Washington erwischt mich dasselbe Unwetter vermutlich wieder, dachte ich.

Am Mietwagenschalter im Flughafengebäude hatte noch kein Mensch von den North-Lake-Forschungslaboratorien gehört, wohin Wyatt mich verwiesen hatte. Die Frau, die meine Mietwagenformulare ausfüllte, rief sogar bei der Universität von Minnesota an, ohne etwas zu erfahren. Ich wußte aber, daß die Labors unmittelbar außerhalb der Stadt Stillwater lagen, und sie gab mir eine Karte und Hinweise. Rief sogar im Hotel „Stillwater Inn" an, um ein Zimmer für mich reservieren zu lassen.

Während ich die Interstate-Autostraße Richtung Stillwater befuhr, hatte ich über eine Stunde Zeit, meine Lage einzuschätzen.

Punkt eins: Ich benahm mich wie ein Narr. Okay, aber ich tat, wozu ich mich verpflichtet fühlte. Vielleicht war es der alte Reporterinstinkt. Eher wohl eine Mischung aus Angst und Neugier nach dem Unbekannten. Alles, was ich wußte, war, daß ich mit McMurtrie und Klienerman sprechen und selbst herausfinden mußte, was, zum Teufel, eigentlich im Gange war.

Punkt zwei: Niemand auf der ganzen weiten Welt wußte, wo ich war. Falsch. Robert S. H. Wyatt wußte es. Wirklich? Seine Heiligkeit wußte, daß ich versuchte, mit McMurtrie Verbindung aufzunehmen. Ich hatte ihm nicht gesagt, daß ich hinfliegen wollte. Nicht einmal Vickie. Wyatt würde es sich morgen früh schnell genug ausrechnen können, wenn Hunter wegen der Pressebesprechung an meiner Stelle anrief. Aber nicht vor morgen früh. Es gab keinen Grund, weshalb er mich heute abend vermissen sollte.

Was zu Punkt drei führte: In den North-Lake-Forschungslabors wußte kein Mensch, daß ich auftauchen würde. Ich beschloß, einen alten Journalistentrick anzuwenden, morgen früh einfach unangemeldet und ohne Erklärung dort aufzutauchen und den Leiter des ganzen Unternehmens zu verlangen. Zuschlagen, bevor sie sich etwas ausdenken können.

Ich verpaßte beinahe die Ausfahrt zur I 94, als mir plötzlich klar wurde, was ich tat. Ich zählte Wyatt, McMurtrie, Klienerman und die maßgeblichen Leute bei North Lake als mögliche Verdächtige auf. Als potentielle Attentäter. Als Verräter, die sich verschworen hatten, die Präsidentschaft an sich zu reißen.

Das brachte mich zur logischen Schlußfolgerung meiner ganzen logischen Überlegungen. Ich begriff, daß es keinen einzigen Menschen gab, dem ich vertrauen konnte. Nicht McMurtrie oder Wyatt oder Laura oder selbst dem Präsidenten. Ich war völlig allein. Nicht einmal bei Vickie hatte ich Gewißheit.

Ich warf einen Blick auf die unbelaubten Bäume, die im Halbdunkel vorbeifegten. Ich kam mir vor, als sei ich allein und nackt dort draußen und klammere mich an einen dieser toten Äste. Sie fühlten sich einsam, kalt und verdammt gefährlich an.

Als der Mond über den bewaldeten Hügeln aufstieg, sah ich, daß die Straße nun am gewaltigen Mississippi entlangführte. Ich glaube, dieser Teil heißt St. Croix, jedenfalls in der Umgebung. Es war ein großartiger, breiter, herrlicher Strom, der die runden Hügel teilte. Winzige Lichtpünktchen waren in den kleinen Ortschaften zu sehen, die manchmal auch einzelne Häuser anzeigten. Der Strom sah hier viel kräftiger und auch jünger aus, nicht wie der müde, alte, kranke Fluß, der träge an St. Louis vorbeizog. Und ich wußte, daß er tausend Meilen südlich schließlich in den Golf von Mexiko strömte. *Er überdauert. Trotz allem, was wir tun, überdauert er. Der alte Liedschreiber hat es richtig erfaßt.*

Ich fand endlich Stillwater und, nachdem ich auf den stillen Straßen ein paarmal falsch abgebogen war, das Stillwater Inn. Es war ein wunderschönes, anmutiges Hotel, noch so erhalten, wie es vor einem Jahrhundert in seiner Blütezeit ausgesehen haben mußte. Als ich den Wagen auf dem unbewachten Parkplatz neben der weißen Holzwand abstellte, fing ich wieder an zu denken.

Ich hatte auf den Flughäfen meine Position nicht als Druckmittel verwendet, sondern nur meine private Kreditkarte dazu benützt, die Flugkarten und den Mietwagen zu bezahlen. Keine Fanfaren, keine Beziehungen zu Washington. Aber auch keine Tarnung. Wyatt oder sonst jemand konnte mich leicht aufspüren, wenn er es für nötig hielt. Aber bis jetzt hatte ich keine Aufmerksamkeit auf mich gelenkt.

Ich meldete mich im Hotel, bezahlte bar im voraus, aß im getäfelten Speisesaal im bayrischen Stil zu Abend, trank in der gemütlichsten kleinen Bar, die ich je gesehen hatte, ein Glas und ging auf mein Zimmer. Trotz all meiner Ängste und Verdächtigungen schlief ich ganz fest. Ich erinnere mich nicht einmal, geträumt zu haben, obwohl ich am nächsten Morgen beim ersten Tageslicht schweißüberströmt und zittrig erwachte.

6

DIE North-Lake-Forschungslaboratorien standen auf einer Anhöhe über dem St. Croix, ungefähr eine halbe Stunde Fahrt von Stillwater entfernt. Es gab keine Hinweisschilder, und im Hotel schien niemand von den Labors gewußt zu haben. Ich mußte die örtliche Feuerwehrstation suchen und den alten Mann fragen, der den funkelnden neuen Löschzug der Stadt wusch. Feuerwehrleute kennen sich immer aus.

Von der Straße aus konnte man die Laborgebäude sehen, niedrig und von stumpfer grauer Farbe, zusammengedrängt auf dem Hügel. Beton-und-Glas-Architektur aus der Mitte des Jahrhunderts, Saarinen, vermittelt über Frank Lloyd Wright. Mein Mietwagen kletterte die Serpentinensteigung langsam hinauf; die Batterie war fast am Ende. Um das Gelände verlief ein doppelter Drahtzaun, ein massives Tor blockierte die Einfahrt, in einer kleinen Zelle von Wachhaus am Tor stand ein ebenso massiver Wachtposten.

Ich hielt, er kam heraus und beugte sich zu mir herunter. „Ja, Sir, was kann ich für Sie tun?“ Sehr höflich. In Hüfthöhe trug er eine Pistole.

„Ich bin hier, um mit Mr. McMurtrie und Doktor Klienerman zu sprechen“, sagte ich.

Er schien die Namen nicht zu kennen und sah mich höflich verwirrt an.

„Doktor Klienerman ist vom Walter-Reed-Hospital. Mr. McMurtrie ist vom Weißen Haus.“

„Oh ... ja ...“

„Mein Name ist Albano“, sagte ich, bevor er fragen konnte. „Meric Albano.“ Ich zog meinen Ausweis heraus, den mit dem Präsidentensiegel.

Er hätte beinahe beeindruckt durch die Zähne gepfiffen, hielt sich aber gerade noch zurück. „Einen Augenblick, Mr. Albano. Ich rufe sofort bei der Empfangshalle an."

Er tat es, kam zurück, noch immer verwirrt, öffnete aber das Tor und winkte mich durch. Ich fuhr noch eine halbe Meile auf einer Teerstraße, hielt auf einem Kiesparkplatz und ging zur Empfangshalle. Auf dem Parkplatz stand kein Dutzend Autos; entweder war das Personal unglaublich klein, oder es gab für die Angestellten irgendwo hinten einen zweiten Parkplatz. Oder die Angestellten wohnen hier, sagte eine Stimme in mir. Unsinn, dachte ich.

Die Empfangshalle war ebenso still. Kein Mensch zu sehen. Eine gewölbte Theke mit allen Zutaten einer vielbeschäftigten Empfangsdame: Telefone, Bildschirme, Computerterminal, gepolsterter Drehsessel. Die Halle war in warmem Holz getäfelt, mit Ledersofas und Ledersesseln eingerichtet. Es gab sogar frische Blumen in Vasen auf beiden niedrigen Holztischen. Aber keine Menschen.

Eine Tür in der Holztäfelung öffnete sich, und ein lächelnder, hochgewachsener, elegant gekleideter Herr kam heraus. Etwa in meinem Alter, vielleicht ein paar Jahre älter. Der gewandte Öffentlichkeitsarbeiter: ein wenig Grau an den Schläfen, gebildete Sprechweise, selbstsicherer Gang. Ein sehr bewußt handelnder Mann. Der ideale Taschendieb.

„Mr. Albano", sagte er mit melodischer Stimme, die zwischen einem vertraulichen Flüstern und einem kehligen Tenor lag. „Wir fühlen uns wirklich geehrt."

Ich ordnete ihn höher ein. Taschendieb streichen. Er war ein Hochstapler. Dennoch ließ ich zu, daß er mir die Hand schüttelte. Er hatte einen sehr festen, männlichen Händedruck.

„Mein Name ist Peter Thornton. Ich bin Doktor Peñas Assistent –"

„Doktor Peña?"

Er wirkte beinahe beleidigt. „Der Direktor dieser Institution. Doktor Alfonso Peña. Doktor Klienerman hat doch gewiß erklärt –"

Ich unterbrach ihn mit einem Nicken. Er wollte mich ausquetschen, und ich beschloß, den Spieß umzudrehen. „Wo ist Doktor Peña? Ich möchte ihn gern sprechen. Ich habe nicht viel Zeit, wie Sie verstehen werden."

„Gewiß. Gewiß. Aber der Posten am Tor sagte, Sie hätten Doktor Klienerman und Mr. McMurtrie verlangt."

„Richtig. Ich gehöre zur Ermittlungsgruppe. Wir müssen sicherstellen, daß wir von einer gutunterrichteten Basis aus mit den Medien umgehen."

„O ja, sicherlich. Das ist sehr wichtig, nicht wahr?"

„Allerdings." Aber wir waren noch keinen Zentimeter von der Stelle fortgekommen, wo ich stand. Die Tür zum eigentlichen Labor befand sich noch immer hinter Thornton, und er unternahm keine Anstrengung, mich hineinzuführen. „Das ist eine sehr unangenehme Geschichte", sagte er noch leiser.

„Ja. Also, wo sind Klienerman und McMurtrie? Und ich möchte außerdem –"

„Doktor Klienerman ist gestern abend abgereist", erklärte Thornton mit einem Das-hättest-du-aber-wissen-müssen-Blick. „Er und Mr. McMurtrie gemeinsam."

„Gestern abend?"

„Mit einer Chartermaschine. General Halliday bestand darauf."

„General Halliday?" Der Vater des Präsidenten.

„Ja. Inzwischen müßten sie in Aspen sein."

Verdammt! Das war einer der Haken, wenn man sich heimlich wegschlich. Man verlor den Kontakt zu allen anderen. Ich beschloß, in die Offensive zu gehen.

„Ich hätte verständigt werden müssen", sagte ich streng.

Seine Brauen stiegen erschrocken hoch. „Wir wußten nichts. Man hat uns nicht mitgeteilt –"

Ich schüttelte den Kopf. „Das ist keine Entschuldigung für ein solches Versagen. Ich weiß, daß das nicht Ihre persönliche Schuld ist, aber ..."

Er rang beinahe die Hände.

„Nun", sagte ich, „wenn ich schon einmal hier bin, möchte ich mit Doktor Peña sprechen. Und ich muß die Leichen sehen. Die Leichen sind ja wohl noch hier, nicht wahr?"

„O ja! Sie sind gründlichen Obduktionen unterzogen worden, Sie verstehen, aber sie sind hier."

„Dann wollen wir mal."

Ich hatte ihn auf Trab gebracht. Er führte mich ins Hauptgebäude des Labors. Wir gingen meilenweit durch Korridore, über Treppen hinunter, mit Plastik überdachte Rampen entlang, die verschiedene Gebäude miteinander verbanden. Ich verlor völlig die Orientierung; ich hätte ohne einen Pfadfindertrupp die Halle nicht wiedergefunden.

Wir kamen an einer seltsamen Mischung von Sehenswürdigem vorbei. Zuerst befanden wir uns in einem Bürobereich, offenkundig der Verwaltung dienend. Teppiche am Boden, Namen und Titel in kleinen Buchstaben an den Türen. Tische für Sekretärinnen in Nischen entlang des Korridors. Dann traten wir über eine der Rampen in ein anderes Gebäude.

Hier sah ich Werkstätten und Einrichtungen, die nach Chemielabors aussahen; viel Glas und Brodeln und Leute in weißen Kitteln. Dann ein Computerkomplex: auch hier weiße Kittel, aber die Leute waren meist jünger und umgeben von kopfhohen Konsolen mit blinkenden Lampen und Bildschirmen, die grünleuchtende Zahlen und Symbole zeigten.

Dann kamen wir wieder an Büros vorbei, aber hier gab es keine Türen, keine Namen, keine Titel. Die Männer und Frauen in diesen kleinen Zellen schienen zu recherchieren. Sie kritzelten Gleichungen auf Wandtafeln, betätigten Computertastaturen oder unterhielten sich angeregt miteinander, mit Worten, die englisch waren, aber nicht zur englischen Sprache gehörten.

Als wir eine klirrende Eisentreppe hinunterstiegen, tiefer in die Kelleretagen unter dem Gebäude an der Oberfläche, kam mir endlich zum Bewußtsein, daß die North-Lake-Forschungslaboratorien keine medizinische Institution waren. Sie hatten, so wie es aussah, überhaupt nichts mit Medizin zu tun.

„Was ist hier das Hauptgebiet der Forschung?" fragte ich.

„Ähm ... Biomedizin", sagte er.

„Biomedizin?"

„Nun ... hauptsächlich Biochemie. Sehr weit fortgeschritten, versteht sich." Er gab ein leises Lachen von sich, das mich entwaffnen sollte. „Ich will Ihnen etwas sagen. Ich bin Doktor der Molekularbiochemie, und ich verstehe von dem, was diese klugen jungen Leute heutzutage treiben, kaum die Hälfte."

„So ausgefallen, wie?"

Ich wollte ihn fragen, wer alle diese klugen jungen Leute und ihre ausgefallenen Forschungsarbeiten eigentlich bezahlte, aber wir waren unten angekommen. Dort gab es nichts als eine nackte Sackgasse, etwa vier Schritte lang, mit Zementmauern und einer unbeschrifteten Eisentür am Ende.

Thornton, der plötzlich grimmig wirkte, betätigte die Tasten des

Kombinationsschlosses in der Wand neben der Tür. Sie ging auf, und wir gingen hinein.

Dieser Bereich sah medizinisch aus. Ein großer Raum mit pastellgrünen Wänden. Keine Fenster, natürlich, so tief unter der Erde. Blendfreie, gleißende Deckenbeleuchtung. Kalt. Wie in einem Leichenschauhaus, nur kälter. Zwei rollbare Tische in der Mitte des Raumes, mit grünen Laken zugedeckt. Neunzehn Dutzend verschiedene Sorten Geräte rund um die Leichen: Oszilloskope, Schalen mit chirurgischen Instrumenten, Herz-Lungen-Maschinen, vieles, was ich auf Anhieb nicht erkannte.

Ich ertappte mich dabei, daß ich krampfhaft schluckte. Trotz der Kälte des Raumes stank es nach Tod. Ich trat an die Tische. Thornton versuchte nicht, mich aufzuhalten, aber ich konnte seine Schritte auf dem kalten Betonboden unmittelbar hinter mir hören. Ich blieb am ersten Tisch stehen. Er auch. Ich hob einen Zipfel des Lakens.

James J. Halliday starrte mich leer an. Mein Gott, der Tote sah wirklich genauso aus wie er!

Ich ließ das Laken fallen und trat an den anderen Tisch. Diesmal blieb Thornton, wo er war. Ich lüftete das zweite Laken. Dasselbe Gesicht starrte mich an. Dieselben sandfarbenen Haare, dieselben blauen Augen, dasselbe Kinn, die Lippen, die so jungenhaft grinsen konnten, die breite Stirn, die schmale, ein wenig gekrümmte Nase.

„Ich würde das Laken nicht weiter zurückziehen", sagte Thorntons Stimme hinter mir, „außer, Sie haben chirurgische Erfahrung. Es ... ist nicht schön."

Ich deckte das Laken vorsichtig wieder über das kalte Gesicht. Zum Teufel, ich hatte Tränen in den Augen. Ich brauchte fast eine Minute, bevor ich mich umdrehen und Thornton wieder ansehen konnte.

„Wie waren die Ergebnisse der Obduktionen?" fragte ich. „Woran sind sie gestorben?"

Thornton wirkte verlegen.

„Ich glaube, das sollte Doktor Peña mit Ihnen besprechen."

„Gut", sagte ich. „Wo ist er?"

„Er kommt zu Ihnen herunter. Er müßte schon dasein." Er schaute auf seine Armbanduhr.

Die Kälte drang in mich ein. „Hören Sie, könnten wir nicht ..."

„Doktor Peña ist ein sehr gebrechlicher Mann", erklärte mir Thornton, und zum erstenmal, seitdem ich ihm in der Halle begegnet war, hatte ich das Gefühl, daß er etwas sagte, das er wirklich ernst meinte. „Er ist schon fast neunzig Jahre alt. Er strengt sich viel zu sehr an. Ich hoffe, Sie werden nichts sagen, was ihn aufregt."

Ich starrte Thornton an. Das Leben des Präsidenten der Vereinigten Staaten war bedroht. Himmel noch mal – einer von diesen Toten hätte sehr gut James J. Halliday sein können. Und er machte sich Sorgen um die Gebrechlichkeit seines Chefs.

Es blieb mir aber keine Zeit zu einer Antwort. Durch eine zweite Tür am hinteren Ende des Raumes kam Dr. Peña in einem elektrischen Rollstuhl hereingefahren.

Er sah älter aus als irgendein Mensch, den ich je gesehen hatte; selbst Robert Wyatt hätte neben ihm jugendlich ausgesehen. Sein Gesicht war nichts anderes als eine Totenmaske mit unglaublich runzliger Haut, die über die zerbrechlichen Knochen gespannt war. Sein Kopf war unbehaart, die Augen halb geschlossen. Er erinnerte mich an die mumifizierten Überreste von Pharaonen; kein Tropfen Saft war mehr in ihm.

Er war in ein dickes Gewand gewickelt, das sich seltsam beulte. Und als ich die ganzen Herz- und Nierengeräte an der Rückseite des Rollstuhls sah, begriff ich, daß er vom Hals abwärts vermutlich mehr Maschine als Mensch war. Seine Hände waren mit kaum erkennbaren dünnen Chirurgenhandschuhen bedeckt, die seinen langen, knochigen Fingern und den mit Leberflecken übersäten, sehnigen Handrükken ein seltsam glänzendes Aussehen verliehen.

Seine Stimme überraschte mich. Sie war kräftig, selbstsicher, wach; keine Spur von dem brüchigen, schwankenden Schrillen, das ich erwartet hatte. „Sie sind der Pressesprecher des Präsidenten, nicht wahr?"

„Und Sie sind Doktor Peña", sagte ich.

Er legte die Finger auf die Steuertasten in der Armlehne des Rollstuhls und rollte so schnell auf mich zu, daß ich unwillkürlich einen Schritt zurücktrat. „Ich bin sehr beschäftigt, Mr. Albano. Wie Sie erraten, wenn Sie mich ansehen, ist die Zeit für mich etwas sehr Kostbares. Warum beanspruchen Sie meine Zeit?"

Ich grinste ihn beinahe an. Gebrechlicher alter Mann, ha! „Ich gehöre der Gruppe an, die ermittelt ..." Ich war im Augenblick um die richtigen Worte verlegen. Ich wies auf die verhüllten Leichen.

Er funkelte mich an. „Ich habe Klienerman und dem Sicherheitsbeamten schon alles gesagt, was ich festgestellt habe. Fragen Sie sie!"

„Das mache ich. Aber wenn wir schon beide hier sind, möchte ich gern Ihre Meinung aus erster Hand hören."

„Zeitverschwendung", fauchte er.

„Wieso?"

„Weil ich keine Meinung habe!"

„Wenn ich Sie nun fragen würde, ob der Mann, der heute morgen im Weißen Haus sitzt, in Wirklichkeit James J. Halliday ist?"

Nun stockte ihm doch der Atem. Ich trat näher an ihn heran. „Ist eine dieser ... Leichen ... der Präsident?"

Er warf einen Blick auf Thornton, dann sah er mich wieder an. „Ich kann Ihnen nur sagen, daß jeder dieser Toten genauso aussieht wie der Präsident. Dieselbe Größe, dasselbe Gewicht. Dieselben Fingerabdrücke, Netzhautmuster, Ohrläppchenstruktur, Schädelindex. Alle physischen Determinanten, die ich gemessen habe, entsprechen genau den Werten, die Doktor Klienerman mir für den Präsidenten genannt hat."

„Fingerabdrücke", wiederholte ich.

„Alles", wiederholte er. „Sie sind miteinander und mit dem Präsidenten physisch identisch. Sie sind keine Maschinen, keine Automaten oder künstliche Schöpfungen. Sie sind völlig menschlich, so menschlich wie Sie oder ich. Oder noch *mehr* als ich, wenn man bedenkt ..."

„Wer kann derart exakte Duplikate hervorgebracht haben?"

Dr. Peña schwieg dazu.

„Nun, woran sind sie gestorben?" fragte ich.

Thornton trat zwischen uns.

„Nein, keine Sorge. Ich bin durchaus fähig, ihm zu antworten."

„Sie sollten sich ausruhen", drängte Thornton.

„Woran sind sie gestorben?" wiederholte ich.

Er lachte ächzend auf, mit einem üblen, anklagenden, kleinen Schnauben. „Woran sie gestorben sind? Eine sehr gute Frage. Eine ausgezeichnete Frage."

„Also? Woran?"

Er sah zu mir auf, und seine Augen glitzerten vor Schmerz oder Haß oder vielleicht von beidem. „Nichts hat sie getötet. Gar nichts. Keine Spuren von Gewalteinwirkung. Kein Gift. Nicht einmal Ersticken. Sie sind einfach gestorben. Wie Marionetten, deren Schnüre man gekappt hat. Sie sind einfach hingefallen und ... gestorben."

7

WÄHREND des ganzen Fluges von Minneapolis nach Denver beschäftigten mich Dr. Peñas Worte. *Nichts hat sie getötet ... sie sind einfach hingefallen und ... gestorben.* Todesursache: unbekannt. Sie hörten einfach auf zu leben. Zwei erwachsene Männer, die genauso aussahen wie der Präsident der Vereinigten Staaten. Beide im Umkreis von hundert Metern um den wahren Präsidenten gestorben. Beide gestorben an – nichts.

Ich war überfordert und wußte es. Aber irgend etwas Störrisches (oder vielleicht total Verängstigtes) in mir wies mich an, McMurtries Fährte zu folgen. McMurtrie wußte, was er tat. Wenn er nach Aspen geflogen war, um mit General Halliday zu sprechen, wollte ich auch dorthin.

Es fällt einem schwer zu glauben, daß Aspen einmal ein Zentrum des Jugendkults gewesen ist. Die alte Stadt hatte begonnen als Heimstatt für Silberschürfer, dann eine Weile ländlich vor sich hin gedämmert und war endlich ein Skiferienort geworden. Junge Leute aus dem ganzen Land strömten vor zwei Generationen dorthin, um im Winterschnee Ski zu fahren und im Sommersonnenschein zu faulenzen. Schönes Leben. Aber alles ändert sich. Die jungen Leute wurden älter, gründeten Unternehmen, wurden achtbar. Aspen verwandelte sich in einen sehr exklusiven Ferienort, vor allem nachdem Colorado dem Beispiel von Nevada folgte und Glücksspiel und Prostitution legalisierte.

Komisch. Das alte Las Vegas war nach den Mangelunruhen der achtziger Jahre zu einer Geisterstadt geworden. Es war in Wirklichkeit eine Stadt gewesen, die sich nicht verteidigen ließ. Als Dahlgren seine Armee der Arbeitslosen gegen die „Tempel der Sünde und des Goldes" führte, wie er das evangelistenhaft nannte, brannten sie die Spielkasinos und Hotels nieder. Als sie im darauffolgenden Jahr versuchten, Denver zu stürmen, wurde Morton J. Halliday, ein obskurer Oberst der Nationalgarde von Colorado, zu einem Nationalhelden. Er rettete Denver vor dem Pöbel. Er brachte sie mit gut ausgebildeten, disziplinierten Truppen zum Stillstand. Und dann gab er ihnen Brot, führte sie an die Arbeit, damit sie den Schaden wiedergutmachten, den sie in Pueblo und Albuquerque angerichtet hatten, und wurde zum ersten echten Helden, den dieses Land seit Richter Sirica gesehen hatte.

Und so war Aspen jetzt eine Festung der Reichen und Alten, eine Bastion des Reichtums und des schönen Lebens zwischen den mächtigen Wächtergipfeln der Rockies. Las Vegas war das Zentrum der Jugend in dieser Generation; junge Leute lebten rund um den abgebrannten Strip in Kommunen in der Wüste und benützten die noch funktionierenden Solarkraftwerke, um aus tiefen Brunnen Wasser zu pumpen.

Nach Aspen zu fliegen war seit der frühesten Zeit nicht viel bequemer geworden. Man mußte immer noch durch die unruhige Bergluft, hin und her schwankend, während das Unterhaltungstonband einen PR-Käse darüber verzapfte, wie „die klare Bergluft die Berggipfel viel näher rückt, als sie es in Wirklichkeit sind".

Ich hatte während des ganzen vierzigminütigen Fluges weiße Fingerknöchel und schwitzige Handflächen. Bis wir landeten, ging es meinem Magen miserabel. Während der Fahrt mit dem Taxi zur Halliday-Enklave beruhigte er sich ein wenig.

Man schaute nicht einfach bei General Halliday vorbei. Nicht einmal, wenn man im Weißen Haus arbeitete. Er herrschte über dieses Gebiet – ja, über den ganzen Bundesstaat Colorado – von seinem Herrensitz auf Red Peak aus, dem Western White House, wenn sein Sohn zu Hause war. Als James J. zunächst Gouverneur von Colorado geworden war, hatten die meisten politischen Beobachter angenommen, er sei nur eine vorgeschobene Figur für seinen mächtigen Vater. Sie erlebten einige umwerfende Überraschungen, als James seine Selbständigkeit bewies. Das Verhalten des Gouverneurs konnte man nicht vorausberechnen, indem man feststellte, was der General wollte. Das führte zu heftigen Diskussionen zwischen ihnen. Ich hatte ein paar miterlebt, die von der Cocktailstunde bis zum frühen Morgen tobten.

Das Taxi setzte mich am Wachhaus ab, einem dreistöckigen, massiven Gebäude mit Giebeldach, das zwei Schweizer Chalets und das Fort Apache in sich hätte aufnehmen können. Tatsächlich war ein Großteil der Sicherheitstruppe des Generals dort untergebracht. Viele der älteren Männer waren einst verschreckte junge Nationalgardisten, die damals in Denver aus dem General einen Helden gemacht hatten.

Und es gab genug Nachwuchs, um es mit der Staatspolizei aufzunehmen, schien es mir.

Ein Hubschrauber dröhnte vorbei, als ich mit knirschenden Schritten den Kiesweg zum Eingang des Wachhauses entlangging. Der Empfangsbereich war in zwei Hälften aufgeteilt: Ein kleines Foyer befand sich gleich an der Tür, wo die Besucher standen, und auf der anderen Seite einer kugelsicheren Glaswand war ein viel größerer Saal, in dem Frauen am Schreibtisch, an Telefonvermittlungen und Fernsehmonitoren saßen.

Das Mädchen am Schreibtisch gleich hinter der Glaswand hob den Kopf, als die Tür sich lautlos hinter mir schloß. „Ja, Sir, kann ich Ihnen helfen?" Sie hatte ein freundliches Lächeln, von der Art, wie man es in den Schulen lernt, die einem beibringen, im Leben vorwärtszukommen.

Ich nannte meinen Namen, und sie erkannte beinahe auf der Stelle, wer ich war. Das „beinahe" war ein Blick auf den kleinen Datenbildschirm an ihrem Schreibtisch. Schneller Computer, mit umfassendem Personenspeicher.

Sie brauchte nur ein paar Minuten, um im Haupthaus anzurufen, mich wieder anzulächeln und mir zu sagen, in einigen Minuten werde mich ein Wagen abholen. Ich bedankte mich und ging hinaus, um mich von der Frühlingssonne bescheinen zu lassen.

Noch immer ragten hohe Schneehaufen rings um das Gebäude empor, aber die Sonne war warm, und in den frisch knospenden Bäumen zwitscherten die Vögel. Ich ging über den geräumten Kiesparkplatz zum Anfang des Bergwegs. Von hier aus konnte man das ganze Tal sehen, das im Schnee glitzerte wie ein Bild aus einem Reiseprospekt. Die Luft war wirklich klar und sauber. Ich erinnerte mich an Nächte hier oben, als ich angefangen hatte, für Halliday zu arbeiten, in denen ich lange Spaziergänge mit ihm gemacht hatte. Wir fingen an mit Innenpolitik und starrten dann hinauf zu den Sternen.

Der Wagen kam, und ich wurde zum Haupthaus gefahren. Der Fahrer begleitete mich hinein und führte mich in eine Bibliothek: dunkles Holz, an drei Wänden Bücherregale bis an die Decke, gemauerter Kamin; an der vierten Wand ein Fenster mit Blick auf einen Tannenwald. Der Kamin war leer, aber im Zimmer war es angenehm warm. Ich ging zwischen den Lehnstühlen vor dem Kamin und dem Sofa vor den Fenstern auf und ab.

Die Tür ging auf, und Robert Wyatt kam herein. Ich spürte, wie mein Unterkiefer herunterklappte. „Ich dachte, Sie sind in Washington." Er wirkte gereizt und hatte die schmalen Lippen zusammengepreßt.

„Das könnte ich auch von Ihnen sagen."

„Ich suche McMurtrie. Ich habe der Frau am Torhaus erklärt, daß er es ist, den ich sprechen möchte."

„Zu spät", sagte Seine Heiligkeit.

Mein Magen verkrampfte sich. „Was soll das heißen?"

„Er ist eben mit dem Hubschrauber abgeflogen, nach Denver und von dort zurück nach Washington."

„Oh." Ein paar Herzschläge lang standen wir einander gegenüber, ich am Fenster, Seine Heiligkeit auf der anderen Seite des Zimmers, nur drei Schritte von der Tür entfernt. Zwischen uns lag ein Perserteppich, rot und goldfarben leuchtend, wo die Sonne ihn streifte.

„Was wollten Sie von McMurtrie?" fragte Wyatt.

Gute Frage. Was sollte ich antworten? *Ich wollte, daß er meine Hand hält und mir sagt, daß alles gut wird.* Ich sagte: „Ich möchte auf dem laufenden sein, was die Untersuchung angeht. Ich beschloß, bei ihm zu bleiben. Die Sache ist zu groß ..."

„Woher wußten Sie, daß er hier war?"

„Doktor Peña hat es mir gesagt."

Wyatts Kopf zuckte ein paar Zentimeter zurück. Die Ader an seiner Stirn pochte. „Sie sind bei North-Lake gewesen? Wann?"

„Heute morgen ..." Dabei fiel mir etwas ein. „Robert, ich habe den ganzen Tag nichts zu essen gehabt. Wir wär's mit einem Sandwich oder dergleichen?"

Er machte ein Gesicht, als wolle er nein sagen. „Warten Sie hier", sagte er statt dessen. „Ich glaube, der General will Sie sprechen."

Ich wartete also. Ich setzte mich an den Schreibtisch bei der Tür und rief Vickie an, um ihr zu sagen, wo ich war. Sie wirkte seltsam, nicht direkt aufgeregt, aber angespannt.

„Alles in Ordnung mit Ihnen?" fragte ich.

„Ach, mir geht es gut", sagte sie. „Sie sind es, um den ich mir Sorgen mache. Hunter findet langsam Spaß daran, mit dem Präsidenten zu sprechen und die Presse zu unterrichten. Bis morgen früh wird er wahrscheinlich in Ihrem Büro sitzen wollen."

„Soll er", sagte ich.

„Ich meine es ernst." Ihr Elfengesicht war der Grimmigkeit so nahe wie möglich. Bei jedem anderen hätte es nach einem beginnenden Lächeln ausgesehen.

„Okay. Ernst", sagte ich. „Beschaffen Sie mir Material über Doktor Alfonso Peña. Akademische Grade, Laufbahn, den ganzen Lebenslauf. Und Angaben über die North-Lake-Forschungslaboratorien. Ich möchte wissen, von wem sie finanziert werden." Ich machte eine Pause. „Ich bin morgen wieder da. Besorgen Sie mir die Angaben bald. Und sagen Sie Hunter, er soll vorerst noch nicht umziehen."

Die Tür ging auf, und Wyatt kam herein, gefolgt von einem Selbstfahrwagen, beladen mit Essen.

„Hören heißt gehorchen", sagte Vickie.

Ich warf einen Blick auf das Essen, dann auf den Bildschirm. „He", sagte ich zu ihr, „dabei lächelt man doch."

Sie lächelte, aber es sah nicht sehr überzeugend aus.

„Wir sehen uns morgen", sagte ich.

„Rufen Sie mich an, wenn sich Ihre Pläne ändern, ja?"

„Okay. Mache ich."

Ich schaltete ab und wandte mich Wyatt zu. „Der General sorgt noch immer gut für seine Gäste."

„In der Kühlbox steht Bier", sagte er, „unter der Tischdecke auf Ihrer Seite."

„Phantastisch."

Wir waren bei den ersten belegten Broten, als der General in die Bibliothek marschierte.

Morton J. Halliday sah aus, als trage er Uniform, selbst wenn er ein altes Cordhemd und ausgewaschene Jeans anhatte wie im Augenblick.

Er war hochgewachsen, hatte einen herrischen Blick, eine kühne Nase und einen eisengrauen Schnurrbart. Er trug die Haare militärisch kurz geschoren. Sie waren jetzt fast ganz weiß geworden. Er zeigte keine Spur von Kahlheit, etwas, womit er Wyatt bei den seltenen Gelegenheiten aufzog, wenn er genug getrunken hatte, um ein wenig menschlich zu werden.

Er hatte das Aussehen und die Haltung eines Herrschers, und einige seiner ältesten Freunde – wie Wyatt – konnten sich noch daran erinnern, wie der General das erstemal geheiratet und seinen engsten Vertrauten ruhig erklärt hatte, er werde einen Präsidenten zeugen.

Genau das hatte er getan, obwohl seine Frau starb, als der Sohn noch im Kleinkindalter war, und er hatte James J. selbst aufgezogen.

Natürlich nicht ganz allein, aber der General hatte James J. nie weit von seiner Bergfestung auf Red Peak ausschwärmen lassen. Statt dessen brachte er die Welt zu dem Jungen. Die besten Gelehrten der Erde unterrichteten James. Dem Lokalklatsch zufolge hielten sich während der Lernjahre des Jungen auf Red Peak zu jedem beliebigen Zeitpunkt mehr Nobelpreisträger auf als sonst an irgendeinem Punkt der Welt. Der General kaufte das Aspen-Institut und schenkte es seinem Sohn zum sechzehnten Geburtstag. Und wenn James auf Reisen ging, dann mit einem Bewacherteam, das ebenso groß und hingabebereit war wie der Secret Service für den Präsidenten. Es war, als sei eine kleine Armee unterwegs. Er war dazu geboren, Präsident zu werden, und er begann so früh in seiner Kindheit damit, wie ein Präsident zu leben, daß er sich im Weißen Haus eingelebt hatte, als sei das seine natürliche Umwelt.

Es gab stets jene, die versuchten, die Drähte zu finden, mit denen James J. Halliday gesteuert wurde. Die offensichtliche Verbindung führte von seinem Vater zu den Bank-, Rohstoff- und Industrieinteressen, mit denen sein Vater in Zusammenhang stand. Ich muß zugeben, daß mein eigenes erstes Interesse an Gouverneur Halliday, dem Außenseiterkandidaten für die Präsidentschaft, auf ebendiesen Grund zurückzuführen war. Ich wollte seine tönernen Füße finden. Ich wollte seine Verbindungen mit den Erdöl-, Bank- und weiß Gott was für anderen Großfinanz-Manipulatoren aufdecken, die ihn als Strohmann vorschoben. Ich wollte ihn vom Sockel stoßen. Der Schweinehund hatte mir Laura weggenommen.

Ich fand diese Verbindungen nie. Sie waren einfach nicht vorhanden. Halliday war sein eigener Herr, so entschieden unabhängig und hartgesotten wie sein Heldenvater. Ob ich wollte oder nicht, ich mochte ihn. Natürlich arbeitete ich schließlich auch für ihn. Und die Beziehung zwischen James und seinem Vater erinnerte mich an die Beziehung zwischen Alexander dem Großen und seinem Vater, Philipp von Makedonien: Stolz, Liebe, Konkurrenz, vielleicht Neid. Philipp war ermordet worden, wahrscheinlich auf Anordnung seines Sohnes.

Nun stand der General vor mir, stockgerade und hager. Er fixierte mich mit seinen Augen, gerade als ich in ein Sandwich beißen wollte.

Ich kam mir vor wie eine ganz kleine Maus, die von einer sehr hungrigen Katze erspäht worden ist.

„Was, zum Teufel, geht eigentlich vor?“ sagte er. Er erhob seine Stimme nicht. Das war nicht nötig. Selbst in seinen ruhigsten Tönen war genug Stahl, um eine Kompaßnadel herumzudrehen.

Aus meinem Sandwich glitschte eine Tomatenscheibe, als ich erwiderte: „Guten Tag, Herr General.“ Glänzende Erwiderung.

Er trat an unseren Tisch. Wyatt stand auf und holte ihm einen Stuhl. Ich stand auch auf.

Als wir uns alle setzten, fragte mich der General: „Sind Sie nun eigentlich der Pressesprecher des Präsidenten oder ein Amateurdetektiv aus einer miesen Fernsehserie?“

Ich ließ den Rest meines Sandwichs auf den Teller fallen. „Ist das ein Rätsel, oder wollen Sie eine ernsthafte Antwort?“

Er funkelte Wyatt an, als sei es dessen Schuld, dann richtete er den Blick wieder auf mich. „Hören Sie, junger Mann, Sie sollten in Washington Ihrer Arbeit nachgehen. Was, in drei Teufels Namen, rennen Sie in der Gegend herum, von Minnesota bis hierher?“

„Ich versuche herauszubekommen, was im Gange ist und wer versucht, Ihren Sohn umzubringen.“

„Dafür haben wir das ganze verflixte FBI und den Secret Service. Und Heer, Marine und Luftwaffe nebst Raumfahrtkorps, falls wir sie brauchen. Wer, zum Henker, hat Ihnen einen Sheriffstern verliehen?“

Ich atmete tief ein. Bellende Hunde beißen nicht, sagte ich mir, obwohl ich es nicht glaubte. „Sir, das mag vielleicht ein Schock für Sie sein, aber ich kann und werde nicht versuchen, diese Sache vor den Journalisten geheimzuhalten, außer, ich weiß genau, was dahintersteckt. Ich tappe nicht im dunkeln.“

Wyatt verzog den Mund. „Und wieviel haben Sie herausbekommen, als Sie nach Minnesota gerannt sind?“

„Wenigstens weiß ich soviel darüber, was diese Duplikate getötet hat, wie Doktor Peña.“

„Sie sind bei Peña gewesen?“ fauchte der General.

„Ja.“

„Und was hat er Ihnen gesagt?“

„Nicht sehr viel. Er könne nicht feststellen, woran die Duplikate gestorben seien. Offenbar sind sie einfach umgekippt und gestorben.“

„Das entspricht dem Bericht, den wir bekommen haben“, sagte

Wyatt. „Und ist genau das, was Sie erfahren hätten, wenn Sie heute früh in Ihrem Büro gewesen wären."

„Wirklich?" sagte ich.

Seine Heiligkeit biß die Zähne zusammen und schwieg.

Ich wandte mich wieder an den General. „Warum war McMurtrie hier? Hat er Doktor Klienerman mitgebracht?"

Nun war der General an der Reihe, die Lippen zusammenzupressen. Er sah Wyatt an und zog eine Braue hoch.

„Die erste ... Leiche", sagte Wyatt mit gepreßter Stimme, „ist in Denver gefunden worden. McMurtrie dachte, wenn er schon so nah herangekommen war, könnte er auch noch hier vorbeischauen und uns mitteilen, was sich abspielt."

„Er wußte, daß Sie hier sind?" fragte ich Wyatt.

„Wir waren ständig in Verbindung miteinander", erwiderte er.

„Was hat Doktor Klienerman zu der ganzen Sache zu sagen?"

„Nichts", knurrte der General, „überhaupt nichts."

„Er und Doktor Peña sind nicht sehr gut miteinander ausgekommen", erklärte Wyatt. „Sie wissen, wie es ist, wenn zwei Primadonnen unter einem Dach zusammentreffen."

„Was meinen Sie damit?"

Wyatt wirkte noch verlegener. „Peña wollte Klienerman nicht erlauben, die Leichen der Duplikate zu sehen."

„Was? Aber er ist der Leibarzt des Präsidenten! Wenn eine von diesen Leichen der Präsident *ist* ..."

„Das trifft nicht zu", sagte der General.

„Woher nehmen Sie die Gewißheit?"

„Peña ist überzeugt ..."

„Doktor Peña hat mir erklärt, daß sie genau gleich seien, Herrgott noch mal!" Ich wußte, daß ich schrie, aber ich konnte nicht viel dagegen tun. „Er kann den einen vom anderen nicht unterscheiden und keinen vom medizinischen Profil des Präsidenten."

„Sie sind nicht der Präsident", sagte der General störrisch.

Ich sah ihn mir genau an. Ihm in diesem Punkt widersprechen zu wollen wäre das gleiche gewesen, wie Red Peak mit einem feuchten Zahnstocher abzutragen. Er hatte sich entschieden, und aus.

„Meric, Sie sollten wirklich nach Washington zurückfliegen und in Ihrem Büro bleiben", sagte Wyatt. „Wir halten Sie auf dem laufenden."

„Ich will trotzdem mit McMurtrie sprechen."
„Das wird unmöglich sein", erklärte der General.
„Weshalb kann ich –"
„McMurtries Hubschrauber ist zwischen hier und Mt. Evans abgestürzt. Die Nachricht kam gerade, bevor ich zu Ihnen ging."
Ich konnte mich nicht bewegen. Nicht einmal mein Mund war funktionsfähig. Ich kam mir vor wie gelähmt.
Auch Wyatt schien betäubt zu sein. Aber nur für einen Augenblick. Er sagte: „McMurtrie ...?"
„Tot. Alle Insassen ums Leben gekommen. McMurtrie, Klienerman und der Pilot."
„Steht das fest?"
Die Stimme des Generals klang steinern. „Ein Hubschrauber der Staatspolizei hat die Absturzstelle überflogen. Man hörte einen Hilferuf und schaute nach. Bis man hinkam, war nichts mehr zu sehen als brennende Wrackteile. Keine Überlebenden."
„Um Got-tes wil-len", sagte Wyatt.
Ich brachte immer noch kein Wort heraus. Aber in meinem Gehirn arbeitete es mit rasender Geschwindigkeit. *McMurtrie ist umgebracht worden. Ermordet. Entweder er oder Klienerman hat etwas gefunden, und sie sind beide umgebracht worden, bevor sie es weitergeben konnten. Ermordet von jemandem aus dem Umkreis des Generals.*

8

ES WAR gegen Mitternacht, als meine Maschine in Washington landete. Heimstatt der Tapferen, sagte ich zu mir selbst. Es war schon eine Anstrengung, aufzustehen und an den erschöpften Stewardessen vorbeizustapfen. Selbst ihr reflexartiges Lächeln wirkte mühsam. Ich fühlte mich, als sei der Hubschrauber des Generals auf meinem Rükken gelandet. Völlig ausgelaugt. Nicht nur körperlich. Es ergreift einen eine Art von Alles-vorbei-Gefühl, wenn man den letzten Rest Adrenalin verbraucht hat und wenn das Ungeheuer, dem man sich stellen muß, immer noch da ist, größer denn je, feuerschnaubend, die Pranken ausgestreckt, um einen zu packen.
Der Flughafen lag praktisch verlassen da. Landungen auf dem National Airport nach Mitternacht sind eingestellt worden. Der amt-

liche Grund war der Lärm; er störte die Leute, die in der Umgebung wohnten. Der wahre Grund war die Sicherheit. Seitdem die Nationale Vigilanzgesellschaft versucht hatte, vor einem Dutzend Jahren versucht hatte, Regierungsmacht und Stadt an sich zu reißen, wurde der Flughafen äußerst streng bewacht.

Der verdammte Korridor durch das Flughafengebäude schien kein Ende zu nehmen. Es war wie in einem surrealistischen Alptraum; ich ging allein den leicht ansteigenden, nackten, weißgefliesten Korridor hinaus, wagte nicht, mich umzuschauen, aus Angst, wer McMurtrie erwischt hatte, sei auch mir auf den Fersen, wagte nicht weiterzulaufen, weil ich *wußte*, daß es dort draußen in der Stadt Dinge gab, denen ich mich lieber nicht stellen wollte.

Aber als ich an der verlassenen Passagierprüfstation vorbeiging, mit ihren Röntgenkameras für die Gepäckuntersuchung und den Magnetdetektoren für das Auffinden von Metall an Personen, erhellte sich für mich der ganze düstere Flughafen. Vickie saß da und las in einer Zeitschrift.

Ich war der erste von einem halben Dutzend Passagieren, die die Maschine verlassen hatten, und sie hatte den Kopf noch nicht gehoben, um zu sehen, wer herankam. Ihr goldenes Haar war ein Hauch von Sonnenwärme in der unpersönlichen Kälte des Flughafengebäudes. Sie war leger gekleidet, lange Hose und Pulli, aber in meinen Augen sah sie großartig aus.

„Sie bekommen keine Überstunden bezahlt, wissen Sie“, sagte ich.

Sie sah auf, für einen Augenblick überrascht, dann grinste sie. „Ich bin zufällig in der Nähe gewesen ...“ Sie stand auf und stopfte die Zeitschrift in ihre Schultertasche.

„Woher wußten Sie, mit welcher Maschine ich komme?“

„Habe mich in Denver erkundigt.“ Sie sah sehr selbstzufrieden aus. „Ich mag das Leben nicht als Zeitungsreporterin begonnen haben, aber ich weiß, wie man etwas herausfinden kann, wenn es sein muß.“

Wir gingen miteinander vorbei an den leeren, hallenden Gepäckkarussells, die sich endlos drehten, obwohl auf keinem ein Gepäckstück lag. Der Verkehrskreisel vor dem Gebäude, den ganzen Tag so laut und belebt, lag jetzt verlassen und dunkel vor uns. Ich sah nirgends ein Taxi.

„Ich bin mit meinem Wagen da“, sagte Vickie und deutete auf die Parkplätze auf der anderen Seite des Kreisels.

„Ich wußte nicht, daß Sie einen Wagen haben." Es war ein wenig kalt in der Nachtluft. Der Himmel war bewölkt, auch wenn durch die Wolken trübe ein Viertelmond schimmerte.

„Nun ja, es ist eigentlich nicht meiner. Er gehört einem Freund. Er ist verreist, und ich passe inzwischen auf das Auto auf."

Ich antwortete nicht. Wir gingen quer über den Kreisel wie Bostoner Fußgänger, über sechs Fahrspuren hinweg, zu einem großen Rondell von verdorrtem Gras, und auf der anderen Seite über noch einmal sechs Fahrspuren.

Die Parkfläche war automatisiert. Wir stiegen in das Fahrzeug – einen rundum verbeulten alten Gasbrenner-Benzinschlucker, der dröhnte und spuckte, als Vickie den Motor anließ – und fuhren hinaus, nur mit einem kurzen Zwischenhalt, um an der unbesetzten Schranke die Parkgebühr zu bezahlen.

„Sie sind doch nicht in der Dunkelheit allein hier herumgelaufen", sagte ich.

„Sicher. Schon in Ordnung ... die Gegend ist wirklich verlassen. Und alles wird durch Fernsehmonitoren überwacht. Die Wachleute wären aus dem Flughafengebäude herübergekommen, wenn mich jemand belästigt hätte."

„Gerade recht, um an der Massenvergewaltigung teilzunehmen", murmelte ich.

„Angst um meine Ehre?" fragte sie, als sie auf die Brücke einbog, die über den Potomac führte.

„Angst um Ihr Leben."

„Ich kann auf mich aufpassen. Bis jetzt bin ich noch nie vergewaltigt worden."

„Einmal genügt, soviel ich höre."

Sie schnitt eine Grimasse. „Sie haben sicher recht."

Bis wir vor meinem Apartmenthaus hielten, hatte sie mir alles über das Auto und seinen Besitzer erzählt. Der Motor war auf Wasserstoff umgestellt worden, der Grund dafür, warum die alte fünfsitzige Limousine jetzt nur noch ein Zweisitzer war. Der Rest war Treibstofftank. Riesengroß. Und sehr leicht brennbar.

„Aber keine Sorge", versicherte mir Vickie. „Ron sagt, der Tank sei bruchsicher."

„Bin begeistert."

Ron war Mitarbeiter eines Kongreßabgeordneten aus Kentucky. Ein liebenswerter Hinterwäldler mit einer Leidenschaft für Autos, so, wie Vickie ihn beschrieb. Ich konnte spüren, wie sich meine Oberlippe kräuselte in der Dunkelheit des Wagens. Nasaler Akzent und das Hirn eines Schmiermaxen, dachte ich.

„Ich habe ihn voriges Jahr bei einer Rallye in Bethesda kennengelernt", sagte Vickie. „Wir gehen zu vielen Rennen und Rallyes."

„Ich wußte nicht, daß Sie Autonärrin sind", sagte ich.

„Sie wissen vieles noch nicht von mir", erwiderte sie, als sie den Schalthebel in Parkstellung brachte. „Tja ... da sind Sie. Service von Haus zu Haus."

„Kommen Sie mit rauf", sagte ich. „Das mindeste, was ich tun kann, ist, Ihnen etwas zu trinken zu geben. Oder Kaffee."

Sie schüttelte den Kopf. „Ich kann den Wagen nicht stehenlassen. Das gibt einen Strafzettel."

„Na und? Ich gebrauche meinen Einfluß und erledige das. Alte Bostoner Tradition."

„Sie schleppen ihn vielleicht ab."

„Sollen sie doch. Ich hole ihn zurück, bevor Ihr Hillbilly-Freund zurückkommt."

Sie sah mich betroffen an. „Meric, ich schlafe nicht mit dem Boß."

Das sollte mich wohl aufhalten oder warnen oder mir die Lust nehmen. Statt dessen hörte ich mich antworten: „Nur keine Sorge. Die ganze Wohnung ist mit Fernsehkameras geschützt. Wenn ich Sie überfalle, stürzen Sicherheitsbeamte aus den Wänden und schlagen mich zusammen."

Sie lachte. Ein volles, herzliches Lachen. „Gut, gut. Solange wir uns verstehen."

„Tun wir." Ich log nur zur Hälfte.

Sie trank Kaffee statt Alkohol. Ich goß mir ein paar Fingerbreit Scotch ein. Vickie saß im Schaukelstuhl aus Chrom und Leder in meinem Wohnzimmer. Ich streckte mich müde auf dem Sofa aus.

Nach einem Schluck Whisky fragte ich: „Warum haben Sie mich abgeholt?"

„Ich weiß nicht recht", sagte sie. Sie suchte nach einem Platz, wo sie die Kaffeetasse abstellen konnte, und wählte schließlich den Teppich. „Ich wollte wohl wissen, was Sie getrieben haben – was Sie beschäftigt und was es mit dem ganzen Interesse für das Labor in Minnesota auf sich hat. Ich bin ohnehin ein Nachtmensch; vor ein, zwei Uhr komme ich nie ins Bett. Und da dachte ich mir, ich überrasche Sie am Flughafen."

„Das war verdammt nett von Ihnen", sagte ich. „Nichts Einsameres, als spät nachts anzukommen, ohne begrüßt zu werden."

„Ich weiß", sagte sie, „das haben Sie mir schon einmal gesagt – im Büro."

„Wirklich?"

Aber statt beim Thema zu bleiben, bückte sie sich und griff wieder nach der großen Tasse.

„Wie ist es in den letzten Tagen im Büro gewesen?" fragte ich, das Thema wechselnd.

„Meist routinemäßig. Hunter leistet gute Arbeit, und die Presse gibt sich übergroße Mühe, alles zu vermeiden, was als rassistisch gelten könnte. Ach, ein Mr. Ryan von der *News Globe* in Boston hat angerufen. Er sagte, Sie hätten ihn zu einem Interview eingeladen."

„Er hat sich selbst eingeladen."

„Ich glaube, Greta hat ihm einen vorläufigen Termin für nächsten Montag gegeben."

„Okay, klingt gut."

Wir unterhielten uns noch ein paar Minuten, dann stand sie auf und wollte gehen. Ich weiß nicht genau, wie es passierte, aber ich stand plötzlich vor der Tür, hielt ihre Hände fest und sagte: „Nicht gehen. Bleiben Sie noch."

„Nein, Meric ... wirklich ..."

„Vor ein paar Abenden haben Sie am Telefon gesagt, Sie wären gern bei mir."

„Das war ..." Sie sah an mir vorbei, richtete den Blick wieder auf mich, die Augen von der Farbe einer tropischen Lagune. „Das ist nicht fair, sich zu merken, was ich gesagt habe, als ..."

„Vickie, bitte. Ich möchte nicht allein sein."

„Ich auch nicht."

„Na also."

„Ich habe doch gesagt, ich schlafe nicht mit dem Boß", sagte sie, um eine Spur schriller.

Ich ließ sie nicht los. „Hören Sie zu. Morgen bin ich der Boß. Heute bin ich einer, der Sie haben möchte, der Sie braucht."

„Wovor haben Sie Angst?" fragte sie.

Ich wollte antworten, hielt mich aber zurück.

„Irgend etwas verfolgt Sie, Meric. Irgend etwas erschreckt Sie zu Tode, was ist es?"

„Nichts, was Sie betrifft."

„Aber vielleicht kann ich helfen ..."

Ich schüttelte den Kopf und ließ ihre Hände los. „Nein, Vickie. Sie sollen das gar nicht wissen. Glauben Sie mir. Es ist besser für Sie, wenn Sie es nicht wissen."

Sie legte die Hand an meine Wange. „Mein Gott, Meric. Sie zittern ja!"

Ich machte mich los.

„Es geht um Laura Halliday, nicht wahr? Wenn Sie nur für mich soviel empfinden könnten."

„Es geht nicht um sie", widersprach ich. „Und es geht nicht um Gefühle ... es ist Angst. Einfach schlichte, ganz ordinäre Angst."

„Angst? Wovor?"

Ich ließ mich auf das Sofa fallen, und sie kam her und setzte sich zu mir. „Meric, was ist los? Wovor haben Sie solche Angst? Habe ich nicht ein Recht, es zu erfahren?"

„Nein, haben Sie nicht. Verdammt noch mal, Vickie ... ich versuche, Sie zu schützen. Solange Sie nichts davon wissen, sind Sie sicher."

„Sicher wovor?"

„Sie haben McMurtrie umgebracht", stieß ich hervor. „Und Doktor Klienerman auch. Und es als Unfall hingestellt."

„Sie? Wer?"

„Vielleicht General Halliday. Oder Wyatt. Oder ein Unbekannter oder Unbekannte. Ich weiß nicht, wer. Ich weiß nicht, warum. Aber ich stehe vielleicht auch auf ihrer Liste. Und an erster Stelle auf der Liste steht der Präsident." Ihre Augen wurden groß. „Ich habe Ihnen schon mehr erzählt, als für Sie gut ist", sagte ich. „Gehen Sie, solange es noch ungefährlich ist. Gehen Sie zurück nach Kalifornien, und werden Sie Rennfahrerin. Das ist viel ungefährlicher und sauberer als das, was hier vorgeht."

Ich wäre ein miserabler Geheimdienstagent geworden. Vickie holte die ganze Geschichte aus mir heraus, Stück für Stück. Je mehr ich beschwor, daß ich nichts mehr verraten würde, je dringlicher ich sie warnte, daß es mir um ihre eigene Sicherheit gehe, desto mehr plauderte ich von der ganzen scheußlichen Geschichte aus. Ein Teil von mir verfolgte das Fiasko angewidert, während ein anderer Teil enorme Erleichterung dabei verspürte, daß ich jemanden hatte, mit dem ich reden, jemanden, mit dem ich die ganze unfaßbare Last von Zweifeln und Ängsten teilen konnte. Und außerdem, redete ich mir ein, vermuten sie angesichts der Tatsachen, daß sie für dich arbeitet und du sie von General Hallidays Haus aus angerufen hast, daß sie dich am Flughafen abgeholt und heimgefahren hat, *wahrscheinlich nehmen sie ohnehin an, daß sie soviel weiß wie du.*

Bis ich mit dem Reden fertig war, tranken wir beide Scotch und wirkten ganz nüchtern und angstvoll.

„Dann gibt es keinen, zu dem Sie gehen könnten?" fragte Vickie schließlich.

Ich zuckte die Achseln. „McMurtrie war der einzige, dem ich vertraut habe. Er ist nicht mehr dabei."

„Was wollen Sie tun?"

„Wenn ich das wüßte." Ich leerte mein Glas, drehte mich um und sah, daß die Flasche leer war. „Es gibt nur eines, was ich tun kann, das einzige, das mir einfällt."

„Nämlich?"

„Alles an die Öffentlichkeit bringen. Die Presse unterrichten."

Sie überlegte eine Weile, dann sagte sie langsam: „Wenn Sie das tun ..."

„Ich weiß. Ich würde die ganze Regierung lähmen. Ganz Washington zum Stillstand bringen. Alles. Vielleicht den ganzen Staat sprengen und uns ein für allemal ruinieren."

„Das meine ich nicht", sagte Vickie.

„Was dann?"

„Wenn Sie versuchen sollten, das an die Öffentlichkeit zu bringen, würde man versuchen müssen, auch Sie umzubringen."

Da hatte ich es. Es lag nicht nur an meinem Wahn. Vickie sah es auch. Ich mochte auf ihrer Liste stehen. Himmel noch mal, ich stand tatsächlich auf der Liste. Ich wußte es.

„Was wollen Sie tun?" fragte sie noch einmal.

„Nichts", sagte ich. „Überhaupt nichts. Und wenn sie eine Wanze in meiner Wohnung eingebaut haben, hoffe ich nur, daß sie das hören. Ich schlage keinen Alarm, bis ich davon überzeugt bin, daß es mehr Nutzen als Schaden bringen kann."

„Wie werden Sie sich entscheiden?"

„Keine Ahnung. Ich werde wohl mit Halliday reden und sehen müssen, wie er reagiert. Danach ist alles offen."

Sie sah mich prüfend an. „Sie könnten gehen. Sie könnten zurücktreten und das Land verlassen. Deutlich machen, daß Sie aussteigen."

Ich dachte nach. „Mag sein ... nur ... verdammt, ich kann nicht. Es würde nichts nützen. Sie wären trotzdem hinter dem Präsidenten her, und ich würde ihnen nur den Weg frei machen."

Vickie sagte nichts, aber ich hatte das Gefühl, daß das die Antwort war, die sie hatte hören wollen.

Wir landeten schließlich gemeinsam im Bett. Der Scotch tat doch seine Wirkung, und ich kann mich nicht mehr an viel erinnern, außer daran, daß es herrlich war und sie lieber auf mir sein wollte. Ich hatte nichts dagegen.

Die letzte echte Erinnerung an diese Nacht bei mir ist die, daß unsere verschwitzten Körper sich rhythmisch bewegten, ihre kleinen, festen Brüste über mir hüpften und ihre Knie meinen Körper fest umklammerten. Wir vergaßen vieles, bevor es hell wurde.

9

Die nächsten Tage sind in meinem Gedächtnis verschwommen. Ich ging mechanisch meiner Tätigkeit nach, betäubt, innerlich so aufgewühlt, daß es ein Wunder war, wenn ich meinen Schreibtisch fand oder meine Schuhe richtig anziehen konnte. Greta schüttelte den Kopf und bemutterte mich; einmal schickte sie mich sogar mit einem Glas selbstgemachter Hühnersuppe nach Hause. Sie glaubte, ein Virus hätte mich erwischt.

Der Präsident wirkte ruhig und unerschüttert. Als ich ihn nach McMurtrie fragte, wurde er für ein paar Minuten grimmig, aber soviel ich aus ihm und Wyatt herausbekommen konnte, wurde die Untersuchung noch immer im kleinen Kreis, unauffällig und im geheimen durchgeführt.

Vickie war ... nun Vickie. Die eine Nacht war die eine Nacht. Im Büro waren wir Chef und Mitarbeiterin. Sie war so freundlich und hilfsbereit wie immer. Ich bin wohl höflich und vernünftig gewesen. Sie tat nicht spröde oder beleidigt. Ich lud sie zum Abendessen ein, sie nahm an, und wir beendeten den Abend an ihrer Haustür. „Laß an mir deinen Besitzerinstinkt nicht aus", sagte sie. Ich fühlte mich gleichzeitig erleichtert und verärgert.

Bei unserer Suche nach Informationen über die North-Lake-Labors und Dr. Peña stießen wir praktisch ins Leere.

„Er ist beinahe eine Unperson", klagte sie erschöpft, nachdem sie mehrere Tage lang alles überprüft hatte. „Da sind seine Unterlagen von der Princeton-Universität vor über vierzig Jahren. Es gibt ein paar kurze Hinweise, daß er Tagungen von Biochemikern und anderen Wissenschaftlern besucht hat, aber nichts, was später als Anfang der siebziger Jahre wäre. Irgend jemand hat sich enorme Mühe gegeben, ihn vor allen Blicken zu verbergen."

„Oder in den Unterlagen radiert", sagte ich.

Ihre Augen weiteten sich. „So gründlich können sie doch nicht sein, oder?"

Ich wußte im Grunde keine Antwort. „Was ist mit den North-Lake-Labors?"

„Ganz geheim", sagte Vickie. „Höchste Stufe, Militär. Begrenzte Zugangsliste und was dergleichen mehr ist. Wir müßten uns an den Verteidigungsminister oder an den Militärausschuß des Senats wenden."

„Und das können wir nicht, ohne preiszugeben, daß wir schnüffeln", sagte ich.

„Es könnte gefährlich für dich sein. Aber vielleicht nicht für mich. Vielleicht ist ihnen nicht klar ..."

„M-m." Ich hob mahnend den Finger. „Gefährlich für jeden. Halt dich da raus, sonst landest du in irgendeiner gottverlassenen Schlucht wie McMurtrie und Klienerman."

Vickie rutschte unbehaglich auf ihrem Stuhl herum. „Was, zum Teufel, tun wir denn dann, Meric?"

„Nichts. Ganz und gar nichts. Wir setzen uns hin und warten. Und denken nach."

„Wie lange?"

Ich zuckte die Achseln. „Heute ist Freitag. Am Montag muß ich mit Len Ryan sprechen. Bis dahin entscheide ich mich."

„Das wird ein langes Wochenende für dich werden", sagte sie.

„Ja. Ich glaube, ich fahre aufs Land hinaus. Da müßte man am besten nachdenken können."

„Nach Camp David?"

„Nein, ich will das Wochenende nicht mit dem Präsidenten zusammensein. Ich nehme die andere Richtung, vielleicht nach Virginia Beach hinunter."

„Ich habe den Wagen immer noch", sagte Vickie.

Ich schüttelte den Kopf. „Du hältst dich erst mal fern von mir. Wenn ich den Montag überlebe, können wir uns unterhalten."

Sie wollte widersprechen, aber ich kehrte den Chef heraus und brachte sie dazu, mein Arbeitszimmer zu verlassen. Ich glaube nicht, daß sie pikiert war, aber wenn an diesem Wochenende etwas passieren sollte, wollte ich verhindern, daß sie in meiner Nähe war und mit betroffen wurde.

Es war fast Dienstschluß, als der Anruf kam. Greta hatte eben den Kopf hereingesteckt, um mir mitzuteilen, daß sie eine Viertelstunde früher Schluß mache, um dem Stoßverkehr zu entgehen. Das tat sie jeden Freitag, und jedesmal machte sie mir Mitteilung, und jedesmal nickte ich dazu.

Anrufe vom Präsidenten waren durchaus nichts Ungewöhnliches. Nach seinem Amtsantritt hatte er damit begonnen, einmal hier und einmal dort anzurufen, um zu prüfen, wie die Dinge auf den Arbeitsebenen liefen, welche Einstellung herrschte, wer schuldbewußt oder beschäftigt oder verärgert wirkte.

Mein Telefon surrte. Ich drückte auf die Einschalttaste, und das Gesicht des Präsidenten erschien auf meinem Bildschirm. „Hallo, Meric", sagte er freundlich.

„Mr. President."

„Haben Sie schon Pläne für das Wochenende?" fragte er.

Seit meinem Gespräch mit Vickie war ungefähr eine Stunde vergangen. „Keine besonderen. Warum fragen Sie?"

Er lächelte. „Laura und ich wollten wissen, ob Sie morgen abend bei uns essen könnten. Nichts Formelles. Ein ganz ruhiger Abend. Nur wir drei."

„Ich dachte, Sie wollen übers Wochenende nach Maryland."

„Das ist abgesagt. Zuviel Arbeit. Ich bleibe über das Wochenende hier."

„Sie hätten Ihren Pressesprecher über die Änderung unterrichten lassen können. Ich muß dafür sorgen, daß die Presse –"

„Meric", sagte er mit einem geduldigen Grinsen, „ich unterrichte meinen Pressesprecher. Ich habe mich erst vor ein paar Minuten entschieden. Und Laura meinte, es sei schon eine Weile her, seitdem wir formlos und in kleinem Kreis miteinander gegessen hätten. Können Sie kommen oder nicht?"

„Ja, Sir, ich kann. Natürlich."

„Gut. Sieben Uhr. Bringen Sie Appetit mit!"

„Klar. Vielen Dank!"

Ich würde gern sagen können, das erste, was ich tat, als ich abgeschaltet hatte, war, mein Büro nach elektronischen Wanzen abzusuchen oder Vickie anzurufen und ihr zu sagen, wenn mir etwas zustoßen sollte, müsse sie die Medien informieren. Ich tat es nicht. Ich hetzte wie ein Wilder aus dem Büro und den Flur entlang, um Greta einzuholen, bevor sie in den Lift stieg und verschwand. Ich brauchte sie, um die Maschinerie für die Unterrichtung der Presse über die geänderten Pläne des Präsidenten in Gang zu bringen, sonst hätte man mir am nächsten Morgen das Fell abgezogen.

Ich verfehlte sie knapp. Ich mußte zwei jüngere Mitarbeiter nehmen und für den Notdienst einspannen. Es dauerte über eine Stunde, um sicherzustellen, daß das ganze Pressekorps unterrichtet war.

SCHON bevor Halliday das Weiße Haus in sein fast gänzlich privates Reservat verwandelt hatte, waren die Touristen nie nach oben gelassen worden, wo der Präsident und seine Familie wohnten. Halliday hatte eine Manie, was seine Privatsphäre anging, bis dahin, daß ausländische Würdenträger auch nicht mehr gelegentlich im Weißen Haus untergebracht wurden. Sie wohnten im Blair House oder in einem anderen Gebäude in der Nähe.

Die Touristen liefen immer noch durch Erdgeschoß und erste Etage des Präsidentenhauses, aber der zweite Stock war sakrosankt, selbst für Kabinettsmitglieder und fast den ganzen persönlichen Stab des Präsidenten.

Deshalb nahm ich am Samstag meinen gewohnten Weg auf dem unterirdischen Gleitweg zum Westflügel und kam vor dem Ovalen Zimmer herauf. Samstag hin, Samstag her, Mrs. Bester saß an ihrem Schreibtisch; es ging das Gerücht, daß sie ihren Posten niemals verließ und einen Nachttopf unter ihrem Drehsessel angebracht hatte. Sie war eine hartgesottene alte Dame; jedenfalls sah sie so aus. Innerlich war sie noch härter. Und das verlangte der Präsident von seiner Privatsekretärin.

Ich hörte Stimmen aus dem Ovalen Zimmer. „Ist er da?" fragte ich vorsichtig. Aus irgendeinem Grund schüchterte sie mich immer ein.

„Ja", sagte sie. Kein Wort mehr. Sie ließ nie freiwillig etwas verlauten. Sie saß hinter ihrem festungsgroßen Schreibtisch und sah mich mit stählernen Augen an.

„Er ... äh, er erwartet mich."

Sie machte ein Gesicht, als könne sie eine derart durchsichtige Lüge niemals glauben, und drückte auf eine Taste des Sprechgeräts. Ich konnte nicht hören, was der Präsident zu ihr sagte; der Empfänger war erbsengroß und steckte in ihrem linken Ohr.

„Sie können hineingehen", sagte sie endlich und machte immer noch ein Gesicht, als erscheine ihr das Ganze höchst zweifelhaft.

Der Präsident wirkte überaus grimmig, saß stocksteif in seinem Sessel, die Hände flach auf der Schreibtischplatte. Admiral Del Bello, der Vorsitzende der Vereinigten Stabschefs, saß ebenso steif vor dem Schreibtisch. Der Admiral trug Zivil, aber die Goldtressen konnte man trotzdem überall an ihm sehen.

„Meric", stieß der Präsident hervor, bevor ich die Tür schließen konnte, „wie würde die Öffentlichkeit reagieren, wenn wir die Dritte Flotte in den Persischen Golf schickten?"

Ich blinzelte.

„Nicht nur die Dritte Flotte", sagte der Admiral mit einer Stimme wie sirrende Stahlkabel. „Bei den vielen Budgetkürzungen ist die Dritte eher eine Papierflotte als eine richtige. Wir brauchen ..."

Der Präsident schnitt ihm mit einer ungeduldigen Geste das Wort ab. „Los, Meric. Ich will keine Computeranalyse. Nur Ihre Sofortreaktion."

Meine Sofortreaktion bestand darin, tief einzuatmen, dann sagte ich: „Nun, Mr. President, ich glaube, die öffentliche Meinung wäre schroff geteilt. Viele Leute werden entschieden dagegen sein, daß wir uns in den Krieg des Schahs hineinziehen lassen, und viele andere werden meinen, wir sollten eingreifen und uns die Ölfelder nehmen, solange es noch geht."

„Sehen Sie?" triumphierte Admiral Del Bello. „Es gäbe eine starke öffentliche Unterstützung, Sir."

„Und erhebliche Verluste", gab Halliday zurück. „Und wir würden uns den Iran zum Feind machen, den Schah vom Thron stürzen und den Russen erlauben, alle unsere diplomatischen Erfolge in diesem

Gebiet zunichte zu machen. Der ganze Nahe Osten würde uns hassen. Sogar Israel."

„Aber wir hätten das Öl!" rief der Admiral und ballte erregt die Fäuste. „Mr. President, wir hätten die Ölfelder! Wir könnten die ganze Arabische Halbinsel einnehmen."

Der Präsident sah ihn scharf an. „So, wie wir Südostasien genommen haben? Nein, danke, Herr Admiral."

Del Bello war nicht der Mann, taktvoll nachzugeben. „Mr. President, ich bin wirklich der Meinung, Sie sollten die Stabschefs zu Wort kommen lassen. Sie erwarten Sie in Camp David."

Er schüttelte den Kopf.

Das Gesicht des Admirals rötete sich. „Mr. President! Es ist unsere Pflicht, Sie in militärischen Angelegenheiten zu beraten. Der Plan, den wir ausgearbeitet haben –"

„Was wird aus der Dritten Flotte, wenn die Perser beschließen, im Persischen Golf Atomwaffen anzuwenden? Sie können Ihre Schiffe nicht weit genug auseinanderziehen, um die Verluste in einem vertretbaren Rahmen zu halten, nicht wahr? Die Flotte würde vernichtet werden."

„Mr. President ..."

„Nun? Ist das nicht wahr? Oder habe ich unrecht?"

Der Admiral bewegte die Schultern und sagte: „Aber wenn wir ..."

Der Präsident beugte sich vor und zielte mit dem Finger auf seinen obersten Militärberater. „Die Flotte würde vernichtet werden, nicht wahr?"

„Diese Möglichkeit besteht, ja, Sir."

„Und was geschieht, wenn es uns gelingt, die Ölfelder von Kuwait einzunehmen und die iranischen Streitkräfte auszuschalten? Was wird die UdSSR tun? Im Iran einmarschieren? Unsere Truppen angreifen? Die Russen werden nicht zulassen, daß wir uns den Nahen Osten einverleiben."

Mit rotgeflecktem Gesicht sagte der Admiral: „Sir, ich möchte derart geheime Angelegenheiten nicht im Beisein Ihres Pressesprechers bereden. Es gibt noch mehr Informationen, die ich Ihnen vortragen möchte, und ..."

Der Präsident lehnte sich zurück und lächelte mich an. „Also gut. Meric, macht es Ihnen etwas aus, wenn wir das unter vier Augen abschließen? Mrs. Halliday ist oben bei einem Cocktail. Ich wäre

Ihnen dankbar, wenn Sie ihr noch ein paar Minuten Gesellschaft leisten würden."

„Gewiß, Mr. President", sagte ich.

Ich kam bis zur Tür, bevor er sagte: „Ach, Meric, noch eine Frage. Wie würde die Öffentlichkeit auf ein russisches Ultimatum reagieren, daß wir entweder den Persischen Golf räumen oder einen Angriff mit Interkontinentalraketen gewärtigen müssen?"

Ich drehte mich um. Das Gesicht des Admirals war purpurrot geworden. Der Präsident wirkte ganz heiter.

„Schon gut", sagte er zu mir und schickte mich mit einer Handbewegung hinaus. „Das brauchen Sie nicht zu beantworten. Ich weiß, wie man reagieren würde."

NUR ein Kretin könnte den Weg durch den Flur im Westflügel in den Aufzug und hinauf in den zweiten Stock verfehlen, aber ein Sicherheitsbeamter begleitete mich bis hinauf. Vorschrift. Der Mann war lautlos wie ein gutgeölter Roboter. Er führte mich durch das Gelbe Zimmer mit seinen Dolly-Madison-Möbeln und hinaus auf die Truman-Veranda.

Laura saß dort allein, in Shorts und Oberteil auf einem Liegestuhl, beobachtete den Sonnenuntergang und lauschte den Vögeln, die sich für die Nacht einrichteten. Neben ihr stand ein hohes Glas.

Sie hob den Kopf. „Hallo, Meric."

„Hallo", sagte ich. „Der Präsident läßt bestellen, daß er noch einige Minuten mit Admiral Del Bello beschäftigt ist."

Mit einem Lächeln fragte sie: „Hat der Admiral noch keinen Schlaganfall erlitten?"

„Viel fehlt nicht mehr." Ich zog einen Flechtstuhl heran und setzte mich zu ihr.

„Du brauchst etwas zu trinken", sagte Laura. „Tequila mit Limone, nicht?"

„Trockener Sherry, am liebsten Amontillado."

Sie sah mich an, und ich gab mir Mühe, kühl zu bleiben. „Du hast dich verändert", sagte sie.

„Richtig."

Laura berührte die Telefontastatur auf dem Serviertisch neben ihrem Liegestuhl. „Du siehst angespannt aus, Meric."

„Hör mal", stieß ich hervor, „es wäre viel leichter für uns alle, wenn wir mit der Spielerei aufhören würden. Ich habe dich geliebt. Vielleicht tue ich es noch. Tun wir nicht so, als wäre nie etwas gewesen."

Ihr Gesicht wurde ernst, beinahe ängstlich.

„Okay", fuhr ich fort. „Was willst du also diesmal? Feststellen, ob ich noch zu ihm halte?"

„Es ist wichtig."

„Es hat vier Menschenleben gekostet", knurrte ich. „Fünf. Den Hubschrauberpiloten hatte ich vergessen. McMurtrie war ein verdammt tüchtiger Mann –"

„Das weiß ich besser als Sie." Es war der Präsident. Ich sprang auf, als er langsam auf die Veranda hinaustrat. Er sah Laura an.

„Das solltest du nicht tragen. Nicht hier. Wir sind nicht in Key West."

Sie lächelte durchtrieben. „Es besteht kein Grund zur Sorge. Selbst wenn ein Fotoreporter nahe genug herankäme, um einen Schnappschuß zu machen, würde Meric an den richtigen Drähten ziehen, um die Veröffentlichung zu verhindern. Nicht wahr, Meric?"

„Ich bin nicht hergekommen, um darüber zu reden", sagte ich.

„Sie sind hier", sagte der Präsident, „weil ich gesagt habe, daß Sie kommen sollen."

Ich spürte einen Schock. Er klang eher wie sein Vater als wie er selbst. Aus irgendeinem Grund war er außer sich vor Wut. Unten im Ovalen Zimmer hatte er lächeln können, obwohl er sich ernsthaft mit Del Bello gestritten hatte. Aber jetzt strahlte er Zorn aus. „Sie haben von McMurtrie gesprochen", sagte er zu mir.

„Richtig. Und von vier weiteren Toten."

„Was ist mit ihnen?"

Ich hatte ihn so noch nie gesehen. Ärgerte er sich wegen Laura? Vielleicht war es ihre Idee gewesen, mich einzuladen, und es paßte ihm nicht.

„Mr. President ... wollen Sie immer noch, daß ich die Attentate auf Ihr Leben geheimhalte?"

Er stand hoch aufgerichtet und steif vor mir. Nicht in der gewohnten entspannten Haltung, ganz und gar nicht. „Soviel ich weiß, hat es keine Anschläge auf mein Leben gegeben", erwiderte er.

Ich konnte nicht glauben, daß ich richtig gehört hatte. „Keine Anschläge ...?"

„Zwei Betrüger sind aufgefunden worden, beide aus unbekannten Gründen tot. Ein Hubschrauberabsturz hat das Leben meines persönlichen Sicherheitsbeamten und meines Leibarztes gefordert. Niemand hat einen Schuß auf mich abgefeuert, niemand irgendeinen Anschlag auf mich verübt."

„Und die Untersuchung hinsichtlich der beiden ... Betrüger? Wer leitet sie jetzt, nachdem McMurtrie tot ist?"

„Das regelt Robert Wyatt. Wir setzen ausgesuchte Leute vom Secret Service und FBI ein."

„Und Sie wollen, daß ich alles geheimhalte?"

„Ich *erwarte,* daß Sie alles geheimhalten, bis ich bereit bin, eine öffentliche Erklärung abzugeben."

„Und wann wird das sein?"

„Vielleicht nie. Wenn wir herausfinden, wer für diese Duplikate verantwortlich war, und die Sache ist delikat genug, werden Sie der Presse vielleicht nie etwas mitteilen können."

Praktisch das einzige, was ich sagen konnte, war: „Verstehe."

„Ich muß jetzt wissen, Meric, ob ich mich auf Ihre Mitarbeit und Ihre Unterstützung verlassen kann", fuhr er mit eisiger Kälte fort. „Es gibt keinen Anlaß, weshalb Sie hier den Privatdetektiv spielen müssen. Wir haben genug Fachleute dafür. Wir werden herausbekommen, wer hinter diesen Morden steckt. Was ich von Ihnen brauche, ist Schweigen. Oder Ihren Rücktritt. Wofür entscheiden Sie sich?"

Es war wie ein Schlag zwischen die Augen. Ich hätte wetten mögen, daß ich ein, zwei Schritte zurücktaumelte. „Meinen Rücktritt? Sie verlangen ..."

„Ich verlange, daß Sie sich entscheiden. Ich möchte nicht, daß Sie zurücktreten. Aber ich brauche absolute Loyalität und Mitarbeit. Eine dritte Möglichkeit gibt es nicht."

„Verstehe", sagte ich noch einmal.

„Sie können es sich ein, zwei Tage überlegen. Schlafen Sie darüber! Geben Sie mir am Montag Bescheid!"

„Nicht nötig", hörte ich mich sagen. „Ich bleibe. Ich erfülle meine Aufgabe."

„Sind Sie sicher?"

Zum erstenmal in meinem Leben log ich bewußt in einer wichtigen Frage. Aber ich hatte das Gefühl, daß mich auch ein tödlicher Unfall ereilen mochte, wenn ich zurücktrat. Und mehr noch, wenn Halliday damit anfing, seinen Stab von allen außer blindlings loyalen Anhängern zu säubern, war etwas Häßliches im Gange.

„Ich bin sicher", sagte ich. „Solange Sie Wyatt veranlassen, daß er mich über den Fortgang der Untersuchung auf dem laufenden hält. Ich muß auf jeden Fall wissen, was ich vermeiden muß, wenn ich vor die Presse trete."

Er nickte knapp. „Gut. Ich gehe hinein und rufe gleich Robert an. Ich werde ihm sagen, daß Sie weiterhin zur Mannschaft gehören und er mit Ihnen zusammenarbeiten soll."

„Fein. Danke."

„Wir treffen uns im Speisezimmer", sagte er.

Mein Getränk kam, als der Präsident den Balkon verließ. Laura entschuldigte sich, um sich fürs Essen umzukleiden. Ich schlürfte Sherry und wußte, was es hieß, Politiker zu sein. Ich hatte das eine gesagt und etwas ganz anderes gemeint. Aber ein einziger Ausrutscher, und er weiß, wo du stehst, dachte ich. Und wenn das eintritt, wirst du nicht lange stehen.

Aber bis wir uns im Speisezimmer des Präsidenten versammelten, mit den Tapeten, die ganz unzutreffende Bilder aus der amerikanischen Revolution zeigten, war The Man wieder ganz der alte, fröhlich und entspannt. Er machte sogar Witze darüber, wie grimmig ich dreinsähe.

Erst als das Abendessen vorbei war und ich im dunklen Fond einer Limousine des Weißen Hauses auf der Rückfahrt zu meiner Wohnung war, ging mir die ganze Wahrheit auf. *Er ist beteiligt. Was immer da vorgehen mag, der Präsident ist nicht eines der vorgesehenen Opfer des Komplotts; er ist der oberste Planer!*

10

Ich fuhr doch nicht aufs Land. Ich blieb in meiner Wohnung hocken, dachte nach, zerbrach mir den Kopf, fragte mich, was ich tun sollte. Samstag nacht, nach dem Abendessen mit dem Präsidenten und Laura, konnte ich nicht schlafen. Ich lief den ganzen Sonntagmorgen durch meine drei Zimmer, dann fing ich an sauberzumachen, verzweifelt bemüht, mich auf irgendeine Weise abzulenken. Ich fragte mich einmal, ob einer der Nachbarn sich darüber beschweren würde, daß der Staubsauger so früh am Tag lief, oder mir Ärger mit dem Reinigungsdienst und der zuständigen Gewerkschaft machen würde, aber alle anderen Leute im Haus mußten entweder in der Kirche sein oder tief und fest schlafen; das Telefon blieb still.

Am Nachmittag versuchte ich, mich dazu zu zwingen, im Fernsehen ein Baseballspiel zu verfolgen. Selbst in drei Dimensionen langweilte es mich zu Tode. Ich konnte mich nicht darauf konzentrieren. Meine Gedanken kehrten immer wieder zu denselben Überlegungen, Ängsten und Schlußfolgerungen zurück. *Wenn er eingeweiht ist, muß Laura es auch sein.* Ich hätte gern das Gegenteil geglaubt, wußte aber, daß das ein zu dünner Strohhalm war, um sich daran zu klammern. *Sie ist mit beteiligt.*

Woran? Was, zum Teufel, will der Präsident mit Männern, die genauso aussehen wie er? Weshalb ist McMurtrie ermordet worden? War ein Machtkampf im Gange? Ein Staatsstreich? Haben sie – wer immer sie sind – ihren Mann schon ins Weiße Haus eingeschleust? Nein. Soviel stand für mich fest. Sie konnten erreichen, daß jemand genau wie der Präsident aussah, aber nicht, daß er sich bis ins letzte hinein genauso benahm wie er. Trotz dieser kleinen Vorführung echten Zorns auf der Veranda am Samstag abend war The Man immer noch James J. Halliday, keine Kopie von ihm. Davon war ich fest überzeugt.

Aber warum benimmt er sich so? Warum diese Geheimnistuerei? Nun gut, der Presse muß es verschwiegen werden. Soviel sagt die Vernunft. Aber die große Mehrheit der Mitarbeiter im Weißen Haus wußte nichts davon. Ganz bestimmt nicht das Kabinett. Sowenig wie der Vizepräsident. Ich fragte mich, ob selbst das FBI eingeweiht war. Es hätte Gerüchte und Gerede in der ganzen Stadt gegeben, wenn mehr als elf Leute über die Untersuchung informiert gewesen wären. Selbst nach dem Tod von McMurtrie und Klienerman hieß es nur: „Wirklich tragisch, sie waren tüchtige Männer", die üblichen Bemerkungen nach jedem Unfalltod.

Wer versucht, den Präsidenten zu beseitigen? Und warum führt der Präsident den Kampf so versteckt?

Meine Wohnung war fleckenlos, und sogar die Wäsche war fertig, bis mir ein Licht aufging. Ich stand mitten im Wohnzimmer und suchte nach einer anderen Beschäftigung, bemüht, mich abzulenken. Die Sonne stand tief im Westen und schickte rotgoldene Lichtströme durch meine Fenster. Das Fernsehgerät plapperte hirnlos vor sich hin; irgendeine Spielshow. Und ich wußte die Antwort.

Der General.

Der Mann, der seinen Sohn zum Präsidenten großgezogen, aber einen Präsidenten bekommen hatte, mit dem er nicht einverstanden war. Der Mann, der mit jedem Tag paranoider und größenwahnsinniger wurde. Je näher er dem Sterben rückte, desto wilder verfolgte er sein Ziel, „das Land auf Vordermann zu bringen". Und wenn sein Sohn das nicht zustande brachte, wie der General es sich vorstellte, würde der General einen neuen Sohn machen und *ihn* ins Weiße Haus setzen.

Es klang irrsinnig. Aber es paßte. Deshalb wollte der Präsident nicht mit allen Kanonen auf seinen schattenhaften Gegner feuern. Deshalb war McMurtrie kurz nach seinem Gespräch mit dem General umgebracht worden. Und Dr. Klienerman – er hatte die Symptome vermutlich sofort erkannt.

Das dramatischste wäre gewesen, daraufhin sofort im Weißen Haus anzurufen und den Präsidenten von ganzem Herzen meiner Unterstützung zu versichern. Statt dessen nahm ich ein Tiefkühldinner aus dem Kühlschrank und schob es in den Mikrowellenherd. Meine großartige Entlarvungsleistung hatte drei Haken.

Erstens, wenn der Präsident meine Hilfe für den Kampf gegen seinen Vater gewünscht hätte, wäre er gekommen und hätte sie verlangt.

Zweitens, es ist immer dumm, sich in einen Familienstreit einzumischen. In diesem Fall konnte es eine tödliche Dummheit sein. Der Präsident war kein Killer, davon war ich überzeugt, aber es gab Leute in seiner Umgebung, deren ganze Laufbahn auf dem Töten beruhte.

Und Wyatt – Seine Heiligkeit: Wo stand er? Auf welcher Seite? Auf beiden? Auf keiner? Wyatt konnte eine Tötung anordnen; das spürte ich in den Knochen. Unter den richtigen Bedingungen konnte er selbst einen Mord begehen.

Drittens – der wichtigste Punkt: mein nagender Zweifel an der ganzen Idee. Wenn es der General war, warum setzte der Präsident nicht einfach ein Bataillon Luftlandetruppen in Aspen ein und schaffte den Alten in ein gutbewachtes Heim? Warum die ganze Leisetreterei? Warum die Verschwörung weiterlaufen und gute Leute wie McMurtrie sterben lassen? Es mußte um mehr gehen. Um etwas, das ich nicht sehen konnte. Noch nicht.

Ich überlegte, ob ich Vickie anrufen und alles mit ihr besprechen sollte. Aber ich entschied mich dagegen. Es hatte keinen Sinn, sie noch mehr hineinzuziehen, in den Machtkampf um das Weiße Haus ebenso wie in eine persönliche Beziehung zu mir. Verwechsle nie ein Jucken mit Liebe, sagte ich mir. Es war ein Motto, das mich vor manchem Reinfall bewahrt hatte. Seit Laura.

Ich aß also meine Tiefkühlkost allein, trank fast einen Liter argentinischen Rotwein und schlief auf frischen, sauberen Laken. Zur Abwechslung einmal sehr gut.

Am Montag morgen war ich etwas früher als sonst im Büro. Die Halle des Aztekentempels war fast noch leer; das große Gedränge lag noch eine halbe Stunde vor mir. Gerade als die Türen sich schließen wollten, trat in meinen Aufzug ein Mann, der sich seitwärts hineinschob, um den Gummikanten der Türen zu entgehen.

„Knapp gegangen", sagte ich zu ihm.

Er nickte und murmelte etwas Unverständliches.

Ich sah die Zahlen auf der Anzeigetafel aufleuchten. Auf halbem Weg zu meiner Etage sagte er: „Sie sind Mr. Albano, nicht? Der Pressesprecher des Präsidenten?"

„Richtig ... Kennen wir uns?"

Er schüttelte den Kopf, als er die Hand ausstreckte. Ich dachte, er wolle sie mir geben, aber statt dessen legte er einen Fetzen Papier in meine Handfläche. Ich starrte den Fetzen an. Mit Bleistift war darauf gekritzelt: „Hogate's, heute 17.15 Uhr."

Als ich wieder zu dem Mann aufsah, drückte er den Knopf für eine Etage unter der meinen.

„Was, zum Teufel, soll das?" fragte ich.

Der Aufzug hielt, und die Türen gingen auf.

„Kommen Sie hin", sagte er, als er ausstieg.

Die Türen schlossen sich, bevor ich noch etwas sagen konnte. Der Lift fuhr zu meinem Stockwerk hinauf. Ich stieg aus und dachte bei mir: Jetzt wird es auch noch theatralisch. Ich fragte mich, ob ich den Zettel essen sollte; das hätte dazu gepaßt. Statt dessen stopfte ich ihn in meine Jackentasche und marschierte zu meinem Büro.

Es war ein anstrengender Vormittag. Meine Besprechung mit dem Präsidenten am Bildsprecher befaßte sich mit der Lage in Kuwait und der bevorstehenden Umgestaltung des Außenministeriums. Das

Pressekorps fragte dann prompt fast eine Stunde lang nach den Neo-Ludditen und ihrem bevorstehenden Marsch auf Washington. Lazars Friedensmission in Detroit war erfolglos gewesen, und der Nahe Osten stand für den Augenblick im Hintergrund.

Gleich danach hastete ich zum Ovalen Zimmer hinüber, zu einer Planungssitzung mit dem Präsidenten über seine bevorstehende Pressekonferenz, die für den folgenden Mittwochabend angesetzt war.

Halliday war in gelöster Stimmung, entspannt, und scherzte mit Wyatt und Frank Robinson, einem seiner Redenschreiber. Wir erarbeiteten zur Eröffnung eine Erklärung, die sich vorwiegend mit den neuen Steuervorschlägen befaßte, die er noch vor der Sommerpause durch den Kongreß zu bringen hoffte. Da das Paket Steuersenkungen bei privaten Einkommen enthielt, gab es verdammt wenige Abgeordnete, die sich nachdrücklich dagegen auflehnen würden. Da aber auch bestimmte Erhöhungen von Körperschaftssteuern vorgesehen waren, wußten wir, daß man versuchen würde, das Gesetz durch zahllose Zusätze zu Tode zu bringen. Der Präsident wollte seine Pressekonferenz am Mittwoch als Forum benützen, derartige Manöver zu unterbinden.

„Geht direkt ans Volk", sagte Halliday. „Sagt den Leuten, was ihr tun wollt, offen und ehrlich. Sie werden erkennen, was gut für sie ist, und ihre Kongreßabgeordneten unter Druck setzen, damit sie zustimmen. Es ist die Aufgabe des Präsidenten, die Menschen dazu zu bewegen, daß sie an die Nation als Ganzes denken statt an ihre eigenen kleinen Einzelinteressen. Das müssen wir mit allen öffentlichen Äußerungen so halten."

Ich schaute zu Wyatt hinüber. Direkt ans Volk gehen, dachte ich. Aber nicht in allen Dingen. Seine Heiligkeit starrte durch mich hindurch. Wie gewohnt.

Ich verspätete mich zu meinem monatlichen Mittagessen mit dem Pressekorps von Washington. Es fand im Hotel „Van Trayer" statt, auf dem Platz des alten Griffith-Stadions, im nordöstlichen Teil des Distrikts. Die Leute hatten es „Van Trayers Spinnerei" genannt, als er das Hotel und das Einkaufszentrum vor einem Dutzend Jahren mitten im niedergebrannten Getto errichtet hatte. Mit Unterstützung des Staates erlebte aber der ganze Stadtteil eine Wiedergeburt und erblühte zu einer gemischtrassigen Gemeinschaft im Bereich mittlerer bis hoher Einkommen innerhalb der Stadt selbst. Sehr schöne Wohngegend jetzt. Die Getto-Slums waren natürlich nicht verschwunden, sondern einfach mehr in die Innenstadt gerückt, in die alten Einkaufs- und Theaterbezirke.

Len Ryan nahm an dem Essen teil, als Gast einer der Fernsehstationen Washingtons. Muß auf Stellensuche sein, dachte ich. Ich mußte mir allerlei gutmütige Scherze darüber anhören, daß ich nicht zu sagen wisse, wo mein Chef sei, aber die meisten Journalisten schienen zufrieden damit zu sein, daß ich sie oder ihre Redakteure über den plötzlichen Sinneswandel des Präsidenten informiert hatte, bevor sie in die Wildnis von Maryland hatten hinausziehen müssen.

Ich mußte den Hauptredner vorstellen, einen rotbackigen Verleger von der Westküste, der seinen meteorhaften Aufstieg zum Reichtum mit dem ersten dreidimensionalen Nacktmagazin begonnen hatte und jetzt ein lautstarker Verfechter von „Pressefreiheit" war. Der Oberste Gerichtshof befaßte sich mit seinem Fall; der Bundesstaat Utah hatte versucht, ihn wegen Pornographie einzusperren.

Ryan und ich fuhren mit meinem Dienstwagen zum Büro zurück und lachten den ganzen Weg über die Rede des Mannes, aber als wir in meinem Arbeitszimmer saßen und er sein Bandgerät aufstellte und Greta kaltes Bier brachte, wurde Ryan ernst. „Eigentlich sollte ich sauer auf Sie sein", sagte er ein wenig finster.

„Wieso? Was habe ich gemacht?"

„Ich bin am Samstag nach Camp David gefahren, auf dem Weg hierher ..."

„Ach, Mist, das wußte ich nicht. Wir haben das hiesige Büro Ihrer Zeitung verständigt ..."

Ryan trank einen großen Schluck Bier, und ich sah zu, wie sein Adamsapfel auf und ab hüpfte. „Macht nichts", sagte er und stellte den halbleeren Krug auf meinen Schreibtisch. „Was mich ärgert, ist, daß Sie alle falsch informiert haben."

Ich blinzelte. „Wie bitte?"

„Sie haben mitgeteilt, der Präsident bleibe das ganze Wochenende im Weißen Haus, aber in Wirklichkeit hielt er mit den Chefs des Pentagons in Camp David ein Geheimtreffen ab."

„Machen Sie mir nichts vor", sagte ich, aber mein Magen begann sich hohl anzufühlen. „Sie wären nicht nah genug herangekommen, um ihn zu sehen, wenn er dort gewesen wäre, und außerdem war er gar nicht dort."

„Beides falsch." Ryan beugte sich vor und kramte in dem riesengroßen ledernen Tragsack, den er mitgebracht hatte. Er zog eine Kamera mit dreißig Zentimeter langer Vorsatzlinse heraus. „Elektronisch verstärkt", sagte er. „Japanisch. Damit könnte ich Nahaufnahmen von Astronauten machen, die auf dem Mond herumspazieren."

Ich versuchte mich hinter meinem Bierkrug zu verstecken.

„Ich merkte, daß etwas faul war, als die Posten nicht einmal zulassen wollten, daß ich von der Straße abbog", sagte Ryan mit selbstzufriedenem Lächeln. „Sie erklärten mir, der Präsident sei nicht da –"

„War er auch nicht."

„Aber bevor ich Boston verließ, hieß es, er werde das Wochenende in Camp David verbringen."

„Er hat es sich im letzten Augenblick anders überlegt."

„So? Nun, als ich zum Camp fuhr, sah ich eine Menge Hubschrauber – die meisten von der Armee –, die den Eindruck erweckten, es finde eine Invasion statt."

Mein Magen drehte sich bei dem Wort um.

Ryan bemerkte von meinem Elend nichts. „Jedenfalls sagte ich mir, daß da etwas Großes im Gang sein mußte. Ich fuhr ungefähr eine Meile die Straße hinauf, stellte den Wagen ab und kletterte auf einen Baum."

„Ach, Menschenskind."

„Viel konnte ich nicht sehen, aber ich machte diese eine Aufnahme ..." Er zog ein Foto aus der Tasche. Schwarzweiß. Gab es mir.

Es war verschwommen, zeigte aber vier Männer, die mit gesenkten Köpfen unter den rotierenden Blättern eines Hubschraubers der Armee heraustraten. Auf einer Seite der Aufnahme warteten drei Männer auf sie. Der größte von ihnen sah James J. Halliday überaus ähnlich.

„Sein Gesicht kann man gar nicht richtig sehen", murmelte ich.

„Ja", sagte Ryan. „Aber man sieht die Sterne auf den Schulterklappen der Generäle. Und als sie auf den Mann zutraten, salutierten sie, als sei er der Oberbefehlshaber."

Ich schüttelte den Kopf, aber ohne großen Nachdruck. „Das beweist gar nichts."

„Vielleicht nicht, vielleicht doch."

„Wann ist das aufgenommen?"

„Am Samstag ... gegen halb sieben, sieben Uhr."

Diesmal kam ich mir vor, als stürzte ich einen Schacht hinunter.

„Ich habe am Samstag um sieben Uhr mit dem Präsidenten zu Abend gegessen", sagte ich, so ruhig ich konnte. „Er kann nicht in Camp David gewesen sein, als Sie die Aufnahme gemacht haben." *Er konnte nicht dort gewesen sein. Aber ein weiteres Double. Ein Double, das sich insgeheim mit höchsten Offizieren traf, während der Präsident mit Admiral Del Bello diskutierte.*

Ryan grinste mich skeptisch an. „Okay, decken Sie Ihren Chef. Das gehört dazu. Ich habe es einkalkuliert."

„Lassen wir das Thema", sagte ich. „Ich sage Ihnen die Wahrheit, und Sie glauben sie nicht, also lassen wir das auf sich beruhen."

„Einverstanden", sagte er, aber das selbstzufriedene Lächeln blieb. Es war ein Lächeln, das sagte: Siehst du, ich bin noch immer rein und heilig, aber du hast dich ans Establishment verkauft, und jetzt erzählst du uns Lügen.

Was mich wirklich ärgerte, war die Tatsache, daß er recht hatte, aber auf eine Weise, die er nicht begriff. Ich wußte, daß ich ihm nicht sagen konnte, was ich wußte, daß ich ihn nicht einweihen durfte. Wahrscheinlich hätte er mir nicht geglaubt. Aber gemeldet hätte er es auf der Stelle. Und binnen zehn Minuten wäre ich in einen Plastikkokon gewickelt und unterwegs zur fernsten Heilanstalt im ganzen Land gewesen. Und Ryan hätte darüber gelacht, wie die Leute überschnappen, wenn sie sich für das Establishment einspannen lassen.

Ich konnte diese Geschichte nicht an die Öffentlichkeit bringen, wenn ich nichts vorweisen konnte als meine unbewiesene Behauptung. Sie würde nie flügge werden. Selbst wenn man Schlagzeilen über sie verfaßte, würde es eine amtliche Untersuchung geben, ein Beschönigen, und der Mann, der die Information weitergegeben hatte, würde lautlos verschwinden. Ich würde irgendwo in einer Alkoholikerstation enden oder vielleicht an einer Überdosis Wahrheit sterben.

Nichts für mich. Jetzt jedenfalls noch nicht. Nicht, bis ich erfuhr, was, zum Teufel, in Wirklichkeit gespielt wurde.

So fochten Ryan und ich uns durch ein Interview, ritzten einander hier und dort wegen der Notwendigkeit, daß ein Präsident und sein Stab ehrlich sein mußten, und wegen der Notwendigkeit, daß sich Journalisten verantwortungsvoll verhielten. Bis er ging, war ich wütend auf ihn, hatte mehr Angst als je zuvor und war noch zorniger auf mich selbst. Wegen der Maßnahme, die ich nun ergreifen mußte, rief ich Johnny Harrison in Boston an und erzählte ihm von Ryans Foto.

„Der Junge ist ein bißchen übereifrig, nicht?" Harrison lächelte mich durchtrieben an.

Ich grinste in den Bildschirm. „Er könnte Schwierigkeiten bekommen, wenn er solche Dinge macht. Diese lasergesteuerten Alarmanlagen beachten Presseausweise nicht."

„Reporter als Märtyrer sind guter Stoff", sagte Johnny.

Und Redakteure als Märtyrer? hätte ich gern gefragt, aber statt dessen sagte ich: „Wenn du die Aufnahme siehst, ruf mich an und sag mir, was du davon hältst."

„Ich habe sie schon gesehen", sagte er. „Len hat Samstag nacht ein Funkfoto geschickt. Er störte mich beim Abendessen damit."

„Nun? Was meinst du?"

Er zuckte die Achseln. „Sturm im Wasserglas. Ich kann nicht beschwören, daß das der Präsident ist auf dem Foto, und er auch nicht. Du sagst, The Man war im Weißen Haus. Ryan sagt, er treibt sich mit Generalen herum. Mag sein. Aber diese Aufnahme beweist nichts."

„Es gibt nichts zu beweisen", sagte ich.

„Sicher." Aber sein Gesicht ahmte Groucho Marx nach und schien zu sagen: Wenn ich das glauben würde, wär ich so dumm wie Harpo.

„Tja", entgegnete ich schwach, „ich wollte nur wissen, was du vorhast."

Er zog die Brauen hoch. „Mach dir keine Sorgen wegen der Aufnahme. Aber, ach, ich lasse Ryan eine Weile in Washington. Er kann unser Büro dort verstärken. Und ich bin ihn los."

„Recht herzlichen Dank", sagte ich.

„Gehört alles dazu", erwiderte er fröhlich.

ICH war beinahe schon entschlossen, am Nachmittag nicht zu Hogate zu fahren. Ich konnte nicht entscheiden, ob meine Begegnung im Lift ein Witz, ein ernsthafter Versuch, mich für etwas Geheimes zu rekrutieren, oder ein Schritt auf dem Weg war, mir dieselbe Behandlung wie McMurtrie zuteil werden zu lassen.

Aber ich ging hin. Ich schimpfte mich einen gottverdammten Idioten und fuhr hin, ohne irgend jemandem ein Wort zu sagen.

Hogate war seit über einem Jahrhundert ein Markstein in Washington. Das Restaurant hatte mehrere Wandlungen durchgemacht und war bei einer der Schlachten Ende der siebziger Jahre sogar von Aufständischen einmal niedergebrannt worden. Das neueste Hogate zeigte über dem Boden nicht mehr als eine ziemlich große Plastikkuppel am Beginn der Elften Straße, direkt am Fluß. Fast das ganze Lokal lag unter der Oberfläche. Nicht unter der Erde, sondern unter Wasser: sehr passend für ein Meeresfrüchte-Restaurant.

Es war, als würde man einen Drink mit Kapitän Nemo nehmen. Man ging einen langen, röhrenartigen Korridor hinunter, geleitet von schwach leuchtenden Farbflecken, die wie Moos oder Algen aussahen. Es roch nach salzigem Tang, und in der Ferne hörte man ein Brandungsrauschen. Eine lebendige Seejungfrau mit Plastikschwanz lächelte einen durch eine dicke Luke an, und man trat in ein Aquarium. Man steht im Inneren; die Fische sind außerhalb, ringsherum. Ein phantastischer Eindruck, mit dem schimmernden Licht vom Wasser her und großen, scharfzähnigen Haien, die fünfzehn Zentimeter vor deiner Nase vorbeigleiten.

Der Hauptspeisesaal war dem Inneren von Nemos viktorianischem Unterseeboot nachgebaut, mit Bücherregalen, Orgel, Bullaugen und Blick auf die stets gegenwärtigen Fische.

Ich stand blinzelnd im trüben Licht und versuchte, meinen schweigsamen Kontaktmann zu finden. Ich wußte nicht mehr genau, wie er ausgesehen hatte, und entdeckte niemand, der nach mir Ausschau zu halten schien. Ich setzte mich an die Bar und bestellte einen synthetischen Rum Collins. Das synthetische Zeug schmeckte ganz echt, und man bekam sogar einen Schwips, aber ohne die Nachwirkungen. Die Aufsichtsbehörde untersuchte Behauptungen, wonach es sucht- und krebserregend sei. Wenn ich bedachte, was in meinem Gehirn brodelte, hätte mir nichts unwichtiger sein können.

Ich kam eben zu der Schlußfolgerung, daß das Ganze falscher Alarm gewesen war, als ein schlaksiger junger Mann mit langen blonden Haaren und einem traurigen Gesicht den Hocker neben mir herauszog. „Mr. Albano“, sagte er, ohne mich auch nur anzusehen.

„So heiße ich. Und Sie?“

„Hank Solomon.“

„*Hank* ... Solomon?“

„Hab's nicht so gern, wenn die Leute mich Sol nennen. Oder

Henry." Er sprach wie einer aus dem Südwesten: Texas oder Oklahoma.

Der Barmixer war gekleidet wie ein alter Matrose, mit gestreiftem Leibchen und Knopfhose. Solomon bestellte einen Bourbon pur und schwieg, bis die computergesteuerte Mixmaschine seinen Drink ausstieß und der Barmann ihm das Glas hinstellte.

„Freut mich, Sie kenn'zulernen, Mr. Albano", begann Hank Solomon.

„Danke." Ich hob mein Glas.

„McMurtrie sagte, Sie seien einer von den guten Leuten um den Präsidenten."

Ich spürte, wie meine Augenbrauen hochschossen. „Sie haben McMurtrie gekannt?"

„Für ihn gearbeitet. Ich war einer seiner Leute außerhalb. Nee, gesehen haben Sie mich nie. Ich war immer weit voraus und sorgte dafür, daß der Präsident freie Bahn hatte."

Ich nickte.

„Hab ein Problem", sagte er. Er sprach mit mir, aber seine Augen suchten unentwegt den Raum ab, vom ziemlich hellen Barbereich zu den Speisesektionen und wieder zurück, unablässig.

„Etwas, wobei ich Ihnen helfen kann?"

„Hoffe ich." Solomon zog eine kleine, flache schwarze Schachtel aus der Innentasche seiner Jacke. Das Kästchen paßte leicht in seine Handfläche. „Schieben Sie das in Ihre Hemdtasche, und drücken Sie oben auf den kleinen Knopf."

Ich tat es. Nichts geschah.

Solomon schaute sich in der Bar um, dann fügte er hinzu: „Tasten Sie am Knopf entlang, bis Sie den Auslöser fühlen ..." Es war wie ein kleiner Metallhaken. Ich spürte ihn mit dem Fingernagel. „Ziehen Sie ihn heraus, und spulen Sie den Ohrhörer ab."

Jetzt klappte es. Ich ergriff den winzigen Hörer mit Zeigefinger und Daumen und hob ihn ans Ohr. Es war ein Stöpsel, der genau in mein Ohr paßte.

„... bis weiteres Beweismaterial gesammelt ist. Ende des Berichts." Es war McMurtries tiefe Stimme. Ich sah Solomon an; er schlürfte seinen Bourbon und beobachtete die Umgebung. *Was sucht er bloß?* Ich wußte es, rein abstrakt gesehen. Aber vielleicht wußte er konkret, wovor er Angst hatte. McMurtries Stimme, ein winziges Restgespenst

seiner wahren Stimme, flüsterte weiter in mein Ohr. Er nannte Tag und Datum und sagte: „Tagesbericht Nummer sechs. Thema: Untersuchung möglicher Attentatsverschwörung gegen den Präsidenten. Flug zu North-Lake-Forschungslabors. Gesprochen mit Doktor Alfonso Peña, Leiter des Labors. Ferner mit Doktor Peter Thornton und Doktor Morris Malachi. War in Begleitung von Doktor Adrian Klienerman.

Peña meldet, daß beide Präsidenten-Doubles aus unbekannten Ursachen gestorben sind. Keine Gewalteinwirkung. Kein Gift. Klienerman überprüfte Peñas Untersuchungsdaten, erhielt aber nicht die Genehmigung, die Leichen selbst in Augenschein zu nehmen. Heftiger Streit zwischen Peña und Klienerman. Peña ohnmächtig. Thornton behauptete Herzleiden. Er schlug vor, daß wir die Genehmigung von General Halliday einholen, der Mehrheitseigner von North Lake ist, daß Klienerman eigene Untersuchungen anstellt. Habe Flug für Klienerman und mich nach Aspen gebucht, um mit dem General zu sprechen."

Mein Blick richtete sich auf Solomon, auf die Bar, auf das schattenhaft-flackernde Unterwasserlicht dahinter. Aber bevor ich etwas sagen konnte, ertönte McMurtries Stimme wieder.

„Zusatz. Klienerman sagt, Duplikate könnten keinesfalls ohne, Zitat: ‚biogenetische Eingriffe', Ende des Zitats, dem Präsidenten so ähnlich sein. Dann sagte er etwas von einer Brüderbande oder Bruderschaft. Er döste vor sich hin, als er das sagte, und schläft jetzt auf dem Flug nach Aspen. Später mehr. Maßnahmenvermerk: vollständiges Hintergrundmaterial über Peña und North Lake beschaffen."

Die Spule blieb mit einem deutlichen Knacken stehen. Ich zog den Stöpsel aus dem Ohr und ließ das dünne Kabel in das Bandgerät meiner Brusttasche zurückschnurren.

Solomon hatte sein Glas fast geleert. „Diese Spule ist vom Flugplatz Aspen aus mit der Post an die Dienststelle geschickt worden, als Mac dort landete, um mit dem General zu sprechen. Er adressierte sie an sich selbst. Das ist üblich."

Ich packte mein Glas und wünschte mir plötzlich, es möge echter Rum sein. Ich brauchte nur einen Schluck, um es zu leeren. „Und worin besteht Ihr Problem?" fragte ich, als ich das Glas zurückstellte.

Solomon nickte dem Barmann zu und schwieg, bis die Gläser vor uns standen. „Mein Problem ist eigentlich ganz einfach. Und auch kompliziert. Niemand in der Dienststelle verfolgt Macs Bericht weiter."

„Was?"

„Ich habe die Bänder, Papiere und seine sonstigen ‚Habseligkeiten'. Ich bin beauftragt worden, alles zu sortieren und die persönlichen Dinge an seine Frau ... äh, Witwe zu schicken."

„Ich wußte gar nicht, daß McMurtrie verheiratet war."

„Hat zwei Jungen. Der eine ist auf dem College, der andere bei der Luftwaffe. Seine Frau lebt in Kalifornien."

„Mensch", sagte ich.

„Jedenfalls hörten sich für mich die Tagesberichte über Macs unabgeschlossene Untersuchung überaus wichtig an. Ich brachte sie unserem Sektionschef. Einen Tag später kommt er und sagt: Vergessen Sie's. Wird höheren Orts behandelt."

„Von wem?"

„Von niemand, wie sich zeigt. Hab ein paar Tage gebraucht, um herumzuschnüffeln, bis ich dahinterkam. Alle Berichte von Mac waren in einem Archiv abgelegt, hinter verschlossenen Türen. Und jeder im Büro mauert. Mac ist tot, und keiner rührt einen Finger, um die Untersuchung abzuschließen, die er durchgeführt hat."

„Ohne Anweisung von oben würde man das nicht machen", sagte ich.

„Ja, dachte ich mir auch. Aber als gestern dieses Band hier eintraf, nahm ich es an mich, bevor es in andere Hände kommen konnte. Einfach Glück. Ich war vorzeitig im Büro, als die erste Post kam."

„Und die gute alte Post hat eine gottverdammte ganze Woche gebraucht, um das Band zuzustellen", sagte ich.

Solomon grinste schief. „Ja."

„Sie haben das Band also behalten?"

„Mensch, nein! Alles im Büro wird eingetragen und doppelt überprüft. Ich hab es mir nur ein paar Minuten ausgeliehen und eine Kopie gezogen, bevor jemand ins Büro kam. Ich gab dem Sektionschef das Band sofort, als er kam, etwa zur ersten Frühstückspause."

„Und wie hat er reagiert?" fragte ich.

„Halb erschrocken, halb zornig. Ich vergewisserte mich, daß er das Originalband abspielte, während ich im Büro war. Ich erbot mich, Macs Vorschläge zu übernehmen und den Arzt und sein Labor zu überprüfen. Nein, sagte der Chef. Nach oben weiterreichen."

„Und Sie glauben, das wird vergraben."

Sein Lächeln verschwand. „Ich weiß, daß es vergraben wird. Die Untersuchung ist so tot wie Mac, was unser Büro angeht. Deshalb bin ich zu Ihnen gekommen. Mac hat mir bei irgendeiner Gelegenheit erzählt, daß man sich auf Sie verlassen kann."

„Ich bin nur ein besserer PR-Mann ..."

„Sie arbeiten direkt für den Präsidenten", sagte Solomon. „Ich kenne in der Regierung keinen Höheren, dem ich trauen kann."

Ich ertappte mich dabei, daß ich tief einatmete, um meinen Puls zu beruhigen, wie es so schön heißt. „Okay", sagte ich. „Ich weiß nicht, was, zum Teufel, ich da machen werde, aber ich mache etwas. Es sieht genauso aus, als sei Klienerman umgebracht worden, weil er auf etwas Entscheidendes gestoßen war."

„Und Mac mit ihm."

„Richtig." Ich spürte, wie sich mein Unterkiefer verkrampfte. „Ich nehme an, niemand hat sich mit Peña und den North-Lake-Labors befaßt."

„Nein! Aber das kann ich besorgen."

„Wirklich? Als ich es versucht habe –"

„Mac hatte eine Menge Freunde. Auch im Pentagon. Wir können in Erfahrung bringen, was wir wissen müssen. Könnte ein paar Tage dauern, das ist alles."

„Gut. Soll ich das Band behalten, oder nehmen Sie es?"

„Ich", sagte er und streckte die Hand aus. „Sie wissen schon, daß ich herumgeschnüffelt habe. Je weniger sie davon ahnen, daß Sie beteiligt sind, desto besser ist es für uns beide."

Ich gab ihm das handflächengroße Kästchen zurück. „Hank ... haben Sie eine Vorstellung davon, wer *sie* sind?"

Er schüttelte den Kopf. „Wünschte, ich wüßte es."

„Es ist, als stolpere man im Dunkeln herum, nicht wahr?"

„Ja. Nur eines ..."

„Ja?"

„Der Vater vom Präsidenten ist auf irgendeine Weise beteiligt."

Es dauerte eine Weile, bevor ich antworten konnte. „Ja, ich glaube, Sie haben recht."

„Feine Welt, was?" sagte er und griff nach seinem Bourbon.

11

Die meisten Leute glauben, die National-Archive seien die Schatzkammer der Nation an Informationen, der Gedächtnisspeicher des Landes, der Ort, wo alle Fakten säuberlich abgelegt sind hinter einer Fassade mit dem Spruch: „War Vergangenheit, ist Prolog."

Aber wir trafen uns in der Kongreßbibliothek – Vickie, Hank Solomon und ich – und schlichen uns durch drei verschiedene Eingänge zu drei verschiedenen Zeiten in das riesige Gebäude mit den Marmorwänden, in dem schwächlichen Versuch, andere daran zu hindern, auf den Gedanken zu kommen, wir träfen uns dort. Es war Vickies Idee, die Kongreßbibliothek zu wählen, und die von Hank, in zeitlichen Abständen einzutreffen. Ich tat, was man mir sagte.

Hanks Freunde hatten weit mehr Informationen über Dr. Peña und sein Labor beschaffen können als Vickie, aber es war immer noch alles sehr bruchstückhaft. Nach den Aufzeichnungen bei FBI und Verteidigungsministerium hatte Dr. Alfonso Peña fast sein ganzes Leben auf dem Gebiet der biologischen Kriegsführung gearbeitet. Gleichgültig, daß Forschungen auf diesem Gebiet schon vor mehr als einer Generation von allen größeren Nationen eingestellt worden waren. Gleichgültig, daß ein von den Vereinigten Staaten unterschriebener und vom Senat ratifizierter Vertrag Gesetzeskraft hat und somit jede durch Vertrag verbotene Forschungsarbeit innerhalb der Vereinigten Staaten tatsächlich gesetzwidrig ist.

Peña hatte als genialer, vielversprechender junger Biochemiker vor über einem halben Jahrhundert begonnen und gleich nach dem College eine Stellung beim alten Zentrum für chemische Kriegsführung der Armee in Edgewood, Maryland, angenommen. Dann war er nach Fort Detrick übergewechselt, zu Studien im Bereich der biologischen Kriegsführung: wie man Seuchen als Kriegswaffen verwendete. Als Fort Detrick amtlich „pazifiziert" und in ein Krebsforschungszentrum verwandelt wurde, machte Peña ruhig weiter, ohne von seinem bisherigen Forschungsgebiet auch nur im mindesten abzuweichen. Inzwischen steckte er tief in der genetischen Forschung und bastelte an den Grundbausteinen des Lebens herum, an den langen Doppelhelixmolekülketten, von den Biologen DNA genannt.

Nicht einmal Solomons Freunde konnten Peñas Laufbahn Jahr für Jahr zurückverfolgen. Aber kurz nachdem die North-Lake-Labors den Besitzer gewechselt hatten – begonnen hatten sie als Milchwirtschafts-Forschungsinstitut der Universität Minnesota –, tauchte Peña dort als neuer Direktor auf. Der neue Eigentümer der Labors? Ein Konsortium von Geschäftsleuten, deren Namen ich nie zuvor gehört hatte: kleine Fische allesamt. Bis auf den Mehrheitseigner: Morton J. Halliday, der zu dieser Zeit weder General noch ein Nationalheld war.

North Lake florierte vor allem durch Aufträge des Verteidigungsministeriums. Ein Großteil der Arbeit war so streng geheim, daß niemand außerhalb der direkten Befehlskette ein Auge darauf zu werfen vermochte.

Aber Solomon erhielt etwas, das beinahe genausogut sein mochte: eine Personalliste des Forschungsstabes von North Lake, eine Liste, die bis zum Besitzerwechsel der Labors vor etwa dreiundvierzig Jahren zurückging. Es war eine lange Liste, und Solomon vermochte nicht zu beurteilen, ob sie vollständig war. Aber es war alles, woran wir uns halten konnten.

Es war Abend, als ich in der Kongreßbibliothek auftauchte, und noch immer war das Gebäude sehr belebt. Ich hatte mir die Bibliothek stets als ein muffiges altes Haus vorgestellt, still und vor sich hin dösend, aufgestört nur gelegentlich von einem Senator, der sich vor seinen Wählern irgendwo verstecken wollte. Aber die Bibliothek war lebendig, voller junger Menschen, die begierig den Speicher der Nation mit seinen Büchern, Filmen, Tonbändern, seinem Wissen anzapften. Alles und jedes war in den computerisierten Datenspeichern der Bibliothek verfügbar. *Das* war das wahre Informationszentrum der Nation.

Ich brauchte fast eine ganze Stunde, um Vickie in dem Gebäude zu finden. Sie hatte mir die Nummer des Zimmers mitgeteilt, das sie unter ihrem eigenen Namen reserviert hatte. Aber ich zögerte, durch das Haus zu stolpern, Fragen zu stellen und eine Spur zu hinterlassen, die man mit einer Binde vor den Augen verfolgen konnte.

So wanderte ich durch die hohen Lesesäle, Marmorhallen, in denen meine Schritte weithin hallten, durch lange Reihen von Lesenischen, wo auf Bildschirmen Seite um Seite der nationalen Schatzkammer von Büchern flimmerte, während junge Studenten oder Mitarbeiter des Kongresses studierten und sich Notizen machten, mit ernsten Mienen, grünlichen Gesichtern im Widerschein der Elektronikschirme.

Ich wanderte sogar in das Computerzentrum im ersten Untergeschoß, aus Versehen. Die Maschine war so ungeheuer riesig, daß ich ihr Ende nicht sehen konnte; nur Reihe um Reihe mannshoher Konsolen, summend und blinkend, ein ganzes Geschoß des unterirdischen Bibliothekslabyrinths ausfüllend.

Niemand hielt sich dort auf außer einer freundlich wirkenden jungen Frau, die von ihrem Steuertisch aufblickte und mich stehen sah, fassungslos unter den blendfreien Deckenleuchttafeln vor mich hin starrend, die sich bis in die Unendlichkeit zu erstrecken schienen. Sie stand auf und kam zu mir heran. Sie trug Jeans und einen Pullover; es war ziemlich kalt dort unten. Mit einem ruhigen Lächeln fragte sie mich, wohin ich wolle.

Ich versuchte, den verwirrten Touristen aus dem Mittelwesten zu spielen, und schaffte es nur, verwirrt zu erscheinen. Ich nannte ihr die Zimmernummer einer anderen Etage, und sie erklärte mir höflich den Weg.

Sie drückte den Wandknopf hinter mir, die Lifttür ging auf, und sie verabschiedete mich höflich, aber entschieden. Der Mammutcomputer schien ihr besonderer Schützling zu sein.

Schließlich fand ich Vickie, und Hank war schon bei ihr. Der Raum befand sich nur einen Stock über dem Computerbereich, auch noch unter der Erde und ohne Fenster. Es war ein kleiner Leseraum, ausgestattet mit zwei Stühlen und einem Bildschirm auf einem winzigen Schreibtisch, schalldicht auf die seltsame, luftleere Weise, bei der man sich vorkommt, als presse einem jemand die Hände auf die Ohren.

Hank wollte aufstehen und mir seinen Platz anbieten, aber ich sagte, er solle sitzen bleiben. Ich hatte fast den ganzen Tag gesessen; es tat gut, auf den Beinen zu sein. Aber der Raum war wirklich klein, zu klein für drei Personen, und als ich meine Schulter an das dünne Sperrholz der Tür lehnte, kam ich mir fast vor wie in einer Falle, zu beengt.

„Okay, Vickie“, sagte ich, bemüht, meine innere Anspannung zu übergehen, „das ist deine Show. Wozu hast du uns hergerufen?“

Sie trug einen Minirock und eine weite Bluse, am Hals offen. Hank hatte schon mehr als berufliches Interesse daran gezeigt, sie im Auge zu behalten. Er hatte seinen „Geschäftsanzug“ zugunsten von Cordhose und ausgewaschener Leinenjacke ausgezogen – er sah damit eher wie ein ungepflegter, ewiger Student aus als wie ein Agent des Secret Service. Bis auf seine Haare, die für einen modernen Studenten zu lang waren. Er rauchte sogar. Synthetischen Tabak, dem parfümierten Geruch nach. Nicht krebserregend, wie die Werbung behauptete. Die Klimaanlage saugte den Rauch durch ein Gitter in der Decke an.

Vickie tippte mit dem Fingernagel auf den Computer-Bildschirm. „Wir haben versucht, alle Informationen über Doktor Peña und die North-Lake-Labors zu sammeln ...“

„Vielleicht sollten wir General Halliday auf unsere Liste setzen“, meinte Hank. „Ihn und seine Freunde, die ihm geholfen haben, North Lake zu kaufen.“

„Das habe ich schon getan“, sagte Vickie sofort. „Ich habe ihre Biographien aus einem ‚Who's who‘ und anderen Nachschlagewerken entnommen, bevor ihr beide aufgetaucht seid.“

„Okay, jetzt haben wir einen Stapel biographischer Daten“, sagte ich. „Ich begreife nicht, wie uns das hilft herauszubekommen, wer was mit wem gemacht hat. Und das ist unser eigentliches Ziel.“

„Unser erstes Ziel“, sagte Hank und sah mich durch den Zigarettenrauch mit zusammengekniffenen Augen an, „unser eigentliches Ziel ist, alles ins Lot zu bringen, wenn wir herausgefunden haben, wer was macht.“

„Falls wir das können“, sagte ich.

Er nickte grimmig, und ich sah vor meinem geistigen Auge, wie Hank mit flammenden Revolvern im Westernstil denjenigen niederschoß, der McMurtrie umgebracht hatte. Für ihn war das eine persönliche Angelegenheit.

„Wir haben hier Zugang zu einer ungeheuren Informationsmenge. Der Computer kann uns beinahe alles sagen –“

„Bis auf das, was wir wissen wollen“, sagte ich.

„Falsch.“ Vickie hatte einen sehr ernsthaften Gesichtsausdruck, aber hinter diesen meergrünen Augen ging noch etwas anderes vor. Sie war erregt, voller Erwartung.

„Falsch?“ wiederholte ich.

„Falsch“, bestätigte sie. „Dieser Computer kann mehr für uns tun.

Er kann alle Informationen, die wir besitzen, miteinander vergleichen, die Zusammenhänge finden, die entscheidenden Bindeglieder für uns aufdecken ..."

Hank war skeptisch. „Sie meinen, ein Computer kann eine Masse von Informationen durchgehen, feststellen, was für uns wichtig ist, und den Rest beiseite tun? Wie ein menschlicher Detektiv?"

„Nicht ganz", sagte Vickie, „aber beinahe. Das ist ein ganz besonderer Computer, wissen Sie. Er ist darauf programmiert, den Bedürfnissen der Leute zu entsprechen, die sich der Kongreßbibliothek bedienen. Die Menschen kommen mit ein paar Informationsfetzen her und bitten den Computer, ihnen mehr zu liefern, genauso, wie sie eine Bibliothekarin darum bitten würden."

„Und Sie behaupten, eine Bibliothekarin arbeitet wie ein Detektiv?" Hank glaubte kein Wort davon.

„So ungefähr", erwiderte Vickie. „Sie geben einer Bibliothekarin ein paar Hinweise, und gewöhnlich findet sie, was Sie suchen. Dieser Computer", sie tippte wieder auf den Bildschirm, „tut das gleiche. Nur besser, schneller und mit einem viel größeren Gedächtnis, als es ein menschlicher Bibliothekar besitzt."

Hank schüttelte nur den Kopf.

„Du sagst also, wenn wir dem Computer alles eingeben, was wir wissen, kann er die Zusammenhänge aufzeigen –", begann ich.

„Richtig", antwortete Vickie und nickte so eifrig, daß ihre goldenen Haare auf die hübscheste Weise hüpften. „Du bist früher Reporter gewesen. Deine Methode, Informationen zu beschaffen, besteht darin, die Leute am Kragen zu packen und sie mit Fragen zu überfallen. Ich recherchiere. Ich finde Informationen, indem ich Unterlagen durchgehe, mich mit Computern und Bibliothekaren und Nachschlagewerken abgebe. Deine Methode hat nicht viel gebracht, Boß. Bis jetzt jedenfalls noch nicht. Jetzt möchte ich es mit der meinen versuchen."

„Mit einem elektronischen Detektiv", sagte Hank, noch immer sehr skeptisch.

Ich zuckte die Achseln. „Okay. Mal sehen, was du schaffst."

Sie begann mit den biographischen Daten über General Halliday und die anderen, die vor über vierzig Jahren die North-Lake-Labors gekauft hatten. Vickie tippte auf der Eingabetastatur des Computers Vergleiche zwischen den Biographien der neun betroffenen Männer;

mit anderen Worten, wie sie miteinander verbunden waren. Der Datenschirm zeigte die Abkürzungen, die sie eingegeben hatte:

Betr. Eingabe Code 042205-B 219-001 Vergl Ausg

Ihre Eingabe glühte einen Augenblick grünlich auf dem Schirm, während der Computer die Aufgabe überdachte. Dann leuchtete eine Liste von neun Namen auf, so kurz, daß ich nicht sicher war, alle neun gesehen zu haben. Schließlich füllte sich der Schirm mit Worten, grünen Buchstaben in Pica-Schrift, die den ganzen Schirm bedeckten, von oben bis unten, von links nach rechts. Und ganz unten stand in Klammern ein Wort, das ich sofort erkannte: Forts.

Diese eine Seite Daten war nicht alles, was der Computer ausgegraben hatte.

WIR wurden sehr aufgeregt, stellten aber bald fest, daß die Zusammenhänge nicht weiter reichten als bis zu dem, was wir selbst vermutet hätten. Vier von den neun Miteigentümern der North-Lake-Labors hatten zu irgendeiner Zeit für General Halliday gearbeitet. Zwei weitere waren Verwandte des Generals, weitläufige Vettern. Die restlichen zwei Männer waren Grundstücksmakler in Minnesota, Strohmänner, die als Käufer auftraten. Von den neun Ersterwerbern lebten nur noch drei: der General, versteht sich, einer der Grundstücksmakler, der jetzt in Sri Lanka lebte, und die einzige Frau bei dem ganzen Unternehmen, die damalige Sekretärin des Generals, als er im Pentagon gedient hatte als Major im Forschungsamt der Armee. Der Computer hatte keine Daten über ihren Verbleib.

„Hilft nicht viel weiter", murmelte Hank.

„Nein", sagte ich. „Nur bekomme ich das Gefühl, daß das Geld vom General selbst kam. Die anderen acht Leute waren nur Strohmänner, vorgeschobene Figuren, um die Absicht des Generals zu tarnen, Alleineigentümer der Labors zu werden und die Kontrolle in seinen Händen zu behalten."

„Woher hatte er das Geld?" fragte Vickie. „Damals kann er doch nicht älter als dreißig gewesen sein."

Die biographischen Angaben verrieten uns nicht viel. General Halliday war zweiunddreißig Jahre alt gewesen, als die North-Lake-Labors an seine Gruppe verkauft worden waren. Zu dieser Zeit hatte er im Pentagon gearbeitet. Seine heroische Verteidigung Denvers lag seinerzeit noch zehn Jahre in der Zukunft. Er hatte eine ziemlich begüterte Frau aus der feinen Gesellschaft Virginias geheiratet, aber sie hatten seinerzeit noch keine Kinder gehabt.

„Vielleicht hat seine Frau das Geld aufgebracht", meinte ich.

„Sie hat wohl eher die Sicherheiten bei der Bank gestellt, die ihm das Geld geliehen hat", sagte Hank. „Müssen doch mindestens zehn Millionen gewesen sein. Wahrscheinlich mehr."

Ich dachte laut vor mich hin: „Die Regierung strich damals die Forschungsgelder zusammen. Wirtschaftlich herrschte ziemliche Besorgnis, das ganze Fiasko in Vietnam und die Unruhen der sechziger und siebziger Jahre. Die Universitäten zogen sich in ihre Schneckenhäuser zurück; Geld war knapp, vor allem für wissenschaftliche Forschungsaufgaben ..."

„Aber stell dir einen klugen, ehrgeizigen jungen Offizier vor, der im Pentagon arbeitet ...", murmelte Vickie.

„Im Forschungsamt der Armee", fügte ich hinzu.

„Angenommen, er ginge zu einer Bank."

„Oder zu einem Bankett mit Bankiers, angeregt von seiner hübschen jungen Frau ..."

„Und bot ihnen einen Plan an, wonach er die Mehrheit bei einem Forschungslabor übernimmt, bei dem er es so einrichten kann, daß ein ständiger Zufluß von Forschungszuschüssen des Militärs erfolgt", sagte ich.

„Die Bank hätte ihr Darlehen nach einigen Jahren zurückbekommen", meinte Vickie.

„Zum höchsten Zinssatz des Jahrhunderts. Und Halliday reicht bei der Armee seinen Abschied ein, nachdem das Darlehen zurückbezahlt ist, und geht nach Colorado ..."

„Wo er weiterhin an den Drähten zieht ..."

„Und ein steinreicher Mann wird."

Wir sahen einander an. Wir grinsten und nickten aufgeregt. Stolz auf unsere großartigen Detektivtalente.

Hank ließ die Seifenblase platzen. „Aber was, zum Teufel, hat das alles mit dem Präsidenten zu tun? Er war noch nicht einmal auf der Welt!"

Wir machten wieder düstere Gesichter. Hank zog sein dickes Bündel Informationen über die Wissenschaftler der Labors heraus. Mit resigniertem Seufzen tippte Vickie die Daten in den Computer ein. Die meisten Angaben stammten aus üblichen Nachschlagewerken wie „Männer und Frauen der Wissenschaft in Amerika", so daß Vickie nur die Fundstellen zu zitieren brauchte, damit der Computer wußte, wo er nachschlagen mußte. Trotzdem dauerte es lange.

Ich ging kurz auf die Toilette und erbot mich dann, Vickie beim Eintippen abzulösen. „Sag mir nur, was ich tun soll."

Vickie widersprach zuerst, gab aber endlich nach und ließ mich auf den Tasten herumhämmern, während sie Gymnastik mit ihren Händen machte.

Hank verschwand für kurze Zeit und kam mit belegten Broten und Kaffee zurück.

„Wie lange ist hier eigentlich geöffnet?" fragte ich.

„Bis zehn Uhr", sagte Hank. „Hab mich eben erkundigt."

„Wir haben nur noch –"

„Wir haben Zeit, soviel wir brauchen", unterbrach mich Vickie. „Ich habe den Raum für Senator Markley requiriert. Senatoren und Kongreßmitglieder können die ganze Nacht bleiben, wenn sie wollen, ebenso ihre Mitarbeiter. Der Computer arbeitet rund um die Uhr."

„Wunderbar", hörte ich mich sagen.

Wir machten eine kurze Essenspause, schlangen die Brote hinunter und tranken den Kaffee, dann begann Vickie wieder zu tippen.

„Hätten Bier mitbringen sollen", meinte ich.

„Bin gar nicht auf den Gedanken gekommen", gab Hank zu und wunderte sich.

Endlich war die Arbeit fertig. Alle biographischen Daten über sämtliche wissenschaftlichen Mitarbeiter, von denen wir wußten, daß sie bei North Lake gearbeitet hatten, waren im Datenspeicher registriert. Vickie gab die Aufforderung ein, die Daten miteinander zu vergleichen, und während der Computer an dem Problem kaute, stand sie auf, hob die Arme über den Kopf und reckte sich, daß es in ihrem Rückgrat knackte.

Es war eine Bewegung, die mein Blut erhitzte, und ich konnte sehen, daß es Hank nicht anders ging.

Vickie schien aber nichts zu bemerken oder sich nicht darum zu kümmern.

„Wie lange wird die Maschine wohl brauchen?"

Vickie zuckte die Achseln. „Ein paar Minuten vielleicht. Es sind sehr viele Daten zu kollationieren."

„Du glaubst wirklich, daß uns das einen Einblick in das verschaffen wird, was bei North Lake vorgeht?"

„Zumindest erfahren wir die gemeinsamen Nenner für das wissenschaftliche Personal dort. Wenn sich etwa herausstellt, daß sie alle Spezialisten für den Bau von Wasserstoffbomben sind, würdest du dann annehmen, das Hauptinteresse des Labors gelte der Luftverschmutzung?"

„Alleswisser sind unbeliebt", sagte ich.

Vickie grinste und begann sich den Nacken zu reiben. Hank war blitzschnell bei ihr und knetete ihre Schultermuskeln.

„Hab Massieren bei einem alten Indianer gelernt", sagte er gedehnt. Vickie stöhnte glücklich, und ich kochte leise vor mich hin.

Der Computerschirm leuchtete auf. Eine Liste von Wörtern erschien, eine verdammt kurze Liste.

Wir drängten uns um den Bildschirm wie Kinder, die in ein Schaufenster gaffen. Die Liste lautete:

HAUPT-INTERESSENGEBIETE CODE 042205-B 219-004

Organische Chemie
Biochemie
Genetik
Molekularbiologie
Informationstheorie
Infektionskrankheiten
Virusbiologie
Immunologie
Verhaltenspsychologie

Wir starrten die Liste lange an. Schließlich platzte Hank heraus: „Das sagt uns doch überhaupt nichts!"

„Augenblick", meinte Vickie. Sie setzte sich wieder an die Tastatur und tippte eine Frage, wozu sie beim Eingeben der rätselhaften Abkürzungen erklärte: „Ich frage, welche Art von Fähigkeiten diese Interessengebiete erzeugen könnten."

Die Maschine bedachte das Problem nur einige Sekunden, dann brachte sie eine neue Liste auf den Bildschirm. Sie war viel länger und voll technischer Ausdrücke, die ich in meinem Leben noch nicht gesehen hatte. Aber drei Punkte stachen heraus und wirkten auf mich, als seien sie in Flammenlettern geschrieben:

Biologische Kriegsführung
Genetische Eingriffe
Kloning

12

BEVOR die beiden anderen etwas sagen konnten, fuhr ich Vickie an: „Verlang eine Definition für Kloning vom Computer."

Sie sah fragend zu mir auf, aber ihre Finger tippten die Frage ein. Der Computer-Bildschirm zeigte sofort:

> „Klon": Die vegetativ oder durch Apogamie hervorgebrachte Nachkommenschaft einer Einzelpflanze; ungeschlechtlich oder durch Parthenogenese eines Einzeltiers; durch Teilung einer Einzelzelle. Die Individuen eines Klons bilden einen Stamm identischen Erbguts, soweit es bei ihnen nicht zu Mutationen kommt.

„Das ist es", sagte ich. „Jemand hat Klon-Kopien vom Präsidenten hergestellt."

„He, jetzt aber mal langsam bei uns Burschen vom Lande", sagte Hank. „Was Sie da –"

„Wissenschaftler können eine Zelle von Ihrem Körper nehmen ... irgendeine, von der Haut oder von einem abgeschnittenen Fingernagel, und daraus exakte Kopien von Ihnen herstellen", erläuterte Vickie. „Die aus Ihren Zellen erwachsenden Babys würden schließlich genauso aussehen wie Sie. Sie könnten auf diese Weise von sich so viele Kopien erzeugen, wie Sie wollen."

„Exakte Kopien", sagte ich. „So viele, wie Sie wollen."

Hank war nicht so begriffsstutzig, wie er sich gab. „Ihr meint, ich könnte ein ganzes Zimmer voller Kopien von *mir* herstellen?"

„Richtig."

„Ohne Sex? Einfach, indem ich ein paar Zellen von meiner Nasenspitze oder sonstwo wegnehme?"

Ich nickte.

„Me-ensch ... Erstens will ich gar nicht, daß von mir Kopien herumlaufen, und zweitens gefällt mir die alte Methode, Kinder in die Welt zu setzen, verdammt besser!"

Vickie grinste ihn an, aber ich sagte: „Es ist offensichtlich, daß jemand eine ganze Reihe von Kopien des Präsidenten herumlaufen lassen will."

„Aber niemand hat Klon-Eingriffe bei Menschen vorgenommen", sagte Vickie. „Die ganzen Forschungsarbeiten in dieser Richtung sind vor vielen Jahren eingestellt worden. Die Biologen selbst haben die Experimente aufgegeben."

„Niemand hat *gemeldet*, daß Klon-Versuche angestellt worden sind", gab ich zurück und zeigte mit dem Daumen auf den Computerschirm. „Aber die Fähigkeit dazu ist da."

„Sie glauben, daß jemand Zellen aus dem Körper des Präsidenten genommen ... und daraus weitere Menschen gezüchtet hat?" fragte Hank langsam. „Menschen, die genauso aussehen wie der Präsident?"

„Das kann nicht sein", wandte Vickie ein, bevor ich antworten konnte. „Es würde trotzdem über vierzig Jahre dauern, diese Zellen bis zur selben Reife aufwachsen zu lassen, die der Präsident besitzt."

In meinem Gehirn rückte alles an seinen Platz. „Wieviel verwettest du darauf, daß die Biologen menschliche Klon-Experimente für unzulässig erklärt haben, gerade zu der Zeit, als der General die North-Lake-Labors gekauft hat?" fragte ich Vickie.

Sie starrte mich sprachlos an.

„James J. Halliday ist als Kind einem Klon-Eingriff unterzogen worden", sagte ich schnell und erregt, „und sein Vater hat North Lake genau zu diesem Zweck gekauft."

„Als der Kleine geboren wurde?"

„*Bevor* das Kind geboren wurde", sagte Vickie. „General Halliday kaufte die Labors, bevor der Präsident geboren wurde."

„Er hat das bewußt getan", sagte ich. „Er hat das alles vor über fünfundvierzig Jahren geplant!"

„Wir sehen die Folgen eines Plans, der seit fast einem halben Jahrhundert abläuft." Vickie wirkte und klang genauso fassungslos und angstvoll, wie ich mich fühlte.

Hank versuchte, uns in die Wirklichkeit zurückzuholen. „Aber warum? Weshalb sollte er von seinem eigenen Sohn zusätzliche

Kopien herstellen wollen, zum Teufel? Und was wird jetzt aus diesen Kopien?"

Ich wußte keine Antwort. Noch nicht. „Also gut, setzen wir die Bruchstücke zusammen, die wir haben, und stellen wir fest, ob das einen Sinn ergibt", sagte ich.

Sie warteten alle beide darauf, daß ich weitersprach. Ich lehnte mich an die Schreibtischkante und zählte die Punkte an den Fingern ab.

„Eins: Als der Vater des Präsidenten Major im Forschungsamt der Armee war, startete er eine Transaktion, die ihm die Mehrheit und alleinige Verfügungsgewalt über die North-Lake-Forschungslabors brachte."

Sie nickten beide.

„Zwei: Er holt Doktor Alfonso Peña als Leiter des Instituts. Peña hatte in Fort Detrick auf dem Gebiet der biologischen Kriegsführung gearbeitet."

„Halliday hat Peña wahrscheinlich schon gekannt", warf Hank ein.

Ich nickte. „Drei: Halliday reicht seinen Abschied ein, läßt sich in Colorado nieder und wird stinkreich. Er behält ein Offizierspatent in der Nationalgarde und wird zum großen Helden, als Denver von hungernden Aufständischen bedroht wird."

„Und inzwischen hat er einen Sohn", sagte Hank.

„Richtig. Und seine Frau?" fragte ich.

„Sie starb, als der Junge noch ganz klein war", sagte Vickie. „Ich habe das schon nachgeprüft. Natürliche Ursachen, wenngleich in der Untergrundpresse um Aspen Gerüchte umgingen, wonach sie sich zu Tode getrunken habe."

„Okay", sagte ich. „Wo, zum Teufel, stehen wir jetzt?"

„Bei Punkt vier."

Ich sah, daß meine Hände leicht zitterten. Niemand schien es zu bemerken. „Gut. Vier: General Halliday hat bei seinem Sohn einen Klon-Eingriff vornehmen lassen, und zwar entweder gleich bei der Geburt oder bald danach. Vickie, gibt es Angaben darüber, *wo* der Präsident geboren ist?"

„Im Haus des Generals in Aspen."

„Dann hat er das Kind gleich nach der Geburt nach Minnesota fliegen lassen?" meinte Hank.

„Nicht unbedingt", sagte ich. „Man brauchte ja nur ein paar Zellen von dem Kleinen an die Labors zu schicken. Ein kleines Hautschnipselchen hätte genügt."

„Vielleicht, als er beschnitten wurde", sagte Vickie mit einem schwachen Lächeln.

„Woher weißt du, daß er beschnitten ist?"

„Ich könnte versuchen, das herauszubekommen."

„Laß das lieber. Sie brauchten nur ein paar Zellen. Das hätte genügt, um so viele ‚zusätzliche' James J. Hallidays aufzuzüchten, wie sie haben wollten. Jeder von ihnen nur etwa neun Monate jünger als das Original."

„Das ergibt immer noch keinen Sinn." Hank schüttelte störrisch den Kopf. „Weshalb sollte der General bei seinem Sohn einen Klon-Eingriff machen lassen? Wie konnte man das geheimhalten? Ich bitte euch – dann wäre doch ein Dutzend kleiner James J. Hallidays herumgekrochen!"

„Kein Wunder, daß seine Mutter sich zu Tode getrunken hat", sagte Vickie, aber diesmal lächelte sie nicht.

„Das Versteck des Generals in Aspen ist groß genug, um ein Bataillon James J. Hallidays zu verbergen", sagte ich.

„Aber die Geheimhaltung, die dafür nötig gewesen wäre!" wandte Hank ein. „Der General hätte ja einen Stab von Leuten gebraucht, die ihn als Gottvater persönlich hätten ansehen müssen, Menschenskind."

Ich grinste schief. „Sind Sie dem General schon einmal begegnet?"

„Nee."

„Oder einigen seiner Leute ... wie Robert S. H. Wyatt?"

„Oh." Hank kannte Wyatt offensichtlich. „Vielleicht geht mir auf, was Sie meinen."

„Nun gut ... addieren wir alles ..."

Vickie fiel mir ins Wort. „Der General hat bei seinem Sohn einen Klon-Eingriff vornehmen lassen und ihn dann für ein Leben in der Politik ausgebildet. Er ist vom Augenblick seiner Geburt an auf das Präsidentenamt programmiert worden."

„Vorher schon", sagte ich.

„Aber warum der Klon-Eingriff?" fragte Hank erneut. „Und weshalb kippen die Klon-Kopien tot um? Wer tötet sie? Und warum?"

„Das müssen wir herausbekommen", sagte ich.

„Und wie?"

„Es gibt eine Person, die über alles Bescheid weiß, und sie könnte unter Druck gesetzt werden, damit sie uns alles erzählt: Doktor Peña."

„McMurtrie und Doktor Klienerman haben mit Peña gesprochen, kurz bevor sie ... bevor sie abstürzten", meinte Vickie.

„Ich weiß." Das war der Grund, warum meine Hände zitterten und warum ich verspätet zum Ventilatorgitter in der Decke hinaufschaute und mich zu fragen begann, wer unsere Sitzung mitgehört haben mochte.

13

General Halliday kam uns zuvor.

Ich war am nächsten Tag früh im Büro und stürzte mich auf den Stapel Akten, den Greta auf meinem Schreibtisch hinterlassen hatte – bis 9.00 Uhr Central-Zeit. Dann rief ich Dr. Peña an.

Und bekam Peter Thornton an den Apparat. Auf dem Bildschirm wirkte er noch gespreizter und aufgeregter als in Natur.

„Doktor Peña ist nicht erreichbar", sagte er. „Er hat in der letzten Zeit genug mitgemacht."

„Es ist sehr wichtig", sagte ich. „Ich möchte heute nachmittag hinfliegen, und –"

„Auf keinen Fall! Ausgeschlossen. Außerdem wird er heute nachmittag gar nicht hiersein. Er tritt einen Urlaub an, um sich gründlich auszuruhen."

„Wo?"

Thorntons strenge Miene verfinsterte sich noch mehr. „Ach, hören Sie, Mr. Albano. Warum können Sie den alten Mann nicht in Ruhe lassen? Er ist sehr gebrechlich und regt sich über dieses ... dieses ... Aufsehen enorm auf."

Ich beugte mich vor. „Passen Sie auf. Ist es Ihnen lieber, daß er mit mir spricht oder mit dem gottverdammten Bundeskriminalamt?"

„Also wirklich! Ich –"

„Wo fliegt er hin?" sagte ich. „Zum General nach Aspen?"

Thornton wirkte entsetzt. „Woher wissen Sie das?"

„Ich habe auch meine Spione."

„Aber ..."

„Ich weiß", sagte ich. „Doktor Peña braucht seine Ruhe. Sorgen Sie lieber dafür, daß er nicht die Ruhe findet, die Klienerman und McMurtrie gefunden haben."

„*Was?* Was sagen Sie da?"

„Nichts. Passen Sie lieber auf den alten Mann gut auf." Ich schaltete ab, bevor er noch etwas sagen konnte.

Und rief Vickie in mein Büro. In den wenigen Minuten, die sie brauchte, um zu mir zu kommen, unterschrieb ich ein halbes Dutzend Anweisungen und sagte drei Sitzungen ab, die ich leiten sollte.

Vickie kam leise herein, ohne von Greta angekündigt zu werden, und setzte sich vor den Schreibtisch. Sie trug einen tannengrünen einteiligen Anzug mit einem gelben Schal um den Hals.

„Du siehst aus, als wolltest du Fallschirmspringerin werden", sagte ich, während ich noch einige Briefe unterschrieb.

Sie grinste mich an. „Bequem zu tragen. Ich habe heute keine Termine außer Haus, kann also anziehen, was mir am liebsten ist."

„Siehst gut aus", sagte ich.

Sie dankte mit einem Nicken.

„Ich fliege nach Aspen", sagte ich. „Der General hat Doktor Peña bei sich."

Vickies Ausdruck wechselte von Freude zu Überraschung, zu Angst, zu Nachdenklichkeit, alles innerhalb weniger Lidschläge. Sie war eine miserable Pokerspielerin. „Was soll das nützen?" fragte sie mit sachlicher Stimme. „Der General wird dich vermutlich gar nicht ins Haus lassen, und selbst wenn, darfst du Doktor Peña ganz gewiß nicht befragen."

„Fällt dir etwas Besseres ein, was wir tun könnten?"

Sie spitzte die Lippen. „Ja. Du berufst eine Pressekonferenz ein und sagst der Presse, was du weißt."

„Ich soll den Deckel vom Drucktopf sprengen."

„Genau." Ihr Gesicht war todernst geworden.

„Das kann ich nicht tun, Vickie ... jedenfalls jetzt noch nicht. Ich habe Halliday versprochen, daß ich das Ganze geheimhalte –"

„Darauf kann er dich nicht festnageln!"

„Vielleicht er nicht, aber ich. Ich habe ihm mein Wort gegeben, Vickie. Ich kann es nicht brechen, jedenfalls jetzt noch nicht."

„Wann dann, Herrgott noch mal? Nachdem du an einen Berg in Colorado geknallt bist?"

„Laß dich nicht von Gefühlen überwältigen."

„Und spiel du nicht den Chauvinisten", fauchte sie. „Ich bin viel praktischer eingestellt als du, Meric. Ich lasse mich nicht von Pfadfinderschwüren fesseln. Du hast dem Präsidenten Geheimhaltung geschworen! Ist das dein Leben wert? Oder seines?"

Ich versuchte, ruhig zu bleiben. Vickie schien in erster Linie zornig zu sein, und ihre Logik hatte etwas für sich. „Hör zu ... Vickie ... wenn wir uns an die Presse wenden, möchte ich ihr die ganze Geschichte unterbreiten können. Wer, was, wo, wann, wie. Im Augenblick wissen wir nur, daß der Präsident als Säugling einem Klon-Eingriff unterzogen worden ist und daß mindestens zwei von den Klon-Kopien an unbekannten Ursachen gestorben sind."

„Und McMurtrie und Klienerman sind ermordet worden."

„Mag sein."

„Tot sind sie ganz gewiß."

„Okay." Ich ertappte mich dabei, daß ich mit den Fingern auf die Schreibtischplatte trommelte. Ich zog die Hände zurück und trommelte statt dessen auf die Oberschenkel. Wenigstens leiser.

„Wenn wir an die Presse weitergeben, was wir wissen, ist der Präsident ruiniert", fuhr ich fort. „Er wird aus dem Amt gefetzt werden. Er wird seine Aufgabe nicht erfüllen können."

„Ist das schlimm?"

„Wissen wir mit Sicherheit, daß es nicht schlimm ist?" sagte ich laut. „Hat er etwas getan, um zu verdienen, daß er wie ein Gauner oder Unfähiger hinausgeworfen wird? Hat er versucht, uns zu vernichten? Er könnte es, weißt du, in ungefähr zwölf Mikrosekunden."

„Hm ..."

„Er hat großartige Arbeit geleistet, nicht wahr?"

„Ja, aber ..."

„Vickie, hör zu. Wir haben keinerlei Beweise dafür, daß der Präsident in etwas Bösartiges verwickelt ist. Eine Zeitlang glaubte ich, er sei es – aber jetzt bin ich mir nicht mehr so sicher. Es könnte sogar sein, daß man ihm von den Klon-Kopien nie etwas erzählt hat. Es ist der General, der hinter dem Ganzen steckt. Und wir haben herauszufinden, was der General vorhat, ohne dem Präsidenten zu schaden."

„Aber angenommen, der Präsident ist doch an der Geschichte beteiligt, was immer dahinterstecken mag?" sagte Vickie und beugte sich vor, ernsthaft, angespannt, voller Angst.

„Wenn wir entdecken, daß er beteiligt ist, schlagen wir Alarm. Laut und vernehmlich. Aber nicht vorher."

Sie schüttelte bedrückt den Kopf.

„Ich fliege nach Aspen", sagte ich. „Ich muß Doktor Peña sprechen, so oder so."

„Das ist eine Falle", sagte Vickie. „Sie beobachten jeden Schritt, den wir tun, und sie bauen dich für dieselbe Behandlung auf, die sie McMurtrie haben zuteil werden lassen."

„Das ist – melodramatisch", sagte ich. Schwach.

„Sie benützen Peña als Köder. Sie *wollen*, daß du hinkommst."

„Okay", sagte ich, bemüht, hartgesotten zu erscheinen, „ihr Wunsch soll in Erfüllung gehen."

Vickie richtete sich auf und sah mich mit ruhigen, ernsten Augen an. „Du marschierst also in die Löwengrube, und ich soll brav zu Hause bleiben und deinen Nachruf bereithalten, falls es dazu kommen sollte."

Ich mußte lächeln. „Ich glaube, ich höre eine Gardinenpredigt kommen."

„Du läßt mich nicht hier zurück", sagte sie. „Ich bin keine brave Hausfrau ..."

„Nein, aber du bist die Person, die eine internationale Pressekonferenz einberufen kann, falls mir etwas zustoßen sollte. Es hat keinen Sinn, wenn wir alle beide in die Löwengrube marschieren."

„Dann laß mich hinfliegen, und du bleibst hier."

„Kommt nicht in Frage!"

Sie sah mich unverwandt an.

„Also, die Diskussion ist abgeschlossen", sagte ich. „Ich fliege heute nachmittag nach Aspen. Du hältst hier die Stellung."

Sie antwortete nicht. Dem Elfengesicht war es nicht möglich, mürrisch zu erscheinen, aber sie war nahe daran.

„Und ich möchte, daß du bei Freunden bleibst, während ich fort bin", fügte ich hinzu. „Gegen einen Unfall bist du in Washington auch nicht gefeit, weißt du."

„Ich habe Freunde, bei denen ich wohnen könnte", sagte sie.

„Männlich oder weiblich?"

Vickie zog eine Braue hoch. „Spielt das eine Rolle?"

„Würde ich fragen, wenn es keine spielen würde?"

Sie lächelte. Aber sie sagte nichts darauf.

Ich flog mit der United nach Denver und nahm die Schüttelmaschine der Rocky Mountain Airways nach Aspen. Ich entschied, daß Kühnheit mein bester Schutz war, mietete einen Hubschrauber und wies den Piloten an, mich auf dem Landeplatz vor dem Haus des Generals abzusetzen.

„Zuerst brauche ich eine Freigabe", erklärte er mir, das Heulen der Turbinen übertönend. „Die Leute überlegen nicht lange, bevor sie abdrücken."

Er war ein grauer, massiver Bär von Mann, Mitte Fünfzig, und machte nicht den Eindruck, als sei er so leicht zu erschrecken. Andererseits verdient sich ein Mann nicht sein Leben mit der Fliegerei in den gefährlichen Luftströmungen des Gebirges, wenn er dazu neigt, Risiken einzugehen und sich auf das Glück zu verlassen.

Wir waren schon in der Luft und würden fünf Minuten später über dem Besitztum des Generals sein. „Okay", sagte ich zu ihm. „Melden Sie sich über Funk, aber lassen Sie mich reden."

Er sah mich von der Seite an, tat es aber. Ich griff nach einem Kopfhörer, während das Tal unter uns vorbeiglitt. Der Hubschrauber flog schnell und niedrig; die Luft war ruhig genug, um den Flug beinahe angenehm zu machen. Es lag noch immer viel Schnee, unterbrochen nur von geräumten Straßen und dem Dunkelgrün der Tannen, die zu uns heraufgriffen. Die Stadt lag hinter uns, nicht mehr sichtbar. Die einzigen Anzeichen von Leben, die ich sehen konnte, waren gelegentlich Häuser oder Skihütten auf den Schneehängen.

Als ich den Kopfhörer aufsetzte, schnarrte eine blecherne Stimme in meinem Ohr: „Wer verlangt Landeerlaubnis? Wiederhole, wer verlangt Landeerlaubnis?" Die Stimme klang schon gereizt.

„Hier ist Meric Albano, Pressesprecher des Präsidenten der Vereinigten Staaten." Der Titel beeindruckte mich immer gewaltig; vielleicht brachte er sie ein wenig in Verwirrung. „Wir landen mit einem rot-weißen Hubschrauber der Snowbird Lines in etwa drei oder vier Minuten. Ich bin hier, um mit General Halliday und Doktor Peña zu sprechen."

„Ich muß erst Rückfrage bei –"

„Fragen Sie zurück, bei wem Sie wollen, nachdem ich gelandet bin. Wir landen, und ich wünsche keine Behinderung. Wenn es Schwierigkeiten gibt, erfährt sofort der Präsident davon."

Wir landeten ohne Probleme. Der Pilot hätte aber eigentlich warten können, bis ich aus dem Rotor-Abwind herausgekommen war, bevor er wieder startete. Er riß seine Maschine vom Grund des Generals hoch wie ein Stück Fett, das aus der glühendheißen Pfanne springt.

Ich hustete Staub und Dreck hinaus und folgte einer Eskorte von drei übergroßen Männern – die Sorte, die von der Laufbahn bei der Staatspolizei zu einer Laufbahn bei privaten Leibwachen überwechseln. Sie führten mich zum Haus, waren aber offenbar nur bis dorthin zuständig.

An der Tür nahm mich ein überhöflicher Orientale in Empfang, mehr oder weniger gekleidet wie ein Butler. Vermutlich konnte er mit einem einzigen Handkantenschlag Banktresore aufsprengen.

Der Butler war außerordentlich höflich. Er führte mich in ein sehr behagliches Wohnzimmer mit Blick auf das Tal durch deckenhohe Fenster. Er sprach mit ganz leiser Stimme und einem Akzent, der mehr nach der Uni von Los Angeles als nach der anderen Seite des Pazifiks klang. Er fragte mich, ob ich Lust hätte, etwas zu trinken. Ich sagte nein. Er verbeugte sich knapp, nicht mehr als ein Neigen des Kopfes.

„General Halliday hat heute nachmittag keinen Besuch erwartet. Er ersucht Sie für einige Minuten um Nachsicht."

„Ich warte", sagte ich.

„Kann ich irgend etwas tun, um es Ihnen behaglicher zu machen?"

„Sie könnten Doktor Peña sagen, daß ich hier bin und ihn sprechen möchte."

Er blinzelte. Einen Augenblick lang hatte ich den Eindruck, er sei ein raffiniert konstruierter Transistorroboter, betrieben von einem Computer, der in seinem ganzen Programm nachforschen mußte, um die richtige Reaktion auf den Namen Peña zu finden. Schließlich sagte er: „Ich glaube nicht, daß Doktor Peña Besuch empfängt."

„Aber er ist hier."

„Soviel man mir gesagt hat. Ich habe ihn selbst nicht gesehen."

Ich nickte. „Danke."

Er verbeugte sich, diesmal ein wenig tiefer, und zog sich zurück.

Es war ein großer Raum, sehr schön eingerichtet, in rustikalem Stil. Gemaserte Fichtentäfelung. Dicke, knorrige Balken an der Decke. Gemauerter Kamin mit einem Grizzlybärenfell davor. Vor den Fenstern ein Balkon. Ich ging über die überall verstreuten Navajo-Teppiche und bewunderte die Aussicht: die Berge noch schneeglitzernd, Tannen- und Fichtenwälder an den Hängen. Das Tal oder die Stadt konnte ich von hier aus nicht sehen. Vielleicht vom Balkon aus. Ich versuchte, die Glasschiebetüren zu öffnen. Sie waren abgesperrt.

Ich fuhr herum und sah, daß es im Raum nur noch die eine Tür gab, durch die ich hereingekommen war. Sie war geschlossen. Ich eilte hin und drückte auf die Klinke. Auch abgesperrt. Ich konnte das Zimmer nicht verlassen, bis der General es zuließ.

So saß ich herum und wartete, bemüht, nicht die Nerven zu verlieren. Es gab keine Bücher, die ich hätte lesen können. Der Kamin war kalt und dunkel. Auf dem niedrigen Tisch vor dem einzigen Sofa des Raumes lagen ein paar Zeitschriften – alte Ausgaben von *Camping Guide* und *Investor's Weekly*. Ich versuchte es mit dem Bildsprecher und erreichte den ach so höflichen orientalischen Butler, der mir mitteilte, daß General Halliday gebeten habe, ich möge Anrufe außer Haus unterlassen, bis er mit mir gesprochen habe.

Angewidert und um zu verhindern, daß sich mein Inneres völlig verkrampfte, schaltete ich das Fernsehgerät ein und verfolgte eine idiotische Kindersendung über einen Forstbeamten und seine halbwüchsigen Kinder, die auf irgendeine Weise mit Dinosauriern aneinandergeraten waren.

Beim vierzehnten Werbespot für eine Nahrungsmittelfirma kam der General herein. Ich hörte die Tür hinter mir nicht aufgehen, aber das Fernsehbild erlosch. Ich drehte mich um, und da war er, steif vorgebeugt, eine Hand noch an der Schalttafel in dem kleinen Tisch neben der Tür.

„Ich bin froh, daß Sie etwas gefunden haben, um sich zu beschäftigen, während Sie gewartet haben", sagte er, als ich aufstand. Von einem Lächeln konnte bei ihm keine Rede sein.

„Ich bin froh, daß Sie mich nicht länger haben warten lassen. Im Gefängnis vergeht die Zeit langsam." Während ich das sagte, entschied ich, ihn nicht auf den Gedanken kommen zu lassen, er könne mich einschüchtern. Alte Reportergewohnheit: erst reden, dann denken. Instinkt vor Überlegung.

„Was, zum Teufel, haben Sie eigentlich vor, Albano?" Der General wirkte gewöhnlich verärgert über niedrigere Lebewesen. Jetzt war er fuchsteufelswild.

„Ich versuche, das Leben Ihres Sohnes zu retten ... und seine Präsidentschaft. Oder ist das für Sie nicht von Bedeutung?"

Er hatte sich noch keinen Zentimeter von der Stelle gerührt. „Verschwinden Sie“, sagte er leise und mit schwankender Stimme. „Sie großsprecherischer Schweinehund ... verlassen Sie mein Haus!“

„Gewiß“, antwortete ich und trat ein paar Schritte auf ihn und die Tür zu. „Aber sobald ich draußen bin, berufe ich eine Pressekonferenz ein und lasse die ganze Geschichte platzen.“

„Das tun Sie nicht!“

„Wenn Sie glauben, daß ich nicht mehr nach Washington zurückkomme, irren Sie sich. Eine Mitarbeiterin von mir ist über alles unterrichtet, und sie übernimmt, wenn mir etwas zustößt.“

Er zuckte nicht mit der Wimper. „Wenn Sie Miß Clark meinen, können Sie das vergessen. Sie kann sehr leicht gekauft oder zum Schweigen gebracht werden.“

Mein Gott! „Mag sein“, sagte ich, um zu bluffen. „Aber ich habe das Ganze auch einem Reporter anvertraut, der an die Öffentlichkeit geht, wenn einem von uns etwas passiert.“

„Und wer soll das sein?“

„Das erfahren Sie, wenn Sie versuchen sollten, Vickie ... oder mir etwas zu tun.“

„Ryan? Der junge Mann aus Boston?“

„Es kommt nicht darauf an. Wir haben uns in jeder Beziehung abgesichert. Sie können uns nicht ausschalten.“

Er stapfte ins Zimmer, an mir vorbei zu den Fenstern. Ich konnte sehen, wie die Sehnen an seinem faltigen alten Hals hervortraten. Er ballte die Fäuste. „Warum?“ Er fuhr herum und starrte mich an. „Wer steht hinter Ihnen, Albano? Wer benützt Sie?“

Ich hätte es mit der großen Geste versuchen und sagen sollen: *Das Volk der Vereinigten Staaten von Amerika.* Statt dessen erwiderte ich: „Niemand. Außer dem Präsidenten.“

„Hören Sie auf mit dem Quatsch.“

„Ich meine es ernst! Jemand hat es auf den Präsidenten abgesehen – auf Ihren Sohn. Entweder will er ihn umbringen oder so in Verruf bringen, daß er zum Rücktritt gezwungen ist.“

Der General schüttelte den Kopf.

„Und wer auch dahinterstecken mag, er operiert von hier aus. Ich glaube, Sie sind es selbst oder jemand, der für Sie arbeitet.“

„Sie sind vollkommen im Irrtum“, sagte er leise, ohne Nachdruck.

„Wir wissen Bescheid über das Kloning“, sagte ich.

Sein Gesicht wurde kalkweiß.

„Wir wissen, daß Doktor Peña das gemacht hat. Und wir wissen, daß er hier ist. Deshalb bin ich hergekommen, um mit ihm zu reden. Ich will wissen, was er über die ganze Geschichte weiß. Und ich will hören, was Sie zu sagen haben. Vor Ihrer Haustür sind zwei Morde passiert ..."

„Morde?"

„McMurtrie und Doktor Klienerman."

„Das war ein Unfall!"

„Daß ich nicht lache!"

„Es war einer, verdammt noch mal!" schrie er. Aber wie er so am Fenster stand, die verblassende Nachmittagssonne im Rücken, wirkte er auf irgendeine Weise schwächer, unsicherer.

Ich setzte nach. „McMurtrie und Klienerman sind getötet worden, nachdem sie mit Peña gesprochen hatten und hierhergekommen waren. Zwei Klon-Duplikate des Präsidenten sind umgebracht worden ..."

„Nein ..."

„Zum Teufel noch mal, hören Sie auf, mich anzulügen!" brauste ich auf. „Machen Sie Schluß mit dieser gottverdammten Heuchelei, oder ich gehe hin und mache die Präsidentschaft Ihres Sohnes kaputt! Ist es das, was Sie wollen? Haben Sie es darauf abgesehen?"

Einen langen Augenblick antwortete er nicht. Bewegte sich nicht. Stand einfach da, die Arme schlaff herabhängend, wirkte alt und unsicher. Er schüttelte den Kopf und murmelte etwas, das ich nicht verstehen konnte. Dann ging er langsam zum Telefon, drückte auf die Taste und sagte leise: „Fragen Sie Doktor Peña, ob er sich kräftig genug fühlt, zu uns ins Wohnzimmer im ersten Stock zu kommen."

Ich atmete mit einem langen, stockenden Seufzer aus.

Der General sah vom Telefon auf, eher traurig als wütend. „Glauben Sie nur nicht, daß Sie etwas gewonnen haben, Sie Großmaul. Und glauben Sie nicht, daß Sie etwas *wüßten*."

„Und glauben *Sie* nicht, daß ich mich übertölpeln lasse", gab ich zurück.

Er schien ein wenig von seiner Kraft wiederzufinden. „Setzen Sie sich. Ich lasse etwas zu trinken bringen. Sie haben viel zu lernen, Mr. Pressesprecher. Verdammt viel."

Der Orientale brachte ein Tablett mit Karaffen und Gläsern und zog sich unter Verbeugungen ohne ein Geräusch zurück. Als ich zögerte, etwas anzunehmen, lachte mich der General aus, nicht ohne eine gewisse Bitterkeit. „Hören Sie auf Räuber und Gendarm zu spielen. Ich vergifte Sie nicht, Mann."

Ich griff nach einem der Gläser und füllte es aus derselben Karaffe, aus der sich der General bedient hatte. Nahm mit derselben Zange das Eis aus demselben Kübel.

Es war Rye-Whiskey, nicht mein Lieblingsgetränk, aber er trank es auch, also nippte ich an meinem.

Er lehnte sich in einem der weichen Ledersessel zurück. „Sie wissen also vom Kloning."

„Ja ... und davon, daß zwei der Klon-Kopien umgebracht worden sind."

„Sie sind tot", betonte er. „Das heißt nicht, daß sie ermordet worden sind."

„Peña kann es beweisen, wenn er will."

„Seien Sie sich da nicht so sicher."

In diesem Augenblick ging die Tür wieder auf, und Dr. Peña rollte herein. Er sah noch gebrechlicher und eingefallener aus als vor zehn Tagen. Sein Gesicht schrumpfte in sich zusammen, die Wangen waren hohl, die Augen lagen so tief in den Höhlen, daß man kein Leben in ihnen entdecken konnte. Die Haut an seinen Händen sah so papierdünn aus, daß jede Sehne, jedes Blutgefäß hervortrat wie bei einer Illustration in einem medizinischen Lehrbuch. Er trug einen viel zu großen Kaftan, obwohl ich nicht wußte, ob er ihm früher nicht vielleicht einmal genau gepaßt hatte. Das Gewand bauschte sich auf merkwürdige Weise und zeigte die Umrisse der Geräte, die an seinem Leib befestigt waren.

Der General warf mir einen finsteren Blick zu, als Dr. Peña seinen Rollstuhl langsam auf uns zuschob. Er sagte damit: Siehst du? Du bist hergekommen, um einen Sterbenden zu quälen.

So wahr mir Gott helfe, ich reagierte genau entgegengesetzt. Ich wollte sein Wissen aus ihm herausquetschen, bevor er tot umfiel.

„Sie haben mich gebeten herzukommen", sagte Dr. Peña zum General. Es war eine knappe Feststellung, weder eine Frage noch eine Anklage. Seine Stimme kam über ein Flüstern nicht hinaus; keine Spur von dem kräftigen Bariton, über den er in Minnesota noch verfügt hatte.

„Unser lästiger Freund hier", der General deutete vage in meine

Richtung, „hat von dem Klon-Verfahren etwas läuten hören. Jetzt glaubt er, ich sei für den Tod von Joseph und Jerome verantwortlich ... und für den von Doktor Klienerman und dem Secret-Service-Mann auch."

Peña drehte mir langsam den Kopf zu. „Das ist Unsinn."

„Wer hat sie dann umgebracht?" fragte ich.

Seine Brust hob und senkte sich zweimal, bevor er antwortete, noch immer in atemlosem Flüsterton: „Warum unterstellen ... daß sie ... getötet worden sind? Ich habe Ihnen gesagt ..."

„Sie haben mir gesagt, die beiden Duplikate des Präsidenten seien an unbekannten Todesursachen gestorben."

„Ja ..."

„Hört sich das nach einem natürlichen Tod an? Hören Menschen normalerweise einfach auf ... schalten sie ab, hören sie auf zu leben? Gibt es nicht immer irgendeine Todesursache? Herzinfarkt? Schlaganfall? Krebs? Schußverletzung? Irgend etwas?"

„Gewöhnlich ja ... aber ..."

Der General griff ein. „Sie begreifen die Situation überhaupt nicht, verdammt noch mal! Hören Sie auf, den Mann zu quälen."

„Dann erklären *Sie* es. Sagen Sie mir, wie die Lage ist."

Er funkelte mich an. „Ich möchte nach wie vor wissen, was, zum Teufel, Sie antreibt, Albano. Was haben Sie eigentlich davon? Was wollen Sie?"

Einen Augenblick lang sah ich mich im luxuriösen Ruhestand auf irgendeinem Atoll im Südpazifik. Im nächsten sah ich mich mit Betonstiefeln in der Lagune, während eine Delegation von Haien anrückte, um das Beweismaterial zu beseitigen.

„Für Sie mag das vielleicht seltsam klingen", sagte ich, „aber ich habe dem Präsidenten der Vereinigten Staaten die Hand gegeben und mich verpflichtet, mein Bestes zu tun, um ihm zu helfen, der beste Präsident zu sein, der er sein kann. Jemand versucht ihn umzubringen oder zu ersetzen oder seinen Namen so gründlich zu ruinieren, daß er abtreten muß. Ich möchte verhindern, daß das geschieht. Das treibt mich an."

„Und Sie glauben, ich könnte meinen eigenen Sohn umbringen wollen? Oder ihm auf irgendeine Weise schaden wollen?"

„Sie sind am Zug."

Dr. Peña kramte unter seinem Kaftan und zog eine Gesichtsmaske heraus. Er preßte sie auf Nase und Mund. Sauerstoff. Er wedelte schwach mit der freien Hand, um anzuzeigen, daß wir weitersprechen sollten.

„Sie haben gesagt, ich begriffe die Situation nicht", sagte ich zum General. „Dann erklären Sie sie mir."

Er warf Peña einen besorgten Blick zu, dann beugte er sich vor und starrte mich scharf an. „Sie wissen vermutlich, wie ich die Verfügungsgewalt über die North-Lake-Labors erlangt habe."

„Wir haben es uns ausgerechnet."

„Im Grunde nichts Unrechtmäßiges dabei, wie Ihnen klar sein wird, wenngleich ein Purist von Interessenkonflikten sprechen könnte."

„Sie sind nicht der erste Offizier im Pentagon gewesen, der reich geworden ist." Du meine Güte, war ich hartgesotten.

Er grunzte. „Wissen Sie, *warum* ich North Lake gekauft habe?"

„Um schnell reich zu werden."

Er lächelte sarkastisch. „Gewiß. Und wissen Sie, weshalb ich reich werden wollte?"

Ich zuckte die Achseln.

„Um mitzuhelfen, meinen Sohn zum Präsidenten zu machen."

„Ach. Das."

„Ja", sagte er. „Das. Jeder Mann möchte, daß sein Sohn Präsident wird, nicht wahr? Das ist der große amerikanische Traum. Aber ich wußte, wie ich es erreichen konnte. Ich wußte es! Ich brauchte drei Dinge: Geld, und zwar sehr viel; ein Laborinstitut, bei dem ich allein das Sagen hatte; und diesen wunderbaren alten Mann hier, Alfonso Peña."

„Und so zeugten Sie einen Sohn und ließen einen Klon-Eingriff machen."

„Genau. Und wissen Sie, warum? Begreifen Sie, weshalb das Klon-Verfahren sein mußte? Weshalb es mehr als einen James J. Halliday geben mußte?"

Ich fing an, darüber nachzudenken, aber der General wartete meine verzögerten Gedankenprozesse nicht ab. „Ich wollte nicht einfach, daß mein Sohn in die Politik geht", sagte er und schob sich im Ledersessel noch weiter vor. „Ich wollte, daß er Präsident wird! Und das hieß, daß er ein besserer Politiker sein mußte als jeder andere. Und mehr von Wirtschaft verstehen mußte. Von Verteidigung. Von

Außenpolitik und Arbeitspolitik und Handelspolitik und Sozialpolitik und allem anderen, womit ein Präsident belastet wird."

Es begann mir langsam zu dämmern.

Er sprang auf und begann im Zimmer hin und her zu gehen, das Gesicht erhellt von einer uralten Erregung, mit gestikulierenden Armen. „Sehen Sie sich die Präsidenten an, die wir vor ihm gehabt haben! Die Hälfte waren Hanswürste, die nichts anderes – wirklich nichts anderes – wußten, als wie man eine Wahl gewinnt. Reklamekandidaten! Einmal im Amt, verwandelten sie sich in Marionetten, gesteuert von jeweils denen, die am nächsten an sie herankamen, manipuliert von ihren eigenen Mitarbeitern im Weißen Haus.

Und die andere Hälfte ... sogar noch schlimmer. Einseitige Ideologen und Fanatiker. Jurgenson und sein Neuer Kapitalismus. Vierzehn Millionen Dauerarbeitslose, und er baut sich mit öffentlichen Geldern eine Villa für seinen Ruhestand. Kein Wunder, daß es Aufstände der Hungernden gegeben hat. Und dieser Narr von Neosozialist, Marcusi ... ich glaube nach wie vor, daß er ein Kandidat der Mafia gewesen ist ..."

„Und so wollten Sie den perfekten Präsidenten schaffen", sagte ich.

„Sehr richtig!" Er schlug mit der Faust in die andere Handfläche. „Einen Kandidaten, der mehr von den Problemen und Lösungen wußte, als jeder andere einzelne Mensch je wissen konnte. Einen Kandidaten, der die erforderliche Zeit hatte, die richtigen politischen Kontakte herzustellen, und soviel Zeit, wie er brauchte, um alles zu lernen, was man über alle Problemgebiete der Präsidentschaft nur wissen konnte. Den perfekten Kandidaten und den perfekten Präsidenten."

„Jedes Individuum der Klon-Gruppe ist Fachmann auf seinem eigenen Gebiet", sagte ich.

Der General nickte so heftig, daß eine eisgraue Haarsträhne in seine Stirn fiel. Seine Augen glänzten. „Die Jungs sind von Kindheit an ausgebildet worden, von dem Augenblick an, als sie alt genug waren, um lesen zu können. Sie kannten ihren Auftrag."

„Wie viele waren es?" fragte ich.

„Acht. Acht Brüder ... James John Halliday und seine sieben mit ihm identischen Brüder. Mein Sohn. Meine Söhne. Acht Söhne – und einer. Acht Körper und acht Gehirne, aber alle gleich. Mein einziger Sohn – der Präsident der Vereinigten Staaten."

„Sie waren nicht ... völlig identisch", flüsterte Dr. Peña.

Der General zog die Brauen zusammen. „Ja sicher. Nicht völlig identisch, sowenig, wie eineiige Zwillinge völlig identisch sind. Sie sahen alle gleich aus und benahmen sich gleich, aber jeder unterschied sich vom anderen ein wenig. Sie hatten alle ihre kleinen Eigenheiten. Die Psychologen behaupten ..."

„Einer von ihnen", röchelte Dr. Peña, „ist gestorben ... in der Kindheit."

„Gestorben? Woran?"

„Spielt keine Rolle", sagte der General gereizt. „Er ist an natürlichen Ursachen gestorben."

Aber Dr. Peña, der die Sauerstoffmaske auf seinen Schoß hatte fallen lassen, sagte: „Pocken. Er ist an den ... Pocken gestorben."

„*Was?*"

„Die Impfung ... als wir ihn impften ... erzeugte sein Körper nicht die Immunreaktion ... statt eine ... Immunität gegen die Krankheit zu ... entwickeln, starb ... er daran."

Der General schien wieder zornig zu sein. „Aber die anderen waren alle gesund, kerngesund. In jedem Wurf gibt es einen Schwächling."

Peña schien noch etwas sagen zu wollen, tastete statt dessen aber nach seiner Sauerstoffmaske und hob sie ans Gesicht.

„Es gab also sieben Brüder ... identische Siebenlinge ... die den Wahlfeldzug um die Präsidentschaft führten."

„Richtig", sagte der General. „Sie hatten hauptsächlich mit James John zu tun, dem ersten. Er ist derjenige, der das Bild in der Öffentlichkeit gestaltet. Er hält die politischen Reden und übernimmt die persönlichen Kontakte. Er kann das."

„Und wie", sagte ich.

„Bei Gelegenheit hatten Sie, soviel ich weiß, mit James Jackson und James Jason zu tun – Wirtschaft und Außenpolitik. Und mit Jerome – Wissenschaftspolitik. Er ist derjenige, der in Boston gestorben ist. Johnny mußte Jeromes wissenschaftliche Rede für ihn halten. Wenn die beiden Polizisten nicht meine Leute in der Seitengasse überrascht hätten ..." Seine Stimme verklang. Wenn und falls.

„Und ich dachte, es sei nur eine Stimmung oder die Belastung des Tages", sagte ich, mehr zu mir selbst als zu ihm. „Ich habe die Unterschiede von einem zum anderen nie erkannt."

„Niemand kennt sie. Niemand außer Robert Wyatt und einem Dutzend *meiner* Leute, die im Weißen Haus arbeiten."

„Das ist der Grund, warum soviel Wert auf strengste Sicherheitsmaßnahmen gelegt wird."

„Nicht Sicherheit. Privatsphäre." Die Oberlippe des Generals kräuselte sich ein wenig. „Es ginge nicht an, daß jemand wie Sie ins Ovale Zimmer hineinplatzt und drei oder vier Präsidenten bei einer gemeinsamen Besprechung sitzen sieht."

„Guter Gott", murmelte ich.

„So ist das also", sagte der General. „Keine Verschwörung. Kein Versuch, den Präsidenten zu töten und ein Double unterzuschieben."

„Aber zwei von den Klon-Partnern sind tot."

„Drei", sagte Dr. Peña.

Ich sah ihn an. „Drei? Außer dem einen, der in der Kindheit gestorben ist?"

„Gestern ... in Washington. Als ich die Nachricht erfuhr ... muß ich zusammengebrochen sein."

Das Gesicht des Generals verdunkelte sich wieder. „Es war Jason. Man hat die Leiche nach North Lake gebracht."

„Wie ... wie ist das passiert?" fragte ich.

„Genau wie bei den anderen", sagte der General. „Er arbeitete in seinem Büro im Untergeschoß des Weißen Hauses, und man fand ihn zusammengesunken an seinem Schreibtisch. Die Leiche war noch warm."

Ich stand plötzlich auf den Beinen. „Jemand bringt sie methodisch der Reihe nach um."

Aber der General packte mein Handgelenk und riß mich in den Sessel zurück. „Hören Sie auf, unter jedem Möbelstück nach Verschwörungen zu suchen, verdammt noch mal!"

„Aber ..."

„Sehen Sie mich an", befahl er. „Glauben Sie auch nur einen Augenblick, daß ich, wenn ich glaubte, jemand töte meine Söhne, *meinen Sohn,* hier herumsitzen und dem Halunken das durchgehen lassen würde? Oder daß der Präsident zuließe, wie seine eigenen Brüder ermordet werden, ohne herauszufinden, wer dahintersteckt, und den oder die Betreffenden unschädlich zu machen? Glauben Sie, dieser Planet wäre groß genug für einen Mörder, sich auf ihm zu verstecken? Er ist es nicht."

Endlich begann ich zu begreifen, weshalb der Präsident die Untersuchung so streng geheim, in einem so kleinen Kreis durchgeführt hatte. Es war eine Familiensache, und Außenseiter waren weder erwünscht, noch wurden sie gebraucht.

„Aber woran sterben sie?"

„Sie sterben genau an dem, woran Jesse in der Kindheit gestorben ist. Aus irgendeinem Grund ...", und er sah Dr. Peña an, als er weitersprach, „aus irgendeinem Grund lassen ihre Immunsysteme nach. Ihre Körper können sie vor Bakterien oder Viren nicht schützen. Ihr biochemischer Aufbau ist durcheinandergeraten, und sie sterben an der winzigsten Infektion ... an etwas ganz Harmlosem, ein Kratzer, eine gewöhnliche Erkältung kann sie töten. Wenn jemand im gleichen Raum niest."

Ein Klappern ließ mich herumfahren. Dr. Peña hatte die Sauerstoffmaske auf den Boden fallen lassen. „Nein", sagte er, so laut er konnte. Es war nur ein rauhes Flüstern. „Das ist nicht wahr! Sie sind nicht ... es kann nicht wahr sein."

„Alfonso, niemand gibt Ihnen die Schuld ..."

Dr. Peña bewegte den Kopf hin und her. „Nein, mein alter Freund. Sie begreifen nicht. Wir haben uns vergewissert. Wir haben Untersuchungen angestellt. Die Immunabwehr des Körpers ... verschwindet nicht plötzlich ... das gibt es nicht."

Der General trat zu ihm. „Regen Sie sich jetzt nicht auf."

„Aber ... Sie müssen mich anhören." Peña bekam kaum genug Luft, um die Worte hervorzupressen. Er hob eine kraftlose Hand und deutete auf mich. „Er ... er hat mehr recht ... als Sie. Sie sterben ... nicht einfach ... sie werden umgebracht ... ermordet ..."

„Aber wie?" sagte der General scharf. „Sie haben selbst gesagt, daß von Gewalteinwirkung nichts zu finden ist. Kein Gift. Die Todesfälle rührten von Infektionen her ... sie waren natürlich. *Natürlich!*"

„Nein!" Die Stimme des Arztes schien wie aus weiter Ferne zu kommen. „Sie ... werden ... ermordet."

Sein Kopf sank zurück, sein Unterkiefer klappte herunter. Sein Brustkorb hörte auf, sich zu bewegen. General Halliday sah zu mir auf, und mich soll der Teufel holen, wenn er nicht Tränen in den Augen hatte.

14

NUR zweimal in meinem Leben sind Menschen gestorben, die mir nahestanden. Beide Male war ich zufällig verreist, als es geschah. Und ich blieb weg. Ich mied die Leichenwache, die Beerdigungen, die schluchzenden Verwandten und ernsten Freunde. Es schien alles so sinnlos, so unnütz zu sein. Vielleicht hatte ich im Innersten Angst. Vielleicht sah ich mich selbst im Sarg oder fürchtete, mich zu sehen.

Ich blieb zu Peñas Begräbnis. Ich weiß nicht genau, warum, aber ich blieb. Die Leute des Generals regelten alles schnell und geschickt. Der alte Mann wurde im Wald hinter dem Haupthaus des Generals begraben. Man mußte die dünner werdende Schneedecke wegschaufeln, die noch immer lag, um das Grab auszuheben. Die Erde war gefroren; das Schaufeln war mühsame Arbeit.

Es war eine sehr kleine Trauergemeinde. Der General, Robert Wyatt, ein paar Mitarbeiter des Generals, Peter Thornton von North Lake – bemüht, seine Freude darüber nicht zu zeigen, daß er nun die Labors leitete – und ich.

Und der Präsident.

Ein Pfarrer aus der Umgebung sagte ein paar stille Worte, und Peñas Sarg wurde hinabgelassen. Ich wußte instinktiv, daß es unter dem Schnee schon drei Gräber gab, mit flachen, kleinen Steinen, auf denen „J. J. Halliday" stand. Ein viertes würde bald ausgehoben werden.

An diesem Abend aßen der General, Wyatt, der Präsident und ich ein stilles Mahl. Thornton war nach dem Begräbnis sofort nach Minnesota zurückgeflogen. Der Präsident erwies sich als James Jeffrey, der Spezialist für Verteidigungspolitik.

Ich konnte mich immer noch nicht ganz damit abfinden, daß er einer von acht identischen Brüdern war; einer der vier noch lebenden. Verdammt, er war der Präsident! Jeder Knochen, jede Hautfältelung, jede Geste, jede Stimmnuance: der Präsident. Seine Augen, die Art, wie das Haar in seine Stirn fiel, das Grinsen, das er zeigte, als er mich auf den Arm nahm, weil ich die alten Watergate-Tonbänder nachgelesen hatte, um zu verstehen, wie man ein Geheimnis im Weißen Haus *nicht* zu bewahren versuchen darf. Er war der Präsident, der einzige, den ich gekannt hatte. Es konnte keinen zweiten wie ihn geben. Mein Gehirn, mein Gefühl und meine Seele weigerten sich, die Vorstellung zu akzeptieren. Er konnte nicht einer von acht sein. Oder von sieben. Oder von vier.

Wir waren recht düsterer Stimmung, als wir uns im eichengetäfelten Eßzimmer an den Tisch setzten. Aber als der roboterhafte orientalische Butler uns Steaks servierte, begann Jeffrey seinem Vater von den Diskussionen zu erzählen, die er mit seinen Brüdern um den Krieg Iran–Kuwait geführt hatte. „Wir müssen vorbereitet sein einzugreifen", sagte er entschieden, „und zwar mit Macht. Wir müssen in der Lage sein, unsere Interessen zu schützen."

Der General nickte zustimmend. Ich säbelte an meinem Steak und blieb stumm.

„Aber glaubst du, Johnny begreift das?" murrte Jeffrey. „Er macht sich mehr Sorgen darüber, im Kongreß ein paar Stimmen zu verlieren, als den ganzen Nahen Osten aufzugeben."

„Johnny kennt den politischen Infight", sagte der General. „Wenn er nicht glaubt ..."

„Ich habe mein eigenes politisches Urteil gebildet", unterbrach ihn Jeffrey. „Ich habe mit den Ausschüssen im Senat zu tun gehabt. Und mit dem Repräsentantenhaus. Ich könnte den Kongreß umstimmen, wenn John mir Gelegenheit gäbe, es zu versuchen."

Der General hob den Kopf.

„Es ist Johns Aufgabe, die politischen Entscheidungen zu treffen. Wenn er meint, daß der Kongreß dir Widerstand leistet, dann solltest du dich seiner Einschätzung der Lage anschließen."

Jeffrey legte den Kopf ein wenig auf die Seite. Genau wie der Präsident. Idiot! fuhr ich mich an. Er ist der Präsident. Jedenfalls ein Achtel davon.

Mit dem Lächeln, das ich so gut kannte, dem Lächeln, das bedeutete, daß er etwas Unangenehmes sagen mußte, aber nicht wollte, daß man es übel aufnahm, antwortete Jeffrey seinem Vater. „Ich glaube nicht, daß John qualifiziert ist, diese Entscheidung zu treffen. Er versteht die Einzelheiten der militärischen Lage nicht so gut wie ich. Übrigens die wirtschaftliche Lage auch nicht."

Sie diskutierten – oder stritten sich, je nach Reizschwelle des Betrachters – bis zum Nachtisch. Eine ganz ruhige kleine Familiendebatte. So, wie Vater und Sohn darüber streiten, wer am Abend das

Auto nehmen darf. Nur war der Sohn der Präsident der Vereinigten Staaten, das Thema war die Frage, ob wir in den Krieg zwischen Iran und Kuwait eingreifen sollten, und die Männer, gegen die er argumentierte, waren seine identischen Klon-Brüder in Washington.

Mein Verstand sagte mir, daß ich die Realität der Situation akzeptieren mußte. Aber alles andere wollte nichts damit zu tun haben. Man kann vom Intellekt her wissen, daß etwas der Wahrheit entspricht, es akzeptieren und sogar mit der Wirklichkeit als Teil seiner Weltanschauung zurechtkommen, auf der man seine Arbeit gründet. Aber das heißt nicht, daß man, in der tiefsten Schicht seines Seins, auch tatsächlich *glaubt*, daß es wahr ist. In meinem Inneren, in jener besonderen Unteretage, wo ich alle meine alten Sonntagsschullektionen und Alptraumschrecken und Phantasiewünsche aufbewahre, dort unten hatte mein wahres, geheimes, tiefstes Ich noch nicht angenommen, was mein Verstand schon in einem seiner ordentlichen kleinen Ablagefächer verstaut hatte. Ich wußte, daß der Präsident zu einem Klon-Stamm gehörte und daß es im Weißen Haus vier identische Brüder gab. Ich wußte, daß es bis vor einigen Monaten sieben Brüder gegeben hatte. Ich wußte es. Aber ich glaubte es nicht.

Ich flog in dieser Nacht mit einem der Überschall-Düsenflugzeuge des Generals mit dem Präsidenten nach Washington zurück. Wir saßen nebeneinander in den bequemsten Liegesesseln, in denen ich je geflogen war, und blickten auf den im vorderen Schott der Kabine eingebauten Fernsehbildschirm. Der Präsident hielt eine direkt übertragene Rede im Weißen Haus. Er unterzeichnete das neue Wirtschaftsförderungsgesetz und benützte die Gelegenheit, den Kongreß zu weiteren Aktionen bezüglich seiner innenpolitischen Vorschläge aufzufordern.

In vierzigtausend Fuß Höhe über der Weizenkammer der Nation saß ich neben dem Präsidenten und sah den Präsidenten live im Fernsehen.

„... auch wenn dieses Gesetz viel dazu beiträgt, erwachsene Menschen in den großen Städten zu steuerzahlenden, produktiven Bürgern zu machen statt zu Empfängern von Sozialhilfe, haben wir noch einen weiten Weg vor uns, um Ausbildungs- und Tagesstätten für die jungen Menschen der Kernstädte zu schaffen ..." Zuckerbrot und Peitsche. Das patentierte Halliday-Lächeln und das unaufhörliche Drängen, mehr zu tun, weiter zu gehen, Höheres zu wagen.

„Es heißt, mit den Armen müßte man leben“, schloß der Präsident. „Vielleicht sagt man das, weil jene, die nicht arm sind, sich nie von ganzem Herzen der Aufgabe gewidmet haben, die Armut auszurotten. Wir haben den Reichtum, wir haben die Technologie, wir haben das Wissen, um unsere Großstädte und das Land von der Seuche der Armut zu befreien. Die Frage ist: Haben wir auch das Herz, den Mut, den Willen, das zu tun? Das ist eine Frage, die nicht einmal der Präsident beantworten kann, meine Mitbürger. Nur Sie können sie beantworten. Ich danke Ihnen. Gute Nacht, und Gott mit Ihnen.“

Ich drehte den Kopf, als das Bild auf dem Schirm verblaßte, und sah, wie der Präsident vor sich (über sich?) hin grinste. „Stil hat er, unser John“, sagte Jeffrey. „Nächste Woche muß ich in West Point eine Rede zur Verteidigungspolitik halten. Ich weiß genau, daß ich ihm nicht das Wasser reichen kann.“ Es klang beinahe wehmütig.

„Sie müssen das so sehen“, sagte ich. „Kein Mensch hat den Unterschied zwischen Ihnen und ihm bemerkt.“

Das freute ihn. Ich versuchte ihn dazu zu bewegen, daß er über den Tod seiner Brüder sprach. Er wich mir aus, kurbelte endlich seinen Sitz zurück und schloß die Augen zu einem Schläfchen, das gerade recht kam.

Als wir landeten, sah ich, wie lächerlich einfach es für einen Mann mit dem exakten Aussehen des Präsidenten ist, den National Airport hinter sich zu bringen und ins Weiße Haus zu gelangen, ohne entdeckt zu werden. Das Flugzeug rollte zu einem kleinen Privathangar, und wir stiegen aus der Maschine in eine wartende Limousine um. Die einzigen Leute im Hangar waren die Zweimannbesatzung des Flugzeugs, der Chauffeur und zwei bewaffnete Sicherheitsbeamte. Ausnahmslos General Hallidays ausgesuchte Mitarbeiter.

Jeffrey setzte mich vor meinem Haus ab, bevor er zum Weißen Haus weiterfuhr. Die Limousine hatte Einweg-Spiegelgläser, so daß niemand hineinsehen konnte, und er blieb im Schatten, als ich die Tür öffnete und schnell hinaussprang. Abgesehen von einem Autounfall, gab es für niemanden die Möglichkeit, ihn zu sehen. Der Chauffeur fuhr langsam und gehörte zum Secret Service; die Limousine war konstruiert wie ein Tank, und ihre Nummernschilder trugen den besonderen Code des Weißen Hauses. Man hätte Abraham Lincoln überfahren müssen, bevor man an den Präsidenten herangekommen wäre. Und vor und hinter uns rollten Fahrzeuge ohne Markierungen.

Kein Lärm, keine Sirenen. Aber die Limousine war sorgfältig bewacht.

Als ich endlich in meine Wohnung stolperte, war ich plötzlich wie ausgelaugt, körperlich und seelisch am Ende. Ich ließ meine Flugtasche auf den Boden fallen, wankte ins Badezimmer, um der Natur meinen Tribut zu zollen, und hatte mich schon halb ausgezogen, als ich im Schlafzimmer Licht machte.

Vickie lag in meinem Bett und rieb sich die Augen wie ein Kind, das von der lärmenden Party seiner Eltern geweckt worden ist. „Du bist wieder da ...", murmelte sie schläfrig.

„Was, zum Teufel, machst du hier?" Wenn mich jemand überrascht, bin ich immer besonders liebenswürdig.

Sie setzte sich im Bett auf. Sie trug ein Nachthemd, aber es war hauchdünn und durchsichtig. „Ich dachte, das wäre ein sicherer Ort. Kein Mensch käme auf die Idee, mich hier zu suchen, wenn du nicht in der Stadt bist."

Ich setzte mich zu ihr aufs Bett.

„Außerdem", sagte sie, „wollte ich hiersein, wenn du zurückkommst."

Sie beugte sich vor, und ich küßte sie. Ich war nicht mehr müde.

„Ich habe mir Sorgen um dich gemacht", sagte sie.

„Ich habe jeden Tag im Büro angerufen."

„Aber nicht mit mir gesprochen."

„Ich dachte, es wäre besser, wenn ich das nicht mache."

Die ganze Zeit über hielt ich sie in den Armen, küßte sie und wand mich gleichzeitig aus meinen Kleidern. Wenn ich mir dabei den Rükken nicht verrenkte, würde ich es nie tun.

Zwischen der Liebe und den Gesprächen, in denen ich ihr erzählte, was in Aspen geschehen war, wurde es fast schon Tag, bis wir endlich einschliefen. Und Vickie hatte meinen Radiowecker nicht abgestellt. Punkt 7.30 Uhr beschallte er uns mit Beethoven.

Wir duschten gemeinsam, ich rasierte mich, während sie ihre Haare fönte, ich zog mich an, während sie sich schminkte, und ich rührte die letzten vier Eier aus dem Kühlschrank fürs Frühstück, während sie sich anzog. Des Kitzels wegen schnitt ich eine alte Peperoni in die Eier hinein. Fang den Tag mit einem Paukenschlag an.

Nach dem Frühstück packten wir unsere Taschen und gingen zum Lift. Vickie streckte die Hand nach dem Knopf „Erdgeschoß" aus, aber ich schob ihre Hand weg und drückte „D" für Dachgeschoß. Sie wollte mich fragen, warum, aber ich legte den Finger an die Lippen.

Als wir auf das Dach traten, hinaus in den schönen Frühlingsmorgen, führte ich sie zur Brüstung, so weit von der Tür und allen Lauschgeräten weg wie möglich.

„Ich möchte Hank Solomon alles erzählen, was passiert ist, aber ich weiß einfach nicht, wie ich mich mit ihm in Verbindung setzen soll, ohne die Leute aufmerksam zu machen, die uns beobachten. Sie wissen höchstwahrscheinlich, daß er zu uns gehört, aber trotzdem ..."

Vickie beschattete die Augen vor der Sonne. „Glaubst du, wir werden immer noch überwacht?"

Ich nickte. „Die Sache ist noch nicht vorbei. Bei weitem nicht. Peñas Tod mag natürliche Ursachen gehabt haben, aber keiner von den anderen. Vielleicht war es nicht der General, der das getan hat, aber es ist jemand in seiner unmittelbaren Nähe."

„Wyatt?"

„Möglich."

„Warum?"

„Wenn ich das wüßte, wäre mir auch klar, ob er es ist oder nicht."

„Und was machen wir?"

„Das möchte ich eben Hank fragen. Er versteht von solchen Dingen mehr als wir."

„Er hat mir gesagt, er finde eine Möglichkeit, mit dir in Verbindung zu treten. Du solltest nicht versuchen, ihn zu erreichen."

„Du hast ihn gesprochen? Wann?"

Vickie grinste. „Ganz raffiniert. Ich bekam im Büro einen Brief, der an mich persönlich adressiert war. Im Umschlag lag nur ein Zeitungsausschnitt mit Kinoanzeigen. Eine Annonce war rot eingekreist, die Vorstellung unterstrichen. Der Umschlag stammte vom Finanzministerium, so daß ich annahm, Hank habe ihn abgeschickt ... der Secret Service gehört zum Finanzministerium."

„Und er hat sich mit dir am Filmtheater getroffen."

„Richtig. Ungefähr drei Minuten lang. Er sagte, er behalte mich im Auge und er werde sich mit dir in Verbindung setzen, sobald du zurück wärst."

Ich atmete tief ein und wünschte mir halb, daß ich in Boston geblieben wäre. Nicht einmal im politischen Gerangel auf Beacon Hill ging es so kompliziert zu.

Wir fuhren miteinander zum Büro, und bis der Aufzug in unserer Etage hielt, hatte Vickie ihr Bürogesicht aufgesetzt. Nur ein freundliches Lächeln und ein „Schönen Tag wünsch ich!". Nicht, daß ich sie gepackt hätte. Ich trug auch meine Dienstmiene. Im Bett war es warm und schön gewesen; es war großartig, sie vorzufinden, als ich heimgekommen war, statt einer leeren Wohnung. Aber fang nicht an, damit zu rechnen, warnte ich mich. Oder dich darauf zu verlassen.

Bei der Morgenbesprechung hänselte mich das Pressekorps nicht wenig als Freizeitmenschen. Aber es gab keine besorgten Untertöne oder Gerüchte, meine kürzlichen Abwesenheiten könnten ein Symptom dafür sein, daß im Weißen Haus etwas im Gange war. Wenn ein Kabinettsmitglied oder ein Pentagonfunktionär anfing, den Dienst zu schwänzen, bekundeten die Journalisten sofort Interesse. Aber beim Pressesprecher? Das bekümmerte keinen.

Als die Besprechung beendet war, teilte mir Seine Heiligkeit mit, daß der Präsident mich um 17.30 Uhr im Ovalen Zimmer sehen wolle. Ich merkte es mir und kehrte in den Aztekentempel zurück, um die Rückstände auf meinem Schreibtisch aufzuarbeiten.

Hank Solomon war an diesem Nachmittag einer der Sicherheitsbeamten am Inspektionspunkt unter dem Westflügel. Er zwinkerte mir zu, und ich gab mir alle Mühe, mir nicht anmerken zu lassen, daß ich ihn kannte, als ich durch das Sensor-Portal trat, das mich nach Identifikation und Waffen überprüfte.

Der Präsident saß an seinem großen, gewölbten Schreibtisch, als ich ins Ovale Zimmer trat. Wyatt saß in meinem Lieblingssessel, dem skandinavischen, also nahm ich seinen, den Schaukelstuhl am Kamin. Der Präsident beobachtete mich, als ich mich setzte. Er grinste. „Ich sehe genau, was in Ihrem Gehirn vorgeht", sagte er.

„Sir?"

„Sie fragen sich: Was für einer ist er? Richtig?"

Ich grinste ihn auch an. „Ja ... das ist richtig."

„Ich bin James John, derjenige, dem Sie die Hand gegeben haben, als Sie sich bereit erklärten, den Job zu übernehmen."

Aus irgendeinem Grund fühlte ich mich erleichtert.

„Es hat keinen Sinn, ihn anzustarren", knurrte Wyatt. „Sie können keinen Unterschied erkennen. Ich kann es nicht, Mann, und ich kenne sie seit ihrer Kindheit."

„Was wollen wir tun?" stieß ich hervor.

Das Lächeln des Präsidenten verblaßte. „Wegen der Todesfälle, meinen Sie."

„Wegen der Morde", sagte ich. „Jemand tötet sie – Ihre Brüder, einen nach dem anderen."

Wyatt bewegte die Schultern. „Das ist nicht ..."

„Kommen Sie mir nicht wieder mit dem Quatsch von den ‚natürlichen Ursachen'!" Meine Stimme stieg an. Mein Blutdruck ebenfalls. „Das mag der General glauben, aber ich nicht. Peña glaubte es auch nicht. Ich war dabei, als er den General zu überzeugen versuchte."

„Peña war ein sehr alter Mann", sagte Wyatt. „Ich glaube, er ist zum Ende hin senil geworden. Zu viele Schicksalsschläge. Immerhin ..."

„Er mußte es besser wissen als jeder andere", sagte ich störrisch.

Der Präsident schüttelte den Kopf. „Meric ... Mord braucht ein Motiv. Wenn uns jemand umbringt, wer ist es? Und warum?"

Ich schwöre, die Worte waren schon ausgesprochen, bevor ich begriff, daß mein Verstand zu dieser Schlußfolgerung gekommen war. „Es ist einer Ihrer Brüder", sagte ich. „Derjenige, der der *einzige* Präsident der Vereinigten Staaten sein will."

Für, wie es mir schien, eine Viertelstunde herrschte absolute Stille im Ovalen Zimmer. Wyatt saß da wie eine Marmorstatue, völlig regungslos und empfindungslos. Der Präsident wirkte nachdenklich; dann verfinsterte sich sein Gesicht. Und mein eigenes Gehirn sagte mir: Ja! Das ist die Antwort! Die einzig mögliche Antwort. Einer von ihnen bringt die anderen um. Einer von ihnen will dieses Amt, diese Macht, dieses Land für sich ganz allein. Einer von ihnen ist wahnsinnig.

Wyatt bewegte sich endlich. „Wenn Sie glauben ..."

Aber der Präsident brachte ihn mit der knappen Bewegung eines Fingers zum Schweigen. „Robert, das ist dieselbe Schlußfolgerung, zu der ich vor Wochen gekommen bin."

Der alte Mann starrte ihn entsetzt an. „Was?"

„Ich glaube, es ist Zeit, daß wir alles offen aussprechen", sagte der Präsident. „Zeit, reinen Tisch zu machen." Er schob seinen Stuhl zurück und stand auf. Wir erhoben uns automatisch ebenfalls. „Kommen Sie mit, Meric", sagte Halliday.

Wyatt schien zu begreifen, was er vorhatte. „Warten Sie ... er gehört nicht zur Familie."

Der Präsident lächelte spöttisch. „Jetzt schon. Er weiß soviel über uns wie nur irgend jemand. Kommen Sie, Meric."

Wir gingen durch die Seitentür hinunter ins Untergeschoß, vorbei an der Inspektionskontrollstelle, wo Hank immer noch Dienst tat, und durch den Westflügel zum privaten Lift. Wyatt drückte auf den Knopf, die Türen öffneten sich, als hätte die Kabine schon den ganzen Tag darauf gewartet, und wir folgten dem Präsidenten in den kleinen holzgetäfelten Lift.

Zu dieser Nachmittagsstunde gab es im Weißen Haus natürlich keine Touristen, aber wir fuhren im fensterlosen Lift am Erdgeschoß und ersten Stock vorbei und stiegen im stillen Hauptflur der zweiten Etage aus, der sakrosankten Wohnung des Präsidenten und seiner First Lady.

Wortlos ging der Präsident durch den mit einem dicken Teppich ausgelegten Korridor und führte uns in den Lincoln-Salon. Ich hatte ihn vorher noch nie gesehen, obwohl ich wußte, welcher Raum das war, unmittelbar neben dem Lincoln-Schlafzimmer. Ich hatte beide auf Fotografien gesehen.

Aber als der Präsident die Tür öffnete, waren es nicht die Fin-de-siècle-Möbel, die mir ins Auge fielen, oder die schweren Vorhänge. Drei weitere James J. Hallidays befanden sich schon im Zimmer: einer am Fenster, in einem grünen Samtsessel; ein anderer am Schreibtisch mit den Schneckenornamenten, wo er auf einer Computer-Tastatur tippte; der dritte vor dem Porträt von Chester Arthur stehend.

Ich schluckte.

Der Präsident – der, mit dem ich heraufgekommen war – packte mich am Ellenbogen und zog mich mit ins Zimmer. Er zeigte auf die anderen und stellte vor: „Das ist Jeffrey, finster blickend neben Präsident Arthur. Und Jackson, der mit den Staatsschulden jongliert. Und Joshua, am Fenster. Sie sind ihnen schon allen begegnet."

Sie nickten oder lächelten mich an, aber Joshua sagte nervös: „Warum einen Außenstehenden einführen? Es hat doch schon genug Ärger gegeben, nicht?"

„Meric ist kein Außenstehender", sagte John. „Und wenn wir unsere Schwierigkeiten vor der Öffentlichkeit verbergen wollen, brauchen wir Merics fortgesetzte, aufrichtige Mitarbeit."

Joshua antwortete nicht, aber es war deutlich zu sehen, daß er von meiner Anwesenheit in ihrem privaten Klubraum nicht begeistert war.

„Was geht vor, John?“ fragte Jeffrey. „Weshalb die Melodramatik?“

Ich glotzte immer noch. Sie sahen alle ganz genau gleich aus. Sie hatten dieselben Stimmen. Denselben Haarschnitt. Alles gleich. Wie sie gestikulierten. Der einzige erkennbare Unterschied war ihre Kleidung. Jeffrey, der Verteidigungsexperte, trug einen einfachen, einteiligen Kombianzug von hellbrauner Farbe. Jackson, der Wirtschaftler, trug ein konservativeres dunkelblaues Jackett und eine lange Hose, während Joshua – dessen Hauptinteresse den Rohstoffen und der Landwirtschaftspolitik galt – zur Imitatwildlederhose ein gelbes Sporthemd trug. Ein Soldat, ein Bankier und ein Farmer. Ich versuchte sie so für mich einzuordnen. James John – *der* Präsident für mich nach wie vor – trug seine übliche Arbeitskleidung: dunkle Hose, bequeme Stiefel und ein helles Hemd mit offenem Kragen.

Wyatt setzte sich in einen Sessel bei der Tür, und ich schlich mit zitternden Knien zum Fenster, als James John antwortete.

„Wir haben alle versucht, uns vor den Tatsachen zu verstecken. Ich glaube, es ist Zeit, daß wir uns damit befassen. Die Todesfälle sind keine natürlichen gewesen. Es waren Morde.“

Jackson sah von seinem Computerterminal auf. „Ausgeschlossen, John. Wenn Peña keine Anzeichen finden konnte ...“

„Peña war überzeugt davon, daß es Mord gewesen ist“, sagte John. „Er konnte nicht dahinterkommen, wie man es angestellt hatte, aber er wußte, daß es Mord war.“

„Nein, das glaube ich nicht“, sagte Jackson. „Peña war vom Gefühl her einfach unfähig, sich einzugestehen, daß seine Arbeit ... nun ... daß sie versagt hat.“

Jeffrey sagte gepreßt: „Jeder von uns könnte genauso sterben wie die anderen.“

„Nein“, sagte John. „Das glaube ich nicht.“ Es war, als höre man ein Echo von Jacksons Worten Minuten zuvor.

„Sicher, du kannst es dir leisten, nicht daran zu glauben“, sagte Joshua. „Du bist der Natürliche, der Erstgeborene. Was es auch sein mag, du dürftest nicht betroffen sein.“

„Das stimmt nicht“, erwiderte John. Die Stimme klang immer noch ruhig, aber sie hatte einen Beiklang von Schärfe.

„Ihr seid genetisch alle identisch“, sagte Wyatt. „Was einem von euch geschieht, wird, was eure Körperchemie angeht, euch allen passieren. Mein Gott, ihr habt als Kinder alle zur selben Zeit Mumps bekommen, und die Krankheit hat bei jedem genau gleich lange gedauert. Wie nach einem Uhrwerk. John ist gegen nichts immun, wofür die anderen anfällig sind."

„Das ist nur eine Theorie, Robert", sagte Jeffrey. „Bei den Klon-Verfahren ist alles völlig neu ... niemand hat es vorher mit Menschen versucht. Wir sind die ersten."

Ich begann Unterschiede zwischen ihnen zu erkennen. Geringe Verschiedenheiten in Nuancen, im Charakter.

Sie waren gewiß vier identische Brüder, aber wie eineiige Zwillinge betrachteten sie, auch wenn sie äußerlich völlig gleich aussahen, die Welt doch unterschiedlich, und in ihren Köpfen waren sie durchaus nicht identisch.

„Wir könnten euch im Labor in einer erregerfreien Umgebung unterbringen", sagte Wyatt. „Dann brauchtet ihr euch keine Sorgen zu machen ..."

„Das ist ausgeschlossen!" fuhr Jackson auf. „Wie, zum Teufel, können wir in der Präsidentschaft funktionieren, wenn wir in einer erregerfreien Zelle in North Lake sitzen? Er ist schwer genug, dieser Siebener-Wechseltanz –"

„Vierer-Wechseltanz", verbesserte Jeffrey. „Wir sind nur noch vier."

John stand immer noch in der Mitte des Zimmers. Er hob die Hand. „Hört zu", sagte er. „Ich habe gründlich über das Ganze nachgedacht. Die Todesfälle waren keine natürlichen. Sie waren Morde."

Jackson schüttelte den Kopf, schwieg aber. Joshua schien sich angespannt vorzubeugen. Jeffrey, der mir am nächsten war, fragte ruhig: „Und was wollen wir tun, John?"

„Herausfinden, wer von uns der Mörder ist."

Ich glaube, mein Herz stand tatsächlich still. Eine Ewigkeit lang, so schien es, regte sich im Zimmer nichts. Nicht einmal die Stäubchen in den schrägen Sonnenstrahlen, die durch die Fenster fielen, schienen sich zu bewegen. Alles erstarrte.

Endlich fand Jeffrey seine Stimme wieder. „Was ... was hast du gesagt?"

Ich hatte nie zuvor einen solchen Ausdruck auf dem Gesicht des Präsidenten gesehen. So mußte Lincoln ausgesehen haben, als er von dem Gemetzel bei Gettysburg erfuhr.

„Es ist einer von uns", sagte John mit täuschend ruhiger Stimme. „Niemand anders könnte das tun. Einer von uns bringt die anderen systematisch um. Einer von uns möchte der einzige Insasse in dem Arbeitszimmer unten im Westflügel sein."

Sie tauschten Blicke. Niemand sagte etwas. Wyatt schien in einem Schockzustand zu sein, aschfahl, unbeweglich, auf den Boden starrend. Ich konnte sehen, wie die Räderwerke in den vier identischen Köpfen arbeiteten. Sie erkannten die Wahrheit der Worte. Vielleicht hatte jeder von ihnen das von Anfang an geargwöhnt und es dann von sich weggeschoben. Jetzt war es ausgesprochen. Sie konnten es nicht länger ignorieren.

„Einer von uns möchte der einzige Präsident der Vereinigten Staaten sein", wiederholte John.

„Ich kann nicht ...", begann Joshua und verstummte wieder.

„Es ergibt einen gewissen Sinn", räumte Jackson ein.

Jeffrey sagte: „Aber ... seine eigenen Brüder umzubringen. Das ist entsetzlich ... er müßte wahnsinnig sein."

John nickte. „Das nehme ich an. Aber Macht korrumpiert, wie wir alle wissen. Es hat in der Geschichte genug mörderische Familien gegeben, um das zu bestätigen. Und wir haben hier und dort ein paar unerfreuliche Dinge getan ... wir sind nicht immun gegen die Seuche."

„Das kann nicht sein!" sagte Joshua entschieden. „Ich glaube es einfach nicht. Nicht, bis du mir erklären kannst, wie die Morde begangen worden sind. Zum Teufel noch mal, wir wissen ja nicht einmal, ob es wirklich Morde gewesen sind."

„Falsch, Josh", sagte John leise. „Ich weiß es."

Wyatt sah zu ihm auf. „Sagen Sie es mir. Sagen Sie mir, wie das gemacht worden ist, und überzeugen Sie mich, weil ich mir nicht vorzustellen vermag, ich könnte jemals glauben, daß einer von euch die anderen umbringt."

„Es ist ganz einfach", sagte John. „Ich habe mich nur gefragt, wie ich es anstellen würde, die anderen umzubringen. Als ich einmal davon überzeugt war, daß es sich um Morde handelte, versuchte ich mir darüber klarzuwerden, was *ich* getan hätte, wenn ich meine Brüder hätte ermorden wollen. Es dauerte nicht lange dahinterzukommen. Nur die letzten paar Tage ... länger brauchte ich nicht dazu."

„Und?"

„Der Schlüssel war Jesse."

„Er ist vor fast vierzig Jahren gestorben."

„Ja, aber wie ist er gestorben?"

Wyatt antwortete: „An einem Versagen der Immunabwehr seines Körpers. Er verlor seine Immunität gegen Krankheitserreger. Die einzige Methode, ihn zu retten, wäre die gewesen, ihn in eine erregerfreie Zelle zu stecken, aber das begriffen wir erst, als es zu spät war."

John nickte. „Und Joe, Jerry und Jason sind alle auf die gleiche Weise gestorben. Die gesamte Immunabwehr des Körpers plötzlich ausgeschaltet. Ganz gewöhnliche Erreger einer Erkältungskrankheit wurden tödlich für sie."

Niemand bewegte sich. Niemand antwortete. Wir starrten John alle so gebannt an, daß Washington von Atomraketen hätte angegriffen werden können, ohne daß wir etwas bemerkt hätten.

„Ich habe mich vor einer Woche bei North Lake erkundigt", sagte John. „Ich rief über den Zerhacker bei der dortigen Vertragsabteilung an. Man gab mir eine Liste der Forschungsaufträge, an denen man jetzt für das Verteidigungsministerium arbeitet. Einer davon betrifft die Entwicklung eines mutierten Virus, der die Immunabwehrsysteme des Körpers lahmlegt. Ein streng geheimer Auftrag. Zugang zu Informationen darüber besteht nur für eine Handvoll Leute im Pentagon." Er lächelte beinahe traurig. „Ich mußte den Mann, mit dem ich sprach, daran erinnern, daß ich der Oberbefehlshaber bin."

„Ein Virus, der die Immunabwehrsysteme des Körpers lahmlegt?"

„Nicht aufspürbar", sagte John. „Anscheinend möchte der militärische Abwehrdienst den Virus als Mittel für ‚perfekte' Attentate entwickeln. Keine erkennbare Todesursache. Das Opfer hört einfach auf zu leben. Jeder beliebige Erreger in seinem Körper kann sich ungestört vermehren und ihn in weniger als einem Tag töten."

„Guter Gott."

„Und das wissen Sie schon seit einer Woche?" fragte ich.

John zuckte hilflos die Achseln. „Ich zerbreche mir seit einer Woche den Kopf darüber. Ich wollte mich wohl der Wirklichkeit nicht stellen. Sie haben mich gezwungen, das auf den Tisch zu legen, Meric."

„Der Virus wird für das Verteidigungsministerium entwickelt?" fragte Joshua.

„Ich habe nichts davon gewußt", fauchte Jeffrey.

„Niemand unterstellt dir etwas anderes", gab John zurück.

„Dieser Virus", sagte Wyatt. „Ist er getestet worden? Er wirkt?"

„Er wurde bei Menschenaffen und anderen Versuchstieren angewendet. Mit vollem Erfolg. Hundertprozentig tödlich. Die Leute bei North-Lake haben ihn aus naheliegenden Gründen nicht an Menschen ausprobiert ..."

„Aber Sie behaupten, daß einer von euch", sagte Wyatt mit schwankender Stimme, „einer von euch hier im Zimmer Proben von diesem Virus in die Hände bekommen und sie benützt hat ... dazu benützt hat ..." Seine Stimme brach ganz. Er bedeckte das Gesicht mit den Händen.

John trat zu ihm und legte ihm die Hand auf die Schulter. „Wir müssen den Tatsachen ins Gesicht sehen, Robert. Es ist das, was ich tun würde, wenn ich alleiniger Bewohner dieses Hauses werden wollte. Und wir denken alle ziemlich gleich, nicht wahr?"

„Das steht fest", sagte Jackson.

„Also – was tun wir?" fragte Joshua mit schrillerer Stimme als die anderen.

Jeffrey gab ein scharfes, bitteres Lachen von sich, das fast wie ein Husten klang. „Ganz einfach. Wir warten, bis nur noch einer von uns übrig ist, und das ist der Schuldige."

„Oder wir lassen den Schuldigen wissen, daß wir uns klar über das sind, was er tut", konterte John, „und wir fordern ihn auf, vorzutreten und es zuzugeben." Sie sahen einander unsicher an. „Ich glaube, wir wissen alle, daß der Betreffende geistig aus dem Gleichgewicht geraten ist", fuhr John fort. „Wir werden ihn nicht bestrafen. Wir wollen für ihn sorgen, ihn heilen. Welcher von uns es auch sein mag, er ist unser Bruder. Wir wollen ihm helfen, nicht ihn strafen."

Niemand bewegte sich, außer, daß jeder in den Augen der anderen nach Anzeichen von Schuld suchte. Schließlich sagte Joshua: „Wir holen am besten den General her. Vielleicht kann er der Sache auf den Grund kommen."

Wyatt schüttelte den Kopf. „Nein ... er ist ein alter Mann. Er ist nicht so zäh, wie er sich gerne sieht. Wenn er je etwas davon erfahren würde ..."

„Wenn er je dahinterkommt, daß wir das durchgemacht haben, ohne ihn beizuziehen, könnte das sein Tod sein."

Jeffrey grinste schief. „Oder er bringt uns alle um, die wir noch übrig sind."

John sagte zu Wyatt: „Robert, Sie fliegen besser nach Aspen und sagen ihm Bescheid. Persönlich. Keine Anrufe. Stellen Sie fest, was er tun will."

„Er wird mit Mach Fünf hierherrasen", sagte Wyatt.

„Gut. Wenn es das ist, was er tun will, stehen wir ihm nicht im Weg." Er wandte sich seinen Brüdern zu. „Richtig?"

„Wir könnten ihn nicht aufhalten", räumte Jackson ein.

„Jemand sollte die North-Lake-Labors überprüfen", meinte Joshua. „Es ist vielleicht möglich herauszufinden, wer die Viren an sich genommen hat."

„Lächerlich!" fauchte Jeffrey. „Selbst wenn einer von uns so dumm gewesen sein sollte, die Viruskulturen persönlich an sich zu nehmen – was ich bezweifle –, hätte er nicht seinen wahren Namen genannt. Keiner von den Leuten im Labor kann uns unterscheiden. Das konnte nicht einmal Peña."

„Stimmt wohl", gab Joshua zu. „Wir haben ihm früher alle möglichen Streiche gespielt", sagte er wehmütig zu mir.

Aber John sagte: „Wir könnten das Labor trotzdem überprüfen lassen. Ich veranlasse Pournelle vom FBI dazu, daß er sich persönlich darum kümmert."

„Du willst es ihm doch nicht sagen?" fragte Joshua scharf.

„Natürlich nicht", erwiderte John. „Aber ich möchte herausbekommen, wer die Viren an sich genommen hat."

„Falls überhaupt jemand."

„Jemand muß es getan haben. Und Pournelles Leute können feststellen, wer und wann. Dann finden wir den Mann und sprechen selbst mit ihm."

„Wenn es ein Mann war", sagte Jackson mit einem Zucken der Mundwinkel. „Du verfällst in männlichen Chauvinismus, Johnny. Mach das nicht vor den Wählern."

Sie lachten alle. Aus irgendeinem Grund störte mich das. „Halt!" hörte ich mich rufen.

Sie verstummten und wandten sich mir zu, vier identische Mienen höflicher Belustigung, vier Gesichter, die sagten: Wie kommt der Angestellte dazu, uns anzubrüllen?

„Das reicht nicht", sagte ich.

„Was reicht nicht?"

Ich mußte mich ihnen stellen. Allen. „Sie behandeln das immer noch so wie eine Familienstreitigkeit."

„Ist es denn keine?"

„Verdammt, nein! Was mich angeht, so ist es eine Verschwörung, den Präsidenten zu töten."

„Meric, wir greifen durch, so scharf wir können", sagte John. „Sie wollen doch nicht, daß wir etwas tun, das die Presse auf unsere ... Bruderschaft aufmerksam macht, oder? Das würde alles ruinieren. Ich müßte ... *wir* müßten zurücktreten."

„Dann käme Lazar ins Weiße Haus."

„Die Nation ist noch nicht reif für einen jüdischen Präsidenten."

„Nicht, während im Nahen Osten wieder Krieg herrscht."

Ich gab nicht nach. Sie brachten mich in Wut mit ihrer Manipulation der Präsidentschaft, des Landes, der ganzen gottverdammten Welt, so als sei das alles eine private Familienaffäre.

„Es ist mir gleichgültig, was Sie sagen", erklärte ich. „Das genügt einfach nicht. Die North-Lake-Labors zu überprüfen und hier herumzusitzen und miteinander zu plaudern. Herrgott noch mal, einer von Ihnen hat drei Ihrer Brüder umgebracht!"

„Das ist unsere Sache", sagte Jeffrey und funkelte mich an.

„Daß ich nicht lache! Es ist die meine und die jedes Bürgers."

„Was wollen Sie eigentlich sagen, Meric?"

Ich wußte es tatsächlich nicht, aber wie üblich war mein Mund schneller als mein Verstand. „Es wird einfach nicht reichen. Die Schritte, die Sie unternehmen ... sie werden Ihnen gar nichts bringen. Nicht, bis es zu spät ist. Der Mörder kann alle anderen drei von Ihnen über Nacht beseitigen, wenn er will, während Sie immer noch dabei sind, Unterlagen bei North Lake zu filzen oder sich mit dem General zu beraten."

Jackson wollte etwas sagen, aber John winkte ab.

„Was schlagen Sie vor?" fragte John.

„Ich schlage nichts vor, ich handle. Ich berufe in achtundvierzig Stunden eine Pressekonferenz ein, also in zwei Tagen. Und ich vertraue mich jedem an, der zuhören will. Es sei denn, Sie haben bis dahin den Mörder gefaßt."

„Das können Sie nicht tun!" fauchte Jackson.

„Versuchen Sie mal, mich zu hindern."

„Der Mörder wird es versuchen", sagte John beinahe traurig. „Ich glaube, Meric, Sie sollten es sich um Ihrer eigenen Sicherheit willen überlegen."

Ich konnte jetzt Unterschiede in ihren Gesichtern sehen. Joshua wirkte erschrocken. Jackson war außer sich vor Zorn. Jeffrey war auch wütend, aber es war eine glimmende Wut, die sich langsam steigert und auf die Gelegenheit zur Rache wartet. John wirkte traurig und – erleichtert? Froh darüber, daß das Ende in Sicht war?

Ich schüttelte den Kopf. „Nein. Es gibt keinen anderen Weg. Entweder Sie stöbern ihn auf, oder ich veröffentliche alles. Sonst bringt er Sie alle um und sitzt ganz allein im Ovalen Zimmer. Und genau das ist es, wovor ich wirklich Angst habe."

„Mich wird er auch umbringen müssen", sagte Wyatt.

„Wie kommen Sie darauf, daß er es nicht tun würde?" erwiderte Jackson. Der alte Mann sank in seinen Sessel zurück. Aber mir kam ein anderer Gedanke. Ich konnte mir vorstellen, wie Wyatt dem letzten verbleibenden James J. Halliday im Ovalen Zimmer diente und die Tatsache, daß der Präsident ein vielfacher Mörder war, unter einer Lawine von Rechtfertigungen, wie Pflicht der Familie gegenüber und die Bedürfnisse der Nation, begrub.

John trat ein paar Schritte auf mich zu. Mit leiser Stimme sagte er: „Meric, wenn wir Ihnen das nicht ausreden können, ist das mindeste, was ich tun kann, Sie vom Secret Service bewachen zu lassen. Wenn Sie sich als Zielscheibe aufstellen, sollten wir wenigstens versuchen, Sie zu schützen."

„Na gut", sagte ich. „Wie wäre es mit Hank Solomon? Wir kommen recht gut miteinander aus."

Er sah mich forschend an. Wenn ich wirklich auf Draht gewesen wäre, statt mich von den hochdramatischen Vorgängen blenden zu lassen, wäre mir klargeworden, daß Hanks Namen zu erwähnen hieß, dem Mörder jeden Zweifel darüber zu nehmen, wer das dritte Mitglied meiner kläglich kleinen Truppe war.

Aber in diesem Augenblick dachte ich daran überhaupt nicht. Als ich Hanks Namen erwähnte, kam mir plötzlich der Einfall, daß eine Person in diese Affäre verwickelt war, die nicht einer der Halliday-Brüder auch nur erwähnt hatte. Weder Wyatt noch der General hatten ihren Namen je zur Sprache gebracht.

Laura. Die First Lady. Was wußte sie von alledem? Und wessen Frau war sie?

15

Ich vermied es bewußt, Vickie anzurufen, als ich das Weiße Haus verließ. In meinem Gehirn herrschte Aufruhr. Zu viel war zu schnell hintereinander geschehen. Wenn ich die Zielscheibe für einen Mörder sein sollte, nun gut, es gab nicht viel, was ich dagegen machen konnte. Aber es war nicht nötig, Vickie als die nächste Tontaube vorzusehen.

Außerdem fiel es zu leicht, angesichts der Gefahr in Romantik zu verfallen und sich zu benehmen wie ein eselhafter Ritter auf seinem weißen Hengst, kurz, sich wie ein ausgemachter Trottel aufzuführen. Vickie war erwachsen; sie brauchte mich nicht in ihrem Leben. Ich konnte ihr nichts bringen als Unglück.

Gut, es war schön, mit ihr zusammenzusein; sie machte jeden Raum heller, in dem sie war, sie brachte Wärme in mein Leben. Im Bett war sie großartig. Und denk nur ruhig weiter mit deinen Geschlechtsdrüsen statt mit deinem Hirn, warnte ich mich, dann landet ihr alle beide im nächsten Gefriertransport nach Minnesota.

Als ich im Taxi auf dem Rückweg zu meiner Wohnung darüber nachdachte, bezweifelte ich, daß der Mörder bei mir dieselbe Methode anwenden würde wie bei seinen Brüdern. Aber das brauchte er ja auch gar nicht. Du lieber Gott, er war der Präsident! Er konnte mich auf tausenderlei Weise loswerden, von einem tödlichen Unfall bis zu einem Atomschlag. Selbst wenn ich mich vornehm hätte zurückziehen und ins Exil nach Afghanistan hätte gehen wollen, würde er mir das nie abnehmen. Er würde mir jemanden nachschikken – einen frischen, zuverlässigen, schrecklich loyalen Attentäter.

Es war also ein schwerer Schock, als ich die Tür zu meiner Wohnung öffnete und Hank Solomon sitzen sah, der in einer Zeitschrift blätterte.

„Himmel, Herrgott, Donnerwetter!“ Ich warf die Tür hinter mir zu. Während ich mich von dem Schock erholte, einen potentiellen Mörder auf mich warten zu sehen, murrte ich: „Hat eigentlich jeder Mensch die Kombination meiner Wohnungstür?“

„Nur wir freundlichen Helfer und Leibwächter“, sagte Hank gelassen.

„Sie sind aber verdammt schnell hier", sagte ich, noch immer nicht bereit, ihm den Schrecken zu verzeihen.

„Wenn der Präsident höchstselbst ruft, macht man sich auf die Socken, Freund. Sie haben hochgestellte Gönner."

„Und Feinde."

„Ja. Kann ich mir denken. Was ist passiert?"

Ich zögerte, und er erklärte mir, daß es keine Abhöranlagen im Zimmer gebe. Woher er das wußte, war mir nicht klar; er konnte nicht länger als ein paar Minuten allein in der Wohnung gewesen sein, bevor ich hereingekommen war. Aber mein Zutrauen zur modernen Elektronik war groß genug, ihm aufs Wort zu glauben. Und so erzählte ich ihm, was im Lincoln-Salon vorgefallen war.

Hank hörte zu, ohne auch nur einen Brummlaut von sich zu geben, bis ich fertig war. Dann sagte er: „Na, alter Freund, Sie haben ja schön dafür gesorgt, daß ich mit Ihnen in den Nesseln sitze."

Ich gab es zu.

Er grinste. „Okay, das mindeste, was Sie tun können, ist, mich zum Essen einzuladen", meinte er. „Und unterwegs können wir an einem Postamt halten."

„Postamt?"

Er war schon aufgestanden und zur Tür gegangen. „Ja. Nehmen Sie auf Tonband, was Sie mir eben erzählt haben, und schicken Sie es an ein paar zuverlässige Freunde mit der Anweisung, vor Weihnachten nicht zu öffnen ... oder bis zu Ihrem vorzeitigen Ableben, je nachdem, was vorher eintritt."

„Sie haben ein verdammtes Talent, einen aufzuheitern."

Aber der Vorschlag war sinnvoll. Ich dachte an Len Ryan, dann entschied ich, daß Johnny Harrison in Boston weniger leicht in Versuchung geraten würde, meine Anweisungen zu mißachten und sich das Tonband vorzeitig anzuhören. Und in London und Kyoto kannte ich auch zwei überaus verläßliche Leute.

Es war nicht schwer, zu Laura vorgelassen zu werden. Am nächsten Morgen, als ich im Büro war, sah ich mir ihre Terminliste an. Sie sprach vor einer Tagung der Delegierten weiblicher Angestellter, die sich dem großen Neo-Ludditen-Treffen vor dem Kapitol anschlossen, um gegen die Arbeitsplatzverluste durch die Automatisierung zu protestieren.

Ich rief die junge Dame an, die mit den Pressekontakten für dieses Treffen befaßt war, und sagte ihr, daß ich vorbeikäme. Sie gewann den Eindruck, daß ich ein Auge auf sie hatte und eine Beförderung in der Luft lag. Ich nahm ihr die Illusion nicht.

Als nächstes rief ich Vickie herein, um meine Pressekonferenz für den folgenden Nachmittag vorzubereiten.

„Du?" sagte sie überrascht. „Eine persönliche Pressekonferenz?"

„Richtig. Sorg dafür, daß alle Nachrichtenagenturen und die Vertreter der internationalen Presse unterrichtet werden."

„Wir müssen ihnen das Thema bekanntgeben."

„Nein." Ich schüttelte den Kopf. „Sag ihnen nur, es sei die wichtigste Story ihres Lebens und so heiß, daß man vorher nicht einmal das Thema nennen kann."

Sie lehnte sich zurück. „Du willst ihnen das vom Präsidenten sagen."

„Entweder das oder aus der Stadt gejagt werden, weil ich die Konferenz im letzten Augenblick abgesagt habe."

„Oder getötet werden", sagte Vickie ganz sachlich. Kein Auftritt.

„Wenn das passiert", sagte ich, gleichermaßen um Gelassenheit bemüht, „platzt die Sache sofort. Ich habe gestern nacht Tonbänder mit der ganzen Geschichte an ein paar vertrauenswürdige Journalisten geschickt, mit der Anweisung, nichts zu unternehmen, außer ich sterbe oder verschwinde."

„Und die morgige Pressekonferenz ..."

„Entweder haben sie den Mörder bis morgen nachmittag, oder ich schlage Alarm."

„Sie werden dich umbringen", sagte Vickie. „Sie werden uns alle umbringen."

„Nein", erwiderte ich. „Dich werden sie nicht anrühren, weil ich dir nicht gesagt habe, was ich weiß. Ich halte dich raus. Dir passiert nichts."

„Du hältst mich raus", sagte sie mit lauter Stimme.

„Zu deinem eigenen Schutz."

Sie knallte die Hände auf die Armlehnen. „Du nimmst also die ganze Bürde auf dich. Du läßt dich umbringen, in der Hoffnung, daß ein paar Journalisten, mit denen du früher einmal zusammengearbeitet hast, den Mut besitzen, die Sache zu veröffentlichen und den Präsidenten zu entlarven."

„Sie besitzen ihn“, sagte ich. „Es wäre nicht das erstemal, daß nur ein paar Journalisten zwischen dem Land und einer nationalen Katastrophe gestanden haben.“

„Wunderbar!“ sagte sie. „Und inzwischen liegst du tot in irgendeiner Gasse in Georgetown.“

„Was soll ich denn sonst tun?“ schrie ich sie an.

„Nichts.“ Sie stand auf. „Es ist zu spät. Du hast schon alles getan. Ich wette, du bekommst ein Staatsbegräbnis.“

„Du bereitest die Pressekonferenz vor“, sagte ich. „Das Kopfzerbrechen überlaß mir.“

„Sicher. Danke für den Rat. War nett, dich gekannt zu haben. Du gereichst deinem Beruf zur Ehre.“ Und sie lief wütend hinaus.

Aber in Sicherheit. Wer immer die Gespräche in meinem Büro hörte, wußte jetzt, daß Vickie ein kleiner Fisch war und nicht genug wußte, um gefährlich zu sein. Hoffte ich.

Sie war also wütend auf mich. Wahrscheinlich nur gut. Wir waren uns zu nah gekommen. Nicht gut für uns beide. Und in zwei Stunden würde ich mit Laura zusammentreffen.

Der VWA hatte seine Tagung ins „Van Trayer“ gelegt. Laura sprach vor den Delegierten im Ballsaal. Der reichgeschmückte Saal mit Kristallüstern und viel Chrom war nur halb voll – Sekretärinnen, Archivangestellte, Bürovorsteherinnen, die unausweichlich von elektronischen Speichersystemen, stimmgesteuerten Schreibmaschinen, Bildsprechern und Computern verdrängt wurden.

Ich stand allein ganz hinten im Saal. Die Reporter, meist Frauen, befanden sich auf einer Seite des Podiums und nahmen Bild und Ton auf. Ich wußte wahrhaftig nicht, welches der Mädchen dort vorne für mich tätig war. Sie sahen alle ziemlich gleich aus.

Aber Laura war eine andere Sache. Sie trug die Haare streng nach hinten gebunden, so als habe sie täglich nur immer ein paar Minuten Zeit, sie zu pflegen. Ihr Kostüm war ebenfalls auf Sachlichkeit abgestellt, schlicht und einfach, hell genug, um attraktiv zu wirken, aber ganz ohne Schmuck.

Ich kam gegen Ende ihrer Rede herein. Sie sagte gerade: „Ich bin auch berufstätig und war es mein ganzes Leben. Wie Sie vermutlich alle wissen, bin ich vor meiner Heirat Tänzerin gewesen . . . und keine so gute, daß ich verwöhnt worden wäre wie ein Star. Ich war einfach eines von vielen ‚Girls'", sie betonte das Wort, und man hörte ein paar beifällige Zischlaute aus dem Publikum, „das seine Miete und den täglichen Bedarf mit einem recht kleinen Gehalt bezahlen mußte." Sie machte eine Pause und lächelte sie an, ein Lächeln, das bedeutete: *Aber ich habe es geschafft, und ihr könnt es auch!* „Und wenn Sie glauben sollten, das Amt der First Lady fülle einen Menschen nicht aus, dann täuschen Sie sich. Ich bin noch immer berufstätig und stolz darauf."

Man klatschte begeistert Beifall.

„Und ich kann Ihnen versichern", sagte sie, als der Beifall verrauschte, „daß Sie im Weißen Haus eine Freundin haben. Und sogar mehr als eine, denn der Präsident interessiert sich sehr stark für die Auswirkungen der Automatisierung auf Ihre Arbeitsplätze." Dann fügte sie in einem anderen Tonfall hinzu, so daß es sich anhörte wie ein plötzlicher Einfall: „Und wenn er es nicht täte, bekäme er von mir etwas zu hören!"

Noch stärkerer Beifall. Bravorufe. Gelächter. Sie hatte sie in der Hand, wie man so schön sagt.

„Wie Sie wissen, hat der Präsident Gesetzesvorschläge gemacht, durch die erreicht werden soll, die wirtschaftlichen Belastungen von Arbeitsplatzverlusten durch die Automatisierung zu mildern. Sein Motto ist: ‚Versucht nicht, die Automatisierung aufzuhalten; versucht sie zu nützen.' Ich glaube, jede von uns hier könnte, wenn wir uns wirklich anstrengen und die neuen Programme nützen, die der Präsident vorgeschlagen hat, Leiterin von Einpersonenbüros werden. Wir sollten die neuen Maschinen dazu *benützen*, unsere Laufbahnen zu fördern, nicht der Automatisierung Widerstand zu leisten und uns an unsere alten, langweiligen Posten zu klammern. Es wird Zeit, daß wir uns nicht mehr als die Angestellten irgendeines Mannes betrachten, sondern vielmehr als die Chefs und Entscheidungsbefugten von vier Fünfteln der Unternehmen dieses Landes. Ich danke Ihnen."

Man stand auf und jubelte. Wenn sie die ganze Rhetorik beiseite ließen und begriffen, daß nur eine von fünf Frauen die leitende Stellung erlangen konnte, mit der Laura gewinkt hatte, würden sie vielleicht aufhören zu jubeln. Aber im Augenblick standen sie ganz hinter ihr und dem Präsidenten.

Ich zwängte mich durch die erregte Menge, wobei ich mir ein paar böse Blicke zuzog, und blieb am Rand der Stegreifpressekonferenz stehen, die sich anschloß. Die Journalistinnen beachteten mich nicht; vielleicht dachten sie, ich wäre einer der Bewacher der First Lady. Es handelte sich meist um Vertreterinnen von Frauenzeitschriften, nicht um das übliche Pressekorps vom Weißen Haus, und mein Gesicht sagte ihnen nichts. Die einzige, die mich zu erkennen schien, war die junge Dame aus meinem Büro, die ich endlich entdeckte, als sie lächelte und mir zunickte.

Laura beantwortete die Fragen der Journalistinnen geschickt und stand drei „Sonderinterviews" von je fünf Minuten mit den Sendegesellschaften durch, bei denen jede der Gesprächspartnerinnen genau dieselben Fragen stellte. Aber jede der Damen konnte zu ihrem Sender zurückkehren und sich auf ein „Exklusivinterview" mit der First Lady berufen. Das Wort „exklusiv" hatte beim Fernsehen einen großen Bedeutungswandel durchgemacht.

Ich entdeckte unter den Sicherheitsbeamten Hank Solomon und grinste ihn an. Er ließ sich nicht anmerken, daß er mich überhaupt wahrnahm. Berufsethik, dachte ich, vor seinen Kollegen. Es waren lauter Typen mit steinernen Mienen, die unauffällig zu erscheinen versuchten.

Endlich packten die Journalisten ihre Kameras und Bandgeräte ein und verließen den Saal. Ich sprach freundlich mit dem Mädchen aus meinem Büro und sagte, sie habe ihre Sache gut gemacht. Sie entfernte sich strahlend.

Als ich mich umdrehte, beobachtete mich Laura mit einem seltsamen Lächeln. „Ich habe nicht erwartet, dich hier zu sehen", sagte sie. „Als du hereingekommen bist, hätte ich mich beinahe in meiner Rede verhaspelt."

„Ich möchte mit dir reden. Unter vier Augen."

Sie saß am Rand der Bühne, die langen Beine ausgestreckt. Mit einer Kopfbewegung winkte sie einer der Frauen ihrer Sicherungsgruppe. Die Frau sah eher aus wie eine Jungstudentin. Wo sie unter ihrem kleinen Sommerkleid ihre Waffe tragen mochte, war mir ein Rätsel. „Jennie", sagte Laura, „können Sie das Team nach draußen bugsieren? Mr. Albano und ich möchten uns privat unterhalten."

Sie nickte, genauso schmallippig und grimmig wie die Männer. Binnen dreißig Sekunden war der Saal leer, aber wir wußten beide, daß niemand hereinkommen konnte, wenn er nicht mit Panzern anrückte.

Laura wirkte immer noch belustigt. „Worüber wolltest du dich unterhalten, Meric?"

Sie war zu einem der Klappstühle in der ersten Sitzreihe gegangen. Ich stand vor ihr.

„Ich weiß von dem Klon", sagte ich.

„Das habe ich gehört."

„Ich habe mich gefragt, wieviel du weißt. Welche Vorstellungen du darüber hast, wer von ihnen der Mörder sein könnte."

Sie zog eine Braue hoch, sagte aber nichts.

„Du bist auch der Meinung, daß einer der Brüder ... die anderen umbringt?" fragte ich sie.

„Ich nehme an, so ist es", sagte sie. Dann hob sie den Kopf und sah mich an. „Aber es könnte auch jemand anders sein ... jemand, der einfach einen der Brüder an der Macht sehen will und alle anderen beseitigt."

„Du meinst Wyatt?"

Sie zuckte ein wenig die Achseln. „Oder Lazar."

„Das kann ich nicht glauben."

„Oder Mandella, der Verteidigungsminister. Oder ... irgend jemand sonst." Sie neckte mich, spielte mit mir, nahm das Ganze nicht ernst.

„Oder du", sagte ich plötzlich.

Ihr Lächeln wurde breiter, aber ihre Augen wirkten plötzlich kalt. „Ja", sagte sie langsam, „sogar ich könnte es sein. Vielleicht möchte ich Präsident sein."

„Oder den Präsidenten total beherrschen."

„Ein Gedanke", sagte Laura.

Es war, als versuche man ein Interview mit einer Kristallskulptur zu machen. Laura saß da, wunderschön, lächelnd, wissend – aber sie gab mir nichts.

„Ich halte morgen eine Pressekonferenz ab", sagte ich. „Wenn bis dahin keine Antwort vorliegt, gehe ich damit an die Öffentlichkeit."

„Ja. Er hat es mir gesagt."

„Wer hat es dir gesagt? Welcher von ihnen?"

Ein gereiztes Kopfschütteln. „Ich weiß es nicht. Ich habe es mir zur Gewohnheit gemacht, nie zu fragen."

„Du behandelst sie einfach so ..."

„Als gäbe es nur einen", ergänzte Laura für mich. „So ist es viel einfacher. Sie achten darauf, anderen nie mehr als einen auf einmal zu zeigen. Bei mir halten sie es genauso ... meistens."

Ich spürte, wie meine Knie schwach wurden. „Aber ... aber du bist doch mit James John verheiratet. Ich meine, er ist derjenige ..."

Ihre Augen irrten nicht ab. Sie sah mich unverwandt an, behielt ihr Lächeln bei, obschon es jetzt spöttisch zu wirken begann. „Ich sagte schon, Meric, ich frage nie. War es Franklin, der einmal gesagt hat: ‚Bei Nacht sind alle Katzen grau'?"

Ich saß plötzlich mit einem Ruck auf dem Podium.

„Ach, mach kein so schockiertes Gesicht", sagte sie mit scharfer Stimme. „Du würdest es genauso machen ... die Männer tun das schon seit einer Ewigkeit. Einen Harem nennt man das."

„Nein ... das ist nicht ..." Ich schüttelte immer wieder den Kopf.

„Armer Meric. Im Innersten immer noch ein spießiger Yankee, nicht? Ganz die alte Tugendhaftigkeit. Ganz die schönen, alten chauvinistischen Ansichten."

Es gab nicht viel, was ich sagen konnte.

„Komm her, Meric. Setz dich zu mir." Laura klopfte mit der Hand auf den Platz neben sich.

Ich ging und setzte mich wie ein folgsames Hündchen.

„Es ist dir klar, daß der Präsident ruiniert ist, wenn du die Geschichte an die Öffentlichkeit bringst. Er wird zum Rücktritt gezwungen sein."

„Als mindestes."

Laura legte einen Finger an meine Lippen. „Ist dir klar, daß du das tust, um mir weh zu tun? Um mich dafür zu bestrafen, daß ich ihn dir vorgezogen habe?"

„Du meinst, *sie* vorgezogen, nicht?"

„Sei nicht gemein."

„Ich versuche nicht, dir weh zu tun, Laura. Weiß Gott, das ist das letzte auf der Welt, was ich möchte."

„Dann verzichte auf die Erklärung vor der Presse. Sag die Konferenz ab."

„Damit einer der Brüder die anderen auch noch umbringen kann?"

„Sie sollen ihre Familienangelegenheiten selbst regeln. Dich betrifft das nicht."

„Ich kann nicht!" Es klang eher nach Flehen als nach einer machtvollen Bekräftigung von Moral, Recht und Gesetz.

„Nicht einmal für mich?"

„Nicht einmal für dich", sagte ich. Unglücklich.

Ihre Hand näherte sich wieder meinem Gesicht. Ich roch den Duft ihres Parfüms, der mich an die Zeit erinnerte, da wir miteinander auf dem College gewesen waren.

Sie strich die Haare über meinem Ohr zurück. „Du verstehst nicht, was ich eben gesagt habe, Meric", sagte sie ganz leise. „Du kannst mich haben ... wenn du immer noch so empfindest, wie wir früher empfunden haben."

„Wie wir empfunden haben?" Meine Stimme war ein ersticktes Krächzen.

„Ja. Als du mich liebtest und ich dich. Das können wir wiederhaben. Wir beide. Genau wie vorher."

„Wie, zum Teufel ... du mußt den Verstand verloren haben, Laura!"

Sie sagte voller Geduld: „Hör mir zu. Jim hat noch etwas mehr als drei Jahre seiner Amtszeit vor sich. Er wird die Wiederwahl nicht anstreben ... es ist zu viel geschehen, als daß er damit rechnen könnte. Nach der Amtsübergabe wird es eine stille Scheidung in gegenseitigem Einvernehmen geben. Dann du und ich ... gemeinsam ... irgendwo auf der Welt, Meric."

Bei einer Herzverpflanzung muß es einen Augenblick geben, in dem die Chirurgen einem das eigene Herz entfernt, das Spenderorgan aber noch nicht eingesetzt haben. So war mir in diesem Augenblick zumute. Ich hatte ein Loch in meinem Brustkorb, eine schmerzende Höhlung, durchzuckt von flammendheißer Qual.

„Drei Jahre ...", hörte ich mich murmeln.

„Ich habe ihn nie geliebt, Meric", sagte Laura. „Das ist mir jetzt klar. Es war nur der Ehrgeiz ... das Machtstreben. Und wir könnten von Zeit zu Zeit zusammenkommen, bevor die drei Jahre noch vorbei sind. Ich bin viel auf Reisen, und ebenso ..."

Die plötzliche Vorstellung, daß ich am Ende einer langen Menschenschlange stand und alle vor mir aussahen wie der Präsident, riß mich zurück in die Wirklichkeit. „Klar könnten wir zusammenkommen", sagte ich. „Seit drei von den Brüdern tot sind, muß deine Tanzkarte eine Menge Lücken aufweisen."

„Sei nicht bösartig."

„Dann behandle mich nicht wie einen Oberschüler, den es juckt.

Menschenskind, Laura, du bist nichts anderes als eine hochklassige Hure."

„Und was bist du?" gab sie höhnisch zurück. „Ein weinerlicher kleiner Junge, der im Weißen Haus arbeitet und immer noch an alles glaubt, was sie ihm in der Volksschule über Patriotismus und Loyalität beigebracht haben."

„Allerdings! Darauf kannst du dich verlassen!"

„Werd erwachsen, Meric! Sei ein Mann. Die *Macht* ist es, die die Welt antreibt. Die Macht! Und gleichgültig, bei wem von ihnen die Macht am Ende allein in Händen liegt, er wird mir gehören. Ich werde die Macht mit ihm teilen."

„Ja ... er pumpt sie in dich hinein, nicht? Wie, zum Henker, arrangierst du das? Hat jeder seine bestimmte Nacht, oder nimmst du sie alle in einer Nacht dran? Macht ihr Gruppensex im Queen's Bedroom?"

Ihr Lächeln kehrte zurück, aber mit ätzendem Sarkasmus. „Manchmal."

„Ach, Mist!" Ich sprang auf, drehte mich um und gab dem Stuhl einen Tritt, daß er an die hintere Sitzreihe polterte.

„Es gibt Unterschiede zwischen ihnen, weißt du", sagte Laura hämisch, um sich zu rächen; sie stand auf, um mir das Gift in die Ohren zu spritzen. „Selbst im Dunkeln. Meric, jeder ist ein wenig anders."

„Interessiert mich nicht!"

„Aber es ist so faszinierend. Einer will es nur französisch, einer ist auf meinen Hintern scharf. Einer – ich glaube, Joshua – läßt mit sich machen, was ich will. Und dann die Partys – die Galabälle, wie wir sie nennen ..."

Ich hätte ihr ins Gesicht schlagen mögen. Ich wollte es. Statt dessen ging ich durch den Mittelgang zu den Ausgängen an der Rückseite des Saales. So schnell ich konnte. Fast im Laufschritt.

„Meric!" rief sie mir nach.

Ich erreichte die letzte Sitzreihe, bevor ich mich umdrehte. Ich konnte sie kaum sehen, so verschwommen war alles.

Ich rang nach Atem. Ich kam mir vor, als müßte ich sterben. Ich wollte es.

„Sag die Pressekonferenz ab", befahl Laura. „Wir finden die Journalisten, denen du die Tonbänder geschickt hast, und bringen sie zum Schweigen – und dich auch – und deine beiden Freunde – so oder so."

Ich schüttelte den Kopf und wankte hinaus, schluchzend wie ein Kind, dem man gerade die letzte Hoffnung auf Freude in seinem Leben genommen hat.

16

HANK fuhr mich zu meiner Wohnung zurück. Meine Hände zitterten so, daß ich nicht einmal einem Taxi winken konnte.

„Was, zum Teufel, ist zwischen euch gewesen?" fragte er völlig verblüfft. „Sie sehen aus wie durch den Fleischwolf gedreht."

„Das hat auch jemand mit mir gemacht."

„Die Lady vom Präsidenten?"

„Das ist keine Lady."

Er zuckte die Achseln und schlängelte sich durch den zunehmenden Nachmittagsverkehr. „Schau sie dir an", sagte Hank, mehr um mich von meinen Problemen abzulenken als aus irgendeinem anderen Grund.

Die Straßen füllten sich mit Demonstranten für die große Neo-Ludditen-Kundgebung, die bei Sonnenuntergang vor dem Kapitol stattfinden sollte.

Die zuständigen Behörden hatten eine Kundgebung während der Tagesstunden verboten, solange das Kapitol für Besucher geöffnet war. Die Neo-Ludditen-Führer entdeckten daraufhin eine Lücke in der amtlichen Verfügung und riefen ihre Leute dazu auf, sich bei Sonnenuntergang vor der Haupttreppe des Kapitols zu versammeln. Man rechnete mit hunderttausend Teilnehmern.

„Glauben Sie, alle diese Leute haben ihre Arbeitsplätze an Computer verloren?" fragte Hank, während wir uns zwischen Autos und Bussen mit Transparenten durchschlängelten, auf denen stand: „Schluß mit der Automatisierung" und „Menschen, nicht Maschinen".

„Das ist die zweite industrielle Revolution", sagte ich. „Alles wiederholt sich. Die Leute haben hier und dort in Computeranlagen Bomben gelegt."

Hank nickte. „Ich habe gehört, es soll sogar einen neuen Roboter geben, der mit der Polizei von New York Fußstreifen macht. Mein Job wird wohl der nächste sein."

Ich sagte nichts und beobachtete nur die Menschenmengen. Sie schienen eher in Feiertagsstimmung zu sein, lachten und brüllten miteinander. In den Omnibussen, an denen wir vorbeifuhren, wurde Bier getrunken.

„Vielleicht sollte ich mich anschließen", murmelte Hank.

„Nein", sagte ich. „Sie haben Wichtigeres zu tun. Suchen Sie Vickie, und verlassen Sie mit ihr die Stadt. Heute abend noch. Sobald Sie mich bei mir abgesetzt haben."

„Das ist aber wirklich die richtige Methode, mich um meinen Posten zu bringen", sagte Hank. „Mein Auftrag lautet, bei Ihnen zu bleiben ..."

„Ich komme schon durch", sagte ich. „Hinter Ihnen und Vickie sind sie auch her."

„Woher wissen Sie das?"

„Was, glauben Sie wohl, hat mich vorhin so durcheinandergebracht?"

Sein Unterkiefer klappte herunter. „Die First Lady? Sie ist beteiligt?"

„So sehr, daß sie weiß, ihr beiden steckt ebenso tief in der Sache wie ich. Holen Sie Vickie, und verschwinden Sie. Fliegen Sie nach Boston und bleiben Sie die nächsten ein, zwei Tage bei Johnny Harrison. Wartet bis nach meiner Pressekonferenz, bevor ihr zurückkommt."

„Aber Sie ..."

„Herrgott noch mal! Tun Sie endlich, was ich Ihnen sage, oder wollen Sie umgebracht werden? Und Vickie dazu?"

„Ich sorge dafür, daß einer meiner Kumpels bei Ihnen einspringt."

„Nein, das würde sie nur aufmerksam machen. Holen Sie Vickie, und verschwinden Sie schnellstens aus der Stadt. Ich sperre mich in meiner Wohnung ein und rufe die Polizei, wenn auch nur eine Maus quiekt."

Er schüttelte zweifelnd den Kopf.

„Ich weiß nicht ..."

„Aber ich. Und wenn Vickie etwas passiert, mache ich Sie verantwortlich."

Sein Gesicht spannte sich. „Verdammt noch mal! Das Leben wird mit jedem Tag komplizierter."

„Tun Sie, was ich Ihnen sage."

Er verabscheute den Gedanken, seine ihm zugeteilte Verantwortung aufzugeben, aber er war altmodisch genug, sich um Vickie mehr Sorgen zu machen als um mich. Und ich war altmodisch genug, um zu wissen, daß ich alles tun würde, was sie verlangten, wenn sie Vickie in die Hände bekamen.

Ich stürmte von Hanks Fahrzeug, das keinerlei Abzeichen trug, in das Vestibül meines Apartmenthauses, winkte ihm durch die Glastüren zu und fuhr zu meiner Wohnung hinauf. Als erstes schnüffelte ich überall herum, durchsuchte die Schränke und sogar die Duschkabine, um mich zu vergewissern, daß ich allein war. Aber erst nachdem ich die Wohnungstür dreimal verriegelt hatte, versteht sich. Dann schob ich Tiefkühlkost in den Herd, rief bei den Wachbeamten unten an und erklärte, ich wünschte unter keinen Umständen, daß Besucher heraufgelassen würden. Man könne mich anrufen, wenn man mich brauche.

Ich ließ mich mit dem erhitzten Alutablett in meinem Lieblingssessel nieder und schaltete das Fernsehgerät ein. Die Abendnachrichten befaßten sich vorwiegend mit den zusammenströmenden Horden von Neo-Ludditen vor dem Kapitol. Der Kongreß hatte sich vorzeitig vertagt, damit die Abgeordneten und Senatoren sicher nach Hause gelangen konnten, möglichst weit weg von ihren aufbegehrenden Wählern. Das Kapitol selbst war inzwischen für alle Besucher gesperrt, und Tausende von Polizeibeamten vom District of Columbia und aus der Stadt umringten den ehrwürdigen alten Marmorklotz.

„Inoffizielle Meldungen aus gewöhnlich zuverlässiger Quelle behaupten, in der Nähe ständen mehrere Infanterieregimenter bereit, um im Notfall mit allen Eventualitäten fertig zu werden", sagte der Fernsehkommentator.

Die „gewöhnlich zuverlässige Quelle" – das war ich. Wir hatten einen halben Tag lang im Büro darüber diskutiert, ob die Presse darüber unterrichtet werden sollte, daß Militäreinheiten für den Fall von Unruhen bereitgestellt wurden. Ich entschied dann, es sei besser, wenn die Menschen es schon vorher von uns erfuhren, als daß die Truppen überraschend auftauchten oder, was noch schlimmer gewesen wäre, ein fintenreicher Schnüffler wie Ryan gegen unsere Absicht dahinterkam. Der Präsident hatte meiner Meinung zugestimmt und den Versuchsballon in die Öffentlichkeit steigen lassen.

„Ferner laufen unbestätigte Gerüchte um, daß der Präsident selbst am späteren Abend zu den Demonstranten sprechen wird", fuhr der Kommentator fort. „Wie erwähnt, ein Gerücht ohne jede Bestätigung ..."

Das war neu für mich. Als ich die anwachsende Menge auf dem Bildschirm betrachtete, kam sie mir nicht besonders gefährlich vor. Ich wußte aber, daß sich in einer so riesigen Ansammlung Unruhen so schnell ausbreiten konnten, als spucke man jemand auf die Sandalen. Und eine Menschenmasse von dieser Größe brauchte Panzer und Wasserwerfer, bevor sie sich zur Ruhe bringen ließ. Oder Schlimmeres.

Ich stocherte also lustlos in meinem Tablett herum, trank fast eine ganze Flasche Weißwein und verfolgte die Sondersendung über die Demonstration gleich im Anschluß an die Nachrichtensendung. Die Sprecher waren langweilig und absurd und stellten unsinnige Forderungen, die, wenn erfüllt, die Wirtschaftsuhr um eine Generation zurückgestellt und *allen* die Arbeit genommen hätten.

Aber die Leute jubelten jedem schwachsinnigen Schlagwort zu und schwenkten ihre Transparente: „Fort mit den Computern! Die Menschenwürde verlangt menschliche Arbeitsplätze!" Ich konnte nichts Würdevolles darin sehen, Sekretärin oder Bürobote oder auch Schriftsetzer zu sein. Auf der anderen Seite hatte ich einen Posten, der das Gehirn in Übung hielt, nicht meine Hände und Beine. Mit welchem Recht regte ich mich also auf?

Es war eine Kombination von Wein und schwachsinnigen Reden im Fernsehgerät, die mich endlich einschlafen ließ. Was mich weckte, war das beharrliche Surren des Telefons.

Ich blinzelte. Das Fernsehgerät lief immer noch, und sowohl an der Panoramaansicht des Kapitols auf dem Bildschirm wie vor meinen eigenen Fenstern konnte ich sehen, daß es draußen dunkel geworden war. Die Nacht hatte sich herabgesenkt, wie es so schön heißt.

Aus dem Lautsprecher tönte es: „Und nun der Präsident der Vereinigten Staaten." Die Kamera fuhr auf ein provisorisches Podium zu, das auf den Stufen des Kapitols aufgebaut worden war. Und da stand er, James J. Halliday, die zusammengeströmten Menschenmengen anlächelnd.

„Ich habe keine Rede vorbereitet", sagte er entwaffnend. „Ich dachte, ich komme her und höre mir an, was *Sie* zu sagen haben."

Man brüllte Zustimmung. Muß John sein, dachte ich. Er ist der Charmeur.

Das Telefon schrillte immer noch, lauter und dringender. Ich griff hinüber und tippte auf die Taste. Auf dem Bildschirm erschien das Gesicht von James J. Halliday. „Guten Abend, Meric", sagte der Präsident.

Ich blickte vom Bildsprecher zum Fernseher, wo der Präsident gerade sagte: „Ich weiß, daß die Automatisierung viele Arbeitsplätze gekostet hat, aber das ist nur eine vorübergehende Phase ..."

„Guten Abend", sagte ich zu dem Bild am Telefonapparat. „Ihr Bruder ist da draußen und wandelt auf dem Wasser."

„Typisch Johnny", sagte der Präsident. „Er liebt das."

„Sie nicht?"

„Ich bin nicht für Massen. Ich habe Hamilton immer lieber gehabt als Jefferson."

Ich kniff die Augen zusammen. Der Wein ließ meinen Kopf dröhnen.

„Es wird Ihnen nichts nützen, erraten zu wollen, welcher ich bin. Durch Hinsehen kommen Sie nicht darauf, und ich werde es Ihnen nicht sagen."

„Warum rufen Sie an?" fragte ich.

„Ich wollte ein letztes Mal an Sie appellieren, diese lächerliche Pressekonferenz morgen abzusagen", erklärte der Präsident.

„Nichts zu machen", sagte ich.

Sein Gesicht wurde hart. „Sie werden nie hinkommen. Das ist Ihnen doch klar?"

„Spielt keine Rolle. Die Sache kommt doch an die Öffentlichkeit."

„Sie scheinen immer noch nicht zu begreifen, welche Macht in meiner Hand liegt, Meric", sagte er mit einer Spur von Ungeduld. „Bis morgen nachmittag sind die Tonbänder, die Sie verschickt haben, vernichtet. Die Leute, mit denen Sie zusammengearbeitet haben, werden zum Schweigen gebracht. Es hat keinen Zweck, Meric. Sie sind zum Scheitern verurteilt."

„Weshalb dann der Anruf?"

„Weil ich kein Schlächter bin. Ich habe nicht den Wunsch, jemanden zu töten –"

„Sagen Sie das Ihren toten Brüdern. Sagen Sie es dem General, ich bin sicher, er wird es verstehen."

„Meric! Zwingen Sie mich nicht zum Handeln!“

„Mr. President ... diese Nation hat ungeheuer viel Dummheit im Weißen Haus überlebt. Wir hatten Nichtswisser als Präsidenten, wir hatten unschuldige Weltverbesserer und ausgemachte Halunken. Aber ich werde nicht freiwillig zulassen, daß ein Wahnsinniger das Amt bekommt.“

„Sie sind ein Narr, Albano.“

„Das weiß ich. Und ich mache vor Angst in die Hosen. Ich will nicht sterben. Aber ich kann nicht beiseite treten und Sie ans Ruder lassen. Ich kann es buchstäblich nicht! Verstehen Sie das? Selbst wenn ich wollte, könnte ich es nicht. Was, zum Teufel, wäre das Leben wert, wenn ich nicht mit mir selbst leben könnte?“

„Wir haben Miß Clark schon“, sagte er tonlos. „Und Hank Solomon ist ...“

Den Rest hörte ich nicht. Es war, als sei ich schlagartig in einen Eisblock verwandelt worden. Ich hörte meine eigene Stimme gepreßt und grimmig flüstern: „Nichts zu machen. Es spielt keine Rolle. Nichts zu machen.“ Und ich haßte mich dafür.

Ich hatte James J. Halliday noch nie so bösartig gesehen. „Gut, Albano. Sie überleben die Nacht nicht.“

Der Bildschirm wurde dunkel. Ich schaltete ab. Im Fernsehen sagte James J. Halliday: „Dazu ist der Präsident da – sich die Probleme der ganzen Nation anzuhören, nicht nur die eines Teils oder eines Bundesstaates, und dann Maßnahmen zu ergreifen, mit denen diese Probleme gelöst werden können.“

Sie hatten Vickie. Und ich wollte, ich *konnte* keinem Tauschhandel zustimmen. Ich weiß nicht, wie lange ich dasaß und mir den Kopf zermarterte. Die schlichte Wahrheit war aber einfach die, daß mir Vickie nicht so wichtig war wie die Aufgabe, den Halliday-Mörder zur Strecke zu bringen. Und meine eigene Haut.

Ich begriff, daß meine Wohnung nicht mehr sicher war. Vor allem, seit ich Hank nicht mehr bei mir hatte. Aber wo, zum Teufel, gab es noch Sicherheit? Meine Augen richteten sich wieder auf den Bildschirm. Diese Riesenmenge. Dort draußen würden sie mich nie kriegen. Ich konnte untertauchen und verschwinden.

Und außerdem, dachte ich, ist das dort draußen James John. Wenn ich ihn erreiche und die nächsten achtzehn Stunden bei ihm bleiben kann, könnten wir beide das Ganze lebend überstehen.

17

Aber zuerst mußte ich lebend aus meiner Wohnung kommen. Ich guckte durch die Fensterjalousien und sah draußen Leute vorbeigehen und die übliche Reihe geparkter Autos. Eine ganze Armee gemieteter Killer konnte sich draußen herumtreiben. Und ich hatte keinen Wagen; ich würde die Wachleute unten bitten müssen, mir ein Taxi zu rufen.

Ich wanderte ruhelos ein paar Minuten hin und her, überzeugt davon, daß ich nicht in der Wohnung bleiben konnte, voller Angst davor, ins Freie zu gehen, bemüht, nicht an Vickie und daran zu denken, was mit ihr geschehen mochte.

Schließlich konnte ich es nicht mehr aushalten. Ich ging, nachdem ich von meiner Tür aus vorsichtig Umschau gehalten hatte, hinaus in den Flur, stieg über die Hintertreppe zwei Stockwerke nach oben, eilte durch das ganze Gebäude zu den Liften auf der anderen Seite und fuhr zur Wäscherei hinunter. Die Garage befand sich noch ein Geschoß darunter, und wenn jemand auf mich wartete, würde er dort zumindest einen Späher eingesetzt haben. Und einen im Foyer.

Ich schlich auf Zehenspitzen zur Lieferrampe hinter der Wäscherei und schaute hinaus in die dunkle Einfahrt, wo die Lastautos zu halten pflegten. Ich sah einen grauen Minibus stehen, in dem zwei Männer saßen.

Guter Gott, dachte ich, sie warten da draußen wirklich auf mich!

Ich hastete zur Wäscherei. Alex, einer der Nachtwächter, ging pfeifend durch den Korridor zur Wachstube. „Hallo, Mr. Albano", sagte er fröhlich. „Wieder mal schmutzige Wäsche in der Arbeit?" Er lachte schallend über seinen eigenen Witz; er wußte, welchen Posten ich hatte und daß ich einen Scherz vertrug.

„Was machen Sie hier unten?" fragte ich.

„Muß mal austreten. He, haben Sie die Demonstranten im Fernsehen gesehen? Irrsinnig viel Leute. Ihr Chef spricht zu ihnen."

„Ich weiß." Dann kam mir plötzlich eine Eingebung. „Alex ... haben Sie im Umkleideraum eine übrige Uniform, die ich mir ausborgen kann?"

„Wie bitte?"

Zum Glück hatte er Humor. Ich erzählte ihm, es handle sich um einen Spaß, und gab ihm fünfzig Dollar für seine zweite Mütze und die Jacke und für das Ausleihen seines Wagens. Ich versprach, ihn drei Straßen weiter beim Taxistand abzustellen.

„Erledigen Sie das mit dem Strafzettel, wenn ich einen bekomme?"

„Klar."

Er vertraute mir. Und meinen fünfzig Dollar. So fuhr ich mit hämmerndem Herzen aus der Garage hinaus, mit Mütze und Jacke des Wachmannes.

Tatsächlich stand an der Ausfahrt ein breitschultriger Mann. Die Beleuchtung in der Garage war nicht übermäßig hell, wenngleich der Bereich um die Ausfahrt heller erschien, als mir lieb war. Der Mann ließ die Schranke geschlossen, so daß ich nicht rausfahren konnte. Er starrte mich scharf an.

„Wohin wollen Sie?"

Ich versuchte Alex' Sprechweise nachzuahmen, so gut ich konnte. „Muß Mr. Kents Rezept erneuern lassen." Und ich machte eine Trinkbewegung mit der Hand, die dazu beitrug, mein Gesicht zu verdecken.

Er grinste und griff in das Wachhäuschen. Die Schranke ging hoch, und ich fuhr hinaus auf die Straße, wobei ich darauf achtete, kein Reifenquietschen zu erzeugen.

Ich parkte am Taxistand, ließ Mütze und Jacke im Auto liegen und nahm eines der Taxis.

„Da dürfen Sie nicht parken", sagte der Fahrer, als ich die Tür öffnete.

Ich stieg ein. „Ich spiele einem Bekannten einen Streich", sagte ich.

Sein schwarzes Gesicht, das mich im Rückspiegel anstarrte, war durchaus nicht belustigt. „Schöner Streich", knurrte er.

Die Menschenmenge um das Kapitol war so riesig, daß die Verkehrspolizisten uns auf fünf Straßen nicht heranließen. Halten durften wir auch nicht.

Wir wurden weitergewinkt, bis wir die Virginia Avenue entlangfuhren, auf halbem Weg zur Marinewerft. Der Fahrer schimpfte und murrte vorne, während ich auf dem dunklen Rücksitz immer nervöser wurde.

Er schlängelte sich zwischen endlosen Reihen abgestellter Busse an

274
88

der Sechsten Straße Southeast entlang und kam bis zum Nebengebäude der Kongreßbibliothek. Die Polizei hatte Sperrgitter und Feuerwehrfahrzeuge aufgestellt, um die Straßen dahinter zu sperren. „Näher geht's nicht", sagte der Fahrer.

Ich gab ihm fünf Dollar. „Schon gut." Es ärgerte mich ein bißchen, daß er nicht einmal so tat, als wolle er etwas herausgeben.

Ich ging durch die laue Nacht an einem leeren Feuerwehrauto vorbei zum Hauptgebäude der Bibliothek. Hier drängten sich nicht so viele Menschen, aber es waren immer noch genug, in kleinen Gruppen an den Ecken, auf dem Randstein sitzend. In dieser Gegend sind die Straßen sonst leer, wenn es dunkel wird. Zu gefährlich. Aber nicht heute nacht. Die Besucher waren zahlenmäßig so stark, daß sie nichts zu befürchten brauchten.

Ihre älteren Genossen standen vor dem Kapitol, friedlich versammelt – wie der Erste Verfassungszusatz sich ausdrückt –, um Abhilfe ihrer Beschwerden zu verlangen. Die jungen Leute hier waren nur der Fahrt wegen mitgekommen. Und um von den Älteren nach vorn geworfen zu werden, wenn es nach einem Zusammenstoß mit der Polizei oder dem Militär aussah.

Aber der Präsident zog der Menge die Giftzähne. Es würde keine blutige Konfrontation geben; er hatte das Ganze in eine Frage-und-Antwort-Stunde verwandelt, sprecht euch aus, kommt alle zu mir, die ihr mühselig und beladen seid. Das konnte er. James John, meine ich. Im Weißen Haus saß dafür der andere, derjenige, der mich angerufen hatte, derjenige, der Vickie in seiner Gewalt hatte und versuchen wollte, Johnny umzubringen. Und mich.

Die jungen Leute sahen mich merkwürdig an, als ich entschlossen auf das Hauptgebäude der Bibliothek zuging. Ich war offenkundig keiner von ihnen. Falsche Uniform: Straßenhose und Jackett statt Flitzershorts und Weste. Falsches Alter. Falsche Einstellung. Aber sie taten mir nichts.

Der Posten am Nebeneingang der Bibliothek hielt mich auf. Er trug seine Uniform: Plastikpanzerung, Einsatzhelm mit heruntergeklappter Sichtscheibe, Schultergurte mit Gasgranaten, Pfeilpistole, Elektrostachel, schwere Stiefel.

„Das Gebäude ist geschlossen, Sir", sagte er sehr höflich und stahlhart.

Ich berief mich auf meinen Rang, zog den Ausweis und sagte: „Ich muß zum Präsidenten, und das Gedränge vor dem Kapitol ist zu groß. Ich will den Gleitweg-Tunnel benutzen."

Er reichte mich weiter. Rief über den Helmfunk seinen Sergeanten. Der Polizeisergeant kam herauf und bot mir an, mich mit Begleitung durch die Menge vor dem Präsidenten zu schaffen. Ich lehnte ab.

„Ich will vor dem Präsidenten nicht soviel Aufsehen machen", sagte ich. In Wirklichkeit wollte ich keine Aufmerksamkeit auf mich ziehen. Ich mochte eine Tontaube sein, aber es hatte keinen Sinn, mich auch noch mit Leuchtfarbe anzustreichen.

Der Sergeant rief einen Captain, der endlich nachgab und mich persönlich in die Bibliothek begleitete, hinunter zum Verbindungstunnel und mit auf das Gummiband, das uns beide zum Kapitol beförderte. Am Ende des Gleitwegs standen Leute vom Secret Service herum, und ich mußte noch einmal meinen Ausweis zeigen und durch ein Prüfportal gehen, um zu beweisen, wer – und wie unbewaffnet – ich war.

Der Mann, der die Sicherungsgruppe befehligte, sah McMurtrie so ähnlich, daß ich mich fragte, ob man bei den Secret-Service-Leuten auch Klon-Eingriffe vorgenommen hatte. Er nahm mich ins Schlepptau und schickte den Polizeicaptain zurück.

„Das Kapitol ist für alle Besucher gesperrt", sagte er, als wir mit dem Aufzug zur großen Rotunde hinauffuhren.

„Gut", sagte ich und fragte mich, ob dieser Mann wußte, daß eine Brigade von Leuten seines Schlages nach mir suchte.

„Der Präsident hat uns nicht mitgeteilt, daß er seinen Pressesprecher hier erwartet", sagte er argwöhnisch.

„Der Abend ist ziemlich hektisch. Keiner von uns hat alles so genau vorausplanen können."

Er akzeptierte das, obwohl man deutlich sehen konnte, daß es ihm nicht paßte. Unvorhergesehene Ereignisse, wie die plötzliche Entscheidung, formlos zu großen Menschenversammlungen zu sprechen, und Besucher wie den Pressesprecher in ein abgesperrtes Gebäude platzen zu sehen, beunruhigten ihn. Gut. Das bedeutete, daß er nicht in den Plan eingeweiht war, mich auszuschalten. Hoffte ich.

Wir traten aus dem Lift in die riesige, leere, hallende Rundhalle, in der unsere Schritte hohl widerklangen. Die Rotunde war nur teilweise beleuchtet; man konnte durch die ganze Halle blicken, und oben in der Kuppel war Brumidis blasphemisches Gemälde – das George Washington zu einem kleinen italienischen Rokoko-Heiligen machte – nur allzu sichtbar. Aber die Galerien rings um die Kuppel, mehrere übereinander, waren dunkel.

„Ich muß Sie bitten, im Rotundenbereich zu bleiben", sagte der Sicherheitsbeamte. „Wir haben das ganze übrige Gebäude abgesperrt. Der Präsident wird hierher zurückkommen, wenn er seine Rede beendet hat."

Ich nickte, gerade als die Menge jubelnd aufbrüllte. In der Rundhalle klang es beinahe wie Meeresbrandung.

Obwohl die große Fläche des Hallenbodens leer war, standen an jedem Korridor, der hinausführte, kleine Gruppen von elegant gekleideten Männern und Frauen. Es war ein wenig unheimlich, die Riesenhalle allein für sich zu haben, ohne Touristen, die knipsten, ohne Truppen von Pfadfindern, die glotzend umhermarschierten, ohne gerempelt zu werden, ohne Rundgangführer, die von Marmor oder geschichtlichen Ereignissen oder den Problemen erzählten, das Innere des Kuppeldachs so zu bemalen, daß das Bild vom Boden aus in der richtigen Perspektive erschien.

Ich schaute hinauf zum alten George. Er wirkte ein wenig unbehaglich in seinem Rokokohimmel. Ich fühlte mich hier unten auf der modernen Erde noch viel unbehaglicher. Und verwundbar. Das war ganz und gar nicht das, was ich vorgehabt hatte.

Und dann fiel mir auf, daß ich nicht allein war. Auf einer Bank neben der Bronzebüste von Andy Jackson saß General Halliday. Allein.

Ich ging zu ihm. „Was machen Sie hier?" fragte er ohne Vorrede.

„Ich verstecke mich." Ich setzte mich zu ihm.

Er warf mir einen mürrischen Blick zu.

„Einer Ihrer Söhne hat es auf mich abgesehen."

„Sie haben zuviel Phantasie."

„Er hat mich heute abend angerufen. Sagte, meine Mitarbeiterin sei gefaßt worden. In meinem Haus wartete ein Killertrupp auf mich."

Der General schüttelte ungläubig den Kopf.

„Wenn Sie Glück haben", sagte ich aufgebracht, „können Sie hier in der Rotunde eine echte Wildwestschießerei zu sehen bekommen. Sein Killertrupp gegen Johns Sicherheitsbeamte. Vielleicht sollten wir Wetten abschließen ..."

„Spielen Sie nicht den Idioten, Albano", sagte der General. „Wenn er Sie umlegen will, dann nicht so."

„Auf welcher Seite stehen Sie?" fragte ich.

Er sah mich nur an.

„Sie wissen, wer von ihnen die anderen umbringt. Wollen Sie, daß er Erfolg hat, oder wollen Sie ihn aufhalten? Oder begnügen Sie sich damit, ‚Der Stärkste siegt' als Regel gelten zu lassen und zu dem zu halten, der übrigbleibt?"

Sein Ausdruck veränderte sich nicht, wurde keine Spur weicher, aber seine Stimme sank zu einem Flüstern herab. „Wenn ich nur wüßte, was ich tun soll."

„Falls ich die Nacht überlebe, unterrichte ich morgen die Presse", sagte ich. „Morgen."

„Dann schätze ich, daß Sie die Nacht nicht überstehen."

„Deshalb möchte ich bei John bleiben."

„Warum bei ihm?"

„Er hat zu den Menschen gesprochen, als sein Bruder mich anrief. Er kann es also nicht sein."

General Halliday schwieg.

„Und ich glaube auch, daß es Joshua nicht sein kann", fuhr Ich fort. „Er machte mir nicht den Eindruck, daß er den Mumm für so etwas haben könnte. Es kann also nur entweder Jeffrey oder Jackson sein."

„Großartige Detektivarbeit. Aber welcher?"

„Derjenige, der mich am frühen Abend angerufen hat."

„Wann genau?"

Ich zuckte die Achseln. „Mal sehen ..."

Der General beugte sich vor. „Jackson ist seit zwei Stunden hier. Er und ich sind gemeinsam hergekommen, gleich hinter John."

„Wie, zum Teufel, sind Sie an allen vorbeigekommen?"

Er grinste. „Falscher Schnurrbart und Bart, dunkle Brille. Wir sind mit meinen eigenen Sicherheitsleuten hereingekommen. Die Burschen vom Secret Service haben nichts bemerkt."

„Wo ist er jetzt?"

„Irgendwo oben in den Galerien. Er beobachtet seinen Bruder, nehme ich an."

Mein Gehirn arbeitete fieberhaft. „Und er ist seit zwei Stunden hier? Die ganze Zeit? Hier? Mit Ihnen?"

Der General nickte.

„Wenn er hier bei Ihnen gewesen ist und John draußen, um zu der Menge zu sprechen … und wir uns einig sind, daß Joshua es nicht ist … dann muß es Jeffrey sein. Er ist der einzige, der mich vom Weißen Haus aus angerufen haben kann."

Der General starrte stumm auf den Boden.

Jeffrey, dachte ich. Der Fachmann für Verteidigungspolitik. Der, mit dem ich von Aspen zurückgeflogen bin. Er ist der Mörder.

„Sind Sie sicher, daß es Jackson ist, mit dem Sie hierhergekommen sind?"

„Ich kenne meine eigenen Söhne", sagte der General tonlos.

Ich stand auf. „Ich will ihn sprechen. Jetzt gleich."

Der General deutete nach oben. „Er ist in irgendeiner Galerie."

Ich strengte die Augen an und suchte die dunklen Galerien rings um die Kuppel ab. Nichts … halt. Eine schattenhafte Gestalt. Eine Bewegung vor einem der hohen Fenster. Ich ging zur nächsten Treppe.

Die Treppen waren seit Jahren für die Öffentlichkeit gesperrt. Zu steil und zu schmal für so viele Leute. Vor hundert Jahren waren die Menschen gemein genug geworden, ihren Abfall über das Geländer zu werfen, um zu sehen, wer unten getroffen wurde. Deshalb hatte man die Galerien für die Besucher gesperrt.

Ich wurde natürlich von dem unvermeidlichen Sicherheitsbeamten aufgehalten. Diesmal war es eine Frau mit hartem Gesicht. Als ich ihr zeigte, wer ich war, und ihr sagte, daß ich hinaufwolle, als ich erklärte, daß man die Kuppel über diese Galerien nicht verlassen könne, gab sie nach. Nach Rücksprache mit dem Vorgesetzten über Funk.

Die Marmorstufen sind im Dunkeln steil und fremdartig. Eine halbe Treppe, dann ein flaches Stück, wieder sechs Stufen, noch ein Absatz, und dann eine lange, schmale Treppe, auf der die Schritte knallen und seltsame, wandernde Echos erzeugen. Das Licht von der Kuppel wurde gefiltert durch zerbrechlich aussehende Metallgeländer an manchen Stellen oder ganz blockiert durch massive Wände an den anderen, so daß ich nur langsam und tastend vorankam.

Ich keuchte, bis ich die erste Galerie erreichte. Ich glaubte, Jackson dort gesehen zu haben, aber er war nirgends zu entdecken. Irgendwo hallten Schritte; es war hier oben nicht möglich festzustellen, woher ein Geräusch kam. Die Echos schwebten geisterhaft in der stillen Luft. Ich ging zur Marmorbrüstung und schaute hinunter. Von hier aus konnte ich den General nicht sehen. Der Boden der Kuppelhalle sah leer aus und verdammt weit weg. Ein tiefer Sturz.

Ich eilte durch die ganze Galerie, blieb immer wieder stehen, um „Jackson!" zu rufen, und hörte nichts als die seltsamsten Echo-Synkopen, die man sich vorstellen kann. Warum, zum Teufel, spielt er Verstecken?

Ich stieg also zur nächsten Galerie hinauf, stolperte über die noch schmaleren, steileren Stufen, verfluchte die Dunkelheit ohne Taschenlampe. Einmal griff ich nach einem der Metallgeländer. Es wackelte. Nicht viel Schutz. Und hinauf.

Auf halbem Weg zur obersten Galerie blieb ich stehen, um Atem zu schöpfen. Und hörte wieder die Schritte eines anderen. Langsam, gemessen, geduldig, gleichmäßig. *Klack ... klack ... klack ... klack.* Die Echos umzingelten mich. Sie konnten von über mir kommen, von hinter mir, neben mir, und ich würde es nicht erkennen können. Aber tief in meinem verängstigten Innern hatte ich das deutliche Gefühl, daß sie die Treppe hinter mir heraufkamen. Ich wurde verfolgt.

Ich trieb mich die letzte Treppe zur obersten Galerie hinauf. Keuchend lehnte ich mich an die Brüstung und starrte auf den harten Boden dreißig Meter unter mir hinunter. Ich bemerkte, daß die hallenden Schritte ebenfalls aufgehört hatten. Aber bevor ich mir Gedanken darüber machen konnte, was das bedeuten mochte, hörte ich etwas anderes. So leise, daß ich nicht genau wußte, was es war. Atmen. Oder vielleicht ein ganz leises Lachen.

Ich schaute mich in der dunklen Galerie um. Auf der anderen Seite, jenseits der Kuppel, trat die halb verborgene Gestalt eines Mannes in einem hellen Anzug aus der Dunkelheit an die Marmorbrüstung. Ich konnte sein Gesicht nicht sehen; es befand sich im Schatten. Aber ich kannte diese Gestalt. Es war einer der Brüder. Er winkte mir mit einer Hand.

Wie die hilflose Naive in einem Horrorroman ging ich um die Galerie herum auf ihn zu. In meinem Schädel kreischte mir eine Stimme Warnrufe zu, aber mein Körper gehorchte dem Winken des Präsidenten.

Als ich mich in Bewegung setzte, begann das *Klack ... klack ...* der anderen Schritte wieder.

Ich blieb kurz an einem der schmalen Rundbogenfenster stehen und schaute zur Westseite hinaus. Die Menge war noch da, ruhig jetzt, eine Masse dichtgedrängter Menschen, die Westseite des Hill ausfüllend und überquellend über den Union Square und den New Reflecting Pool. Schwach, ganz von fern hörte ich die Stimme James J. Hallidays, elektronisch verstärkt, der immer noch zu ihnen sprach. John stand jetzt schon seit über zwei Stunden dort draußen und war immer noch in Schwung. Großartiges Material für die Nachrichtensendungen heute nacht und die morgigen Zeitungen. Stoff für Legenden: Der Präsident stellt sich dem Volk, von Angesicht zu Angesicht, von einem Herz zum anderen.

Ich betete zu Gott und allen anderen, die zuhören mochten, daß John morgen noch am Leben sein würde, um die Schlagzeilen sehen zu können. Und Vickie. Und ich.

Die Echos der nachfolgenden Schritte rissen mich aus meiner Versunkenheit. Ich blickte wieder durch die Kuppel, und er stand noch da, ein bißchen tiefer im Schatten jetzt, so daß man ihn von unten nicht sehen konnte. Aber ich konnte ihn sehen. Ich hastete auf ihn zu.

„Jackson?" Mein Flüstern prallte irr zurück und zerbarst in tausend Echos.

„Ja", flüsterte er, und der Laut schien gleichzeitig von überall her zu kommen.

Ich kam nah genug heran, um zu sehen, daß er immer noch einen falschen Bart trug. Er trug dazu bei, daß sein Gesicht in den Schatten verschwand. Als ich auf ihn zutrat, riß er ihn ab und stopfte ihn in die Tasche seines Übergewands im chinesischen Stil. Seine Zähne blitzten grinsend auf.

„Jemand ist hinter mir her", sagte ich.

„Ich weiß."

Ich blickte hinunter in den tiefen, schwindelerregenden Schacht der Leere und sah, daß die Bank neben der Statue Jacksons, des früheren Präsidenten, jetzt leer war. Auf dem Rotundenboden war kein Mensch zu sehen. Selbst die Sicherheitsbeamten schienen verschwunden zu sein.

„Wer könnte ...?"

Jackson zeigte das berühmte Halliday-Lächeln. „Hier geht es um mehr als um Sie und mich, Meric."

„Aber die Treppen sind für einen Mann in seinem Alter sehr anstrengend ... ich wäre selbst beinahe zusammengebrochen."

„Sie meinen den General?"

Klack ... klack ... klack ... klack. Die Schritte waren langsam, aber von beharrlicher Gleichmäßigkeit.

„Ja, den General ... wen sonst?"

Jackson sagte nichts. Ich versuchte, den Ausdruck auf seinem Gesicht auszumachen, aber es war zu dunkel, um ihn genau zu sehen. Er grinste, soviel konnte ich sehen.

Aus irgendeinem Grund machte mein Mund weiterhin Konversation, während die knallenden Schritte immer näher kamen. „Diese ganze Idee mit dem Klonen", sagte ich. „Sie erscheint ... außerordentlich ... *geplant.* Ihr seid praktisch auf die Präsidentschaft programmiert worden, nicht?"

„Wir hatten nicht das sorgenfreie Leben des amerikanischen Durchschnittsjungen", sagte Jackson gleichmütig. Ohne Humor. Ohne Bitterkeit.

„Das Ganze ist furchtbar kaltblütig. Ich meine, daß Sie und Ihre Brüder von Kindheit an so dressiert worden sind."

„Kaltblütig", sagte Jackson leidenschaftslos. „Sie wissen ja nicht die Hälfte."

„Nein, das kann wohl sein."

„Planung ist nichts Schlechtes", sagte er. „Nichts dagegen zu sagen, daß man ein Ziel ins Auge faßt und dann alles tut, um es zu erreichen. So ist dieser Kontinent entdeckt worden, wissen Sie. So haben wir unsere Unabhängigkeit erlangt. Himmel und Erde in Bewegung setzen, um sein Ziel zu erreichen. Gipfelsturm oder Absturz. Ich werde wiederkommen. Ein kleiner Schritt für einen Menschen, ein Riesensprung für die Menschheit."

„Sind Sie Historiker?" Ich versuchte, es leichthin zu sagen, aber die Schritte hinter mir ließen meine Stimme hohl klingen.

„Jeder Präsident wird Historiker, Meric. Wenn man einmal im Weißen Haus sitzt, wird man von Geschichte durchtränkt. Und was ist die Grundlektion der Geschichte? Der Zweck heiligt die Mittel. Wenn man gewinnt."

Wenn man gewinnt ... wenn man gewinnt ..., hallte es unheimlich durch die Galerie.

„Geschichte wird von den Siegern geschrieben", sagte Jackson. „Richte den Blick auf dein Ziel und schrecke vor nichts zurück, um es zu erreichen. Das macht Geschichte. Kolumbus. Der alte Sam Adams und seine Minutemen. Die Neunundvierziger. MacArthur. Armstrong. Truman. Die Kennedys. Sie haben es alle so gemacht. Und ich. So mache ich es. Nur so kann man es machen."

Mein Herz schien sich in einen Eisklumpen zu verwandeln. „Sie sind doch Jackson?" fragte ich.

Er lächelte wieder. „Ja. Ich bin Jackson. Keine Angst. Ich bin der Präsident."

Aus irgendeinem Grund beruhigte mich das gar nicht.

Jackson drehte den Kopf ein ganz klein wenig, blickte an meiner Schulter vorbei. Ich drehte mich um. Statt der stocksteifen Gestalt des Generals, die ich erwartet hatte, war es Laura. In Weiß. Wie eine Braut. Oder eine Trauernde aus einem uralten Stamm.

„Diese Treppen", sagte sie atemlos, als sie auf uns zukam. „Die bringen einen um." Ihre Augen waren hell und funkelten.

Jackson nickte. „Auf den Treppen sind die Touristen früher zusammengebrochen. Deshalb hat man die Galerie für die Öffentlichkeit gesperrt."

Laura sah mir ins Gesicht, sagte aber kein Wort. Es war, als blicke sie durch mich hindurch, als existiere ich für sie nicht mehr. Sie trat zu der Steinnische, wo das Fenster eingelassen war, und setzte sich auf die Brüstung.

„Du hättest nicht kommen müssen", sagte Jackson. „Ich habe dir gesagt, daß ich das alleine schaffe."

Laura lächelte ihn an.

„Ich wollte nur sichergehen, Liebling. Ich wollte es selbst sehen." Ihre Augen glitzerten, als hätte sie Rauschgift genommen. Und ich wußte, was es für eine Droge war: die Macht.

„Das ist mehr als eine Familienaffäre", sagte ich. „Außer, Sie betrachten die ganze Bevölkerung der Vereinigten Staaten als Ihre Familie."

„Sei nicht albern, Meric." Es war das erstemal, daß sie meine Anwesenheit zur Kenntnis nahm.

„Wir müssen diesen Morden Einhalt gebieten", sagte ich. „Und Jeffrey hat Vickie Clark geschnappt, und ..."

„Sind Sie sicher, daß es Jeffrey ist?" fragte Jackson.

„Ich habe es unten dem General erklärt. John ist draußen bei den Menschen, nicht?"

Jackson nickte.

„Seid ihr beide sicher, daß das John ist?"

„Natürlich ist es John", sagte Laura. „Keiner von den anderen könnte mit den Menschenmassen so umgehen. John ist das Gesicht, die öffentliche Figur, der Kandidat und Händeschüttler. Er badet gern in der Menge."

Der Mann, dem ich die Hand gegeben habe, erinnerte ich mich. „Und wir sind uns einig, daß es Joshua nicht sein kann."

„Josh könnte nie ..." Laura zerrte an der kleinen Handtasche auf ihrem Schoß.

„Macht schon."

„Sind Sie ganz sicher, daß es Jeffrey ist?" fragte mich Jackson.

„Ja."

„Warum?"

„Weil er mich heute abend angerufen und mir gedroht hat, Vickie und mich umzubringen, wenn ich die Pressekonferenz morgen nicht absage."

Jackson sah mich seltsam an. „Woher wissen Sie, daß es Jeffrey war?"

„Er mußte es sein. John hielt hier schon seine Ansprache. Wir sind uns alle einig, daß Joshua es nicht ist. Sie sind mit dem General hiergewesen ..."

„Es gibt hier Bildsprecher", sagte Jackson.

Ich verstummte mit offenem Mund. „Aber ... Ihr Vater sagte ... der General hat mir erklärt, er sei den ganzen Abend mit Ihnen zusammengewesen."

„Das ist richtig, das war er", sagte Jackson.

„Wie jetzt auch noch", fügte Laura hinzu. „Da unten."

Ich begriff plötzlich, wie einer Maus zumute ist, wenn sie von zwei Katzen in einer Ecke gestellt wird: ganz klein, ganz allein und vor Angst von Sinnen. „S... Sie sind derjenige, der mich angerufen hat?"

„Richtig, Meric. Heute nacht führe ich die Aufgabe zu Ende, die ich vor achtzehn Monaten begonnen habe. Morgen früh werde ich allein im Ovalen Zimmer sitzen. Ich werde der Präsident sein, allein und ganz."

Ich sah Laura an. „Und du läßt ihn?"

„Natürlich."

„Um Himmels willen, Laura – halt ihn auf!"

„Warum? Damit John der Öffentlichkeit ein schönes Gesicht machen und mit jedem Bettler Kompromisse schließen kann, der von der Straße hereinkommt? Damit Josh sich die ganze Zeit verstecken kann? Damit Jeff weiterhin Soldat spielen darf? Jackson war der einzige richtige Mann in der ganzen Familie. Ich weiß das seit Jahren. Jackson ist der Starke. Der Stärkste siegt."

„Aber er tötet seine Brüder!" Meine Stimme war ein Mausequieken. Ich konnte sie selbst kaum hören.

„Der Präsident muß stark sein." Laura schnurrte beinahe. Ihre Augen flammten jetzt.

„Aber er ist ein Mörder!"

„Nennen Sie mir einen Präsidenten, der keiner war!" zischte Jackson. „Truman? Lincoln? Die beiden Roosevelts? Nixon? Brown? Sie hatten alle Blut an den Händen."

„Heiliger Gott, ihr beide seid wahnsinnig."

„Meric", sagte Jackson, in dem Ton, in der Art, die ich im Weißen Haus tausendmal gehört hatte.

Ich starrte ihn an.

„Wir sind sehr geduldig mit Ihnen gewesen, Meric. Ich habe Ihnen jede Gelegenheit gegeben, den Widerstand gegen mich aufzugeben. Sogar Laura hat versucht, Ihnen begreiflich zu machen ..."

„Versucht, mich zu kaufen, meinen Sie."

„Du hast deine Chance gehabt", sagte Laura.

Ich wollte den Kopf schütteln.

„Es gibt keinen anderen Weg, Meric", sagte Jackson. „Wir müssen Sie beseitigen. Und Miß Clark auch."

„Wie ihr die anderen umgebracht habt?"

„Nein ..." Er kramte in seiner Tasche und zog eine kleine Plastikspritze heraus. „Nein, Sie werden nicht am Zusammenbruch der Immunabwehr sterben. Das würde zu viele Fragen aufwerfen. Und den Virus habe ich übrigens vom biochemischen Labor der Universität von Pennsylvania. In den Universitäten werden die Sicherheitsbestimmungen sehr lax gehandhabt, wissen Sie. Jemand von der Regierung kann überallhin und alles sehen, was ihn interessiert. Die Professoren laufen alle mit heraushängenden Zungen hinterdrein und hoffen, daß von den Bundesgeldern etwas für sie abfällt."

„Woher wußten Sie Bescheid?"

„Seien Sie nicht naiv. Ich habe das nicht persönlich gemacht. Ich bin Wirtschaftler, kein Biochemiker."

Ich wandte mich wieder Laura zu. „Du läßt zu, daß er das tut?"

Sie zog eine kleine Pistole aus der Handtasche. „Ich helfe ihm dabei."

„Es wird schwer sein, eine Schußwunde zu erklären."

„Das verschießt keine Patronen, sondern Betäubungspfeile", erwiderte sie. „Ein Einstich, so klein wie von der Kanüle einer Spritze."

„Sie werden an einem tödlichen Herzanfall sterben", sagte Jackson und hob die Spritze hoch. „Die Treppe war zu anstrengend für Sie. Sie sind körperlich in keiner guten Verfassung. Die ganze Aufregung mit dem Auftritt des Präsidenten vor den Neo-Ludditen am Kapitol ... zuviel für das Herz des Pressesprechers."

„An dem Tag, an dem ich sterbe", sagte ich, so ruhig ich konnte, „wird alles veröffentlicht, was ich weiß. Nicht nur hier, sondern auch im Ausland."

„Falsch", sagte Jackson. „Die zwei Tonbänder, die Sie ins Ausland geschickt haben, sind schon abgefangen und vernichtet worden."

„Das glaube ich Ihnen nicht!" Aber ich glaubte es doch. Weshalb hätten sie sich sonst so sicher gefühlt, mich zu töten?

„Und wir wissen ziemlich genau, wohin das dritte Band gegangen ist", fügte er hinzu. „Der Herausgeber der *Globe* hält sich gern für einen Freund des Präsidenten. Ich bekomme das Band, bevor einer Ihrer alten Kumpels es sich anhören kann."

Ich wollte antworten, preßte aber statt dessen die Lippen zusammen.

„Dann bleibt nur Ihr ehemaliger Leibwächter, der untergetaucht zu sein scheint", sagte Jackson.

„Nein. Ich bin hier." Hank Solomons Stimme! „Stellt euch lieber da an die Brüstung, und legt eure diversen Instrumente obendrauf."

Jackson fuhr herum und versuchte zu erkennen, woher die körperlose Stimme kam. Hanks Worte tönten durch die Dunkelheit. Er mochte überall sein. Laura sprang auf und starrte ebenfalls ins Dunkel.

„Hör zu", sagte Hank. „Ich habe eine Dienstpistole in der Hand. Nichts Besonderes. Kaliber 7,65 mm. Macht viel Krach und reißt einem ein großes Loch in den Körper. Ihr hübsches weißes Kleid sieht dann ganz übel aus, Madam. Also legen Sie die Instrumente hin. Verstanden?"

Aber Laura, statt aufzugeben, packte mich am Kragen und stieß mir ihre Waffe an die Schläfe. „Ich bringe ihn um!" schrie sie, und ihre

Stimme schrillte von allen Ecken und Wölbungen der Wände wider.

Ich reagierte ohne Überlegung. Statt Angst zu haben, war ich wütend. Ich stieß Laura weg und schnellte zu Jackson herum. Etwas machte „schlupp“, und ich spürte im Genick ein Stechen.

Jackson zwängte sich an mir vorbei und rannte mit hallenden Schritten die Galerie entlang zur Treppe. Ich sah, wie Laura mich haßerfüllt anstarrte. Ich trat einen Schritt auf sie zu, aber meine Beine wollten nicht. Ich stolperte. Sie schlug mich mit ihrer verdammten Knallkanone ins Gesicht, und ich fiel hin.

Der Marmor war kalt. Jemand drehte mich auf den Rücken. Hank grinste mich an. „Vollgepumpt mit Drogen, Freund.“

„Holen Sie sie ein“, lallte ich betäubt. „Warum haben Sie nicht geschossen?“

„Da unten sind achtzig Secret-Service-Leute, und ich soll auf den Präsidenten schießen?“

„Sie müssen ...“ Ich versuchte meine Beine zu bewegen, mich aufzurichten.

„Bleiben Sie da“, befahl Hank. „Ich hole ihn ein.“

Er verschwand, während ich immer noch eine gestrandete Flunder nachahmte. Die Echos! Ich hörte Füße auf Marmor trappen, als rasten sie in meinem Kopf herum. Laute Atemzüge, Keuchen, Flüstern. Husten.

Ich raffte mich endlich auf und packte die Brüstung. Ich beugte mich hinüber wie ein seekranker Tourist und versuchte in die düsteren Schatten zu starren, um herauszubekommen, was vorging. Konnte nicht das geringste sehen. Und alles waberte vor meinen Augen, schwankte hoch und hinunter und seitwärts. Der Teufel sollte mich holen, wenn ich nicht seekrank war.

Ich schaute hinunter zur Rotunde. Ein weiter Weg. Da unten versammelten sich winzige Menschen und reckten die Hälse. Sie hatten irgendwo Geräusche eines Kampfes gehört.

Ein Schrei. Fluchende Stimmen. Dann krachte ein Körper durch eines der dünnen Geländer und kreischte den ganzen Weg hinab zu Boden. Er prallte mit einem massiven Knall auf, der das Schreien für immer abreißen ließ. Der Körper trug einen hellen Anzug mit Chinesenjacke. Ich erbrach mich.

Ich muß bewußtlos geworden sein. Als ich wieder zu mir kam, beugte sich Hank mit todernster Miene über mich. „Ich habe ihn erwischt", sagte er schlicht. Dann half er mir hoch, und wir wankten die dunklen, schmalen Treppen hinunter zur Rotunde.

Es dröhnte, als ob eine Armee die Treppe hinaufstürmte. Es war nur ein gutes Dutzend Sicherheitsbeamter. Sie wirkten grimmig, zornig, verwirrt, alles gleichzeitig. Wir kamen an dem durchgebrochenen Geländer vorbei, und ich schaute hinunter. Eine große Zahl von Agenten drängte sich um den Toten. Von dieser Höhe aus konnte ich erkennen, daß Jacksons falscher Schnurrbart aus seiner Tasche gefallen und auf seinen grotesk verrenkten Körper geschwebt war.

Die Sicherheitsbeamten stellten keine Fragen. Sie sagten kein Wort. Es war unheimlich. Sie führten uns stumm hinunter.

Auf der anderen Seite, neben dem riesigen Kolumbusportal, stand der General zwischen zwei Agenten. Er wirkte alt und gebeugt. Aber als er uns sah, richtete er sich auf.

„Er hat meinen Sohn umgebracht!" schrie er und riß plötzlich dem Sicherheitsbeamten auf der linken Seite die Waffe aus dem Schulterhalfter.

Hank stieß mich zu Boden, als der General abdrückte. Eine lange, häßliche Furche riß den Boden Zentimeter vor meinem Gesicht auf. Ich hörte Hanks Pistole bellen, ohrenbetäubend, genau an meinem Trommelfell. Der General brach zusammen.

Ich sah zu Hank auf. Er lächelte. „Das ist der, hinter dem ich her war. Er ist der Schweinehund, der McMurtrie umgebracht hat."

18

ICH erwachte in einem Krankenzimmer.

Es drehte sich langsam im Kreis und wollte nicht stillstehen. Ich kniff die Augen zusammen und öffnete sie vorsichtig wieder. Noch immer ging es im Kreis. Ich erinnerte mich nicht, hierhergebracht worden zu sein. Erinnerte mich überhaupt an gar nichts, seitdem Hank den General erschossen hatte. Nur an sein grimmiges Totenkopflächeln, als er die Waffe auf den Boden hatte fallen lassen, während sämtliche Sicherheitsbeamten der Welt sich auf ihn stürzten.

Mit der Zeit kam das Zimmer zum Stillstand. Ich fühlte mich betäubt, aber ich hatte keine Schmerzen. Ich war steif, meine Gliedmaßen schienen aus Blei zu sein. Es machte enorme Mühe, den Kopf zu heben und in die Helligkeit vor dem einzigen Fenster zu starren.

Sah aus wie Mittag. Oder Nachmittag. Ich konnte die doppelstöckigen Fahrbahnen der Bundesstraße 459 sehen, und einen Wald von Fernsehantennen über dem Schachbrettmuster sauberer, kleiner Vorortsvillen auf den ehemals grünen Hügeln. Walter Reed, dachte ich. Sie haben mich im Walter-Reed-Hospital untergebracht.

Selbst wenn ich mich kräftig genug gefühlt hätte, um aufzustehen, ich wußte, daß die Tür verschlossen war und ein, zwei bewaffnete Soldaten davor standen. Vielleicht Marineinfanteristen in ihren flotten Ausgehuniformen, mit ihren Hier-kommt-keiner-rein-Gesichtern, mit den netten kleinen Pistolen an der Hüfte, von der Sorte, mit der man ein Zimmer in zwölf Sekunden ausräumen kann.

Ich fragte mich lange, was mit Hank geschehen sein mochte. Und mit Vickie. Und mit den Tonbändern, die ich abgeschickt hatte. Und mit Johnny Harrison. Ich begann mir zu überlegen, wie ich Len Ryan über alles unterrichten konnte, was vorgefallen war. Es war eine große Überraschung, als ich wieder zum Fenster hinausschaute und es draußen dunkel war. Ich mußte mitten im angestrengtesten Nachdenken eingeschlafen sein.

Eine farbige Schwester mit liebem Gesicht kam herein, ganz ernsthaft in gestärkter weißer Tracht, kein Geplauder mit dem Patienten. Sie kurbelte mein Bett hoch, ohne zu fragen, ob mir das recht war, und machte ein Gesicht, als habe sie Angst davor, mit mir ein Wort zu wechseln.

„Bleibe ich am Leben?“ fragte ich.

Sie lächelte beinahe, faßte sich aber noch. „Die Monitoren zeigen alle grünes Licht.“

Das Bett war mit Sensoren überladen, meinte sie, und meine Temperatur, Herzschlag, Atmung und alles andere – einschließlich der Konversation – wurden im Schwesternzimmer irgendwo in der Nähe automatisch überwacht.

Bleibe ich am Leben? fragte ich mich. Eine tiefsinnigere Frage, als die Schwester ahnte.

Sie verließ kurz das Zimmer und kam mit einem Tablett Essen zurück. Zu meiner Überraschung hatte ich richtigen Hunger. Ich verschlang das Huhn in Rekordzeit. Sogar die pappig aussehenden Brotscheiben. Kein Wein. Nur Milch und Kaffee. Ich trank beides.

Die Schwester holte das Tablett und ging. Ich blieb sitzen, ohne das verdammte Bett wieder herunterkurbeln zu können. Nicht, daß ich das gewollt hätte. Ich fühlte mich jetzt gut. Zum erstenmal schaute ich mir das Zimmer genau an. Nicht viel zu sehen. Ein Stuhl, eine Nußbaumkommode, pastellgrüne Wände, ein Spiegel – ich sah heruntergekommen aus, mußte mich rasieren, wirkte aber gar nicht eingefallen –, ein Fenster, ein türloser Schrank, in dem hing, was ich angehabt hatte, und die Tür zum Flur.

Die kurz darauf aufging, um den Präsidenten hereinzulassen.

Aus irgendeinem Grund wunderte ich mich nicht. Er sah angespannt und erschöpft aus. Mußte ein schrecklicher Tag für ihn gewesen sein. Er griff nach dem einzigen Stuhl im Zimmer, als die Tür sich hinter ihm schloß. Ich konnte noch einen Blick hinauswerfen. Da waren wirklich Soldaten. Bewaffnet.

Der Präsident setzte sich wie ein alter Mann, langsam und mühselig. Er schien eine Ewigkeit nicht mehr geschlafen zu haben, so sah er aus. „Mein Vater ist tot", sagte er müde.

„Das war Notwehr", sagte ich. „Ich habe es gesehen. Er hat auf Hank geschossen, und ..."

„Er hat auf Sie geschossen, Meric. Er wollte Sie ein für allemal zum Schweigen bringen. Solomon erschoß ihn, um sich für McMurtries Tod zu rächen. Die Hälfte der Sicherheitsbeamten dort waren McMurtries Freunde. Sie hätten Solomon beinahe einen Orden angeheftet."

Ich dachte einen Augenblick nach. „Ich habe wohl die heutige Pressebesprechung verpaßt."

„Allerdings. Hunter hat das übernommen."

„Wie hat er erklärt ...?"

„Gar nicht. Er sagte, Sie wären an Ihrem Schreibtisch zusammengebrochen und ins Walter-Reed-Hospital gebracht worden. Die Pressevertreter schienen überrascht zu sein, aber nicht argwöhnisch. Einer von ihnen ... ein Neuling aus Boston ..."

„Len Ryan?"

Der Präsident nickte. „Er wollte Sie hier im Krankenhaus interviewen. Wir haben ihn heute nachmittag zu Ihnen hineinschauen lassen, als Sie schliefen. Das schien ihn zu beruhigen."

„Er wollte sich vergewissern, daß ich noch lebe."

„Anscheinend."

„Sir", sagte ich, „Sie sind John, nicht wahr?"

„Ja. Wir sind nur noch drei. Es wird leichter, es zu erraten, nicht?"

Er lächelte, aber es war das Lächeln eines Soldaten, der nach dem Fronteinsatz zurückkommt und die meisten seiner Kameraden verloren hat.

„Hunter hat von gestern nacht nichts erwähnt?"

„Vor zwei Nächten. Das ist zwei Nächte her."

„So lange war ich weg?"

„Sie haben eine große Menge erwischt."

„Aber der Presse ist nichts gesagt worden?"

„Nein. Gar nichts. Mein Vater wird in einigen Tagen offiziell an Herzversagen sterben, in Aspen. Robert ist jetzt dort und kümmert sich darum. Laura ..." Er verstummte, und für einen Augenblick dachte ich, er würde die Beherrschung doch verlieren. Aber er fuhr fort: „Laura tritt eine Weltreise an. Unter strenger Bewachung. Wir haben vereinbart, sie herauszuhalten und die Ehe für den Rest meiner Amtszeit aufrechtzuerhalten. Es wird nicht die erste Ehe im Weißen Haus zwischen Feinden sein."

„Sie wollen versuchen, die ganze Sache zu vertuschen?"

Seine Augen blitzten auf. „Versuchen?"

„Sie können das nicht für immer geheimhalten."

„Um Gottes willen, Meric, haben Sie noch nicht genug?" Seine Stimme stieg höher. Sie wurde nicht lauter, aber stählern. Schneidend.

„Was wollen Sie ..."

„Vier von uns tot. Mein Vater. Er mag nicht der zärtlichste Vater gewesen sein, den je ein Mann gehabt hat, aber er ist tot. Meine Frau. Ihretwegen."

„Ich habe nicht ..."

„Wenn Sie Ihr verdammtes Maul gehalten hätten, wäre das alles nicht passiert."

„Und Sie wären tot."

„Mag sein."

„Und Jackson säße auf dem Thron."

„Das ist kein Thron."

„Es wäre einer geworden, wenn er ihn erlangt hätte. Er war irrsinnig, Sir. Verrückt. Machtbesessen."

„Er war mein Bruder!"

„Er hätte Sie in einem Sekundenbruchteil umgebracht! Er hat drei von Ihren Brüdern getötet. Sie hätte es dort im Kapitol erwischen sollen. Das hat er mir selbst gesagt."

Er funkelte mich an, die Zähne gebleckt, haßte die ganze scheußliche Geschichte und mich mit.

„Es ist wahr, Sir. Er hätte Sie umgebracht, die Präsidentschaft übernommen und diese Nation in eine eigene private Diktatur verwandelt."

„Damit wäre er nicht durchgekommen."

„Er hätte es versucht. Er hätte alles zerstört, was Sie aufzubauen sich bemüht haben. Und Sie wissen verdammt genau, daß es in dieser Stadt genug Leute gibt, die ihm gern dabei geholfen hätten. Ihren Vater eingeschlossen."

Der Präsident sah an mir vorbei. Er schob sich hoch und ging zum Fenster. Nach einigen Minuten des Schweigens sagte er ganz leise: „Sie haben recht. Ich weiß, daß Sie recht haben. Aber es ist trotzdem nicht leicht zu schlucken."

„Verstehe ich."

Er wandte sich mir zu. „Gut. Es ist vorbei. Erledigt. Das Staatsschiff hat wieder einen Sturm überstanden. Die Frage ist: Wie geht es weiter? Es sind noch einige Dinge zu erledigen."

„Wo sind Vickie und Hank?"

„Solomon ist drüben beim FBI-Center in Schutzhaft. Man hat ihn mit Wahrheitsdrogen vollgepumpt und ausgequetscht, aber sonst fehlt ihm nichts."

„Und Vickie?"

„Sie wird in einem der Häuser in Anacostia, die der Bundesregierung gehören, festgehalten. Sie hat eine sehr hübsche Wohnung und zwei freundliche Bewacherinnen, die dafür sorgen, daß es ihr an nichts fehlt. Anscheinend ist sie ganz wild darauf zu erfahren, was mit Ihnen geschehen ist."

Ich stieß einen Seufzer der Erleichterung aus, den ich nicht in mir vermutet hätte.

„Damit läuft alles auf Sie zu, Meric", sagte der Präsident.

„Wie meinen Sie das?"

Er breitete die Hände aus, halb hilflos, halb angewidert. „Ich kann Hank Solomon in eine Flasche stecken und dafür sorgen, daß er mich nicht belästigt. Ich kann dafür sorgen, daß Miß Clark gekauft oder aus dem Weg geräumt wird ..."

„Tun Sie das lieber nicht ..."

„Hören Sie zu", sagte er, und es war ein Befehl. Er zog den Stuhl heran und setzte sich rittlings darauf. „Mein eigentliches Problem sind Sie und Ihr verdammtes Bostoner Gewissen. Wollen Sie über die Sache schweigen oder nicht? Mit den anderen werde ich fertig, aber nur, wenn Sie den Mund halten."

Er legte die Arme auf die Stuhllehne und stützte sein Kinn darauf. Er lächelte!

Es machte ihm Spaß ... dieses Spiel, diese tödliche Runde. Es war das, wofür er geboren, nein, aufgezogen worden war. Der Kampf des Willens. Der alte politische Nahkampf; ich gebe dir dies, wenn du mir das gibst.

Ich sah ihn lange, sehr lange an. Es schienen Jahre zu sein. Mindestens waren es ein paar Minuten.

„Also?" fragte er. „Ich will, daß Sie mir Stillschweigen versprechen. Jetzt ist alles geregelt, bis auf Sie. Alles hängt von Ihnen ab, Meric."

„Nein, Mr. President", sagte ich schließlich. „Alles hängt von Ihnen ab."

Er hob das Kinn. „Was meinen Sie damit?"

„Sie müssen es ihnen sagen."

„Ihnen? Der Presse?"

„Der Bevölkerung. Sie müssen ihnen alles sagen."

„Niemals!"

„Sie müssen den Leuten zumindest sagen, daß es von Ihnen mehr als einen gibt", sagte ich. „Nehmen Sie als Ausrede den Tod Ihres Vaters, wenn Sie wollen. Aber mit einem Komitee im Weißen Haus können Sie nicht weitermachen. Nicht, bis die Menschen davon wissen und es billigen."

„Ausgeschlossen. Kommt nicht in Frage."

Ich fühlte, wie meine Stimme kräftiger wurde. „Die Bevölkerung hat keine Bruderschaft gewählt. Sie hat einen Mann gewählt. Sie sind der einzige, den sie gesehen hat; Sie sind derjenige, der die Reden gehalten und den Wahlfeldzug geführt hat."

„Aber ich habe mich der Kenntnisse meiner Brüder bedient", sagte der Präsident. „Sie haben die Reden mit Ideen versorgt. Sie haben die Probleme und die Lösungen erarbeitet."

„Sagen Sie es den Menschen", drängte ich. „Sie werden die Geschichte ohnehin nicht vertuschen können. Zu viele Menschen wissen davon. Früher oder später sickert etwas durch. In Gottes Namen ... wenden Sie sich ans Volk, und sagen Sie die Wahrheit!"

„Man wird meinen Rücktritt verlangen", sagte er.

„Vielleicht."

„Können Sie sich dieses Land mit Lazar als Präsidenten vorstellen?" fragte er scharf. „Das wäre eine Katastrophe."

„Können Sie sich vorstellen, was Lazar tun wird, wenn er erfährt, was geschehen ist?" gab ich zurück. „Ich werde es ihm nicht sagen, aber Sie wissen verdammt genau, daß er es doch erfährt. Sie können das nicht für immer verschweigen."

„Sie glauben nicht?" Und ich sah etwas von Jacksons Machtbegierde in seinen Augen funkeln.

„Ich glaube nicht", sagte ich. „Es wird durchsickern. Die Sache ist zu groß, um geheimgehalten werden zu können. Wenn sie jetzt nicht ans Licht kommt, dann ganz sicher bei der nächsten Wahl."

Er nickte grimmig. „Bei den Vorwahlen."

„Sir", sagte ich, „selbst Lazar als Präsident wäre besser als ein Mann, dem die Menschen nicht vertrauen können. Vielleicht könnten Sie ein Referendum vorschlagen ... ein Vertrauensvotum. Wenn es gegen Sie ausfällt, treten Sie *und* Lazar zurück und veranlassen vorzeitige Neuwahlen."

„Das ist Wahnsinn. Niemand würde das billigen."

„Das Volk schon. Es ist seine Regierung, wissen Sie."

„Hören Sie auf mit dem Predigen. Hier geht es um Politik. Das ist die Wirklichkeit."

Ich atmete tief ein.

„Sir, ich glaube ehrlich, Sie können in der Präsidentschaft nur überleben, wenn Sie alles sagen. Ganz offen. Gleich. Warten Sie nicht darauf, daß jemand es ausgräbt und Ihnen die Skelette vor die Tür legt."

„Sie sind ein Scheißkerl, Meric. Sie sind so durchsichtig, daß es beinahe lachhaft wirkt. Ihnen ist völlig gleichgültig, ob ich in der Präsidentschaft überlebe –"

„Das ist nicht wahr!"

„Daß ich nicht lache! Was Sie in Wirklichkeit treibt, ist der Gedanke, die Präsidentschaft intakt zu bewahren. Sie arbeiten nicht für mich, Sie arbeiten für die gottverdammte Verfassung."

Meric Albano, der Patriot? „Nein, so edel bin ich nicht", erwiderte ich. „Aber es wäre kein schlechter Gedanke, wenn Sie und die Verfassung auf ein und derselben Seite wären."

Er warf den Kopf zurück und flehte die Decke an. „Er will keinen Präsidenten, er will einen Heiligen. Noch dazu einen katholischen Heiligen!"

„Nur Tote können Heilige werden", sagte ich. „Ich habe mich verdammt angestrengt, Sie am Leben zu erhalten."

Er richtete seine braunen, tiefen Augen auf mich. Sie wirkten wie zwei Pistolenmündungen. „Soviel schulde ich Ihnen, nicht wahr?"

„Sie schulden mir gar nichts."

„Nicht viel", murmelte er. Er stand wieder auf und ging im Zimmer hin und her. Viel Platz hatte er nicht dafür; drei lange Schritte, und er war am Fenster, vier in der anderen Richtung, und er stand an der Tür.

Er drehte sich nach mir um und sagte: „Ich könnte das sehr schön hinfrisieren ... Den Menschen erklären, meine Brüder seien meine Berater gewesen ... die engsten Mitarbeiter, die ein Präsident überhaupt haben kann. Verdammt noch mal, Kennedy hat seinen Bruder zum Justizminister gemacht, nicht? Und von Skandalen keine Spur; ich meine, was Geld oder politische Machenschaften angeht."

„Ich könnte Ihnen helfen, eine Rede dieser Art zu schreiben", sagte ich.

Er grinste. „Ein Referendum. Es könnte gehen. Es könnte gehen." Das Grinsen wurde breiter. „Ich sehe schon, wie der Kongreß sich damit abplagt. Er säße in der Patsche und müßte entscheiden, ob er Neuwahlen ansetzt oder nicht." Er lachte laut auf.

Ich drehte mich im Bett. „Es wird verdammt schwer sein, die Schießerei im Kapitol zu vertuschen."

„Es läßt sich machen", sagte er. „Wenn ich darauf zählen kann, daß Sie den Mund halten, kann ich die anderen mit dem Nationalen Sicherheitsgesetz zudecken. Sie werden schweigen."

„Sie werden den Menschen vom Klonen erzählen müssen", sagte ich.

„Ja. Das wird ihnen nicht gefallen. Man wird Angst davor haben."

„Aber Sie sind nicht derjenige, der das getan hat", betonte ich. „Es war die Entscheidung Ihres Vaters. Sie sind nur ein hilfloser Säugling gewesen."

Er starrte mich einen Augenblick an. „Es besteht noch Hoffnung für Sie, Meric."

„Und Sie werden Ihre Brüder an die Öffentlichkeit bringen müssen", fügte ich hinzu.

„Hmmm. Ich bin nicht sicher, ob Josh das aushält. Er ist ohnehin einem Nervenzusammenbruch nahe."

„Es könnte gehen", sagte ich.

„Ihnen kommt es in Wirklichkeit gar nicht darauf an, ob es geht oder nicht", beschuldigte er mich, aber er grinste immer noch schwach. „Alles, was Sie interessiert, ist das Wohl der Nation."

Ich zuckte schuldbewußt die Achseln.

„Aber ich wette, ich könnte es hinbringen", sagte er. „Ich könnte erreichen, daß sie es schlucken. Vor allem, wenn ich es gleich nach dem Begräbnis meines Vaters mache. Das ganze Mitgefühl mitnehmen."

Ich sank zurück aufs Bett und sah ihm zu, wie er die ganze Kampagne in seinem Kopf plante. Ich glaubte nicht, daß er auch nur den Hauch einer Chance hatte, sein Amt zu behalten. Die Öffentlichkeit würde das nicht hinnehmen.

Aber ich hatte auch nicht für möglich gehalten, daß die Öffentlichkeit Brandon, seinen Vorgänger, wählen würde. Und wenn er der Öffentlichkeit von dem Ganzen so viel erzählte, würde ich ihm mit aller Kraft helfen. Soviel stand ihm zu.

19

AM NÄCHSTEN Tag durfte ich die Klinik verlassen. Als erstes rief ich Vickie an. Sie war auch eben freigelassen worden, und so sprang ich sofort in ein Taxi, um sie zum Essen auszuführen. Wir hatten ungeheuer viel zu bereden.

Ich drückte anhaltend auf ihren Klingelknopf, und sie öffnete sofort die Tür. „Ist dir wirklich nichts passiert?" sagten wir beide gleichzeitig. Und dann lachten wir und lagen uns in den Armen, und es gab überhaupt nichts zu bereden.

Es wurde schon langsam dunkel, als wir Seite an Seite auf ihrem Wasserbett lagen, und Vickie sagte: „Ist es wirklich vorbei?"

„Ja. Wir halten am nächsten Montag eine Pressekonferenz ab, um..."

„Das meine ich nicht", sagte sie. Sie drehte sich auf die Seite, daß die Wellen durch das Wasserbett und mich liefen, und fragte: „Ist es vorbei zwischen dir und Laura Halliday? Ist die Fackel gelöscht?"

„Woher weißt du ...?"

„Ich wußte es", sagte sie nur. „Und ich habe das Gefühl, daß du dich endlich freigemacht hast von ihr."

„Es war schon lange vorbei", sagte ich, „nur hatte ich es nicht begriffen."

„Du bist viel zu gut für sie", sagte Vickie.

„Für eine Aktenwälzerin bist du sehr scharfsinnig", witzelte ich.

„Für einen Reporter bist du ein fühlendes und empfindsames Wesen", gab sie zurück.

„Ein Vorbild für die junge Generation."

„Ein Muster für deinen Beruf."

„Es hat da ein paar Stunden gegeben ... als Jackson mir sagte, er hätte dich festnehmen lassen, und anbot, für mein Schweigen auf einen Tauschhandel einzugehen ..."

Vickie schloß die Augen. „Ich weiß. Bei mir war es nicht anders. Sie sagten mir, sie würden dich laufenlassen, wenn ich verspräche, den Mund zu halten. Ich habe nichts versprochen."

Wir schwiegen beide eine Weile. Es gab nicht so sehr viel zu sagen. Das Telefon läutete.

Vickie setzte sich auf, daß eine kleine Flutwelle durch das Bett schwappte, griff hinüber und drückte auf den Einschaltknopf des Geräts, aber nur für den Ton.

„Hallo." Hank Solomons Stimme klang munter. „Seid ihr beschäftigt, oder ruht ihr euch aus?"

Woher weiß er bloß ...? fragte ich mich.

Aber Vickie nahm es mit Ruhe auf. „Wollen Sie mit Meric sprechen?"

„Mit euch beiden. Dachte mir, ihr kommt vielleicht mit zum Abendessen und laßt euch von meiner Beförderung erzählen."

Wir duschten also, zogen uns an und trafen Hank vor dem „Black Angus", wo er uns zu echten Beefsteaks aus Texas einlud und mitteilte, daß er zum Leiter der Sicherungsgruppe für Vizepräsident Lazar ernannt worden sei. „Die Treppe hinaufgestoßen, damit ich den Mund halte."

Da ich wußte, was der Präsident von Lazar hielt, mußte ich lachen. Aber es war immerhin mehr als fair dem Mann gegenüber, der den

General erschossen hatte. Alle anderen Secret-Service-Leute, die bei der Schießerei im Kapitol zugegen gewesen waren, hatte man aus Washington versetzt: je weiter, desto besser, offenbar. Ein paar waren nach Amerikanisch-Samoa gegangen. Mindestens eine der Frauen war unterwegs zur Mondstation, wenngleich ich auf die Frage, wozu man auf dem Mond eine weibliche Sicherheitsbeamtin brauchte, nie eine befriedigende Antwort bekam.

Es war eine arbeitsreiche Woche. Nicht, daß die Ansetzung einer Pressekonferenz des Präsidenten so schwer gewesen wäre. Guter Gott, wenn ich das nicht mit einer Binde vor den Augen schaffte, bei meiner Erfahrung und meinen Mitarbeitern, hätte ich mir andere Arbeit suchen müssen.

Ich wandte viel Zeit dafür auf, dem Präsidenten beim Abfassen seiner Rede zu helfen. Alle drei steuerten Beiträge und Formulierungen bei.

Selbst Joshua schien aus seiner Depression erwacht zu sein und lieferte ein paar Schlüsselkenntnisse, um den Text menschlicher zu gestalten.

Was in meinem Kopf wirklich Unruhe stiftete, war Vickie. Ich dachte die ganze Zeit an sie, Tag und Nacht. Ich verbrachte jede freie Minute mit ihr und wollte bei ihr sein, wenn wir getrennt waren. Ich hatte eine Heidenangst vor großen Worten wie „Liebe" und noch mehr vor dem Gedanken an Heirat. Aber auf irgendeine Weise schien sie jetzt ein untrennbarer Bestandteil meines Lebens zu sein, auf eine Weise, wie Laura oder jede andere Frau, die ich gekannt hatte, es nie gewesen war.

Am Morgen der Pressekonferenz hielt ich es nicht mehr aus. Wir nervten uns gegenseitig im State Dining Room, wo die Pressekonferenz im ersten Stock des Weißen Hauses in einer halben Stunde beginnen sollte. Die Eßtische und Stühle waren entfernt worden, man hatte vor Healys Porträt von Lincoln ein Podium für den Präsidenten aufgebaut, und der große Saal war vollgestopft mit Klappstühlen für die Journalisten. Fernsehteams rollten ihre Kameras herein und sprachen in ihre Mikrofone, um sich mit dem Ü-Wagen draußen abzustimmen.

Ich zog Vickie von den vervielfältigten Exemplaren der Präsidentenrede weg, in denen sie zum x-tenmal kramte, und schleppte sie hinaus. „Was ist denn?" fragte sie erschrocken.

Diesmal war ich froh, daß mein Mund unabhängig von meinem Gehirn arbeitete. Ich hätte sonst keinen Ton herausgebracht. „Heiratest du mich?“ stieß ich hervor.

Sie wirkte einen Augenblick überrascht, dann lächelte sie. „Ich dachte schon, du fragst mich nie.“

Ich blinzelte. „Heißt das, du willst?“

Sie mußte sich auf die Zehenspitzen stellen, um mich schnell auf den Mund zu küssen. „Nein. Noch nicht. Aber ich ziehe zu dir.“

Ich muß wohl ein ziemlich dummes Gesicht gemacht haben. Ich weiß, daß ich es spürte.

„Das ist ein Anfang“, sagte Vickie. „Eine Ehe ist etwas arg Dauerhaftes ... oder sollte es jedenfalls sein. Versuchen wir es erst einmal langsam.“

Mit einem Nicken stimmte ich zu.

„Außerdem“, sagte sie mit ihrem Elfengrinsen, „läuft mein Mietvertrag am Monatsende aus.“

Das ließ ich ihr nicht durchgehen. Ich packte sie und küßte sie richtig.

Eine halbe Stunde später, als ich vor den Kameras und Scheinwerfern und den ganzen Journalistenscharen stand, die wie die Jagdhunde hechelten, grinste ich immer noch. Das Grinsen verziehen sie mir nie, obwohl ich immer und immer wieder zu erklären versucht habe, warum sie sich täuschten.

Ich sagte mein altbekanntes Sprüchlein auf: „Meine Damen und Herren, der Präsident der Vereinigten Staaten!“

Die Journalisten gafften in ungewohntem Schweigen, als John, Jeffrey und Joshua im Gleichschritt hereinmarschiert kamen.

Ben Bova

Mehrfachmenschen und Milchstraßen gehören für ihn zum Alltag: Seit fast zwanzig Jahren beschäftigt sich der 1932 in Philadelphia geborene Benjamin William Bova mit Science-fiction – als Herausgeber des internationalen Fact/Fiction-Magazins „Omni", das er bis vor kurzem leitete, als Redakteur eines der auflagenstärksten SF-Magazine und nicht zuletzt als renommierter Autor naturwissenschaftlich-technischer Zukunftsromane, die durch ihren präzisen wissenschaftlichen Hintergrund bestechen.

Zunächst studierte Bova Journalistik an der Universität Philadelphia und arbeitete anschließend in den Redaktionen verschiedener populärwissenschaftlicher Zeitschriften, bevor er 1959 seinen ersten SF-Roman „Star Conqueror", ein Jugendbuch, veröffentlichte. Zwei Jahre später folgte das Sachbuch „The Milky Galaxy", eine Abhandlung über die Milchstraße. Von 1962 an schrieb Bova regelmäßig Artikel für die wissenschaftlich orientierte Zeitschrift „Amazing", 1971 wurde er Redakteur des zu dieser Zeit größten amerikanischen SF-Magazins „Analog". Der tägliche Umgang mit der Zukunft regte ihn an, sich selbst wieder als Schriftsteller zu betätigen – mit Erfolg. Seine Romane „Der Mehrfach-Mensch" (1976), „Jahrtausendwende" (1976) und „Die Kolonie" (1978) ließen die Kenner von SF-Literatur aufhorchen.

Unter jungen Schriftstellern erregte allerdings ein anderes Buch Bovas Aufsehen: sein Lehrbuch für angehende SF-Autoren, „Notes to a Science Fiction Writer" (1975). Diese Anleitung entstand aus der Verzweiflung über die unzähligen Möchtegernautoren, die den Redakteur Bova wöchentlich mit Hunderten unbrauchbarer Manuskripte bedrängten, verfehlte jedoch die beabsichtigte Wirkung. „Die Geschichten, die ich heute aus Leserkreisen erhalte, sind nicht sonderlich besser geworden, aber die meisten Leute, die mir heute schreiben, vergessen nicht, darauf hinzuweisen, daß sie sich genau an meine Anweisungen gehalten haben und daß ich besser daran täte, ihnen die Sachen abzukaufen", seufzt der Verfasser. An der Anleitung, so möchte man meinen, kann es nicht liegen ...

DER KNiRPS

von ARKADI und BORIS STRUGAZKI

Ins Deutsche übertragen von Aljonna Möckel
Titelillustration: David A. Hardy

1

Leere und Stille

„Weisst du", sagte Maja, „irgendwie habe ich ein dummes Gefühl ..."

Wir standen neben dem Gleiter, sie sah hinunter auf ihre Füße und hackte mit dem Stiefelabsatz auf dem gefrorenen Sand herum.

Ich wußte nicht, was ich ihr darauf antworten sollte. Ich für meinen Teil hatte zwar keine solchen „Vorahnungen", doch behaglich fand ich es hier auch nicht gerade. Blinzelnd sah ich zum Eisberg hinüber. Wie ein gigantischer Zuckerklumpen erhob er sich über dem Horizont, ein blendendweißer schartiger Stoßzahn, sehr kalt, sehr unbeweglich und sehr gleichförmig in seinem bläulichen Weiß, ohne das sonst übliche malerische Schillern. Vor hunderttausend Jahren hatte es ihn an dieses flache, schutzlose Gestade verschlagen, und es war ihm anzusehen, daß er auch die kommenden Jahrmillionen unverändert hier zu verharren gedachte, all seinen Brüdern zum Trotz, die rastlos im offenen Ozean drifteten. Der Strand, graugelb, kahl und von Myriaden glitzernder Reifkörnchen funkelnd, breitete sich zu seinen Füßen, und dahinter, rechts von uns, lag der Ozean, stahlgrau, den Geruch erkalteten Metalls verströmend, die Oberfläche ab und an von einem leichten Schauer gekräuselt, zum Horizont hin tuscheschwarz und insgesamt unnatürlich leblos. Zur linken Seite, wo sich ein Sumpf und heiße Quellen befanden, stieg ein grauer, vielschichtiger Nebel auf, hinter dem man spitze Hügelkuppen erahnte, und in der Ferne schließlich türmten sich steile, dunkle Felsen übereinander, hier und da von Schnee bedeckt. Diese Felsen zogen sich am Ufer hin, so weit das Auge reichte, und über ihnen, an einem wolkenlosen, doch gleichfalls freudlosen, eisig-grauvioletten Himmel, stieg eine winzige lilafarbene und kalte Sonne auf.

Vanderhoeze kletterte aus dem Gleiter, stülpte sich eilig die Fellkapuze über und kam zu uns heran. „Ich bin soweit", sagte er. „Wo ist Komow?"

Maja zuckte kurz die Achseln und hauchte in die erstarrten Hände. „Bestimmt wird er gleich hiersein", sagte sie zerstreut.

„Wo wollt ihr denn heute hin?" erkundigte ich mich bei Vanderhoeze. „Zum See?"

Er warf den Kopf leicht nach hinten, schob die Unterlippe vor und betrachtete mich träge über seine Nasenspitze hinweg. Es war eine Haltung, die ihn einem bejahrten Kamel mit rötlichen Bartstoppeln ähnlich machte. „Ich weiß, du langweilst dich allein hier", sagte er teilnahmsvoll. „Trotzdem wirst du's auf dich nehmen müssen. Was meinst du?"

„Mir bleibt wohl nichts anderes übrig."

Vanderhoeze bog den Kopf noch weiter zurück und schaute, erneut in der Art eines hoffärtigen Kamels, zum Eisberg hinüber.

„Tja", sagte er seufzend, „das hier besitzt zwar alles große Ähnlichkeit mit der Erde, aber sie ist es eben nicht. Das ist das ganze Elend. Dauernd fühlt man sich von diesen erdenähnlichen Welten betrogen. Freilich kann man sich auch daran gewöhnen. Was meinst du, Maja?"

Das Mädchen gab keine Antwort. Entweder hatte sie heute einen trüben Tag erwischt, oder sie war aus irgendeinem Grund wütend. Jedenfalls kam so was bei ihr immer mal vor, wir kannten das schon.

Hinter uns öffnete sich mit leisem Klicken die Luke des Raumschiffs, und Komow kletterte eilig heraus. Hastig, im Gehen den Pelz zuknöpfend, kam er auf uns zu und fragte abgehackt: „Fertig?"

„Fertig", erwiderte Vanderhoeze. „Wo geht's denn heute hin, Gennadi? Wieder zum See?"

„Ja", sagte Komow und machte sich am Halsverschluß zu schaffen. „Soviel ich weiß, Maja, haben Sie heute Quadrat vierundsechzig. Meine Punkte: Westufer des Sees, Höhe sieben, Breite zwölf. Genaueres legen wir unterwegs fest. Popow, Sie geben bitte die Funksprüche durch; ich habe sie in der Steuerkabine hinterlegt. Verbindung mit mir über den Gleiter. Rückkehr um achtzehn null null Ortszeit. Im Falle einer Verspätung geben wir Nachricht."

„Alles klar", sagte ich ohne große Begeisterung; die Anspielung auf eine mögliche Verspätung gefiel mir ganz und gar nicht.

Maja ging wortlos zum Gleiter. Komow, der mit seinem Verschluß endlich zu Rande gekommen war, folgte ihr. Vanderhoeze gab mir einen freundschaftlichen Klaps auf die Schulter und sagte: „Gaff nicht so viel in dieser gottverdammten Gegend herum. Bleib lieber schön zu Hause sitzen und lies was, das schont die Nerven." Dann kletterte er in aller Gemütsruhe in den Gleiter, machte es sich im Fahrersitz bequem und winkte mir zu. Auch Maja winkte mir und ließ sich zu einem Lächeln herab. Komow, den Blick unbestimmt in die Ferne gerichtet, bedachte mich mit einer Art Nicken. Dann erlosch das Licht im Fahrzeug, und ich konnte sie nicht mehr sehen. Der Gleiter setzte sich lautlos in Bewegung, schoß pfeilschnell vorwärts und in die Höhe. Er wurde von Sekunde zu Sekunde kleiner, bis er als winziger schwarzer Punkt verschwand, so als hätte es ihn nie gegeben. Ich war allein.

Eine Zeitlang blieb ich stehen, die Hände tief in die Taschen meines Fellmantels vergraben. Ich sah dem Treiben der Kyber, meiner Zöglinge, zu. Im Laufe der Nacht hatten sie redlich geschuftet, waren sogar abgemagert, schmal geworden. Jetzt aber schluckten sie, die Energiekollektoren weit aufgerissen, gierig die fahle Lichtbrühe, mit der der kümmerliche violette Himmelskörper sie fütterte. Nichts anderes kümmerte sie im Augenblick. Sie hatten keinerlei Verlangen sonst, nicht einmal nach mir. Zumindest nicht, solange ihr Programm reichte.

Gewiß, der plumpe Dickwanst Tom ließ jedesmal sein rubinrotes Stirnsignal aufleuchten, wenn ich in seinen Gesichtskreis kam, und das konnte man mit etwas gutem Willen als eine Art Begrüßung auslegen, als eine höflich-zerstreute Verbeugung. Aber ich wußte, es besagte nichts weiter als: „Bei mir und den anderen ist alles in Ordnung, wir machen unsere Arbeit; gibt es neue Anweisungen?" Und da ich keine neuen Anweisungen für sie hatte, war um mich her nur eine große Leere sowie viel, sehr viel Stille.

Aber es war nicht die wattige Stille eines Akustiklabors, die einem die Ohren verstopft, nicht die wundersame Stille eines Vorstadtabends, die erfrischt und das Gehirn angenehm durchspült, die den inneren Frieden gibt und einen eins werden läßt mit allem Schönen, was auf Erden existiert. Es war eine Lautlosigkeit besonderer Art – durchdringend und glasklar wie ein Vakuum, eine Ruhe, die die Nerven aufpeitschte, eine Stille, wie sie nur in einer riesigen, völlig toten Welt herrschen konnte.

Ich sah mich gehetzt um, wenn man so etwas überhaupt von sich selbst behaupten kann. Wahrscheinlich wäre es besser, einfach zu sagen: Ich sah mich um. Aber die Wahrheit war: Ich sah mich nicht schlechthin, sondern tatsächlich gehetzt um. Die Roboter waren lautlos am Werk. Lautlos gleißte die lilafarbene Sonne am Himmel. Nein, das konnte mit mir nicht mehr so weitergehen.

Ich mußte etwas tun. Zum Beispiel mich endlich einmal aufraffen und mir den Eisberg aus der Nähe anschauen. Ungeachtet dessen, daß zwischen ihm und mir an die fünf Kilometer lagen und sich der Diensthabende laut Instruktion nicht weiter als hundert Meter vom Schiff entfernen durfte. Unter anderen Bedingungen wäre die Versuchung, gegen die Vorschriften zu verstoßen, gewiß auch sehr groß gewesen, doch hier? Hier konnte ich mich auf fünf, ja sogar auf hundertfünfundzwanzig Kilometer entfernen, ohne daß sich dadurch etwas ändern würde. Weder mir noch dem Schiff würde etwas zustoßen, gar nicht zu reden von den übrigen Raumschiffen, die – ein gutes Dutzend – südlich von mir über alle Klimazonen des Planeten verteilt waren. Aus dem knorrigen Gestrüpp da vorn würde kein blutrünstiges Ungeheuer stürzen, um mich mit Haut und Haaren zu verschlingen – hier gab es keine Ungeheuer. Es war vom Ozean kein wütender Taifun zu erwarten, der das Schiff hochreißen und es gegen die finsteren Felsen schleudern würde – hier hatte man noch nie auch nur die Andeutung eines Sturms oder Erdbebens registriert. Schließlich war auch ein dringlicher Anruf vom Stützpunkt ausgeschlossen, ein biologischer Alarm etwa – hier war ein solcher Alarm unmöglich, denn auf diesem Planeten gab es nicht die geringste Spur von Viren oder Bakterien, die dem Menschen gefährlich werden konnten. Nichts, gar nichts existierte auf diesem Planeten außer dem Ozean, den Felsen und zwergwüchsigen Bäumen. Eine Übertretung der Vorschriften war ohne jeden Reiz.

Genauso reizlos übrigens, wie die Instruktionen zu befolgen. Auf jedem ordentlichen, biologisch aktiven Planeten wäre es ein Unding, daß ich noch am dritten Tag nach der Landung so müßig, die Hände in den Taschen, herumlungerte. Woanders würde ich jetzt vielmehr wie besessen herumrennen. Da müßte der Wach- und Erkundungskyber aufgeladen, programmiert, in Gang gesetzt und stündlich kontrolliert, da müßte eine Zone der Absoluten Biologischen Sicherheit rund um das Schiff wie auch um den gesamten Bauplatz geschaffen werden. Diese ZABS wäre gegen Gefahren von unten, aus dem Erdboden, abzusichern, und alle zwei Stunden würden eine Kontrolle sowie ein Wechsel der Filter notwendig sein: der Außenbordfilter ebenso wie der für innen und für den persönlichen Bedarf. Eine Sammelstelle für sämtliche Abfallprodukte einschließlich der verbrauchten Filter müßte eingerichtet werden, und alle vier Stunden müßte man die Sterilisierung, Entgasung und Inaktivierung der Robotersteuersysteme vornehmen. Hinzu käme das kontinuierliche Sichten aller Informationen, die von den medizinischen Kybern außerhalb der ZABS gesammelt werden würden. Und dann noch der übliche Kleinkram: Wettersonden, seismographische Erkundung, Höhlenerforschung, Taifune, Lawinen, Karstverschiebungen, Waldbrände, Vulkanausbrüche und dergleichen mehr.

Ich stellte mir diese Situation vor: wie ich den dicken Tom einer Generalprüfung unterzog; ich im Skaphander, verschwitzt, unausgeschlafen, überarbeitet und abgestumpft, der Erkundungskyber mit seiner Beharrlichkeit eines Idioten, der mir den Nerv tötete, indem er wohl schon zum zwanzigsten Mal wiederholte, aus einem Wasserloch in der Nähe sei ein grausiger gesprenkelter Frosch einer ihm bisher unbekannten Art zum Vorschein gekommen. Ich stellte mir auch vor, wie ich dasaß und in den Kopfhörern das unablässige Alarmsignal der medizinischen Kyber vernahm, die über die Maßen erregt waren, weil ein heimisches Virus eine ungewöhnliche Reaktion auf die Baltermanzprobe gezeigt hatte und folglich, zumindest theoretisch, die Bioblockade durchbrechen könnte. Vanderhoeze würde unterdessen im Schiff sitzen, wie es ihm als Kommandanten und Arzt geziemte, und mich besorgt davon unterrichten, daß die Gefahr bestehe, in einer Erdspalte zu versinken. Komow dagegen würde mit eiserner Ruhe über Funk durchgeben, daß der Motor des Gleiters von kleinen, ameisenähnlichen Insekten völlig zerfressen sei und daß diese lieben Tierchen sich gerade über seinen Skaphander hermachten. Uff! Obwohl man mich auf einen solchen Planeten gewiß gar nicht erst mitgenommen hätte. Mich hatte man wohlweislich auf einen Planeten geschickt, für den die Instruktionen nicht geschrieben waren. Weil man auf sie verzichten konnte.

Vor der Einstiegsluke machte ich halt, schüttelte die Sandkörnchen von den Schuhsohlen und blieb noch einen Augenblick stehen, die Hand am warmen Schiffsrumpf, der zu atmen schien. Schließlich betätigte ich den Einstiegsmechanismus. Im Schiff war es gleichfalls sehr still, doch diesmal handelte es sich um eine häusliche Ruhe, die Stille einer leeren und behaglichen Wohnung. Ich warf den Fellmantel ab und ging gleich zur Steuerzentrale hinüber. An meinem Steuerpult hielt ich mich gar nicht erst auf – ich erkannte auf den ersten Blick, daß alles in Ordnung war –, sondern setzte mich sofort an den Sender. Die Funksprüche lagen auf dem Tischchen. Ich aktivierte den Datenanschluß und begann den Text einzugeben. Im ersten Funkspruch übermittelte Komow einige eventuell in Frage kommende Koordinaten für die künftigen Siedlungen an den Stützpunkt, berichtete, daß sie gestern Fischbrut im See ausgesetzt hatten, und riet Kitumara, mit den Kriechtieren nichts zu übereilen. Diese Meldung war mehr oder weniger verständlich, aus dem zweiten, für die Informationszentrale bestimmten Funkspruch jedoch konnte ich nicht schlau werden. Ich begriff lediglich, daß Komow dringend Angaben über den Y-Faktor bei binormalen Humanoiden mit einem schrecklich langen Index benötigte, einen Faktor, der sich im allgemeinen aus neun Ziffern und vierzehn griechischen Buchstaben zusammensetzte. Das war die reinste und finsterste Xenopsychologie, von der ich, wie übrigens jeder gewöhnliche Humanoid mit dem Index Null, nicht einen Deut verstand. Das war freilich auch nicht nötig.

Als der Text gespeichert war, schaltete ich das Dienstnetz ein und gab alle Mitteilungen in einem einzigen Impuls durch. Anschließend trug ich die Funksprüche ins Bordbuch ein. Dabei überlegte ich, daß es auch für mich an der Zeit wäre, meinen ersten Bericht zu schreiben. Das heißt, was man so Bericht nennen konnte ... „Gruppe ER-2, Bauarbeiten nach Schema 15 zu soundsoviel Prozent erfüllt, Datum, Unterschrift.“ Aus, Punkt. Ich erhob mich und ging zu meinem Pult hinüber, um einen Blick auf den Stand der Erfüllung zu werfen, und schlagartig begriff ich, wieso es mich zu dem Bericht gedrängt hatte. Es ging weniger um den Rapport als um die Tatsache, daß ich, ein nun schon erfahrener Kybertechniker, eine Stockung des Arbeitsprozesses gewittert hatte, noch ehe etwas zu hören oder zu sehen war. Ein Blick auf die Arbeitsschirme zeigte mir, daß Tom abermals, wie am Vortag, urplötzlich und ohne jeden ersichtlichen Grund stehengeblieben war. Ärgerlich betätigte ich die Kontrolltaste: „Was ist los?“ Und wie tags zuvor erlosch das Haltesignal augenblicklich, wogegen das rubinrote Lämpchen auf Toms Stirn aufleuchtete: „Bei uns ist alles in Ordnung, wir gehen unserer Arbeit nach; gibt es neue Anweisungen?“ Ich gab ihm den Befehl, seine Tätigkeit wiederaufzunehmen, und schaltete den Stereobildschirm ein. Jack und Rex schufteten, was das Zeug hielt, und auch Tom setzte sich in Bewegung, freilich irgendwie seltsam zur Seite geneigt. Kurz darauf richtete er sich jedoch wieder gerade auf.

„Na, Bruderherz", sagte ich laut, „du bist wohl überarbeitet. Ich werde dich mal gründlich reinigen müssen." Ich warf einen Blick in Toms Arbeitsbuch. Die Prophylaxe für ihn war auf heute abend angesetzt. „Gut, es wäre gelacht, wenn wir dich nicht bis zum Abend durchschleppen würden."

Tom erwiderte nichts darauf. Einige Zeit sah ich den Robotern noch bei der Arbeit zu, dann schaltete ich den Bildschirm aus. Der Eisberg, die düsteren Felsen, der Nebel über dem Sumpf verschwanden aus meinem Gesichtsfeld – ich hatte auch kein sonderliches Verlangen nach ihnen.

Den Bericht funkte ich trotz meiner Bedenken, dann stellte ich Verbindung zur Gruppe ER-6 her. Wadik meldete sich in Sekundenschnelle, so als habe er nur darauf gewartet.

„Na, was gibt's bei euch Neues?" erkundigten wir uns einer beim anderen.

„Bei uns nichts", sagte ich.

„Und bei uns sind die Eidechsen eingegangen", berichtete Wadik.

„Also doch", sagte ich vorwurfsvoll. „Komow, der Lieblingsschüler Dr. Mbogas, hatte euch doch extra ans Herz gelegt, mit den Kriechtieren nichts zu übereilen."

„Wer übereilt denn was?" erwiderte Wadik. „Wenn du meine Meinung wissen willst: Sie haben hier einfach keine Chance zu überleben. Bei dieser Hitze."

„Geht ihr baden?" fragte ich neidisch.

Wadik schwieg.

„Wir springen mal kurz rein", erklärte er schließlich einigermaßen unwillig.

„Wieso das?"

„Es ist zu leer da drin", sagte Wadik. „Erinnert an eine verrückt große Wanne ..., aber wie sollst du das begreifen. Ein normaler Mensch kann sich eine so riesige Wanne gar nicht vorstellen. Ich bin neulich an die fünf Kilometer rausgeschwommen. Anfangs war auch noch alles gut, aber dann kam mir plötzlich zu Bewußtsein, daß das da schließlich kein Bassin, sondern der Ozean ist. Und außer mir kein einziges lebendes Wesen drin! Nein, mein Lieber, davon hast du keine Ahnung. Das gab mir einen solchen Stich, ich wär beinahe abgesoffen."

„Hmm, bei euch also dasselbe", murmelte ich.

Wir schwatzten noch ein paar Minuten, dann wurde Wadik vom Stützpunkt verlangt, und wir verabschiedeten uns eilig. Ich rief die ER-9, aber Hans meldete sich nicht. Natürlich hätte ich es jetzt bei den Stationen ER-1, ER-3, ER-4 und so weiter bis hin zu ER-12 versuchen können, um mich auch mit ihnen darüber auszutauschen, wie scheußlich tot und leer hier alles war, doch was hätte ich davon gehabt? Im Grunde gar nichts. Deshalb schaltete ich den Sender ab und wechselte an mein Steuerpult hinüber. Kurze Zeit saß ich einfach so da, schaute auf die Bildschirme mit den Baustellen und überlegte mir, daß die Arbeit, die wir hier leisteten, in zweifacher Hinsicht ein gutes Werk war: Wir bewahrten nicht nur die Pantianer vor dem sicheren und vollständigen Untergang, sondern befreiten auch diesen Planeten von seiner Leere, seiner Totenstille, seiner Sinnlosigkeit. Dann sagte ich mir, die Pantianer müßten eigentlich seltsame Wesen sein, wenn unsere Xenopsychologen zu der Annahme gelangten, dieser Planet entspräche ihren Vorstellungen und Wünschen am meisten. Seltsam mußte auch das Leben auf der Panta selbst sein. Man konnte sich nur schwer vorstellen, daß ihre Bewohner, von denen natürlich zunächst nur zwei bis drei Vertreter jedes Stammes hergebracht würden, beim Anblick dieses gefrorenen Strandes, des Eisberges, des öden Ozeans und des leeren violetten Himmels begeistert ausriefen: „Ach wie herrlich! Ganz wie bei uns zu Hause!" Nein, mir wollte das nicht in den Sinn. Gut nur, daß es hier nicht mehr ganz so ausgestorben sein würde, wenn sie eintrafen. Die Seen wären dann voller Fische, an den ufernahen seichten Stellen gäbe es eßbare Muscheln und im Dickicht Wild. Vielleicht würde es auch noch gelingen, die Eidechsen hier anzusiedeln ... Übrigens hatten die Pantianer gar keine andere Wahl. Wir wären gewiß auch nicht wählerisch, wenn uns zum Beispiel auf der Erde die Nachricht erreichte, die Sonne würde in absehbarer Zeit explodieren und sämtliches Leben auf dem Planeten erlöschen. Dann würden wir uns wohl sagen: Egal, wo wir hinkommen, irgendwie werden wir uns schon einleben. Freilich wurden die Pantianer gar nicht erst gefragt – es war klar, daß sie ohnehin nichts von alldem begriffen hätten. Sie besaßen noch keinerlei Vorstellung von Kosmographie, hatten nicht die blasseste Ahnung vom Weltall. Sie würden nicht einmal erfahren, daß sie den Planeten gewechselt hatten ...

Plötzlich wurde mir bewußt, daß da ein Geräusch war. Ein Rascheln, als würde eine Eidechse vorbeihuschen. Dabei kam mir der Vergleich mit der Eidechse sicherlich aufgrund des Gesprächs mit Wadik in den Sinn. In Wirklichkeit handelte es sich aber um einen kaum wahrnehmbaren und völlig undefinierbaren Laut. Dann begann am abgelegenen Ende der Steuerzentrale etwas zu ticken, und gleich darauf war das Geräusch fließenden Wassers zu vernehmen. An der Grenze der akustischen Wahrnehmbarkeit ertönte das Surren und Schlagen einer im Spinnennetz gefangenen Fliege und das hastige Murmeln von Stimmen, die aufs höchste erregt waren. Und wieder hörte ich die Eidechse, die über den Flur zu huschen schien. Plötzlich wurde mir bewußt, daß ich meinen Hals vor lauter Anspannung ganz verrenkte, und ich stand auf. Dabei streifte ich versehentlich ein Nachschlagewerk, das am äußersten Tischrand lag. Es schlug krachend zu Boden. Ich hob es auf und schleuderte es mit dem gleichen hallenden Ton auf den Tisch zurück. Dann begann ich einen forschen Marsch zu pfeifen und ging, im Takt dazu, festen Schritts auf den Korridor hinaus.

Diese verdammte Stille immerzu. Stille und Leere. Vanderhoeze erläuterte uns das jeden Abend neu in allen Einzelheiten. Der Mensch, pflegte er zu sagen, unterscheidet sich von der Natur, und im Gegensatz zu ihr duldet er keine Leere. Sieht er sich in ein Vakuum versetzt, so strebt er danach, es auszufüllen. Wenn er nicht imstande ist, das mit etwas Realem zu tun, hilft er sich mit Visionen und eingebildeten Geräuschen. Und genau das traf anscheinend auf mich zu. In den zurückliegenden drei Tagen hatte ich ständig Lauthalluzinationen gehabt, jetzt würden wohl bald auch die Visionen beginnen ...

Ich schritt den Korridor ab, vorbei an den leerstehenden Kajüten, an der Bibliothek, der Ausrüstungskammer, und als ich an dem medizinischen Segment angelangt war, nahm ich einen leichten Geruch wahr, belebend und zugleich unangenehm, in der Art von Salmiakgeist. Ich blieb stehen und schnupperte. Der Geruch kam mir bekannt vor, dennoch konnte ich mir nicht erklären, woher er stammte. Deshalb warf ich einen Blick in die chirurgische Abteilung. Der Kyberchirurg, ein riesiges, krakenartiges weißes Gebilde, das an der Decke befestigt war und sich in ständiger Einsatzbereitschaft befand, fixierte mich mit seinen kalten grünlichen Glaskugelaugen und begann bereitwillig, seine Fühler zu bewegen. Der Geruch war hier stärker. Ich schaltete die Zusatzbelüftung ein und setzte meinen Rundgang fort. Einfach verrückt, wie heftig meine Sinne reagierten. Dabei hatte gerade mein Geruchssinn nie etwas getaugt ...

Mein Kontrollgang endete in der Küche. Auch dieser Raum war mit allerlei Gerüchen angefüllt, doch hatte ich hier nichts dagegen einzuwenden. Ich fand es vielmehr in Ordnung. Es gab Schiffe, da roch es in der Küche nicht anders als in der Kommandokabine. So etwas würde es bei mir niemals geben. Ich hatte da meine eigenen Vorstellungen. Da kann einer sagen, was er will, in einer Küche muß es gut riechen. Appetitlich und anregend. Zu meinen Pflichten gehörte es, viermal am Tag ein Menü zusammenzustellen, und das, wohlgemerkt, unter den Bedingungen absoluter Appetitlosigkeit, denn Leere und Stille sind zwei mit dem Appetit offenbar unvereinbare Dinge ...

Die Zusammenstellung des Menüs beschäftigte mich diesmal mindestens eine halbe Stunde. Es waren schwere dreißig Minuten, doch ich tat alles, was in meinen Kräften stand. Dann schaltete ich den automatischen Koch an, trichterte ihm mein Menü ein und ging zurück in die Steuerzentrale, um nachzusehen, wie meine Zöglinge arbeiteten.

Schon von der Schwelle aus bemerkte ich, daß etwas faul war. Alle drei Arbeitsschirme zeigten, daß die Tätigkeit völlig zum Erliegen gekommen war. Ich stürzte zu meinem Pult und schaltete den Stereobildschirm ein. Ich empfand einen Stich in der Herzgrube – der Bauplatz war leer. Dergleichen war mir bisher noch nie passiert. Überhaupt hatte ich noch nie von einer solchen Situation gehört. Völlig konsterniert schüttelte ich den Kopf und stürmte zum Ausgang. Meine Gedanken überstürzten sich: Jemand hatte die Kyber entführt ..., ein Meteorit trieb seine Späße mit uns, hatte Tom beschädigt, sein Programm durcheinandergebracht ... Aber so etwas konnte nicht sein, war einfach absurd! Ich stürzte in die Einstiegskammer und griff mir meinen Fellmantel. In der Eile fand ich nicht in die Ärmel, verhaspelte mich bei den Verschlüssen, die nicht mehr an ihrem Platz zu sein schienen. Während ich mit meinem Mantel kämpfte wie seinerzeit Münchhausen mit seinem wild gewordenen Pelz, hatte ich ein grausiges Bild vor Augen: Ein Phantom führte meinen Tom wie ein Hündchen mit sich fort, und die übrigen Roboter folgten ihm gehorsam, mitten in den dichten Nebel, in den glucksenden Morast hinein. Sie versackten in dem rostbraunen, zähflüssigen Schlamm, wo sie auf Nimmerwiedersehen verschwanden ... Ich stieß mit einem kräftigen Fußtritt die Luke auf und sprang mit einem Satz hinaus.

Ich glaubte meinen Augen nicht zu trauen: Die Roboter standen hier, am Schiff. Sie drängten alle drei zur Ladeluke und schubsten sich gegenseitig, als wollte jeder als erster in den Frachtraum gelangen. Das war nicht nur etwas ganz und gar Ungewöhnliches, es war direkt furchterregend. Sie machten den Eindruck, als müßten sie sich so schnell wie möglich in Sicherheit bringen, als suchten sie vor irgendeiner Gefahr Zuflucht ... Natürlich kam es hin und wieder vor, daß Roboter rebellierten, doch von Baurobotern hatte ich so was noch nie gehört. Dennoch, so aufgepeitscht, wie meine Nerven im Augenblick waren, hätte ich selbst das jetzt für möglich gehalten. Aber nichts geschah. Kaum daß Tom mich bemerkt hatte, beruhigte er sich und schaltete sein Signal „Erwarte Anweisungen" ein. Ich machte ihm mit einer entschiedenen Geste verständlich: „Unverzüglich an die Arbeit und weiter im Programm!" Tom schaltete gehorsam den Rückwärtsgang ein, machte kehrt und nahm Kurs auf den Bauplatz. Jack und Rex folgten ihm natürlich. Ich aber blieb fassungslos an der Luke stehen. Meine Kehle war völlig ausgedörrt, die Knie waren wie Watte, und am liebsten hätte ich mich lang hingelegt.

Doch ich unterdrückte diesen Wunsch. Ich machte mich daran, mein Äußeres in Ordnung zu bringen. Der Fellmantel war kreuz und quer geknöpft, ich fror an den Ohren, auf Stirn und Wangen klebte kalt gewordener Schweiß. Langsam, bemüht, meine Bewegungen wieder unter Kontrolle zu bringen, wischte ich mir übers Gesicht, knöpfte den Mantel zu, wie es sich gehörte, zog die Kapuze tief in die Stirn und streifte mir die Handschuhe über. Und obwohl es mir peinlich ist: Ich gebe zu, ich hatte regelrechte Angst. Genaugenommen war es freilich keine echte Furcht mehr, es war eher ein Rest der soeben ausgestandenen Angst, mit Scham vermischt. Man stelle sich nur vor: ein Kybernetiker, der vor seinen eigenen Robotern das Zittern bekommt ... Ich war mir sofort darüber im klaren, daß ich nie jemandem auch nur ein Sterbenswörtchen von diesem Vorfall erzählen würde. Zum Teufel, wie mir die Knie geschlottert hatten, noch jetzt waren sie butterweich, und nichts schien mir im Augenblick verlokkender, als ins Schiff zurückzukehren, um, wie ich mir einredete, in aller Ruhe und ganz objektiv das Vorgefallene zu überdenken und ins reine mit mir zu kommen. Und um in irgendwelchen Büchern nachzuschauen. In Wirklichkeit wollte ich einfach einige hundert Meter Abstand zwischen mich und meine Schützlinge bringen ...

Entschlossen steckte ich die Hände in die Taschen und schlug den Weg zur Baustelle ein. Meine Kyber schufteten, als könnten sie kein Wässerchen trüben. Tom erkundigte sich, wie gewohnt, nach neuen Anweisungen; Jack war mit dem Fundament für die Dispatcherzentrale beschäftigt, wie es ihm laut Programm vorgeschrieben war; Rex schritt im Zickzack den bereits fertiggestellten Teil der Landefläche ab und säuberte die Wege. Dennoch, etwas war in ihrem Programm durcheinandergeraten. So hatten sie zum Beispiel an verschiedenen Stellen Steine zusammengetragen, die völlig unnütz und fehl am Platz waren, denn Baumaterial hatten wir in Hülle und Fülle. Ja, ich sah es ganz deutlich: Seit Tom vorhin so unmotiviert stehengeblieben war, hatten die Roboter hier nichts als Unsinn getrieben. Was auch sollten die vielen Zweige und Äste auf der Landebahn? – Ich bückte mich, hob einen dürren Ast auf und begann, in Gedanken versunken, auf und ab zu gehen. Vielleicht sollte ich nicht erst bis zur abendlichen Prophylaxe warten, sondern die Roboter gleich jetzt, an Ort und Stelle, anhalten. Wer weiß, möglicherweise lag's an mir; hatte ich bei der Programmierung irgendwelchen Stuß gebaut? Es war einfach unbegreiflich ... Ich warf den Ast auf den Steinhaufen, der von Rex fein säuberlich aufgeschichtet worden war, machte auf dem Absatz kehrt und ging zum Schiff zurück.

2

Leere und Stimmen

In den folgenden zwei Stunden war ich beschäftigt, so beschäftigt, daß ich weder die Stille noch die Leere um mich her wahrnahm. Als erstes beriet ich mich mit Hans und Wadik. Hans hatte ich wohl aus dem süßesten Schlummer gerissen, denn er stammelte vor Schlaftrunkenheit lauter ungereimtes Zeug, redete von Regen und Tiefdruckgebieten. Das Ergebnis dieses Gesprächs war gleich Null. Was Wadik betraf, so hatte ich einige Mühe, ihn davon zu überzeugen, daß ich ihn in keiner Weise auf die Schippe zu nehmen gedachte. Das war um so schwieriger, als ich die ganze Zeit über von einem hysterischen Lachen geschüttelt wurde. Schließlich gelang es mir doch noch, ihm klarzumachen, daß mir keineswegs nach Scherzen zumute war und daß mein Lachen ganz andere Gründe hatte. Da wurde auch er ernst und erzählte mir, er habe gleichfalls einige Schwierigkeiten mit seinem Chefroboter. Auch der bleibe von Zeit zu Zeit völlig unmotiviert stehen. Freilich sehe er, Wadik, darin überhaupt nichts Verwunderliches, schließlich sei die Hitze mörderisch, die Arbeit laufe auf Hochtouren und die technischen Systeme hätten sich noch nicht voll akklimatisieren können. Vielleicht, so meinte Wadik, liege es an den strengen Frösten, die bei uns herrschten. Möglicherweise war das tatsächlich der Grund, ich wußte es noch nicht. Ich hatte eigentlich gehofft, von Wadik Klarheit über die Angelegenheit zu erhalten. Dann beschlossen wir, Ninon von der ER-8, ein Mädchen mit einer unwahrscheinlichen Haarmähne, mit in unsere Diskussion einzubeziehen. Wir erörterten das Problem zu dritt, kamen aber zu keinem rechten Schluß. Ninon schlug vor, daß ich mich mit dem Chefkybernetiker vom Stützpunkt in Verbindung setzen sollte, der würde gewiß Rat wissen. Schließlich kenne er sich mit diesen Baurobotern genauestens aus, er sei ja fast so etwas wie ihr geistiger Vater. Das war mir natürlich auch bekannt, nur hatte ich nicht die geringste Lust, mich schon am dritten Tag an den Chef zu wenden. Am dritten Tag meiner selbständigen Tätigkeit hier. Zumal ich bisher keine einzige vernünftige Erklärung für das Vorgefallene hatte.

Ich setzte mich also an mein Steuerpult, nahm mir das Programm her und begann es durchzukauen – Anweisung für Anweisung, Gruppe für Gruppe, Feld für Feld. Ich konnte keinerlei Fehlerquellen entdecken. Für den Teil des Programms, den ich selbst zusammengestellt hatte, hätte ich schon früher meine Hand ins Feuer gelegt. Jetzt, nach der Kontrolle, hätte ich mich mit meinem ehrlichen Namen dafür verbürgt. Was freilich die Standardprozeduren betraf – Elemente, mit denen ich weniger vertraut war –, da sah die Sache komplizierter aus. Wollte ich jedes dieser Teilprogramme analysieren, würde ich unweigerlich in Planverzug kommen. Deshalb entschloß ich mich zu einem Kompromiß. Ich strich alle Elemente, die einigermaßen entbehrlich waren, und reduzierte das Programm so auf ein Minimum. Gerade wollte ich der Automatik dieses neue, vereinfachte

Programm eingeben – ich hatte schon den Finger auf der Taste –, als mir plötzlich zu Bewußtsein kam, daß ich bereits seit geraumer Zeit ein Geräusch vernahm: einen ganz und gar absonderlichen und zugleich doch vertrauten Laut, der aber hier, in dieser Umgebung, überhaupt keine Berechtigung hatte.

Ich hörte ein Kind weinen. In einiger Entfernung, am anderen Ende des Schiffes, durch mehrere Türen von mir getrennt, weinte, schluchzte aus Leibeskräften ein kleines Kind. Ein sehr kleines Kind noch, vielleicht ein Jahr alt. Langsam hob ich die Hände, hielt mir die Ohren zu. Das Weinen hörte auf. Ohne die Hände herabzunehmen, erhob ich mich. Genauer gesagt: Ich stellte plötzlich fest, daß ich bereits einige Zeit dastand, die Fäuste auf die Ohren gepreßt, das Hemd am Rücken klatschnaß, mit hängendem Unterkiefer. Ich machte den Mund zu und nahm vorsichtig die Hände von den Ohrmuscheln. Nichts. Kein Weinen mehr. Um mich herum die übliche verdammte Stille, lediglich das Surren einer gefangenen Fliege drang aus einem entlegenen Winkel zu mir. Ich holte mein Taschentuch hervor, entfaltete es umständlich und wischte mir sorgfältig die Stirn ab. Dann, während ich das Tuch wieder zusammenlegte, begann ich vor meinem Pult auf und ab zu gehen. Ich hatte keinen einzigen Gedanken mehr im Kopf. Zerstreut klopfte ich mit den Fingerknöcheln gegen die Verkleidung des Rechners und hustete zur Probe. Es war alles in Ordnung – ich hörte das Husten. Doch als ich wieder im Sessel Platz nehmen wollte, begann das Kind erneut zu weinen.

Ich weiß nicht mehr, wie lange ich, zur Salzsäule erstarrt, dastand und lauschte. Das schlimmste an der Sache war: Ich hörte dieses Weinen einmalig deutlich. Ich konnte sogar feststellen, daß es sich weder um das Greinen eines Neugeborenen noch um das trotzige Plärren eines vier- bis fünfjährigen Knirpses handelte. Es war vielmehr das jämmerliche Schluchzen eines Kleinkindes – schon kein Baby mehr –, das noch nicht laufen und sprechen kann. Es erinnerte mich an meinen Neffen, einen Jungen von reichlich einem Jahr.

Ohrenbetäubend schrillte das Signal der Funkanlage los, so daß ich vor Schreck fast einen Herzschlag bekam. Ich hielt mich am Pult fest, als ich zum Sender tappte und auf Empfang schaltete. Das Kind weinte immer noch.

„Na, was gibt's Neues bei dir?" erkundigte sich Wadik.

„Nichts", sagte ich, „gar nichts."

„Ist dir schon was eingefallen?"

„Nein", antwortete ich einsilbig. Ich ertappte mich dabei, daß ich das Mikrofon mit der Hand verdeckte.

„Du bist so schlecht zu hören", sagte Wadik. „Was willst du denn nun machen?"

„Ach, nur so", murmelte ich, ohne zu merken, daß ich völlig zusammenhanglos redete. Das Kind schluchzte nach wie vor. Jetzt zwar leiser, doch noch immer deutlich hörbar.

„He, du, Stas, ist was?" fragte Wadik beunruhigt. „Hab ich dich vielleicht geweckt?"

Am liebsten hätte ich gesagt: „Wadik, hier bei mir weint dauernd ein kleines Kind. Was soll ich bloß machen?" Doch ich hatte meinen Verstand noch so weit beisammen, daß ich mir ausmalen konnte, wie diese Worte am anderen Ende der Leitung aufgenommen würden. Deshalb räusperte ich mich nur und erklärte: „Weißt du, ich ruf dich in einer Stunde noch mal an. Mir schwebt da was vor, aber ich bin mir noch nicht sicher ..."

„Na schö-ö-ön", sagte Wadik verblüfft und legte auf.

Ich blieb einige Augenblicke am Funkgerät stehen, bevor ich zu meinem Pult zurückkehrte. Das Kind gab noch einige Schluchzer von sich, dann wurde es still. Dafür stand Tom wieder mal wie angewurzelt da. Dieser vermaledeite Holzklotz, warum mußte er bloß dauernd stehenbleiben! Jack und Rex rührten sich natürlich gleichfalls nicht von der Stelle. Ich drückte wütend auf die Kontrolltaste. Der Effekt war gleich Null. Ich hätte am liebsten losgeplärrt wie das Kind eben, doch fiel mir zum Glück noch ein, daß ja das gesamte System außer Betrieb war. Ich selbst hatte es vor zwei Stunden abgeschaltet, als ich mir das Programm vorgenommen hatte. Einen feinen Kybermechaniker gab ich zur Zeit ab! Vielleicht sollte ich besser Meldung an den Stützpunkt machen und um Ablösung bitten. Irgendwie peinlich, verdammt noch mal ... Ich ertappte mich dabei, daß ich in furchtbarer Anspannung auf eine Wiederholung der Ereignisse von vorhin wartete. Mir wurde klar: Wenn ich hier in der Zentrale blieb, würde ich immerzu nur horchen und horchen, würde zu nichts anderem mehr imstande sein, und ich war mir sicher, ich würde weiß Gott was alles hören!

Entschlossen schaltete ich die Systeme auf „Prophylaxe", schnappte meinen Instrumentenkoffer und rannte fast im Laufschritt aus der

Kabine. Diesmal bemühte ich mich, Haltung zu bewahren, und so wurde ich mit meinem Mantel einigermaßen schnell fertig. Die eisige Luft, die das Gesicht zum Brennen brachte, tat ein übriges. Der Sand knirschte unter meinen Füßen, als ich zielstrebig, ohne mich auch nur ein einziges Mal umzudrehen, den Weg zum Bauplatz einschlug und geradewegs auf Tom zusteuerte. Nicht einen einzigen Blick zur Seite riskierte ich. Die Gletscher, der Nebel, das Wasser – all das interessierte mich von nun an nicht mehr. Ich befolgte Vanderhoezes Rat und schonte meine Nerven für die unmittelbar vor mir liegenden Pflichten. Denn von meiner Nervenkraft hatte ich bereits einen beträchtlichen Teil eingebüßt, die Pflichten aber waren dadurch nicht weniger geworden. Ganz im Gegenteil, sie nahmen zu.

Zunächst überprüfte ich Toms Reflexe. Der Kyber reagierte ausgezeichnet. Ich stieß ein lautes „Na prächtig" aus, entnahm meinem Koffer ein Skalpell und öffnete mit einem gekonnten Schnitt, als säße ich in der Prüfung, den Hinterkopf des Roboters. Ich arbeitete wie im Rausch und mit Verbissenheit – flink, überlegt, exakt wie eine Maschine. Ja, ich kann mit Sicherheit sagen: Noch nie in meinem Leben war ich so hingebungsvoll am Werk gewesen. Die Finger wurden mir klamm, und das Gesicht erstarrte, denn ich durfte nicht atmen, wie es mir gerade einfiel, sondern mußte meinen Verstand gebrauchen, damit sich auf dem Operationsfeld kein Rauhreif absetzte. Dennoch wies ich den Gedanken, die Roboter in die Schiffswerkstatt zu treiben, weit von mir. Mir wurde zusehends leichter ums Herz; ich hörte nichts Ungewöhnliches mehr und glaubte fast, die Geräusche könnten nicht wieder auftauchen. Zweimal lief ich zum Schiff, um Ersatzganglien für Toms Koordinationssystem zu holen. „Ich bring dich so in Ordnung, mein Lieber", redete ich beschwichtigend auf den Roboter ein, „daß du dich hinterher wie neugeboren fühlst. Paß auf, du wirst nie mehr von der Arbeit weglaufen. Ich werde dich kurieren, Bruderherz, werde dich auf die Beine bringen, damit du dich wieder unter Leuten sehen lassen kannst. Das willst du doch? Es ist nämlich sehr schön, bei den Leuten angesehen zu sein. Sie werden dich gern haben, dich hätscheln und verwöhnen. Aber nein, was mache ich dir da weis? Mit einem solchen Axiomatikblock kannst du unmöglich unter die Leute, nicht einmal im Zirkus würden sie dich nehmen. Du würdest alles in Zweifel ziehen, zu grübeln anfangen, dir angewöhnen, gedankenversunken in der Nase zu bohren. Ob sich das lohnt? Ja, wozu denn überhaupt das Ganze? Wozu diese Landebahnen, diese Fundamente? Und jetzt, mein Lieber, werde ich dich ..."

„Schura ...", hörte ich da dicht neben mir eine heisere Frauenstimme stöhnen. „Wo bist du, Schura? Ich hab solche Schmerzen ..."

Ich erstarrte. Ich lag im Innern des Roboters, von allen Seiten durch seine enormen Muskelberge eingezwängt, nur meine Beine ragten heraus. Mir wurde unglaublich flau vor Angst, wie in einem Alptraum. Noch heute frage ich mich, wieso ich nicht die Fassung verlor und in wilder Hysterie losbrüllte. Vielleicht hatte ich vorübergehend das Bewußtsein verloren. Auf jeden Fall hörte und dachte ich längere Zeit gar nichts, starrte nur wie gebannt auf den grünlich schimmernden Nervenstrang vor meinen Augen.

„Was ist passiert? Wo bist du denn? Schura ... Ich kann nichts sehen ..." Die Frau röchelte und schien sich in unerträglichen Schmerzen zu winden. „Hier ist irgend jemand ... So antworte doch, Schura! Ich kann nicht mehr, es tut alles so weh ... So hilf mir doch, ich sehe nichts ..."

Sie wimmerte, weinte und wiederholte immerzu ein und dasselbe. Ich glaubte bereits, ihr verzerrtes Gesicht zu sehen und den Todesschweiß auf ihrer Stirn. Dann waren in ihrem Stöhnen nicht mehr nur Schmerz und ein Flehen um Hilfe, es schwang auch Wut darin mit, ein Fordern, ein Befehl. Ich spürte direkt körperlich, wie sich eisige, spitze Finger zu meinem Gehirn vortasteten, um sich darin zu verkrallen, es zusammenzupressen und zu zermalmen. Einer Ohnmacht nahe, die Zähne krampfhaft zusammengebissen, griff ich mit der Linken nach der pneumatischen Klappe und betätigte sie aus Leibeskräften. Mit wildem Pfeifton entwich das komprimierte Argon, ich aber drückte die Taste wie ein Irrer, löschte so die heisere Stimme in meinem Innern aus, zerquetschte sie, machte sie zu Staub und hielt erst inne, als ich das Gefühl hatte, taub zu werden. Eine Empfindung, die mir unbeschreibliche Erleichterung verschaffte.

Später, als ich wieder zu mir gekommen war, bemerkte ich, daß ich neben Tom stand. Ich war von der Kälte durchfroren bis auf die Knochen, ich hauchte auf meine starren Finger, brabbelte aber mit verklärtem Lächeln vor mich hin: „Ein Schallvorhang, natürlich ..., ich brauche nur einen Schallvorhang ..." Tom seinerseits hielt sich, stark nach rechts überkippend, mühsam aufrecht, und alles um uns her war von einer dichten, starren Reifdecke überzogen. Fröstelnd steckte ich die Hände unter die Achseln, ging um Tom herum und bemerkte, daß der Argonstrahl ein riesiges Loch in den Bauplatz gehöhlt hatte. Ich stand eine Weile über dieser Grube, noch immer die Sache mit dem Schallvorhang vor mich hin murmelnd, und erst da wurde mir bewußt, daß ich dieses Gestammel endlich lassen mußte. Außerdem spürte ich plötzlich, daß ich ohne Mantel in der grimmigen Kälte stand. Ich erinnerte mich, meinen Pelz genau an der Stelle abgeworfen zu haben, wo jetzt die Grube war, und überlegte, ob ich nicht irgendwelche wertvollen Dinge in den Taschen gehabt hatte. Als mir nichts Derartiges einfiel, winkte ich resigniert ab und lief langsam zum Schiff zurück.

In der Einstiegskammer griff ich mir einen neuen Mantel, dann steuerte ich meine Kajüte an. Als wollte ich mein Kommen ankündigen, hüstelte ich an der Schwelle, danach trat ich ein und warf mich, wie ich war, auf die Koje, mit dem Gesicht zur Wand, den Mantel über die Ohren gezogen. Ich wußte nur zu gut, daß allem, was ich tat, jeglicher Sinn fehlte. Ich war mit einer ganz bestimmten Absicht hierhergekommen, hatte nur vergessen, mit welcher. Deshalb also legte ich mich hin, deckte mich zu und tat so, als wollte ich beweisen, daß ich genau das und nichts anderes hatte tun wollen.

Wahrscheinlich handelte es sich um eine Art Hysterie, die zum Glück einen friedfertigen, absolut ungefährlichen Charakter trug. Als ich das festgestellt und mich ein wenig beruhigt hatte, war ich heilfroh darüber. Im übrigen war mir klar, daß meine Arbeit hier die längste Zeit gedauert hatte. Für mich war wohl überhaupt Schluß mit der Tätigkeit im Kosmos. Natürlich war das wahnsinnig dumm und war mir auch – was ich gar nicht leugnen will – mächtig peinlich. Ich schämte mich, daß ich bereits beim ersten Einsatz versagt hatte, noch dazu, wo es sich um einen so ungefährlichen Ort handelte. Kränkend war auch, daß ich mich nervlich als ein solches Wrack erwies. Mir fiel Kaspar Manukjan ein und mit welch selbstzufriedenem Mitleid ich ihn damals bedauert hatte, als er wegen einer simplen nervlichen Übererregtheit einen der Tests fürs Projekt „Arche" nicht bestand. Meine Zukunft erschien mir mit einemmal in den schwärzesten Farben: stille Sanatorien, ärztliche Untersuchungen, Behandlungen, vorsichtige Fragen der Psychologen und ein Meer von Mitleid und Bedauern. Ja, ein vernichtender Schwall von Mitleid und Bedauern, der von allen Seiten auf mich niederprasseln würde ...

Mit einem Ruck schleuderte ich den Mantel zurück und richtete mich auf. Gut, dachte ich und wandte mich dabei an die Stille und Leere, eins zu null für euch. Ein Gorbowski ist aus mir nicht geworden. Ich werd's überstehen. Kaltes Blut also. Noch heute spreche ich mit Vanderhoeze, dann werden sie vielleicht schon morgen einen Ersatz für mich schicken. Himmelherrgott, wie das auf dem Bauplatz aussah! Tom war völlig am Boden, der Plan über den Haufen geworfen, und neben der Landebahn gähnte diese idiotische Grube. Plötzlich fiel mir ein, weshalb ich hierhergekommen war. Ich zog die Tischlade auf, fand das Kristallophon mit den Aufzeichnungen irukanischer Kriegsmärsche und befestigte es an meinem rechten Ohrläppchen. „Ein Schallvorhang", sagte ich ein letztes Mal. Dann klemmte ich mir den Mantel unter den Arm, ging zur Ausstiegskammer und atmete, um endgültig zur Ruhe zu kommen, mehrmals tief durch. Mit eingeschaltetem Kristall trat ich ins Freie.

Jetzt fühlte ich mich besser. Um mich her und in meinem Innern schmetterten barbarische Hörner, klirrten Bronzeschilde, dröhnten Trommeln. Die telemischen Legionen, von schwefelgelbem Staub bedeckt, marschierten schweren Schritts durch die alte Stadt Sethem; Türme standen in lodernden Flammen, Dächer stürzten in sich zusammen, und das furchterregende Pfeifen der Drachenballisten versetzte den Feind in Panik. Eingehüllt und beschützt von diesen Geräuschen tausendjähriger Vergangenheit, kletterte ich ein zweites Mal ins Innere von Tom und führte, nunmehr ohne jede Störung, die Prophylaxe zu Ende.

Als Jack und Rex bereits dabei waren, die Grube zuzuschütten, und Tom seinen dicken Wanst neu mit Argon volltankte, entdeckte ich am Horizont über dem Strand einen schwarzen Punkt, der zusehends größer wurde.

Der Gleiter kehrte zurück. Ich sah auf die Uhr – zwei Minuten fehlten an achtzehn Uhr Ortszeit. Ich hatte also durchgehalten. Nun konnte ich getrost Pauken- und Trommelschlag abschalten und mir nochmals die Frage vorlegen, ob es wirklich lohnte, Vanderhoeze und den Stützpunkt zu beunruhigen. Es würde nicht leicht sein, einen Ersatzmann für mich aufzutreiben. Auf dem gesamten Planeten könnte die Arbeit durch den Vorfall aufgehalten werden ..., zig Kommissionen kämen angerannt, um eine Reihe von Untersuchungen anzustellen, und Wadik würde ob der erzwungenen Ruhepause fuchsteufelswild werden. Wenn ich mir dazu noch vorstellte, mit welch strafendem Blick mich Gennadi Komow, Doktor der Xenopsychologie, Mitglied der Kontaktkommission und Sonderbevollmächtigter für das Projekt „Arche“, bedenken würde, Gennadi Komow, die aufgehende Sonne der Wissenschaft und der Lieblingsschüler Doktor Mbogas; Gennadi Komow, der neue Konkurrent und zugleich Mitstreiter des nahezu legendären Gorbowski ... Nein, ich mußte das alles nochmals gründlich überdenken. Ich sah dem näher kommenden Gleiter entgegen und beschloß bei mir: Das Ganze mußte mit äußerster Sorgfalt erwogen werden. Erstens hatte ich noch den ganzen Abend vor mir, zweitens sagte mir mein Gefühl, daß es am besten war, eine Weile abzuwarten. Letzten Endes ging das, was mir widerfahren war, nur mich allein etwas an. Ließ ich mich aber vom Dienst suspendieren, so würde sich das auf alle auswirken. Es kam dazu, daß sich der Schallvorhang als vorzügliches Abwehrmittel erwies. Beschlossene Sache, ich würde das Ganze vertagen. Jawohl, ich würde noch abwarten ...

All meine forschen Gedanken waren jedoch wie weggeblasen, als ich die Gesichter von Maja und Vanderhoeze erblickte. Komow – nun, der sah nicht anders aus als sonst; wie immer trug er eine Miene zur Schau, als gehörte alles ringsum ihm persönlich und bereits so lange, daß es ihm gründlich zum Halse heraushing. Maja aber war unwahrscheinlich blaß, fast schon fahl, so als wäre ihr speiübel. Komow sprang aus dem Fahrzeug und erkundigte sich kurz angebunden, warum ich mich auf ihre Anrufe hin nicht gemeldet hätte. Als sein Blick jedoch das Kristallophon an meinem Ohr streifte, lächelte er verächtlich und ging, ohne meine Antwort abzuwarten, zum Schiff. Dann kletterte Vanderhoeze bedächtig aus dem Gleiter und kam auf mich zu. Er nickte mir ein wenig betrübt zu, wodurch er stärker denn je an ein bejahrtes, krankes Kamel erinnerte. Maja schließlich saß nach wie vor unbeweglich auf ihrem Platz, mit düsterer Miene, das Kinn tief in ihren Pelzkragen vergraben, die Augen seltsam glasig, und ihre rötlichen Sommersprossen wirkten fast schwarz.

„Ist was passiert?“ fragte ich erschrocken.

Vanderhoeze blieb vor mir stehen. Er reckte den Kopf hoch und schob den Unterkiefer vor. Dann packte er mich bei der Schulter und schüttelte mich leicht. Bei dieser Bewegung rutschte mir das Herz förmlich in die Kniekehlen, ich wußte nicht, was ich von der ganzen

Sache halten sollte. Der andere schüttelte mich erneut und sagte: „Wir haben eine sehr traurige Entdeckung gemacht, Stas. Ein verunglücktes Schiff."

Ich schluckte krampfhaft und fragte: „Eins von uns?"

„Ja, von uns."

Schließlich kam auch Maja aus dem Flugzeug, winkte mir müde zu und schlug den Weg zum Schiff ein.

„Gibt's viele Tote?"

„Zwei", erwiderte Vanderhoeze.

„Wer?" brachte ich mit einiger Mühe heraus.

„Das wissen wir noch nicht. Es ist ein altes Schiff, die Katastrophe liegt viele Jahre zurück."

Er faßte mich am Arm, und wir folgten Maja. Das Schlimmste war überwunden. Zunächst hatte ich angenommen, daß jemand aus unserer Expedition verunglückt sei. Dennoch, auch die Katastrophe der anderen war schrecklich ...

„Dieser Planet hat mir von Anfang an nicht gefallen", sagte ich impulsiv.

In der Einstiegskammer angelangt, entledigten wir uns unserer Mäntel, und Vanderhoeze machte sich daran, seinen Pelz von den hängengebliebenen Kletten und Dornen zu säubern. Ich wartete nicht erst ab, bis er damit fertig war, sondern ging zu Maja. Sie lag mit angezogenen Beinen auf der Koje, das Gesicht zur Wand, eine Stellung, bei der ich gleich an mein Verhalten von vorhin dachte. Na, na, sagte ich mir, nun schön die Ruhe behalten und nichts anmerken lassen. Bloß kein Mitleid zeigen. So setzte ich mich dann an den Tisch, trommelte mit den Fingern auf die Platte und erkundigte mich mit betont sachlicher Stimme: „Hör mal, dieses Schiff ... Vanderhoeze sagt, es sei schon vor einigen Jahren verunglückt. Ist es wirklich eins von den alten?"

„Ja", antwortete Maja nach einer längeren Pause.

Ich schielte zu ihr hinüber. Mir war, als würden scharfe Katzenkrallen an meinem Hirn zerren, dennoch fuhr ich genauso nüchtern fort: „Konntet ihr denn feststellen, wie lange es her ist, zehn Jahre, zwanzig? Eigentlich ist das doch unsinnig, der Planet wurde ja erst vor zwei Jahren entdeckt ..."

Maja gab keine Antwort. Ich trommelte erneut mit den Fingern auf den Tisch und sagte, nun schon eine Nuance gedämpfter, doch immer noch sachlich: „Obwohl es sich natürlich um Freiwillige handeln könnte, um Leute, die den Kosmos auf eigene Faust erkundeten ... Zwei waren es, wenn ich recht verstanden habe?"

Da fuhr sie plötzlich von ihrer Koje hoch, wandte mir das Gesicht zu und schrie: „Jawohl, zwei! Zwei waren es, du Holzklotz! Ein ganz gefühlloser Kloben bist du!"

„Aber ..., aber wieso denn ...", stotterte ich bestürzt.

„Weshalb bist du jetzt überhaupt gekommen?" fuhr das Mädchen fast flüsternd fort. „Geh lieber zu deinen Robotern. Mit denen kannst du erörtern, wie lange das Unglück zurückliegt, was daran unsinnig ist, wieso es nur zwei sind und nicht drei oder sieben ..."

„Reg dich doch nicht so auf, Majka!" unterbrach ich sie verzweifelt. „Ich hab es doch nicht so gemeint ..."

Sie bedeckte das Gesicht mit den Händen und murmelte undeutlich: „Sämtliche Knochen hatten sie sich gebrochen ..., aber sie waren noch am Leben ..., wollten irgendwas tun ... Hör zu", sagte sie flehend und nahm die Hände vom Gesicht, „laß mich allein, bitte! Ich komm bald nach, es dauert nicht lange."

Ich stand sacht auf und verließ den Raum. Am liebsten hätte ich sie in die Arme genommen, ihr etwas Liebevolles, Tröstendes gesagt, doch aufs Trösten verstand ich mich schlecht. Im Korridor wurde ich plötzlich von einem Schauer geschüttelt. Ich blieb stehen und wartete, bis es vorüber war. Mein Gott, war das ein Tag heute! Das konnte man gar keinem erzählen. Es hätte wahrscheinlich auch wenig Sinn gehabt. Als ich die Augen wieder öffnete, sah ich Vanderhoeze, der in der Tür der Steuerzentrale stand und zu mir herüberschaute.

„Wie geht's Majka?" fragte er leise.

Offensichtlich las er an meinem Gesicht ab, wie es ihr ging, denn er nickte mir betrübt zu und verschwand dann in der Zentrale. Ich hingegen tappte in die Küche. Einfach so, aus Gewohnheit. Es hatte sich eingebürgert, daß wir uns gleich nach der Rückkehr des Gleiters gemeinsam an den Mittagstisch setzten. Heute freilich würde alles anders sein. Was konnte es heute schon für ein Mittagessen geben ... Ich brüllte den Koch an, weil der meiner Ansicht nach bei der Zusammenstellung des Menüs gemogelt hatte. In Wirklichkeit hatte er meine Anweisungen genauestens befolgt; das Essen war fertig – es war, wie üblich, ein gutes Essen –, nur daß heute eben kein üblicher Tag war. Maja würde wahrscheinlich überhaupt nichts anrühren. Aber ich wollte, daß sie etwas zu sich nahm, deshalb bestellte ich beim Koch Fruchtgelee mit Schlagsahne für sie – ihre Lieblingsspeise, die einzige, die ich kannte. Dagegen beschloß ich, für Komow und nach einigem Überlegen auch für Vanderhoeze nichts Zusätzliches zu bestellen. Allerdings forderte ich sicherheitshalber eine Flasche Wein an – falls jemand das Verlangen hatte, seine Nerven ein bißchen aufzumöbeln ... Als das erledigt war, begab ich mich in die Steuerzentrale und setzte mich an mein Pult.

Meine Schützlinge arbeiteten exakt wie eine Uhr. Maja war noch nicht hier, und Vanderhoeze setzte gemeinsam mit Komow den Wortlaut für einen außerplanmäßigen Funkspruch an den Stützpunkt auf. Ich hörte sie streiten.

„Das ist keine Information, Jakob", sagte Komow. „Sie wissen doch besser als ich: Es gibt da allgemeingültige Regeln – der Zustand des Raumschiffes, Zustand der Leichen, mutmaßliche Ursachen der Katastrophe, Spuren besonderer Art ..., na, und so weiter und so fort."

„Ja, gewiß", antwortete Vanderhoeze, „nur müssen Sie zugeben, Gennadi, daß all diese Formalitäten lediglich auf einem biologisch aktiven Planeten von Bedeutung sind. In der gegebenen konkreten Situation ..."

„Da ist es besser, wir funken vorerst gar nichts. Setzen wir uns in den Gleiter und fliegen nochmals hin. Dann können wir die Angelegenheit in allen Einzelheiten berichten."

Vanderhoeze schüttelte den Kopf. „Nein, Gennadi, ich bin entschieden dagegen. Eine Kommission zur Untersuchung solcher Vorfälle muß aus mindestens drei Mann bestehen. Außerdem ist es jetzt schon dunkel, wir hätten gar nicht die Möglichkeit, die Umgebung genau zu untersuchen ... Und überhaupt muß man solche Dinge mit ausgeruhtem Kopf in Angriff nehmen, nicht nach einem vollgestopften Arbeitstag. Was meinen Sie, Gennadi?"

Komow, die schmalen Lippen fest zusammengepreßt, schlug mit der Faust leicht auf den Tisch. „Die Sache kommt verdammt ungelegen", sagte er verdrießlich.

„Solche Dinge kommen immer ungelegen", erwiderte Vanderhoeze beschwichtigend. „Na, macht nichts, wir fahren morgen früh zu dritt hin und ..."

„Vielleicht sollten wir dann heute noch nichts funken?" unterbrach Komow.

„Tut mir leid“, entgegnete Vanderhoeze, „aber das verstößt entschieden gegen meine Vorschriften. Und überhaupt – warum eigentlich sollen wir keine Meldung machen?“

Komow stand auf und sah, die Hände auf dem Rücken verschränkt, von oben herab auf Vanderhoeze.

„Meine Güte, Jakob, wieso begreifen Sie das nicht“, sagte er mit nun schon unverhohlenem Ärger in der Stimme. „Es ist ein Raumschiff alten Typs, ein uns unbekanntes Schiff; die Bordaufzeichnungen sind aus irgendeinem Grund gelöscht ... Wenn wir diese Meldung hier abschicken“, er griff nach dem Blatt auf dem Tisch und wedelte damit Vanderhoeze vor dem Gesicht herum, „kommt Sidorow zu dem Schluß, daß wir nicht gewillt oder unfähig sind, selbst eine Expertise abzufassen. Für ihn würde das eine zusätzliche Belastung bedeuten, denn er müßte eine Untersuchungskommission einberufen, die nötigen Leute auftreiben, sich die Neugierigen vom Hals halten ... Was aber uns betrifft, nun, wir würden uns damit in eine lächerliche und dumme Lage bringen. Und dann überlegen Sie doch mal, Jakob, was aus unserer Arbeit werden soll, wenn alle möglichen Müßiggänger hier aufkreuzen.“

„Hmm.“ Vanderhoeze überlegte. „Mit anderen Worten, Sie wollen verhindern, daß sich auf unserem Abschnitt Unbefugte einmischen. Verstehe ich das recht?“

„Genau“, bestätigte Komow entschieden.

Vanderhoeze zuckte die Achseln. „Also schön ...“ Nach einigem Überlegen nahm er Komow das Blatt aus der Hand und fügte noch ein paar Worte an den Text an. „Vielleicht geht's so.“ Er las den Text schnell herunter: „ER-2 an den Stützpunkt. Eilt. Im Planquadrat 102 ein Erdenraumschiff vom Typ ‚Pelikan‘ zerschellt aufgefunden, Registriernummer soundso, im Schiffsinnern die Leichen zweier Menschen, mutmaßlich die eines Mannes und einer Frau; Bordaufzeichnungen gelöscht, ausführliche Expertise ...“, Vanderhoeze las die folgenden Worte lauter und hob dabei bedeutungsvoll den Finger, „nehmen wir morgen in Angriff. – Ist es Ihnen so recht, Gennadi?“

Einige Sekunden lang wippte Komow gedankenversunken von den Fersen auf die Zehen.

„Ja, warum nicht?“ erwiderte er schließlich. „So geht's schon. Hauptsache, wir werden nicht gestört, alles andere ist mir egal. Also lassen wir den Text so.“

Unvermittelt hielt Komow im Wippen inne und stürmte aus der Kabine. Vanderhoeze wandte sich zu mir um: „Hier, Stas, gib das bitte durch. Und dann ist es ja wohl auch Zeit zum Essen, was meinst du?“ Er erhob sich und fügte seinen Worten eine seiner üblichen rätselhaften Bemerkungen hinzu: „Wenn nur ein Alibi da ist, die Leichen werden sich schon finden.“

Ich chiffrierte den Text und funkte ihn über den Eilkanal. Allerdings war ich nicht im mindesten bei der Sache, denn in ebendiesem Augenblick hatte sich ein noch unbestimmter Verdacht in meinem Unterbewußtsein festgekrallt und bohrte unablässig wie der Splitter in einem Finger. Ich saß vor dem Sender und lauschte. Ja, man hatte ein ganz anderes Gefühl beim Horchen, wenn man wußte – das Schiff war voller Leute. Ich hörte Komow mit schnellen Schritten über den Ringkorridor hasten. Er ging stets, als sei er in Eile, dabei wußte er doch, daß er gar nicht zu hetzen brauchte: ohne ihn fing man ja doch niemals an. Dann vernahm ich ein undeutliches Brummen Vanderhoezes und Majas Stimme, die wieder ganz alltäglich klang, hell und selbstbewußt. Offenbar hatte sie sich beruhigt, oder sie tat zumindest so. Keinerlei Stille und Leere mehr, keinerlei Fliegen im Spinnennetz ... Und da begriff ich plötzlich, was das für ein Splitter war, der in mir bohrte. Die Stimme der sterbenden Frau, die ich im Fieberwahn gehört hatte, und die Tote in dem zerschellten Raumschiff ... Gewiß, alles schien zufällig zu sein, und doch war es, wie man zugeben muß, ein grausiges Zusammentreffen.

3

Stimmen und Phantome

So erstaunlich das klingen mag, ich schlief wie ein Toter. Morgens stand ich nach alter Gewohnheit eine halbe Stunde früher als die anderen auf, lief in die Küche, um wegen des Frühstücks nach dem Rechten zu sehen, schaute anschließend in der Steuerzentrale nach meinen Zöglingen und begann dann im Freien meine Morgengymnastik. Die Sonne war noch nicht über die Berge emporgestiegen, doch es war schon völlig hell und sehr kalt. Die Nasenlöcher verklebten einem, die Wimpern gefroren, und ich ruderte mit den Armen, was das Zeug hielt, machte meine Kniebeugen und war überhaupt bestrebt, mein Pensum schnell hinter mich zu bringen, um aufs Schiff zurückkehren zu können. Da bemerkte ich plötzlich Komow. Offenbar hatte er heute etwas zu erledigen gehabt und war früher als ich aufgestanden. Jetzt jedenfalls kam er vom Baugelände her. Er ging, ganz gegen seine Gewohnheit, ohne jede Eile, so als wäre er am Grübeln, und klopfte sich zerstreut mit einem Zweig gegen das Bein. Ich war mit meinen Freiübungen bereits fertig, als er auf mich zukam und grüßte. Natürlich grüßte ich wieder und wollte schon in die Luke schlüpfen, als er mich mit einer Frage zurückhielt.

„Sagen Sie, Popow, wenn Sie hier allein bleiben, entfernen Sie sich da manchmal vom Schiff?"

„Wie bitte?" Ich wunderte mich weniger über seine Frage als über die Tatsache, daß sich ein Gennadi Komow dazu herabließ, sich nach meinem Zeitvertreib zu erkundigen. Unsere Beziehungen waren etwas kompliziert. Ich konnte ihn nicht sonderlich leiden.

„Ich frage, ob Sie sich vom Schiff entfernen. Zu den Sümpfen zum Beispiel oder zu den Hügeln ..."

Ich hasse es, wenn man sich mit mir unterhält und die Augen dabei überall hat, nur nicht bei mir. Besonders wenn ich selbst nur im Turndreß dastehe, der andere aber in einem warmen Fellmantel mit Kapuze steckt. Doch Gennadi Komow war immerhin Gennadi Komow, und so antwortete ich, die Arme um meine Schultern geschlungen und auf der Stelle hüpfend: „Nein. Meine Zeit ist ohnehin knapp, da steht mir der Sinn nicht nach Spaziergängen."

Da geruhte er endlich zu sehen, daß ich fror, und deutete mit dem Zweig höflich zur Luke hin: „Aber bitte sehr, es ist doch kalt." In der Einstiegskammer freilich hielt er mich erneut zurück.

„Und wie ist es mit den Robotern, entfernen die sich?"

„Die Roboter?" Ich hatte keine Ahnung, worauf er hinauswollte. „Nein, wozu auch?"

„Nun, was weiß ich ..., auf der Suche nach Baumaterialien zum Beispiel ..."

Sorgfältig lehnte er den Zweig gegen die Wand und begann sich den Mantel aufzuknöpfen. Ich wurde allmählich wütend. Wenn er irgendwie Wind davon bekommen hatte, daß mit meinen Kybersystemen etwas nicht in Ordnung war, dann ging ihn das einen feuchten Dreck an. Auch konnte er mir das rundheraus sagen und nicht um sieben Ecken rum. Wie kam er eigentlich dazu, mich einem solchen Verhör zu unterziehen ...

„Kybersysteme dieser Art“, sagte ich, so reserviert wie möglich, „verwenden als Baumaterial nur das, was sich zu ihren Füßen befindet. Im gegebenen Falle ist das Sand.“

„Oder es sind Steine“, warf er lässig hin.

Damit hatte er mich festgenagelt. Freilich ging das entschieden über seine Kompetenzen hinaus, und so erwiderte ich herausfordernd: „Stimmt! Wenn vorhanden, dann auch Steine.“

Er sah mich zum erstenmal während dieses Gesprächs an. „Ich fürchte, Popow, Sie verstehen mich nicht richtig“, sagte er unerwartet sanft. „Ich habe keinerlei Absicht, mich in Ihre Arbeit einzumischen. Mir sind lediglich einige Zweifel gekommen. Deshalb habe ich mich an Sie gewandt. Sie sind der einzige, der mir da Auskunft geben könnte.“

Nun, wenn man mir im guten kommt, reagiere ich gleichfalls freundlich. Und so sagte ich: „Im großen und ganzen können sie mit Steinen natürlich nicht viel anfangen. Aber gestern spielte mein System ein bißchen verrückt, da haben die Roboter diese Steine über den ganzen Bauplatz verstreut. Weiß der Kuckuck, was sie damit wollten. Später haben sie sie dann wieder weggeräumt.“

Komow nickte. „Ja, das habe ich gemerkt. Was war denn das für eine Störung?“

In knappen Worten schilderte ich den vorangegangenen Tag, natürlich ohne auf die delikaten Einzelheiten einzugehen. Er hörte zu, nickte von Zeit zu Zeit, dann bedankte er sich für die Auskünfte und entfernte sich. Erst später, in der Gemeinschaftskajüte, als ich meine Buchweizengrütze aß und kalte Milch dazu trank, wurde mir bewußt, daß der Liebling Doktor Mbogas weder Andeutungen über die Art seiner Zweifel gemacht hatte noch darüber, wie es mir gelungen war, sie zu zerstreuen. Beziehungsweise, ob es mir überhaupt gelungen war. Ich hielt im Kauen inne und schaute zu Komow hinüber. Nein, es war mir offenbar nicht gelungen.

Im Grunde macht Gennadi Komow stets und immer den Eindruck eines Menschen, der nicht von dieser Welt ist. Ständig richtet er den Blick in die Ferne, so als erforsche er etwas hinter den Weiten des Horizonts, und ständig grübelt er über Dinge nach, die verteufelt erhaben sein müssen. Auf die Erde geruht er nur dann herabzusteigen, wenn ihn zufällig oder bewußt irgendwer oder irgendwas beim Forschen behindert. In solch einem Fall fegt er das Hindernis mit eiserner Hand beiseite, um sich erneut zu seinem Olymp emporzuschwingen. Zumindest erzählt man das überall von ihm; wer kann wissen, ob an den Gerüchten wirklich etwas Wahres ist. Außerdem: Wenn jemand auf so erfolgreiche Weise an dem Problem fremdplanetarischer Psychologien arbeitet, auf seinem Gebiet ganz vorn steht, wenn er sich keinerlei Schonung gönnt und dazu, wie es heißt, einer der hervorragendsten Zukunftsgestalter unseres Planeten ist, so sollte man ihm schon einiges nachsehen, seine Umgangsformen mit einer gewissen Milde betrachten. Letztlich kann nicht jeder so liebenswert und charmant sein wie etwa Gorbowski oder Doktor Mboga.

Schließlich dachte ich in den letzten Tagen auch verwundert und mit einer gewissen Betrübnis immer häufiger an das, was mir Tatjana erzählt hatte. Sie hatte ein ganzes Jahr mit Komow zusammengearbeitet und war ganz offensichtlich in ihn verliebt gewesen. Nach ihren Worten war Komow ein höchst geselliger Mensch von einmaligem Scharfsinn. Die Seele der Gesellschaft hatte sie ihn genannt. Freilich konnte ich mir beim besten Willen nicht vorstellen, was das für eine Gesellschaft sein sollte, in der er die Rolle der Seele spielte.

Um es also noch einmal zu sagen, Gennadi Komow machte auf mich stets den Eindruck, als sei er nicht von dieser Welt. Beim heutigen Frühstück jedoch übertraf er sich noch. Er bestreute sein Essen ausgiebig mit Salz; er streute, kostete und ließ seinen Teller dann gedankenverloren in den Müllschlucker wandern. Er verwechselte den Senf mit der Butter, bestrich ein gesüßtes Toastbrot mit Senf, kostete und schickte es mit der gleichen Abwesenheit dem Teller hinterher. Die Fragen Vanderhoezes ließ er unbeantwortet, heftete sich dafür aber wie ein Blutegel an Maja und versuchte herauszubekommen, ob sie die Geländeuntersuchungen immer gemeinsam mit Jakob durchführte oder sich gelegentlich von ihm trennte. Und dann sah er mitunter ganz gehetzt um sich. Einmal sprang er sogar vom Tisch auf, lief in den Korridor hinaus, blieb einige Minuten draußen und kehrte danach zu uns zurück, als sei nichts geschehen. Anschließend begann er ein zweites Brot mit Senf zu besteichen, bis man ihm den vermaledeiten Mostrich schließlich wegnahm.

Auch Maja war nervös. Wenn sie etwas sagte, so kam es ziemlich zusammenhanglos heraus, sie hielt den Blick auf ihren Teller geheftet und lächelte während des ganzen Frühstücks kein einziges Mal. Ich konnte ihr übrigens sehr gut nachfühlen, wie ihr zumute war. Ich an ihrer Stelle hätte mich vor dem Unternehmen, das sie vorhatten, kaum anders benommen. Sie war nicht älter als ich, besaß jedoch bedeutend mehr Arbeitserfahrung. Aber diese Art von Erfahrung würde ihr heute kaum weiterhelfen.

Mit einem Wort: Komow und Maja waren ziemlich durcheinander, und selbst Vanderhoeze, der die beiden hin und wieder mit einem flüchtigen Blick streifte, zeigte Anzeichen von Unruhe. Deshalb begriff ich, daß es völlig fehl am Platz war, um eine Teilnahme an der bevorstehenden Untersuchung zu bitten. Da mir klar wurde, daß mir abermals ein ganzer Tag voller Stille und Leere bevorstand, wurde ich nun selbst nervös. So war die Atmosphäre am Frühstückstisch ziemlich gespannt, weshalb sich Vanderhoeze in seiner Eigenschaft als Arzt und Schiffskommandant dann entschloß, etwas zu unternehmen. Er reckte den Kopf hoch, schob den Unterkiefer vor und schaute uns über seine Nasenspitze hinweg durchdringend an. Sein rötlicher Bakkenbart spreizte sich dabei borstig zu beiden Seiten ab. Fürs erste gab er ein paar Anekdoten aus dem Alltag der Kosmonauten zum besten. Die Geschichten waren alt und abgedroschen. Ich zwang mich zu einem Lächeln, Maja verzog keine Miene, und nur Komow reagierte irgendwie seltsam. Er hörte aufmerksam und ernsthaft zu, nickte an den entscheidenden Stellen zustimmend, musterte dann Vanderhoeze nachdenklich und sagte eindringlich: „Wissen Sie, Jakob, eigentlich würden zu Ihrem Backenbart sehr gut Troddeln an den Ohren passen.“

Das war nicht übel gesagt, und unter anderen Umständen hätte ich meine Freude an diesem Witz gehabt. In der gegenwärtigen Situation jedoch fand ich Komows Bemerkung einfach taktlos. Vanderhoeze selbst schien da freilich ganz anderer Meinung zu sein. Er lächelte selbstgefällig, fuhr sich mit dem gekrümmten Finger erst links, dann rechts durch den Bart und ging zur nächsten Geschichte über.

„Kommt ein Mann von der Erde auf einen anderen bewohnten Planeten, nimmt Kontakt zu den fremden Wesen auf und bietet ihnen seine Dienste an. Er will ihnen ein erstklassiges Perpetuum mobile konstruieren. Auf diesem Gebiet, sagt er, sei er der größte Meister auf Erden. Die Fremden bestaunen ihn, hängen förmlich an den Lippen dieses Vertreters einer vermeintlichen Superzivilisation und machen sich, seinen Anweisungen folgend, unverzüglich ans Werk. Sie stellen die Maschine auch fertig. Doch das Perpetuum funktioniert nicht. Der Erdenmensch dreht an den Rädern, kraucht zwischen allen möglichen Stangen und Zahnrädern herum und schimpft, die Sache sei nicht ordentlich gemacht. ‚Die Technologie liegt bei euch noch sehr im argen', behauptet er. ‚Zum Beispiel müssen diese Scharniere hier verändert oder, noch besser, ganz ausgewechselt werden, was meint ihr?' Die Bewohner des Planeten schicken sich in die Lage, sie machen sich ans Verändern und Auswechseln. Kaum sind sie fertig, landet plötzlich eine Rakete von der Erde bei ihnen, eine Rakete vom Medizinischen Rettungsdienst. Die Erdensanitäter greifen sich den Erfinder und verpassen ihm eine Beruhigungsspritze. Der Arzt entschuldigt sich mehrfach bei den Fremden, dann startet die Rakete wieder. Die Planetenbewohner sind bedrückt und auch verlegen, sie schämen sich und wagen nicht, einander in die Augen zu sehen. Aber gerade als sie auseinandergehen wollen, bemerken sie, daß das Perpetuum angefangen hat zu arbeiten. Ja, meine Freunde, die Maschine begann zu arbeiten und hat bis heute noch nicht wieder aufgehört, seit nunmehr hundertfünfzig Jahren ..."

Mir gefiel diese reichlich primitive Geschichte. Man merkte sofort, daß sie Vanderhoeze selbst ausgedacht hatte, und zwar eben erst. Zu meiner großen Verblüffung sagte sie auch Komow zu. Bereits nach der Hälfte der Erzählung hörte er auf, seinen Blick auf der Suche nach dem Senftopf über den Tisch schweifen zu lassen. Er starrte Vanderhoeze aus seinen zusammengekniffenen Augen an, bis der fertig war, und bemerkte dann: Die Idee, einen der kontaktaufnehmenden Partner als unzurechnungsfähig auftreten zu lassen, sei theoretisch durchaus interessant. Die allgemeine Kontakttheorie habe eine solche Möglichkeit bisher leider nicht in Betracht gezogen, obwohl schon zu Beginn des 21. Jahrhunderts von einem gewissen Strauch der Vorschlag gekommen sei, der Besatzung von Raumschiffen auch einige Schizoide beizugeben. Bereits damals sei bekannt gewesen, daß Leute mit Bewußtseinsspaltung über eine stark ausgeprägte Fähigkeit zu nicht vorgebildeten Denkweisen verfügten. Dort, wo ein normaler Mensch in einem Wust von Unbekanntem unwillkürlich bestrebt sei, etwas Vertrautes zu entdecken, etwas ihm von früher Bekanntes und Stereotypes, sehe der Schizophrene die Dinge in ihrer tatsächlichen Beschaffenheit und sei darüber hinaus in der Lage, neue Stereotypen zu bilden, die direkt aus dem sich darbietenden Chaos, aus dessen geheimnisvoller Natur hervorgingen. Übrigens, fuhr Komow, in Eifer geraten, fort, sei diese Fähigkeit für die Schizoiden der verschiedensten Zivilisationsformen gleichermaßen gültig. Und da theoretisch durchaus die Möglichkeit bestehe, daß sich das Kontaktobjekt als schizoides Individuum erweise, und da ein verspätetes Erkennen dieses Sachverhalts zu ernsthaften Folgen führen könne, verdiene das Problem, das Vanderhoeze angeschnitten habe, gebührende wissenschaftliche Beachtung.

Jakob erklärte mit spöttischem Lächeln, er schenke Komow diese Idee, und fügte hinzu, es sei nun an der Zeit aufzubrechen. Bei dieser Aufforderung wurde Maja, die Komows Ausführungen mit großem Interesse und halbgeöffnetem Mund gelauscht hatte, ganz klein. Auch ich war einigermaßen niedergedrückt; diese Bemerkungen über die Schizophrenen hatten unangenehme Assoziationen in mir wachgerufen. Doch da geschah folgendes:

Vanderhoeze und Maja hatten die Gemeinschaftskajüte bereits verlassen, als Komow, der einige Augenblicke in der Tür gestanden hatte, plötzlich eine Kehrtwendung machte. Er trat auf mich zu, packte mich kräftig beim Ellbogen und murmelte, während er mit seinen kalten grauen Augen mein Gesicht abzutasten schien, hastig: „Warum sind Sie denn so bedrückt, Stas? Ist irgendwas passiert?"

Ich war sprachlos. Der übernatürliche Scharfblick dieses Spezialisten auf dem Gebiet der Schizophrenie warf mich fast um. Dennoch gelang es mir sofort, mich wieder in die Gewalt zu bekommen. Zuviel stand in diesem Augenblick für mich auf dem Spiel. Ich trat einen Schritt zurück und fragte mit grenzenlosem Erstaunen: „Wie meinen Sie das, Gennadi Jurjewitsch?"

Sein Blick tastete nach wie vor mein Gesicht ab, er gab keine Antwort, erkundigte sich vielmehr erneut, diesmal aber noch leiser und schneller: „Haben Sie Angst, allein zu bleiben?"

Doch ich saß bereits fest im Sattel.

„Angst?" fragte ich zurück. „Nun, das wäre wohl übertrieben, Gennadi Jurjewitsch. Schließlich bin ich kein Kind mehr ..."

Er ließ meinen Arm los. „Vielleicht sollten Sie mit uns fliegen?"

Ich zuckte die Achseln. „Das würde ich gern tun, aber gestern sind ja einige Störungen bei meinen Kybern aufgetreten, die ich erst beheben muß. Da sollte ich wohl besser dableiben."

„Na, wenn Sie meinen“, sagte Komow unbestimmt, machte abrupt kehrt und ging hinaus.

Ich blieb noch einen Moment stehen und gab mir Mühe, mich endgültig unter Kontrolle zu bekommen. In meinem Kopf war ein einziges Tohuwabohu, andererseits aber kam ich mir wie nach einem gut bestandenen Examen vor.

Sie winkten mir noch, bevor sie abflogen, ich jedoch nahm mir nicht einmal die Zeit, ihnen hinterherzuschauen. Ich kehrte unverzüglich ins Schiff zurück, bewaffnete mich mit einem Paar Stereokristallophonen, heftete sie an die Ohren und ließ mich in den Sessel vor meinem Steuerpult fallen. Ich beobachtete meine Zöglinge bei der Arbeit, las, nahm Funksprüche entgegen und führte Gespräche mit Wadik und Ninon, getröstet übrigens durch die Tatsache, daß auch bei Wadik in voller Lautstärke Musik zu hören war. Dann widmete ich mich voller Hingabe dem Hausputz und stellte im Hinblick auf eine sicherlich notwendige Stärkung der seelischen Kräfte ein Schlemmermenü zusammen. Das Ganze ging unter Donnern und Dröhnen, unter dem Heulen der Flöten und dem Winseln der Necophone vor sich. Alles in allem war ich zum Nutzen anderer und auch zum eigenen eifrig und mitleidlos bemüht, die Zeit totzuschlagen. Und doch bohrte den ganzen Tag über der quälende Gedanke in mir, wie Komow erfahren hatte, was in mir vorging, und was er in diesem Zusammenhang unternehmen würde. Komow stellte mich vor ein Rätsel. Die plötzlichen Zweifel, die ihm nach der Besichtigung des Bauplatzes gekommen waren, seine Bemerkungen über die Schizoiden, die seltsamen Worte schließlich, die wir an der Tür zur Gemeinschaftskajüte gewechselt hatten ... Zum Teufel, wenn ich daran dachte, daß er mir angeboten hatte, mit ihnen zu fliegen ... Er fürchtete ganz offensichtlich, mich allein hierzulassen. Sah man mir die Unsicherheit wirklich so deutlich an? Vanderhoeze hatte doch auch nichts bemerkt ...

Mit solchen und ähnlichen Gedanken verging der größte Teil meines Arbeitstages. Um fünfzehn Uhr, bedeutend früher, als ich erwartet hatte, kehrten die anderen zurück. Ich schaffte es gerade noch, die Kristallophone von den Ohren zu reißen und zu verstecken, da kam auch schon die ganze Gesellschaft hereingeschneit. Ich begrüßte sie in der Einstiegskammer auf eine Weise, die ich mir vorher genau zurechtgelegt hatte: Ich war zurückhaltend, aber freundlich, stellte keinerlei Fragen in der Angelegenheit selbst, erkundigte mich lediglich, ob sie etwas zur Stärkung zu sich nehmen wollten. Freilich fürchtete ich, nach diesen sechs Stunden Donner und Getöse ein bißchen zu laut gesprochen zu haben. Maja jedenfalls, die zu meiner großen Freude einen recht zufriedenstellenden Eindruck machte, warf mir einen erstaunten Blick zu. Auch Komow musterte mich hastig von Kopf bis Fuß, verschwand dann aber, ohne ein Wort zu verlieren, in seiner Kajüte.

„Eine Stärkung?" sagte Vanderhoeze nachdenklich. „Weißt du, Stas, ich gehe jetzt gleich in die Zentrale und schreibe die Expertise, da könntest du mir bei Gelegenheit ein Glas Tonic vorbeibringen."

Ich versprach ihm das und ging, während er sich in die Steuerkabine begab, mit Maja in die Mannschaftskajüte. Dort bereitete ich zwei Gläser Tonic, gab das eine Maja und brachte das andere Vanderhoeze. Als ich zurückkam, schritt Maja mit dem Glas in der Hand im Raum auf und ab. Obwohl sie bedeutend ruhiger war als noch am Morgen, war ihr eine gewisse Verkrampftheit, ein Angespanntsein anzumerken. Ich wollte ihr helfen, damit fertig zu werden, und fragte: „Also, was ist nun mit dem Schiff?"

Maja nahm einen großen Schluck, fuhr sich mit der Zungenspitze über die Lippen und sagte mit einem Blick, der mir auswich: „Ach, Stas, das ist alles nicht so einfach."

Ich wartete, daß sie fortfuhr, doch sie schwieg. „Was ist nicht so einfach?"

„Na, alles." Sie machte eine vage Bewegung mit der Hand, in der sie das Glas hielt. „Eine kastrierte Welt ist das. Ein Fall von Bleichsucht. Ich sage dir: Dieses Raumschiff ist nicht von ungefähr hier zerschellt, und wir haben es auch nicht von ungefähr hier gefunden. Und überhaupt: Auf diesem feinen Planeten geht unser ganzes Vorhaben, das gesamte Umsiedlungsprojekt, in die Binsen!" Sie trank das Glas leer und stellte es auf den Tisch. „Gegen die elementarsten Sicherheitsvorschriften verstoßen wir, lassen zu, daß die Mehrheit der Mitarbeiter Grünschnäbel sind wie du ... und übrigens auch ich ... Und das alles mit der Begründung, der Planet sei biologisch passiv. Als wenn es darum ginge! Jeder x-beliebige, wenn er nur das geringste Gespür hat, merkt bereits nach einer Stunde, daß hier etwas nicht stimmt. Hier hat es früher einmal Leben gegeben, dann ist eine Sternenexplosion erfolgt, die innerhalb von Sekunden alles auslöschte ...

Biologisch passiv? Schon möglich. Dafür aber nekrotisch aktiv. Und die Panta wird in ein paar Jahren genauso aussehen. Verkrüppelte Bäume, sieches Gras, ein Bild, das an ewigen Tod erinnert. Hier weht der Geruch des Todes, begreifst du? Noch schlimmer sogar – der Geruch erstorbenen Lebens. Nein, Stas, ich sage dir: Die Pantianer können hier nicht glücklich werden, können unmöglich Fuß fassen. Ein neues Haus für eine ganze Zivilisation soll entstehen? Es wird kein neues Haus geben, höchstens ein altes Gespensterschloß."

Bei diesem letzten Wort zuckte ich zusammen. Sie bemerkte es, verstand es aber offenbar falsch.

„Nur keine Sorge", sagte sie mit einem traurigen Lächeln. „Ich bin nicht übergeschnappt. Ich versuche nur, meine Empfindungen und Vorahnungen auszudrücken. Wie ich sehe, fällt es dir schwer, mich zu verstehen, aber sag selbst, was das für Vorahnungen sein können, wenn sich einem solche Wörter aufdrängen: nekrotisch, Gespenster ..."

Sie schritt erneut im Raum auf und ab, blieb unvermittelt vor mir stehen und fuhr fort: „Gewiß, andererseits besitzt der Planet wunderbare und seltene Parameter. Die biologische Aktivität ist nahezu gleich Null, Atmosphäre, Hydrosphäre, Klima und Wärmebalance sind für das Projekt ‚Arche' wie auf Bestellung gemacht. Doch ich lass' mir den Kopf abhacken, wenn auch nur einer unserer Theoretiker, einer der Organisatoren des Unternehmens seinen Fuß auf diesen Planeten gesetzt hat. Und sollte es tatsächlich einer getan haben, dann hatte er eben nicht einen Funken Gefühl, ein Minimum an Gespür fürs Leben. Das kannst du mir glauben ... Sicherlich, das sind alles alte Hasen, die schon eine Menge hinter sich haben, die erfahren sind. Eine körperlich greifbare Gefahr würden sie sofort wittern! Doch das hier ..." Sie schnalzte mit den Fingern und verzog in dem Unvermögen, das richtige Wort zu finden, beinahe schmerzhaft das Gesicht. „Was weiß ich", fuhr sie fort, „vielleicht hat sogar jemand gemerkt, daß auf diesem Planeten etwas nicht stimmt. Aber wie sollte er das einem erklären, der nie hier war? Kannst wenigstens du mich ein bißchen verstehen?"

Sie sah mich mit ihren grünen Augen durchdringend an, und ich fragte mich, was ich antworten sollte. Schließlich, nach einigem Zögern, log ich: „Nicht ganz ..., das heißt, in gewissem Sinne hast du natürlich recht ..., die Stille hier und die Leere ..."

„Siehst du", sagte sie resigniert, „nicht einmal du begreifst es. Na, genug davon." Sie setzte sich mir gegenüber auf den Tisch, stupste mir plötzlich den Finger in die Wange und begann zu lachen. „Ich habe mir alles von der Seele geredet, nun ist mir leichter. Mit Komow, das weißt du selbst, kommt man nicht groß ins Gespräch, und an Vanderhoeze möchte ich mich mit solchen Dingen lieber nicht wenden – der würde mich glatt in seinen Medizinbunker sperren."

Die Spannung, unter der wir die ganze Zeit gestanden hatten, fiel ab, und unser Gespräch wurde unbekümmerter. Ich klagte ihr mein Leid mit den Robotern, erzählte von Wadik, von seinem Bad in dem riesigen Ozean und erkundigte mich, ob sie mit ihrer Suche nach geeigneten Siedlungsplätzen vorankämen. Maja erwiderte, daß sie vier Stellen für künftige Siedlungen vorgemerkt hätten, daß diese Plätze in vielerlei Beziehung günstig wären und daß die Pantianer im Grunde dort ihr ganzes Leben in Freuden zubringen könnten. Aber da das Unternehmen insgesamt zum Scheitern verurteilt sei, lohne es sich nicht, weiter darüber zu sprechen. Ich machte Maja auf ihren nach meiner Meinung angeborenen Skeptizismus aufmerksam, durch den sie sich schon immer ausgezeichnet habe, und daß dieser Skeptizismus häufig ungerechtfertigt gewesen sei. Worauf sie entgegnete, es handle sich nicht um einen angeborenen Skeptizismus, sondern um einen der Natur, und überhaupt sei ich ein Grünschnabel, der eigentlich vor ihr, der erfahrenen Maja, Haltung annehmen müsse. Was mich wiederum zu der Antwort bewog, ein wirklich erfahrener Mensch würde sich nie und nimmer in einen Streit mit einem Kybermechaniker einlassen, denn der sei auf einem Schiff so etwas wie die Achse, um die das ganze Dasein kreise. Maja konterte, daß Rotationsachsen im allgemeinen reine Idealvorstellungen seien, nichts als die geometrischen Örter von Punkten ... Dann stritten wir über den Begriff „Rotationsachse" an sich und schwatzten überhaupt recht dummes Zeug, so daß ein Außenstehender sicherlich den Eindruck erhalten hätte, wir wären recht unbekümmert. Freilich hätte ich nicht wissen wollen, welchen Gedanken Maja wirklich nachhing, ich selbst jedenfalls überlegte die ganze Zeit hindurch, ob ich nicht jetzt gleich, auf der Stelle, die Prophylaxe sämtlicher Sicherheitssysteme vornehmen sollte. Zwar waren all diese Systeme auf eine biologische Gefahr ausgerichtet, und man konnte unmöglich voraussagen, ob sie sich bei einer nekrotischen Gefahr bewähren würden, doch ich sagte mir gewiß mit Recht: Den Behüteten behütet Gott, unter einen liegenden Stein fließt kein Wasser, und überhaupt: Je vorsichtiger man fährt, desto weiter kommt man.

Kurz gesagt, als Maja zu gähnen begann und darüber klagte, daß sie müde sei, schickte ich sie mit der Begründung fort, sie solle sich vor dem Mittagessen noch ein Stündchen aufs Ohr legen. Ich selbst aber suchte umgehend die Bibliothek auf, griff mir ein Lexikon und informierte mich erst einmal über die genaue Bedeutung von „nekrotisch". Die Erklärung des Wortes wirkte ziemlich niederschmetternd auf mich, und ich beschloß, unverzüglich die Sicherheitsprophylaxe in Angriff zu nehmen. Vorher ging ich aber nochmals in die Steuerzentrale, um das Verhalten meiner Roboter zu überprüfen. Dort stieß ich auf Vanderhoeze, der gerade die einzelnen Blätter seiner Expertise sorgfältig zu einem Bündel zusammenpackte. „Ich bring das jetzt zu Komow", sagte er, als er mich sah, „dann kriegt es Maja zu lesen, und anschließend werden wir alles durchsprechen. Was meinst du? Soll ich dich dazurufen?" Ich bejahte und teilte ihm mit, daß ich im Segment für Sicherheitsvorkehrungen zu finden sei. Er warf mir einen erstaunten Blick zu, sagte aber nichts und verließ den Raum.

Ungefähr zwei Stunden später wurde ich gerufen. Über Bordfunk ließ mich Vanderhoeze wissen, daß jetzt alle den Bericht gelesen hätten, und fragte, ob ich ihn mir nicht gleichfalls ansehen wolle. Ich wollte natürlich gern, doch meine Prophylaxe lief gerade auf Hochtouren. Der Wach- und Erkundungskyber war zur Hälfte auseinandergenommen, das Sterilisieren stand noch bevor, und so antwortete ich, daß ich zwar aufs Lesen verzichten müßte, zur Beratung jedoch unbedingt erscheinen würde, sobald ich hier fertig sei. „Ich habe hier noch etwa eine Stunde zu tun", sagte ich, „eßt nur inzwischen ohne mich."

Als ich dann die Gemeinschaftskajüte betrat, war das Mittagessen beendet, und sie hatten mit der Diskussion begonnen. Ich nahm mir einen Teller Suppe, setzte mich etwas abseits von den anderen hin und hörte zu, während ich aß.

„Ich kann die Hypothese vom Meteoriteneinschlag nicht ganz ohne Widerspruch hinnehmen", sagte Vanderhoeze vorwurfsvoll. „Die ‚Pelikane' sind mit einem ausgezeichneten Meteoritenschutz ausgestattet, Gennadi. Das Schiff hätte also einfach ausweichen können."

„Einverstanden", erwiderte Komow, der vor sich auf den Tisch schaute und ärgerlich die Brauen runzelte. „Es wäre aber möglich, daß der Meteoritenhagel gerade in dem Augenblick auf sie niedergegangen ist, als sie aus dem Subraum hochtauchten ..."

„Ja, schon", gab Vanderhoeze zögernd zu. „Ein solcher Fall ist durchaus vorstellbar. Aber die Wahrscheinlichkeit ..."

„Sie setzen mich in Erstaunen, Jakob. Das Marschtriebwerk des Schiffes war völlig zerstört. Wir haben eine riesige Einschlagstelle und deutliche Spuren enormer Wärmeentwicklung entdeckt. Jedem normalen Menschen muß doch einleuchten, daß es sich hier nur um einen Meteoriten handeln kann."

Vanderhoeze schaute äußerst unglücklich drein.

„Na ja ..., also gut", sagte er. „Wie Sie meinen, Gennadi ... Nur ..., Sie sind kein Raumflieger, Sie haben keine Ahnung ... Sie können einfach nicht wissen, wie wenig wahrscheinlich das ist. Ausgerechnet in dem Augenblick, da das Schiff aus dem Subraum auftaucht, ein Meteorit mit so gewaltiger Durchschlagskraft ... Ich hab wirklich keinen Vergleich dafür, wie unwahrscheinlich das alles ist!"

„Und was schlagen Sie nun vor?"

Vanderhoeze ließ seinen Blick in die Runde schweifen, hoffte auf Unterstützung. Als er merkte, daß eine Rückenstärkung nicht zu erwarten war, sagte er: „Schön, ich bin einverstanden. Aber ich bestehe darauf, daß wir uns durch die Formulierung gewisse Möglichkeiten offenhalten. Also etwa: ‚Die angegebenen Fakten lassen die Vermutung zu ...'"

„... lassen die Schlußfolgerung zu", berichtigte Komow.

„Die Schlußfolgerung?" Vanderhoeze machte ein finsteres Gesicht. „Was kann es denn hier für eine Schlußfolgerung geben, Gennadi. Es ist nur eine Vermutung, nichts weiter: ‚... lassen die Vermutung zu, daß das Raumschiff durch einen Meteoriten von gewaltiger Energie in dem Augenblick getroffen wurde, als es aus dem Subraum auftauchte.' So und nicht anders. Ich bitte um Zustimmung."

Komow überlegte einige Sekunden und bewegte dabei die Kaumuskeln, dann erklärte er: „Einverstanden. Gehen wir zum nächsten Punkt über."

„Moment mal", sagte Vanderhoeze. „Und deine Meinung dazu, Maja?"

Das Mädchen zuckte die Achseln. „Ehrlich gesagt, ich sehe hier keinen Unterschied. Im großen und ganzen bin ich einverstanden."

„Also der nächste Punkt", drängte Komow ungeduldig. „Wir brauchen nicht erst die Ansicht des Stützpunktes darüber einzuholen, was mit den beiden Leichen zu tun ist. Überhaupt hat diese Geschichte nichts in einem Fachgutachten zu suchen. Wir werden in einem gesonderten Fernspruch ankündigen, daß die sterblichen Überreste der beiden Raumfahrer demnächst in einem Spezialcontainer zum Stützpunkt überführt werden."

„Aber ...", setzte Vanderhoeze schüchtern an.

„Ich werde mich gleich morgen darum kümmern", unterbrach ihn Komow. „Ich persönlich werde das erledigen."

„Vielleicht sollten wir sie lieber hier begraben?" sagte Maja leise.

„Bitte sehr, ich habe nichts dagegen", erwiderte Komow sofort. „Obwohl es in solchen Fällen üblich ist, die Leichen zunächst zur Erde zu bringen ... Was gibt's?" wandte er sich an Vanderhoeze.

Der Kommandant, der schon den Mund aufmachen wollte, schüttelte nur den Kopf und sagte: „Ach, nichts."

„Mit einem Wort, ich schlage vor, diesen Punkt aus der Expertise herauszunehmen", sagte Komow. „Sind Sie einverstanden, Jakob?"

„Von mir aus ... Und du, Maja?"

Maja zögerte, und ich verstand sie sehr gut. Das alles ging ziemlich geschäftsmäßig vonstatten. Zugegeben, ich hatte keine Ahnung, wie so etwas erledigt werden mußte, doch war eine Abstimmung ganz gewiß nicht das Richtige.

„Na wunderbar", erklärte Komow, als wäre überhaupt nichts vorgefallen. „Und nun zu den Ursachen und näheren Umständen des Todes. Das Protokoll der Autopsie und die Fotounterlagen sind eindeutig, deshalb schlage ich als Formulierung vor: ‚Die Lage der Verunglückten läßt den Schluß zu, daß der Tod der beiden Piloten durch den Aufprall des Schiffes auf die Planetenoberfläche eingetreten ist. Der Mann war früher tot als die Frau, er konnte gerade noch die Bordaufzeichnungen löschen, war aber nicht mehr imstande, den Pilotensessel zu verlassen. Die Frau dagegen war noch einige Zeit am Leben und versuchte, aus dem Schiff ins Freie zu gelangen. Der Tod ereilte sie in der Einstiegskammer ...' Dann kann es in Ihrem Text weitergehen."

„Hmm ...", machte Vanderhoeze mit ziemlichem Zweifel in der Stimme. „Finden Sie nicht, Gennadi, daß das alles zu kategorisch klingt? Wenn wir uns zum Beispiel an das Protokoll der Autopsie halten, gegen das Sie ja nichts einzuwenden haben, war die Ärmste gar nicht in der Lage, sich bis zur Einstiegskammer zu schleppen."

„Dennoch haben wir sie dort aufgefunden", erwiderte Komow schneidend.

„Aber gerade dieser Umstand ...", sagte Vanderhoeze eindringlich, die Hände gegen die Brust gepreßt.

„Hören Sie, Jakob", fuhr ihm Komow ins Wort. „Niemand weiß, wozu ein Mensch in einer kritischen Situation imstande ist. Besonders eine Frau. Denken Sie an die Geschichte mit Martha Priestley. Denken Sie an die Geschichte überhaupt."

Es herrschte Schweigen. Vanderhoeze saß mit unglücklichem Gesicht da und zupfte voller Verzweiflung an seinem Backenbart herum.

„Ich bin weniger darüber erstaunt, daß sich die Frau bis zur Einstiegsluke durchgearbeitet hat", ließ sich Maja vernehmen, „als vielmehr über die Tatsache, daß der Mann die Bordaufzeichnungen gelöscht hat. Warum soll er das getan haben? Immerhin war ein Zusammenprall erfolgt, er lag im Sterben ..."

„Na ja, das ist ...", begann Vanderhoeze unsicher. „Das kann schon passieren ... Schließlich lag er in der Agonie, seine Hände glitten unkontrolliert über das Pult, dabei muß er die Taste berührt haben ..."

„Was die Frage der Bordaufzeichnungen betrifft", schaltete sich Komow ein, „so wird sie in einer Rubrik für Fakten besonderer Bedeutung abgehandelt. Ich persönlich glaube, daß dieses Rätsel niemals gelöst werden kann ..., wenn es sich hier überhaupt um ein Rätsel handelt und nicht einfach um eine zufällige Verquickung von Umständen. Fahren wir also fort." Er blätterte hastig die vor ihm liegenden Bogen durch. „Was mich angeht, so habe ich im Grunde keine weiteren Bemerkungen. Die von der Erde mitgeführte Mikroflora und Mikrofauna ist offenbar zugrunde gegangen, jedenfalls haben wir diesbezüglich keinerlei Spuren finden können ... Die persönlichen Papiere ... Ihre Papiere zu ordnen ist nicht unsere Sache, außerdem würden wir da höchstens noch was verderben, in dem Zustand, in dem sie sind. Morgen werde ich sie konservieren und herbringen ... Ach ja, hier ist noch was für Sie, Popow. Kennen Sie sich in der kybernetischen Ausrüstung der ‚Pelikane' aus?"

„Ja, natürlich", sagte ich und schob hastig den Teller beiseite.

„Seien Sie so gut", er reichte mir das Blatt Papier herüber, „und schauen Sie mal nach, ob alles vollzählig ist. Hier ist eine Aufstellung sämtlicher aufgefundener Kybermechanismen."

Ich nahm die Liste an mich. Alle sahen mich erwartungsvoll an.

„Ja", sagte ich nach einer Weile, „es ist alles da. Sogar die aktiven Erkundungskyber sind vorhanden, obwohl sie gewöhnlich ... Aber hier ist etwas, das verstehe ich nicht. Hier heißt es: ‚Ein Reparaturroboter, der in eine Nähvorrichtung umgebaut wurde.'"

„Jakob, erklären Sie's ihm", forderte Komow.

Vanderhoeze reckte den Kopf hoch und streckte den Unterkiefer vor.

„Tja, was soll ich da erklären, Stas", sagte er nachdenklich. „Es handelt sich eben einfach um einen Reparaturkyber, der in eine Art Nähmaschine umgebaut wurde. Eine Vorrichtung, mit deren Hilfe man nähen kann, begreifst du? Einer der beiden, offenbar die Frau, muß ein etwas ungewöhnliches Hobby gehabt haben."

„Aha", erwiderte ich verwundert. „Aber daß es ein Reparaturkyber war, ist sicher?"

„Zweifellos", bestätigte Vanderhoeze überzeugt.

„Dann ist das Verzeichnis vollständig", sagte ich und gab Komow die Liste zurück. „So erstaunlich vollständig. Wie es scheint, sind sie kein einziges Mal auf einem größeren Planeten gelandet."

„Danke", sagte Komow. „Sobald die Reinschrift der Expertise vorliegt, werde ich Sie bitten, die Rubrik über die ausrangierten Kybersysteme zu unterschreiben."

„Es wurde doch aber gar nichts ausrangiert", entgegnete ich.

Komow ließ sich nicht erst zu einer Antwort herab, und so schaltete sich Vanderhoeze ein: „Es existiert da so eine Rubrik mit der Bezeichnung ‚Ausrangierte Kybersysteme'. Du wirst unterschreiben, daß nichts ausrangiert wurde."

„Gut, gut ...", murmelte Komow vor sich hin, während er die verstreuten Blätter zu einem Packen zusammenlegte. „Und nun würde ich Sie bitten, Jakob, Ordnung in diesen ganzen Wust zu bringen, damit wir unterschreiben und noch heute zum Stützpunkt funken können. Wenn es also keine Ergänzungsvorschläge gibt, möchte ich mich jetzt empfehlen."

Ergänzungsvorschläge gab es nicht, und Komow verschwand. Vanderhoeze erhob sich mit einem tiefen Seufzer, wog einen Augenblick lang nachdenklich den Blätterpacken auf der Hand, sah uns an und ging dann, den Kopf nach hinten geworfen, gleichfalls.

„Vanderhoeze ist entschieden unzufrieden“, bemerkte ich und legte mir ein Stück Braten auf den Teller.

„Ich bin auch unzufrieden“, sagte Maja. „Das Ganze ist irgendwie unwürdig verlaufen. Ich kann es nicht näher erklären, und vielleicht sehe ich es zu naiv ..., aber es müßte doch ..., man hätte wenigstens eine Schweigeminute einlegen sollen oder so ... Was aber haben wir gemacht – die Sache eins, zwei, drei abgewickelt: Zustand der Leichen, ausrangierte Kybersysteme, topographische Parameter ... Pfui Teufel! Nicht anders als beim Praktikum an der Uni ...“

Ich war vollkommen einer Meinung mit ihr.

„Komow hat doch niemanden zu Wort kommen lassen!“ fuhr sie aufgebracht fort. „Für ihn ist alles klar, eindeutig. In Wirklichkeit ist das aber gar nicht so klar. Sowohl was den Meteoriten betrifft als auch das andere, besonders die Bordaufzeichnungen. Ich nehme ihm das einfach nicht ab! Meiner Meinung nach führt er irgendwas im Schilde, und Jakob ist das ebensowenig entgangen. Er weiß nur nicht, wie er an ihn ran kann ... Na ja, vielleicht nimmt er die Sache auch nicht so wichtig.“

„Vielleicht ist sie in der Tat nicht wichtig“, murmelte ich unsicher.

„Ich sag ja gar nicht, daß sie wichtig ist!“ erwiderte Maja. „Mir schmeckt's einfach nicht, wie Komow sich aufführt. Ich begreife ihn nicht. Und überhaupt, er gefällt mir nicht! Wie haben sie mir alle von ihm die Ohren vollgesungen! Dabei zähl ich schon die Tage, die ich noch mit ihm zusammenarbeiten muß. Nie wieder werd ich später mit dem zusammenarbeiten!“

„Na, so sehr lange dauert es ja nicht mehr“, sagte ich friedfertig. „An die zwanzig Tage vielleicht ...“

Damit trennten wir uns. Maja wollte sich noch an ihre Vermessungen und Geländeskizzen setzen, ich begab mich in die Steuerzentrale, wo mich eine kleine Überraschung erwartete: Tom teilte mir mit, daß die Fundamente gelegt seien, und bat mich, die Arbeit abzunehmen. Ich warf mir den Fellmantel über und lief zum Bauplatz.

Die Sonne war bereits untergegangen, und das Dunkel hatte sich verdichtet. Die Dämmerung hier ist seltsam – schwarzviolett wie aufgelöstes Tintenpulver. Einen Mond gibt es nicht, dafür aber einen

Überfluß an Nordlicht. Und was das für ein Nordlicht ist! Über den schwarzen Ozean spannen sich lautlos gigantische Gemälde in allen Regenbogenfarben, schieben sich zusammen und entfalten sich wieder, beben und zittern, als würden sie von Windböen erfaßt, schillern weißlich, grün und rosa und verlöschen in Sekundenschnelle, so daß im Auge des Betrachters verschwommene Farbtupfer zurückbleiben. Doch genauso schnell flammen diese Gemälde wieder auf, und dann verschwinden die Sterne ringsum, verschwindet das Dämmerlicht, wird alles in unnatürliche, doch kristallklare Farben getaucht. Der Nebel über dem Sumpf färbt sich rotbraun, der Eisberg in der Ferne schimmert wie ein Bernsteinfelsen, und über den Strand fegen blitzschnelle grünliche Schatten hin.

Während ich mir emsig Nase und Wangen massierte, die halb erfroren waren, prüfte ich in diesem wundersamen Licht die fertigen Fundamente. Tom, der mir dicht auf den Fersen folgte, teilte mir diensteifrig die notwendigen Zahlen und Angaben mit, und als das Nordlicht verlosch, schaltete er nicht weniger diensteifrig seine Scheinwerfer ein. Es war wie immer totenstill, nur der gefrorene Sand unter meinen Füßen knirschte. Dann vernahm ich auf einmal Stimmen: Maja und Vanderhoeze waren herausgekommen, um frische Luft zu schnappen und sich an dem Himmelsschauspiel zu ergötzen. Maja war von diesem Nordlicht sehr angetan – es war aber auch das einzige, was ihr auf diesem Planeten gefiel. Da ich ziemlich weit vom Schiff entfernt war, sah ich die beiden nicht, konnte jedoch deutlich ihre Stimmen vernehmen. Übrigens hörte ich zunächst nur mit halbem Ohr hin. Maja sagte irgend etwas von beschädigten Baumspitzen, während sich Vanderhoeze über die Erosion der Pseudoorganik am Außenbord des Schiffes ausließ. Offenbar erörterten sie ein weiteres Mal die Ursachen und Umstände der „Pelikan"-Katastrophe.

In ihrer Unterhaltung lag etwas Seltsames. Ich wiederhole: Zunächst hörte ich nur mit halbem Ohr hin, und erst nach und nach wurde ich stutzig. Sie unterhielten sich nämlich, als redete jeder für sich. Sagte zum Beispiel Vanderhoeze: „Eins der Planetentriebwerke muß heil gewesen sein, sonst hätten sie unmöglich in der Atmosphäre manövrieren können", so erwiderte Maja: „Nein, Jakob, auf keinen Fall weniger als zehn bis fünfzehn Jahre. Sieh dir doch bloß mal diese Auswüchse an ..."

Ich stieg zu einem der Fundamente hinab, um mir die Grundschicht anzusehen, und als ich wieder nach oben kletterte, war ihr Gespräch zusammenhängender, dabei aber noch unverständlicher geworden. Als wenn sie irgendein Stück repetierten.

„Was ist denn das hier?“ fragte Maja.

„Ich würde sagen, ein Spielzeug“, erwiderte Vanderhoeze.

„Sieht so aus, aber wozu hat es gedient?“

„Ein Hobby, denk ich. Was ist daran so verwunderlich, viele Leute haben ein Hobby.“

Das Ganze erinnerte mich an die Art, wie wir uns damals während der Vorbereitungszeit auf dem Stützpunkt die Zeit vertrieben. Wenn Wadik zum Beispiel urplötzlich durch den ganzen Speisesaal brüllte: „Kapitän! Ich schlage vor, das Heckteil abzuwerfen und in den Subraum einzutauchen!“, parierte ein anderer Witzbold: „Ich begrüße Ihren Vorschlag, Kapitän! Vergessen Sie nicht das Kopfteil, Kapitän!“ – und immer so weiter.

Übrigens war diese seltsame Unterhaltung bald beendet. Man hörte das Klappen der Luke, dann herrschte wieder Stille. Ich besichtigte den letzten Abschnitt des Fundaments, sprach Tom ein Lob für die gute Arbeit aus und wies ihn an, Jack auf die nächstfolgende Tätigkeit umzuschalten. Das Nordlicht war erloschen, und in der Finsternis waren nur die Positionslichter meiner Roboter zu sehen. Als ich merkte, daß mir vor Kälte fast die Nasenspitze abfiel, lief ich im Galopp zum Schiff zurück, tastete nach der Lukenbetätigung und schlüpfte in den Einstieg. Die Einstiegskammer ist etwas Wunderbares. Sie ist einer der herrlichsten Räume überhaupt. Sicherlich deshalb, weil man sie auf dem Schiff zuallererst betritt und von ihr die wohlige Empfindung des Zuhauseseins vermittelt bekommt: Man kehrt aus einer fremden, eisigen, drohenden Welt in das vertraute, warme, behütete Heim zurück. Aus der Finsternis ins Licht. Ich legte den Mantel ab und begab mich krächzend und händereibend in die Steuerzentrale.

Dort saß bereits Vanderhoeze, der all seine Papiere um sich ausgebreitet hatte. Den Kopf ergeben gesenkt, übertrug er die Expertise Seite um Seite ins reine. Die Chiffriermaschine klapperte flink unter seinen Fingern.

„Meine Untergebenen haben inzwischen das Fundament abgeschlossen“, prahlte ich.

„Hm-m“, erwiderte Vanderhoeze.

„Was für Spielsachen sind das eigentlich da bei euch?" fragte ich.

„Hm-m, Spielsachen ...", wiederholte er zerstreut. „Spielsachen?" fragte er dann zurück, ohne mit dem Maschinengetucker aufzuhören. „Ach ja, Spielsachen ..." Er legte ein fertiggeschriebenes Blatt beiseite und nahm ein neues zur Hand.

Ich wartete einen Augenblick ab und brachte mich dann wieder in Erinnerung: „Was für Spielsachen also sind das?"

„Was das für Spielsachen sind ...", griff Vanderhoeze mit bedeutsamer Stimme meinen Satz auf und sah mich dabei mit zurückgeworfenem Kopf fest an. „Tja, weißt du, wenn du die Frage so stellst ... Woher soll ich das übrigens wissen. Dort, auf dem ‚Pelikan' ... Entschuldige, Stas, aber ich mach erst mal das hier fertig, was meinst du?"

Ich ging auf Zehenspitzen zu meinem Pult hinüber und schaute Jack ein bißchen bei der Arbeit zu; er war bereits daran, die Wände der Wetterstation hochzuziehen. Dann verließ ich, wiederum auf Zehenspitzen, die Kabine und ging zu Maja.

In Majas Kajüte brannte jede nur denkbare Beleuchtung. Sie selbst thronte im Türkensitz auf ihrer Koje und war überaus beschäftigt. Auf Tisch, Bett und Fußboden lagen bunt durcheinander Klebestreifen, Karten, Geländeskizzen, in Ziehharmonikaform aneinandergereihte Luftaufnahmen, Schemata und Notizen, und Maja sah das alles nacheinander durch, machte hin und wieder ein paar Randbemerkungen, griff mitunter zur Lupe, mitunter aber auch zu der Flasche Saft, die auf einem Stuhl neben ihr stand. Ich beobachtete sie einige Zeit und wählte dann den Augenblick aus, da die Flasche ihren Platz auf dem Stuhl verlassen hatte, um mich selbst draufzusetzen. Als Maja dann, ohne hinzusehen, die Flasche zurückstellen wollte, landete sie genau in meiner ausgestreckten Hand.

„Danke", sagte ich und nahm einen großen Schluck.

Maja hob den Kopf. „Ach, du bist's", sagte sie wenig begeistert. „Was gibt's?"

„Ich bin einfach so vorbeigekommen", erwiderte ich, ohne mich beeindrucken zu lassen. „Warst du schön spazieren?"

„Ach, keine Spur", sagte sie und nahm mir die Flasche weg. „Wie festgenagelt sitz ich hier. Gestern abend bin ich nicht zum Arbeiten gekommen, und gleich hat sich eine Menge Kram angesammelt ... Von wegen spazierengehen!"

Sie drückte mir die Flasche in die Hand, und ich nahm mechanisch einen zweiten Schluck. Ich spürte eine vage Unruhe in mir aufsteigen, nach deren Ursache ich nicht lange zu suchen brauchte: Maja war in Hauskleidung, sie hatte ihre geliebte Flauschjacke sowie Shorts an und trug um den Kopf ein Tuch geschlungen, unter dem ihr nasses Haar hervorschaute.

„Warst du unter der Brause?" fragte ich stumpfsinnig.

Sie gab irgendeine Antwort, die ich aber schon nicht mehr mitbekam. Mir war jetzt auch so alles klar. Ich erhob mich, stellte die Flasche sorgsam auf den Stuhl zurück, murmelte ein paar Worte vor mich hin – und fand mich auf unerklärliche Weise zuerst im Korridor, dann in meiner Kajüte wieder. Ohne ersichtlichen Grund schaltete ich das Oberlicht aus und die Nachttischlampe ein und legte mich, das Gesicht zur Wand, aufs Bett. Das war ein neuer Schock, der mich durchrüttelte. In meinem Kopf jagten sich immer dieselben Gedanken. Nun ist alles verloren, alles umsonst, diesmal ist es unabwendbar und endgültig. Ich ertappte mich erneut dabei, wie ich auf bestimmte Geräusche lauschte. Und tatsächlich vernahm ich sie – Laute, die hier überhaupt nicht hingehörten. Ich stand mit einem Ruck auf, kramte in meiner Nachttischschublade und förderte eine Schlaftablette zutage, die ich mir unter die Zunge legte. Dann streckte ich mich wieder aus. Eidechsen liefen scharrend über die Wände, und die Zimmerdecke begann, in Schatten gehüllt, langsam zu rotieren. Der Nachttisch war entweder gar nicht mehr zu sehen oder flammte in unerträglich grellem Licht auf, und die Fliegen in den Ecken surrten laut in ihrer Todesangst. Mir kam es so vor, als wäre Maja eingetreten, hätte mich voller Unruhe betrachtet und zugedeckt, bevor sie wieder ging. Dann sah ich Wadik, der an meinem Fußende Platz nahm und wütend sagte: „Was drückst du dich denn hier rum? Die ganze Kommission wartet auf dich, du aber machst dir's bequem." – „Du mußt lauter sprechen", ließ sich da Ninon vernehmen, „mit seinen Ohren ist was nicht in Ordnung, er hört dich nicht." Ich machte ein steinernes Gesicht und erwiderte, das alles sei Unsinn. Dann erhob ich mich, und wir begaben uns alle zusammen in den zerschellten „Pelikan". Dort war die gesamte Organik vernichtet, und es roch überall beißend nach Salmiak, wie kürzlich im Korridor. Doch dann mußten wir feststellen, daß es sich gar nicht um den „Pelikan" handelte, sondern daß wir uns auf dem Bauplatz befanden.

Die Roboter waren emsig bei der Arbeit, die Landebahn glitzerte ungewöhnlich hell in der Sonne, und meine einzige Angst war, Tom könnte die beiden Mumien überrollen, die da quer auf dem Weg lagen. Genauer gesagt, alle glaubten, daß es Mumien seien, in Wirklichkeit handelte es sich aber um Komow und Vanderhoeze. Meine Begleiter durften das nicht merken, weil sie sich so leise unterhielten, daß nur ich sie hörte. Doch Maja kann man kein X für ein U vormachen. „Seht ihr denn nicht, daß es ihm schlechtgeht?" sagte sie wütend und legte mir ein nasses, in Salmiakgeist getauchtes Tuch über Mund und Nase. Fast wäre ich daran erstickt. Ich warf den Kopf hin und her und setzte mich heftig in meiner Koje auf.

Ich hatte die Augen weit geöffnet und erblickte im Schein der Nachttischlampe einen Menschen, der unmittelbar vor meinem Bett stand. Leicht vornübergebeugt, starrte er mir ins Gesicht. Dunkel, fast schwarz hob er sich aus dem Dämmerlicht – eine windschiefe Wahngestalt ohne Gesichtszüge, verschwommen und konturenlos, auf deren Brust und Schultern ein unwirklicher Schimmer lag.

Obwohl ich schon im voraus wußte, wie das Ganze enden würde, streckte ich meine Hand gegen die Gestalt aus, und tatsächlich stieß ich auch durch sie hindurch wie durch Luft, während das Wesen selbst in Unruhe geriet, sich vor meinen Augen aufzulösen begann und schließlich spurlos verschwand. Ich ließ mich auf den Rücken fallen und schloß die Augen. Wißt ihr eigentlich, daß der Bey von Algier eine Beule unter der Nase hat? Direkt unter der Nase ... Ich war klatschnaß wie eine gebadete Maus, und mir war unerträglich heiß. Ich schnappte nach Luft. Ich war nahe am Ersticken.

4

Phantome und Menschen

Ich erwachte spät, mit schwerem Kopf und dem festen Vorsatz, gleich nach dem Frühstück mit Vanderhoeze zu sprechen, ihm den Sachverhalt zu beichten. Wohl nie in meinem Leben hatte ich mich so unglücklich gefühlt. Für mich war alles aus, deshalb verzichtete ich sogar auf den Frühsport, nahm einfach eine intensive Ionendusche, bevor ich mich in die Gemeinschaftskajüte begab. Auf der Schwelle dort kam mir zum Bewußtsein, daß ich über all diesen irren Vorgängen gestern abend total vergessen hatte, dem Koch meine Anweisungen für das Frühstück zu erteilen. Eine Tatsache, die mir endgültig den Rest gab. Nachdem ich einen undeutlichen Morgengruß gemurmelt hatte, setzte ich mich auf meinen Platz und stierte stumpf auf den Tisch, bemüht, niemanden anzublicken. Ich spürte, daß ich vor Scham knallrot wie ein gebrühter Krebs wurde. Das Mahl war gewissermaßen klösterlich-bescheiden. Wir nahmen einfach Schwarzbrot und Milch. Vanderhoeze bestreute seinen Kanten mit Salz, Maja bestrich ihn mit etwas Butter, und Komow aß sein Stück Brot gleich trocken.

Was mich selbst betraf, so hatte ich nicht den geringsten Appetit. Schon der Gedanke, etwas zu mir zu nehmen, schreckte mich. Ich griff mir lediglich ein Glas Milch und trank ab und zu einen Schluck. Aus den Augenwinkeln sah ich, daß Majas Blick auf mir ruhte und daß sie mich gar zu gern gefragt hätte, was eigentlich mit mir los sei. Doch sie hielt sich zurück, und an ihrer Stelle begann uns Vanderhoeze wortreich auseinanderzusetzen, wie gesund und nützlich es vom medizinischen Standpunkt aus sei, hin und wieder einen Fastentag einzuschalten. Gerade heute sei es eigentlich sehr schön, ein solches und kein anderes Frühstück einzunehmen, sagte er. Ausgiebig erklärte er uns den Begriff des Fastens, besonders den der großen Fastenzeit, und er sprach nicht ohne Ehrerbietung von den Urchristen, die sich in diesen Dingen gut ausgekannt und sie sehr genau genommen hätten. Im gleichen Zusammenhang ließ er sich auch über die Fastnachts- und Butterwoche aus. Als er jedoch merkte, daß er sich zu sehr von der Beschreibung so köstlicher Dinge wie Kaviarplinsen, Dörrfisch und Lachs hinreißen ließ, hielt er jäh in seinen Ausführungen inne und bearbeitete mit einiger Anstrengung seinen Backenbart. Ein Gespräch wollte nicht recht zustande kommen. Ich machte mir Sorgen um meinen nervlichen Zustand, und Maja, das sah ich ihr an, tat das gleichfalls. Was schließlich Komow betraf, so war er, wie schon gestern, offensichtlich nicht in Form. Seine Augen waren rot umrändert, er stierte meistenteils stumpfsinnig vor sich hin, und nur von Zeit zu Zeit hob er ruckartig den Kopf, sah sich nach allen Seiten um, als hätte ihn jemand gerufen. Seinen Platz hatte er so mit Krümeln übersät, und er zerkrümelte sein Brot weiterhin dermaßen, daß ich ihm am liebsten eins auf die Finger gegeben hätte wie einem kleinen Kind. So saßen wir also als eine triste Gesellschaft beisammen, und Vanderhoeze, der arme Kerl, mühte sich vergeblich ab, uns auf andere Gedanken zu bringen.

Er war gerade dabei, sich aus dem Stegreif qualvoll eine Geschichte abzuringen, bei der ihm kein Ende einfiel, als Komow plötzlich einen seltsam dumpfen Laut ausstieß. Es klang, als wäre ihm ein Stück trockenes Brot nun endlich im Hals steckengeblieben. Ich schaute zu ihm hinüber und erschrak mächtig. Komow saß hoch aufgerichtet da, beide Hände um die Tischkante gekrallt, seine rotverfärbten Augen quollen fast aus den Höhlen, er sah irgendwie durch mich hindurch und wurde zusehends bleicher. Ich drehte mich um, schaute in seine Blickrichtung und ... erstarrte. An der Wand, zwischen Filmothek und Schachtischchen, stand meine nächtliche Erscheinung.

Ich sah sie jetzt ganz deutlich und klar. Es war ein Mensch, zumindest ein menschenähnliches Wesen – klein, dünn und völlig nackt. Seine Haut war sehr dunkel, fast schwarz, und glänzte, als wäre sie mit Öl eingerieben. Sein Gesicht konnte ich nicht genau ausmachen, möglich auch, daß ich es mir nicht so genau gemerkt habe, jedenfalls stach mir sofort in die Augen: Dieses ganze Menschlein wirkte wie schon in meinem nächtlichen Alptraum windschief und verschwommen. Und dann berührten mich noch die Augen. Sie waren groß, dunkel und völlig unbeweglich, starr wie bei einer Statue.

„Da ist er ja!" krächzte Komow. „Da ist er!"

Doch sein Finger zeigte in eine ganz andere Richtung, und als ich ihm mit den Blicken folgte, erstand direkt vor meinen Augen mitten aus der Luft eine neue Gestalt. Es war die gleiche, starre, glänzende Erscheinung, die diesmal jedoch im Sprung innezuhalten schien oder auch im Lauf, wie auf einem Foto, das einen Sprinter beim Start zeigt. Im gleichen Augenblick warf sich Maja dem Phantom zwischen die Beine. Mit Getöse flog ein Sessel zur Seite. Maja sprang mit einem wilden Schlachtruf auf den Lippen durch das Gespenst hindurch und prallte auf dem Bildschirm des Videophons auf. Ich bemerkte gerade noch, wie das Wesen zu schwanken begann, wie es sich auflöste, da brüllte Komow: „Die Tür! Die Tür!"

Und ich sah: Ein kleines Wesen, weiß und matt schimmernd wie die Wand unserer Gemeinschaftskajüte, schlüpfte lautlos, in gekrümmter Laufhaltung zur Tür hinaus und verschwand im Korridor. Ich stürzte hinterher und nahm die Verfolgung auf.

Wenn ich jetzt daran zurückdenke, so schäme ich mich fast, doch damals war mir völlig egal, was das für ein Wesen war, woher es kam und was es hier suchte. Nur eine grenzenlose Erleichterung verspürte ich, denn ich begriff, daß von dieser Minute an endgültig Schluß war mit all meinen Ängsten und Alpträumen. Im übrigen hatte ich nur den Wunsch: dieses Wesen einzuholen, es zu packen, zu fesseln und es dann hierherzubringen.

In der Tür stieß ich mit Komow zusammen, rannte ihn um, stolperte über ihn und schlitterte auf allen vieren über den Korridor, der inzwischen freilich leer war. Nur der bekannte beißende Geruch nach Salmiak stand noch in der Luft. Hinter mir schrie Komow irgend etwas, das ich nicht verstand, aber ich hörte deutlich das schnelle Aufschlagen von Absätzen. Ich sprang auf, raste durch die Einstiegskammer zur Luke, die noch nicht gänzlich wieder geschlossen war, und schoß ins Freie hinaus, in den lilafarbenen Schimmer des Sonnenlichts.

Ich sah ihn sofort. Er lief in Richtung Bauplatz, lief sehr leicht, fast ohne den gefrorenen Boden mit den Füßen zu berühren. Er machte auch jetzt einen windschiefen Eindruck und bewegte beim Rennen auf seltsame Weise die abstehenden Ellbogen. Nur erschien er jetzt nicht dunkel oder mattweiß, sondern hellviolett. Die Sonne spiegelte sich auf seinen eingefallenen Schultern und Hüften. Er rannte direkt auf meine Roboter zu, und ich verlangsamte meinen Schritt in der Annahme, er würde erschrecken und nach rechts oder links ausweichen. Doch nichts dergleichen geschah. Er jagte in etwa zehn Schritt Entfernung an Tom vorbei, und ich traute meinen Augen nicht, als dieser majestätische Dummkopf ihm sein höfliches und hinlänglich bekanntes „Erwarte neue Anweisungen“ signalisierte.

„Zum Sumpf!“ schrie hinter mir mit keuchender Stimme Maja. „Dränge ihn zum Sumpf ab!“

Der kleine Eingeborene rannte ohnehin in Richtung Sumpf. Laufen konnte er, das mußte man ihm lassen; der Abstand zwischen uns schmolz nur sehr langsam. Der Wind pfiff mir um die Ohren, von weitem war Komows Gebrüll zu hören, das aber noch von Majas Schreien übertönt wurde.

„Links!“ heulte sie im Jagdfieber. „Halt dich mehr links!“

Ich korrigierte meine Richtung, stürmte auf die Landebahn hinaus, auf den inzwischen fertiggestellten Abschnitt, auf dem es sich sehr bequem lief, weil er eben war, und begann von da an tatsächlich,

Boden gutzumachen. Die Entfernung zwischen uns wurde geringer. „Na warte, Bruder", keuchte und knurrte ich, „du entkommst mir nicht. Diesmal nicht. Du wirst mir büßen für das alles ..." Ich starrte unablässig auf seine Schulterblätter, die in schnellem Rhythmus arbeiteten, auf die nackten glänzenden Beine, die Atemwölkchen, die über ihm aufstiegen. Ich rückte ihm immer näher auf den Leib und triumphierte schon. Der Streifen ebener Erde war zu Ende, aber ich holte auf, und vor ihm lag, in grauen Dunst gehüllt, in etwa hundert Schritt Entfernung, der Sumpf.

Als er die Randzone des sumpfigen Geländes erreicht hatte, die mit traurigem Schilfrohr von zwergenhaftem Wuchs bestanden war, machte er halt. Einige Sekunden lang stand er unschlüssig da, dann sah er über die eine Schulter hinweg zu mir herüber, und ich konnte erneut seine großen dunklen Augen ausmachen, die diesmal jedoch alles andere als starr waren. Sie waren im Gegenteil sehr lebendig, so als lachten sie, und plötzlich ging der kleine Wicht in die Hocke, umfaßte mit den Armen seine Knie und begann sich zu rollen. Ich begriff gar nicht so schnell, was eigentlich vor sich ging. Da hatte eben noch ein Mensch vor mir gestanden, ein seltsamer Mensch freilich und vielleicht auch gar kein richtiger, immerhin aber vom Äußeren her einer, und plötzlich war dieser Mensch verschwunden. Statt dessen kugelte sich über das sumpfige Gelände, über das unpassierbare bodenlose Moor, Schlamm und trübes Wasser verspritzend, ein graues unförmiges Etwas. Und in welchem Tempo das geschah! Ich hatte noch nicht mal das Ufer erreicht, da war es bereits hinter den Nebelfetzen verschwunden. Lediglich ein paar leiser werdende Geräusche, Geplätscher und ein dünnes, durchdringendes Pfeifen drangen hinter dem grauen Dunstschleier zu mir herüber.

Trappend kam Maja angerannt und blieb, schwer atmend, an meiner Seite stehen.

„Entkommen", konstatierte sie verdrießlich.

„Entkommen", bestätigte ich.

Einige Minuten standen wir so da und starrten in die trüben Nebelschwaden. Dann wischte sich Maja den Schweiß von der Stirn und sagte ironisch, indem sie auf ein Märchen anspielte: „Bin dem Mütterchen entlaufen, bin dem Väterchen entlaufen ..."

„... und dir, die du Quartiere suchst, lauf ich erst recht davon", fügte ich hinzu und sah mich um. Da hatten wir's. Wir beide, Maja und ich, waren wieder mal die Dummen gewesen. Wir waren wie die Wilden gerannt, während sich die Gescheiten – wie konnte es anders sein – nicht vom Fleck gerührt und uns zugeschaut hatten. Dunkel und klein hoben sich die Gestalten Komows und Vanderhoezes vom Schiff ab.

„War doch kein übler Lauf, wie?" meinte Maja und sah gleichfalls zum Schiff hinüber. „Auf keinen Fall waren das weniger als drei Kilometer. Was meinen Sie, Kapitän?"

„Bestimmt nicht weniger, Kapitän", erwiderte ich.

„Hör mal", fuhr Maja nachdenklich fort, „vielleicht existiert das alles nur in unserer Vorstellung?"

Ich packte sie bei den Schultern. Ein Gefühl der Freiheit, Gesundheit, Begeisterung erfaßte mich, die Empfindung, gewaltige strahlende Perspektiven vor mir zu haben, brach sich plötzlich neu vor mir Bahn. „Was verstehst denn du davon, du Küken!" krächzte ich, vor Freude dem Heulen nahe, und schüttelte sie aus Leibeskräften. „Was verstehst du schon von Halluzinationen! Nichts, und wozu solltest du auch, davon brauchst du nichts zu verstehen! Leb glücklich dahin und mach dir keine Gedanken darüber!"

Maja klappte verdutzt mit den Augen und wollte sich frei machen, doch ich gab ihr einen derben Klaps, packte sie und begann sie zum Schiff zu schleppen.

„Halt, so warte doch." Maja, völlig aus dem Konzept gebracht, setzte sich schwach zur Wehr. „Was ist bloß in dich gefahren ... Laß mich runter, was sollen diese Kindereien?"

„Komm nur, komm", sprach ich auf sie ein. „Zurück jetzt! Der Liebling Doktor Mbogas wird uns gleich wunderschön die Leviten lesen. Mein Herz sagt mir, daß wir diesen Wettlauf ganz umsonst veranstaltet haben, wir hätten die Finger davon lassen sollen ..."

Maja machte sich mit einem energischen Ruck frei, blieb einen Augenblick stehen, setzte sich dann in die Hocke, neigte den Kopf ein wenig zur Seite und beugte sich, die Arme um die Knie geschlungen, zu mir vor. „Nein", sagte sie und richtete sich wieder auf, „das begreife ich nicht."

„Brauchst du auch nicht", erwiderte ich. „Komow wird uns alles erklären. Zuerst wird er uns einheizen, immerhin haben wir ihm den Kontakt verdorben, dann aber wird er uns alles genauestens erklären."

„Hör mal, es ist lausig kalt!“ sagte Maja und hüpfte auf der Stelle. „Wollen wir nicht zurück?“

Also liefen wir los. Meine anfänglichen Begeisterungsstürme legten sich, und allmählich wurde mir bewußt, was tatsächlich vorgefallen war. Entgegen unseren bisherigen Annahmen war der Planet bewohnt! Und nicht nur das – es handelte sich dabei noch um menschenähnliche Wesen, die möglicherweise sogar vernunftbegabt und zivilisiert waren ...

„Stas“, sagte Maja im Laufen, „vielleicht war das ein Pantianer?“

„Wo sollte der herkommen?“

„Na ... was weiß ich ... Alle Einzelheiten des Projekts kennen wir doch gar nicht. Vielleicht hat die Umsiedlung bereits begonnen.“

„Unmöglich“, erwiderte ich. „Er sieht absolut nicht wie ein Pantianer aus. Die sind doch groß und haben eine rötliche Haut ... Und außerdem laufen sie nicht nackt herum wie der hier, der nicht den geringsten Fetzen auf dem Leib hatte.“

Wir waren an der Luke angelangt, und ich ließ Maja den Vortritt.

„Br-r-r!“ machte sie und bewegte die starren Schultern. „Na, was ist, gehen wir jetzt zu ihm und holen uns unseren Zunder?“

„Zunder von 'nem halben Meter Länge“, witzelte ich.

„Und prasseltrocken“, griff Maja das Bild auf.

„Dick wie ein Baumstamm“, ergänzte ich.

Wir wollten uns leise zur Kabine schleichen, doch es gelang uns nicht, unbemerkt zu bleiben. Wir wurden bereits erwartet. Komow, die Hände auf dem Rücken verschränkt, ging mit großen Schritten auf und ab; Vanderhoeze, den Blick in die Ferne gerichtet und mit vorgeschobenem Unterkiefer, bearbeitete wie üblich seinen Backenbart: Die rechte Hälfte wickelte er um den Finger der rechten Hand, die linke dementsprechend um den Finger der linken. Als Komow uns sah, blieb er stehen, doch Maja ließ ihn gar nicht erst zu Wort kommen.

„Er ist entkommen“, meldete sie sachlich. „Er ist verschwunden, direkt durchs Moor und auf völlig ungewöhnliche Art und Weise ...“

„Schweigen Sie“, unterbrach sie Komow.

Jetzt geht's los! dachte ich bei mir, denn auf diese Gardinenpredigt hatten wir uns ja gefaßt gemacht. Doch ich hatte mich getäuscht. Komow hieß uns Platz nehmen, setzte sich dann gleichfalls und wandte sich direkt an mich: „Ich höre, Popow, schießen Sie los. Ich will alles ganz genau wissen, hören Sie, bis in die letzten Einzelheiten."

Das Interessante war, daß ich nicht einmal Verwunderung empfand. Seine Frage erschien mir, mit all ihren Konsequenzen, durchaus natürlich. Und ich begann zu erzählen, ließ nichts aus – weder die Geräusche noch die Gerüche, nicht das Weinen des Kindes und das Stöhnen der Frau, nicht die seltsame Unterhaltung vom Vorabend und die schwarze Geistererscheinung von heute nacht. Maja hörte mit weitgeöffnetem Mund zu, Vanderhoeze runzelte finster die Brauen und schüttelte vorwurfsvoll den Kopf, während Komow keinen Blick von mir ließ. Seine zusammengekniffenen Augen waren jetzt wieder stechend und kalt, das Gesicht steinern, von Zeit zu Zeit biß er sich auf die Unterlippe und krampfte nervös die Finger ineinander, so daß die Gelenke knackten. Als ich fertig war, herrschte Schweigen.

Nach einer Weile fragte Komow: „Und Sie sind sicher, daß das Weinen von einem Kind stammte?"

„J-ja ... Zumindest hörte es sich genauso an."

Vanderhoeze holte geräuschvoll Luft und klopfte mit der Handfläche auf die Sessellehne.

„Und das hast du tagelang aushalten müssen", murmelte Maja erschrocken. „Armer Stassik!"

„Ich muß dir sagen, Stas ...", begann Vanderhoeze nachdrücklich, doch Komow fiel ihm ins Wort.

„Und was ist mit den Steinen?" fragte er.

„Mit welchen Steinen?" Ich begriff nicht.

„Woher stammen die Steine?"

„Die auf dem Bauplatz? Wahrscheinlich haben die Roboter sie angeschleppt. Aber was haben die damit zu tun?"

„Woher könnten die Kyber die Steine haben?"

„Na ja ..." Ich brach ab. In der Tat, woher?

„Ringsum ist sandiger Strand", fuhr Komow fort, „kein einziges Steinchen. Die Roboter haben den Bauplatz nicht verlassen. Wo also stammen die Steinbrocken und Zweige auf der Landebahn her?" Er sah uns nacheinander an und lächelte spöttisch. „Das alles sind natürlich rein rhetorische Fragen. In Heckrichtung unseres Schiffes, ein gutes Stück entfernt, befindet sich eine ganze Ansammlung von Steinen. Eine überaus interessante Ansammlung, nebenbei bemerkt. Auch kann ich hinzufügen ... Entschuldigung, waren Sie fertig, Stas?

Vielen Dank. Dann will ich Ihnen jetzt erzählen, was mir passiert ist."

Komow, so sollte ich erfahren, war es offenbar nicht besser ergangen als mir. Nur, daß seine Qualen etwas anderer Natur waren, sie betrafen den Intellekt. Am zweiten Tag nach der Ankunft hatte er im See Fische vom Planeten Panta ausgesetzt und plötzlich in etwa zwanzig Schritt Entfernung einen grellroten Fleck bemerkt, der sich zusehends verwischte. Dieser Fleck war schließlich wieder verschwunden, noch bevor Komow sich ihm hatte nähern können. Am Tag darauf hatte er auf dem äußersten Gipfel von Höhe zwölf einen verendeten Fisch entdeckt, ganz offensichtlich einen von denjenigen, die er im See ausgesetzt hatte. Gegen Morgen des vierten Tages war er mit der deutlichen Empfindung erwacht, daß sich ein Fremder in seiner Kajüte befand. Er konnte zwar niemanden entdecken, hörte jedoch, wie die Lukenklappe zuschlug. Als er gleich darauf das Schiff verließ, bemerkte er einen Steinhaufen am Heck des Schiffes und einen Armvoll Zweige sowie ähnlich große Steine auf dem Bauplatz. Nach dem Gespräch mit mir war er endgültig davon überzeugt gewesen, daß sich rings um das Schiff Dinge zutrugen, die nicht in Ordnung waren. Fast glaubte er schon, die Erkundungstrupps hätten irgendeinen überaus wichtigen Faktor übersehen, der auf dem Planeten wirksam war. Nur die tiefe Überzeugung, daß vernunftbegabtes Leben unmöglich zu übersehen sei, hielt ihn von entscheidenden Schritten ab. Er beschränkte sich darauf, alle Maßnahmen zu ergreifen, die eine Einmischung „neugieriger Nichtstuer" von der Erde verhinderten. Aus diesem Grund hatte er auch so auf eine eindeutige Formulierung der Expertise gedrungen. Aber er war unruhig, und meine aufgeputschte und zugleich gedrückte Verfassung hatte ihn in seiner Annahme bestärkt, daß die unbekannten Wesen imstande seien, in unser Schiff einzudringen. Er hatte auf diesen Vorstoß gewartet, und heute morgen war es nun soweit gewesen.

„Ich fasse zusammen", erklärte er, als hielte er eine Vorlesung. „Zumindest dieser Teil des Planeten ist, entgegen den Angaben aus den Voruntersuchungen, von großen Wirbeltieren bewohnt. Überdies besteht Grund zu der Vermutung, daß es sich hier um vernunftbegabte Wesen handelt. Offenbar haben wir es mit Troglodyten zu tun, mit Höhlenbewohnern also, die sich dem Leben unter der Erde angepaßt haben. Nach dem zu urteilen, was wir alle selbst beobachten konnten, erinnert der Durchschnittseingeborene anatomisch an einen

Menschen. Er verfügt über eine stark ausgeprägte Fähigkeit zur Mimikry und ist – was damit offenbar in Beziehung steht – in der Lage, sich Schutzphantome zu schaffen, die den Verfolger in die Irre führen, ihn ablenken. Ich muß feststellen, daß eine solche Fähigkeit, was die großen Wirbeltiere angeht, bisher nur bei einigen Nagern an der Pandora beobachtet werden konnte. Auf der Erde findet sie sich lediglich bei einigen Arten von Kopffüßern. Zum Schluß möchte ich noch besonders unterstreichen, daß, ungeachtet dieser dem Menschen fremden Eigenschaften, der Eingeborene, mit dem wir es zu tun hatten, nicht nur in anatomischer, sondern auch in physiologischer und zum Teil auch in neurologischer Hinsicht ungewöhnlich an einen Erdenmenschen erinnert, ihm erstaunlich nahekommt. Das wäre alles."

„Was heißt, das wäre alles!" rief ich bestürzt. „Und meine Stimmen? Es waren Halluzinationen?"

Komow lächelte spöttisch.

„Beruhigen Sie sich, Stas", sagte er. „Mit Ihnen ist alles in bester Ordnung. Ihre ‚Stimmen' lassen sich, wenn man davon ausgeht, daß der Stimmapparat dieser Eingeborenen genau wie unserer aufgebaut ist, leicht erklären. Hier fällt verschiedenes zusammen: die Ähnlichkeit der Stimmapparate, die entwickelte Fähigkeit zur Nachahmung, ein hypertrophiertes phonetisches Gedächtnis ..."

„Halt", sagte Maja, „ich verstehe. Die Eingeborenen konnten unsere Gespräche belauschen. Aber wie ist das mit der Stimme der Frau?"

Komow nickte.

„Tja, wir müssen annehmen, daß sie zugegen waren, als die Frau in der Agonie lag."

Maja stieß einen Pfiff aus. „Ziemlich weit hergeholt", murmelte sie zweifelnd.

„Dann finden Sie eine andere Erklärung", entgegnete Komow eisig. „Übrigens werden wir wahrscheinlich sehr bald die Namen der Verunglückten erfahren. Wenn der Pilot Alexander hieß ..."

„Nun gut", sagte ich, „meinetwegen. Aber was ist mit dem Kind, das ich weinen hörte?"

„Sind Sie sicher, daß es ein weinendes Kind war?"

„Womit sollte man das schon verwechseln."

Komow fixierte mich, drückte plötzlich seine Oberlippe mit dem

Finger fest gegen den Kiefer und begann gedämpft zu bellen. Ja, wirklich – zu bellen, anders kann ich das nicht nennen.

„Was war das?“ fragte er. „Ein Hund?“

„Sehr ähnlich“, sagte ich anerkennend.

„Na also, ich habe eben einen Satz in einem der Dialekte gesagt, die es auf der Leonida gibt.“

Ich war niedergeschlagen. Maja ebenfalls. Einige Zeit herrschte Schweigen. Zweifellos hatten sich die Dinge so zugetragen wie eben von Komow dargestellt. Alles rückte damit ins rechte Licht, kam in seine Ordnung. Und dennoch, ich ... Sicherlich, es war sehr angenehm, die Ängste nun endgültig hinter sich zu haben, zu wissen, daß es ausgerechnet unserer Gruppe gelungen war, eine weitere Art von Humanoiden zu entdecken. Doch bedeutete das andererseits auch einen entscheidenden Umschwung für uns selbst. Und nicht nur für uns. Erstens brauchte es keiner Brille, um zu erkennen, daß das Projekt „Arche“ damit hinfällig geworden war. Der Planet war bereits bewohnt, und man mußte für die Pantianer einen anderen suchen. Zum zweiten würde man uns, sollte sich herausstellen, daß die Eingeborenen hier tatsächlich vernunftbegabte Wesen waren, Hals über Kopf zurückrufen, und an unsere Stelle würde die Kommission für Kontakte treten. All diese Schlußfolgerungen ergaben sich völlig eindeutig nicht nur für mich, sondern auch für die anderen.

Vanderhoeze bearbeitete verstört seinen Backenbart und sagte ein ums andere Mal: „Wieso soll es sich ausgerechnet um vernunftbegabte Wesen handeln? Meiner Meinung nach deutet bisher nicht das geringste auf einen solchen Tatbestand hin. Was meinen Sie, Gennadi?“

„Ich bestehe ja gar nicht auf ‚vernunftbegabt‘“, erwiderte Komow. „Ich habe nur gesagt: Es gibt allen Grund zur Annahme, daß sie es sind.“

„Aber was sind das für Gründe?“ Vanderhoeze gab sich nicht geschlagen. Er hatte offensichtlich keinerlei Lust, den einmal eingenommenen Platz aufzugeben. Wir kannten diese Schwäche schon an ihm – wo er einmal war, da blieb er. „Also, was sind das nun für Gründe? Etwa ihr Äußeres?“

„Hier geht es nicht nur um die Anatomie“, sagte Komow. „Die Steine unter der Funkboje sind ganz augenscheinlich nach einem ganz bestimmten System angeordnet, das hat irgend etwas zu bedeuten. Mit den Steinen und Zweigen auf der Landebahn verhält es sich nicht anders ... Ich bin weit von einem kategorischen Schluß entfernt, dennoch sieht mir das Ganze nach einem Versuch dieser Wesen aus, Kontakt mit uns aufzunehmen. Einen Kontakt, wie er von einer Zivilisation hergestellt werden könnte, die den Stand der Urgesellschaft besitzt. Einerseits heimliche Erkundung, andererseits Gaben, die sie uns als Geschenk anbieten, durch die sie auf sich aufmerksam machen wollen ..."

„Ja, so sieht es wirklich aus", murmelte Vanderhoeze resigniert und verfiel in Apathie.

Wieder herrschte Stille, dann fragte Maja leise: „Und woraus folgt, daß sie uns in physiologischer und neurologischer Hinsicht so besonders nahestehen?"

Komow nickte zufrieden. „Auch hier kann es sich nur um Vermutungen und mittelbare Schlußfolgerungen handeln", sagte er. „Allerdings um sehr begründete. Erstens sind die Wesen imstande, in das Schiff einzudringen. Mit anderen Worten: Der Schiffsmechanismus erkennt sie an, läßt sie passieren. Zum Vergleich möchte ich nur daran erinnern, daß weder die Tagorier noch die Pantianer, so groß ihre Ähnlichkeit mit dem Menschen auch ist, die Einstiegsluke passieren können. Vor ihnen verschließt sich der Mechanismus ..."

In diesem Moment fiel es mir wie Schuppen von den Augen. Ich faßte mich an die Stirn. „Zum Teufel noch mal! Das heißt ja, daß alle Kyber völlig in Ordnung waren. Tom waren lediglich ein paar Eingeborene vor die Füße gekommen, und er war stehengeblieben, um sie nicht zu überrollen ... Wahrscheinlich hatten sie ihn für ein Lebewesen gehalten, wild mit den Armen gestikuliert und ihm dabei unbeabsichtigt das Zeichen gegeben: ‚Achtung! Gefahr! Unverzüglich ins Schiff!' Ein sehr unkompliziertes Zeichen ..." Ich machte es ihnen vor. „Deshalb kamen meine Zöglinge Hals über Kopf in den Laderaum gestürzt ... Natürlich, so war das und nicht anders ... Ich habe ja gerade mit eigenen Augen gesehen, daß Tom auf den Eingeborenen wie auf einen Menschen reagiert hat."

„Und zwar?" fragte Komow hastig.

„Na, ganz einfach. Als das Wesen in sein Gesichtsfeld kam, blieb er stehen und signalisierte: ‚Warte auf Anweisungen.'"

„Das ist eine sehr wertvolle Beobachtung", sagte Komow.

Vanderhoeze seufzte tief.

„Also Schluß mit dem Umsiedlungsprojekt ‚Arche'", sagte Maja. „Schade."

„Und was wird nun?" fragte ich, ohne mich an jemanden speziell zu wenden.

Ich erhielt keine Antwort. Komow sammelte die Blätter seiner Notizen zusammen, und darunter kam das Kästchen des Tonbandgerätes zum Vorschein.

„Ich bitte vielmals um Entschuldigung", erklärte er mit einem charmanten Lächeln, „aber um keine Zeit zu verlieren, habe ich unsere Diskussion gleich auf Band aufgenommen. Ich danke für die interessanten Fragestellungen. Stas, Sie bitte ich, das Ganze zu kodieren und über den Eilkanal direkt zur Zentrale zu funken, eine Kopie an den Stützpunkt."

„Armer Sidorow", sagte Vanderhoeze leise. Komow warf ihm einen kurzen Blick zu und vertiefte sich wieder in seine Papiere.

Maja schob ihren Sessel zurück.

„Mit meiner Wohnstattsuche ist es jedenfalls vorbei", sagte sie. „Da werd ich mal meine Sachen zusammenpacken."

„Einen Augenblick noch." Komow hielt sie zurück. „Hier ist vorhin gefragt worden, was denn nun werden soll. Ich will darauf antworten. Als Bevollmächtigter der Kommission für Kontakte übernehme ich ab jetzt das Kommando. Ich erkläre unser ganzes Gebiet zur Kontaktzone. Jakob, Sie setzen bitte einen entsprechenden Funkspruch auf. Sämtliche Arbeiten, die in Zusammenhang mit dem Umsiedlungsprojekt stehen, sind ab sofort einzustellen. Die Roboter werden von der Baustelle zurückgezogen und im Laderaum deponiert. Das Verlassen des Schiffs ist nur mit meiner persönlichen Genehmigung gestattet. Die heutige Hetzjagd wird wahrscheinlich ohnehin einige Ergebnisse zeitigen, die für die Kontaktaufnahme nicht sehr günstig sind. Neuerliche Mißverständnisse sind alles andere als wünschenswert. Sie, Maja, fahren den Gleiter bitte in die Schiffshalle, und Sie, Stas, setzen sich an Ihr Kybersystem ..." Er hob eine Hand. „Aber zuerst funken Sie den Wortlaut unserer Diskussion ..." Er lächelte und wollte noch etwas hinzufügen, doch in diesem Moment tuckerte der Ausdrucker unseres Funkgerätes los.

Vanderhoeze streckte seinen langen Arm zum Gerät aus, schnappte sich das Kärtchen mit dem dechiffrierten Text und überflog ihn. Seine Brauen kletterten in die Höhe.

„Hm", sagte er. „Die fangen's schon aus der Luft auf. Sie sind doch nicht zufällig ein Gedankensender, Gennadi?"

Mit diesen Worten reichte er das Kärtchen Komow. Der las es, und seine Augenbrauen kletterten gleichfalls in die Höhe.

„Also das verstehe ich nun wirklich nicht", murmelte er, warf das Kärtchen achtlos auf den Tisch und begann, die Arme auf dem Rükken verschränkt, in der Kabine auf und ab zu gehen.

Ich nahm den Funkspruch an mich. Maja schniefte aufgeregt über meinem Ohr. Der Text war in der Tat verblüffend.

Eilt, über Null-Kanal. Zentrale, Kommission für Kontakte, Gorbowski – an den Leiter des Stützpunktes „Arche", Sidorow.

Alle Arbeiten an Projekt unverzüglich einstellen, mögliche Evakuierung von Besatzung und Ausrüstung vorbereiten. Zusatz – an Bevollmächtigten der Kommission für Kontakte, Komow. Erkläre Gebiet ER-2 zur Kontaktzone. Verantwortlich sind Sie.

Gorbowski

„Das ist ein Ding!" sagte Maja, echt beeindruckt. „Also dieser Gorbowski!"

Komow hielt in seiner Wanderung inne und sah uns von unten herauf an. „Ich bitte alle, sich an die Ausführung meiner Anweisungen zu machen. Jakob, Sie suchen mir bitte eine Kopie der Expertise heraus."

Die beiden vertieften sich nochmals in den Wortlaut der Kopie. Maja ging hinaus, um den Gleiter ins Schiff zu fahren, und ich setzte mich neben das Funkgerät, um unsere Diskussion zu chiffrieren. Doch es waren keine zwei Minuten vergangen, als der Ausdrucker erneut lostuckerte. Komow stieß Vanderhoeze beiseite und stürzte zum Sender. Über meine Schulter gebeugt, verfolgte er gierig, wie die Zeilen eine nach der anderen auf dem Kärtchen erschienen.

Eilt, über Null-Kanal. Zentrale, Kommission für Kontakte, Bader – an den Kapitän von ER-2, Vanderhoeze.

Bestätigen Sie umgehend die Auffindung zweier – wiederhole: zweier – Leichen an Bord des verunglückten Schiffs und den Zustand der Bordaufzeichnungen, von denen in Ihrer Expertise die Rede ist.

Bader

Komow schnippte das Kärtchen zu Vanderhoeze hinüber und begann an seinem Daumennagel zu knabbern. „Soso", murmelte er vor sich hin, „das also ist es. Na ja ..."

Dann wandte er sich an mich: „Was machen Sie im Augenblick, Stas?"

„Ich chiffriere", antwortete ich finster. Ich begriff überhaupt nichts.

„Geben Sie mir das Tonband mal zurück, wir warten noch damit." Er verstaute das Gerät in der Brusttasche und knöpfte sie sorgsam zu. „Also folgendes: Jakob, Sie bestätigen Bader unsere früheren Auskünfte, und Sie, Stas, funken das. Dann bitte ich Sie noch um einen Gefallen, Jakob ... Sie kennen sich darin besser aus als ich. Tun Sie mir den Gefallen und stöbern Sie ein bißchen in unserer Filmothek herum. Sehen Sie sämtliche die Bordaufzeichnungen betreffenden gesetzlichen Bestimmungen durch."

„Die kenne ich alle aus dem Effeff", entgegnete Vanderhoeze unzufrieden. „Sagen Sie mir einfach, was Sie davon speziell interessiert."

„Das weiß ich ja selber nicht so genau. Ich möchte gern herausbekommen, ob die Bordaufzeichnungen zufällig oder absichtlich gelöscht worden sind. Und wenn mit Absicht, dann weshalb. Sie sehen doch, Bader interessiert sich gleichfalls dafür ... Nun machen Sie schon, Jakob. Sicherlich gibt es irgendwelche Bestimmungen, die unter besonderen Umständen das Löschen der Bordaufzeichnungen vorsehen."

„Es gibt keine solchen Bestimmungen", murrte Vanderhoeze vor sich hin, ging aber nichtsdestoweniger hinaus, um Komow „den Gefallen zu tun".

Komow setzte sich hin und schrieb die Bestätigung, während ich fieberhaft überlegte, was denn eigentlich vorging, wieso auf einmal eine solche Hektik herrschte und aus welchem Grund die Zentrale die Richtigkeit der Expertise anzweifelte, die doch ganz exakt und eindeutig abgefaßt war. Sie konnten ja wohl nicht im Ernst annehmen, wir hätten den Leichnam eines Erdenmenschen mit dem eines Eingeborenen verwechselt und dann noch einen Toten zuviel angegeben ... Und wie, zum Teufel, hatte Gorbowski überhaupt Wind von dem bekommen, was sich bei uns abspielte? Ich kam zu keinerlei Ergebnis und schaute betrübt auf die Bildschirme, auf denen ich die Arbeit meiner Roboter verfolgen konnte. Auf ihnen war alles klar und verständlich.

Voll Bitternis sagte ich mir, daß ein beschränkter Mensch wie ich eigentlich auf höchst traurige Weise an einen Kyber erinnerte. Ich saß ja auch nur da und führte stumpfsinnig die Befehle aus, die man mir gab: Wurde kodieren verlangt – so kodierte ich, wurde aber verlangt, das Kodieren einzustellen – hörte ich damit auf. Doch was um mich her vorging, wozu das alles gut war und womit das Ganze enden würde – ich hatte nicht die geringste Ahnung davon. Genau wie Tom: Er schuftete im Schweiße seines Angesichts, der Ärmste, war bemüht, meine Anweisungen so gut wie möglich auszuführen, und es fiel ihm nicht im Traum ein, daß ich in zehn Minuten kommen und ihn samt seiner Kompanie in den Laderaum verfrachten könnte. Und daß seine ganze Arbeit für die Katz und er selber bald auch niemandem mehr von Nutzen war ...

Komow reichte mir seinen Text herüber; ich chiffrierte und funkte ihn, und gerade als ich mich an mein Steuerpult setzen wollte, kam ein Anruf vom Stützpunkt.

„ER-2, bitte kommen", meldete sich eine ruhige Stimme. „Hier spricht Sidorow."

„ER-2 hört!" antwortete ich umgehend. „Am Apparat Kybertechniker Popow. Wen kann ich Ihnen geben, Michail Albertowitsch?"

„Komow bitte."

Komow saß bereits in dem Sessel neben mir. „Ich höre, Athos", sagte er.

„Was ist vorgefallen bei euch?" erkundigte sich Sidorow.

„Eingeborene ...", antwortete Komow nach einigem Zögern.

„Ein bißchen ausführlicher, wenn's geht."

„Zunächst möchte ich dir folgendes sagen, Athos", begann Komow, „ich weiß und begreife nicht, wie Gorbowski erfahren hat, daß es hier Eingeborene gibt. Wir selber sehen erst seit knapp zwei Stunden in dieser Beziehung klar. Ich hatte eine entsprechende Information für dich vorbereitet und wollte sie bereits kodieren lassen, doch nun ist hier ein solches Durcheinander entstanden, daß ich einfach nicht anders kann, als dich um noch ein wenig Geduld zu bitten. Der alte Bader hat mich nämlich auf eine Bombenidee gebracht ... Mit einem Wort, wart noch etwas, ja?"

„Alles klar", sagte Sidorow. „Aber ist denn die Tatsache selbst, ich meine, daß Eingeborene existieren, unanfechtbar?"

„Absolut."

Man hörte Sidorow tief seufzen. „Nun ja", sagte er, „da kann man nichts machen. Müssen wir eben wieder von vorn anfangen."

„Mir tut es sehr leid, daß alles so gekommen ist", erklärte Komow. „Wirklich."

„Schon gut", erwiderte Sidorow. „Wir werden auch das überstehen." Und nach einer kurzen Pause: „Was gedenkst du nun zu tun? Wirst du das Eintreffen der Kommission abwarten?"

„Nein. Ich beginne noch heute. In diesem Zusammenhang aber eine Bitte: Stell mir ER-2 samt Besatzung zur Verfügung."

„Selbstverständlich. Na schön, dann will ich dich nicht weiter stören. Wenn du sonst noch etwas benötigst ..."

„Danke, Athos. Und nimm's dir nicht so zu Herzen, es wird schon noch alles ins Lot kommen."

„Wollen wir's hoffen."

Sie verabschiedeten sich. Komow begann erneut an seinem Daumennagel zu knabbern, bedachte mich aus unerfindlichem Grund mit einem mißmutigen Blick und setzte seine Wanderung durch die Kajüte fort. Ich glaubte zu wissen, was ihn beschäftigte. Komow und Sidorow waren alte Freunde, sie hatten zusammen studiert, gemeinsam gearbeitet. Nur gab es einen Unterschied zwischen ihnen. Komow hatte stets und in allem, was er anpackte, Erfolg, während Sidorow hinter seinem Rücken Athos der Pechvogel genannt wurde. Weshalb sich das so entwickelt hatte, wußte ich nicht. Jedenfalls hatte Komow gegenüber Sidorow jetzt wohl ein ungutes Gefühl. Vor allem wegen des Funkspruchs von Gorbowski. Es sah beinahe so aus, als habe Komow die Zentrale über Sidorows Kopf hinweg informiert ...

Leise wechselte ich zu meinem Steuerpult hinüber und brachte die Roboter zum Stehen. Komow saß nun wieder am Tisch, bearbeitete seinen Nagel und stierte auf die umherliegenden Papiere. Ich bat um Erlaubnis, das Schiff verlassen zu dürfen.

„Weshalb?" Er wollte schon aufbrausen, doch da erinnerte er sich. „Ach ja, das Kybersystem ... Also bitte schön, gehen Sie. Doch kommen Sie unverzüglich zurück, sobald Sie fertig sind."

Ich trieb meine Zöglinge zur Ladeluke, schaltete sie vom Programm ab und vertäute sie für den Fall eines plötzlichen Starts. Dann blieb ich noch einen Augenblick vor der Luke stehen, ließ meinen Blick über den ausgestorbenen Bauplatz gleiten, über die weißen Wände der Wetterstation, die nun doch nicht zustande gekommen war, und über den Eisberg, der sich nach wie vor so untadelig und teilnahmslos erhob ... Der Planet kam mir jetzt irgendwie anders vor. Etwas hatte sich verändert an ihm. Der Nebel, die zwergwüchsigen Pflanzen, die Felsschluchten, von violett schimmernden Schneetupfen bedeckt, hatten nun einen verborgenen Sinn. Die Stille war natürlich noch immer da, doch von Leere konnte man nicht mehr sprechen. Und das war gut so.

Ich kehrte ins Schiff zurück, schaute in die Gemeinschaftskajüte, wo Vanderhoeze mit schlecht verhohlenem Groll die Filmothek durchwühlte, und da ich mit meinen eigenen Gefühlen im Widerstreit war, ging ich zu Maja, um mich von ihr ein bißchen aufmöbeln zu lassen. Sie hatte eine riesige Plankarte auf dem Fußboden ihrer Kajüte ausgebreitet und lag darauf, eine Lupe am Auge. Sie drehte sich nicht einmal um, als ich eintrat.

„Ich begreife überhaupt nichts", sagte sie wütend. „Hier können die nirgendwo leben! Sämtliche Flecken, die sich nur irgendwie für eine Wohnstatt eignen könnten, haben wir abgegrast. Sie werden doch nicht im Sumpf hausen, verdammt noch mal!"

„Und warum nicht im Sumpf?" fragte ich und nahm Platz.

Maja setzte sich im Türkensitz auf und fixierte mich durch ihre Lupe. „Weil ein Humanoid unmöglich im Sumpf existieren kann", erklärte sie gewichtig.

„Das würde ich nicht behaupten", erwiderte ich. „Bei uns auf der Erde hat es Stämme gegeben, die sogar auf dem Wasser in Pfahlbauten gelebt haben."

„Wenn es in diesen Sümpfen nur den winzigsten Bau gäbe ...", sagte Maja.

„Vielleicht leben sie unter Wasser? Wie manche Wasserspinnen, in solchen luftgefüllten Glocken."

Maja dachte nach.

„Nein", erwiderte sie achselzuckend. „Dann wäre er schmutzig gewesen und hätte den Dreck auch ins Schiff getragen ..."

„Und wenn sie nun eine wasserabstoßende Schicht auf der Haut haben? Eine schlammabstoßende? – Hast du gesehen, wie ölig er glänzte? Und wohin seine Flucht führte? Oder seine Art, sich fortzubewegen – wozu sollte sie sonst gut sein?"

Die Diskussion war in Gang gekommen. Unter dem Druck der zahlreichen Hypothesen und Argumente, die ich vorbrachte, mußte

Maja zugeben, daß rein theoretisch nichts die Eingeborenen daran hinderte, in Luftglocken unter Wasser zu leben, auch wenn sie, Maja, persönlich mehr zur Ansicht Komows neigte, der die Planetenbewohner für Höhlenmenschen hielt. „Wenn du wüßtest, was es da für Schluchten gibt“, sagte sie. „Hier, schau dir das mal an ...“ Und sie zeigte mir verschiedene Stellen auf der Karte. Selbst auf dem Papier sahen diese Flecken unwirtlich aus: zuerst eine Hügelkette, die von zwergenhaften Bäumen bestanden war, danach zerklüftetes Bergland mit abgrundtiefen Schluchten und schließlich der Gebirgskamm selbst, unnahbar und furchterregend, von ewigem Schnee bedeckt. Dahinter erstreckte sich eine grenzenlose steinige Ebene, trostlos, ohne jedes Leben, kreuz und quer von gewaltigen Erdspalten durchzogen. Es war eine durch und durch erstarrte, erkaltete Welt, eine Welt der bizarren Minerale, und allein der Gedanke, hier leben, mit bloßen Füßen über dieses Gewirr von Steinen laufen zu müssen, jagte mir einen Schauer über den Rücken.

„Alles halb so schlimm“, sagte Maja beschwichtigend. „Ich kann dir Infrarotaufnahmen von diesem Gelände zeigen. Unter dem Plateau herrscht, über weite Strecken hin, unterirdische Wärme, so daß sie also, sollten sie tatsächlich in Höhlen leben, an Kälte am allerwenigsten leiden.“

Sofort hakte ich ein: „Und wovon ernähren sie sich?“

„Wenn es Höhlenmenschen gibt, so kann es durchaus auch Höhlentiere geben“, sagte sie. „Na, und dann von Moos, Pilzen; schließlich könnte man sich auch Gewächse vorstellen, die mit dem Infrarotlicht assimilieren.“

Ich vergegenwärtigte mir dieses Leben, eine jämmerliche Parodie dessen, was wir unter Leben verstanden, ein steter, doch lascher Kampf ums Dasein, eine ungeheuerliche Eintönigkeit an Eindrücken, und ich bedauerte die Planetenbewohner von ganzem Herzen. Und so erklärte ich, die Sorge um diese Rasse sei ebenfalls eine edle und dankbare Sache. Worauf Maja erwiderte, das stehe auf einem ganz anderen Blatt; wir müßten den Pantianern helfen, die zum Untergang verurteilt wären und ohne uns einfach zugrunde gehen würden. Was aber die hiesige Zivilisation betreffe, so sei es mehr als fraglich, ob sie uns benötige. Es sei durchaus denkbar, daß sie auch ohne unser Zutun gedeihen würde.

Das war ein alter Streit zwischen uns. Meiner Ansicht nach war die

Menschheit in ihrem Wissen so weit vorangeschritten, daß sie darüber entscheiden konnte, welche gesellschaftliche Entwicklung, historisch gesehen, eine Perspektive hatte und welche nicht. Maja aber war anderer Meinung. Sie war fest davon überzeugt, daß wir verschwindend wenig wüßten. Auf zwölf vernunftbegabte Zivilisationen waren wir bis jetzt gestoßen, und drei davon wurden nicht von menschenähnlichen Wesen gebildet. Von welcher Art unsere Beziehungen zu diesen Nichthumanoiden waren, wußte wahrscheinlich nicht einmal Gorbowski zu sagen. Existierte nun ein Kontakt zu ihnen oder nicht, und wenn ja, war er dann wirklich auf der Grundlage gegenseitigen Einverständnisses hergestellt worden? Vielleicht hatten wir uns ihnen nur aufgedrängt? Möglicherweise betrachteten sie uns gar nicht als Brüder mit Verstand, sondern als eine seltsame Naturerscheinung, so etwa wie ungewöhnliche Meteoriten. Mit den Humanoiden, ja, da war alles klar. Von den neun menschenähnlichen Arten hatten sich nur drei zu einem Austausch mit uns bereit erklärt, und was die Leonidaner betrifft, so hatten die zwar nichts gegen eine Weitergabe ihres eigenen Wissens, lehnten unseres jedoch höflich, aber entschieden ab. Selbst so augenscheinliche Dinge wie die quasiorganischen Mechanismen, die doch bedeutend zweckmäßiger und auch rationeller waren als ihre dressierten Haustiere. Aber die Leonidaner lehnten Mechanismen prinzipiell ab. Weshalb? Maja und ich wußten es nicht, wir stritten darüber. Dabei redeten wir uns fest, vertauschten, für uns selber unmerklich, unsere Standpunkte, was bei uns des öfteren vorkam. Zu guter Letzt erklärte Maja, unser ganzer Streit sei ausgemachter Unsinn.

„Nicht darum geht es. Begreifst du denn nicht, worin die Hauptaufgabe eines jeglichen Kontakts liegt?" fragte sie. „Begreifst du nicht, warum die Menschheit nun schon seit zwei Jahrhunderten nach Kontakten strebt, sich freut, wenn sie einen herstellen kann, und betrübt ist, wenn es mißlingt?"

Natürlich begriff ich. „Man will den Verstand erforschen", sagte ich. „Jenes höchste Produkt, das die Natur hervorgebracht hat."

„Im großen und ganzen mag das stimmen", erwiderte Maja, „dennoch sind das bloß Worte. In Wirklichkeit interessiert uns nämlich nicht das Phänomen des Verstandes im allgemeinen, sondern unser eigener, menschlicher Verstand. Mit anderen Worten, wir interessieren uns in erster Linie für uns selber. Seit fünfzigtausend Jahren bereits versuchen wir dahinterzukommen, was und wie wir selbst sind. Doch es ist ein Ding der Unmöglichkeit, dieses Problem von innen heraus zu lösen. Es ist ebenso unmöglich, wie sich selbst bei den Haaren zu packen und in die Höhe zu ziehen. Will man sich selbst erkennen, so muß man das von außen tun, mit den Augen eines Außenstehenden, eines total Außenstehenden ..."

„Und weshalb sollte das so unbedingt nötig sein?" erkundigte ich mich angriffslustig.

„Na", sagte Maja bedeutungsvoll, „weil die Menschen auf dem Weg sind, sich über die Galaxis zu verbreiten. Wie stellst du dir zum Beispiel die Menschheit in hundert Jahren vor?"

„Wie ich sie mir vorstelle?" Ich zuckte die Achseln. „Genauso wie du ... Die biologische Revolution wird abgeschlossen, die galaktische Barriere überwunden sein, der Weg in den Null-Raum frei. Es wird eine weite Verbreitung der Kontaktvideophonie geben, die Realisierung der P-Abstraktionen ..."

„Ich habe dich nicht danach gefragt, wie du dir die technischen Errungenschaften in hundert Jahren vorstellst, ich will wissen, was du über die Menschheit denkst."

Ich blinzelte verdutzt. Ich sah da keinen Unterschied. Maja aber schaute mich mit Siegermiene an. „Hast du schon was von Komows Ideen gehört?" fragte sie. „Vertikaler Fortschritt und so weiter ..."

„Vertikaler Fortschritt?" Mir kam eine dunkle Erinnerung. „Wart mal ..., haben da nicht auch Borowik und Mikawa damit zu tun?"

Maja begann in ihrer Tischlade zu wühlen.

„Hier ..." Sie reichte mir ein Kristallophon herüber. „Hör dir das mal an. Während du mit deiner Tanetschka in der Bar getanzt hast, hat Komow uns in der Bibliothek zusammengetrommelt ..."

Einigermaßen lustlos klemmte ich mir das Kristallophon ins Ohr. Was ich zu hören bekam, war eine Art Vorlesung. Komow hielt sie, und die Aufzeichnung setzte mitten im Satz ein. Komow redete ohne jede Hast, einfach und verständlich; offensichtlich paßte er sich dem Niveau des Auditoriums an. Er führte viele Beispiele an und sprach überhaupt sehr geistreich. Das Ganze lief etwa auf folgendes hinaus:

Der Erdenmensch habe alle sich selbst gestellten Aufgaben gelöst und sei nun auf dem Weg, ein galaktisches Wesen zu werden. Hunderttausend Jahre hindurch hätten sich die Menschen in Höhlen bewegt, beengt, von Steinschlag bedroht, hätten sie sich einen Weg durchs Dickicht bahnen müssen, seien von Lawinen verschüttet worden, hätten sich verirrt. Doch bei allem hätten sie immer den blauen Himmel vor sich gesehen, Licht, ein Ziel, und so seien sie schließlich aus den Höhlen ins Freie gezogen, hätten sich in den Tälern ausgebreitet. Ja, die Täler seien weit und geräumig gewesen, es sei genug Platz zum Ausbreiten dagewesen. Nach und nach aber hätten sie erkannt, daß es eben nur Täler seien und daß es darüber noch einen Himmel gebe. Eine neue Dimension. Sicherlich, unten auf der Erde sei es schön gewesen, man habe sich nach Herzenslust mit der Realisierung der P-Abstraktionen befassen können und es habe so ausgesehen, als vermöchte keine Macht der Welt den Menschen nach oben, in diese neue Dimension, zu treiben. Doch der galaktische Mensch sei nicht schlechthin der Erdenbewohner, der in den Weiten der Galaxien nach den Gesetzen seines Heimatplaneten lebe. Hier handle es sich um mehr, denn der Mensch lebe nun nach anderen Gesetzen des Seins, mit anderen, noch unbekannten Zielen. Im Grunde gehe es darum, das Ideal des galaktischen Menschen zu formulieren. Das Ideal des Erdenmenschen habe sich im Laufe von Jahrtausenden aus dem Erfahrungsschatz der Ahnen herausgebildet, aus dem Erfahrungsschatz alles Lebenden unseres Planeten. Das Ideal des galaktischen Menschen dagegen könne offenbar nur herausgearbeitet werden, wenn man den Erfahrungsschatz aller galaktischen Lebensformen ausschöpfe, die Geschichte aller Zivilisationen mit einbeziehe.

Vorerst, so etwa äußerte sich Komow, wisse der Mensch noch gar nicht, wie er diese Aufgabe in Angriff nehmen solle, aber er komme nicht umhin, sich ihrer anzunehmen. Dabei müsse er sie so lösen, daß die Zahl der möglichen Opfer und Irrtümer auf ein Minimum reduziert bleibe. Noch nie habe sich die Menschheit eine Aufgabe gestellt, die sie nicht zu lösen bereit gewesen sei. Das sei eine tiefe, doch auch quälende Wahrheit ...

Die Aufzeichnung hörte auf, wie sie begonnen hatte: mitten im Satz.

Ehrlich gesagt, so geistreich das alles war, es drang gar nicht bis in mein Innerstes vor. Was hatte das galaktische Ideal hier zu suchen? Meiner Ansicht nach wurden die Menschen, wenn sie im Kosmos waren, alles andere als galaktisch. Mir schien es eher, als wäre das Gegenteil der Fall; die Menschen trugen die Erde – ihren Komfort, ihre Normen, ihre Moral – ins All. Wenn es also schon ums Ideal ging, so war für mich und auch für all meine Bekannten das Ideal der Zukunft unser eigener kleiner Planet, der sich bis zu den äußersten Grenzen der Galaxis herangetastet hatte und später vielleicht sogar über diese Grenzen hinausgelangen würde. In diesem Sinne etwa wollte ich mich auch gegenüber Maja äußern, doch da bemerkten wir, daß wir nicht mehr allein in der Kajüte waren. Vanderhoeze stand, offenbar schon seit einer geraumen Weile, gegen die Wand gelehnt, zauste seinen rötlichen Backenbart und betrachtete uns mit der ihm eigenen nachdenklich-zerstreuten Miene eines Kamels. Ich erhob mich und schob ihm einen Stuhl hin.

„Vielen Dank", sagte Vanderhoeze, „aber ich bleibe lieber stehen."

„Und was halten Sie von dieser Angelegenheit?" fragte Maja, kriegerisch gestimmt.

„Von welcher Angelegenheit?"

„Na, vom vertikalen Fortschritt?"

Vanderhoeze schwieg einige Zeit, dann seufzte er und sagte: „Keiner weiß, wer das Wasser als erster entdeckt hat, jedenfalls waren es nicht die Fische."

Wir dachten angestrengt nach. Dann begann Majas Gesicht zu strahlen, sie hob einen Finger in die Höhe und meinte: „Oho!"

„Das stammt nicht von mir", erwiderte Vanderhoeze melancholisch. „Es ist ein alter Aphorismus. Er gefällt mir schon lange, ich hatte bisher nur keine Gelegenheit, ihn anzubringen." Er schwieg einige Augenblicke und sagte dann: „Was übrigens die Bordaufzeichnungen betrifft, stellt euch vor, es hat tatsächlich solch eine Vorschrift gegeben."

„Was für Bordaufzeichnungen?" fragte Maja. „Ich sehe da keinen Zusammenhang."

„Komow hatte mich doch gebeten, die gesetzlichen Bestimmungen durchzusehen. Er wollte wissen, ob es eine Vorschrift gebe, nach der die Bordaufzeichnungen zu vernichten seien", erklärte Vanderhoeze bedrückt.

„Ja und?" fragten wir fast gleichzeitig.

„Eine Schande für mich", sagte er. „Es gibt tatsächlich solch eine Vorschrift. Genauer gesagt, es hat sie gegeben. Im alten Instruktionsbuch. Im neuen steht sie nicht mehr. Woher hätte ich sie auch kennen sollen, ich bin schließlich kein Historiker …"

Er schwieg längere Zeit, in Nachdenken versunken. Maja rutschte ungeduldig auf ihrem Platz hin und her.

„Also", fuhr Vanderhoeze endlich fort, „diese Vorschrift besagt: Wenn man eine Havarie auf einem unbekannten Planeten erleidet, der von vernunftbegabten Wesen bewohnt ist – ganz gleich, ob es humanoide oder nichthumanoide Wesen sind, es genügt, daß sie über Maschinen, eine Technik verfügen –, so ist man verpflichtet, sämtliche kosmographischen Karten und Bordaufzeichnungen zu vernichten."

Ich wechselte einen Blick mit Maja.

„Der Kommandeur des ‚Pelikan', der Ärmste", sagte Vanderhoeze weiter, „muß sich in den alten Gesetzen offenbar gut ausgekannt haben. Denn diese Vorschrift ist, glaube ich, an die zweihundert Jahre alt. Sie stammt noch aus den Anfängen der Sternraumfahrt, war mehr Theorie als Praxis, entstand in dem Bestreben, jeder nur möglichen Komplikation zu begegnen. Aber kann man etwa alles einkalkulieren?" Er seufzte. „Gewiß, ich hätte mir überlegen können, was es mit den gelöschten Aufzeichnungen auf sich hatte. Komow ist ja auch draufgekommen ... Wißt ihr, wie er auf meine Mitteilung reagiert hat?"

„Nein", sagte ich, „wie denn?"

„Er hat genickt und sich anderen Dingen zugewandt", erklärte Maja.

Vanderhoeze warf ihr einen Blick zu, der seine Hochachtung ausdrückte. „Genau!" sagte er. „Er hat genickt, und er hat sich anderen Dingen zugewandt. Ich an seiner Stelle hätte mich den ganzen Tag über meinen Scharfsinn gefreut!"

„Was läßt sich denn nun aber aus alldem schlußfolgern?" fragte Maja. „Das heißt doch, ob humanoid oder nicht, es muß vernunftbegabtes Leben, Technik, eine Zivilisation hier geben. Ich verstehe rein gar nichts mehr. Verstehst du das?" wandte sie sich an mich.

Ich finde die Art Majas, voller Stolz zu erklären, sie verstehe rein gar nichts mehr, jedesmal sehr lustig. Übrigens verhalte ich mich hin und wieder genauso. „Sie haben sich dem ‚Pelikan' mit Fahrrädern genähert", sagte ich.

Maja winkte ungeduldig ab. „Eine technisch ausgerüstete Zivilisation gibt es hier nicht", murmelte sie. „Nichthumanoide existieren genausowenig ..."

Komows Stimme verkündete über Sprechfunk: „Vanderhoeze, Glumawa, Popow! Bitte zur Steuerzentrale!“

„Jetzt geht's los!“ sagte Maja und sprang auf.

Wir drängten als lärmende Gruppe in die Kabine. Komow stand am Tisch und war gerade dabei, eine tragbare Übersetzungsmaschine in eine Plastikumhüllung zu stecken. Nach der Position der Schaltknöpfe zu urteilen, war das Gerät an den elektronischen Bordrechner angeschlossen. Komows Gesicht zeigte einen ungewohnt besorgten Ausdruck. Dadurch sah er irgendwie menschlicher aus, war nicht mehr so eisig konzentriert, so steinern, ein Anblick, von dem einem der Mund ganz trocken wurde.

„Ich gehe jetzt hinaus“, erklärte er. „Auf den ersten Erkundungsgang. Jakob, Sie tragen hier die Verantwortung. Das wichtigste: die ununterbrochene Beobachtung und störfreie Arbeit des Bordrechners garantieren. Bei Erscheinen von Eingeborenen bin ich umgehend zu informieren. Ich empfehle, an den Außenbildschirmen eine Wache in drei Schichten rund um die Uhr einzurichten. Maja, Sie setzen sich jetzt gleich an die Schirme. Stas, dort liegen meine Funksprüche. Übermitteln Sie sie so bald wie möglich. Niemand darf das Schiff verlassen. Das wär's. Gehen Sie an die Arbeit.“

Ich nahm am Funkgerät Platz und machte mich, wie befohlen, an die Arbeit. Komow und Vanderhoeze unterhielten sich leise hinter meinem Rücken. Am anderen Ende der Steuerzentrale hatte Maja begonnen, die Bildschirme für die Rundumsicht einzustellen. Ich blätterte die Funksprüche durch. Während wir mit der Lösung philosophischer Probleme beschäftigt gewesen waren, hatte Komow hier wirklich nicht gefaulenzt. Fast alle seine Telegramme stellten Antworten auf eingegangene Anfragen dar. Den Grad ihrer Dringlichkeit bestimmte ich in Ermangelung diesbezüglicher Anweisungen selbst.

ER-2, Komow – an Zentrale, Gorbowski.

Danke für das liebenswürdige Angebot, ich fühle mich aber nicht berechtigt, Sie von wichtigeren Dingen abzuhalten. Werde Sie auf dem laufenden halten.

ER-2, Komow – an Zentrale, Bader.

Posten des Chefxenologen beim Projekt ‚Arche 2‘ muß ich ablehnen. Empfehle Amiredshibi.

ER-2, Komow – an Stützpunkt, Sidorow.
Flehe dich an, verschone mich mit Freiwilligen.

ER-2, Komow – an europäisches Pressezentrum, Dombini.
Halte Anwesenheit Ihres wissenschaftlichen Kommentators hier für verfrüht. Betreffs Informationen bitte an Zentrale wenden. Kommission für Kontakte.

In dieser Art ging es munter weiter. Etwa fünf Funksprüche waren allein an das Zentrale Informatorium gerichtet. Ihren Inhalt begriff ich nicht.

Meine Arbeit lief auf Hochtouren, als der Dechiffrator ein weiteres Mal zu tuckern begann.

„Woher?" fragte Komow vom anderen Ende der Steuerkabine aus. Er stand neben Maja und betrachtete die Umgebung.

„*Zentrale, historische Abteilung*", las ich.

„Na endlich!" sagte Komow und kam zu mir herüber.

„*... Projekt ‚Arche'*", las ich, „*an ER-2, Vanderhoeze, Komow. Information. –*

Bei dem von Ihnen aufgefundenen Schiff Typ ‚Pelikan', Registriernummer sowieso, handelt es sich um das Expeditionsfahrzeug ‚Pilger'. Heimathafen Deimos, Start am zweiten Januar zweitausendeinunddreißig zur freien Suche in die Zone ‚Z'. Die letzte Meldung erfolgte am sechsten Mai zweitausendvierunddreißig aus der Region ‚Schatten'. Besatzung: Semjonowa, Marie-Luise, und Semjonow, Alexander Pawlowitsch. Seit dem einundzwanzigsten April zweitausenddreiunddreißig ein weiterer Passagier an Bord: Semjonow, Pierre Alexandrowitsch. Archiv ‚Pilger' ..."

Noch etwas stand da, doch in diesem Augenblick begann Komow hinter mir laut zu lachen, und ich drehte mich verwundert um. Komow lachte nicht nur, sondern er explodierte förmlich vor Heiterkeit.

„Hab ich mir's doch gedacht!" sagte er triumphierend, während wir ihn mit weit aufgerissenen Mündern ansahen. „Das habe ich vermutet", wiederholte er. „Es ist ein Mensch, versteht ihr, Kinder, ein Mensch ist das!"

5

Menschen und Nichtmenschen

„Alles auf die Plätze!" kommandierte Komow ausgelassen, griff sich die Futterale mit den Instrumenten und verschwand.

Ich sah Maja an. Sie stand wie angewurzelt mitten in der Kabine und bewegte lautlos, mit abwesendem Blick, die Lippen. Sie überlegte.

Mein Blick ging von Maja zu Vanderhoeze. Seine Augenbrauen zeigten steil in die Höhe, der Backenbart war gesträubt, und erstmals, soweit ich mich entsinnen konnte, ähnelte er weniger einem Säugetier als einem Zitterrochen, den man aus dem Wasser an Land gezogen hat. Auf dem Aussichtsbildschirm war Komow zu sehen, der, die Apparaturen umgehängt, am Baugelände entlang kräftig in Richtung Sumpf ausschritt.

„Daher also die Spielsachen ...", ließ sich Maja vernehmen.

„Wieso?" fragte Vanderhoeze, der noch nicht begriffen hatte.

„Er hat damit gespielt", erklärte Maja.

„Wer?" fragte Vanderhoeze. „Komow?"

„Nein. Semjonow."

„Hmm ... Weshalb, ich meine ..."

„Semjonow junior", sagte ich, jede Silbe betonend. „Der Passagier. Das Kind."

„Was für ein Kind?"

„Das Kind der Semjonows!" sagte Maja. „Versteht ihr nun, wozu sie diese Nähvorrichtung brauchten? Da wurden Hemdchen und Windeln benötigt, Lätzchen ..."

„Lätzchen!" echote Vanderhoeze niedergeschmettert. „Ein Kind haben sie also bekommen! Na so was! Und ich hab mich schon gewundert, wo sie plötzlich einen neuen Passagier aufgegabelt hatten, dazu noch einen Namensvetter! Ich wär im Leben nicht auf diese Idee gekommen. Dabei ist es ganz klar!"

Das Funksignal ertönte, ich meldete mich rein mechanisch. Es war Wadik. Er sprach hastig und mit gedämpfter Stimme – offenbar befürchtete er, wir könnten geortet werden.

„Was gibt's denn da bei euch, Stas? Aber mach's kurz, wir sind dabei, hier die Zelte abzubrechen ..."

„Das kann man nicht in drei Worten erklären", sagte ich mißmutig.

„Versuch's trotzdem. Habt ihr ein Raumschiff ‚Wanderer' gefunden?"

„Welche ‚Wanderer'?" fragte ich verblüfft.

„Na dasjenige, das ... das Gorbowski sucht ..."

„Und wer soll es gefunden haben?"

„Meine Güte, ihr! Ihr habt es doch gefunden, oder?" Seine Stimme klang plötzlich streng und sachlich, als er fortfuhr: „Ich überprüfe die Leitung und schalte jetzt ab."

„Was sollen wir gefunden haben?" erkundigte sich Vanderhoeze. „Von welchem Raumschiff war da die Rede?"

„Ach, was weiß ich." Ich winkte ab. „Sie sind einfach neugierig ... Aber zurück zu dem Kind. Es ist also im April dreiunddreißig zur Welt gekommen, und gemeldet haben sie sich das letzte Mal vierunddreißig ... Sag mal, Jakob, in welchen Zeitabständen mußten sie eigentlich Funkverbindung aufnehmen?"

„Einmal im Monat", erwiderte Vanderhoeze. „Das ist Vorschrift bei Schiffen, die sich auf freier Suche befinden."

„Augenblick mal", sagte ich. „Mai, Juni ..."

„Dreizehn Monate", kam mir Maja zuvor.

Ich wollte sichergehen und rechnete deshalb selbst noch mal nach.

„Stimmt", sagte ich, „dreizehn Monate!"

„Ist irgendwie unwahrscheinlich, nicht wahr?"

„Was soll unwahrscheinlich sein?" fragte Vanderhoeze unsicher.

„Am Tag der Katastrophe", erwiderte Maja, „war das Kind ganze dreizehn Monate alt. Wie konnte es da überleben?"

„Die Eingeborenen", gab ich zu bedenken. „Semjonow hatte die Bordaufzeichnungen gelöscht. Also muß er jemanden gesichtet haben ... Komow hatte mir demnach ohne Grund etwas vorgebellt! Ich hatte doch recht: Es war richtiges Kinderweinen. Als ob ich nicht wüßte, wie einjährige Kinder weinen! – Die Eingeborenen hatten alles auf Band festgehalten und es dem Kind, als es größer wurde, vorgespielt ..."

„Derlei Aufzeichnungen setzen eine gewisse Technik voraus", sagte Maja.

„Nun, dann haben sie es eben nicht aufgezeichnet, sondern im

Gedächtnis gespeichert", erwiderte ich. „Das ist doch unwesentlich."

„Aha", sagte Vanderhoeze, der allmählich begriff. „Semjonow, meint ihr, hatte also Menschen oder auch irgendwelche nichtmenschlichen Wesen gesichtet, eine Zivilisation jedenfalls, die bereits über Maschinen, eine Technik verfügte, und hat deshalb die Bordnotizen gelöscht. Entsprechend der Instruktion."

„Mir sieht es aber gar nicht nach einer technisierten Zivilisation aus", sagte Maja skeptisch.

„Dann also doch eher Nichthumanoide", begann ich und begriff erst in diesem Augenblick so richtig, was das bedeutete. „Meine Güte", fuhr ich enthusiastisch fort, „wenn es sich hier tatsächlich um Nichthumanoide handelte, das wäre ja einmalig, würde alles Bisherige übertreffen. Versteht ihr? Ein Mensch als Mittler zwischen zwei Zivilisationen! Ein Wesen, das zugleich Mensch und Nichtmensch ist! Das hat es bisher noch nicht gegeben. Selbst in unseren kühnsten Träumen hätten wir das nicht zu hoffen gewagt!"

Ich ließ mich von meiner Begeisterung fortreißen. Maja nicht weniger. Wir standen wie geblendet vor den Perspektiven, die sich uns da eröffneten. Freilich waren sie noch reichlich verschwommen, doch deswegen nicht weniger einleuchtend. Nicht nur, daß es wahrscheinlich erstmals in der Geschichte der Menschheit möglich wurde, Kontakt zu einer nichthumanoiden Zivilisation aufzunehmen, den Menschen würde auch ein einzigartiger Spiegel in die Hand gegeben. Die Tür in eine Welt würde aufgestoßen, die ihnen bis dahin unerreichbar fern und verschlossen gewesen war. Es war eine Welt mit einer grundsätzlich anderen Psychologie, wodurch die vagen Komowschen Ideen über den vertikalen Fortschritt endlich eine experimentelle Grundlage erhielten ...

„Welchen Grund hätte eine nichthumanoide Zivilisation gehabt, sich mit einem Menschenkind abzugeben?" sagte Vanderhoeze nachdenklich. „Was versteht sie überhaupt von solchen Dingen?"

Die Perspektiven verloren sofort an Glanz, doch Maja reagierte prompt, Herausforderung in der Stimme: „Auf der Erde sind nicht wenige Fälle bekannt, wo nichthumanoide Wesen Menschenkinder aufgezogen haben."

„Das war eben auf der Erde!" erwiderte Vanderhoeze bekümmert.

Darin hatte er nicht unrecht. Alle uns bisher bekannten vernunftbegabten Nichthumanoiden standen dem Menschen bedeutend ferner als beispielsweise ein Wolf oder sogar ein Krake. Selbst ein so bedeutender Spezialist wie Krüger war der Ansicht, die vernunftbegabten Nacktschnecken auf der Garrotta hielten den Menschen mit seiner gesamten Technik nicht etwa für eine reale Erscheinung, sondern für eine Frucht ihrer unglaublichen Phantasie ...

„Dennoch ist das Kind am Leben geblieben und groß geworden!" sagte Maja.

Womit sie gleichfalls recht hatte.

Meiner Natur nach bin ich ein Skeptiker. Es ist nicht mein Fall, mich in etwas zu verrennen und meiner Phantasie die Zügel schießen zu lassen. Maja ist da anders. Doch in der Angelegenheit mit dem Kind war kein Raum für Phantastereien, die Sache war klar. Ein dreizehn Monate alter Säugling allein in einer Eiswüste. Wie hätte er aus eigener Kraft überleben können. Hinzu kamen die gelöschten Bordaufzeichnungen. Das waren Fakten, die für sich sprachen. Daß sich aber ausgerechnet zu diesem Zeitpunkt humanoide Wesen von einem anderen Planeten in der Nähe aufhielten und, nachdem sie das Kind großgezogen hatten, wieder davongeflogen waren – eine solche Annahme war denn doch ziemlich unwahrscheinlich.

„Und wenn er nun gar nicht überlebt hat?" fragte Maja. „Vielleicht sind dieses Weinen und die Stimmen seiner Eltern alles, was von ihm übriggeblieben ist."

Einen Augenblick lang schien es mir, als würden all meine Hoffnungen zusammenstürzen. Maja hatte aber auch immer irgendwelche Zweifel vorzubringen. Gleich darauf kam mir jedoch die Erleuchtung.

„Und wie ist er ins Schiff gekommen?" fragte ich. „Wieso hatte er Gewalt über meine Kyber? Nein, nein, meine Liebe, entweder wir sind im Kosmos auf eine Kopie gestoßen, die dem Menschen aufs Haar – ich betone: aufs Haar – gleicht, oder wir haben es mit einem kosmischen Mowgli zu tun. Sucht euch aus, was wahrscheinlicher ist."

„Ich weiß es nicht", sagte Maja.

„Ich auch nicht", schloß sich Vanderhoeze an.

In diesem Moment ertönte Komows Stimme im Lautsprecher: „Achtung an Bord! Ich habe meinen Beobachtungsposten eingenommen. Behaltet die Umgebung genau im Auge, ich kann von hier aus nicht allzuviel sehen. Gibt es neue Funksprüche?"

Ich warf einen Blick in den Auffangkasten. „Einen ganzen Packen", sagte ich.

„Einen ganzen Packen", gab Vanderhoeze durchs Mikrofon weiter.

„Und was ist mit meinen Funksprüchen, Stas? Haben Sie die durchgegeben?"

„Ich ..., ich bin dabei", antwortete ich und setzte mich rasch an den Sender.

„Er ist dabei", sagte Vanderhoeze ins Mikrofon.

„Schluß jetzt mit der Volksversammlung!" befahl Komow. „Ihr habt genug philosophiert, geht jetzt an die Arbeit. Maja, Sie übernehmen den Bildschirm. Für Sie hat es im Augenblick nichts anderes zu geben, klar? Und Sie, Popow, sputen sich ein bißchen. Spätestens in zehn Minuten muß der letzte Funkspruch im Äther sein. Jakob, lesen Sie mal vor, was da für mich gekommen ist ..."

Als ich fertig war mit Senden und mich umdrehte, sah ich die anderen in ihre Arbeit vertieft. Maja saß am Rundsichtpult – auf dem Panoramaschirm erblickte man Komow, eine winzige Gestalt direkt am Ufer des Sees. Über dem Sumpf waberte der Nebel, und das war die einzige Bewegung, die man im Umkreis der ganzen dreihundertsechzig Grad bei einem Radius von sieben Kilometern ausmachen konnte. Komow saß da, mit dem Rücken zu uns; offenbar erwartete er, unser Mowgli würde aus dem Sumpf auftauchen. Maja ließ ihren Blick langsam von einer Seite zur anderen gleiten, tastete die Gegend ab, und von Zeit zu Zeit, wenn ihr etwas verdächtig vorkam, schaltete sie für den betreffenden Geländeabschnitt die maximale Vergrößerung ein. Dann erschienen auf den Schirmen der kleineren Monitore ein welker Strauch, der violette Schatten einer Düne auf dem glitzernden Strand oder ein nicht zu beschreibender Punkt im spärlichen Geäst der zwergwüchsigen Bäume.

Vanderhoeze seinerseits war damit beschäftigt, mit monotoner Stimme ins Mikrofon zu sprechen: *„Varianten des Psychotyps Doppelpunkt sechzehn En Strich zweiunddreißig Zeta beziehungsweise Em wie Mama Strich einunddreißig Epsilon ..."* – „Das reicht", sagte da Komow, „den nächsten Funkspruch!" – *„Erde, London, Cartwright, verehrter Gennadi, erinnere Sie nochmals an Ihr Versprechen, sich zu melden ..."* – „Weiter, weiter ..." – *„Pressezentrum ..."* – „Unwichtig, weiter ... Lesen Sie nur das vor, Jakob, was von der Zentrale oder vom Stützpunkt kommt." Pause. Vanderhoeze sortierte die

Kärtchen, fuhr dann fort: „*Zentrale, Bader. Die von Ihnen angeforderten Apparaturen gelangen per Null-Transport zum Stützpunkt. Lassen Sie uns Ihre Vermutungen zu folgenden Punkten wissen: erstens, welche weiteren Zonen könnten von Eingeborenen besiedelt sein; zweitens ...*" – „Gut, weiter ..."

In diesem Augenblick wurde ich vom Stützpunkt gerufen. Sidorow wollte mit Komow sprechen.

„Komow ist mit der Kontaktaufnahme beschäftigt, Michail Albertowitsch", sagte ich entschuldigend.

„Ist der Kontakt schon zustande gekommen?"

„Noch nicht, aber wir rechnen damit."

Sidorow hüstelte. „Na schön, ich melde mich später noch mal. Es war auch nicht so dringend." Und nach kurzem Schweigen: „Seid ihr aufgeregt?"

Ich versuchte meine Empfindungen zu analysieren. „Na ja, aufgeregt ist vielleicht nicht das richtige Wort ..., das alles ist eher seltsam. Wie im Traum. Wie im Märchen."

Sidorow seufzte. „Also gut", sagte er, „ich will nicht weiter stören. Ich wünsche euch Erfolg."

Ich bedankte mich und schaltete ab. Dann stützte ich mich mit den Armen auf das Pult und begann meine Empfindungen ein zweites Mal zu analysieren. Es stimmte, das Ganze war irgendwie seltsam. Mensch – Nichtmensch. Wahrscheinlich war es wirklich verfehlt, den Jungen als Menschen zu bezeichnen. Ein Menschenkind, von Wölfen aufgezogen, wächst als Wolf auf, unter Bären dementsprechend als Bär. Und wie verhielt es sich, würde sich ein Krake eines solchen Menschenkindes annehmen? Könnte ja sein, daß er es nicht auffraß, sondern aufzog ... Trotzdem, nicht darum ging es. Bär, Wolf und Krake, sie alle hatten keinen Verstand. Zumindest nicht das, was die Xenologen als Verstand ansahen. Wenn nun aber unser Mowgli von vernunftbegabten Wesen erzogen worden war, die dennoch in gewisser Beziehung Kraken waren? Mehr noch, von Wesen, die uns vielleicht noch ferner als Kraken standen? Immerhin hatten sie ihn gelehrt, Schutzphantome zu produzieren, hatten sie ihn zur Mimikry befähigt – alles Dinge, die dem menschlichen Organismus fremd waren und demnach eine künstliche Anpassung bedeuteten ... Aber halt, wozu brauchte er die Mimikry? Vor wem hätte er sich schützen sollen? Der Planet war doch unbewohnt! Er war es also doch nicht.

Ich stellte mir riesige Höhlen vor, in gespenstisches lilafarbenes Licht getaucht, finstere Winkel, in denen eine tödliche Gefahr lauerte, und in alldem einen kleinen Jungen, der sich an einer glitschigen Gesteinswand entlangtastete, ständig auf dem Sprung, sich unsichtbar zu machen, aufzulösen in dem unwirklichen Licht und dem Feind nichts anderes zu überlassen als seinen verschwommenen Schatten. Der arme Junge, man mußte ihn unverzüglich von hier fortbringen ... Aber halt, das war doch auch wieder Unsinn! So, wie ich es mir ausmalte, war es bestimmt nicht. Noch immer war es auf der Welt so eingerichtet, daß neben komplizierten und hochentwickelten Lebensformen auch simples Leben existierte. Und wie viele Arten von Lebewesen hatte man hier schon gefunden? Ganze elf oder zwölf – von Viren angefangen bis hoch zum Menschenkind. Nein, das gab es nicht. Da war etwas faul. Na schön, wir würden noch dahinterkommen. Der Junge würde uns alles erzählen. Und wenn er es nun nicht tat? Hatten die Wolfskinder etwa, als man sie wieder unter Menschen brachte, etwas über ihr Leben bei den Wölfen erzählt? Worauf also hoffte Komow? Ich hatte Lust, ihn jetzt gleich, auf der Stelle, danach zu fragen.

Nachdem Vanderhoeze den letzten Funkspruch vorgelesen hatte, streckte er sich in seinem Sessel aus, verschränkte die Arme im Nacken und sagte nachdenklich: „Die Semjonows, wißt ihr, hab ich nämlich gekannt. Ich versichere euch, es waren wunderbare und zugleich eigenartige Leute. Sie vergötterten die Vergangenheit. Deshalb kannte sich Schura auch bestens in den Instruktionen der frühen Raumfahrt aus. Wenn die uns manchmal auch lächerlich oder zumindest naiv erschienen, er fand in ihnen noch immer einen grandiosen Kern ... Und daß er die Bordaufzeichnungen löschte, seine eigene Spur im All vernichtete, als nach der Katastrophe gespenstische Schatten das Schiff heimsuchten, das entspricht ganz seiner Art." Vanderhoeze verstummte. Dann sagte er, einigermaßen zusammenhanglos: „Übrigens gibt es bedeutend mehr Leute, die die Einsamkeit suchen, als wir gemeinhin annehmen. Schließlich ist eine gewisse Abgeschiedenheit nicht das schlechteste, was meint ihr?"

„Für mich wär's nichts", erwiderte Maja, ohne den Blick vom Bildschirm zu lösen.

„Das liegt daran, daß du noch jung bist", entgegnete Vanderhoeze. „Als Schura Semjonow in deinem Alter war, hatte er auch gern viele

Freunde um sich, in der Arbeit wie in der Freizeit. Es konnte ihm nicht laut genug zugehen. Da wurde Gehirnakrobatik getrieben, stets mußte etwas los sein, ein Wettstreit löste den anderen ab, ganz gleich, worin er geführt wurde: Flügelspringen, die Menge geistreicher Bemerkungen pro Zeiteinheit, Auswendiglernen irgendwelcher Tabellen ..., eben alles. Und dazwischen wurde immer wieder gesungen, mit Necophonbegleitung, möglichst etwas Selbstverfaßtes ..." Vanderhoeze seufzte. „Für gewöhnlich geht das alles vorbei, wenn einen die erste richtige Liebe packt ... Na ja, aber darin kann ich nicht mitreden. Mir ist nur bekannt, daß Schura und Marie bald nach ihrer Hochzeit auf freie Suche in den Weltraum starteten. Seitdem habe ich sie nicht mehr zu Gesicht bekommen. Nur einmal über Video ... Ich war seinerzeit Dispatcher, und Schura holte bei mir die Genehmigung ein, von der Pandora aus weiterzufliegen." Vanderhoeze seufzte erneut. „Übrigens ist Schuras Vater, Pawel Alexandrowitsch, noch am Leben. Wenn wir wieder zurück sind, werde ich ihn unbedingt aufsuchen ..." Und nach einer kurzen Pause: „Um ehrlich zu sein, ich war schon immer gegen das Erkunden des Weltraums auf eigene Faust. Diese sogenannte freie Suche ist ein Archaismus. Und gefährlich dazu. Das Ergebnis für die Wissenschaft aber ist fast Null, mitunter wird sogar mehr Schaden angerichtet. Denkt nur an die Geschichte mit Kammerer. Immer wieder tun wir so, als seien wir bereits Herr über den Kosmos, als fühlten wir uns dort wie zu Hause. Das ist Nonsens. Und wird es immer bleiben. Der Kosmos wird stets sein, was er ist, und der Mensch wird niemals über seinen eigenen Schatten springen können. Selbst wenn er mit der Zeit immer erfahrener wird, so wird es ihm doch nie gelingen, sich im Weltraum zu Hause zu fühlen ... Und ich glaube auch nicht, daß Schura und Marie etwas auf ihrem Flug entdeckt haben, über das sich ein Wort zu verlieren lohnte."

„Dafür waren sie glücklich", sagte Maja, ohne sich umzudrehen.

„Woraus schließt du das?"

„Sonst wären sie zurückgekommen. Was hätten sie denn noch suchen sollen, wo sie doch ohnehin glücklich waren?" Maja warf Vanderhoeze einen verärgerten Blick zu. „Was überhaupt lohnt es, anderes zu suchen als das Glück?"

„Natürlich könnte ich dir darauf erwidern, daß der Glückliche in der Tat nichts sucht", sagte Vanderhoeze, „aber auf so ein tiefsinniges

Streitgespräch bin ich im Augenblick nicht vorbereitet. Jedenfalls glaube ich, daß wir den Glücksbegriff früher oder später auf die Nichthumanoiden ausdehnen werden ..."

„Achtung an Bord!" ertönte Komows Stimme. „Genaueste Beobachtung jetzt!"

„Genau das wollte ich sagen", erklärte Vanderhoeze, und Maja wandte sich augenblicklich dem Bildschirm zu. Vanderhoeze und ich setzten uns dazu, so beobachteten wir zu dritt. Die Sonne stand schon ziemlich tief, direkt über den Bergspitzen, und warf lange Schatten. In ihrem Licht spiegelte sich grell die Landebahn auf dem Bauplatz, die Dampfglocke über dem Sumpf stand schwer und unbeweglich, nur ihr oberster Teil, von der Sonne durchdrungen, vibrierte violett verfärbt. Von dieser schwachen Bewegung abgesehen, schien alles ringsumher wie erstarrt, selbst Komow.

„Es ist fünf", sagte Vanderhoeze leise, „wäre es nicht an der Zeit, Mittag zu essen? Wie machen Sie das überhaupt, Gennadi?"

„Ich brauche nichts", erwiderte Komow. „Ich hab mir was mitgenommen. Eßt ihr nur ruhig, wer weiß, ob nachher noch Gelegenheit dazu sein wird."

Ich erhob mich. „Also schön", sagte ich, „welche Wünsche habt ihr?"

In diesem Moment rief Vanderhoeze plötzlich: „Da, ich sehe ihn!"

„Wo?" fragte Komow.

„Er kommt am Ufer vom Eisberg her, direkt auf uns zu. Von Ihnen links, sechzig Grad in Richtung Schiff."

„So", sagte Maja, „jetzt sehe ich ihn auch. Er kommt tatsächlich auf uns zu!"

„Wo denn nur?" sagte Komow gereizt. „Gebt mir die Koordinaten über den Entfernungsmesser durch."

Vanderhoeze diktierte ihm die Angaben, und nun entdeckte auch ich ihn: Unmittelbar am Wasser entlang, das nahezu schwarz schien, kam gemächlich, fast konnte man sagen, unlustig, eine grünliche, seltsam verbogene kleine Gestalt auf uns zu.

„Nichts zu machen, ich sehe ihn nicht", sagte Komow ärgerlich. „Beschreibt ihn mir."

„Nun ja, also ..." Vanderhoeze stockte und hüstelte. „Er geht langsam, sieht uns an ... Er trägt irgendwelche Zweige bei sich ... Jetzt bleibt er stehen, bohrt mit dem einen Fuß im Sand ... Brr, bei dieser

Kälte völlig nackt ... Er geht weiter ..., schaut nun in Ihre Richtung, Gennadi ... Interessant, sein Körperbau ist nicht der eines Menschen, genauer gesagt, er gleicht nicht in allem dem menschlichen ... Jetzt ist er wieder stehengeblieben und schaut die ganze Zeit in Ihre Richtung. Sehen Sie ihn denn wirklich nicht? Er ist jetzt genau in Ihrer Blickrichtung, und zwar näher zu Ihnen als zu uns ..."

Pierre Alexandrowitsch Semjonow, der kosmische Mowgli, kam näher. Er war mittlerweile bis auf etwa zweihundert Meter heran, und als Maja auf dem Monitor die Vergrößerung einschaltete, waren sogar seine Wimpern zu erkennen. Gerade trat die untergehende Sonne zwischen zwei Felskuppen hervor, so daß es noch einmal taghell wurde und lange Schatten auf den Strand fielen.

Wir erblickten ein Kind, einen Jungen von ungefähr zwölf Jahren. Es war ein eckiges Bürschchen, mit heraustretenden Knochen, langen Beinen, mit spitzen Schultern und Ellbogen. Das war aber auch alles, was ihn einem gewöhnlichen Jungen seines Alters ähnlich machte. Das Gesicht war schon nicht mehr das eines Menschenkindes – ihm fehlten die für einen Menschen charakteristischen Züge. Es war völlig unbewegt, versteinert, starr wie eine Maske. Nur die Augen in diesem Gesicht lebten, große, dunkle Augen, aus denen er nach links und rechts Pfeile zu schießen schien. Er hatte abstehende Ohren, das rechte merklich größer als das linke, und vom linken Ohr über den Hals bis zum Schlüsselbein hin erstreckte sich eine dunkle, schlecht verheilte Narbe. Das rötliche, schulterlange Haar hing ihm wirr in die Stirn, stand zu allen Seiten ab und bildete auf dem Scheitel einen Wirbel. Doch immer wieder kehrte unser Blick zu seinem Antlitz zurück, das in seiner Unbewegtheit Furcht einflößte und zu allem Überfluß noch die bläulichgrüne Färbung eines Leichnams hatte. Es glänzte, als wäre es mit Öl eingerieben. Übrigens wies der ganze Körper des Jungen einen solchen Glanz auf. Er war völlig nackt, und als er nahe an das Schiff herantrat und seine Zweige auf den Boden fallen ließ, konnten wir erkennen, wie durch und durch sehnig er war. Keine Spur von jener rührenden kindlichen Schutzlosigkeit. Er war knochig, doch nicht mager, sondern von jener Sehnigkeit, wie sie manche erwachsene Männer haben, und das eben wirkte so erstaunlich. Überall am Körper hatte das Kind furchtbare Narben, deren Wundränder zerfetzt waren. Ein tiefer Riß zog sich auf der linken Seite über die Rippen bis zur Hüfte hin, was ihn auch so seltsam verbogen erscheinen ließ. Eine weitere Narbe befand sich am rechten Bein, und seine Brust war an einer Stelle eingedrückt.

Offensichtlich war ihm das Leben hier nicht gerade leicht geworden. Der Planet hatte diesem Menschenkind mächtig mitgespielt, hatte es schwer geprüft, auf diese Weise aber auch seine Anpassungsfähigkeit herausgebildet.

Der Junge war jetzt ungefähr zwanzig Schritte vom Schiff entfernt, fast schon im toten Winkel. Die Zweige lagen zu seinen Füßen, er aber stand da, mit hängenden Armen, und sah zu uns herüber. Natürlich hatte er keine Ahnung von unseren Kameras, dennoch schien es, als würde er uns genau in die Augen schauen. Seine Haltung war alles andere als die eines Menschen. Ich weiß nicht, wie ich es erklären soll, aber Menschen stehen eben nicht so da wie er. Nie und nimmer. Weder wenn sie sich entspannen wollen, noch wenn sie erwartungsvoll oder auf dem Sprung sind. Das linke Bein war ein wenig zurückgestellt, es war im Kniegelenk leicht gebeugt, und er hatte sein ganzes Gewicht auf ebendieses Bein verlagert. Die linke Schulter war dabei vorgeschoben. Eine ähnliche Haltung beobachtet man für Bruchteile von Sekunden bei Diskuswerfern, bevor sie die Scheibe fortschleudern. Lange jedoch hält man es in dieser Stellung nicht aus. Erstens ist es unbequem, zweitens sieht es wenig schön aus. Er aber stand einige Minuten so da. Bis er sich plötzlich hinsetzte und seine Zweige zu sortieren begann. Ich sage, er setzte sich, doch das stimmt auch nicht. Er ließ sich auf das linke Bein nieder, das rechte legte er, ausgestreckt, wie es war, nach vorn. Das Zuschauen allein war schon unbequem, besonders noch, weil er beim Sortieren der Zweige mit dem rechten Bein nachhalf. Dann hob er sein Gesicht wieder zu uns, streckte die Arme vor – in jeder Faust einen Zweig –, und nun begann etwas, das zu beschreiben ich einfach nicht imstande bin.

Nur eins kann ich sagen: Sein Gesicht nahm plötzlich Leben an. Es lebte nicht schlechthin auf, es wurde förmlich von Zuckungen zerrissen. Ich habe keinerlei Ahnung, wieviel Muskeln der Mensch im Gesicht hat, bei ihm jedenfalls gerieten sie alle auf einmal in Bewegung. Jeder einzelne zuckte gesondert, ohne Pause und auf ungewöhnlich komplizierte Art. Ich weiß einfach nicht, womit das zu vergleichen wäre. Vielleicht mit dem Kräuseln des Wassers im Sonnenlicht, nur daß eine gekräuselte Wasseroberfläche einförmig und irgendwie chaotisch in ihrer Bewegung ist. Hier aber war ein bestimmter Rhythmus im Feuerwerk des Muskelspiels erkennbar, eine sinnvolle Ordnung; nichts von einem krankhaften und verkrampften Zucken etwa, von Schmerz und Panik. Es war sozusagen ein Tanz der Muskeln. Dieser Tanz begann im Gesicht, ging dann auf Schultern und Brust über, ergriff die Arme und Hände. Die trockenen Zweige in den zusammengepreßten Fäusten fingen gleichfalls zu tanzen an, kreuzten und verflochten sich und kämpften miteinander. Das alles war von einem Geräusch begleitet, einem trommelartigen Wirbel, einer Art Zirpen, als wäre ein ganzer Heuschreckenschwarm über dem Schiff aufgestiegen. Dieses Spiel dauerte nicht länger als eine Minute, dennoch flirrte es mir vor den Augen, und in den Ohren hatte ich ein dumpfes Gefühl. Dann nahm alles in umgekehrter Reihenfolge sein Ende. Tanz und Gesang verlagerten sich von den Zweigen in die Arme, von dort aus zu den Schultern bis hin ins Gesicht. Und Stille. Wie vorher sah uns eine unbewegliche Maske an. Der Junge erhob sich behende, trat über das Häufchen Zweige hinweg und verschwand plötzlich im toten Winkel.

„Warum schweigt ihr denn?" polterte Komow los. „Jakob! Jakob! Hört ihr mich? Warum sagt ihr nichts?"

Ich kam zu mir und suchte mit den Augen Komow. Der Xenopsychologe stand in gespannter Haltung da, das Gesicht dem Schiff zugewandt, und sein langer Schatten lag schräg auf dem Sand. Vanderhoeze räusperte sich und erwiderte: „Ich höre."

„Was ist geschehen?"

Vanderhoeze zögerte. „Das werde ich schwerlich erklären können", sagte er. Und an uns gewandt: „Vielleicht könnt ihr es?"

„Er hat mit uns gesprochen!" sagte Maja mit gepreßter Stimme. „Gesprochen hat er!"

„Hört mal", schaltete ich mich ein, „ist er nicht vielleicht zur Luke gegangen?"

„Schon möglich", erwiderte Vanderhoeze und teilte unsere Vermutung Komow mit.

„Dann achtet also auf die Luke", ordnete Komow an. „Sollte er das Schiff betreten, teilt es mir unverzüglich mit und schließt euch in der Kabine ein." Er verstummte. „Ich erwarte euch in einer Stunde", fuhr er plötzlich mit völlig veränderter, alltäglicher Stimme fort. Es klang, als hätte er sich vom Mikrofon abgewandt. „Reicht euch diese Zeit?"

„Ich verstehe nicht ...", sagte Vanderhoeze.

„Ihr sollt euch einschließen!" rief Komow ärgerlich direkt ins Mikrofon. „Ist das klar? Schließt euch ein, sowie er das Schiff betritt!"

„Das habe ich begriffen", sagte Vanderhoeze. „Aber wo wollen Sie uns in einer Stunde erwarten?"

Es herrschte Schweigen.

„Ich erwarte euch in einer Stunde", wiederholte Komow geschäftig, abermals vom Mikrofon abgewandt. „Reicht euch diese Zeit?"

„Wo?" fragte Vanderhoeze. „Wo erwarten Sie uns?"

„Jakob, hören Sie mich?" erkundigte sich Komow unruhig und nun wieder sehr laut.

„Ich höre Sie ausgezeichnet", antwortete Vanderhoeze und warf uns einen hilflosen Blick zu. „Aber Sie haben gesagt, Sie erwarten uns in einer Stunde. Wo denn?"

„Das habe ich nicht gesagt ...", begann Komow, als er plötzlich von Vanderhoezes Stimme unterbrochen wurde, die nun gleichfalls gedämpft klang und weit vom Mikrofon entfernt zu sein schien: „Wär es nicht an der Zeit für uns zu essen? Stas hat sonst Langeweile, was meinst du, Maja?"

Maja begann nervös zu kichern. „Meine Güte, das ist doch der Junge ...", murmelte sie und tippte mit dem Finger gegen den Bildschirm. „Der Junge ist es ..., dort ..."

„Was ist los, Jakob?" schnarrte Komow.

In diesem Augenblick sagte eine seltsame Stimme – ich begriff nicht gleich, wem sie gehörte: „Ich werde dich kurieren, Bruderherz, werde dich auf die Beine bringen. Damit du dich wieder unter Leuten sehen lassen kannst ..."

Maja, das Gesicht in den Händen vergraben und die Knie zum Kinn hochgezogen, hatte einen nervösen Schluckauf bekommen.

„Nichts Besonderes, Gennadi", erwiderte Vanderhoeze und wischte sich mit dem Taschentuch über die schweißnasse Stirn. „Ein Mißverständnis, wie es scheint. Der Kamerad hier spricht mit unseren Stimmen. Wir hören ihn über die äußere Akustikanlage. Nur ein kleines Mißverständnis, Gennadi."

„Seht ihr ihn?"

„Nein ... Das heißt, jetzt taucht er gerade auf."

Der Junge stand nun wieder bei seinen Zweigen, diesmal in einer anderen, aber ebenso unbequemen Haltung. Und wieder sah er uns direkt in die Augen. Er öffnete den Mund, wobei sich die Lippen seltsam verzerrten und den Blick auf Kiefer und Zähne links freigaben. Dann vernahmen wir Majas Stimme: „Also wenn ich einen solchen Backenbart wie Sie hätte, würde ich ganz anders zum Leben stehen ..."

„Jetzt spricht er mit Majas Stimme", meldete Vanderhoeze an Komow weiter. „Und nun schaut er genau in Ihre Richtung. Sehen Sie ihn denn immer noch nicht?"

Komow schwieg. Der Junge aber stand weiter so da, den Kopf in Komows Richtung gewandt, völlig unbeweglich, wie versteinert – eine bizarre Figur in der sich verdichtenden Dämmerung. Mit einemmal begriff ich, daß es gar nicht mehr der Junge war, der da stand. Die Gestalt begann nämlich zu verschwimmen und gab den Blick auf die Wasseroberfläche frei.

„Na also, jetzt sehe ich ihn", sagte Komow befriedigt. „Er befindet sich ungefähr zwanzig Schritt vom Schiff entfernt, stimmt's?"

„Stimmt", bestätigte Vanderhoeze.

„Stimmt nicht", sagte ich.

Vanderhoeze schaute genauer hin. „Tatsächlich, Stas hat recht", korrigierte er sich. „Aber das ist ja ... Wie nennen Sie so etwas, Gennadi? Ein Phantom?"

„Halt", rief Komow, „jetzt sehe ich ihn richtig, er kommt auf mich zu!"

„Siehst du ihn auch?" fragte mich Maja.

„Nein, es ist schon zu dunkel."

„Das hat mit der Dunkelheit nichts zu tun", entgegnete Maja.

Wahrscheinlich hatte sie recht. Zwar war die Sonne bereits untergegangen und die Dämmerung ziemlich weit vorgeschritten, doch Komow auf dem Bildschirm konnte ich ja auch erkennen, ebenso wie das schmelzende Phantom, die Landebahn und den Eisberg in der Ferne.

Nur den Jungen konnte ich nicht sehen.

Ich bemerkte, daß Komow sich setzte.

„Er kommt", sagte er leise. „Ich werde jetzt beschäftigt sein, lenkt mich also nicht ab. Behaltet die Umgebung auch weiterhin genau im Auge, aber keinerlei Lokatoren. Keinerlei aktive Hilfsmittel überhaupt. Beschränkt euch nach Möglichkeit auf die Infraoptik. Ende."

„Viel Erfolg", sagte Vanderhoeze ins Mikrofon und erhob sich. Er setzte eine triumphierende Miene auf, sah uns über seine Nasenspitze hinweg an, strich mit der gewohnten gleitenden Bewegung über seinen Backenbart und verkündete: „Die Herde ist im Stall, bis morgen früh haben wir Pause."

Maja gähnte krampfhaft und sagte: „Wahrscheinlich brauche ich ein bißchen Schlaf. Oder sind das die Nerven?"

„Groß zum Schlafen werden wir nicht kommen", erklärte Vanderhoeze. „Deshalb wollen wir es so machen: Maja soll sich jetzt aufs Ohr legen. Ich bleibe am Bildschirm, und Stas versucht an seinem Funkgerät ein wenig zu nicken. In vier Stunden werde ich dich wekken, was meinst du?"

Ich hatte nichts dagegen einzuwenden, obwohl ich bezweifelte, daß Komow so lange in der Kälte ausharren würde. Maja, immer noch gähnend, war gleichfalls einverstanden. Als sie fort war, schlug ich Vanderhoeze vor, einen kräftigen Kaffee zu brauen, doch er lehnte unter einem fadenscheinigen Vorwand ab. Offenbar wollte er, daß ich eine Mütze Schlaf abbekam. Also setzte ich mich an den Sender und sah die neu eingegangenen Funksprüche durch. Da ich nichts Dringliches entdeckte, gab ich sie an Vanderhoeze weiter.

Wir schwiegen beide. Mir war nicht im geringsten nach Schlafen zumute. Ich überlegte immerzu, wer Pierre Semjonow erzogen haben konnte. Ein Menschenkind, von einem Wolf aufgezogen, läuft auf allen vieren und gibt tierische Laute von sich. Bei einem unter Bären groß gewordenen Menschen verhält es sich nicht anders. Überhaupt wird der Modus vivendi eines jeden Wesens von seiner Erziehung bestimmt. Und wenn schon nicht absolut, so jedenfalls doch entscheidend. Interessant war schon allein die Frage, wieso unser Mowgli ein Mensch in aufgerichteter Haltung geblieben war. Diese Tatsache führte zwangsläufig zu bestimmten Vermutungen. Der Junge bewegte sich auf den unteren Extremitäten fort und gebrauchte aktiv seine Arme, was nicht etwa von Grund auf angeboren, sondern anerzogen war. Außerdem konnte er sprechen. Natürlich begriff er nicht, was er von sich gab, doch war jener Abschnitt des Gehirns, der für die Sprache zuständig war, offensichtlich bestens entwickelt. Und noch etwas: Er merkte sich gleich beim ersten Mal, was er hörte! Das war mehr als erstaunlich. Keines der nichthumanoiden Wesen, von denen ich wußte, wäre imstande, ein Menschenkind auf diese Weise großzuziehen. Es zu ernähren und zutraulich zu machen – das schon. Oder es in seltsamen Laboratorien zu analysieren, die an das gigantische Modell eines Verdauungsapparates erinnerten. Doch einen Menschen in diesem Kind zu sehen, es als human zu identifizieren und ihm das Menschsein zu bewahren – das war ausgeschlossen. Oder handelte es sich etwa doch um humanoide Wesen? Ich fand mich nicht mehr zurecht.

„Jedenfalls", sagte Vanderhoeze plötzlich, „sind sie, wenn sie einem Kind das Leben gerettet haben, human im weitesten Sinne des Wortes. Und genial außerdem, denn sie haben es verstanden, den Jungen als Menschen aufzuziehen. Dabei hatten sie möglicherweise von der Funktion der Arme und Beine gar keine Ahnung. Was meinst du, Stas?"

Ich gab einen vagen Laut von mir, der Vanderhoeze verstummen ließ.

In der Steuerkabine war es still. Die vom Stützpunkt ließen uns in Ruhe, und Komow meldete sich auch nicht. Auf dem dunklen Bildschirm flammten schillernd und in allen Regenbogenfarben die Nordlichter auf, und in ihrem gespenstischen Licht war Komow, der völlig unbeweglich dasaß, nur schwer zu erkennen. Den Jungen konnte ich erst recht nicht entdecken. Aber die Angelegenheit stand offenbar zum besten, denn der große Bordrechner summte und brummte leise sein Lied, was bedeutete, daß er die ihm von der Übersetzungsmaschine eingegebene Information speicherte und auswertete. Dann dämmerte ich ein und träumte von irgendwelchen finsteren, unrasierten Kraken in blauen Trainingsanzügen, die mit Regenschirmen ausgestattet waren und mir partout das Laufen beibringen wollten. Mir aber kam die Sache so komisch vor, daß ich vor lauter Lachen dauernd hinfiel und damit ihren Unwillen hervorrief. Ich erwachte von einem leichten und unangenehmen Ruck in der Herzgegend. Etwas war geschehen. Vanderhoeze saß in angespannter Haltung vor dem Bildschirm und krallte die Finger in die Armlehnen des Sessels.

„Stas!" rief er leise.

„Ja?"

„Schau dir mal das an."

Ich sah auf den Bildschirm, konnte aber beim besten Willen nichts entdecken. Wie schon vorher gleißte das Wetterleuchten. Komow saß nach wie vor auf seinem Platz, und der Eisberg in der Ferne schimmerte in rosafarbenem und grünlichem Licht. Schließlich aber bemerkte ich es. „Das über den Bergen?" fragte ich im Flüsterton.

„Ja, über den Bergen."

„Was ist das, zum Teufel?"

„Keine Ahnung."

„Und wie lange zeigt es sich schon?"

„Ich weiß nicht, ich habe es erst vor zwei Minuten entdeckt. Ich dachte erst, es wäre eine Art Windhose ..."

Das konnte man tatsächlich annehmen. Über der fahlen, gezackten Linie des Gebirgskammes, auf dem Hintergrund des regenbogenfarbenen Nordlichts, stieg etwas am Himmel hoch, das an eine lange, dünne Gerte erinnerte. Eine schwarze Kurve, wie ein Kratzer auf dem Bildschirm. Diese Gerte vibrierte kaum merklich, bog sich durch und streckte sich wieder, und es war zu sehen, daß sie nicht aus einem Stück bestand, sondern aus mehreren Gliedern, etwa wie ein Bambusstab. Sie ragte, mindestens zehn Kilometer entfernt, über den Gebirgskamm empor, so als hätte jemand eine gigantische Angel ausgeworfen. Das Ganze verlieh der bekannten Silhouette auf dem Bildschirm das unreale Aussehen einer Puppentheaterdekoration. Der Anblick war irgendwie unnatürlich und grausig-komisch, nicht anders, als wäre über den Gipfeln ein riesengroßes Gesicht zum Vorschein gekommen. Was wir hier sahen, war mit keinerlei Maßstäben zu messen, es war etwas völlig Unmögliches, das alle herkömmlichen Vorstellungen von den Proportionen sprengte.

„Sind sie es?" fragte ich, noch immer flüsternd.

„Ausgeschlossen, daß es sich hier um etwas Natürliches handelt", sagte Vanderhoeze. „Etwas Künstliches kann es freilich ebensowenig sein."

Ich hatte die gleiche Empfindung.

„Wir müssen es Komow mitteilen", erklärte ich.

„Komow hat abgeschaltet", erwiderte Vanderhoeze und stellte den Weitenmesser ein. „Die Entfernung beträgt nach wie vor vierzehn Kilometer. Dieses Ding dort vibriert ganz fürchterlich; es schüttelt sich geradezu. Die Schwingungsweite liegt keinesfalls unter hundert Meter ... Ein ganz unmögliches Ding."

„Und wie hoch ist es?"

„An die sechshundert Meter."

„Alle Wetter."

Vanderhoeze sprang plötzlich auf und betätigte zwei Tasten gleichzeitig – das Havariesignal für außen: „Alles unverzüglich an Bord!"

und das innere Signal: „Alles in die Steuerzentrale!“ Dann wandte er sich an mich und befahl mit ungewöhnlich abgehackter Stimme: „Stas! Im Laufschritt zur VAK! Bring die Bug-AMK in Bereitschaft und warte weitere Befehle ab. Ohne meinen ausdrücklichen Befehl keinen Handschlag, klar?“

Ich stürmte in den Korridor hinaus. Hinter den Türen der einzelnen Kajüten war gedämpft das Alarmsignal zu hören. Maja stürzte mir entgegen und streifte im Laufen ihre Jacke über. Sie war gleich barfuß in die Schuhe geschlüpft.

„Was ist passiert?“ fragte sie schon von weitem mit einer vom Schlaf heiseren Stimme.

Ich winkte nur ab und hastete auf der schmalen Stiege nach unten, in die Kammer mit der Vorrichtung für die aktiven Kampfmittel, kurz VAK genannt. Mich schüttelte es zwar ein bißchen vor Aufregung, doch ich bemühte mich, ruhig zu bleiben. In gewisser Weise empfand ich sogar Stolz: Eine Situation wie diese gab es nicht alle Tage. Sie war ganz außergewöhnlich, denn ich konnte mit Recht behaupten, daß seit dem ersten Start dieses Raumschiffes noch keine Menschenseele den Raum der VAK betreten hatte – mit Ausnahme des technischen Personals auf dem Kosmodrom, das die Funktionstüchtigkeit zu überprüfen hatte.

Ich ließ mich auf den Sitz fallen, stellte augenblicklich den Rundsichtschirm ein, schaltete die AMK von der automatischen auf Handsteuerung um und blockierte gleichzeitig die Heckvorrichtung, um im Eifer des Gefechts nicht in die entgegengesetzte Richtung zu feuern. Dann machte ich mich an die Zieleinstellung und nahm die Umgebung auf dem Bildschirm in das schwarze Fadenkreuz: zuerst den Eisberg, der an einen Stoßzahn erinnerte, dann die Nebelmasse über den Sümpfen und schließlich Komow, der nun mit dem Rücken zu uns stand, angestrahlt vom Nordlicht, und zu den Bergen hinüberblickte ... Jetzt ein bißchen höher – da war es, das rätselhafte Gebilde. Schwarz, zitternd, unsinnig und völlig undefinierbar. Neben ihm befand sich ein zweites, kürzeres, das zusehends wuchs, sich krümmte und wieder geraderichtete ... Ich hatte keine Ahnung, wie das vonstatten ging! Welche Energie das voraussetzte! Was für Material mochte das nur sein? Ein unheimlicher Anblick! – Es glich jetzt den ausgestreckten Fühlern einer Riesenschabe, die sich hinter den Bergen versteckt. Ich berechnete den günstigsten Einschlagwinkel und stellte das Fadenkreuz so ein, daß ich mit einem Treffer gleich beide Objekte vernichten konnte. Ich brauchte nur noch den Fußhebel zu betätigen ...

„Achtung, VAK!" schnarrte Vanderhoeze.

„Hier die VAK!" antwortete ich.

„In Bereitschaft halten!"

„Zu Befehl, in Bereitschaft halten!"

Unser Dialog hörte sich, glaube ich, ziemlich forsch an.

„Hast du beide Ziele im Visier?" fragte Vanderhoeze, nun schon mit gewohnter Stimme.

„Ja. Ich erledige sie mit einem Impuls."

„Zur Kenntnis: Vierzig Grad östlich befindet sich jetzt ein drittes Ziel."

Ich sah in die angegebene Richtung. Da reckte sich tatsächlich ein dritter gigantischer Fühler in die Höhe, krümmte sich und vibrierte in dem fahlen Licht des Wetterleuchtens. Das gefiel mir gar nicht. Würde ich das schaffen? Na klar, ich mußte es einfach. Ich ging in Gedanken durch, wie ich zuerst den einen Impuls losschicken und die Kanone dann mit zwei knappen Bewegungen zum dritten Ziel umschwenken würde. Es würde schon gelingen.

„Drittes Ziel gesichtet", meldete ich.

„In Ordnung", sagte Vanderhoeze. „Aber nicht die Nerven verlieren. Geschossen wird nur auf mein Kommando."

„Zu Befehl!" knurrte ich.

Wenn das da dem Schiff eins versetzen würde, mit irgend so einem ... Raumkrümmer oder dergleichen, dann konnte ich lange auf einen Befehl warten. Jetzt hatte mich ein richtiger Schüttelfrost gepackt. Ich preßte die Hände ineinander, um mich wieder in die Gewalt zu bekommen. Dann sah ich zu Komow hinüber, bei dem aber alles in Ordnung zu sein schien. Er saß immer noch da wie vorhin und kehrte der Riesenschabe die Schulter zu. Das beruhigte mich augenblicklich, zumal ich neben Komow nun endlich die winzige dunkle Gestalt des Jungen entdeckte. Fast schämte ich mich meiner Aufregung.

Was war nur plötzlich in mich gefahren? Welchen Grund gab es eigentlich, so in Panik zu verfallen? Da hatte eben irgendwer seine Fühler ausgestreckt ..., basta. Große Fühler, zweifellos, ich würde sogar meinen, Fühler von einer Größe, die einen umwarf. Aber letztlich waren das wahrscheinlich gar keine Fühler, sondern eine Art Antennen. Vielleicht nahmen sie uns einfach unter die Lupe. Wir sie und sie uns. Dabei waren sie womöglich weniger an uns interessiert als an ihrem Zögling, an Pierre Alexandrowitsch Semjonow. Wollten nur, daß ihm durch uns auch kein Leid geschah ...

Bei Licht besehen, war die AMK, die Antimeteoritenkanone, eine furchtbare Waffe, die man nur ungern einsetzte. Es war eine Sache, mit ihrer Hilfe einen Felsen dem Erdboden gleichzumachen, um den Bau der Landebahn voranzutreiben, eine Schlucht zuzuschütten, um ein Trinkwasserreservoir anzulegen – eine völlig andere aber, ein lebendes Objekt ins Visier zu nehmen. War diese Waffe überhaupt schon jemals bei Gefahr eingesetzt worden? Soviel ich wußte, ja. Es hatte einmal so einen Fall gegeben, wenn ich auch vergessen hatte, wo. Bei einem Lastentransporter war die Steuerung ausgefallen, so daß er auf eine Siedlung niederzugehen drohte. Er war mit einer einzigen Salve vernichtet worden. Ich entsann mich auch eines weiteren Vorfalls, der seinerzeit viel Staub aufgewirbelt hatte. Auf einem biologisch aktiven Planeten war ein Erkundungsschiff in den Bereich einer „gezielten und unüberwindlichen Einwirkung der Biosphäre" geraten. Oder genauer: Man wußte bis auf den heutigen Tag nicht, ob es sich wirklich so verhalten hatte, der Kommandant jedenfalls war dieser Meinung gewesen und hatte aus der Bugkanone gefeuert. Bis zum Horizont hin war alles verbrannt, und die Experten hatten später nur noch die Tatsachen zur Kenntnis nehmen können. Dem Kapitän war die Flugerlaubnis für lange Zeit entzogen worden ... Ja, daran gab es nichts zu rütteln – die AMK war ein furchtbares Kampfmittel. Das letzte.

Um mich von diesen wenig sympathischen Gedanken abzulenken, begann ich die Entfernungen zu den einzelnen Zielobjekten sowie deren Höhe und Breite auszumessen. Die Entfernungen betrugen vierzehn, vierzehneinhalb und sechzehn Kilometer, die Höhe schwankte zwischen fünfhundert und siebenhundert Metern, und die Breite stimmte bei allen drei Objekten etwa überein: Am Ausgangspunkt waren es ungefähr fünfzig und an der äußersten Spitze des Fühlers ein knapper Meter. Die Objekte setzten sich in der Tat aus einzelnen Gliedern zusammen wie Bambusstäbe oder ausfahrbare Antennen. Darüber hinaus glaubte ich auf ihrer Oberfläche eine Art Bewegung zu erkennen, eine Bewegung, die von unten nach oben führte, eine

Art Peristaltik, aber vielleicht war das auch nur ein Spiel des Lichts. Am Ende meines Lateins war ich freilich, als ich zu einem Urteil über das Material dieser Gebilde gelangen wollte.

Wenn ich wenigstens den Probenlokator hätte einsetzen können! Aber das war natürlich ausgeschlossen. Wer wußte, wie sie darauf reagieren würden. Im übrigen war die Frage des Materials auch nicht so wesentlich. Wichtig war, daß es sich hier um eine technisch entwickelte Zivilisation handelte. Um eine hochentwickelte Zivilisation sogar. Was zu beweisen war. Unklar blieb nur, weshalb sich diese Wesen so tief in die Erde vergraben und ihren Heimatplaneten der Leere und Stille ausgeliefert hatten. Doch besaß wohl jede Zivilisation ihre eigenen Vorstellungen davon, was praktisch und gut war. Auf der Tagora zum Beispiel ...

„Achtung, VAK!" schnarrte es aus dem Lautsprecher direkt über meinem Ohr, so daß ich vor Schreck zusammenzuckte. „Siehst du die Zielobjekte?"

„Jawohl, ich sehe sie!" meldete ich mechanisch, stutzte aber im gleichen Augenblick. Die Fühler über den Bergen waren verschwunden. „Ziele verschwunden", sagte ich kleinlaut.

„Du schläfst wohl auf deinem Posten?"

„Das stimmt nicht", rechtfertigte ich mich. „Gerade waren sie noch da, ich habe sie mit meinen eigenen Augen gesehen ..."

„Und was konkret hast du mit deinen eigenen Augen gesehen?" erkundigte sich Vanderhoeze.

„Na, die drei Zielobjekte."

„Und weiter?"

„Nichts weiter, auf einmal sind sie verschwunden."

„Hmm ... Findest du nicht auch, daß die Sache überaus seltsam vonstatten ging?"

„Gewiß", bestätigte ich. „Sehr seltsam, sie waren da und im Nu wieder weg."

„Da kommt übrigens auch Komow zurück", sagte Vanderhoeze. „Vielleicht kann er sich einen Reim darauf machen."

Tatsächlich näherte sich Komow dem Schiff, mit allen möglichen Geräten behangen und ziemlich staksig – offenbar waren ihm die Beine von der Kälte steif geworden. Von Zeit zu Zeit drehte er sich um, es sah fast so aus, als verabschiede er sich von Pierre Alexandrowitsch, der seinerseits aber nicht zu entdecken war.

„Entwarnung!“ sagte Vanderhoeze. „Laß alles stehen und liegen, und lauf rasch zur Kombüse. Bereite einen heißen Schluck zur Stärkung vor. Gennadi wird ein halber Eiszapfen sein. Übrigens hatte ich den Eindruck, daß seine Stimme sehr zufrieden klang.“

Blitzschnell war ich in der Küche, braute in Windeseile einen Glühwein sowie kräftigen Kaffee und stellte einen kleinen Imbiß zusammen. Ich fürchtete, auch nur ein einziges Wort von dem zu verpassen, was Komow zu erzählen hatte. Doch als ich im Laufschritt das Serviertischchen in die Kajüte rollte, hatte Komow noch gar nicht mit seinem Bericht angefangen. Er stand am Pult, auf dem die größte und detaillierteste Karte unseres Abschnitts ausgebreitet war, massierte sich die steifgewordene Wange und ließ sich von Maja jene Stellen zeigen, an denen vorhin die Fühlerantennen aufgetaucht waren.

„In diesem Gebiet gibt es nichts, was auf diese Fühler hindeuten könnte!“ erklärte Maja mit erregter Stimme. „Nur gefrorene Berge, Schluchten von hundert Meter Tiefe und vulkanische Erdklüfte – keinerlei Anzeichen für Leben. Ich bin schon mehrere dutzendmal über dieses Gebiet hinweggeflogen, nicht einmal Buschwerk gibt es da.“

Komow dankte mir mit einem zerstreuten Nicken, nahm das Glas mit dem Glühwein in beide Hände, vergrub fast sein Gesicht darin und begann geräuschvoll zu schlürfen, wohlig ächzend und genüßlich prustend.

„Auch der Untergrund ist dort sehr locker“, fuhr Maja fort, „er hätte solche gigantischen Vorrichtungen nicht getragen. Immerhin handelt es sich um Zehn-, wenn nicht gar um Hunderttausende von Tonnen!“

„Nichts dagegen zu sagen“, erwiderte Komow und stellte polternd das leere Glas auf den Tisch, „es ist in der Tat seltsam. Herrje“, er rieb sich kräftig die Hände, „ich bin durchgefroren wie ein Hund.“ Es war ein völlig anderer Komow, der da sprach. Er hatte Farbe, eine rote Nasenspitze, war wohlwollend, und seine Augen blitzten fröhlich. „Wirklich seltsam, da geb ich euch recht. Aber es ist noch lange nicht das eigenartigste. Auf fremden Planeten stößt man eben auf die sonderbarsten Dinge.“ Er ließ sich in einen Sessel fallen, streckte die Beine aus. „Heute, wißt ihr, kann man mich so leicht nicht verblüffen. In diesen vier Stunden nämlich habe ich eine Menge höchst interessanter Dinge zu hören bekommen; ganz klar, daß das eine und andere der Überprüfung bedarf. Fürs erste aber habe ich zwei fundamentale Neuigkeiten für euch, Tatsachen, die quasi auf der Hand liegen. Erstens kann der Kleine – so heißt das Bürschchen – bereits fließend sprechen und praktisch alles verstehen, was man ihm sagt, und das, obwohl er im Laufe seines bisherigen bewußten Lebens keinerlei Kontakt zu Menschen hatte, und zweitens ..."

„Was heißt fließend sprechen?" unterbrach Maja ihn ungläubig. „Nach vier Stunden Unterricht fließend?"

„Jawohl, nach vier Stunden Unterricht – fließend!" bestätigte Komow triumphierend. „Aber das war erstens. Und zweitens: Der Kleine ist völlig überzeugt davon, daß er der einzige Bewohner auf diesem Planeten ist."

Wir verstanden nicht.

„Wieso denn der einzige?" fragte ich. „Das ist doch ganz unmöglich."

„Der Kleine ist felsenfest überzeugt", wiederholte Komow mit Nachdruck, „daß es außer ihm kein einziges vernunftbegabtes Wesen hier gibt."

Es herrschte Schweigen. Schließlich erhob sich Komow.

„Wir haben noch viel Arbeit", sagte er. „Der Kleine hat die Absicht, uns morgen früh einen offiziellen Besuch abzustatten."

6

Nichtmenschen und Fragen

Wir arbeiteten die ganze Nacht durch. Wir hatten in der Gemeinschaftskajüte einen improvisierten Diagnostikapparat mit einem Emotionsindikator installiert, der von Vanderhoeze und mir förmlich aus dem Nichts gezaubert worden war. Das Gerät war dementsprechend auch ziemlich schwach in seiner Leistung, registrierte aber die wichtigsten physiologischen Parameter trotzdem einigermaßen zufriedenstellend. Was freilich den Indikator selbst betraf, so zeigte der lediglich drei Grundemotionen an: stark ausgeprägte negative Empfindungen – rotes Lämpchen; stark ausgeprägte positive Empfindungen – grünes Lämpchen; alle übrigen Empfindungen – weißes Lämpchen. Doch was sollten wir anderes tun. Zwar hatten wir einen ausgezeichneten stationären Diagnostiker im medizinischen Segment, doch war von vornherein klar, daß sich der Kleine um nichts in der Welt in die mattweiße Wanne mit dem hermetisch abschließenden Deckel legen würde. Wie dem aber auch war, wir hatten unsere Vorbereitungen gegen neun abgeschlossen, und nun mußte geklärt werden, wer von uns die Wache in der VAK, unserem Gefechtsstand, übernehmen sollte.

Vanderhoeze, in seiner Eigenschaft als Schiffskommandant für Sicherheit und ähnliches verantwortlich, weigerte sich kategorisch, die Wache ausnahmsweise einmal ausfallen zu lassen. Maja, die ihren Dienst in der zweiten Nachthälfte dort versehen hatte, hoffte verständlicherweise, nicht mehr eingesetzt zu werden und somit am offiziellen Antrittsbesuch des Jungen teilnehmen zu können. Doch sie sollte bitter enttäuscht werden. Es stellte sich nämlich heraus, daß der einzige, der den Diagnostiker wirklich bedienen konnte, Vanderhoeze war. Es ergab sich weiter, daß im Falle eines technischen Versagens, womit eigentlich jede Minute zu rechnen war, nur ich den Schaden beheben konnte. Und drittens war Komow auf Grund irgendwelcher hoher xenopsychologischer Überlegungen zu dem Schluß gelangt, die Anwesenheit einer Frau gleich beim ersten Gespräch mit dem Kleinen sei unvorteilhaft. Mit einem Wort: Maja, bleich vor Wut, blieb nichts anderes übrig, als sich zu erheben und ihren Platz in der VAK erneut einzunehmen. Woraufhin sich Vanderhoeze, durch Majas Wut keineswegs aus der Ruhe gebracht, noch den Spaß machte, die Empfangsantenne auf sie zu richten. So konnten sich alle von der Funktionstüchtigkeit des Emotionsindikators überzeugen – das rote Lämpchen brannte, bis Maja im Korridor verschwunden war. Übrigens war Maja nicht ganz von dem Gespräch ausgeschlossen; mit Hilfe des inneren Verstärkernetzes konnte sie auch auf ihrem Posten hören, was in der Gemeinschaftskajüte gesprochen wurde.

Um neun Uhr fünfzehn Bordzeit ließ Komow seinen Blick ein letztes Mal prüfend durch die Kabine wandern. Alles war zum Empfang bereit. Der Diagnostiker war eingeschaltet, auf dem Tisch standen einladend mehrere Schalen mit Süßigkeiten, die Beleuchtung war dem hiesigen Tageslicht angepaßt. Komow wiederholte knapp die Verhaltensregeln bei der Kontaktaufnahme, brachte das Tonband in Bereitschaft und hieß uns unsere Plätze einnehmen. Komow und ich setzten uns an den Tisch gegenüber der Tür, Vanderhoeze zwängte sich hinters Pult des Diagnostikers, und alle drei begannen wir zu warten.

Er erschien um neun Uhr vierzig Bordzeit. Er blieb an der Tür stehen, mit dem linken Arm gegen den Türpfosten gelehnt und das rechte Bein angezogen. Eine ganze Minute mochte er so dastehen und uns aus den Schlitzen seiner starren Maske heraus mustern. Es war so still, daß ich ihn atmen hörte – gleichmäßig und in tiefen Zügen, als arbeite ein gut funktionierender Mechanismus. Aus der Nähe und bei der grellen Beleuchtung machte er einen noch seltsameren Eindruck auf uns. Alles an ihm war eigenartig: die Haltung – für unsere Begriffe völlig unnatürlich und zugleich doch ungezwungen –, die glänzende, förmlich mit Lack überzogene grünlichblaue Haut, die unangenehm berührende Disproportion in der Verteilung von Muskeln und Sehnen, die ungewöhnlich kräftigen Kniegelenke und die erstaunlich schmalen, langen Füße. Uns verblüffte auch, daß er nicht gar so klein war, wie es uns zunächst geschienen hatte. Er war etwa so groß wie Maja. Außerdem stellten wir fest, daß ihm an den Fingern der linken Hand die Nägel fehlten und daß er in der rechten Faust ein paar frische Blätter hielt.

Sein Blick blieb schließlich an Vanderhoeze hängen. Er sah ihn so lange und so durchdringend an, daß mir die verrückte Idee kam, er könnte erraten haben, was es mit dem Diagnostiker auf sich hatte. Unter diesem Blick wurde unser braver Kommandant ganz nervös, er begann seinen Backenbart zu bearbeiten und deutete, entgegen den Instruktionen, eine leichte Verbeugung an.

„Phantastisch!" sagte der Kleine laut und deutlich mit der Stimme Vanderhoezes. Auf dem Indikator erstrahlte das grüne Lämpchen.

Der Kommandant fuhr sich ein zweites Mal verwirrt durch den Bart und lächelte fragend. In diesem Augenblick belebte sich das Gesicht des Jungen. Vanderhoeze wurde mit einer ganzen Serie furchterregender Grimassen bedacht, die einander in Sekundenschnelle ablösten. Die Stirn Jakobs bedeckte sich mit kaltem Schweiß. Ich weiß nicht, wie das Ganze geendet hätte, wäre nicht der Kleine plötzlich vom Türpfosten weg und entlang der Wand zum Bildschirm des Videophons geschlüpft.

„Was ist das?" fragte er.

„Ein Videophon", antwortete Komow.

„Ja", sagte der Kleine. „Alles bewegt sich, und dabei ist nichts da. Nur Bilder."

„Hier ist etwas zu essen", sagte Komow. „Möchtest du essen?"

„Essen – einzeln?“ fragte, für uns unverständlich, der Kleine und näherte sich dem Tisch. „Das soll Essen sein? Sieht nicht danach aus. Humbug.“

„Wonach sieht es nicht aus?“ erkundigte sich Komow.

„Nach Essen.“

„Versuch es trotzdem mal.“ Komow schob ihm die Schüssel mit Piroggen hin.

Der Kleine fiel unvermittelt auf die Knie nieder, streckte die Arme aus und öffnete den Mund. Wir schwiegen konsterniert. Der Junge verharrte mit geschlossenen Augen einige Sekunden lang in regloser Haltung, dann ließ er sich weich auf den Rücken fallen, setzte sich wieder auf und verteilte mit eckigen Bewegungen die Blätter, die er in der Hand gehalten hatte, vor sich auf dem Fußboden. Über sein Gesicht lief das uns schon bekannte rhythmische Zucken. Mit schnellen, aber sehr exakten Bewegungen begann er die Blätter in einer ganz bestimmten Weise anzuordnen, wobei er von Zeit zu Zeit mit dem einen Bein nachhalf. Komow und ich hatten uns von unseren Sesseln erhoben und beobachteten ihn mit langen Hälsen. Die Blätter bildeten wie von selbst ein eigentümliches Muster, das gewiß etwas zu bedeuten hatte, bei uns aber keinerlei Assoziationen hervorrief. Für den Bruchteil einer Sekunde verharrte der Kleine erneut in Reglosigkeit und schob die Blätter dann mit einer heftigen Bewegung zusammen. Sein Gesicht war nun wieder starr wie eine Maske. „Ich verstehe“, erklärte er, „das ist euer Essen. Ich esse anders.“

„Schau her, wie man das macht“, sagte Komow.

Er streckte den Arm aus, nahm eine Pirogge, führte sie betont langsam zum Mund, biß vorsichtig ab und begann demonstrativ zu kauen. Das steinerne Gesicht des Jungen wurde von einem Krampf verzerrt. „Nicht!“ schrie er fast. „Man darf nichts mit den Fingern in den Mund stecken. Das endet schlimm!“

„Versuch's nur mal“, schlug ihm Komow erneut vor, sah dann aber zum Diagnostiker hinüber und stockte. „Du hast recht“, sagte er, „das soll man nicht. Und was wollen wir jetzt tun?“

Der Kleine kauerte sich auf seinen linken Fuß und sagte mit klangvoller Baritonstimme: „Heimchen. Unsinn. Sag mir noch mal, wann ihr wieder von hier weggeht.“

„Das ist im Augenblick noch nicht entschieden“, erwiderte Komow nachgiebig. „Wir müssen zuerst alles über dich in Erfahrung bringen. Unbedingt. Du hast ja noch gar nichts von dir erzählt. Wenn wir alles über dich wissen, gehen wir wieder fort. Falls du es willst."

„Du weißt ja alles von mir", sagte der Kleine, nun mit Komows Stimme. „Du weißt, wo ich herstamme. Du weißt, wie ich hierhergeraten bin. Du weißt, warum ich zu dir gekommen bin. Du weißt alles über mich."

Mir krochen fast die Augen aus den Höhlen, doch Komow zeigte sich nicht im geringsten verwundert.

„Wieso glaubst du, daß ich alles weiß?" fragte er gelassen.

„Ich habe nachgedacht", erwiderte der Junge. „Ich habe begriffen."

„Das ist ja prächtig", sagte Komow, „aber du hast trotzdem nicht ganz recht. Ich weiß zum Beispiel gar nichts über dein Leben hier vor meiner Ankunft."

„Geht ihr sofort weg, wenn ihr alles über mich wißt?"

„Ja, wenn du darauf bestehst."

„Dann frage jetzt", sagte der Kleine. „Und frag schnell, weil ich dich auch etwas fragen will."

Ich warf einen Blick auf den Indikator, einfach so, und geriet außer mir, als ich das grelle rubinrote Lämpchen brennen sah, wo doch eben noch das neutrale weiße geleuchtet hatte. Aus den Augenwinkeln bemerkte ich, daß auch Vanderhoeze ein bestürztes Gesicht machte.

„Als erstes hätte ich gern gewußt", begann Komow, „warum du dich so lange vor uns versteckt hast."

„Kur-wis-pat", sagte der Kleine deutlich artikuliert und setzte sich auf den rechten Fuß. „Ich wußte die ganze Zeit, daß die Menschen wiederkommen. Ich wartete, und mir ging es schlecht. Dann sah ich eines Tages: Die Menschen waren wiedergekommen. Ich begann nachzudenken und begriff – wenn ich sie darum bitte, gehen sie wieder fort, und mir wird es gutgehen. Sie würden unbedingt fortgehen, ich wußte nur nicht, wann. Es waren vier Menschen. Das ist sehr viel. Schon einer ist sehr viel, aber besser als vier. Eines Nachts ging ich zu einem von ihnen und sprach mit ihm. Humbug. Ich dachte: Einer kann vielleicht nicht sprechen. Ich ging zu allen vieren. Das war sehr lustig, wir haben mit den Bildern gespielt, wir sind gelaufen eine Weile. Wieder Humbug. Und gestern abend sah ich: Einer sitzt allein da. Das warst du. Ich dachte nach und begriff: Du wartest auf mich. So ging ich hin. Katerchen! So also war es."

Er sprach heftig und abgehackt, mit Komows Stimme, und nur die eingestreuten zusammenhanglosen Worte gab er mit diesem klangvollen Bariton von sich, der uns unbekannt war. Er hielt keine Sekunde lang Hände und Finger still, und überhaupt befand sich sein ganzer Körper ständig in Bewegung. Diese Bewegungen aber waren gezielt und auf eine unerklärliche Weise fließend. Er ergoß sich förmlich von einer Haltung in die andere. Ein phantastischer Gegensatz war das: einerseits die vertrauten Wände der Gemeinschaftskajüte, der von den Piroggen ausgehende süßliche Vanillegeruch, alles alltäglich und häuslich – andererseits die eigentümlich violette Beleuchtung im Raum und in diesem Licht das geschmeidige, wild gestikulierende fremde Wesen auf dem Fußboden. Und dann das alarmierend rubinrote Lämpchen auf dem Pult.

„Woher wußtest du, daß die Menschen wiederkommen?“ fragte Komow.

„Ich habe nachgedacht und begriffen.“

„Vielleicht hat es dir jemand gesagt?“

„Wer denn? Die Steine? Die Sonne? Die Büsche? Ich bin allein hier. Ich und meine Bilder. Aber die schweigen. Mit ihnen kann man nur spielen. Nein, ich wußte es einfach. Die Menschen kamen und sind wieder weggegangen.“ Mit einer schnellen Bewegung legte er ein paar Blätter auf dem Boden zurecht. „Ich habe aber nachgedacht und begriffen: Sie kommen wieder.“

„Und warum ging es dir schlecht?“

„Der Menschen wegen.“

„Die Menschen tun nie einem anderen ein Leid an, sie wollen, daß jeder sich wohl fühlt.“

„Ich weiß“, sagte der Kleine. „Darum sage ich ja auch: Die Menschen werden fortgehen, und ich werde mich wieder wohl fühlen.“

„Welche Handlungen der Menschen gefallen dir nicht?“

„Alle. Daß sie da sind oder jederzeit auftauchen können, ist schlecht. Wenn sie für immer weggehen, ist es gut.“

Das rote Signallämpchen auf dem Pult zerrte an meinen Nerven. Ich konnte nicht mehr an mich halten und stieß Komow unmerklich mit dem Fuß unter dem Tisch an.

„Woher weißt du, daß die Menschen auch wirklich weggehen, wenn du sie darum bittest?“ fragte Komow ungerührt weiter.

„Ich wußte: Sie wollen, daß sich alle wohl fühlen.“

„Aber woher weißt du das? Du hast doch niemals Kontakt zu den Menschen gehabt."

„Ich habe viel nachgedacht. Lange Zeit habe ich nichts verstanden, dann aber habe ich begriffen."

„Wann hast du begriffen? Vor langem schon?"

„Nein, erst vor kurzem. Als du vom See weggingst, habe ich einen Fisch gefangen. Er starb, und ich habe mich sehr gewundert. Ich begann nachzudenken und begriff, daß ihr ganz bestimmt weggeht, wenn man euch darum bittet."

Komow biß sich auf die Unterlippe, unternahm aber einen erneuten Vorstoß: „Einmal, auf der Erde, bin ich am Ufer des Ozeans eingeschlafen. Als ich wieder aufwachte, sah ich neben mir auf dem nassen Sand die Spuren menschlicher Füße. Ich habe nachgedacht und begriffen, daß ein Mensch an mir vorbeigegangen war, während ich schlief. Woher ich das wußte, wo ich doch nicht ihn, sondern nur seine Spuren sah? Ganz einfach – ich hatte nachgedacht. Vorher waren die Spuren nicht dagewesen, jetzt gab es sie, also mußten sie entstanden sein, während ich schlief. Es konnten nur die Spuren eines Menschen sein, denn die Spuren der Wellen, der Steine, die manchmal von den Bergen herabrollen, kenne ich. Während ich schlief, war demnach ein Mensch an mir vorbeigegangen ... Auf diese Weise überlegen wir, aber wie überlegst du? Du sagst: Hier sind Menschen angekommen. Du weißt nichts über sie, behauptest aber, du hast nachgedacht und bist zu dem Schluß gekommen, daß sie unbedingt für immer wegfliegen, wenn du sie darum bittest. Wie, auf welche Weise also, hast du überlegt?"

Der Kleine schwieg einige Zeit, ungefähr drei Minuten lang, und wieder begann auf seinem Gesicht, seiner Brust dieser Tanz der Muskeln. Seine Finger hantierten behende mit den Blättern. Schließlich stieß er die Blätter mit dem Fuß von sich fort und sagte mit der lauten, klangvollen Baritonstimme: „Was für eine Frage, Donner und Doria!"

Vanderhoeze ließ ein erschrockenes Husten aus seiner Ecke hören, und der Kleine sah augenblicklich zu ihm hinüber.

„Phantastisch!" rief er in demselben Bariton aus. „Ich wollte schon immer wissen: Was haben die langen Haare auf den Backen zu bedeuten?"

Stille. Ich beobachtete, wie plötzlich das rubinrote Licht erlosch und das smaragdgrüne aufflammte.

„Antworten Sie ihm, Jakob", sagte Komow gelassen.

„Hmm ...", begann Vanderhoeze und wurde rot. „Wie soll ich dir das erklären, mein Junge ..." Er begann mechanisch an seinem Bakkenbart zu rupfen. „Ich finde das eben schön, mir gefällt so was ... Meiner Meinung nach ist das eine ausreichende Erklärung, was meinst du?"

„Es ist schön ..., es gefällt mir ...", murmelte der Kleine vor sich hin. „Mein Glöckchen!" sagte er plötzlich ganz zärtlich. Und dann wieder mit gewöhnlicher Stimme: „Nein, das ist keine Erklärung. Trotzdem, sie genügt mir. Aber wieso nur an den Backen und nicht auf der Nase?"

„Weil es auf der Nase nicht schön aussieht", sagte Vanderhoeze schulmeisterlich. „Außerdem fallen sie beim Essen in den Mund."

„Stimmt", gab der Kleine zu. „Aber wenn du sie auf den Backen hast und durch die Büsche streifst, bleibst du daran hängen. Ich jedenfalls bleibe mit meinen Haaren immer hängen. Dabei habe ich sie oben auf dem Kopf."

„Na ja", erwiderte Vanderhoeze, „ich gehe eben selten durch die Büsche, weißt du."

„Ist schon gut, daß du nicht durch die Büsche gehst", sagte der Kleine. „Das tut weh, Heimchen!"

Vanderhoeze wußte nicht, was er darauf erwidern sollte, doch war ihm seine Zufriedenheit anzusehen. Auf dem Indikator brannte das grüne Lämpchen, also hatte der Kleine seine Kümmernisse vergessen. Unser braver Käpt'n, der sehr viel für Kinder übrig hatte, war ganz offensichtlich gerührt. Es schmeichelte ihm wohl auch, daß es gerade sein Bart war – bislang nur Objekt für mehr oder weniger banale Späße –, der bei der Kontaktaufnahme eine so wichtige Rolle gespielt hatte.

Nun jedoch sollte die Reihe an mich kommen. Der Kleine fixierte mich unvermittelt und platzte heraus: „Und du?"

„Was – ich?" fragte ich verblüfft und darum aggressiv; eine Reaktion, die Komow prompt veranlaßte, mir mit einiger Genugtuung einen Tritt gegen den Knöchel zu versetzen.

„Ich habe eine Frage an dich", erklärte der Kleine. „Ich wollte sie dir schon immer stellen, aber du hattest Angst. Einmal hättest du mich fast umgebracht – mit einem zischenden, brüllenden Luftstrahl. Bis zu den Hügeln bin ich gelaufen. Nun aber meine Frage: Dieses große, warme Etwas mit den vielen Lämpchen, das die Erde glatt macht, was ist das?"

„Das sind Maschinen", antwortete ich und räusperte mich. „Wir sagen Kyber dazu."

„Kyber", wiederholte der Kleine. „Sind sie lebendig?"

„Nein", sagte ich. „Maschinen sind nicht lebendig. Wir haben sie gebaut."

„Gebaut? Solche großen Dinge? Und so, daß sie sich bewegen können? Phantastisch! Wie groß die sind!"

„Es gibt noch größere", sagte ich.

„Noch größere?"

„Viel größere", schaltete sich Komow ein. „Größer als der Eisberg."

„Und die bewegen sich auch?"

„Nein", sagte Komow, „sie überlegen."

Komow begann dem Jungen die kybernetischen Maschinen zu erklären, und ich versuchte zu bestimmen, was der Kleine dabei empfand. Was mir sehr schwer fiel. Ging man freilich davon aus, daß sich seine Aufgeregtheit in körperliche Bewegung umsetzte, dann wurde deutlich: Er war aufs höchste beeindruckt. Denn der Kleine jagte in unserem Mannschaftslogis umher wie Tom Sawyers Katze, als sie Baldrian geschluckt hatte. Als Komow ihm erläuterte, weshalb meine Kyber weder als lebende noch als tote Wesen zu bezeichnen seien, kraxelte er zur Decke hoch und ließ sich von dort, mit Händen und Füßen an der Kunststoffverschalung haftend, bewegungslos herabhängen. Ganz anders nahm er die Mitteilung auf, es gebe gigantische Maschinen, die schneller als die Menschen dächten, schneller rechneten und um das Millionenfache schneller antworten könnten. Er kugelte sich zu einem Knäuel zusammen, rollte sich blitzschnell wieder auseinander, hetzte in den Korridor hinaus und lag uns Sekunden später, heftig atmend, furchtbare Grimassen schneidend und mit großen runden Augen, vor den Füßen. Niemals zuvor und nie wieder bin ich einem so dankbaren Zuhörer begegnet. Das smaragdgrüne Lämpchen auf dem Indikator strahlte und funkelte wie ein Katzenauge, Komow aber redete und redete mit gleichmäßiger Stimme, in klaren, exakten, äußerst vereinfachten Sätzen. Verführerisch flocht er hin und wieder ein: „Darüber sprechen wir später noch" oder erklärte: „In Wirklichkeit ist das bedeutend komplizierter und interessanter, aber das wirst du erst begreifen, wenn du weißt, was Hämostatik ist."

Kaum hatte Komow geendet, sprang der Kleine in den Sessel, schlang die langen, sehnigen Arme um seinen Körper und fragte: „Ob ich den Kybern etwas sagen könnte, so daß sie auf mich hören?"

„Das hast du bereits getan", erwiderte ich.

Lautlos wie ein Schatten ließ er sich auf dem Tisch vor mir auf die Arme fallen.

„Ich? Wann denn?"

„Neulich. Du bist ihnen vor den Füßen herumgesprungen, da ist der größte von ihnen – er heißt Tom – stehengeblieben und hat dich nach deinen Anweisungen gefragt."

„Und warum habe ich das nicht gehört?"

„Du hast es gesehen. Vielleicht erinnerst du dich, daß auf seiner Stirn ein rotes Lämpchen aufflammte. Das war die Frage. Tom hat sie auf seine Weise gestellt."

Der Kleine glitt weich zu Boden.

„Phantastisch!" sagte er kaum hörbar mit meiner Stimme. „Das ist ein schönes Spiel. Ein phan-ta-sti-sches Spiel. Mein Springinsfeld!"

„Wieso denn ‚Springinsfeld'?" schaltete sich Komow ein.

„Ach, was weiß ich", sagte der Kleine ungeduldig. „Einfach so ein Wort. Ich mag es. Katerchen. Springinsfeld."

„Und woher kennst du diese Ausdrücke?"

„Ich erinnere mich an sie. Und an zwei große, sehr liebe Menschen. Viel größer als ihr ... Donner und Doria! Springinsfeld ... Heim-chen. Mar-rie, Mar-rie. Unser Heimchen will es-sen!"

Mir lief ein Schauer über den Rücken, und auch Vanderhoeze wurde blaß; sein Backenbart hing traurig herab. Kein Wunder, denn der Kleine hatte diese Worte wieder mit jenem klangvollen Bariton hervorgebracht, und man brauchte nur die Augen zu schließen, um einen großen, blutvollen und lebensfrohen Mann vor sich zu sehen, der furchtlos war, stark und gütig ... Unvermittelt jedoch ging die dunkle Stimme in ein leises, unsagbar zärtliches Gurren über: „Mein Kätzchen, mein Rehlein ..." Ja, das waren die liebevollen Worte einer Frau: „Ach du mein Glöckchen, du bist ja wieder ganz naß ..."

Der Junge verstummte, klopfte sich mit dem Finger gegen die Nase.

„Und an all das kannst du dich erinnern?" fragte Komow mit leicht belegter Stimme.

„Natürlich", sagte der Kleine und ahmte Komow nach. „Erinnerst du dich etwa nicht an alles?"

„Nein!"

„Das kommt daher, daß du anders nachdenkst als ich", erwiderte der Kleine überzeugt. „Ich erinnere mich an alles. Was einmal um mich her geschehen ist, vergesse ich nie mehr. Und wenn ich wirklich mal was vergessen habe, brauche ich nur gut nachzudenken, dann fällt es mir wieder ein. Wenn es dich interessiert, erzähle ich dir später mehr von mir. Aber jetzt sag mir: Was ist da oben? Gestern hast du mir gesagt, die Sterne. Was sind das, Sterne? Von oben fällt Wasser herab. Ich will das manchmal nicht, aber es fällt trotzdem. Woher kommt es? Und woher kommen die Schiffe? Es sind sehr viele Fragen, ich habe lange nachgedacht. Es gibt so viele Antworten, daß ich nichts verstehe. Nein, anders: Es gibt zu viele verschiedene Antworten, und sie hängen wie Blätter aneinander ..." Er häufte die Blätter auf dem Fußboden unordentlich aufeinander. „Sie verdecken sich gegenseitig und stören einander. Kannst du darauf antworten?"

Komow begann zu erklären, und der Kleine hetzte, vor Erregung zitternd, erneut durch die Kajüte. Bei diesem Anblick flimmerte es mir vor den Augen, so daß ich sie schloß. Ich dachte darüber nach, weshalb ihm wohl die Eingeborenen solche einfachen Dinge vorenthalten haben mochten.

Vor allem aber beschäftigte mich die Frage, wie sie es fertiggebracht hatten, ihn so aufzuziehen, daß er ihre Existenz nicht einmal vermutete. Auch verblüffte es mich, daß er sich so genau an alles erinnerte, was er als Säugling wahrgenommen hatte. Schlimm war nur – er hatte nicht das geringste von dem in seiner Erinnerung gespeicherten Wissen begriffen.

Plötzlich kam mir zum Bewußtsein, daß Komow aufgehört hatte zu sprechen. Scharfer Salmiakgeruch schlug mir in die Nase, und ich öffnete die Augen. Der Kleine war nicht mehr in der Kabine, nur sein schwaches, gänzlich durchsichtiges Phantom schwebte noch, in Auflösung begriffen, vor dem Häufchen Blätter auf dem Fußboden. In einiger Entfernung klickte leise der Lukenverschluß. In diesem Augenblick ertönte im Lautsprecher Majas unruhige Stimme: „Wohin ist er denn so plötzlich verschwunden? Ist etwas passiert?"

Ich sah zu Komow hinüber. Der rieb sich geräuschvoll die Hände und lächelte nachdenklich vor sich hin.

„Nun", sagte er, „das verspricht interessant zu werden." Und dann: „Maja! Sind die Fühler wieder da?"

„Ja, acht Stück. Das heißt, jetzt sind sie verschwunden, aber bis zu dieser Minute waren sie noch da. Sie erhoben sich über der ganzen Gebirgskette, und diesmal sogar farbig: gelb, grün ... Ich habe einige Fotos von ihnen gemacht."

„Na wunderbar", sagte Komow anerkennend. „Und das nächste Mal, Maja, werden Sie unbedingt dabeisein ... Jakob, packen Sie die Aufzeichnungen des Diagnostikers zusammen, wir werten sie bei mir aus. Und Sie, Stas ..." Er stand auf und ging in die Ecke des Raumes, wo sich der Speicherblock für die Videoaufnahmen befand. „Sie nehmen die Kassette hier und übermitteln über den Eilkanal alles direkt zur Zentrale. Eine Kopie nehme ich mit, wegen der Analyse ... Wo hab ich denn nur den Bildwerfer gesehen ... Ach ja, da ist er. Ich denke, wir haben noch drei bis vier Stunden zur Verfügung, dann wird der Kleine wiederkommen ... Ach, noch etwas, Stas. Sehen Sie doch gleich die Funksprüche durch. Aber lassen Sie mich mit Kleinkram in Ruhe ..., nur, wenn etwas aus der Zentrale, vom Stützpunkt, von Gorbowski oder von Mboga persönlich eingegangen ist."

„Ich sollte Sie daran erinnern", sagte ich und erhob mich gleichfalls, „daß Sie noch mit Michail Albertowitsch sprechen wollten."

„Ach ja, stimmt." Komow machte ein schuldbewußtes Gesicht. „Wissen Sie, Stas, das ist zwar nicht ganz korrekt, aber seien Sie trotzdem so nett, und übermitteln Sie die Aufzeichnungen über zwei Kanäle gleichzeitig: nicht nur an die Zentrale, sondern auch zum Stützpunkt, an Sidorow persönlich. Und zwar vertraulich. Ich nehme das auf mich."

„Dafür kann ich die Verantwortung selber übernehmen", brummte ich, als ich bereits draußen war.

In der Schaltzentrale angelangt, steckte ich die Kassette in den Automaten, schaltete auf „Senden" und sah die eingegangenen Funksprüche durch. Diesmal waren es nur wenige, insgesamt drei; offenbar hatte die Zentrale erste Maßnahmen getroffen. Eins der Telegramme kam aus dem Informatorium und bestand nur aus Zahlen, griechischen Buchstaben und seltsamen Zeichen. Der zweite Funkspruch war von der Zentrale abgeschickt. Bader beharrte auch weiterhin auf seiner Forderung, Überlegungen anzustellen, in welchen Gebieten des Planeten sich die Eingeborenen aufhalten könnten.

Sicherheitshalber. Außerdem interessierten ihn die möglichen Kontaktvarianten nach der Bülowschen Klassifikation. Der dritte Funkspruch stammte vom Stützpunkt, von Sidorow, der die offizielle Anfrage an uns richtete, in welcher Reihenfolge Komow die angeforderten Apparaturen benötige. Nach kurzem Überlegen entschied ich mich. Ich sagte mir, das erste Telegramm könnte für Komow von Nutzen sein und den dritten Funkspruch zurückzuhalten wäre unfair gegenüber Michail Albertowitsch. Nur Baders Forderungen hielt ich für weniger dringlich.

Eine halbe Stunde später signalisierte der Automat, daß die Übertragung beendet sei. Ich nahm die Kassette heraus, griff mir die beiden Kärtchen mit den Funksprüchen und ging zu Komow. Als ich eintrat, saß er mit Vanderhoeze vor dem Bildwerfer. Auf der Leinwand der Kleine, der wie der Blitz hin und her jagte. Vanderhoeze beugte sich weit vor, um besser sehen zu können. Er stützte den Ellbogen auf den Tisch und vergrub die Finger in seinem Bart.

„... abruptes Ansteigen der Temperatur", kommentierte er. „Bis zu dreiundvierzig Grad ... Beachten Sie das Enzephalogramm, Gennadi ... Sehen Sie, jetzt erscheint die Peterswelle wieder ..."

Vor ihm auf dem Tisch lagen noch verschiedene Rollen mit Aufzeichnungen, die Mehrzahl von ihnen aber war achtlos überall in der Koje verstreut.

„Aha ...", sagte Komow nachdenklich und zeichnete mit dem Finger die Kurve nach. „Moment mal, hier, was war das gleich noch?" Er brachte den Vorführapparat zum Stehen, wandte sich, um eine der Rollen vom Tisch zu nehmen, halb um und bemerkte mich. „Was gibt's denn?" fragte er unwillig.

Ich legte die beiden Funksprüche vor ihn hin.

„Na und?" fragte er ungeduldig. „Ach so ..." Er überflog das Telegramm vom Informatorium, lachte kurz auf und warf es achtlos beiseite. „Alles nicht das Richtige", sagte er. „Nun ja, woher sollen die es auch wissen." Dann las er Sidorows Funkspruch und sah mich an. „Haben Sie ihm die Aufnahmen übermittelt?"

„Ja."

„Sehr schön, vielen Dank. Setzen Sie in meinem Namen einen Funkspruch an ihn auf: Die Apparaturen werden vorerst doch nicht benötigt. Ich werde mich melden, wenn es soweit ist."

„Gut", sagte ich und ging. Nachdem die Angelegenheit mit dem

Funkspruch erledigt war, beschloß ich, nach Maja zu sehen. Maja, mit finsterer Miene, hantierte im Schweiße ihres Angesichts an den Hebeln der Bordkanone. Ich begriff sofort, daß sie das Umschwenken der Waffe auf weit auseinanderliegende Objekte trainierte.

„Hoffnungslos", erklärte sie, als sie mich bemerkte. „Wenn die uns alle gleichzeitig unter Beschuß nehmen, ist es aus mit uns. Das ist einfach nicht zu schaffen."

„Man kann den Visierwinkel erweitern", entgegnete ich und trat näher. „Freilich verringert sich dadurch die Einschlagskraft um das Drei- bis Vierfache. Der Vorteil wäre, daß man ein Viertel des Horizontes erfaßt, und die Entfernungen hier sind ja nicht groß ... Aber glaubst du denn wirklich, daß sie uns unter Beschuß nehmen könnten?"

„Rechnest du nicht damit?"

„Es sieht eigentlich nicht danach aus ..."

„Und warum bin ich dann hier, wenn es nicht so aussieht?"

Ich setzte mich auf den Fußboden neben ihrem Sessel. „Ehrlich gesagt, ich weiß es nicht", gab ich zu. „Aber kontrollieren muß man das alles schon. Da sich nun mal herausgestellt hat, daß der Planet biologisch aktiv ist, muß man sich an die Instruktionen halten. Und einen Erkundungskyber dürfen wir ja nicht rausschicken."

Wir schwiegen.

„Tut er dir leid?" fragte Maja unvermittelt.

„Ich w-weiß nicht", sagte ich überrumpelt. „Wieso leid? Ich würde eher sagen, es ist ein unheimliches Gefühl. Aber leid tun? Nein, ich glaube nicht. Warum auch? Er lebt, ist gesund und macht nicht im geringsten einen bedauernswerten Eindruck."

„Das meine ich nicht. Mir fällt es schwer, es richtig auszudrücken, aber als ich zuhörte, wie Komow mit ihm sprach, wurde mir richtig schlecht. Dem ist doch der Junge völlig einerlei."

„Was heißt bei dir einerlei? Komow muß Kontakt zu ihm herstellen, und er bedient sich dabei einer bestimmten Strategie ... Du mußt doch verstehen, daß ohne den Kleinen kein Kontakt zustande kommt."

„Natürlich verstehe ich das. Wahrscheinlich ist mir gerade deswegen so wenig wohl in meiner Haut. Der Kleine hat doch keinen blassen Schimmer von der Existenz der Eingeborenen. Er wird als blindes Werkzeug benutzt!"

„Na, ich weiß nicht", erwiderte ich. „Meiner Ansicht nach wirst du jetzt ein bißchen sentimental. Er ist ja wohl trotz allem kein Mensch. Er ist ein Eingeborener, und wir stellen Kontakt zu ihm her. Zu diesem Zweck muß man eben einige Hindernisse überwinden, einige Rätsel lösen. Das verlangt ein nüchternes Herangehen an die Dinge. Mit Gefühlen kommen wir da nicht weiter. Wenn du ehrlich bist, mußt du zugeben, daß er uns gegenüber ja auch keine besondere Sympathie hegt. Er kann das auch gar nicht. Und was ist denn Kontakt schließlich und letztlich anderes als das Aufeinanderprallen zweier Strategien?"

„Mein Gott", sagte Maja, „wie unbeteiligt du redest. Wie ein Holzklotz. Du taugst nur zum Programmieren, du Kybertechniker."

Ich nahm es ihr nicht übel. Mir war klar, daß Maja im Grunde nichts auf meine Argumente zu erwidern wußte. Gleichzeitig aber spürte ich, daß sie sich tatsächlich quälte.

„Du hast wieder deine Vorahnungen", sagte ich. „Dabei begreifst du selbst sehr genau, daß der Kleine unsere einzige hauchdünne Verbindung zu diesen Unsichtbaren hier ist. Wenn es uns nicht gelingt, seine Sympathie zu gewinnen ..."

„Das ist es ja eben", unterbrach mich Maja. „Genau das. Was Komow auch immer sagt, was er auch tut, bei allem spürt man sofort, daß ihn nur eins interessiert: der Kontakt. Alles für die grandiose Idee des vertikalen Fortschritts!"

„Und wie müßte er sich deiner Meinung nach verhalten?" fragte ich.

Maja zuckte die Achseln. „Keine Ahnung. Vielleicht so wie Jakob... Jedenfalls war er der einzige, der als Mensch zu dem Kleinen gesprochen hat."

„Na, weißt du", sagte ich, nun doch ein wenig gekränkt, „ein Kontakt auf Backenbartebene ..., wenn dir weiter nichts einfällt ..."

Wir schwiegen, weil jeder dem anderen grollte. Maja machte sich mit noch größerem Eifer an den Hebeln zu schaffen als vorher. Sie versuchte das schwarze Fadenkreuz in Übereinstimmung mit den schneebedeckten, zackenförmigen Gipfeln des Gebirgskammes zu bringen.

„Worum geht es dir denn nun wirklich, Maja?" fing ich schließlich wieder an. „Liegt dir etwa nichts daran, den Kontakt zustande zu bringen?"

„Doch, gewiß, das möchte ich schon", erwiderte Maja ohne große Begeisterung. „Du weißt ja, wie ich mich gefreut habe, als wir zum ersten Mal mit dem Kleinen zusammentrafen. Aber dann hörte ich euer Gespräch mit an, und die Zweifel tauchten auf. Vielleicht liegt es daran, daß ich bisher noch nie dabei war, wenn so ein Kontakt aufgenommen wurde ... Ich hab mir eben alles ganz anders vorgestellt."

„Nein", sagte ich, „dich drückt der Schuh woanders. Ich kann mir schon denken, was in dir vorgeht. Du bildest dir ein, er wäre ein Mensch ..."

„Du wiederholst dich", sagte Maja.

„So hör mich doch erst mal an. Du siehst immerzu nur die menschlichen Seiten an ihm. Aber du mußt die Sache andersherum betrachten. Von den Phantomen und der Mimikry ganz abgesehen – was hat er denn mit uns gemeinsam? Eine gewisse Ähnlichkeit in der äußeren Erscheinung, den aufrechten Gang, von mir aus auch noch den Stimmapparat ... Aber das ist auch alles. Nicht einmal seine Muskulatur stimmt mit unserer überein, und die wird ja nun direkt von den Genen beeinflußt ... Dich verwirrt einfach, daß er sprechen kann; aber bei Licht besehen, hat er selbst das nicht von uns. Kein Mensch ist imstande, innerhalb von vier Stunden eine Sprache so zu erlernen, daß er sich fließend unterhalten kann. Dabei geht es gar nicht mal so sehr um den Wortschatz als um die Intonation, die Syntax ... Soll ich dir sagen, wofür ich ihn halte? Für einen Wechselbalg! Nicht für einen Menschen, für eine meisterhafte Kopie. Überleg doch selbst: Ist es nicht absurd, sich an Dinge zu erinnern, die man als Säugling gehört hat? Oder sogar im Mutterleib – wer kann das so genau wissen! Ist das etwa noch eine menschliche Eigenschaft? Hast du jemals einen Android-Roboter zu Gesicht bekommen? Natürlich nicht, aber ich!"

„Was willst du damit sagen?" fragte Maja finster.

„Daß ein idealer Android-Roboter theoretisch eine menschliche Maschine ist. Man züchtet einen Superdenker, einen Superkraftprotz oder auch ein Wesen, das superempfindsam ist. Man stattet diese Maschine mit allen möglichen Eigenschaften aus, aber immer mit einem ‚Super' davor. Ein Supermensch, nur eben kein Mensch ..."

„Willst du etwa behaupten, daß ihn die Eingeborenen zu einem Roboter gemacht haben?" fragte Maja mit einem kläglichen Lächeln.

„Aber nicht doch", erwiderte ich verdrießlich. „Ich will dir nur klarmachen, daß alles Menschliche an ihm zufällig ist, bedingt durch die Beschaffenheit des Ausgangsmaterials ..., und daß es sinnlos ist, diese Angelegenheit gefühlsmäßig anzupacken. Du mußt dir vorstellen, du würdest dich mit diesen bunten Fühlern unterhalten ..."

Maja packte mich plötzlich bei den Schultern und sagte halblaut: „Sieh mal, er kommt zurück!"

Ich stand auf und sah auf den Bildschirm. Vom Sumpf kam, mit hastigen Trippelschritten und was die Kräfte hergaben, die kleine verbogene Gestalt des Jungen direkt auf das Schiff zu. Sein dunkelvioletter Schatten sprang auf der Erde vor ihm her, seine verschmutzte Haarmähne schimmerte rötlich. Der Kleine kehrte zurück, der Kleine hatte es eilig. Mit seinen langen Armen hielt er eine Art großen geflochtenen Korb umschlungen und drückte ihn fest gegen seinen Bauch. Dieser Korb war randvoll mit Steinen gefüllt und mußte wohl sehr schwer sein.

Maja schaltete den Lautsprecher ein. „Hier die VAK an Komow!" sagte sie laut. „Der Kleine in Sicht."

„Habe Sie verstanden", meldete sich Komow augenblicklich. „Jakob, an die Plätze ... Popow, Sie lösen die Glumowa ab ... Maja, ins Mannschaftslogis!"

Maja erhob sich widerwillig.

„Geh nur, geh", sagte ich. „Sieh ihn dir mal aus der Nähe an, du Häufchen Elend."

Sie fauchte wütend und rannte die kleine Treppe hoch. Ich nahm ihren Platz ein.

Der Kleine war schon ganz nahe herangekommen. Plötzlich blieb er stehen und sah zum Schiff herüber, und wieder hatte ich das Gefühl, als schaute er mir direkt in die Augen.

In diesem Augenblick bemerkte ich auch wieder die gigantischen Fühler, die über dem Gebirge, an dem grauvioletten Himmel, förmlich aus dem Nichts hervortauchten. Genau wie beim ersten Mal bogen sie sich langsam durch, vibrierten, zogen sich erneut zusammen. Diesmal waren es sechs.

„Achtung, VAK!" rief Komow. „Wie viele Fühler haben wir am Horizont?"

„Sechs", antwortete ich. „Drei weiße, zwei rote, einen grünen."

„Da sehen Sie's, Jakob", ließ sich Komow vernehmen, „es ist gesetzmäßig. Sowie der Kleine zu uns kommt, tauchen die Fühler auf."

Darauf die gedämpfte Stimme Vanderhoezes: „Hut ab vor Ihrem

Scharfsinn, Gennadi, dennoch halte ich die Wache in der VAK vorerst für unerläßlich."

„Ihr Recht", erwiderte Komow kurz angebunden. „Maja, Sie setzen sich hierher ..."

Ich erstattete Meldung: „Der Kleine befindet sich jetzt im toten Winkel, er schleppt einen ziemlich großen Korb mit Steinen heran."

„Verstanden", sagte Komow. „Sind wir soweit, Kollegen?"

Ich war nun ganz Ohr und zuckte heftig zusammen, als im Lautsprecher ein dröhnendes Gepolter ertönte. Ich kam nicht gleich darauf, daß der Kleine seine Pflastersteine ausschüttete. Ich hörte seinen kraftvollen Atem und plötzlich das dünne Stimmchen eines Säuglings: „Mam-ma!" Und wieder: „Mam-ma ..."

Und dann vernahm ich das mir hinlänglich bekannte herzzerreißende Schluchzen eines etwa einjährigen Kindes. In alter Erinnerung krampfte sich in meinem Innern alles zusammen; ich begriff mit einem Schlage, was es mit diesem Weinen auf sich hatte: Der Kleine hatte Maja entdeckt. Das Ganze dauerte nicht länger als eine halbe Minute; das Schluchzen verstummte, wieder war das Poltern der herabfallenden Steine zu hören und gleich darauf der Kleine, der mit Komows geschäftiger Stimme sagte: „Ich habe eine Frage. Warum interessiere ich mich für alles? Für alles, was um mich her ist. Warum gibt es immer neue Fragen für mich? Wo es mir doch dadurch nur schlechter geht. Sie quälen mich, diese Fragen. Viele sind es, zehn am Tag, zwanzig sogar. Ich versuche ihnen zu entgehen. Ich laufe, laufe den ganze Tag umher – aber nichts hilft. Dann fange ich an nachzudenken. Manchmal finde ich eine Antwort. Das ist schön. Manchmal finde ich mehrere Antworten auf eine Frage und kann mich nicht für die richtige entscheiden. Das ist ärgerlich. Richtig schlimm wird es, wenn ich überhaupt keine Antwort finde. Quälend ist das. Humbug. Erst hab ich geglaubt, die Fragen kämen von innen heraus. Doch dann dachte ich nach und begriff: Alles, was von innen her kommt, muß mir Vergnügen bereiten. Also kommen die Fragen von außen. Stimmt das? Ich überlege genau wie du, auf die gleiche Art. Aber wo kommen die Fragen her? Wo liegen sie, wo hängen sie, wo ist ihr Mittelpunkt?"

Pause. Und dann wieder die Stimme Komows, diesmal des richtigen Komow. Die Ähnlichkeit zwischen diesen beiden Stimmen war frappierend, nur daß der echte Komow weniger abgehackt und nicht ganz so schrill sprach. Wenn man sich auskannte, konnte man sie schon unterscheiden.

„Ich könnte deine Frage gleich beantworten", sagte Komow langsam, „habe aber Angst, mich zu irren. Ich fürchte etwas zu sagen, das nicht richtig oder ungenau ist. Erst wenn ich alles über dich weiß, werde ich dir ganz exakt Auskunft geben können."

Pause. Dann das Poltern und Scharren der Steine, die auf dem Fußboden hin und her geschoben wurden.

„Halbe Sache", sagte der Kleine. „Noch eine Frage. Woher kommen die Antworten? Du hast gesagt, ich soll nachdenken. Ich hab immer angenommen: Es ist schön, wenn ich eine Antwort weiß, und schlimm, wenn mir keine einfällt. Du hast mir erzählt, wie du nachdenkst. Ich versuchte mich zu erinnern, und es stimmt, ich denke oft genauso nach wie du, finde dadurch eine Antwort. Manchmal kann man sehen, wie ich sie finde. So mache ich ein Gefäß für die Steine. Wie das hier." – „Ein Korb", soufflierte Komow. – „Stimmt, ein Korb. Eine Gerte schlingt sich um die andere und die um die dritte, die vierte und so immer weiter, bis ein Korb daraus geworden ist. Man kann sehen, wie er entstanden ist. Viel öfter aber überlege ich", wieder das Gepolter der Steine, „und plötzlich ist die Antwort fertig. Da war eben noch ein Armvoll Gerten – und auf einmal ein fertiger Korb. Wie kommt das?"

„Auch diese Frage", erwiderte Komow, „kann ich dir erst beantworten, wenn ich alles über dich weiß."

„Dann frag doch!" forderte der Kleine. „Frage schneller! Warum hältst du dich so lange auf? Da werd ich eben selber erzählen. Es gab einmal ein Schiff, das war größer als deins. Jetzt ist es zusammengeschrumpft, aber vorher war es sehr groß. Doch das weißt du ja selbst. Und dann geschah das ..."

Im Lautsprecher erschallte ein fürchterliches Dröhnen und Klirren; gleich darauf begann herzzerreißend und unerträglich schrill ein Kind zu schreien. Durch das Getöse hindurch, das allmählich leiser wurde, hörte man eine keuchende und heisere Männerstimme: „Marie ... Marie ... Ma ... rie ..."

Das Kind schrie, schluchzte, und es war für einige Zeit nichts anderes zu hören. Danach plötzlich ein leises, unterdrücktes Stöhnen. Jemand kroch offenbar über einen Fußboden, der von Metallteilen und Glassplittern übersät war, dann geriet ein Gegenstand klirrend ins

Rollen. Eine grauenvoll bekannte Frauenstimme stöhnte: „Schura ... Wo bist du, Schura ... Ich hab solche Schmerzen ... Was ist passiert? Wo bist du denn? Schura! Ich kann nichts sehen ... So antworte doch, Schura! Ich kann nicht mehr, es tut alles so weh ... So hilf mir doch, ich sehe nichts ..."

Das alles wurde von dem ununterbrochenen Weinen des Säuglings übertönt. Kurz danach verstummte die Frau, und schließlich wurde auch das Kind still. Ich holte tief Luft und bemerkte, daß ich die Fäuste fest geballt hatte; die Fingernägel hatten sich tief in die Handflächen gegraben. Meine Kiefer waren starr vor Anspannung.

„Das dauerte eine ganze Weile", sagte der Kleine triumphierend. „Ich wurde müde vom Schreien und schlief ein. Als ich wieder aufwachte, war es noch immer dunkel. Mir war kalt. Ich wollte essen. Dieser Wunsch, zu essen und mich zu wärmen, war so stark, daß er in Erfüllung ging."

Ein ganzer Schwall von mir völlig unbekannten Lauten ergoß sich aus dem Lautsprecher. Ein gleichmäßig anwachsendes Summen, ein häufiges Klicken, ein Dröhnen und tiefes Raunen, das Ähnlichkeit mit einem Echo besaß und sich an der Grenze der Hörbarkeit bewegte; dann ein Piepsen, Knarren, Surren, Knacken, metallene Schläge ... Dieses Durcheinander von Geräuschen dauerte mehrere Minuten an, bis plötzlich abrupt Schluß war und der Kleine, halb erstickt, hervorbrachte: „Nein, so geht es nicht. Da kann ich ja erzählen, solange ich lebe. Was soll ich bloß machen?"

„Und man hat dir zu essen gegeben? Dich gewärmt?" fragte Komow ungerührt.

„Alles wurde von da an, wie ich es wollte. Wie es mir angenehm war. Bis dann das erste Raumschiff kam."

„Und was war das?" fragte Komow und imitierte, für meine Begriffe sehr gekonnt, das Lautgemisch, das wir soeben gehört hatten.

Pause. „Ach so, jetzt verstehe ich", sagte der Kleine nach einer Weile. „Du hast es sehr schlecht nachgeahmt, aber ich hab begriffen. Eine Antwort hab ich allerdings nicht darauf. Dir fehlen ja selber die Worte, das zu bezeichnen. Dabei kennst du mehr Worte als ich. Gib mir die Worte. Ich hab schon eine Menge wertvoller Worte von dir gelernt, aber hierauf paßt keins."

Pause.

„Welche Farbe hatte es?" fragte Komow.

„Keine. Die Farbe ist etwas, das man mit den Augen sehen kann. Dort aber kann ich nichts sehen."

„Wo – dort?"

„Bei mir. Tief unter der Erde."

„Und wie fühlt sich's dort an?"

„Ich weiß nicht", erwiderte der Kleine, „aber ich fühle mich sehr wohl, Katerchen! Bei mir dort unten ist es am schönsten. War es am schönsten, so lange, bis die Menschen kamen."

„Schläfst du auch dort?" fragte Komow.

„Alles mach ich dort: schlafen, essen, nachdenken. Nur spielen, das tu ich lieber hier, weil ich gern sehe. Außerdem ist es dort zu eng zum Spielen. Wie im Wasser, nur noch enger."

„Im Wasser kann man doch gar nicht atmen", sagte Komow.

„Wieso denn nicht? Man kann. Man kann auch spielen. Nur ist es dort sehr eng."

Pause.

„Hast du nun erfahren, was du wolltest?" erkundigte sich der Kleine.

„Nein", sagte Komow entschieden. „Ich weiß noch gar nichts von dir. Du siehst doch, wir haben keine gemeinsame Sprache. Vielleicht hast du deine eigenen Worte?"

„Worte ...", wiederholte der Kleine langsam. „Das ist, wenn sich der Mund bewegt und man es dann mit den Ohren hören kann. Nein, so was gibt es nur bei den Menschen. Was Worte sind, weiß ich, weil ich mich daran erinnern kann. Donner und Doria! Was das bedeuten soll, kann ich nicht sagen. Aber jetzt weiß ich, wozu viele Worte da sind. Früher hab ich das nicht verstanden. Sprechen hat mir einfach Spaß gemacht. Es war ein Spiel."

„Du weißt jetzt also, was das Wort ‚Ozean' bedeutet", sagte Komow. „Den Ozean hast du aber auch früher schon gesehen. Wie hast du dazu gesagt?"

Pause.

„Na los, ich höre", sagte Komow.

„Wieso hörst du? Du kannst es gar nicht hören. Es klingt tief innen bei mir."

„Vielleicht kannst du es zeigen?" fragte Komow. „Du hast schließlich Steine, Zweige ..."

„Steine und Zweige sind nicht da, um etwas zu zeigen", erklärte der Kleine, wie mir schien, aufgebracht. „Steine und Zweige sind zum Nachdenken da. Ist es eine schwierige Frage, nehme ich Steine und Zweige. Ist mir unklar, wie ich die Frage stellen soll, nehme ich Blätter. Es gibt so viele Dinge: Wasser, Eis – das Eis taut. Und darum ..." Der Kleine verstummte und erklärte dann: „Mir fehlen die Worte. Haare ... und eine Menge Dinge, für die ich keine Worte weiß. Die gibt es eben bei mir dort unten."

Ein langer schwerer Seufzer war zu hören; ich glaube, er stammte von Vanderhoeze. Plötzlich fragte Maja: „Und wenn du dein Gesicht bewegst, was hat das zu bedeuten?"

„Mam-ma ...", sagte der Kleine mit einem kläglich-zarten Stimmchen und fuhr gleich darauf mit Majas Stimme fort: „Gesicht, Arme und Körper sind Dinge, mit denen man auch überlegen kann. Es gibt sehr viele solcher Dinge, ich kann sie nicht alle aufzählen. Es würde lange dauern."

Pause. „Also, was machen wir nun?" fragte der Kleine dann. „Ist dir etwas eingefallen?"

„Ja", erwiderte Komow. „Du nimmst mich mit zu dir. Ich werde mich umschauen und sofort vieles verstehn. Vielleicht sogar alles."

„Darüber habe ich schon nachgedacht", sagte der Kleine. „Ich weiß, daß du mich besuchen möchtest. Ich will auch, daß du kommst, aber es geht nicht. Das ist wieder so etwas Unerklärliches. Sonst gelingt mir immer alles, was ich will. Nur wenn es die Menschen betrifft, geht es nicht mehr. Ich bin dagegen, daß sie hier sind, aber sie kommen trotzdem. Oder: Ich will, daß du zu mir kommst, kann es aber nicht machen. Die Menschen sind ein Unglück."

„Ich verstehe", sagte Komow. „Dann nehme ich dich eben mit zu mir. Willst du?"

„Und wohin?"

„Zu mir auf die Erde. Woher ich gekommen bin, und wo alle Menschen leben. Dort kann ich ebenfalls alles über dich in Erfahrung bringen, und sogar ziemlich schnell."

„Aber das ist doch sehr weit", gab der Kleine zu bedenken, „oder habe ich dich nicht richtig verstanden?"

„Du hast recht", sagte Komow, „es ist sehr weit. Aber mit meinem Schiff ..."

„Nein!" unterbrach ihn der Kleine. „Das geht nicht. Ich kann nicht weit von hier weg. Schon gar nicht sehr weit. Einmal hab ich auf einer

Eisscholle gespielt und bin eingeschlafen. Dann bin ich vor Angst wieder aufgewacht. Ich hatte große, riesige Angst. Ich hab sogar geschrien. Donner und Doria! Die Eisscholle hatte sich so weit vom Ufer entfernt, daß ich nur noch die Gipfel der Berge sah. Ich dachte, der Ozean habe die Erde verschluckt. Natürlich bin ich wieder zurückgekommen. Ich hab es sehr stark gewollt, da ist die Eisscholle zum Ufer zurückgeschwommen. Doch jetzt weiß ich, daß ich mich nicht weit entfernen darf. Ich hatte damals nicht nur Angst, ich hab mich richtig elend gefühlt. Als hätte ich großen Hunger und viel schlimmer noch. Nein, zu dir kann ich auch nicht."

„Na schön", sagte Komow betont forsch. „Wahrscheinlich hast du nun keine Lust mehr, auf meine Fragen zu antworten und von dir zu erzählen. Da ich aber weiß, daß du selber gern fragst, kannst du das jetzt tun. Ich werde deine Fragen beantworten."

„Nein", erwiderte der Kleine. „Ich hab viele Fragen an dich, zum Beispiel: Warum fällt ein Stein nach unten? Was ist heißes Wasser? Warum hat der Mensch zehn Finger und braucht zum Zählen nur einen? Viele Fragen, aber ich werd sie dir jetzt nicht stellen. Im Augenblick ist das nicht gut. Du kannst nicht zu mir kommen, ich nicht zu dir, und die Worte fehlen auch. Also erfährst du nicht alles über mich. Humbug! Also fährst du nicht weg von hier, kannst nicht wegfahren. Darum bitte ich dich: Überlege, was da zu tun ist. Und wenn du selber nicht schnell genug überlegen kannst, laß deine Maschinen nachdenken, millionenmal schneller. Ich gehe jetzt. Es wird nichts mit dem Nachdenken, wenn man sich unterhält. Überlege aber schnell, denn mir geht es schlechter als gestern. Und gestern ging es mir schlechter als vorgestern."

Das laute Poltern eines Steins war zu hören, dann abermals ein langer und tiefer Seufzer Vanderhoezes. Ich hatte mich kaum versehen, da jagte der Kleine auch schon wie der Wirbelwind quer über den Bauplatz zu den Hügeln. Er sauste über die Landebahn und verschwand urplötzlich, als hätte es ihn nie gegeben. Im gleichen Augenblick zogen sich wie auf Kommando über dem Gebirgskamm die farbigen Fühler zurück.

„Hm, da kann man nichts machen", sagte Komow. „Jakob, setzen Sie bitte einen entsprechenden Funkspruch an Sidorow auf. Er soll die nötigen Apparaturen abschicken. Ich sehe schon, ohne Mentoskop kommen wir nicht weiter."

„In Ordnung", sagte Vanderhoeze. „Nur eins noch, Gennadi; während des ganzen Gesprächs ist kein einziges Mal das grüne Lämpchen auf dem Indikator aufgeflammt ..."

„Das habe ich gesehen", erwiderte Komow kurz angebunden.

„Trotzdem. Durch das rote Licht werden nicht einfach negative Empfindungen angezeigt, sondern überaus starke negative Emotionen."

Komows Antwort konnte ich nicht genau verstehen.

Ich brachte noch den Abend und die halbe Nacht auf meinem Posten zu, doch der Kleine ließ sich in all dieser Zeit nicht mehr blicken. Auch die Fühler kamen nicht wieder zum Vorschein.

7

Fragen und Zweifel

Beim Frühstück war Komow sehr gesprächig. In der Nacht hatte er kaum geschlafen, wie mir schien – seine Augen waren rot unterlaufen, die Wangen eingefallen –, dennoch war er guter Stimmung und freudig erregt. Er tankte sich mit starkem Tee voll und setzte uns seine ersten Überlegungen, seine Schlußfolgerungen auseinander.

Nach seinen Worten bestand kein Zweifel daran, daß die Eingeborenen den Organismus des Jungen grundlegend verändert und dabei mit Sachkenntnis und erstaunlich kühn experimentiert hatten. Sie hatten sowohl physiologische als auch anatomische Eingriffe vorgenommen, hatten den aktiven Teil seines Gehirns enorm erweitert und dieses Gehirn außerdem mit neuen Lebensmechanismen ausgestattet – eine Leistung, die für die Erdenwissenschaft zum gegenwärtigen Zeitpunkt noch unerreichbar war. Das Ziel dieser anatomisch-physiologischen Veränderungen lag nach Komow auf der Hand: Die Eingeborenen wollten das hilflose Menschenkind den für Menschen absolut ungeeigneten Lebensbedingungen auf diesem Planeten anpassen. Blieb freilich die Frage, aus welchem Grund sie so gravierend in die Tätigkeit des zentralen Nervensystems eingegriffen hatten. Natürlich war nicht ausgeschlossen, daß es sich hier um eine Nebenwirkung der anatomisch-physiologischen Umbildung handelte. Genausogut möglich war es allerdings, daß sie die Reserven des menschlichen

Hirns gezielt genutzt hatten. Das wiederum ließ einen ganzen Fächer von Vermutungen aufkommen. Variante eins: Die Eingeborenen wollten dem Kind alle Eindrücke und Erinnerungen aus seiner Säuglingszeit bewahren, um ihm später eine Rückkehr in die menschliche Gesellschaft zu erleichtern. In der Tat war der Kleine ja erstaunlich mühelos mit uns ins Gespräch gekommen – hielt uns also nicht für irgendwelche Mißgeburten oder Ungeheuer. Allerdings war auch Variante zwei nicht ausgeschlossen, daß sich sein phänomenales Gedächtnis und das enorm entwickelte Zentrum zur Wiedergabe von Lauten nur nebenbei herausgebildet hatten, daß die Arbeit der Eingeborenen am Hirn des Jungen ganz anderen Zwecken diente. Die Eingeborenen legten vielleicht Wert auf eine stabile psychische Verbindung zwischen sich und dem Jungen. Daß eine solche Verbindung existierte, war mehr als wahrscheinlich. Jedenfalls wäre sonst schwer zu erklären, wieso der Kleine scheinbar ohne Logik und spontan eine Antwort auf so viele Fragen fand. Auch die Tatsache, daß alle Wünsche des Jungen, die bewußten und sogar die unbewußten, sofort in Erfüllung gingen, sowie der Umstand, daß er an diese Zone des Planeten gebunden schien, sprachen für diese These. Wahrscheinlich kam es deshalb bei dem Kleinen zu einer so starken psychischen Anspannung, wenn er sich in Gesellschaft von Menschen befand. Er selbst war ja nicht imstande zu erklären, wodurch ihn die Menschen eigentlich behinderten. Es war klar: Nicht ihm waren wir im Wege, sondern den Eingeborenen. Was wiederum die Frage nach der Natur dieser Wesen in den Vordergrund rückte.

Die simple Logik, so drückte sich Komow sinngemäß aus, lasse vermuten, daß es sich bei den Eingeborenen entweder um mikroskopisch kleine oder, im Gegenteil, um gigantisch große Wesen handle. Jedenfalls um Wesen, deren physische Ausmaße in krassem Gegensatz zu denen des Jungen ständen. Das sei auch der Grund, weshalb der Kleine sie und ihren Einfluß als eine Naturgewalt betrachte, als einen Teil jener Umgebung, die er seit seiner Säuglingszeit kenne. Auf Komows Frage nach den Fühlern zum Beispiel hatte der Kleine ziemlich gleichgültig geantwortet: Er wisse nicht, was das sei, er sehe sie zum ersten Mal, wie er überhaupt jeden Tag irgend etwas Neues entdecke. Was für Entdeckungen das waren, konnten wir nicht herausfinden, da uns die passenden Worte fehlten. Er persönlich, Komow, neigte zu der Annahme, daß es sich bei den Eingeborenen um gigantische Hyperorganismen handle. Diese Hyperorganismen seien ungewöhnlich weit sowohl von allen humanoiden als auch nichthumanoiden Strukturen entfernt, mit denen der Mensch je Kontakt gehabt habe. Vorerst wüßten wir so gut wie nichts über sie. Gesehen hätten wir die ungeheuren Vorrichtungen am Horizont, deren Erscheinen und Verschwinden ganz eindeutig mit den Besuchen des Kleinen bei uns in Zusammenhang stehe. Gehört hätten wir die seltsamen Töne, mit denen der Kleine sein „Zuhause" beschrieb und die keinerlei Assoziationen in uns wachriefen. Begriffen hätten wir, daß die Eingeborenen ein überaus hohes Niveau an technischem und praktischem Wissen besäßen; schon was sie aus einem gewöhnlichen menschlichen Säugling gemacht hätten, zeuge davon. Das sei aber vorerst alles. Die Fragen, die wir dazu hätten, seien deswegen nicht weniger tiefgreifend. Warum zum Beispiel hätten die Eingeborenen das Kind gerettet und versorgten es auch jetzt noch? Weshalb gäben sie sich überhaupt mit ihm ab? Woher kannten sie die Lebens- und Verhaltensweisen der Menschen, ihre Psychologie und Soziologie – und das nicht einmal schlecht, wie wir uns überzeugen könnten. Weshalb gingen sie nach alldem einem Kontakt mit den Menschen so beharrlich aus dem Wege? Wie sei Ihr augenscheinlich hoher Entwicklungsstand mit der Tatsache zu vereinbaren, daß jegliche Spuren vernunftbegabter Tätigkeit fehlten? Oder sei der jetzige jammervolle Zustand des Planeten etwa gar so eine Folge dieser Tätigkeit? Vielleicht empfänden nur wir diesen Zustand als jammervoll. Im Grunde, meinte Komow, seien das unsere Hauptfragen und er habe auch schon diese und jene Vermutung. Er halte es jedoch für verfrüht, sie schon zu äußern.

Eins jedenfalls, erklärte er abschließend, sei bereits jetzt klar. Daß nämlich unsere Entdeckung erstrangige Bedeutung besitze und man unbedingt weiterforschen müsse. Dies aber könne nur mit dem Kleinen als Mittler geschehen. Bald würden Mentoskope und andere Spezialapparaturen eintreffen, die jedoch nur dann hundertprozentig zu nutzen wären, wenn der Kleine vollstes Vertrauen zu uns hätte. Oder mehr noch, ein starkes Verlangen, sich mit uns zu treffen.

„Deshalb habe ich beschlossen", sagte Komow und schob das leere Teeglas beiseite, „mich heute nicht mit dem Kleinen zu unterhalten. Heute seid ihr an der Reihe. Stas, Sie führen ihm Tom vor. Sie, Maja, spielen mit ihm Ball und fahren ihn auf dem Gleiter spazieren. Nur keine Scheu vor ihm, lustig drauf zu und möglichst unkompliziert! Stellt euch vor, er wäre euer Bruder, euer kleines Wunderkind. Sie, Jakob, werden Wache halten, schließlich waren Sie es, der das angeordnet hat ... Sollte der Kleine auch bei Ihnen eindringen, dann geben Sie Ihrem Herzen einen Stoß und lassen ihn mal an Ihrem Bart zupfen. Sein Interesse daran ist ja mehr als groß. Ich aber werde mich wie eine Spinne verkriechen und alles beobachten. Aus diesem Grund werdet ihr euch alle mit einem ‚dritten Auge' versehen. Sollte der Kleine nach mir fragen, sagt ihm, ich denke nach. Singt ihm Lieder, führt ihm Filme vor. Zeigen Sie ihm den Elektronenrechner, Stas, und erklären Sie ihm, wie er funktioniert. Veranstalten Sie meinethalben ein Wettrechnen mit ihm; ich wäre nicht verwundert, wenn Sie dabei eine kleine Überraschung erleben würden ... Und Fragen soll er stellen, je mehr, desto besser ... Also dann an die Arbeit!"

Er sprang auf und stürmte davon. Wir sahen uns an. „Na, noch Fragen, Kybertechniker?" sagte Maja. Ihre Worte klangen unpersönlich und alles andere als freundschaftlich. Es waren die ersten, die sie diesen Morgen gesprochen hatte. Nicht einmal eine Begrüßung hatte sie sich abgerungen.

„Nein, Wohnstattermittlerin", entgegnete ich. „Keine Fragen, wenn's recht ist."

„Das ist ja alles gut und schön", sagte Vanderhoeze nachdenklich. „Um den Bart tut es mir bestimmt nicht leid. Nur ..."

„Genau", schaltete sich Maja ein und erhob sich gleichfalls. „Auf das ‚Nur' kommt es an!"

„Ich wollte sagen", fuhr Vanderhoeze fort, „gestern abend ist ein Funkspruch von Gorbowski gekommen. Er hat Komow zwar behutsam, doch unüberhörbar gebeten, den Kontakt mit dem Kleinen nicht zu forcieren. Und er hat ein weiteres Mal durchblicken lassen, daß er sich uns gern anschließen würde."

„Und wie hat Komow darauf reagiert?" fragte ich.

Vanderhoeze reckte auf die bekannte Manier seinen Kopf hoch, fuhr sich liebevoll über die linke Barthälfte und erwiderte: „Er hat sich nicht eben ehrerbietig geäußert. Mündlich, versteht sich. Die schriftliche Antwort lautete sinngemäß, er bedanke sich für den Ratschlag."

„Und?" fragte ich, denn ich hatte Gorbowski noch nie in natura gesehen, aber schon immer den Wunsch gehabt, ihn einmal persönlich kennenzulernen.

„Und Schluß", sagte Vanderhoeze, der nun ebenfalls aufstand. Maja und ich begaben uns in das Segment mit den Ausrüstungen, wo wir jeder einen breiten Stirnreifen aus Kunststoff nahmen, in dessen Mitte sich das „dritte Auge" befand. Bei diesem Apparat handelte es sich um einen kleinen transportablen Telesender, den man stets bei sich trug, wenn man allein auf Erkundungsgang war. Durch ihn wurden sämtliche visuellen und akustischen Informationen, die man sammelte, sofort an den Stützpunkt weitergegeben. Ein unkompliziertes, doch sehr wertvolles Hilfsmittel also, das erst kürzlich in die Bestandsliste für Expeditionen des ER-Typs aufgenommen worden war ...

Es dauerte einige Zeit, bis wir die Reifen so an der Stirn befestigt hatten, daß sich die Kapuze nicht im Objektiv spiegelte und daß der Reifen weder drücken noch herabrutschen konnte. Während dieser Prozedur tat ich alles, was in meinen Kräften stand, um Maja ein bißchen aufzuheitern. Ich versuchte meinen Geist sprühen zu lassen, stachelte das Mädchen zu bissigen Bemerkungen gegen mich an. Doch umsonst. Sie blieb finster, antwortete einsilbig oder schwieg sich ganz aus. Ich wußte, daß sie immer mal in Melancholie verfiel und daß man sie in solchen Augenblicken besser allein ließ. Heute aber schien sie mir nicht einfach verträumt, sondern auch wütend, wütend auf mich. Ich fühlte mich, so unerklärlich mir das war, schuldig vor ihr, und das machte mich noch unsicherer.

Als wir die Reifen angelegt hatten, begab sich Maja in ihre Kajüte, um einen Ball zu holen, während ich Tom ins Freie und zur Landebahn schickte. Obwohl die Sonne schon aufgegangen und der Nachtfrost etwas gewichen war, herrschte ziemliche Kälte. Ich spürte förmlich, wie meine Nase steif wurde. Zu allem Überfluß wehte ein leichter, doch hinterhältiger Wind vom Ozean her. Der Kleine war nirgends zu entdecken.

Ich jagte Tom ein bißchen über die Landebahn, damit er sich lokkerte. Der Roboter fühlte sich von soviel Aufmerksamkeit geschmeichelt und fragte ergeben nach neuen Anweisungen. Dann kam Maja mit dem Ball, und um etwas gegen die Kälte zu tun, warfen wir ihn uns – ehrlich gesagt, ohne große Begeisterung – etwa fünf Minuten lang zu. Ich hoffte immer noch, sie würde beim Spiel wie gewohnt in Fahrt kommen, doch ich täuschte mich. Schließlich wurde es mir zuviel, und ich fragte sie geradeheraus, was sie eigentlich habe. Sie legte den Ball auf ein Metallgerüst, setzte sich, die Mantelschöße zusammengerafft, darauf und ließ den Kopf hängen.

„Also, was ist los?“ wiederholte ich.

Maja sah mich kurz an und wandte sich wieder ab.

„Bist du stumm?“ fragte ich, nun schon ärgerlich.

„Ganz schöner Wind“, erwiderte sie und sah zerstreut zum Himmel hoch.

„Na und? Was hat denn der Wind damit zu tun?“

Sie tippte sich mit dem Finger gegen die Stirn, dort, wo das Objektiv des „dritten Auges“ saß, und sagte: „Du-kumm-ko-kopf. U-kuns hö-kört ma-kan do-koch.“

„Se-kel-be-ker Du-kumm-ko-kopf“, parierte ich. „De-ker Ü-kü-be-ker-se-ket-ze-ker läu-käuft ...“

„Auch wieder richtig“, sagte Maja, „und darum wiederhole ich: ganz schöner Wind.“

„Stimmt“, gab ich zu, „der Wind ist nicht von Pappe.“

Ich stand da, kam mir unbehaglich vor und suchte fieberhaft nach einem unverfänglichen Gesprächsstoff. Doch mir fiel nichts ein. Schließlich kam ich auf den Gedanken, daß ein kleiner Rundgang nicht schlecht wäre. Obwohl ich schon eine ganze Woche hier war, hatte ich die Umgebung noch kein einziges Mal richtig in Augenschein genommen; ich kannte sie nur vom Bildschirm. Ich sagte mir auch, daß so eher die Aussicht bestehe, dem Kleinen zu begegnen. Vor allem, wenn er Verlangen danach hätte. Ein Gespräch mit ihm in seiner gewohnten Umgebung wäre für ihn sicherlich angenehm und der Sache bestimmt sehr dienlich. Ich teilte Maja meine Überlegung mit, und sie erhob sich wortlos, schlug den Weg zum Sumpf ein. Ich folgte ihr, die Nase steif im Fellkragen, die Hände in den Taschen vergraben. Tom, der sich vor Diensteifrigkeit fast überschlug, wollte sich mir an die Fersen heften, doch ich befahl ihm, dazubleiben und weitere Anweisungen abzuwarten.

In den Sumpf selbst wagten wir natürlich nicht einzudringen, wir umgingen ihn seitlich und schlugen uns dabei durchs Gebüsch. Der Pflanzenwuchs hier war mehr als kläglich – farblos und ohne Saft; welke bläuliche, metallen schimmernde Blättchen an zerbrechlichen knorrigen Zweigen; die Rinde blaßgelb und fleckig. Die Sträucher reichten mir kaum bis ans Kinn, so daß für Vanderhoezes Bart wirklich keine Gefahr bestand. Unter unseren Füßen gab federnd eine dicke, mit Sand vermischte Laubschicht nach, und im Schatten funkelte der Rauhreif. Bei alldem empfand man aber so etwas wie Hochachtung vor diesem Pflanzenwuchs, der es gewiß nicht leicht hatte, sich unter solchen Bedingungen zu behaupten. Nachts sanken die Temperaturen auf zwanzig Grad minus, tagsüber stiegen sie selten über null, und die Wurzeln steckten durch und durch in salzhaltigem Sand.

Ich glaube kaum, daß sich auch nur ein einziges Erdengewächs solch freudlosen Bedingungen angepaßt hätte. Noch seltsamer war freilich die Vorstellung, daß sich hier, inmitten der froststarren Sträucher, mit nackten Sohlen über den rauhreifbedeckten Sand tappend, ein nacktes Menschenkind herumtrieb.

Ich glaubte eine Bewegung im Gestrüpp rechts von mir wahrzunehmen und blieb stehen. „Kleiner!" rief ich, doch ich bekam keine Antwort. Eisige Stille war um uns. Kein Blätterrascheln, nicht das Summen von Insekten – man hatte das Gefühl, sich zwischen Theaterkulissen zu bewegen. Wir umgingen eine lange Nebelzunge, die aus dem heißen Sumpf herausragte, und stiegen nun einen Hügel hinan. Im Grunde stellte er nichts anderes dar als eine mit Gewächsen bestandene Sanddüne. Je höher wir kamen, desto härter wurde der sandige Untergrund unter unseren Füßen. Auf dem Gipfel angelangt, ließen wir unsere Blicke in die Runde schweifen. Das Raumschiff war von Nebelschwaden verdeckt, die Landebahn jedoch gut zu erkennen. Hell und lustig glitzerte das Metallgerüst in der Sonne, und in dessen Mitte lag der einsame Ball. Tom, der Koloß, strich unschlüssig um den Ball herum und schien mit sich zu ringen: Sollte er diesen artfremden Gegenstand von der Landebahn entfernen oder im Falle einer Gefahr sein Leben für ihn aufs Spiel setzen?

In diesem Augenblick bemerkte ich Spuren im gefrorenen Sand – dunkle, feuchte Flecken auf dem silbrigen Reif. Kein Zweifel, hier war der Kleine vorbeigekommen, und zwar erst vor kurzem. Er mußte auf dem Hügel gesessen, sich dann erhoben haben und hinabgestiegen sein. Auf der dem Schiff abgewandten Seite. Die Spur führte ins Gesträuch, das die Talsenke zwischen zwei Dünen ausfüllte. „Kleiner!" rief ich erneut, doch ich bekam auch diesmal keine Antwort. Da stieg ich selbst in die Talsenke hinab.

Ich fand ihn sofort. Der Junge lag lang ausgestreckt auf der Erde, das Gesicht gegen den froststarren Boden gepreßt, und hielt seinen Kopf mit beiden Händen umklammert. Er nahm sich hier, in dieser Landschaft aus Kälte und Eis, sehr seltsam, geradezu unmöglich aus. Ein schreiender Widerspruch. Im ersten Augenblick erschrak ich sogar; ich glaubte, ihm wäre etwas zugestoßen. Zu kalt und ungemütlich war es hier, als daß man annehmen konnte, er habe sich freiwillig so hingelegt. Ich hockte mich neben ihn nieder, rief ihn an und gab ihm, als er nicht reagierte, einen leichten Klaps auf sein nacktes, schmales Hinterteil. Es war das erstemal, daß ich seinen Körper berührte, und beinahe hätte ich losgebrüllt vor Überraschung. Der Junge war heiß wie ein Bügeleisen.

„Ist ihm etwas eingefallen?" fragte der Kleine, ohne den Kopf zu heben.

„Er denkt nach", erwiderte ich. „Es ist eine schwierige Frage."

„Und wie erfahre ich, was er herausgekriegt hat?"

„Du kommst einfach zu uns, dann sagt er's dir."

„Mam-ma", sagte der Kleine plötzlich.

Ich schaute hoch – Maja stand neben uns.

„Mam-ma", wiederholte der Kleine, ohne sich zu rühren.

„Ja, mein Glöckchen", sagte Maja leise.

Da setzte sich der Kleine auf, glitt von der liegenden in die Sitzstellung. „Noch mal!" forderte er.

„Mein Glöckchen", wiederholte Maja. Sie sah sehr blaß dabei aus, die Sommersprossen auf ihrem Gesicht traten deutlich hervor.

„Phantastisch!" rief der Kleine aus und sah sie von unten her an. „Springinsfeld!"

Ich hüstelte. „Wir haben auf dich gewartet, Kleiner", sagte ich.

Nun schaute er mich an, und es kostete mich große Überwindung, seinem Blick standzuhalten – sein Gesicht sah gar zu gruselig aus.

„Weshalb hast du auf mich gewartet?"

„Weshalb?" Seine Frage hatte mich etwas aus dem Konzept gebracht. Doch ich schaltete schnell. „Wir haben uns ohne dich gelangweilt. Ohne dich fühlen wir uns schlecht. Es macht uns keinen Spaß ohne dich, verstehst du?"

Der Kleine sprang heftig auf, setzte sich aber sofort wieder hin. Sehr unbequem übrigens – ich hätte es in dieser Stellung keine zwei Sekunden ausgehalten.

„Dir geht es schlecht ohne mich?" fragte er ungläubig.

„Ja", sagte ich bestimmt.

„Phantastisch!" murmelte er. „Dir geht es schlecht ohne mich, und mir geht es auf einmal auch schlecht ohne dich. Humbug!"

„Aber wieso denn Humbug?" fragte ich verwundert. „Wenn wir nicht zusammensein könnten, würde ich dich mit deinem Humbug verstehen. Aber so ... Wir haben uns getroffen, können miteinander spielen ... Du spielst doch auch gern, nicht wahr? Bisher war's nur so, daß du immer allein gespielt hast ..."

„Das stimmt nicht", entgegnete der Kleine. „Allein gespielt hab ich nur anfangs. Dann war ich eines Tages auf dem See und hab mein Spiegelbild im Wasser gesehen. Mit dem wollte ich spielen, aber es ist zerfallen. Von da an wünschte ich mir viele, sehr viele Spiegelbilder, um mit ihnen zu spielen, und der Wunsch ging in Erfüllung."

Er sprang auf, lief flink einen Kreis und hinterließ dabei seine sonderbaren Phantome – schwarze, weiße, gelbe, rote. Dann setzte er sich mitten zwischen seine Abbilder und schaute stolz in die Runde. Was für ein Anblick! Der Junge, splitternackt auf dem Sand, und um ihn her etwa ein Dutzend farbiger Statuen in unterschiedlichen Posen.

„Phantastisch!" sagte nun auch ich und forderte Maja mit einem Blick auf, sich am Gespräch zu beteiligen. Es war mir unangenehm, daß nur immer ich redete, während sie sich ausschwieg. Doch sie griff wieder nicht ein, schaute finster vor sich hin, während die Phantome vibrierten, sich langsam auflösten und dabei einen Geruch von Salmiak hinterließen.

„Was ich schon immer fragen wollte", ließ sich der Kleine vernehmen, „warum wickelt ihr euch so ein? Was ist das?" Er machte einen Satz auf mich zu und zupfte an meinem Mantelschoß.

„Das ist Kleidung", erklärte ich.

„Kleidung", wiederholte er. „Wozu Kleidung?"

Ich erzählte ihm etwas über die Anziehsachen allgemein. Zwar bin ich kein Komow und habe noch nie Vorlesungen gehalten (am allerwenigsten über Kleidung), dennoch kann ich ohne falsche Bescheidenheit behaupten: Mein Vortrag hatte Erfolg.

„Tragen alle Menschen Kleider?" erkundigte sich der Kleine beeindruckt.

„Alle", bestätigte ich, um diesem Thema ein Ende zu machen. Mir war rätselhaft, was ihn daran so interessierte.

„Aber es gibt doch sehr viele Menschen! Wie viele genau?"

„An die fünfzehn Milliarden."

„Fünfzehn Milliarden", wiederholte er, streckte einen seiner Finger vor, die keine Nägel besaßen, und begann ihn, so als wollte er zählen, vor- und zurückzubiegen. „Fünfzehn Milliarden!" sagte er abermals und warf einen Blick auf seine schemenhaften Abbilder. Seine Augen verdunkelten sich. „Und alle tragen sie Kleidung ... Und was sonst noch?"

„Was meinst du damit?"

„Na, was sie sonst noch machen!"

Ich holte tief Luft und begann von den verschiedenen Beschäftigungen der Menschen zu erzählen. Das war eigenartig, denn ich hatte mir bisher noch nie ernsthaft Gedanken über dieses Thema gemacht. Ich fürchte, der Kleine bekam den Eindruck, der größte Teil der Menschheit befasse sich mit Kybertechnik. Nun, für den Anfang war auch das nicht schlecht.

Zwar hetzte der Kleine nicht wie bei Komows Vortrag begeistert umher, bog sich nicht gespannt wie ein Flitzebogen, doch hörte er immerhin gebannt zu. Als ich dann am Ende meiner Ausführungen und völlig ausgepumpt war – hatte ich doch verzweifelt versucht, ihm eine Vorstellung von der Kunst zu vermitteln –, stellte der Kleine sofort die nächste Frage.

„Wenn es so viele Dinge für euch zu tun gibt", sagte er, „weshalb seid ihr dann hergekommen?"

„Maja, erzähl du ihm das", flehte ich heiser, „meine Nase ist schon ganz erfroren."

Maja sah mich befremdet an, setzte dann aber doch zu einer, wie mir schien, laschen und völlig uninteressanten Erklärung an. Sie erzählte von dem Unternehmen „Arche", das nun sanft entschlummert war. Ich konnte nicht an mich halten, unterbrach sie, versuchte ihre Schilderung mit farbigen Einzelheiten auszuschmücken und korrigierte sie, bis sich plötzlich herausstellte, daß wieder ich allein sprach. Da hielt ich es für angebracht, meinen Bericht mit einer Moral zu beenden.

„Du siehst also selbst", sagte ich, „wir hatten ein großes Werk vor. Kaum wurde uns aber klar, daß dein Planet schon besetzt ist, haben wir unseren Plan aufgegeben."

„Du meinst", erwiderte der Kleine, „die Menschen wissen, was die Zukunft bringt? Ich glaube, daß sie es doch nicht wissen, weil sie sonst längst von hier weggegangen wären."

Darauf hatte ich keine Antwort, dieses Thema schien mir ziemlich heikel.

„Weißt du was, Kleiner", sagte ich forsch, „spielen wir jetzt ein bißchen. Du wirst sehen, wie schön sich's mit uns Menschen spielen läßt."

Der Junge schwieg, und ich funkelte Maja wütend an. Was dachte sie sich eigentlich? Sollte ich vielleicht alles allein machen?

„Ja, Kleiner, spielen wir ein bißchen", kam mir Maja lustlos zu Hilfe. „Oder soll ich dich lieber mit unserem Flugapparat spazierenfahren?"

„Du wirst durch die Luft fliegen", griff ich ihren Vorschlag sofort auf, „und die Berge, Sümpfe, den Eisberg zu deinen Füßen sehen."

„Nein", sagte der Kleine. „Fliegen ist mir zu alltäglich. Das kann ich selbst."

Ich sprang, wie von der Tarantel gestochen, auf. „Du kannst es selber?"

Über sein Gesicht ging ein sekundenschnelles Kräuseln, er hob und senkte die Schultern.

„Die Worte fehlen", sagte er. „Wenn ich will, fliege ich eben ..."

„Dann mach es doch mal vor!" platzte ich heraus.

„Jetzt habe ich keine Lust dazu", sagte er ungeduldig. „Jetzt möchte ich lieber bei euch sein." Er sprang auf die Beine. „Ich will jetzt spielen", erklärte er.

„Und wo?"

„Laufen wir doch zum Schiff", schlug ich vor.

Der Junge stieß ein schrilles Freudengeheul aus, dessen Echo noch nicht verhallt war, als wir auch schon um die Wette durchs Gebüsch liefen. Maja hatte ich nun endgültig abgeschrieben, sollte sie doch machen, was sie wollte.

Der Kleine hüpfte leicht und lautlos wie ein Sonnenstrahl durch die Sträucher. Während ich in meinem dicken, elektrisch beheizten Fellmantel wie ein Dünenpanzer durchs Gebüsch brach und dabei einen Höllenlärm machte, schien er keinen einzigen Zweig zu streifen und kaum den Boden zu berühren. Ich versuchte die ganze Zeit, ihn einzuholen, doch mich irritierten die Phantome, die er ständig hinterließ. Auf einer Lichtung blieb der Kleine plötzlich stehen, wartete, bis ich herangekommen war, und fragte: „Passiert dir das auch manchmal? Du wachst auf und erinnerst dich, etwas gesehen zu haben. Mitunter ist es etwas, das du gut kennst – zum Beispiel das Fliegen. Manchmal aber ist es etwas ganz Neues, etwas, das du vorher noch nie gesehen hast."

„Ja", sagte ich und schnappte nach Luft, „das passiert mir auch. Wir nennen es Traum. Du schläfst und träumst dabei."

Wir gingen nun im Schritt. Hinter uns hörte ich Maja kommen.

„Und wie geschieht das?" fragte der Kleine weiter. „Was sind das genau, die Träume?"

„Unwirkliche Kombinationen wirklicher Eindrücke", haspelte ich die Definition herunter.

Natürlich konnte er damit nicht viel anfangen, und so mußte ich eine weitere Lektion halten – darüber, wie Träume entstehen, wozu sie nütze sind und was sie für den Menschen bedeuten.

„Ach du mein Katerchen, du! Aber ich begreife trotzdem nicht, wieso ich im Schlaf etwas erblicke, das ich vorher noch nie gesehen habe."

Maja hatte uns eingeholt und ging schweigend neben uns her.

„Zum Beispiel?"

„Manchmal träume ich, daß ich riesig groß bin, daß ich nachdenke und daß mir dabei eine Frage nach der anderen in den Sinn kommt. Es sind sehr schöne, sehr interessante Fragen, auf die ich ebenso interessante Antworten finde, ja, ich kann genau verfolgen, wie sich aus der Frage die Antwort ergibt. Das ist für mich das größte Vergnügen: zu verfolgen, wie sich aus einer Frage die Antwort ergibt. Aber wenn ich dann aufwache, erinnere ich mich weder an die Fragen noch an die Antworten. Ich weiß nur, daß es Spaß gemacht hat."

„Hm, na ja", sagte ich ausweichend. „Ein interessanter Traum. Aber erklären kann ich ihn dir nicht. Frag doch Komow danach. Vielleicht kann er es."

„Komow? Was ist das?"

Nun mußte ich ihm unser System der Namensgebung erklären. Wir hatten den Sumpf bereits hinter uns gelassen und mittlerweile den Blick auf Schiff und Landebahn frei.

Als ich fertig war mit meiner Erläuterung, sagte der Kleine unvermittelt: „Seltsam, noch nie ist mir das passiert."

„Was?"

„Daß ich etwas tun will und ich es nicht kann."

„Und was willst du tun?"

„Ich würde mich gern in zwei Hälften teilen. Jetzt bin ich einer, möchte aber zwei sein."

„Na, Bruderherz", sagte ich, „das ist doch keine Frage des Wollens. Es ist einfach unmöglich."

„Und wenn es möglich wäre? Wäre es dann gut oder schlecht?"

„Schlecht natürlich", erwiderte ich. „Ich verstehe auch nicht ganz, was du meinst. Man spricht zwar bisweilen davon, daß man sich in zwei Teile zerreißt, in der Arbeit zum Beispiel, aber das ist nicht mehr sinngemäß und durchaus nicht gut. Dann gibt es da noch eine Krankheit, die man Bewußtseinsspaltung nennt. Die ist ebenfalls schlimm, aber heilbar."

„Und tut das Spalten weh?" fragte der Kleine.

Wir betraten die Landebahn, auf der uns Tom entgegengerollt kam. Er schob den Ball vor sich her und blinkerte freudig mit seinen Signallämpchen.

„Ach, denk nicht mehr daran", sagte ich. „So, wie du jetzt bist, bist du sehr gut."

„Nein, das bin ich nicht", entgegnete der Kleine, doch in diesem Augenblick hatte uns Tom erreicht, und sofort ging ein Riesentrubel los.

Der Kleine überschüttete mich förmlich mit Fragen. Ich konnte nicht schnell genug antworten, Tom nicht schnell genug alle Befehle ausführen, und der Ball berührte kaum einmal den Boden. Der einzige, der alles schaffte, war der Kleine.

Für einen Uneingeweihten hätte das wahrscheinlich alles sehr lustig ausgesehen. Tatsächlich fühlten wir uns auch recht ausgelassen, sogar Maja war einigermaßen in Fahrt gekommen. Sicherlich erinnerten wir in diesem Augenblick an Halbwüchsige, die den Unterricht geschwänzt hatten, um sich am Ufer des Meeres auszutoben. Anfangs empfanden wir zwar noch eine gewisse Scheu, weil wir wußten, daß es für uns ja alles andere als ein Spiel war, daß jeder unserer Schritte beobachtet wurde und zwischen uns und dem Kleinen eine Barriere, etwas Unausgesprochenes, stand, doch allmählich verlor sich dieses Gefühl. Was blieb, war der Ball, der auf einen zuflog, die Begeisterung über einen gelungenen Treffer, der Ärger über Tom, der sich so ungeschickt anstellte, die Anfeuerungsrufe und das schrille, abgehackte Lachen des Kleinen. Es war das erstemal, daß wir ihn lachen hörten; er tat es unbekümmert, echt kindlich.

Es war ein seltsames Spiel. Der Kleine erfand aus dem Stegreif neue Spielregeln und erwies sich als ungemein zäh und leidenschaftlich. Er ließ keine einzige Gelegenheit aus, uns seine physische Überlegenheit spüren zu lassen; er überredete uns zu einem Wettkampf, bei dem sich am Ende wie von selbst ergab, daß er allein gegen uns drei spielte, ohne auch nur einmal zu verlieren. Anfangs gewann er, weil wir es so wollten, dann weil wir seine Spielregeln nicht verstanden, weil uns die schweren Mäntel am Sieg hinderten, und schließlich, weil Tom zu ungeschickt war. Zumindest fanden wir das und verjagten ihn. Maja war mittlerweile richtig warm geworden, sie spielte mit vollem Einsatz, gab sich nicht weniger Mühe als ich. Dennoch verloren wir Punkt um Punkt. Wir kamen einfach nicht an gegen dieses flinke Teufelchen mit seinem kräftigen und genauen Schlag, das jeden noch so scharfen Ball hielt, unwillig fauchte, wenn wir den Ball länger als eine Sekunde in der Hand behielten, und uns obendrein durch seine Art irritierte, ständig Phantome zu bilden oder, was noch schlimmer war, urplötzlich aus unserem Blick zu verschwinden, um gleich darauf an einer ganz anderen, unvermuteten Stelle aufzutauchen. Trotzdem gaben wir uns nicht geschlagen – wir dampften, keuchten, schwitzten, brüllten uns an, kämpften aber bis zur Erschöpfung. Bis dann mit einemmal Schluß war.

Der Kleine blieb stehen, sah dem Ball hinterher, der durch die Luft flog, und setzte sich auf den Sand.

„Das war sehr schön", sagte er. „Nie hätte ich gedacht, daß etwas so schön sein kann."

„Was denn, Kleiner", rief ich schniefend, „bist du etwa müde?"

„Nein", sagte er, „aber mir kommen die Erinnerungen. Es hilft nichts, ich kann sie nicht wegwischen. Kein Spaß hilft dagegen. Ruf mich nicht mehr zum Spielen. Mir war vorhin schon elend zumute, jetzt geht's mir noch schlechter. Sag ihm, er soll schneller nachdenken. Ich zerspringe in zwei Teile, wenn ihm nicht bald was einfällt. Mir tut innen schon alles weh. Ich möchte zerspringen, hab bloß Angst davor. Deshalb kann ich's nicht. Wenn der Schmerz zu groß wird, verschwindet die Angst. Er soll schnell überlegen."

„Aber Kleiner", sagte ich verzweifelt, „was ist denn los mit dir?"

Obwohl ich mir nicht erklären konnte, was in ihm vorging, sah ich ihm an, daß er tatsächlich litt. „Mach dir doch nicht mit solchen Gedanken den Kopf schwer! Du bist es nur nicht gewohnt, unter

Menschen zu sein. Wir müssen uns einfach öfter treffen, zusammen spielen ..."

„Nein", sagte der Kleine und sprang auf. „Ich komme nicht mehr."

„Aber warum denn bloß?" rief ich aus. „Du sagst doch selbst, daß es schön war! Und es wird noch mehr Spaß machen! Wir kennen viele andere Spiele, nicht nur mit dem Ball ... Es gibt Reifen, Flügel ..."

Der Kleine trottete langsam davon.

„Es gibt auch Schach", sagte ich hastig in seinen Rücken hinein. „Weißt du, was Schach ist? Ein großartiges, erhabenes Spiel, das schon über tausend Jahre alt ist."

Der Kleine blieb stehen, und ich erklärte ihm in flammenden Worten das Schachspiel – gewöhnliches Schach, Raumschach, n-dimensionales Schach ... Er stand da und hörte abwesend zu, den Blick abgewandt. Da wechselte ich vom Schach auf andere Brettspiele über, suchte in meiner Erinnerung fieberhaft nach immer neuen Möglichkeiten.

„Also gut", sagte der Kleine, nicht sehr überzeugt, „ich werde kommen."

Und ohne nochmals stehenzubleiben, ging er langsam, ein Bein vor das andere setzend, zum Sumpf. Einige Zeit sahen wir ihm schweigend hinterher, dann rief Maja plötzlich: „Kleiner!", stürzte ihm nach und begleitete ihn. Ich nahm meinen Mantel auf und zog ihn an, suchte Majas Pelz und trottete unschlüssig hinter den beiden her. Irgendwie hatte ich ein ungutes Gefühl, konnte mir aber nicht erklären, warum. Äußerlich gesehen, hatte ja alles ein gutes Ende gefunden. Der Kleine hatte versprochen wiederzukommen, was hieß, er hatte uns akzeptiert, und es ging ihm, selbst wenn er das nicht wahrhaben wollte, in unserer Gesellschaft besser als allein. Kein Grund zur Besorgnis, versuchte ich mir einzureden, er wird sich schon an uns gewöhnen ... In diesem Augenblick sah ich, daß Maja stehengeblieben war, während der Kleine weiterging. Maja machte kehrt, schlang fröstelnd die Arme um die Schultern und kam zu mir zurück. Ich gab ihr den Mantel und fragte: „Na, was ist?"

„Alles in Ordnung", sagte sie. Ihre Augen waren blicklos und voll Verzweiflung.

„Ich glaube, letztlich wird er sich ..." Mitten im Satz hielt ich inne. „Maja", sagte ich, „du hast ja das ‚dritte Auge' verloren!"

8

Zweifel und Entschlüsse

Der Kleine entfernte sich in westlicher Richtung vom Schiff, er ging am Uferstreifen entlang, quer über die Dünen und durchs Gestrüpp. Anfangs interessierte ihn, was es mit dem „dritten Auge" auf sich hatte. Er blieb stehen, nahm den Stirnreif ab und drehte ihn zwischen den Fingern, so daß auf unserem Empfangsschirm nacheinander der helle Himmel, das bläulichgrüne maskenhafte Gesicht des Jungen und der reifbedeckte Sand auftauchten. Dann ließ er das Gerät in Frieden. Bewegte er sich nun anders fort als wir, oder hatte er das „dritte Auge" nicht ganz richtig angebracht – wir hatten jedenfalls den Eindruck, die Kamera sei nicht direkt nach vorn gerichtet, sondern etwas mehr zur Seite, nach rechts. Auf dem Bildschirm zogen in ruckartiger Folge einförmige Dünen, erstarrte Büsche vorbei, kamen plötzlich graue Berggipfel ins Bild oder auch unvermutet der schwarze Ozean mit den glitzernden Eisbergen am Horizont.

Ich glaube, der Kleine hatte kein bestimmtes Ziel; er ging einfach immer der Nase nach, möglichst weit weg von uns. Einige Male kletterte er auf einen der Dünenkämme und schaute in unsere Richtung. Dann erschien auf dem Empfangsschirm der strahlendweiße Konus unserer ER-2, das silbrig glänzende Band der Landebahn und orangefarben Tom, der sich verlassen gegen die Wand der unfertigen Wetterstation drückte. Nur den Kleinen selbst konnten wir auf dem Schirm nicht entdecken.

Ungefähr eine Stunde später bog der Kleine unvermittelt zu den Bergen hin ab. Nun schien die Sonne direkt ins Objektiv, und die Sicht wurde schlechter. Die Dünen hörten bald auf, der Junge passierte einen lichten Wald; er stieg über verfaulte Äste, vorbei an krüppeligen Baumstämmen mit bröckliger und fleckiger Rinde, ging über graubraune, eisverkrustete Erde. Einmal kletterte er auf einen großen runden Granitstein, der weit und breit der einzige war, blieb ein Weilchen dort stehen und sah sich nach allen Seiten um. Dann sprang er wieder herunter, hob zwei schwarze glitschige Zweige vom Boden auf und setzte seinen Weg fort, die beiden Zweige gegeneinanderschlagend. Anfangs erfolgte dieses Schlagen ungeordnet, doch allmählich ging es in einen bestimmten Rhythmus über, der noch von einer Art Brummen oder Summen unterstützt wurde. Dieses Geräusch, das ohne jede Unterbrechung tönte und unangenehm anzuhören war, wurde immer lauter. Vermutlich brummte und summte der Kleine selber – vielleicht sang er ein Lied oder führte ein Selbstgespräch.

So trottete er dahin, begleitet von diesem Geräusch, und immer häufiger tauchten jetzt zwischen den Bäumen Steinansammlungen auf, mit Moos bedeckte Granitblöcke und gewaltige Felsbrocken. Und mit einemmal erblickten wir auf dem Bildschirm den See. Der Kleine ging, ohne zu zögern, hinein, für einen Augenblick sahen wir das aufgewühlte Wasser, dann wurde das Bild dunkel und verschwand schließlich ganz – der Junge war untergetaucht.

Er blieb sehr lange unter Wasser, und ich fürchtete schon, er habe den Telesender verloren, so daß wir nichts mehr zu sehen bekämen. Doch nach ungefähr zehn Minuten war das Bild wieder da, wenn auch unscharf und streifig. Zunächst konnten wir nichts Genaues unterscheiden, dann jedoch entdeckten wir rechts auf dem Bildschirm eine Handfläche, auf der ein kümmerliches Panta-Fischchen zappelte. Einer jener Fische, die Komow dort ausgesetzt hatte.

Als das Objektiv des „dritten Auges" endgültig wieder klar war, bemerkten wir, daß der Kleine rannte. Baumstämme jagten uns entgegen und strebten erst im letzten Augenblick nach rechts oder links weg. Der Junge lief sehr schnell, dennoch hörten wir weder seine Schritte noch seinen Atem. Lediglich das Rauschen des Windes war auszumachen. Hin und wieder flammte im wirren Geäst der nackten Zweige die Sonne auf. Plötzlich aber geschah etwas Unverständliches: Der Kleine blieb wie angewurzelt vor einem grauen Granitblock stehen und steckte seine Arme bis zu den Ellenbogen in den Stein. Sollte sich dort eine gutgetarnte Öffnung befinden? Ich glaube nicht. Als der Junge die Arme kurz darauf wieder hervorzog, waren sie schwarz und glänzten, offenbar von einer Flüssigkeit, die schwer und laut vernehmlich von den Fingerspitzen hinab zur Erde tropfte. Dann verschwanden die Hände wieder aus unserem Gesichtskreis, und der Kleine lief weiter.

Vor einem eigenartigen Bauwerk, das an einen schiefen Turm erinnerte, machte er halt. Ich begriff nicht gleich, daß es sich um den zerschellten „Pelikan“ handelte. Nun konnte ich mich mit eigenen Augen davon überzeugen, wie furchtbar das Schiff beim Aufprall zugerichtet worden war und was die langen Jahre auf diesem Planeten aus ihm gemacht hatten. Es war ein nicht eben angenehmer Anblick. Inzwischen war der Kleine an das Wrack herangetreten und schaute durch die klaffende Öffnung der Luke ins Schiffsinnere. Für Bruchteile von Sekunden war der Bildschirm in undurchdringliche Finsternis getaucht. Dann ging der Junge langsam um den toten Schiffskörper herum. Er blieb abermals vor der Luke stehen, hob einen Arm und preßte die schwarze Handfläche mit weitgespreizten Fingern gegen die von Rost zerfressene Bordwand. In dieser Stellung verharrte er etwa eine Minute, und wir vernahmen erneut sein seltsames Surren oder Brummen. Es sah so aus, als stiegen unter seinen gespreizten Fingern kleine bläuliche Rauchschwaden hervor. Schließlich zog der Kleine die Hand weg und trat einen Schritt zurück. Auf der schwärzlichen Außenbordverkleidung war deutlich und scharf konturiert der Abdruck einer Hand mit gespreizten Fingern zu erkennen.

„Ach, mein Heimchen“, ließ sich ein klangvoller Bariton vernehmen.

„Mein Glöckchen!“ erwiderte eine zärtliche Frauenstimme.

„Sika!“ sagte der Bariton fast flüsternd. „Sikalein ...“

Ein Säugling begann zu weinen.

Urplötzlich ging der Abdruck der Hand zur Seite und verschwand. Auf dem Schirm wurde nun ein Gebirgshang sichtbar – ein von Rissen durchzogener Granitblock, Geröll, kleine scharfkantige Steine, die in der Sonne funkelten, hier und da sperrige, kränkliche Grasbüschel und tiefe, undurchdringlich schwarze Felsklüfte. Der Kleine stieg bergan; wir sahen, wie er sich mit den Händen an den Vorsprüngen festklammerte, und hörten das Aufschlagen kleiner Steine in der Tiefe. Außerdem vernahmen wir den lauten, gleichmäßigen Atem des Jungen und merkten plötzlich, daß seine Bewegungen jetzt schnell und gleitend erfolgten. Vor unseren Augen begann es zu flimmern; der Gebirgshang entfernte sich mit großer Geschwindigkeit, schoß irgendwie seitlich und nach unten davon. Im selben Augenblick ertönte das heisere, abgehackte Lachen des Kleinen, das aber gleich wieder verstummte. Es gab keinen Zweifel – der Kleine flog.

Auf dem Bildschirm spiegelte sich der mattviolette Himmel, zu dessen Seiten undefinierbare graue und halb durchsichtige Fetzen pulsierten, die an verstaubten Mull erinnerten. Im Zeitlupentempo kreuzte eine blendendviolette Sonne den Bildschirm, für Bruchteile von Sekunden durch die mullartigen Gebilde verdeckt. Weit unten konnten wir, in fliederfarbenen Dunst getaucht, ein Felsplateau ausmachen, furchteinflößende, abgrundtiefe Klüfte, ungemein scharfkantige Gebirgsgrate, die von ewigem Schnee bedeckt waren: eine freudlose Welt des Eises, bis zum Horizont hingestreckt, eine tote, zerklüftete, unzugängliche Welt. Und wir sahen gleich darauf in Großformat das Kniegelenk des Kleinen, das lackglänzend im leeren Raum schwebte, seine schwarze Hand, die sich im Nichts festzukrallen schien.

Wenn ich ehrlich sein soll, so traute ich in diesem Moment meinen Augen nicht recht, weshalb ich mich auch vergewisserte, ob der Bildschirm in Ordnung war. Aber alles funktionierte einwandfrei. Ich tröstete mich damit, daß Vanderhoeze nicht weniger verdutzt dreinsah als ich und Maja ungläubig blinzelnd den Hals hin und her drehte, als beenge sie der Kragen. Nur Komow blieb völlig ungerührt – er saß unbeweglich da, die Ellbogen aufs Pult gestützt, das Kinn auf den verschränkten Fingern.

Unterdessen fiel der Kleine wieder. Die Steinwüste kam schnell näher, sie schien sich um eine unsichtbare Achse zu drehen, und diese Achse führte direkt zu einer Erdspalte, die das weite, graue, von Felsblöcken übersäte Steinfeld in zwei Hälften teilte. Die Erdspalte wurde zusehends größer und breiter, und ihr von der Sonne erhellter Rand schien ganz glatt und sehr abschüssig zu sein. Einen Blick auf den Grund zu werfen war ein Ding der Unmöglichkeit – dort herrschte undurchdringliche Finsternis. Und in diese Finsternis hinein jagte zielstrebig der Kleine. Das Bild auf dem Schirm verschwand, und Maja streckte den Arm aus, um den Verstärker einzuschalten. Doch auch mit Hilfe des Verstärkers waren nur mehrere einander folgende undefinierbare Streifen zu erkennen. Dann stieß der Kleine einen durchdringenden Schrei aus, und die Bewegung auf dem Bildschirm kam zum Stillstand. Er ist abgestürzt! dachte ich mit Entsetzen, und Maja klammerte sich mit ganzer Kraft an mein Handgelenk.

Der Schirm zeigte jetzt einige verschwommene, unbewegliche Punkte, alles in grauen und schwarzen Schattierungen, und wir vernahmen seltsame Laute – Glucksen, heisere Schreie, Zischen. Die bekannte schwarze Silhouette einer Hand mit gespreizten Fingern tauchte auf und verschwand wieder. Die verschwommenen Punkte gerieten in Bewegung, schoben sich vor- und hintereinander, und das Glucksen und Schreien wurde bald lauter, bald leiser. Hell flammte ein orange Lichtpünktchen auf, ein zweites, ein drittes, um gleich darauf wieder zu verlöschen ... Ein kurzer Aufschrei war zu hören, dem ein mehrfaches Echo folgte. „Geben Sie Infra", sagte Komow durch die Zähne. Maja griff nach dem Hebel für den Infraverstärker und führte ihn bis zum Anschlag. Der Bildschirm wurde augenblicklich hell, doch ich begriff auch jetzt nicht viel mehr.

Der ganze Raum war von einem phosphoreszierenden Nebel angefüllt. Es handelte sich aber um keinen gewöhnlichen Nebel, sondern um ein Gebilde mit einer deutlich erkennbaren Struktur, ähnlich lebendem Gewebe, das im Querschnitt unterm Mikroskop betrachtet wurde. Und in diesem Strukturnebel erahnte man hier und da helle Verdichtungen sowie Anhäufungen dunkler pulsierender Kerne. Das alles schien in der Luft zu hängen; mal verschwand es gänzlich, mal kam es unvermittelt wieder zum Vorschein, und der Kleine ging durch dieses Etwas hindurch, als wäre es gar nicht vorhanden. Er ging, die matt schimmernden Hände mit gespreizten Fingern vorgestreckt, immer weiter, und rings um ihn her gluckste, stöhnte, raunte und tickte es hell.

Auf diese Weise legte der Kleine eine ganze Strecke Wegs zurück, und wir bemerkten nicht sofort, daß die Strukturabbildung zusehends verblaßte, verschwamm, bis auf dem Bildschirm neben den Umrissen von den gespreizten Fingern des Kleinen lediglich ein milchiger Schimmer übrigblieb. Plötzlich verhielt der Junge den Schritt. Wir merkten es an der Tatsache, daß sich die Laute jetzt nicht mehr näherten beziehungsweise entfernten. Die Laute von vorhin. Eine Lawine, eine ganze Kaskade von Lauten: gedämpfter Lärm, tiefes Gebrumm, ersticktes Piepsen ... Mit heftigem Knall sprang etwas entzwei, flog klirrend auseinander, dann ertönte ein Summen, Knarren, metallisches Schlagen. Unvermittelt schälten sich aus dem gleichmäßigen Schimmer dunkle Punkte heraus, ein Dutzend von großen und kleinen Flecken; sie waren zunächst noch ziemlich verschwommen, nahmen jedoch allmählich immer deutlichere Konturen an, bekamen mehr und mehr Ähnlichkeit mit Gebilden, die uns erstaunlich vertraut waren. Und plötzlich begriff ich, worum es sich handelte. Meine Vermutung erschien mir zwar völlig absurd, doch ließ sie sich nicht einfach beiseite schieben. Es waren Menschen. Dutzende, Hunderte von Menschen, eine ganze Ansammlung, diszipliniert in Reihen ausgerichtet, auf die wir schräg von oben heruntersahen ... Doch mir blieb nur wenig Zeit für meine Vermutungen, denn in diesem Augenblick geschah es – für Bruchteile von Sekunden wurde das Bild auf dem Schirm taghell. Freilich war diese Zeitspanne zu kurz, um Genaueres erkennen zu können. Ein verzweifelter Schrei ertönte, dann kippte das Bild um und verschwand gänzlich. Im selben Moment sagte Komow mit wutbebender Stimme: „Warum haben Sie das getan?"

Der Bildschirm war tot. Komow sprang auf, verharrte unnatürlich steif aufgerichtet, die geballten Fäuste gegen das Pult gestemmt. Er starrte Maja an, die sehr blaß, doch ruhig war. Sie erhob sich jetzt ebenfalls und stand Komow nun Auge in Auge gegenüber. Sie schwieg.

„Was ist denn passiert?" erkundigte sich Vanderhoeze vorsichtig. Offenbar begriff auch er nicht, was vorgefallen war.

„Das ist entweder eine Flegelei oder ... oder ..." Komow fand keine Worte. „Sie sind aus der Kontaktgruppe ausgeschlossen. Ich verbiete Ihnen, das Schiff zu verlassen und die Steuerkabine oder die VAK zu betreten! Gehen Sie jetzt!"

Maja machte, nach wie vor schweigend, auf dem Absatz kehrt und ging hinaus. Ich war im Begriff, ihr zu folgen.

„Popow!" rief Komow schneidend.

Ich blieb stehen.

„Sie werden die Aufzeichnungen der Telekamera unverzüglich an die Zentrale durchgeben. Über den Eilkanal."

Er starrte mich durchdringend an, und mir wurde unwohl in meiner Haut. Einen solchen Komow hatte ich noch nicht kennengelernt. Das war ein Mann, der das unangefochtene Recht besaß, zu befehlen, unter Hausarrest zu stellen und überhaupt jeden beliebigen Aufruhr im Keime zu ersticken. Ich hatte die Empfindung, zerspringen zu müssen. Wie der Kleine, ging es mir flüchtig durch den Sinn.

Vanderhoeze sagte hüstelnd: „Nur mit der Ruhe, Gennadi. Warum gleich zur Zentrale? Gorbowski ist sowieso schon auf dem Stützpunkt. Sollten wir den Funkspruch nicht besser dorthin schicken, was meinen Sie?"

Komow sah mich in einem fort an. Seine Augen, schmal wie

Striche, schienen aus Eis zu sein. „Ja, natürlich", erwiderte er, nun schon wieder äußerlich gelassen. „Die Kopie also zum Stützpunkt. Danke, Jakob. Popow, an die Arbeit."

Mir blieb nichts anderes übrig, als an die Arbeit zu gehen, doch ich war unzufrieden. Wenn ich jetzt eine Schirmmütze aufgehabt hätte – ich hätte sie ostentativ mit dem Schirm nach hinten gedreht; aber ich trug ja keine. Deshalb begnügte ich mich, während ich das Tonband aus dem Gerät nahm, mit der herausfordernden Frage: „Was ist eigentlich so Schlimmes passiert? Was werfen Sie Maja vor?"

Komow schwieg einige Zeit. Er saß nun wieder in seinem Sessel, mit verkniffenem Mund, und trommelte mit den Fingern auf die Armlehne. Vanderhoeze, an seinem Backenbart zupfend, sah ihn gleichfalls fragend an.

„Sie hat den Scheinwerfer eingeschaltet", sagte Komow schließlich.

Ich verstand nicht.

„Was für einen Scheinwerfer?"

Diesmal gab Komow keine Antwort, deutete nur auf die betreffende Taste, die heruntergedrückt war.

„Ach herrje!" sagte Vanderhoeze bestürzt.

Ich dagegen sagte nichts mehr. Ich nahm das Tonband und setzte mich ans Funkgerät. In diesem Fall hatte ich tatsächlich nichts zu erwidern. Schon für geringere Vergehen wurde man mit Schimpf und Schande aus dem Kosmos gejagt. Maja hatte das Havarieblitzlicht ausgelöst, das im „dritten Auge" eingebaut war, und es bedurfte keiner großen Phantasie, sich auszumalen, wie den Höhlenbewohnern zumute gewesen sein mußte, als urplötzlich für einen Moment eine kleine grelle Sonne in ihrer ewigen Finsternis aufflammte. Bei diesem Licht konnte man einen Kundschafter, zu dem die Funkverbindung abgerissen war, sogar auf der taghellen Seite des Planeten ausmachen, und zwar von der Umlaufbahn aus und selbst wenn der Mann verschüttet war ... Ein solcher Scheinwerfer strahlt in der Spanne von Ultraviolett bis UKW ...

Noch nie hatte ein Kundschafter dieses Blitzlicht ergebnislos gegen ein wildes, blutrünstiges Tier eingesetzt, jeder Gegner war damit in die Flucht getrieben worden. Selbst die Tachorge, die vor nichts auf der Welt zurückschreckten, bremsten ihren Lauf, wenn sie diesen Lichtstrahl sahen ... Sie muß den Verstand verloren haben, dachte ich resigniert, völlig übergeschnappt sein ... Laut aber sagte ich, während ich am Funkgerät hantierte: „So was kann doch passieren. Sie hat sich einfach in der Taste geirrt ..."

„Natürlich", unterstützte mich Vanderhoeze sofort, „so muß es gewesen sein. Wahrscheinlich wollte sie den Infrarotstrahler einschalten ... Die Tasten liegen nebeneinander ... Was meinen Sie, Gennadi?"

Komow schwieg. Er fingerte auf seinem Pult herum, und ich hatte keine Lust, ihn weiter anzuschauen. Ich stellte den Automat auf „Senden" und sah demonstrativ weg.

„Das ist natürlich sehr fatal", murmelte Vanderhoeze, „in der Tat. Das kann Folgen haben ..., ein aktiver Eingriff ..., gewiß kein angenehmer ... Hm ... Trotzdem, Gennadi, wir alle sind in letzter Zeit ziemlich mit den Nerven runter, kein Wunder, daß sich das Mädchen einmal geirrt hat. Ich wollte ja selbst irgend etwas unternehmen, das Bild deutlicher stellen ... Der arme Kleine ... Ich glaube, er war es, der diesen furchtbaren Schrei ausgestoßen hat ..."

„Da", sagte Komow, „sehen Sie sich diese Aufnahmen an ..."

Ich hörte Vanderhoeze bekümmert schniefen, hielt es nicht länger aus und drehte mich um. Sie steckten die Köpfe zusammen, und da ich nichts erkennen konnte, stand ich auf, ging näher heran. Auf dem Bildschirm war zu sehen, was wir schon im Augenblick des Blitzlichts erblickt hatten, nur daß da alles zu schnell gegangen war. Aber obwohl das Bild jetzt völlig klar war, konnte ich nichts damit anfangen. Es zeigte eine große Menschenansammlung, eine Vielzahl dunkler Gestalten, die eine der anderen aufs Haar glichen. Sie standen auf einer ebenen und gut erleuchteten Fläche in Reih und Glied; die vorderen Gestalten waren groß, die hinteren, den Gesetzen der Perspektive entsprechend, kleiner. Übrigens schienen diese Reihen endlos zu sein, sie verwischten sich in der Ferne zu kompakten schwarzen Streifen.

„Das ist der Kleine", sagte Komow. „Erkennen Sie ihn?"

Nun sah ich es auch; es war in der Tat der Kleine – der Kleine in tausendfacher, stets gleicher Ausführung, so als würde er von unzähligen Spiegeln reflektiert.

„Sieht wie eine vielfache Spiegelung aus", sagte Vanderhoeze mehr zu sich.

„Von wegen Spiegelung ...", knurrte Komow. „Und wo ist dann die Spiegelung des Lichtscheins? Und der Schatten des Kleinen?"

„Keine Ahnung", gab Vanderhoeze ehrlich zu. „Aber Sie haben recht, ein Schatten müßte dasein."

„Und wie denken Sie darüber, Stas?" wandte sich Komow an mich, ohne sich erst nach mir umzudrehen.

„Ich denke gar nichts", sagte ich verschnupft und ging auf meinen Platz zurück.

Und ob ich dachte! Mein Gehirn knirschte nur so. Dennoch kam ich zu keinem Ergebnis. Das Ganze erinnerte mich an eine formalistische Federzeichnung.

„Na ja, sehr viel haben wir nicht herausbekommen", sagte Komow. „Eigentlich nichts, was der Rede wert wäre."

„Junge, Junge, Junge", murmelte Vanderhoeze, erhob sich schwerfällig und ging hinaus.

Ich wäre ihm am liebsten gefolgt, um nach Maja zu sehen. Doch ein Blick auf meine Uhr zeigte mir, daß es bis zum Ende der Übertragung noch etwa zehn Minuten dauerte. Hinter mir machte sich raschelnd Komow zu schaffen. Plötzlich streckte er die Hand über meine Schulter, und vor mich hin aufs Pult flatterte das hellblaue Formular eines Funkspruchs.

„Ein Zusatz", erklärte Komow. „Den schicken Sie gleich hinterher."

Ich überflog den Text.

ER-2. Komow an Stützpunkt, Gorbowski. Mit Kopie an die Zentrale, Bader.

Hier die Aufzeichnungen der Telekamera vom Typ „drittes Auge", Träger der Kleine. Aufnahmen erfolgten in der Zeit von 13.46 bis 17.02 Uhr Bordzeit. Unterbrochen infolge versehentlicher Betätigung der Havarielampe durch Unachtsamkeit meinerseits. Situation im Augenblick unbestimmt.

Ich stutzte und las den Text ein zweites Mal. Dann drehte ich mich zu Komow um. Er saß jetzt so da wie vor dem Zwischenfall, das Kinn auf die verschränkten Finger gestützt, und schaute auf den Bildschirm. Nicht, daß mich eine heiße Welle der Dankbarkeit überflutet hätte – dazu empfand ich zuwenig Sympathie für diesen Mann –, doch eine gewisse Anerkennung konnte ich ihm nicht versagen. Nicht jeder hätte in einer solch heiklen Situation so entschlossen und schlicht gehandelt. Die Gründe hierfür waren nebensächlich. Es spielte keine

Rolle, ob es ihm um Maja leid tat (was ich bezweifelte), ob er sich seiner Heftigkeit schämte (was ich für wahrscheinlicher hielt) oder ob er ganz einfach zu jenem Typ Chef gehörte, der die Fehler seiner Untergebenen zuerst für seine eigenen ansah. Jedenfalls war die Gefahr für Maja, wie ein Vögelchen aus dem Kosmos fliegen zu müssen, nun wesentlich geringer. Komows Ruf dagegen würde sich merklich verschlechtern. Na schön. Gennadi Jurjewitsch, bei passender Gelegenheit wird Ihnen das angerechnet werden. Ein solches Verhalten hat eine Würdigung verdient. Und mit Maja werden wir noch ein Wörtchen reden. Was, zum Teufel, ist nur in sie gefahren! Sie ist doch kein kleines Mädchen mehr, hergekommen, um mit Puppen zu spielen.

Der Automat klickte und schaltete sich selbständig ab. Ich machte mich an die Übertragung des Funkspruchs. In diesem Augenblick kam Vanderhoeze herein; er schob einen kleinen Servierwagen vor sich her. Völlig geräuschlos und mit ungewohnter Behendigkeit, die selbst dem qualifizierten Kyber zur Ehre gereicht hätte, stellte er ein Tablett mit mehreren Tellern rechter Hand von Komow hin. Komow dankte zerstreut.

Ich nahm mir ein Glas Tomatensaft, trank es auf einen Zug leer und schenkte gleich noch mal nach.

„Keinen Salat?" fragte Vanderhoeze enttäuscht.

Ich schüttelte den Kopf und sagte in Komows Rücken hinein: „Ich bin fertig mit der Arbeit, kann ich jetzt gehen?"

„Bitte", erwiderte Komow, wieder ohne sich umzudrehen. „Aber keinen Schritt aus dem Schiff."

Im Korridor flüsterte mir Vanderhoeze zu: „Maja ißt gerade Mittag."

„Hysterisches Frauenzimmer", knurrte ich böse.

„Ganz im Gegenteil. Ich würde eher sagen, daß sie die Ruhe in Person und überaus zufrieden ist. Nicht die Spur von Reue."

Wir gingen in die Mannschaftskajüte. Maja saß am Tisch, löffelte ihre Suppe und las in irgendeinem Buch.

„Grüß dich, Arrestant", sagte ich und nahm mit meinem Glas ihr gegenüber Platz.

Maja riß sich von ihrer Lektüre los und musterte mich, wobei sie ein Auge zukniff. „Wie geht's dem Chef?" erkundigte sie sich.

„Er ist in tiefes Nachdenken versunken", erwiderte ich und versuchte in ihrem Gesicht zu lesen. „Er überlegt, ob er dich sofort an der

Fockrah aufknüpfen oder dich bis Dover bringen soll, wo man dich in Ketten legen wird."

„Und wie sieht's am Horizont aus?"

„Unverändert."

„Nun wird er nicht mehr kommen", sagte Maja.

Sie sagte das sehr zufrieden, mit einem fröhlichen und verwegenen Ausdruck in den Augen. Ich nippte an meinem Tomatensaft und schielte zu Vanderhoeze hinüber. Er vertilgte seelenruhig den mir zugedachten Salat. Unser Käpt'n scheint heilfroh zu sein, sagte ich mir, daß nicht er jetzt das Kommando führt. Und an Maja gewandt: „Es sieht ganz so aus, als hättest du uns den Kontakt vermasselt."

„Bedaure", sagte Maja kurz angebunden und steckte ihre Nase wieder ins Buch. Doch sie war weit davon entfernt zu lesen, sie wartete auf eine Fortsetzung.

„Wollen wir nur hoffen", schaltete sich Vanderhoeze ein, „daß es keine größeren Komplikationen gibt. Vielleicht geht's noch mal glimpflich aus.

„Glauben Sie, der Kleine kommt zurück?" fragte ich.

„Ich denke schon", erwiderte Vanderhoeze mit einem tiefen Seufzer. „Er stellt zu gern Fragen, als daß er darauf verzichtete. Und dieser Zwischenfall wird eine Menge neuer Fragen in ihm geweckt haben." Er aß den Salat auf und erhob sich. „Ich gehe jetzt, hab noch zu tun", erklärte er. „Und wenn ich ehrlich sein soll, Maja, diese Geschichte schmeckt mir gar nicht. Ich versteh dich ja, aber rechtfertigen kann ich dein Verhalten nicht. So was geht einfach nicht ..."

Maja gab keine Antwort, und Vanderhoeze verließ, das Serviertischchen vor sich her schiebend, den Raum. Seine Schritte waren kaum verhallt, da stellte ich Maja höflich, doch streng die Frage, die mir die ganze Zeit auf der Zunge lag: „Hast du das absichtlich getan oder aus Versehen?"

„Was glaubst du denn?" fragte Maja dagegen und schaute ins Buch.

„Komow hat die Schuld auf sich genommen", sagte ich ausweichend.

„Wieso das?"

„Er hat der Zentrale gemeldet, das Blitzlicht sei durch ihn ausgelöst worden."

„Wie rührend!" höhnte Maja. Sie legte das Buch beiseite und reckte sich. „Welche Großmut!"

„Ist das alles, was du zu sagen hast?"

„Was willst du denn sonst noch hören? Ein aufrichtiges Schuldbekenntnis? Reuebekundungen? Oder soll ich dir vielleicht etwas vorheulen?"

Ich nahm erneut einen Schluck Tomatensaft. Ich beherrschte mich. „Vor allem möchte ich wissen, ob du es aus Versehen oder absichtlich getan hast."

„Damit du's weißt, absichtlich. Und was weiter?"

„Warum, zum Teufel, hast du das getan?"

„Um diesem Affentanz ein für allemal ein Ende zu bereiten. Zufrieden?"

„Was für einem Affentanz denn? Ich weiß gar nicht, wovon du sprichst."

„Ja, siehst du denn nicht, wie widerlich das alles ist?" sagte Maja und hatte Mühe, an sich zu halten. „Das war doch unmenschlich. Ich konnte einfach nicht mehr mit gefalteten Händen dasitzen und zuschauen, wie aus dieser miesen Komödie eine Tragödie wird." Sie schleuderte das Buch zur Seite. „Da brauchst du mich gar nicht so anzufunkeln! Und Beistand hab ich erst recht nicht nötig! Man denke nur, wie großherzig! Der Liebling Dr. Mbogas! Ich hör sowieso auf hier. Ich geh an eine Schule und werd den Kindern beibringen, daß all diese Fanatiker der abstrakten Ideen und die Dummköpfe in ihrem Gefolge beizeiten gebremst werden müssen!"

Ich hatte die löbliche Absicht gehabt, meinen höflichen und korrekten Ton bis zum Schluß durchzuhalten. Doch nun platzte mir der Kragen. Um meine Geduld ist es ohnehin nie sehr gut bestellt gewesen. „Du bist unverschämt!" sagte ich, denn ich fand keinen anderen Ausdruck dafür. „Wirklich, einfach unverschämt!" In meiner Erregung wollte ich noch einen Schluck Tomatensaft nehmen, doch es stellte sich heraus, daß das Glas leer war. Ohne es zu merken, hatte ich nach und nach alles ausgetrunken.

„Und was weiter?" fragte Maja und lächelte verächtlich.

„Nichts", sagte ich finster und betrachtete dabei das leere Glas. Ich hatte in der Tat nichts mehr hinzuzufügen, meine Munition war verschossen. Wahrscheinlich war ich auch gar nicht zu Maja gekommen, um mir Klarheit zu verschaffen, sondern um ihr die Meinung zu sagen.

„Nun", sagte Maja, „wenn das alles war, dann geh doch zu deinem

Komow und küß ihn ab. Verschwinde zu Tom und all deinem Kyberzeug. Ich, weißt du, bin nämlich bloß ein Mensch, dem nichts Menschliches fremd ist."

Ich schob das Glas beiseite und erhob mich. Das war der Schlußpunkt. Alles war klar. Ich hatte einen guten Kumpel besessen, nun war's aus damit. Na, es machte nichts, ich würde auch das überleben. „Guten Appetit noch", sagte ich und stakste unnatürlich steif hinaus.

Mein Herz hämmerte vor Erregung, die Lippen zitterten ganz abscheulich. Ich schloß mich in meiner Kajüte ein, ließ mich aufs Bett fallen und vergrub mein Gesicht in den Kissen. In meinem Kopf dröhnten wild und erbittert die Worte, die ich nicht ausgesprochen hatte, stießen aneinander und zerfielen. Wie dumm das alles war, wie maßlos dumm! – Und wenn dir die Sache zehnmal nicht schmeckt, schimpfte ich innerlich mit Maja, du hättest dich benehmen müssen, wie es sich gehört. Da könnte ja jeder kommen! Schließlich bist du nicht auf Extraeinladung hier, sondern rein zufällig! Also richte dich danach! Da du keine Ahnung hast, was Kontakte für Probleme mit sich bringen, pack deine lausigen Landkarten zusammen und tu, was man dir sagt! Und gib zu, daß du auch nicht den blassesten Schimmer von diesen abstrakten Ideen hast. Nichts weißt du. Überhaupt nichts. Denn was ist das eigentlich – abstrakte Ideen? Heute gilt eine Idee als abstrakt, und schon morgen steht die Geschichte ohne sie still! Wenn dir das Ganze nicht gepaßt hat, hättest du das laut sagen und eine weitere Mitarbeit ablehnen sollen ... Die Sache mit dem Kleinen war gerade so schön ins Rollen gekommen! So ein prächtiges, schlaues Bürschchen; Berge hätte man mit ihm versetzen können! Ach, du Wohnstattsucherin ... Und so was nennt sich nun Kamerad. Durch deinen Starrsinn habe ich den Kleinen und dazu noch einen Kameraden verloren ... Aber Komow ist auch gut, will mit dem Kopf durch die Wand wie ein Bulldozer, auf Biegen und Brechen, statt sich mit den anderen zu beraten, die Sache zu erklären ... Der Teufel soll mich holen, wenn ich noch ein einziges Mal an irgendeiner Kontaktsuche teilnehme! Sowie das Durcheinander hier zu Ende ist, werde ich unverzüglich um Versetzung zum Projekt „Arche 2" nachsuchen. Ich werde mit Wadik und Tanja zusammenarbeiten, mit Ninon und den anderen. Wie ein Pferd werde ich schuften, ohne überflüssiges Gerede und ohne mich ablenken zu lassen. Vor allem aber: keinerlei

Kontaktsuche mehr! – Unmerklich schlummerte ich ein und schlief fest wie schon lange nicht mehr. Was auch kein Wunder war – in den letzten Tagen hatte ich keine vier Stunden Schlaf gehabt. Nur mit einiger Mühe gelang es Vanderhoeze, mich wach zu bekommen. Ich sollte ihn ablösen.

„Und was ist mit Maja?“ fragte ich schlaftrunken, verstummte aber sofort wieder. Vanderhoeze freilich tat so, als hätte er die Frage nicht gehört.

Ich duschte, kleidete mich an und begab mich in die Steuerzentrale. Der Unmut von vorhin überkam mich erneut. Ich wollte niemanden hören und sehen. Mit der Bemerkung, daß es nichts Neues gebe und daß ich in sechs Stunden von Komow abgelöst würde, übergab mir Vanderhoeze die Wache und ging schlafen.

Es war genau zweiundzwanzig Uhr Bordzeit. Auf dem Bildschirm war das Nordlicht zu sehen, das über dem Gebirgskamm spielte, vom Ozean her wehte ein kräftiger Wind – zerriß die Nebelkappe über der dampfenden Erdspalte, drückte die nackten Büsche gegen den gefrorenen Sand und peitschte die Schaumkronen des Wassers zum Strand, wo sie augenblicklich gefroren. Auf der Landebahn, leicht gegen den Wind gestemmt, stand einsam und verlassen Tom. Mit all seinen Signallämpchen zeigte er an, daß er, wenn auch im Augenblick stillgelegt und ohne Aufgaben, doch auf Abruf bereit war, jeden beliebigen Auftrag auszuführen. Eine trostlose Landschaft. Ich schaltete die Außenakustik ein, hörte für einige Sekunden das Brüllen des Ozeans, das Pfeifen und Heulen des Windes, hörte die schweren, eisigen Tropfen gegen das Schiff schlagen und stellte wieder ab.

Ich versuchte mir vorzustellen, was der Kleine jetzt trieb, erinnerte mich an die Wiedergabe auf dem Bildschirm gestern: dunkle, verschwommene Lichtpunkte auf grauem, nebligem Hintergrund, dazu dieser Mischmasch seltsamer Laute und dann die rätselhaften Reihen von Spiegelbildern, die doch keine waren ... Nun, was sollte das, wahrscheinlich fühlte sich der Kleine dort geborgen, es war seine gewohnte Umgebung, und er würde jetzt allerhand Stoff zum Nachdenken haben. Sicherlich hatte er sich in eine Felsecke gedrückt und litt unter der Kränkung, die ihm Maja angetan hatte („Mam-ma ...“ – „Ja, mein Glöckchen“, kam es mir in den Sinn.) Vom Standpunkt des Jungen aus mußte das alles sehr unaufrichtig wirken. Ich an seiner Stelle würde keinen Fuß mehr ins Schiff setzen ... Dabei hatte sich

Komow so gefreut, daß Maja dem Jungen das „dritte Auge" übergestreift hatte: „Gut gemacht, Maja", hatte er gesagt. „Das ist eine echte Chance, ich hätte es nie gewagt ..." Allerdings wäre aus dem Plan, das Leben des Kleinen auf diese Art zu erforschen, letztlich wohl doch nichts geworden. Die Konstrukteure hatten das Gerät noch nicht bis ins letzte durchdacht. So hätte man beispielsweise eine Stereokamera gebraucht. Freilich wollte ich gern einräumen, daß das „dritte Auge" eigentlich für andere Zwecke bestimmt war ... Immerhin, wir hatten gewisse Dinge mitbekommen. So etwa, daß der Kleine tatsächlich flog. Wie und warum er das jedoch tat, hatten wir nicht herausbekommen ... Ähnlich verhielt es sich auch mit der Szene am zerschellten „Pelikan". Ein Planet der Unsichtbaren. Wir würden bestimmt hochinteressante Dinge zu sehen bekommen, wenn Komow die Erlaubnis gab, einen Erkundungskyber auszuschicken. Vielleicht würde er sich jetzt dazu entschließen? Ja, fürs erste kämen wir sogar ohne Kyber aus. Es würde zunächst völlig ausreichen, den Horizont mit Lokatoren abzutasten ...

Die Funkanlage summte. Ich ging zum Sender. Eine unbekannte Stimme bat sehr höflich, ich würde sogar sagen schüchtern, darum, sie mit Komow zu verbinden.

„Wer spricht da?" erkundigte ich mich nicht eben freundlich.

„Ein Mitglied der Kontaktkommission. Mein Name ist Gorbowski. Es ist wichtig. Oder schläft Gennadi Jurjewitsch im Augenblick?"

Ich war baff. „Sofort, Leonid Andrejewitsch", murmelte ich. „Sekunde, Leonid Andrejewitsch ..." Und hastig über den Sprechfunk: „Komow zur Zentrale. Dringender Anruf vom Stützpunkt."

„Nun, ganz so dringend ist es auch wieder nicht", protestierte Gorbowski.

„Am Apparat Leonid Andrejewitsch Gorbowski!" fügte ich triumphierend über Sprechfunk hinzu, denn ich wollte Komow ein bißchen Beine machen.

„Junger Mann ...", sagte Gorbowski.

„Diensthabender Stas Popow, Kybertechniker!" erstattete ich Meldung. „Während meiner Wache keinerlei Vorkommnisse!"

Gorbowski schwieg einen Augenblick, dann sagte er etwas unsicher: „Rühren ..."

Man hörte eilige Schritte näher kommen, gleich darauf betrat Komow den Raum. Sein Gesicht sah eingefallen aus, die Augen, unter denen tiefe Schatten lagen, waren glasig. Ich stand auf und machte ihm Platz. „Komow am Apparat", sagte er. „Sind Sie es, Leonid Andrejewitsch?"

„Jawohl", erwiderte Gorbowski, „guten Tag ... Hören Sie, Gennadi, könnten Sie den Apparat nicht so einstellen, daß wir uns sehen? Da gibt's doch alle möglichen Knöpfe ..."

Komow warf mir einen kurzen Blick zu, und meine Hände suchten ganz von selbst die Taste für den Visor. Wir Funker stellten ihn aus verschiedenen Gründen für gewöhnlich ab.

„Aha", sagte Gorbowski befriedigt. „Jetzt sehe ich Sie."

Auf unserem kleinen Schirm flimmerte nun gleichfalls ein Bild auf – das Gesicht Leonid Andrejewitschs, das ich von Porträts und Beschreibungen her kannte. Es war länglich und schien leicht nach innen gedrückt. Während Gorbowski auf den Abbildungen immer das Aussehen eines antiken Philosophen besaß, schaute er jetzt bedrückt und enttäuscht drein. Auf seiner breiten Entennase prangte zu meiner Verwunderung ein großer und offenbar frischer Kratzer.

Als das Bild dann klar war, zog ich mich leise zurück und nahm den Platz an der Außenkontrolle ein. Ich war überzeugt davon, daß man mich jeden Augenblick hinausjagen würde, und versuchte deshalb den Anschein zu erwecken, ich sei voll und ganz in die Beobachtung der Natur vertieft, die sich unter der Wucht des Unwetters duckte.

Gorbowski sagte: „Zunächst einmal vielen Dank, Gennadi. Ich habe alles Material durchgesehen, das Sie mir geschickt haben, und muß schon sagen: Es handelt sich wirklich um etwas Besonderes. Außerordentlich interessant das Ganze. Sie sind findig, gekonnt und vor allem sehr schnell vorgegangen."

„Ich fühle mich geschmeichelt", sagte Komow hastig. „Aber?"

„Wieso *aber*?" fragte Gorbowski erstaunt. „*Und*, müßten Sie sagen. Die Mehrheit der Kommissionsmitglieder ist der gleichen Meinung. Es ist kaum zu glauben, daß Sie eine solch kolossale Arbeit in nur zwei Tagen bewältigt haben."

„Es ist weniger mein Verdienst", erwiderte Komow trocken. „Die Umstände haben sich günstig gefügt."

„Nur nicht so bescheiden", entgegnete Gorbowski lebhaft. „Geben Sie ruhig zu, daß Sie schon beizeiten mehr als Vermutungen hatten. Und das allein ist bereits ein Verdienst. Außerdem sind da Ihre Entschlossenheit, Ihre Intuition ..., nicht zuletzt Ihre Energie ..."

„Ich fühle mich wirklich geschmeichelt", wiederholte Komow, nun aber schon eine Nuance ungeduldiger.

Nach kurzem Schweigen fragte Gorbowski sehr leise: „Wie stellen Sie sich das weitere Schicksal des Kleinen vor, Gennadi?"

Das Gefühl in mir, nun tatsächlich, und zwar ohne Umschweife, die Kabine räumen zu müssen, erreichte seinen Höhepunkt. Ich machte mich ganz, ganz klein und hörte sogar auf zu atmen.

„Der Kleine wird Mittler zwischen der Erde und den Bewohnern dieses Planeten sein", hörte ich Komow.

„Verstehe", erwiderte Gorbowski. „Das wäre wunderbar. Wenn der Kontakt nun aber nicht zustande kommt?"

„Leonid Andrejewitsch", sagte Komow heftig, „lassen Sie uns doch offen miteinander reden. Sprechen wir ruhig aus, was uns beide bewegt und was wir am allermeisten befürchten. Mein Ziel ist es, den Kleinen für die Erde zu gewinnen. Deshalb arbeite ich mit allen mir zur Verfügung stehenden Mitteln darauf hin, den Menschen in ihm zu erwecken. Das Problem ist nur, daß die Eingeborenen, die den Jungen großgezogen haben, der menschlichen Psyche und unserer Weltsicht sehr fernstehen. Sie weichen uns aus, haben offensichtlich kein Verlangen nach Kontakt. Diese Haltung aber ist bestimmend für das Unterbewußtsein des Jungen. Glücklicherweise – oder auch nicht – haben die Eingeborenen so viel menschenähnliche Züge in ihm belassen, daß es uns gelungen ist, sein Bewußtsein anzusprechen. Die gegenwärtige Situation ist jedoch überaus kritisch. Das Bewußtsein des Kleinen gehört uns, sein Unterbewußtsein – ihnen. Für den Jungen ist das ein sehr schwieriger Konflikt, und ich bin mir des großen Risikos durchaus bewußt. Doch der Konflikt ist lösbar. Ich benötige noch einige Tage, dann habe ich den Kleinen soweit. Ich werde ihm den wahren Sachverhalt darlegen und sein Unterbewußtsein frei machen, so daß er für uns zu einem festen Verbündeten wird. Sie können doch unmöglich den Wert einer solchen Zusammenarbeit übersehen, Leonid Andrejewitsch. – Sicherlich, es werden eine Menge Schwierigkeiten auf uns zukommen. So wäre es zum Beispiel durchaus möglich, daß der Kleine, wenn er den wahren Sachverhalt erfährt, bewußt danach strebt, sein ‚Zuhause' vor uns, den Eindringlingen, zu schützen. Ich könnte mir vorstellen, daß neue gefährliche Spannungen zwischen uns entstehen. Dennoch bin ich sicher, wir werden den Kleinen von der Tatsache überzeugen, daß unsere beiden

Zivilisationen mit all ihren Vorzügen und Mängeln gleichwertige Partner sind. Und er wird in seiner Eigenschaft als Mittler ein Leben lang sowohl von der einen als auch von der anderen Seite profitieren können, ohne für die eine oder die andere etwas befürchten zu müssen. Er wird stolz auf seine Sonderstellung sein und ein freudvolles, angenehmes Leben führen ..." Komow verstummte. „Wir müssen es einfach riskieren", fuhr er fort. „Es ist unsere Pflicht. Eine solche Gelegenheit werden wir nie wieder bekommen. Das ist mein Standpunkt, Leonid Andrejewitsch."

„Ich verstehe", erwiderte Gorbowski. „Ich kenne Ihre Ideen und schätze sie. Ich weiß auch, welche Beweggründe Sie haben, das Risiko einzugehen. Aber dieses Risiko darf bestimmte Grenzen nicht überschreiten. Ich war von Anfang an auf Ihrer Seite, war mir bewußt, worauf wir uns da einließen. Ich hatte große Bedenken, sagte mir aber, es wird schon gutgehen. Mir war klar, welche Perspektiven sich uns hier eröffneten! Und außerdem verließ ich mich darauf, daß wir ja jederzeit einen Rückzieher machen könnten. Nicht im Traum wäre mir eingefallen, daß der Junge so kontaktbereit sein und die Sache innerhalb von zwei Tagen solche Fortschritte machen würde." Gorbowski schwieg einen Augenblick. „Gennadi, Sie wissen genausogut wie ich: Ein Kontakt mit den anderen wird nicht zustande kommen. Es ist Zeit, zum Rückzug zu blasen."

„Doch!" erwiderte Komow. „Es wird den Kontakt geben."

„Nein", entgegnete Gorbowski ruhig, doch entschieden, „er wird nicht zustande kommen. Sie begreifen genausogut wie ich, daß wir es hier mit einer introvertierten Zivilisation zu tun haben – mit einem Verstand, der nur noch auf sich selbst gerichtet ist."

„Sie haben sich nicht abgekapselt", sagte Komow. „Das scheint nur so. Sie haben den Planeten aus irgendeinem Grund steril gemacht und halten ihn offenbar in diesem Zustand. Was sie dazu bewogen hat, den Kleinen zu retten und aufzuziehen, weiß ich nicht. Jedenfalls sind sie nicht schlecht über uns Menschen informiert. Deshalb bin ich überzeugt, daß es sich hier nur um eine scheinbare Abkapselung handelt."

„Hören Sie, Gennadi, eine absolute Abkapselung existiert sowieso nur in der Theorie. Selbstverständlich wird immer ein Rest an funktionaler Tätigkeit bleiben, die nach außen gerichtet ist, etwa auf sanitärhygienischem Gebiet. Was nun den Kleinen betrifft – natürlich sind das alles nur Vermutungen –, aber wenn eine Zivilisation ein bestimmtes Alter erreicht hat, ist ihr Humanismus vielleicht zu einem unbedingten Reflex, zu einem sozialen Instinkt geworden. Das Kind wurde also einfach gerettet, weil die Eingeborenen gar nicht anders konnten ..."

„Das kann schon sein", erwiderte Komow. „Nur ist jetzt nicht viel Zeit für Vermutungen. Ausschlaggebend scheint mir, daß es sich lediglich näherungsweise um eine Abkapselung handelt, was uns einige Chancen für die Herstellung eines Kontakts beläßt. Natürlich wird der Annäherungsprozeß sehr langsam vonstatten gehen. Möglicherweise wird es sogar doppelt so lange dauern wie bei einer normalen, aufgeschlossenen Zivilisation. Ich habe mir alles gründlich durch den Kopf gehen lassen, Leonid Andrejewitsch, und bestimmt wissen Sie, daß Sie mir nichts wesentlich Neues gesagt haben. Ihre Meinung steht hier einfach gegen meine, das ist alles. Sie schlagen den Rückzug vor, ich aber möchte diese einmalige Chance bis zur letzten Konsequenz nutzen."

„Ich stehe mit meiner Meinung nicht allein da", sagte Gorbowski sanft.

„Und wer teilt sie noch?" erkundigte sich Komow mit leichter Ironie in der Stimme. „Doch nicht August Johann Maria Bader?"

„Der auch, aber lassen wir das. Ich muß Ihnen gestehen, Gennadi, daß ich Ihnen noch eine Trumpfkarte vorenthalten habe ... Ist Ihnen eigentlich nie in den Sinn gekommen, daß Schura Semjonow die Bordaufzeichnungen nicht erst auf dem Planeten, sondern schon im Kosmos gelöscht haben könnte? Und zwar nicht, weil er vernunftbegabte Ungeheuer gesehen hat, sondern weil er bereits im All einem Angriff ausgesetzt war. Weil er daraus schlußfolgerte, daß auf dem Planeten eine zwar hochentwickelte, doch aggressive Zivilisation existierte. Uns, müssen Sie wissen, ist diese Version auch nicht sofort aufgegangen. Zunächst zogen wir, genau wie Sie, aus dem trügerischen Ausgangsmaterial die falschen Schlüsse. Doch kaum waren wir auf die neue Variante gekommen, nahmen wir den gesamten planetennahen Raum genauestens unter die Lupe. Und vor zwei Stunden erhielten wir die Mitteilung, daß er endlich gefunden wurde." Gorbowski verstummte.

Ich nahm all meinen Willen zusammen, um nicht loszuschreien: Wer? Wer wurde gefunden? Ich glaube, Gorbowski wartete nur auf diesen Ausruf, doch er kam nicht auf seine Kosten. Komow sagte kein Wort, und so fuhr der andere fort: „Er ist hervorragend getarnt und schluckt fast alle Strahlen. Wir wären niemals auf ihn gestoßen, hätten wir nicht ganz bewußt nach ihm gesucht. Und selbst da gelang uns das nur mit Hilfe eines neuen Apparats, einer Art Vakuumkonzentrator – was das ist, hat man mir erklärt, ohne daß ich es jetzt erläutern könnte. Jedenfalls haben wir aufgespürt, was wir suchten, und es in Schlepp genommen: Es ist ein automatischer Satellit, ein bewaffneter Wachtposten sozusagen. Einige Details in der Konstruktion lassen darauf schließen, daß er von den ‚Wanderern' installiert worden ist. Allerdings schon vor sehr langer Zeit, an die hunderttausend Jahre mag es her sein. Zum Glück für die Teilnehmer am Projekt ‚Arche' hatte er nur zwei Geschosse an Bord. Das erste wurde offenbar bereits vor unendlichen Zeiten abgefeuert, und es wird schwerlich möglich sein, jetzt noch festzustellen, auf wen. Das zweite Geschoß hat die Semjonows getroffen. Die ‚Wanderer' müssen den Planeten hier für tabu gehalten haben, eine andere Erklärung kann ich nicht finden. Ergibt sich die Frage: weshalb tabu? Nach dem Stand unseres Wissens zu urteilen, haben sie wahrscheinlich am eigenen Leibe erfahren, daß die hiesige Zivilisation kontaktfeindlich, mehr noch, in sich abgekapselt war. Ein Kontakt mußte bei dieser Welt zu ernsten Erschütterungen führen. August Johann Maria Bader ist nicht der einzige, der meine Ansicht teilt ... Wenn ich mich recht erinnere, Gennadi, hatten Sie stets eine hohe Meinung von den ‚Wanderern' ..."

Gorbowski schwieg erneut und fuhr dann fort: „Aber nicht darum geht es. Unter anderen Bedingungen hätten wir ungeachtet der Warnung dieser Raumfahrer versuchen können, vorsichtig und ganz allmählich zu einer Annäherung mit den Eingeborenen zu gelangen, sie aus ihrer Verkapselung herauszuholen. Schlimmstenfalls hätten wir eine negative Erfahrung mehr gemacht. Wir hätten dann eben ein Zeichen hinterlassen und unsere Sachen gepackt. Die Sache hätte lediglich unsere beiden Zivilisationen betroffen ... Jetzt aber sieht alles anders aus. Zwischen uns steht, wie zwischen Hammer und Amboß, eine dritte Zivilisation, und für diese dritte Zivilisation, Gennadi, für ihren einzigen Vertreter, den Kleinen, tragen wir bereits seit mehreren Tagen die volle Verantwortung."

Ich hörte Komow tief seufzen, dann herrschte lange Zeit Schweigen. Als mein Chef erneut zu sprechen begann, klang seine Stimme völlig verändert, innerlich gebrochen. Zunächst ließ er sich über die „Wanderer“ aus; er brachte sein Befremden darüber zum Ausdruck, daß sie mit der Installation des Wachsatelliten eine so große Gefahr für andere heraufbeschworen hätten. Eine Gefahr, die fast schon an Verbrechen grenzte. Doch er erinnerte sich dann selbst jener Überlieferung, nach der die „Wanderer“ stets nur im ganzen Geschwader durchs All gezogen waren und deshalb in jedem Raumflugzeug, das allein auftauchte, eine automatische Sonde hatten sehen müssen. Er sprach davon, daß auch auf der Erde eines Tages mit den barbarischen Einzelflügen auf freier Suche im All Schluß sein werde – zu viele Opfer und Irrtümer habe es gegeben und zuwenig sei dabei herausgekommen.

„Ja“, schaltete sich Gorbowski dazwischen, „dem kann ich nur zustimmen.“

Dann erwähnte Komow das rätselhafte Verschwinden mehrerer Erkundungssonden, die zu verschiedenen Planeten ausgeschickt worden waren. „Wir sind nie dazu gekommen, diese Fälle gründlich auszuwerten, aber jetzt erscheinen sie in einem ganz anderen Licht.“

„Richtig!“ griff Gorbowski den Gedanken auf. „Daran hatte ich noch nicht gedacht, das ist eine sehr interessante Idee.“

Schließlich kam die Rede wieder auf den Wachsatelliten; sie wunderten sich, daß er lediglich zwei Geschosse an Bord gehabt hatte, und meinten, die „Wanderer“ müßten recht eigentümliche Vorstellungen über den Verkehr im All besessen haben. Dennoch waren sie sich am Ende einig, daß sich diese Ansichten eigentlich kaum von unseren eigenen unterschieden, was wiederum die Vermutung nahelegte, die „Wanderer“ hätten die Absicht gehabt, zu ihrem Satelliten zurückzukehren. Aus ungeklärten Gründen hatten sie davon Abstand genommen, und möglicherweise, so meinte Gorbowski, habe Borowik recht mit seiner Hypothese, daß die „Wanderer“ die Galaxis insgesamt verlassen hätten. Komow äußerte halb im Scherz, daß vielleicht die Eingeborenen hier besagte „Wanderer“ wären – nun endlich zur Ruhe gekommen, weil sie genügend Wissen gespeichert hätten. Was Gorbowski wiederum zu einer scherzhaften Anspielung auf Komows Theorie vom vertikalen Fortschritt veranlaßte. Er fragte ihn, wie denn eine solche Evolution der „Wanderer“ im Licht dieser Theorie zu werten sei.

Später sprachen sie über den Gesundheitszustand Doktor Mbogas und wechselten dann unvermittelt auf die Befriedung irgendeines Inselimperiums über. Ein gewisser Karl-Ludwig, den sie aus unerfindlichem Grunde ebenfalls den „Wanderer" nannten, hatte dabei eine Rolle gespielt. Fließend und ganz unmerklich kamen sie von Karl-Ludwig auf den Kompetenzbereich des Rates für Galaktische Sicherheit und stimmten überein, daß in diese Kompetenzen ausschließlich humanoide Zivilisationen fielen ... Bald darauf begriff ich schon nicht mehr, worüber sie eigentlich sprachen und weshalb sie sich gerade mit diesen Themen beschäftigten.

Schließlich sagte Gorbowski: „Ich habe Sie mit meinem Gerede ganz müde gemacht, Gennadi, entschuldigen Sie. Ruhen Sie sich jetzt aus. Aber es war sehr angenehm, mit Ihnen zu plaudern. Immerhin haben wir uns lange nicht mehr gesehen."

„Wie ich die Sache jetzt einschätze", erwiderte Komow betrübt, „wird es bis zu unserem Wiedersehen nicht mehr lange dauern."

„Stimmt; ich denke, in zwei Tagen wird's soweit sein. Bader ist schon unterwegs und Borowik ebenfalls. Übermorgen wird wahrscheinlich die gesamte Kontaktkommission auf dem Stützpunkt sein."

„Also dann bis übermorgen", sagte Komow.

„Grüßen Sie Ihren Wachhabenden von mir ... Stas, wenn ich recht verstanden habe. Er macht so einen – soldatischen Eindruck. Und dann unbedingt Jakob. Alle anderen natürlich auch."

Sie verabschiedeten sich. Ich saß mucksmäuschenstill da und starrte, ohne etwas wahrzunehmen, auf den Aussichtsschirm. Hinter mir rührte sich nichts. Die Minuten zogen sich unerträglich lang hin. Vom mühsam unterdrückten Verlangen, mich umzudrehen, bekam ich einen steifen Hals und ein Stechen im Schulterblatt. Mir war völlig klar, daß Komow eine Niederlage erlitten hatte. Zumindest war mir selbst nach einer Niederlage zumute. Ich suchte nach einem Argument zur Unterstützung Komows, doch in meinem Kopf kreisten die Gedanken immer nur um einen Punkt: Was gehen uns die „Wanderer" an? Was sind sie schon, diese „Wanderer"? Genaugenommen bin ich auch ein „Wanderer" ...

Plötzlich fragte Komow: „Und was meinen Sie dazu, Stas?"

Um ein Haar wäre mir der Satz herausgefahren: Was gehen uns die „Wanderer" an? – Doch ich hielt mich noch rechtzeitig zurück. Um den Schein zu wahren, blieb ich einen Augenblick sitzen wie vorher, dann drehte ich mich mitsamt dem Sessel zu Komow um. Er saß da, das Kinn auf die verschränkten Finger gestützt, und starrte den kleinen, nun erloschenen Schirm des Visors an. Die Augen hielt er halb geschlossen, um den Mund stand eine bittere Falte.

„Es wird uns wohl nichts anderes übrigbleiben, als abzuwarten ...“, sagte ich. „Was soll man sonst machen ... Wer weiß, ob der Kleine überhaupt noch mal herkommt ... Jedenfalls nicht so bald ...“

Komow verzog den Mund zu einem schwachen Lächeln. „Was den Kleinen betrifft“, erwiderte er, „der kommt wieder. Sie wissen doch, wie gern er seine Fragen stellt. Und wieviel neue Fragen er jetzt haben wird, können Sie sich leicht ausrechnen.“

Das waren fast dieselben Worte, die Vanderhoeze vorhin in der Kajüte zu uns gesagt hatte.

„Na ja, dann ..., dann ist es vielleicht wirklich besser ...“, murmelte ich unschlüssig.

Was konnte ich ihm jetzt noch sagen? Jetzt, da Gorbowski und auch er selbst, Komow, das entscheidende Wort gesprochen hatten. Was wollte er von mir, einem Kybertechniker, wie es sie zu Dutzenden gab, noch hören. Zwanzig Jahre war ich alt, hatte gerade sechseinhalb Tage praktischer Arbeitserfahrung, und wenn ich vielleicht auch sonst ganz in Ordnung war – fleißig und interessiert an allem –, eine Intelligenzbestie war ich, um ehrlich zu sein, nicht; das hier war mir viel zu kompliziert.

„Schon möglich“, sagte Komow matt. Er erhob sich und steuerte mit schlurfenden Schritten dem Ausgang zu. An der Schwelle blieb er jedoch nochmals stehen. Sein Gesicht war plötzlich ganz verzerrt, als er fast hinausschrie: „Begreift denn wirklich niemand von euch, daß der Kleine eine einzigartige Gelegenheit bedeutet? Eine letzte Chance, die nicht zu erwarten war und gerade deshalb einmalig ist? Diese Chance wird nie wiederkehren, versteht ihr? Nie!“

Er ging, ich aber blieb unbeweglich sitzen. Den Rücken zum Bildschirm, versuchte ich, weniger mit meinen Gedanken als mit meinen Gefühlen ins reine zu kommen. „Nie wieder!“ – Natürlich, nie wieder. In welche Sackgasse waren wir doch geraten! Der arme Komow ... Aber auch Maja war zu bedauern. Und erst der Kleine! Wer von ihnen war wohl am meisten zu bemitleiden? – Für den Kleinen würde es wieder leichter werden, sobald wir den Planeten verließen. Maja würde ein Pädagogikstudium aufnehmen, aber

Komow ... Am meisten traf es wohl doch ihn. Man mußte sich in seine Lage versetzen: Da hatte man nun eine einzigartige Gelegenheit greifbar nahe und konnte sie doch nicht beim Schopfe packen! Da bot sich endlich eine experimentelle Grundlage für die Theorie, die man vertrat, und man war gezwungen, sie aufzugeben! Plötzlich hatte sich gerade der Kleine, in dem man einen unschätzbar wichtigen Mittler, einen treuen Helfer bei der Beseitigung sämtlicher Hindernisse zu finden hoffte, selbst als das Hindernis erwiesen ... Schließlich konnte man nicht fragen: entweder das Schicksal des Kleinen oder der vertikale Fortschritt der Menschheit. Darin lag doch ein logischer Widerspruch, etwa in der Art der Aporie Zenons ... Oder war das kein Widerspruch? Mußte man die Frage vielleicht tatsächlich so entschieden stellen? Immerhin ging es um die ganze Menschheit ... Gedankenversunken drehte ich mich mitsamt meinem Sessel zum Bildschirm um, warf einen flüchtigen Blick darauf und – war wieder einmal baß erstaunt. Die weltbewegenden Fragen waren wie weggeblasen.

Draußen sah es aus, als hätte es nie und nimmer einen Sturm gegeben. Alles ringsum war von einer glatten weißen Schneedecke überzogen. Tom stand ganz dicht am Schiff, fast schon im toten Winkel, vor der Einstiegsluke. Und sofort war mir klar: Dort im Schnee saß der Kleine, einsam und verlassen, hin- und hergerissen zwischen zwei Zivilisationen, und wagte es nicht, das Schiff zu betreten.

Ich sprang auf und rannte im Laufschritt durch den Korridor. In der Einstiegskammer griff ich mechanisch nach meinem Pelz, ließ ihn aber wieder los, warf mich statt dessen mit meinem ganzen Gewicht gegen die Luke, stürmte hinaus. Doch von dem Kleinen keine Spur. Tom, der Dummkopf, signalisierte wieder mal mit seinen Lämpchen, erkundigte sich nach neuen Anweisungen. Alles ringsum war blütenweiß und funkelte im Schein des Nordlichts. Nur unmittelbar vor der Luke, mir direkt zu Füßen, hob sich schwarz ein runder Gegenstand ab. Zunächst hielt ich das Ding für irgendwelches Teufelswerk, zögerte einige Sekunden. Dann jedoch bückte ich mich und hob es auf. Es war unser Ball, über den der Reif mit dem „dritten Auge" gestreift war. Die Kamera war entzwei, und überhaupt sah das Gerät aus, als wäre es unter eine Gesteinslawine geraten.

Auf der glatten weißen Schneedecke aber befand sich keine einzige Spur.

9

Epilog

Immer wenn er den Wunsch nach einem Gespräch hat, nimmt er Verbindung mit mir auf.

„Guten Tag, Stas", sagt er. „Wollen wir uns nicht ein bißchen unterhalten?"

Für die Verbindung mit ihm sind vier Stunden pro Tag festgesetzt, doch er hält sich partout nicht an die Zeiten. Er erkennt sie einfach nicht an. Er ruft mich, ob ich nun schlafe, in der Badewanne sitze, meine Berichte schreibe, mich auf das regulär vorgesehene Gespräch mit ihm vorbereite oder den anderen behilflich bin, den Wachsatelliten der „Wanderer" bis aufs kleinste Schräubchen auseinanderzunehmen. Aber ich bin ihm nicht böse deswegen, man kann ihm einfach nicht böse sein.

„Guten Tag, Kleiner", erwidere ich, „selbstverständlich wollen wir."

Er blinzelt vor Vergnügen und stellt seine übliche Frage: „Bist du jetzt echt, oder ist das nur dein Bild?"

Ich versichere ihm, daß er mich, Stas Popow, in höchsteigener Person vor sich hat und nicht irgendein Bild. Wie oft habe ich ihm schon erklärt, daß ich mir keine Phantome schaffen kann, und wahrscheinlich hat er es auch längst begriffen. Er stellt seine Frage wohl mehr aus Gewohnheit. Vielleicht will er auch nur Spaß machen oder meint, ohne sie sei eine Begrüßung unvollständig. Oder er hat einfach Gefallen an dem Ausdruck „Bild" gefunden. Er hat einige solcher Lieblingswörter: „phantastisch", „prächtig", „Springinsfeld", „Donner und Doria" ...

„Warum kann das Auge sehen?" beginnt er mich, wie üblich, auszufragen.

Ich erkläre ihm die Funktionsweise des Auges. Er hört mir aufmerksam zu und führt von Zeit zu Zeit seine langen nervigen Finger an die Augen. Er kann großartig zuhören, und wenn er jetzt auch nicht mehr die Gewohnheit hat, bei Dingen, die ihn fesseln, wie verrückt hin und her zu sausen, so spüre ich doch die Leidenschaft in ihm, eine wilde

Begeisterung, die ich nicht zu beschreiben vermag und die mir leider völlig abgeht, spüre seinen unbändigen Erkenntnisdrang.

„Prächtig!" sagt er anerkennend, wenn ich fertig bin. „Springinsfeld! Ich werde darüber nachdenken und dann noch mal fragen ..."

Die Überlegungen, die er über das Gehörte anstellt, rufen immer noch jenen wilden Tanz der Gesichtsmuskeln hervor, lassen ihn aus Steinen, Zweigen und Blättern sinnfällige Muster legen und bringen ihn mitunter auf höchst eigenartige Fragen. So wie beispielsweise jetzt: „Wie habt ihr rausgekriegt, daß die Menschen mit dem Kopf denken?"

Ich gerate ein bißchen aus dem Konzept, zapple wie ein Fisch an der Angel. Er hört wie immer aufmerksam zu, und allmählich bekomme ich Boden unter die Füße. Alles scheint auch glatt und zur beiderseitigen Zufriedenheit zu verlaufen, doch plötzlich bemerkt der Kleine: „Nein, das ist zu einseitig. Das stimmt nicht immer und überall. Wenn man nur mit dem Kopf denkt, wieso komme ich dann absolut nicht ohne die Hände zurecht?"

Ich spüre, daß ich mich aufs Glatteis begebe, wenn ich dieses Problem weiter ausführe. Die Zentrale hat mir nämlich strengstens untersagt, über Themen zu sprechen, die den Kleinen auf den Gedanken an die Eingeborenen bringen könnten. Und diese Vorschrift ist richtig. Wenn man schon nicht immer um solche gefährlichen Gespräche herumkommt, muß man sie wenigstens rechtzeitig in die richtigen Bahnen lenken. Gerade in der letzten Zeit ist mir aufgefallen, daß der Kleine sogar dann leidet, wenn er selbst auf seine bisherige Lebensweise anspielt. Ob er etwas zu ahnen beginnt? Wer weiß ... Im Grunde rechne ich schon seit einigen Tagen mit einer direkten Frage danach. Ich ersehne diese Frage und fürchte sie zugleich ...

„Wieso könnt ihr es, ich aber nicht?" bohrt der Kleine weiter.

„Dafür haben wir selber noch keine genaue Erklärung", sage ich, füge behutsam hinzu: „Es liegt auch die Vermutung nahe, daß du vielleicht nicht in jeder Beziehung ein Mensch bist ..."

„Und was ist das genau, ein Mensch?" will er sofort wissen. „Ein Mensch in jeder Beziehung?"

Ich habe nur sehr vage Vorstellungen von der Beantwortung einer solchen Frage und vertröste ihn deshalb auf unser nächstes Gespräch. Der Kleine hat einen richtigen Enzyklopädiker aus mir gemacht. Ich verbringe ganze Tage damit, die von mir angeforderten Informationen zu schlucken und zu verdauen. Das Zentrale Informatorium arbeitet für mich, die bedeutendsten Spezialisten aus den unterschiedlichsten Wissensgebieten stehen zu meiner Verfügung. Ich habe das Recht, jederzeit beliebige Auskünfte von ihnen einzuholen, ob es nun um die Modellierung der P-Abstraktionen geht, um den Stoffwechsel der abyssalen Lebensformen oder um die Methode des Schachspiels ...

„Du siehst angestrengt aus", sagt der Kleine mitfühlend. „Bist du müde?"

„Halb so schlimm", antworte ich, „es ist noch auszuhalten."

„Seltsam", fährt der Kleine nachdenklich fort, „daß du müde wirst. Ich zum Beispiel bin niemals müde. Was ist das eigentlich, Müdigkeit?"

Ich hole tief Luft und beginne ihm zu erklären, was es mit der Müdigkeit auf sich hat. Während er mir nach wie vor aufmerksam zuhört, verteilt er ein paar Steine auf der Erde, die der gute alte Tom extra für ihn bearbeitet hat: Würfel, Kugeln, Kegel und andere, kompliziertere Formen. Als ich mit meiner Erklärung fertig bin, hat der Kleine ein überaus verworrenes Muster gelegt, das mir zwar nicht das geringste sagt, nichtsdestoweniger aber ein harmonisches und sinnvolles Gebilde darstellt.

„Du hast gut erzählt", sagt der Kleine anerkennend. „Wird unser Gespräch auf Band aufgenommen?"

„Ja, natürlich. Wie immer."

„Und wie ist das Bild? Klar und deutlich? Das Bild!"

„Ganz deutlich."

„Dann soll sich Großvater das hier ansehen. Schau, Großvater, die Knotenpunkte der Erstarrung sind hier, hier und hier ..."

Der Großvater des Kleinen, Pawel Alexandrowitsch Semjonow, arbeitet auf dem Gebiet der P-Abstraktionen. Er gehört zwar nicht zu den herausragenden Wissenschaftlern, ist aber sehr belesen und hat sofort Kontakt zu dem Kleinen bekommen. Einmal hat er mir gegenüber geäußert, daß die Denkweise des Jungen, wenn auch häufig naiv, so doch stets originell sei. Einige seiner Muster seien in Hinsicht auf die P-Abstraktionen sogar recht interessant.

„Unbedingt werde ich's ihm zeigen", verspreche ich. „Ich werde ihn noch heute informieren."

„Ach was", sagt der Kleine da und fegt die ganze Konstruktion mit einer einzigen Bewegung beiseite, „vielleicht taugt es gar nichts ... Wie geht's eigentlich Ljowa?" erkundigt er sich.

Ljowa ist der Chefingenieur unseres Stützpunkts und ein großer Spaßvogel vor dem Herrn. Wenn sich Ljowa und der Kleine unterhalten, ist der gesamte planetennahe Wellenbereich mit Gelächter und begeisterten Ausrufen angefüllt, so daß ich beinahe so etwas wie Eifersucht verspüre.

Der Kleine hat Ljowa sehr ins Herz geschlossen und erkundigt sich jedesmal nach ihm. Mitunter fragt er auch nach Vanderhoeze, und dann merke ich, daß die Sache mit dem Backenbart bis auf den heutigen Tag ein Geheimnis für ihn ist. Ein- oder zweimal hat sich der Junge auch nach Komow erkundigt, und ich mußte ihm erklären, was es mit dem Projekt „Arche 2" auf sich hat, weshalb dafür ein Xenopsychologe gebraucht wird. Nur nach Maja fragt er nie. Als ich einmal von mir aus versuchte, das Gespräch auf sie zu bringen, ihm erklären wollte, daß Maja ihn nur betrogen hatte, um ihm zu helfen, daß sie die erste von uns vieren war, die seine schwierige Lage erkannt hatte, stand er einfach auf und ging. Genauso demonstrativ, wie er ging, als ich ihm eines Tages begreiflich machen wollte, was eine Lüge ist ...

„Ljowa schläft", sage ich. „Wir haben jetzt nämlich Nacht, weißt du. Genauer gesagt, nach unserer Bordrechnung ist jetzt Nacht."

„Das heißt also, du hast auch geschlafen? Hab ich dich wieder mal geweckt?"

„Das macht gar nichts", sage ich ehrlichen Herzens. „Ich unterhalte mich sehr gerne mit dir."

„Nein, nein", bestimmt der Kleine, „geh du nur schlafen. Aber eigenartige Wesen sind wir schon, daß wir unbedingt schlafen müssen."

Dieses „wir" ist Balsam für meine Seele. Übrigens gebraucht der Kleine das „wir" in letzter Zeit häufiger, und ich beginne mich daran zu gewöhnen.

„Geh schlafen", wiederholt der Kleine. „Nur sag mir schnell noch, ob auch niemand herkommt, während du schläfst."

„Niemand", sage ich wie immer, denn ich kenne diese Frage schon. „Du brauchst keine Angst zu haben."

„Das ist gut", sagt er befriedigt. „Geh jetzt schlafen, ich werde inzwischen nachdenken."

„Ja, tu das."

„Auf Wiedersehen", sagt der Kleine.

„Auf Wiedersehen", antworte ich und schalte ab.

Doch ich weiß genau, was nun kommt, und leg mich deshalb gar nicht erst hin. Mir ist schon klar, daß ich heute wieder einmal nicht zum Schlafen kommen werde.

Er sitzt in seiner gewohnten Haltung da, an die ich mich mittlerweile gewöhnt habe und die mir jetzt nicht mehr ganz so unbequem erscheint. Einige Zeit starrt er noch den erloschenen Bildschirm auf Toms Stirn an, dann hebt er die Augen zum Himmel, als hoffe er dort, in einer Höhe von zweihundert Kilometern, meine Station zu entdecken, die an den Sputnik der „Wanderer" gekoppelt ist. Hinter seinem Rücken breitet sich die mir vertraute Landschaft des verbotenen Planeten aus; Sanddünen, vibrierender Nebel über dem Sumpf und in der Ferne finster der Gebirgskamm, über dem die schmalen, langen Ruten aufsteigen – biegsame Fühler eines riesigen Insekts, für uns vielleicht ein ewiges Rätsel.

Dort unten ist jetzt Frühling, an den Büschen leuchten große, erstaunlich farbige Blüten, und über den Dünen steigt warme Luft auf. Der Kleine sieht sich zerstreut um, seine Finger gleiten über die bearbeiteten Steine. Er schaut über die Schulter zum Gebirgskamm hinüber, wendet sich kurz um und bleibt einige Zeit unbeweglich sitzen, den Kopf gesenkt. Dann aber streckt er entschlossen die Hand nach der Ruftaste aus, die sich direkt unter Toms Nase befindet.

„Guten Tag, Stas", sagt er. „Hast du ausgeschlafen?"

„Ja", antworte ich. Obwohl ich schrecklich gern schlafen würde, finde ich das Ganze doch sehr lustig.

„Es wäre eigentlich schön, wenn wir jetzt zusammen spielen könnten. Stimmt's?"

„Stimmt", antworte ich, „das wäre wirklich nicht schlecht."

„Mein Heimchen", sagt er und verstummt für einige Zeit. Ich warte.

„Na gut", erklärt er schließlich, betont munter. „Dann unterhalten wir uns eben wieder. Einverstanden?"

„Natürlich", sage ich. „Einverstanden."

Arkadi und Boris Strugazki

Die Brüder Strugazki – Arkadi (geb. 1925) und Boris (geb. 1933) – sind die herausragenden Autoren zeitgenössischer sowjetischer Science-fiction-Literatur; ihr Werk hat auch in westlichen Ländern Verbreitung und Anerkennung gefunden. Für jede Veröffentlichung zeichnen sie gemeinsam verantwortlich; und obwohl der eine Bruder in Moskau und der andre in Leningrad lebt, klappt die Zusammenarbeit ausgezeichnet.

Neben ihrer beruflichen Tätigkeit – Arkadi ist Sprach- und Literaturwissenschaftler und Boris Mathematiker und Astronom – begannen die Strugazkis Mitte der fünfziger Jahre mit ihrer literarischen Produktion, die inzwischen auf knapp zwanzig Romane und zahlreiche Erzählungen angewachsen ist.

Im Blickpunkt der ersten Romane („Atomvulkan Golkonda", „Weg zur Amalthea" und andere) steht die nächste Zukunft der Erde, der wissenschaftlichen Forschung und der Weltraumfahrt. – In der zweiten Schaffensperiode rücken Erzählungen in den Vordergrund, die ein stärker gewordenes phantastisches Element auszeichnet; auch ist die Phantasiewelt der Autoren bevölkert von Menschen, wie die Strugazkis sie sich wünschen, Menschen, die sich um die Verwirklichung aller Entwicklungsmöglichkeiten der Menschheit bemühen. Jetzt sind nicht mehr die Leistungen und Taten, sondern die Motive und Ziele der Helden von Bedeutung. – Im dritten Zyklus des Strugazki-Werkes (zu dem der 1973 erschienene Roman „Der Knirps" gehört) treten Wanderer und Reisende zwischen Raum und Zeit auf, deren Erlebnisse sinnbildhaft dreierlei verdeutlichen: erstens, daß es andere Zivilisationen als unsere gibt; zweitens, daß diese immer anders sind, als wir sie uns je vorstellen können; drittens, daß es keine Verständigung zwischen Zivilisationen mit unterschiedlichem Entwicklungsstand gibt und daß jeder Versuch in dieser Richtung sinnlos ist.

1973 erschien der Strugazki-Roman „Picknick am Wegesrand", den der große russische Regisseur Andrei Tarkowski (†1986) in seinem Film „Der Stalker" frei bearbeitete; dabei brachte er die phantastisch-poetische Qualität, die die Arbeiten der beiden Autoren auszeichnet, besonders überzeugend zum Ausdruck.

Griff nach den Sternen

Der Mensch erobert das Weltall

Der Wochenendtrip zum Mond, das Ferienhaus auf der Venus, die tausendjährige Reise in ferne Galaxien – noch gibt es sie nur in den Romanen phantasievoller Science-fiction-Autoren. Doch oft genug schon bewahrheiteten sich die unglaublichsten Zukunftsvisionen. Wie realistisch ist der Griff nach den Sternen heute?

„Die alberne Idee, Menschen auf den Mond zu schießen, ist ein Beispiel für die absurden Vorstellungen, zu denen die schädliche Spezialisierung die Wissenschaftler treibt ...", behauptete noch 1926 der englische Astronom Bickerton. Nur 43 Jahre später wurden seine Worte auf eindrucksvolle Weise widerlegt: Der erste Mensch betrat den Mond. Dieses wohl spektakulärste Ereignis unseres Jahrhunderts macht deutlich, wie schnell scheinbar Unmögliches möglich werden kann.

Die Venus – für den Menschen noch unerreichbar, nicht jedoch für die sowjetische Raumsonde Venus 13, die auf dem Planeten gelandet ist und die ersten Bilder von der Oberfläche sendet

Countdown für ein Wohnzimmer

Der Flug ins All gehörte zum Repertoire der SF-Autoren, lange bevor das wirkliche Raumfahrtzeitalter begann. Vor allem der Mond war es, der die Menschen immer wieder faszinierte und ihr Interesse an der Raumfahrt weckte. Bereits 1865 zündete der Schriftsteller Jules Verne mit einem nicht ganz stilgerechten Countdown die erste Mondrakete. „35!–36!–37!–38!–39!–40! Feuer!!!" heißt das Startkommando in seinem Roman „Von der Erde zum Mond", und ebendiese Strecke soll das bemannte Geschoß zurücklegen. Ähnlich wie eine Kugel aus einem Gewehrlauf werden Jules Vernes Helden in einem Projektil durch eine 270 Meter lange Kanone himmelwärts gefeuert – ein Unterfangen, bei dem die Besatzung in der Realität durch die Beschleunigung bereits vor dem Verlassen der Kanone vollständig zusammengepreßt worden wäre. In dem Folgeroman „Reise um den Mond" (1869) jedoch überstehen die drei „Astronauten" den etwas unsanften Start und machen es sich anschließend in der wohnzimmerähnlichen Kabine gemütlich. Nach Tee und Buttergebäck lassen sie sich gar einen edlen Tropfen munden. Das ist freilich ein Komfort, den die moderne Raumfahrt heutigen Astronauten trotz der weit fortgeschrittenen technischen Entwicklung (noch?) nicht bieten kann. Auch im Hinblick auf physikalische Gesetzmäßigkeiten, die bei einem Flug ins All in Kraft treten, unterliegt der Vater der Sciencefiction einem Irrtum. Er stellt sich vor, daß die Besatzung seines Projektils zunächst der Anziehungskraft der Erde, dann der des Mondes unterläge und daß der Zustand der Schwerelosigkeit nur für kurze Zeit auftreten könne, nämlich an einem neutralen Punkt, an dem sich beide Kräfte aufheben würden.

Doch trotz dieser Fehleinschätzungen kommt Jules Verne in seinen Überlegungen der Wirklichkeit erstaunlich nahe: Er bedenkt Temperatur- und Druckmessung im Raumfahrzeug ebenso wie Sauerstoffversorgung und Kohlendioxydabsorption. Für seinen „Schuß zum Mond" versucht er, den strategisch günstigsten Zeitpunkt und Ort zu berechnen: Erde und Mond sollen sich in ihren Umlaufbahnen möglichst nahe sein. Verne wählt für seine Abschußrampe in Florida einen Ort, der nur wenige Autostunden vom heutigen Cape Canaveral entfernt liegt. Hier starten hundert Jahre später die Astronauten Neil Armstrong, Edwin Aldrin und Michael Collins ihre Reise zum Mond. Am 16. Juli 1969 läuft der Countdown für Apollo 11 *– ein Countdown übrigens, der bereits 1929 in Deutschlands Filmtheatern seine Uraufführung erlebte. Für seinen Stummfilm „Die Frau im Mond" erfand der Regisseur Fritz Lang die heute gebräuchliche Zählweise, um die Spannung zu erhöhen: „Als ich das Abheben der Rakete drehte, sagte ich mir: Wenn ich eins, zwei, drei … oder bis fünfzig und hundert*

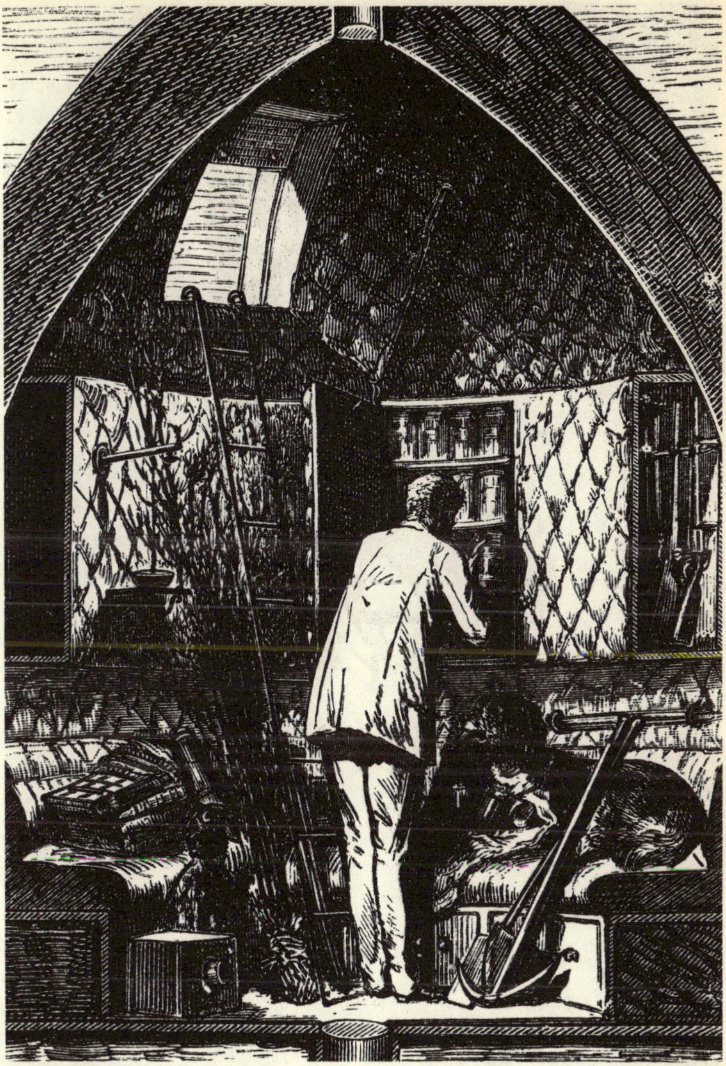

Gemütlich wie ein Wohnzimmer. Zwischen Jules Vernes Rakete auf ihrem Flug zum Mond und der heutigen Raumfahrt liegen Welten.

Start eines modernen Space Shuttle

zähle, weiß das Kinopublikum nicht, wann sie hochgeht. Wenn ich aber rückwärts zähle, versteht es jeder."

Der Countdown für den ersten bemannten Mondflug ist an diesem 16. Juli 1969 mehr als spannend – 10 Sekunden, rückwärts gezählt, sprengen die Grenzen des Unmöglichen. Am 20. Juli 1969, nach einem fünftägigen Flug zum Mond, setzt die Mondfähre Adler im Meer der Ruhe auf. 500 Millionen Menschen aus aller Welt hören, wie Armstrong an das Kontrollzentrum in Houston durchgibt: „Hier Tranquillity Basis. Der Adler ist gelandet." Wenige Minuten später betritt Armstrong als erster Mensch den Mond und spricht die berühmt gewordenen Worte: „Dies ist ein kleiner Schritt für einen Menschen, aber ein gewaltiger Sprung vorwärts für die Menschheit." Ein Sprung – so möchte man hinzufügen –, den die SF-Autoren gedanklich schon längst vollzogen hatten.

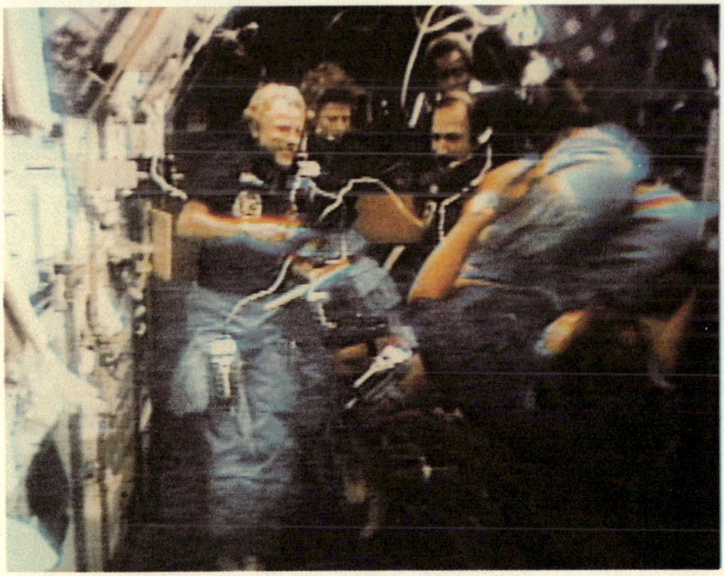

Von Wein und Teegebäck können sie nur träumen. Die Astronauten Reinhard Furrer, Bonnie Dunbar, Guy Bluford, Wubbo Ockels und Ernst Messerschmid an Bord einer Raumfähre bei der Space-Shuttle-Challenger-Mission D 1

Tempo 300000

Nachdem der Mensch auf dem Mond gelandet war, nachdem mit Hilfe von unbemannten Raumsonden Fotografien von Mars und Venus aus dem All zur Erde gefunkt wurden, die deutlich machten, daß die Planeten unseres Sonnensystems höchstwahrscheinlich unbewohnt sind, verließen die Weltraumphantasten die „eigenen vier Wände" und stießen in fremde Galaxien vor, die Millionen Lichtjahre entfernt liegen. Der Ausbruch aus dem Sonnensystem brachte Raumschiffe hervor wie die Enterprise, *die – schneller als das Licht – in wenigen Stunden von Stern zu Stern jagte, oder gigantische Raumarchen, die auf ihren jahrtausendelangen Reisen durch das All Generationen von Raumfahrern beherbergten. Doch wie groß ist die Wahrscheinlichkeit, daß Menschen aus Fleisch und Blut eines Tages den kühnen Unternehmungen der Leinwandhelden folgen werden?*

Das größte Problem der interstellaren Raumfahrt heißt: Entfernung. Die Entfernungen zwischen Sternen sind so gewaltig, daß sie nach

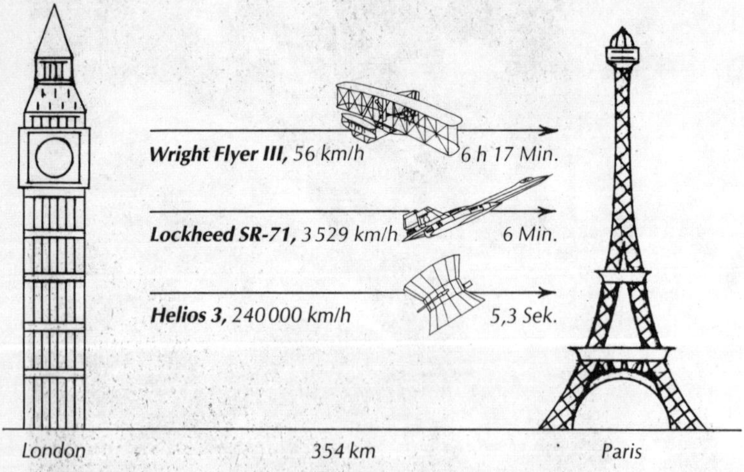

Seit Beginn unseres Jahrhunderts steigerte sich die Fluggeschwindigkeit um das Viertausendfache. 1905 benötigte man für den Flug London–Paris noch über sechs Stunden – heute ließe sich die gleiche Strecke mit dem schnellsten Fluggerät der Welt, der Raumsonde Helios 3, *in 5,3 Sekunden zurücklegen. Doch werden wir je die unvorstellbaren Geschwindigkeiten erzielen, um in ferne Galaxien vorzustoßen?*

Lichtjahren gemessen werden. Ein Lichtjahr ist die Strecke, die das Licht mit seiner Geschwindigkeit von 300000 Kilometern pro Sekunde in einem Jahr zurücklegt. So braucht das Licht zum Beispiel von der Sonne bis zur Erde acht Minuten; um den äußersten Planeten unseres Sonnensystems, Pluto, zu erreichen 5½ Stunden und bis zu einem der näher gelegenen Sterne außerhalb unseres Sonnensystems, aber innerhalb unserer Galaxis, etwa 4½ Jahre. Wenn es also möglich wäre, ein Raumschiff zu konstruieren, das mit Lichtgeschwindigkeit fliegt, also 300000 km in der Sekunde zurücklegt, würde die Fahrt zum Mond (mittlere Entfernung zur Erde 384405 km) weniger als zwei Sekunden dauern. Das nächstgelegene außergalaktische Sternensystem, der Andromedanebel, wäre jedoch trotz dieser unfaßbaren Geschwindigkeit erst nach 210000 Lichtjahren erreichbar. Wenn man bedenkt, daß heute eine Apollo noch drei Tage benötigt, um den Mond zu erreichen, und die schnellste unbemannte Raumsonde, Helios 3, in der Stunde 240000 km fliegt, erscheint es unwahrscheinlich, daß die Lebenszeit eines Erdenbürgers je ausreichen wird, um auch nur den ersten Stern außerhalb unseres Sonnensystems zu erreichen. Ein weiteres Problem ist die Tatsache, daß Menschen nur ein bestimmtes Maß an Beschleunigung vertragen können. Selbst wenn der Mensch eines Tages in der Lage wäre, die Lichtgeschwindigkeit zu überleben, würde er auf eine natürliche Geschwindigkeitsbegrenzung stoßen. Im Weltall gilt Tempo 300000 km/Sek. Nichts ist schneller als das Licht – daran wird sich auch in Zukunft nichts ändern.

Baby an Bord

Wenn überhaupt, lassen sich die Sterne wohl eher mit einem Generationsraumschiff erreichen, in der Art, wie es Robert Heinlein in seiner Erzählung „Das Universum" beschreibt. Mit einer riesigen Raumarche, die genug Platz bietet für Menschen, Tiere und Pflanzenkulturen, würde eine Mannschaft von Ururenkeln jahrhundertelang durch unendliche Galaxien fliegen. Generationen von Weltraumkindern würden aufwachsen, ohne die Erde je gesehen zu haben. Um den Nachwuchs zu sichern, wäre man bei einem solchen Unterfangen auch auf tiefgefrorene menschliche Embryos angewiesen, die ebenfalls im Raumschiff mitgeführt werden müßten. Prinzipiell ist die

Idee des Generationsraumschiffs durchführbar; das größte Problem bei der Realisierung eines solchen Projekts wäre die Bereitstellung der notwendigen Energien, die heute noch fehlen. Abgesehen von den technischen Problemen stellt sich auch die Frage, was für eine Art Mensch nach der tausendjährigen Reise wohl aus dem Raumschiff treten würde. In Heinleins Erzählung verwandeln sich die Raumschiffinsassen in eine primitive Dorfgesellschaft, die den ursprünglichen Zweck ihrer Reise längst vergessen hat.

Ein gigantisches Generationsraumschiff auf dem Weg in eine neue Welt – so stellt es sich der Illustrator David Hardy vor.

Reisen im Gefrierschrank

Das Generationsraumschiff wäre immerhin eine denkbare Möglichkeit, große Entfernungen zu überwinden; eine andere, die immer wieder gerne von SF-Autoren aufgegriffen wird, scheint weniger realistisch: der Kälteschlaf. In Arthur C. Clarkes Roman „2001: Odyssee im Weltraum" zum Beispiel, werden die Besatzungsmitglieder kurzerhand auf Eis gelegt und erst mehrere Jahre später an ihrem Bestimmungsort „aufgetaut". Nach dem heutigen Stand der Forschung wird

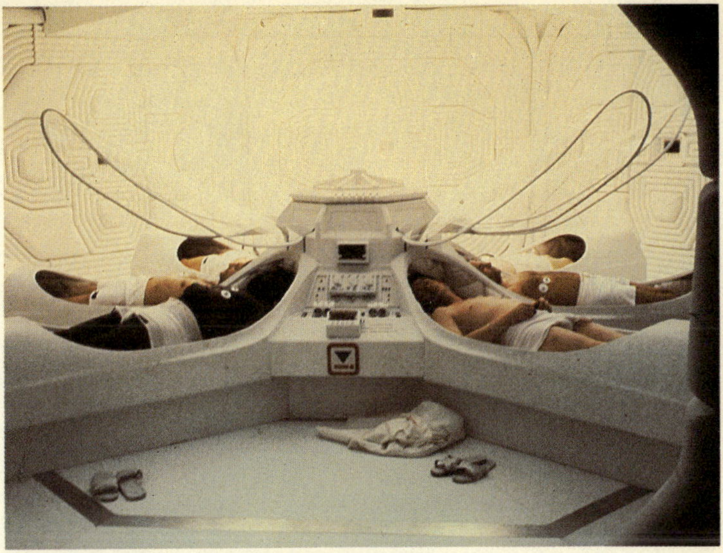

Im Schlaf ans Ziel? Kein Problem in Filmen wie „2001. Odyssee im Weltraum" oder „Alien", wo die Besatzung eine jahrelange Reise durch das All im Hyperschlaf verbringt, bevor der Bordcomputer sie aufweckt.

es in absehbarer Zeit nicht möglich sein, auf diese Weise ein Menschenleben zu verlängern. Trotzdem bewog die Aussicht auf Unsterblichkeit einige Zukunftsgläubige, es den Vorbildern aus SF-Romanen gleichzutun. 1967 ließen sich die ersten Menschen, kurz nach ihrem Tod, von der Cryonics Society in Kalifornien einfrieren. Doch bis heute ist es noch keinem Wissenschaftler gelungen, ein tiefgefrorenes Säugetier zum Leben zu erwecken. Allerdings gibt es erfolgreiche Versuche mit tiefgefrorenen Tierembryos, die nach einer Lagerzeit von zehn Jahren wieder in den Uterus eines erwachsenen Tieres eingesetzt wurden und sich normal weiterentwickelten. So wird es vielleicht doch eines Tages möglich sein, daß menschliche Wesen, in flüssigen Stickstoff von –196° C eingelegt, die Erde verlassen, um neue Welten zu entdecken. Das Tor zu den Sternen steht offen, doch der Weg dahin ist noch weit.